프린스 차밍

프린스 차밍

갤런 폴리 | 박미영 옮김

Prince Charming

큰나무

박 미 영

이화여자대학교 영어영문과 졸업.
KBS 사회문화센터 영상번역작가 과정 수료.
역서로 『당신과 눈뜨는 아침』, 『격정의 연인』 등이 있다.

프린스 차밍

초판 인쇄 | 2002년 5월 10일
초판 발행 | 2002년 5월 15일

지은이 | 갤런 폴리
옮긴이 | 박미영
펴낸이 | 한익수
펴낸곳 | 도서출판 큰나무

등록 | 1993년 11월 30일(제5-396호)
주소 | 120-837 서울시 서대문구 충정로 3가 3-95 2층
전화 | 02) 365-1845 · 1846 팩스 / 02) 365-1847
e-mail | btreepub@chollian.net
홈페이지 | www.bigtreepub.co.kr

값 9,000원

ISBN 89-7891-133-1 03840

내 왕관은 내 마음에 있지, 내 머리 위에 있지 않다.
— 윌리엄 셰익스피어

섭정 시대 영국을 배경으로 한 역사 로맨스의 오랜 팬으로서, 이 스토리의 영감은 쾌락을 좇는 섭정 왕세자(이후의 조지 4세)에 대한 관심에서부터 나왔음을 고백해야겠군요.

저는 종종 섭정 왕세자가 캐롤라인 왕세자비와의 스캔들로 얼룩졌던 강요된 결혼 대신 그의 잠재력을 끌어내 줄 아내를 찾아냈더라면 역사가 어떻게 바뀌었을까 궁금해하곤 했죠.

이 부부는 서로를 싫어했답니다.

만약 '유럽의 첫번째 신사'에 대해 관심이 있으시다면, J. B. 프리스틀리의 <환락의 왕자와 그의 섭정시대, 1811-1820 The Prince of Pleasure and His Regency>를 강력히 추천하는 바입니다.

한편 여주인공 다니의 역할은 상당히 다른 근원에서 나왔죠. 역사상 정말로 여자 마차털이 도적이 있었다면 믿으시겠어요? 제 작품의 이 부분에 대해서는 오텀 스티븐스의 <거친 여자들 Wild Women>을 권해야겠군요. '미덕의 빅토리아 시대에 용맹하고 고약하며 코르셋을 하지 않았던 숙녀들'이란 부제가 붙어 있는 이 기막힌 작은 책에서, 스티븐스는 1871년에 태어난 펄 하트의 실화를 이야기하고 있습니다.

그녀는 바지를 입고 장총을 들고는, 병중이던 어머니의 치료비를 대기 위해 역마차를 털었답니다. 하지만 이 '유명한 여자 노상강도'가 붙잡혔을 때 그녀는 모두 남자뿐인 교도소에서의 5년 형을 선고받았고, 스티븐스의 글에 따르면 간수의 아내는 펄이 다른 죄수들의 도덕성까지 타락시킬까 두려워했다는군요!

자, 이제 어센션에 관련된 우리의 이야기는 대단원의 끝을 맺게 되었습니다. 읽어 주셔서 고맙습니다. 그리고 여러분께서 레이프의 이야기와 어센션 3부작을 제가 즐거이 썼던 만큼 즐기셨기를 바라겠어요.

갤런 폴리

1

1816년 어센션

역사상 가장 뛰어난 연인이 순진한 시골 소녀 체리나를 능란하게 유혹하며 부르는 2중창 '우리 손을 맞잡고'가 우아한 정점에 달해 호화스런 극장에 가득 울려퍼졌고 테너와 소프라노는 절묘한 노래로 사랑을 나누었다.

하지만 아무도 관심을 쏟지 않았다. 오페라 글라스의 번뜩임과 소곤거림은 관객들이 무대가 아니라 오케스트라 위쪽에 자리한 최상의 박스석에 매혹되었음을 드러냈다. 큐피드 조각과 석고 리본으로 장식된 그 로열석은 영구적으로 왕가를 위해 준비된 자리였다.

반쯤은 어둠 속에 묻힌 채 좌석에 앉아 있는 그는 움직이지 않았고, 그을린 얼굴은 무표정했다. 무대에서 비춰진 불빛이 그의 손가락에 끼워진 인장 반지에 부딪쳐 둔탁하게 반사되었고 뒤로 넘겨 땋은 길고 짙은 금발을 강조했다.

공연이 시작되고 처음으로 그가 몸을 움직이자 관객들은 숨을 죽이고 지켜보았다. 그는 천천히 값진 조끼 주머니로 손을 뻗어, 납작한 금속통에서 박하사탕을 꺼내 입에 넣었다.

숙녀들은 그가 사탕을 빠는 것을 보고 얼굴을 붉히며 부채질을 해댔다.

너무나 지루해.

그의 눈길이 주위를 훑었다.

너무나, 너무나 지루해.

근사하게 차려입은 젊은 귀족들로 이루어진 추종자들이 그의 주위에 앉아 있었다. 몇몇 이들의 값비싼 옷에는 아편 연기 냄새가 배어 있었고 무리들 중 몇은 남들보다 좀 지나치긴 했지만, 그들에겐 모든 것이 허용되었다.

"전하?"

오른쪽에서 속삭임이 들려왔다.

지루하고 나른한 시선을 무대 위의 아름다운 정부에게서 떼지 않은 채, 왕세자 라파엘 지안카를로 에토레 디 피오레는 보석이 빛나는 한 손을 저어 내밀어진 병을 거절했다. 단테가 잘못 알았다는 냉소적인 생각에 잠겨 있던 터라 술 마실 기분이 나지 않았다.

불꽃과 유황의 연옥이라도 그가 영원한 대기 상태에 있는 이 림보(천국과 지옥의 중간)보다 나쁠 수는 없다.

위대한 인물의 아들로 태어나는 것은 힘든 일이다. 레이프는 위대할 뿐만 아니라 불사의 존재가 아닐까 싶은 아버지를 두었다. 부왕의 승하를 바라는 것은 결코 아니었으나, 내일로 서른 살이 되는 그는 암울함에 휩싸여 있었다.

시간은 화살처럼 지나는데 그는 아무것도 이루지 못했다. 열여덟 살 이후로 그의 인생에 그 어떤 면에서든 놀랄 만한 변화가 있었던가? 여전히 똑같은 친구들에, 똑같은 게임을 하고, 무의미한 사치 속에 신분의 죄수로 시들어갔다.

그는 단순히 아버지의 꼭두각시에 불과했다. 그와 관련된 중요 사항은 우선 논의되고 투표에 붙여진 뒤 왕실의, 신문의, 그리고 빌어먹을 의회의 승인을 받아야 했다. 그는 자신의 운명을 스스로 결정 못하게 하는 이 모든 속박이 지긋지긋했다. 왕자가 아니라 죄수, 성인 남자가 아니라 웃자란 사춘기 소년 같은 기분이었다.

이제 자신의 능력과 교육에 걸맞는 뭔가 의미 있는 임무를 내려달라고 아버지와 논쟁하기를 포기했다. 헛수고였다. 나이든 폭군은 권력의 한 조각조차 내주지 않았다.

차라리 그는 마법에 걸린 가시덤불 뒤의 유리관 속에서 몇 년간 잠들어 있는 게 낫겠다고 생각했다. 그의 삶이 진짜로 시작될 때 사람들이 깨우면 될 터이다.

영원과도 같은 시간 후, 돈 조반니는 지옥으로 끌려가고 오페라는 마침내 끝났다. 그와 추종자들은 관객들이 여전히 박수치고 있는 중에 자리를 떴다.

줄지어 서서 그를 향해 열심히 미소짓는 사람들, 그에게서 뭔가를 바라는 사람들에게는 눈길 한 번 주지 않고 그는 일행과 함께 정면을 응시한 채 대리석 홀을 가로질러 갔다. 지금 그를 멈춰 세우려는 좀 낯익은 통통한 중년 여인과 같은 사람들을 못 본 척하며.

"전하."

그녀는 코가 거의 바닥에 닿도록 굽실 절했다.

"오늘 저녁 뵙게 되다니 이 얼마나 근사한 일인지요! 제 남편과 저 그리고 사랑스런 세 딸들은 전하께서 저희 모임에 참석해 주신다면 영광스럽……."

"사양하게 되어 유감이오, 마담. 안녕히."

그는 걸음도 멈추지 않은 채 거칠게 중얼거렸다. 신이시여, 희망에 찬 모든 딸 가진 어머니들로부터 저를 구하소서.

그때 끔찍한 기자들 중 한 명이 앞으로 밀고 나왔다.

"전하, 지난 주 정말로 내기에서 오만 리라를 따셨고 사륜마차의 차축을 부러뜨리셨습니까?"

"이자를 내보내게."

그는 어린 시절부터의 친구 아드리아노 디 타지오에게 중얼거렸다.

이번에는 또 무슨 경인가 하는 자가 앞쪽으로 약간 나서 품위 있게 절했다.

"전하, 싱클레어 양의 공연은 참으로 훌륭했습니다! 결례를 용서하신다면, 전하께서 만나 주셨으면 하는 사람이⋯⋯."

그는 신음하고 머리 벗겨진 남자를 지나쳐, 일행들과 함께 우아한 대형 극장의 무대 뒤 분장실에 이를 때까지 발걸음을 멈추지 않았다.

턱을 치켜들고 느릿하게 과시하는 걸음으로 여배우들이 모인 곳으로 들어선 레이프는 즉시 기분이 나아지기 시작했고 점차 긴장감이 사라졌다. 눈길 닿는 어디에나 걸친 듯 만 듯한 옷차림의 여자들이 눈에 띠었으며 이는 어떤 남자의 기분이라도 들뜨게 할 만한 광경이었다. 지독한 권태감에 젖어 있는 남자조차도. 여자, 그 따스하고 달콤한 살냄새에 그의 호흡이 편해졌다. 반쯤 미소지으며 그는 천천히 둘러보았다.

"봐, 그분이 오셨어!"

여자들의 기쁜 비명소리가 넓고 환한 분장실을 메웠다. 그들은 사방에서 그를 향해 달려왔다.

"레에에이이프!"

소리지르고 깍깍거리는 여자들의 무리가 순식간에 그를 에워쌌다. 모두들 한꺼번에 이야기하며 그를 의자에 끌어 앉히고, 세 명의 여배우가 무릎에 앉아 킥킥대며 그의 가슴을 쓸어내렸다. 그리고 목에 매달린 둘은 그의 얼굴을 키스로 뒤덮었다.

"아."

한숨을 내쉬고, 그날 밤 처음으로 그는 미소지으며 나른하게 의자에 몸을 기댔다. 그리고는 눈을 감고 부드럽고 향긋하며 꼬물거리는 사랑스런 팔들과 조여매지 않은 젖가슴, 레이스 주름과 공들인 곱슬머리에 즐거이 파묻혔다.

"이래서 내가 극장을 사랑한다니까."

그는 여자들이 킥킥거리며, 귀중품을 찾는 소매치기 아이들처럼 자신의 코트와 조끼를 뒤적거리는 것을 느꼈다. 저번에 여기 왔을 때 파라오마냥 보석 한 줌을 뿌려댄 것이 그들의 버릇을 망쳐놓은 듯했다.

부드러운 입술이 그의 입에 내려앉아 가볍게 애무했다. 잠시의 판단 후, 그는 권태가 물러가기를 바라며 마주 키스하기 시작했다. 어디든 내키는 대로 어루만지며 그는 여자들의 키스를 하나하나씩 맛보았으나, 클로에가 도착하자 그 즐거움은 끝이 났다.

레이프는 몸에 착 들러붙는 은빛 드레스 차림의 영국인 디바가 과시하듯 걸어오는 것을 지켜보았다. 완벽한 육체와 빛나는 미소를 뽐내는 그녀는 그의 가장 최근 장난감이었다. 그들은 4개월째 연인으로 지냈는데 그건 레이프에게 기록적인 기간이었다. 그는 자신이 흥미를 잃어가고 있음을 그녀에게 어떻게 말해야 할지 몰랐다. 그로선 차라리 그녀가 알아서 깨닫기를 바랐다.

클로에는 동료 여배우들이 자신의 고귀한 후원자에게 온통 달라붙어 있는 광경에 발끈했다. 크림빛 어깨에서 깃털 목도리를 벗으며 그녀는 여자들 사이를 지나, 레이프의 목을 목도리로 감아 붙잡았다. 그는 전혀 죄스러운 기색 없이 반쯤 미소를 짓고 올려다보았다. 클로에는 불만스러운 표정을 지었지만 책망할 엄두를 내지는 못했다.

대신, 그의 목에 두른 깃털 목도리를 토닥여 부풀렸다.

"달링, 너무나 전위적이에요."

"어머나, 너무나 예뻐 보여요!"

젊은 여자들 중 한 명이 외치며 핑크빛 깃털 목도리를 스카프처럼 그의 어깨에 고정시켰다.

"그분한테는 뭐든 그렇잖아."

다른 여자가 한숨지었다.

그는 그 여자를 지루하게 응시하며, 자신에게도 저렇게 젊고 쉬이 감명받던 때가 있었던가 생각했다.

"이걸 보세요, 레이프 왕자님!"

풍만한 검은머리가 그의 무릎에 올라앉으며 열성적으로 말했다. 대담하게 슈미즈 자락을 들어올리더니 귀엽고 둥근 왼쪽 엉덩이를 내보였다.

그는 눈썹을 치켜올리고 문신으로 새겨진 자기 이름의 머릿글자 R을 감상했다. 부드러운 피부 위의 글자를 손끝으로 가볍게 더듬었다.

"이렇게 감동적일 수가. 귀염둥이, 네 이름이 뭐였지?"

"꺼져, 매춘부들 같으니. 안 그러면 무대 감독에게 말해 다들 해고시켜 버릴 테야!"

클로에가 쏘아붙이며 여자들을 쫓아냈다.

레이프는 정부의 분노에 쿡쿡거리며, 여자들이 애처롭게 물러가는 동안 아무 말도 하지 않았다. 미소지으며 친구들이 기다렸다는 듯 그들을 낚아채 유혹하는 광경을 지켜보았다.

"사랑스러운 여자들이야."

그는 눈에 짓궂은 빛을 담고 오만한 금발머리를 올려다보았다.

"그리고 여기 대마녀가 계시군."

그녀는 그에게로 몸을 숙여 깃털 목도리 양끝을 붙잡아 당겼다.

"맞아요."

은밀하게 속삭이고는 관능적인 시선으로 그를 사로잡았다.

"그리고 당신, 내 악마는 나와 함께 가는 거예요. 내 아리아 내내 잠을 잔 벌을 줘야겠어요. 내가 당신을 못 봤을 거라 생각하진 않겠죠."

"난 졸지 않았소. 하지만 당신이 그런다면야 기꺼이 벌을 받도록 하지."

그는 부드럽게 속삭이며 일어나 그녀를 내려다보았다. 웃으면서 화려한 깃털 목도리를 고삐삼아 그를 끌고 가는 클로에의 굶주린 시선은 곧 다가올 쾌락을 약속했다. 그는 그녀의 눈에 담긴 숭배를 못 본 척하며 고개를 돌려 동행들에게 고개를 끄덕여 보인 후 클로에를 위해 문을 열어주었다. 그녀는 깃털 목도리를 그의 어깨에서 치웠다.

"2시쯤 클럽에서 보세."

"그러지."

아드리아노가 검은 앞머리를 휙 찰랑이며 말했다.

"즐기라구."

니콜로는 의미심장하게 웃으며 말했다.

바로 그때, 레이프는 누군가 자신을 부르는 소리를 들었다.

"왕자 전하! 전하!"

몸을 돌리자 왕실 정복을 입은 사자가 분장실을 바삐 통과해 다가오고 있는 게 보였다. 즉시 온몸의 근육이 숨겨진 적의로 굳어졌다.

왕으로부터의 전언.

레이프는 숨을 깊이 들이쉬고 천천히 내뱉었다. 그는 성질을 부리는 남자가 아니었다. 아버지가 불호령을 내리는 격한 성격인데 반해 언제나 냉정하게 우아함을 지키는 자신을 자랑스러워했다.

사자가 절하자 그는 양쪽 눈썹을 치켜올렸다.

"부왕께서는 오늘밤 어떠신가?"

어조는 부드러웠지만 희미한 냉소의 기미로 날이 서 있었다.

"국왕 폐하께서 부르셨습니다, 전하."

레이프는 꽤 오랫동안 사자를 응시하고만 있었다. 품위 있는 미소는 변하지 않았지만 대리석 같은 녹색 눈은 분노로 번쩍였다.

"폐하께 내일 정오쯤에 찾아 뵙겠다고 말씀드리게. 아침식사 후에."

"용서하십시오, 전하."

남자는 꿀꺽 침을 삼키고 다시 절했다.

"폐하께서는 즉시 오라 명하셨습니다."

"긴급한 일인가?"

"저는 모릅니다. 폐하께서는 마차를 보내시어……."

"내게도 마차가 있네."

레이프는 이를 악문 채 억지로 가볍게 답했다. 부왕이 화려한 왕실 마차를 보낸 이유는 필경 술에 취하여 한밤에 시골길을 경주한 일 때문이리라. 보나마나 언제나와 같이 꾸짖기 위해 호출하셨겠지. 그의 많은 실수들을 열거하고, 그가 몽상가이기 때문에 왕이 되면 책무에 짓눌릴 거라는 이야기들을.

정말이지 오늘은 부왕의 말을 듣고 싶지 않았다.

주위의 친구들, 정부, 그리고 매력적인 추종자들이 모두 걱정스런 표정으로 그를 지켜보고 있었다. 그들은 마치 그가 당장이라도 폭발할 거라고 예상하는 듯했다.

이 상황에서 그는 두 가지 행동 중 하나를 선택할 수 있다. 무식한 농부처럼 난리를 치며 버팅기든가, 아니면 아버지가 손가락을 튕기기만 해도 대령해야 하는 모욕감을 삼키고 왕자로서 퇴장하는 길이었다.

대답하는 레이프의 목소리는 벨벳 같았지만 입가엔 냉소적인 미소가 서려 있었다.

"폐하를 당장 찾아뵐 수 있어 기쁘네. 허나 내 마차를 타고 가지."

안도감에 쓰러질 듯한 사자는 고개를 꾸벅했다.

"뜻대로 하시옵소서."

그는 고개를 숙인 채 물러났다.

레이프는 정부에게로 돌아서서, 그녀의 손을 들어올려 기사처럼 입맞추었다. 분노는 저 멀리 물러났다.

"미안하오."

"괜찮아요, 달링."

그녀는 달래며 그의 팔을 애무하고는 의미심장하게 눈을 마주했다.

"내일 당신 생일 선물을 줄 수 있는 한 말이에요."

"무엇인지 알고 싶어 기다리지 못할 지경이야."

그는 의미심장한 미소를 짓고 중얼거렸다.

그러고는 이제는 놀랄 것도 없는 아버지의 완고함에 머리를 저으며 걸어나갔다.

밖에는 왕이 그를 데려오라고 보낸 화려한 왕실마차가 막 떠나고 있었다. 그리고는 세련되고 무척이나 비싼, 새 사륜마차가 그를 기다리고 있었다. 그의 마차를 고치고 있는 시내 최고의 마차 제작자가 대여해 준 것이었다. 이 모델의 마차가 미친 듯 팔려나가고 있는 만큼, 그 관대한 조치는 다 계산된 행동이었다고 레이프는 냉소적으로 생각했다. 이상스럽게도 세상은 그의 거친 행동에 수군거리면서도, 그의 모든 것을 노예마냥 따라하여 그를 이 왕국 최고 유행의 선도자란 지위에 올려놓았다.

호화스런 극장 앞은 오페라가 막 끝난 탓에 아직 붐볐으며 몇몇의 행상들이 과일맛 얼음을 하나라도 더 팔기 위해 사람들 사이를 누비고 있었다. 벨포트의 대형 오페라 홀이 수리중인 관계로, 사교계는 언덕 아래 몇 마일 떨어진 예스런 해안 마을의 이 좀더 작은 극장으로 몰려들었다. 해변가의 카페들이 한창 유행을 타고 있었다.

대기중인 마차로 걸어가며, 레이프는 꽃향기와 바다 냄새가 풍기는 조국의 공기를 들이마셨다. 그는 멈춰 서서 그의 가문이 7백 년간 다스려 온 이탈리아의 섬에 자리한 언덕을 올려다보았다.

어센션.

그는 연인의 이름을 되뇌듯 마음속으로 속삭였다. 카프리 섬보다 아름다운, 그의 성스런 유산이었다. 어센션을 위해, 이 새장을 참아내고 아버지가 가하는 어떤 모욕이든 받아들이리라. 비록 자신은 시시각각 말라 죽어가고 있었지만 그래도 버텨나갈 것이다. 절망을 막아주는 유일한 희망은 언젠가 자신이 진정으로 이 비길 데 없는 지중해의 보석을 다스리게 되리라는 약속이었다. 그때가 되면 폭발할 듯한 그의 욕망, 훌륭한 왕이 되리라는 갈망을 마음껏 내보이리라.

사람들은 그가 왕이 되는 게 재앙이라고 생각한다. 하지만 그들에게 보여주리라. 언젠가…….

한숨을 내쉬며 마차에 올랐다. 시종이 재빨리 문을 닫았다. 모든 것에 흥미를 느끼지 못하는 철저한 따분함으로 그는 마차 벽을 두드렸다. 서서히 마차가 움직이기 시작해 작은 항구 마을을 빠르게 지나 수도 벨포트가 자리한 킹스 로드 고갯길로 꺾어졌다.

깜박하고 근위병들에게 출발을 알리지 않은 것이 갑자기 기억났다. 그래도 무슨 일인지 알아내고 곧 따라오겠지. 어쨌거나 그들이 필요치도 않았다. 그리고 언제나 정복 차림의 여섯 덩치들이 따라붙는다는 것은 그가 현재 영예로운 응석받이 죄수에 불과하다는 사실을 일깨워주는 한 요소였다.

　어두운 마차 안에서, 그는 창가에 팔꿈치를 대고 턱을 고인 채 골똘히 경치를 응시했다. 달빛 아래 은빛과 남색을 띤 그의 왕국은 그를 지나치는 인생과도 같이 길을 따라 뒤로 사라졌다.

　생일 따위는 악마나 가져가라지, 왕이 되면 생일을 금지하리라.

　달빛 아래 킹스 로드는 푸른 리본 같았다. 긴장된 침묵이 흐르는 가운데 그들은 숲속에서 지켜보며 자신들의 야간 불침번이 끝난 걸까 궁금해했다. 조금 전, 그들은 금박 입힌 왕실마차가 지나가는 것을 보았다. 이제 늘씬하게 빛나는 흑적색의 사륜마차가 네 필의 말에 이끌려 길을 올라오고 있었다.

　"괜찮아 보이는데."

　마테오가 속삭였다. 그의 막냇동생이 올빼미 울음소리로 저 멀리서 경계신호를 보냈다. 복면 도적은 고개를 끄덕이고 다른 사람들에게 제 위치로 가라고 손짓했다.

　은밀하게, 그들은 나무들 사이로 말을 끌고 가 높은 토대 위의 위치로 이동했다. 그리고 기다렸다…….

　마차가 움푹 팬 바퀴자국을 지나면서 격렬하게 튀어올랐다. 움찔한 레이프는 마부에게 조심하라는 질책을 외치려 숨을 들이쉬었다. 그때 갑자기 밖에서 고함소리가 들려왔다. 말이 미친 듯 히힝거리고 마차가 느려지기 시작했다. 총성이 밤공기를 갈랐다!

　어둠 속에서 그의 눈이 가늘어졌다. 그 즉시 앞으로 기어가 창문 가림막 아래로 흘끗 내다보았다. 모험을 갈구하는 그의 영혼에 갑작스런 흥분이 확 일어났다.

　이런 세상에, 복면 도적이잖아. 그의 표정이 지극히 악마적으로 변했다. 마침내 만나게 되었군.

　수적으론 자신 쪽이 열세였으나, 이 유명한 노상 강도는 유혈을 동반하지 않는다는 보고가 있었기에 그는 불안보다는 흥미를 느꼈다. 그럼에도 불구하고 그의 안전은 국가적 사안이었다. 그는 몸을 숙이고 맞은편 좌석 아래의 여닫이를 열어 장전된 권총 한 쌍을 꺼냈다. 한 자루는 조끼 안에 집어넣고 다른 하나의 격발장치를 당기면서 그는 미소지었다. 주제넘은 자식 같으니, 이제 깜짝 놀라게 될 거다.

복면 도적이 직접 쓴 벽보가 나붙기에 이르자 레이프는 관심을 가지고 이 대담한 젊은이의 행적을 지켜보았다. 그가 친구들 중 누군가를 털 때마다 웃음을 터뜨리기까지 했었다. 비록 친구들은 재미있다고 여기지 않았지만.

부왕의 충성스런 신하들조차 복면 도적과 그 일당을 잡지 못했다. 일반 백성들은 아예 부자의 것을 훔쳐 가난한 이들에게 나눠주는 듯이 보이는 그 미스터리에 싸인 노상 강도를 흠모했다.

레이프는 그 녀석이 나름대로 멋있다고까지 생각했다. 그러나 이 신비에 싸인 로빈 후드가 어센션의 왕자마저 털었다고 떠벌리며 자신을 놀림거리로 삼게 할 수는 없었다. 이미 이따금씩의 지나친 행동으로 대중의 불만은 충분히 얻은 터였다. 백성들은 그 약간의 방종이 미쳐버리는 것을 막기 위한 그의 안전핀임을 몰랐다.

여섯 명의 왕실 근위병들이 멀지 않은 곳에 있으리라. 그의 입술이 의미심장한 미소로 휘어졌다. 그는 총을 들어올리고 문 걸쇠를 붙들고는 반격을 준비했다.

복면 도적이 마부에게 소리쳤다.

"세워! 세우라구!"

숯을 발라놓아 진짜 색을 알 수 없는 거세마 위에 올라탄 복면 도적은 마차 선두마의 굴레로 검은 장갑을 낀 손을 뻗었다. 마부가 권총을 휘둘렀지만 복면 도적은 무시했다. 저런 남자는 결코 무기를 쓰는 법이 없다. 하지만 그 생각을 채 마치기도 전에 마차문이 확 열리고 몸을 드러낸 커다란 체구의 남자가 공중으로 총을 발사하며 명령조의 목소리로 으르렁거렸다.

"그 손 치워!"

그러나 복면 도적은 경고를 무시하고 말등에 몸을 바싹 붙인 후 다시 가죽끈을 잡으려 했다.

천둥 같은 총소리가 오렌지빛 불꽃과 함께 공기를 내갈랐다. 복면 도적은 비명을 내지르고 말의 목에 매달린 채 튀어나갔다.

"단!"

마테오가 대경실색하여 외쳤다.

거세마는 마차 말들에게서 떨어져 나와 제 몸에 흩뿌려진 피냄새에 뒷다리로 곤추섰다.

"후퇴! 후퇴!"

알비가 다른 이들에게 소리쳤다.

"후퇴하지 마! 내 걱정은 말고 전리품을 챙겨!"

복면 도적은 말을 진정시키려 분투하며 소년 같은 목소리로 마주 고함쳤다. 그러자 거세마가 다시금 날뛰었다.

"멈춰, 워워! 이 빌어먹을 말이!"

말이 제어를 벗어나 곤추서자, 수도원 학교에서는 결코 배운 바 없는 욕설이 레이디 다니엘라 키아라몬테의 입에서 줄줄이 쏟아져 나왔다. 그녀의 어깨와 팔은 불이 붙은 듯 화끈거렸다.

저자가 날 쐈어! 그녀의 놀라움은 고통과 맞먹었다. 믿을 수가 없었다. 지금까지의 모든 모험에서 총에 맞은 적은 결코 없었다.

공포에 질린 말이 미친 듯이 돌진하는 동안 그녀는 오른팔을 따라 흘러내리는 뜨거운 피를 느꼈다. 심장이 두방망이질쳤다. 그녀는 짐승을 다스려 작은 원을 그리며 빙빙 돌게 했다.

마침내 말이 멈춰 서서 숨을 헐떡이자, 그녀는 소심한 짐승을 한 대 쥐어박고 싶은 충동을 억누르며 불안스레 부상 입은 오른팔을 내려다보았다. 피가 흐르고 지독히도 아팠다. 자신의 살이 찢겨진 끔찍한 모습에 현기증이 났지만, 조심스레 피가 흐르는 팔을 손가락으로 더듬어 본 다음 가벼운 상처에 불과하다는 결론을 내리고 안도했다.

"저 불한당이 날 쐈어."

그녀는 놀라움의 여운에 여태껏 숨이 가빴다. 시선을 돌리자 가비아노 형제가 마차를 세우고 등불을 끈 다음 달빛에 의지해 일하고 있는 광경이 보였다.

땅바닥에 납작 엎드린 마부를 알비가 검끝으로 겨누고 있었다. 그녀는 자비를 애원하는 마부의 한심한 꼴에 눈살을 찌푸렸다. 우리를 평범한 살인 강도로 아나? 복면 도적과 그 일당은 결코 사람을 죽이지 않아. 때때로 멋쟁이들을 벌거벗겨 나무에 묶어놓는 등의 장난은 쳤지만 결코 피를 본 적은 없었다.

그 규칙을 바꿔야 하기 전에 어서 일을 끝내는 게 좋겠군. 그녀는 말에 탄 마테오와 로코가 키 크고 늘씬한 남자를 검으로 겨누고 있는 것을 보고 생각했다. 멀리서 봐도 분명 그들의 포로는 자기 방어를 하고도 남을 사람이었다.

다행히 부하들이 그를 무장해제시켰다. 그의 권총 두 자루는 먼지투성이 길에 떨어져 있었고 두 손은 높이 치켜들려 있었다. 그녀의 동료들은 비무장인 남자를 공격하지 않을 것이다. 그러나 마테오는 모욕만 들렸다 하면 언제라도 싸움을 시작할 급한 성미였고, 거인인 로코는 자신이 얼마나 힘이 센지 제대로 몰랐다. 거기다 둘 다 그녀를 여동생처럼 아꼈다. 그녀는 누구든 다치기를 원치 않았다.

다니는 검은 가면이 얼굴과 머리칼을 제대로 가리도록 매무새를 고쳤다. 말머리를 돌려 길로 내려가며, 이번에 잡은 게으른 궁정 공작새는 누구인지, 얼마나 돈을 뺏을 수 있을지 몹시 궁금해했다. 운이 따른다면 그녀의 영지에 부과된 새 세금을 치르고 가뭄에 시달리는 영지인들을 다 먹일 만큼 큰돈이 되리라.

그녀는 긴장된 분위기의 세 남자에게로 말을 몰아가며 가볍고 날랜 검을 빼들었다. 마테오와 로코가 그녀에게 길을 내주었다.

"괜찮아?"

그녀의 가장 오랜 친구인 마테오가 속삭였다.

"별거 아냐."

아무렇지도 않은 듯 느릿하게 말하고 그녀는 말을 몰아 다가갔다. 그리고는 칼끝을 들어 포로의 악문 턱에 우아하게 갖다 댔다.

"자, 우리가 잡은 분이 누구실까?"

그녀는 크게 말하며 칼끝을 들어 그가 턱을 치켜들도록 했다.

은색 달빛에 뒤로 땋아넘긴 상당히 긴 금발이 빛났다. 그는 오만한 코와 강하고 성난 입매를 하고 있었으며 가늘게 뜬 눈은 그녀에게 고정되었다. 너무도 어두워 눈 색깔을 알아볼 수는 없었다.

"당신이 날 쐈어."

그녀는 안장에서 그를 향해 몸을 숙이며 불쾌하다는 듯 말했다. 절대 그에게 두려움을 내보여선 안 된다.

"하지만 운이 좋군, 그저 내 팔을 스쳤을 뿐이니."

"내가 널 죽이고 싶었다면, 그렇게 되었을 거다."

그의 악문 잇사이로 흘러나온 부드럽고 위협적인 목소리가 비단결처럼 그녀의 피부를 스쳤다.

"하! 변명하곤! 당신 사격 솜씨는 엉망이야."

그녀는 그를 비웃었다.

"아프지도 않던걸."

"그리고 꼬마, 네 거짓말 솜씨 또한 엉망이군."

다니는 안장 위에 똑바로 앉아 그를 뜯어보았다. 상대는 만만찮은 적수였다. 그녀의 시선이 전사같이 탄탄한 그의 몸을 훑어 내려감에 따라, 여성으로서의 감탄과 함께 내면의 경고 또한 점점 커져갔다. 포로는 키가 180이 넘고 온몸이 순수한 근육으로 다져진 듯했다. 그런데 왜 좀더 저항하지 않았을까? 물론 무기를 빼앗겨서 그랬겠지만, 그럼에도 불구하고 그의 눈에 담긴 불길한 무언가가 마음에 걸렸다.

머릿속에선 즉시 떠나야 한다는 경고가 들려왔지만, 그녀에겐 돈이 필요했기에 지금처럼 손쉬운 건수를 포기할 수는 없었다.

다이아몬드만큼이나 견고하게 빛나는 포로의 시선이 빈 자루를 들고 마차 안으로 뛰어드는 알비를 쫓았다. 다니는 매혹과 경멸이 뒤섞인 눈빛으로 그런 그를 응시했다.

오, 그녀는 이런 타입이 싫었다. 이자는 난봉꾼 레이프 왕자의 방탕한 아부꾼들 중 한 명이리라. 크림색 흰 바지에서부터 반짝이는 검은 구두까지 오만함과 무심함이 흘렀다. 잘 재단된 짙은 녹색 코트만 해도 그녀의 6개월치 세금 정도의 값어치가 나갈 것이다. 그녀는 훌륭하게 다듬어진 그의 손과 손톱을 흘끗 쳐다보았다. 그의 양손은 그녀가 별 위협이 아니라고 결정내린 듯 양옆으로 내려진 터였다.

"당신 반지."

그녀가 명령했다.

"이리 넘겨."

그의 커다란 주먹이 꽉 움켜쥐어졌다. 그가 으르렁거렸다.

"싫다."

"왜? 결혼 반지인가?"

그녀가 냉소적으로 물었다.

그의 눈이 가늘어졌다. 그 모양새를 보아 하니 기회만 주어진다면 이자는 기쁘게 그녀의 심장을 쥐어 뜯어낼 것 같았다.

"이 대담함을 후회하게 될 거다, 꼬마."

그의 목소리는 부드럽고 깊고 위험스러웠다. 또한 무시무시한 권위를 풍겼다.

"넌 지금 네가 누굴 상대하는지 모르고 있어."

오, 그는 모욕을 잘 받아들이지 못하고 있었다. 가면 뒤로 미소지으며, 다니는 검을 가볍게 그의 뺨에 가져다 대었다.

"닥쳐, 공작새."

"젊음이 널 사형 집행인에게서 구하진 못해."

"그러려면 먼저 날 잡아야 할걸."

"네 아버지가 엉덩이를 때려주었어야 하는데."

"우리 아버진 돌아가셨어."

"그럼 언젠가 대신 내가 때려주지. 약속하마."

그 대답으로, 그녀는 지극히 부드럽게 검으로 턱을 쓸어 그 오만한 머리를 억지로 치켜들도록 했다. 귀족 나리는 잘생긴 턱을 악물었다.

그녀는 달콤하게 말했다.

"당신은 자신이 지금 어떤 상황에 처해 있는지 모르는 것 같군."

그는 계속 얼음 같은 미소를 띠고는 빈정거렸다.

"네 창자를 뽑아내고 팔다리가 잘려나가게 해주지."

가면 아래, 다니의 얼굴이 창백해졌다. 그는 그녀를 동요시키려 하고 있었다!

"당신의 반짝이는 반지를 갖고 싶어, 나리. 이리 내놔!"

"날 죽여야 할 거다, 꼬마."

포로는 흰 이를 드러내며 반항적인 미소를 번뜩였다.

이자가 미쳤나? 푸른 달빛과 검은 그림자 아래 선 그는 거대하고 강건했다. 그가 손을 들어 반항하는 것도 아니고 단지 말뿐이었지만 그럼에도 내심 뭔가 불안했다. 이런 부유한 자들은 결코 직접 완력을 쓰거나 하진 않지. 하지만 늘씬하고 고전적으로 균형 잡힌 그의 몸을 한 번 더 훑어보며 그녀는 스스로의 생각에 조소했다.

무언가 크게 잘못되었다.

"용기를 잃은 건 아니겠지, 꼬마?"

그가 나직하게 비웃었다.

"조용히 해!"

그녀는 자신이 어째서인지 짜증나는 포로에 대한 통제력을 잃어가고 있음을 느꼈다. 말도 안 돼! 괜히 위협적인 척하는 남자에게 겁을 먹은 적은 지금까지 한 번도 없었다.

온순한 거인 로코가 걱정스레 그녀를 돌아보았다.

"조랑말들에 짐을 실어."

그녀는 갑자기 울컥 해서 얼굴을 찡그리며 명령했다. 분명히 포로는 어떻게 해서인지 그녀의 허세를 알아본 듯했다. 비록 죽어 마땅한 자이지만 죽이지 않을 것을.

　팔이 불타는 듯 아파 왔다. 그녀는 고개를 숙여 마차 안을 들여다보며, 알비가 서둘러 끝내 주기를 바랐다.

　"안은 어떻게 되어 가?"

　"놈은 부자야!"

　알비가 큰 소리로 외치며 가득 찬 자루 하나를 내던졌다.

　"기막히게 부자라구! 자루 하나 더 줘!"

　마테오가 자루를 더 가져다 주러 서두르는 동안, 다니는 포로가 거의 알아채지도 못할 만큼 슬쩍 길 아래쪽으로 시선을 주는 것을 보았다.

　"누굴 기다리나?"

　그녀가 즉시 다그쳤다.

　그는 아주 천천히 고개를 저었고 그녀는 자신이 그의 매혹적인 입을, 악마 같은 미소로 끝이 당겨져 올라간 그 입을 멍하니 응시하고 있음을 깨달았다.

　갑자기 높고 날카로운 목소리가 길 아래쪽에서 울려퍼졌다.

　"도망가!"

　가비아노 형제의 막내, 열 살짜리 지아니가 팔을 휘저으며 그들에게 달려왔다.

　"병사들이야! 병사들이 오고 있어! 도망가!"

　놀란 숨을 들이키며, 다니는 포로를 바라보았다. 그는 짐짓 만족스런 미소를 지어 보였다.

　"망할 자식, 우리를 궁지로 몰아넣었어!"

　그녀는 이를 갈았다.

　"서둘러, 어서!"

　지아니는 계속하여 외쳐댔다.

　"가자! 금방이라도 들이닥칠 거야!"

　다니의 눈길이 다시 길 아래로 휙 날아갔다. 그녀는 자신의 말이 제일 빠르다는 걸 알고 있었다. 핏속의 모든 여성적인 본능이 어린 소년을 안장으로 들어올려 군인들이 오기 전에 도망치라고 외쳐댔다. 이곳은 아이가 있을 곳이 아니었다. 다 그녀의 잘못이었다. 열 번도 넘게 지아니가 따라오지 못하도록 금했지만, 아이는 결코 말을 듣지 않았다. 더 말렸어야 했는데 그녀가 먼저 포기하고는 비교적 안전한 신호 담당을 맡겼던 것이다.

"지옥으로나 꺼져버려, 공작새."

그 말을 내뱉고 그녀는 말고삐를 잡아당겨 방향을 바꿨다. 로코는 그의 느린 짐말에 올라탔고 알비와 마테오는 각각 주화로 가득한 자루를 하나씩 들어 각자의 조랑말에 실었다. 그리고 어린 소년은 절박하게 그들을 향해 뛰어왔다. 그녀가 몸을 돌리려던 순간, 시야 한구석에 커다란 체격의 남자가 몸을 날려 권총을 쥐고 구르더니 마테오에게 겨누는 광경이 들어왔다.

"마테오!"

그녀는 말머리를 다시 돌려 곧장 포로에게로 돌진했다. 총이 하늘을 향해 발사되었다. 다음 순간 포로가 놀랄 만한 민첩성을 발휘해 벌떡 일어서더니 그녀를 붙잡아 말에서 끌어내리려 했다. 그녀는 주먹을 휘두르고 발로 차댔다. 마테오가 그녀를 도우러 조랑말을 몰아 다가왔다.

그녀는 그에게 불타는 눈길을 던졌다.

"내가 알아서 할 수 있어! 넌 네 동생을 챙겨!"

마테오가 망설였다. 병사들이 다가오는 소리가 점점 커졌다.

"가!"

그녀는 포로의 널찍한 가슴을 발로 차며 고함쳤다. 남자는 한 발 물러서며 욕설을 내뱉고 갈비뼈를 감쌌다.

그 광경을 보고, 마테오는 조랑말을 돌려 어린 소년을 데리러 갔다. 귀족 사내는 다시 그녀에게 달려들었다. 그들이 격투를 벌이자 말이 겁에 질린 울음소리를 내며 뒷발로 곧추섰다. 그녀는 균형을 잡으러 애썼으나, 서서히 남자의 순수한 육체적 힘에 밀리기 시작했다.

갑자기 그가 그녀를 안장에서 끌어내렸다. 기수에게서 해방되자 은혜를 모르는 말은 즉각 튀어나갔다.

소리 없는 분노의 외침을 내뱉으며 그녀는 한때 자신의 포로였던 남자에게 거꾸로 사로잡혔음을 깨달았다. 그녀 위로 우뚝 솟아 있는 그의 눈은 등불처럼 빛났으며 잘 땋여 있던 머리는 풀어 헤쳐져 이리저리 흘러내렸다. 그는 난폭하고 거대했으며 우아한 옷차림에도 불구하고 야만적으로 보였다.

"이 조그만 녀석."

그가 그녀의 얼굴에 대고 으르렁거렸다.

"이거 놔!"

그녀는 맞서 싸웠다. 그가 더욱 세게 움켜잡자 그녀는 다친 팔에 고통을 느껴 소리쳤다.

"아얏! 젠장할!"

"넌 붙잡혔어! 알겠나?"

그녀는 몸을 뒤로 젖혔다가 온 힘을 다해 그의 얼굴을 치고는 그 순간을 이용해 재빨리 빠져나와 토대를 향해 전속력으로 내달렸다. 그는 두 걸음 차이 정도로 바짝 쫓아왔다.

거칠게 두근대는 심장을 안고 그녀는 먼지와 낙엽 속을 정신없이 기어올랐다. 급하게 동료들을 찾아 시선을 돌리자 마테오가 지아니를 안장으로 들어올려 맹렬히 달리고 있는 게 보였다.

허나 그녀의 안도감은 오래 가지 않았다. 그 순간 사내가 그녀를 덮쳐와 바위 같은 팔을 허리에 감고는 땅으로 쓰러뜨렸다. 그는 그녀를 깔아뭉갰고, 목에 팔을 걸어 꼼짝 못하도록 잡아당겼다.

남자가 싫어. 그녀는 고통에 눈을 질끈 감으며 생각했다.

"가만히 있어."

사내는 숨가쁘게 헐떡이며 으르렁댔다. 그녀를 둘러싼 그의 몸은 달군 쇠처럼 뜨거웠다. 다니는 반 초쯤 쉬었다가, 정확히 그 반대로 행동하기 시작했다. 발길질하고 꿈틀거리고 치고 주먹질했다.

"놔줘!"

“그만 꿈틀거려! 넌 잡혔다, 빌어먹을! 그만 항복해!”

소년의 주먹을 피하면서 레이프는 날씬한 몸을 자신의 밑에 눌러 더욱 꽉 고정시켰다. 다행히 레슬링은 소년 시절 그가 잘하던 운동 중 하나였다. 그때는 그게 이토록 쓸모 있게 될 줄은 꿈에도 몰랐다. 복면 도적은 몸을 뒤채고 팔을 휘둘러대며 사납게 저항했다.

“항복해.”

그가 악문 잇새로 명령했다.

“지옥으로나 꺼지시지!”

어리게 느껴지는 목소리는 공포로 더욱 톤이 높아져 날카로웠다. 지쳐 헐떡거리며, 레이프는 근육질로 이뤄진 온몸의 체중을 좀더 무겁게 실어 어린 말썽꾸러기의 몸부림을 막으려 했다.

“가만히 있어!”

그는 어깨 너머로 길 쪽을 돌아보며 다가오는 병사들에게 외쳤다.

“이쪽이다!”

그러는 사이에도 계속 몸을 뒤채던 피에 굶주린 조그만 도둑은 어떻게 했는지 몸을 뒤집어 등을 바닥에 댔다.

“네 목이 매달릴 거라 그랬지.”

그가 으르렁댔다.

“아니, 내 창자를 뽑아내고 팔다리가 잘려나가게 하겠다고…….”

레이프는 날아오는 주먹을 한 손으로 잡았다.

“가만히 있어, 빌어먹을!”

갑자기 소년이 얼어붙더니 숨을 들이쉬고 그의 인장 반지를 응시했다.

“당신은……!”

소년은 목쉰 소리로 컥컥댔다. 레이프는 아래를 내려다보며 만족감에 눈초리를 가늘게 떴다.

“아하, 꼬마. 마침내 알아봤구나, 안 그래?”

가면 아래 밝은 색의 눈은 한순간의 깜박임조차 없이 공포에 질린 눈빛으로 그를 응시했다.

레이프는 껄껄 만족스레 웃다가 문득 멈췄다. 도대체 뭐지? 한 가닥의 향기를 맡은 그의 이마가 찌푸려졌다. 그 향기는 닿을 듯 말 듯 아련한 곳에서 풍겼으며 아슬아슬하게 손이 닿지 않는 곳에서 맴돌았다.

"네 이름이 뭐냐, 이 지독한 개구쟁이야?"

당당한 위엄이 어린 모습으로 다그치며 그는 소년의 검은 가면을 잡았다.

갑자기 조그만 도둑이 번갯불처럼 움직였다!

흙투성이에 피 흘리던 작은 말썽꾼이 그의 사타구니를 무릎으로 올려쳤다. 순간적으로 완전한 무력감에 휩싸인 그는 숨을 헐떡였다. 소년은 그의 어깨를 밀어 옆으로 굴리고는 힘 빠진 그의 손아귀에서 빠져나갔다.

눈앞이 캄캄해지는 고통 속에서, 레이프는 분노의 기력을 전부 모아 병사들에게 고함쳤다.

"저들을 쫓아!"

소년은 숲속으로 뛰어들었다.

2

다니는 숲속을 쩌렁쩌렁 울리는 그의 고함소리를 듣고도 멈추지 않았다. 좁은 짐승길을 따라 목숨을 걸고 달렸다. 날카로운 가시덤불과 그녀를 붙잡으려는 나뭇가지 사이를 뚫고, 쓰러진 나무를 뛰어넘어 달리는 그녀의 가슴은 공포로 마구 고동쳤다. 마차 길의 병사들이 내는 말발굽 소리가 그녀의 귀를 가득 채웠다. 나무 사이로 그들을 볼 수 있었다.

지름길로 가야 해. 그녀는 숲속으로 더 깊이 달음박질쳤고 병사들은 마테오와 일행이 사라진 방향을 쫓고 있었다.

집으로 향한 길을 절반쯤 갔을 때 옥수수밭에서 풀을 뜯는 자신의 말을 발견했다. 공포와 두려움에 손을 부들부들 떨며 그녀는 말에 올라 녹슨 문과 키 큰 포플러가 양옆에 늘어선 저택 진입로까지 전속력으로 달렸다.

말의 숯가루를 씻어낼 반 양동이의 물이 마구간 뒤에 준비되어 있었다. 마테오와 다른 일행의 기척은 여전히 없었다.

제발, 하느님. 그들은 제게 있어 전부예요. 어떤 여자아이들도 함께 놀아주지 않던 아홉 살 말괄량이 적부터 가비아노 형제들은 그녀에게 친오빠 동생 같았다.

이제 깨끗해진 말을 묶어놓고, 그녀는 집안으로 달려들어갔다. 마리아가 서둘러 다가왔다.

"은신처를 준비해 놔. 다들 금방 도착할 거야!"

다니가 명령했다. 은신처는 이 고저택의 포도주 창고 귀퉁이에 세워진 가짜 벽 뒤에 있었다.

"아, 그리고 뭔가 먹을 걸 마련해 줘. 곧 손님들이 올 테니까."

군인들의 배에 음식을, 잔에 포도주를 채워 준 뒤 얌전하고 어린 귀족 아가씨처럼 행동한다면 그녀가 무슨 말을 하든 믿으리라. 그녀는 경험으로 그걸 알고 있었다. 과거에도 몇 번 그렇게 위기를 모면했다. 비록 비축해 둔 음식이 너무나 적긴 했지만…….

무법자에서 상냥하고 가난한 장원의 레이디로 변신하기 위해 그녀가 몸을 돌려 계단을 뛰어 올라가자 마리아가 뒤에서 헉 하고 숨을 몰아쉬었다.

"레이디, 다치셨군요!"

"신경 쓸 거 없어! 시간이 없다구!"

다니는 좁은 복도를 서둘러 지나 자신의 방으로 향했다. 즉시 커튼을 치고 갑갑한 검은 복면을 벗어버렸다.

곱슬거리는 적갈색 머리칼이 어깨 위로 쏟아져 내렸다. 떨리는 손으로 셔츠를 벗고 주의 깊게 물로 상처를 씻었다. 다행히 피는 멎어 있었다. 총상은 끔찍했지만, 자신들이 턴 사람의 정체와 그의 병사들이 동료들을 발견했을 때 닥칠 일에 비하면 아무것도 아니었다.

그녀는 바지를 벗고 물에 적신 천으로 피부에서 흙먼지를 닦아냈다. 시원한 천의 감촉을 한껏 만끽했다. 그런 다음 슈미즈와 일할 때 입는 단순한 베이지색 드레스를 입고 낡은 양가죽 슬리퍼를 신고는 떨리는 손으로 급히 머리를 묶어 올렸다.

그녀는 서둘러 아래층으로 내려가 앞치마를 걸치고 마리아와 합류했다.

"아직이야?"

마리아가 우울하게 고개를 저었다.

잡혔을 리 없어.

"다들 금방이라도 올 거야. 분명해. 난 가서 할아버지를 뵙고 올게."

친구들 걱정으로 여전히 가슴이 고동쳐댔지만 다니는 마음을 가라앉히려 애쓰며 양손을 곱게 배 위에 모았다. 깊이 숨을 들이쉬고 할아버지의 침실로 걸어갔다.

할아버지는 주무셨다. 방안은 마리아가 켜 놓은 한 자루의 촛불 빛에 의해 밝혀져 있었다. 가끔 어둠 속에서 잠이 깨면 할아버지가 공포로 비명을 지르곤 했기 때문이었다. 위대한 키아라몬테 공작, 한때는 전장에 나아가 당당하게 선두에 섰던 그였지만 이젠 마치 어린아이처럼 누군가의 보살핌을 필요로 했다.

문가에 서서 그녀는 애정어린 시선으로 할아버지의 귀족적인 얼굴 윤곽, 뾰족한 코, 콧수염, 세월이 새겨진 이마를 훑었다. 그녀는 조용히 문을 닫고 침대 옆으로 다가가 무릎을 꿇은 후 할아버지의 울퉁불퉁한 손을 자신의 두 손으로 꼭 감쌌다. 다니는 할아버지의 손에 머리를 대고 용기를 잃지 않으려 애썼지만 팔은 지독히도 아팠고 아주아주 끔찍한 예감이 들었다.

라파엘 왕자…….

빛나는 타락천사. 위대한 왕과 왕비가 낳은 아들은 흠잡을 데 없는 우아함, 여름날의 하늘과도 같은 달콤한 미소, 그리고 악덕과 타락으로 가득한 심장을 지닌 황금의 신이었다. 난봉꾼 레이프 왕자는 눈부시고, 매끄러운 말솜씨에 대담했다.

주로 그의 추종자들인 쓸모 없는 귀족들을 희생자로 골랐기에 다니는 그 부도덕한 왕자와 그의 친구들에 대해 모든 것을 알고 있었다.

그는 술을 마셨고 도박을 했다. 그리고 아름답지만 쓸모 없는 물건들, 그림이나 값진 예술품들과 시 변두리에 직접 지은 보석상자와도 같은 궁전에 큰 재산을 퍼부었다. 결투도 했다. 순결한 처녀들뿐 아니라 노처녀들에게도 똑같이 수작을 걸었으며, 모든 여자에게 우스울 정도로 매력적으로 행동하는 걸 보면 사람들이 자신을 진지하게 받아들이길 원치 않는 게 분명했다. 그는 큰 소리로 웃고 짓궂은 장난질을 쳤다. 오전과 낮에는 요트로 섬 주변을 돌면서 야만인처럼 태양 아래 맨가슴을 드러내고 환호했다. 평판이 나쁜 곳을 자주 드나들고 꼭두새벽에 친구들과 비틀거리며 귀가해 야경꾼들을 괴롭히곤 했다.

그럼에도 불구하고 왕국의 모든 여성들은 단 하루만이라도 그의 아내, 왕자비가 되면 얼마나 좋을까 꿈꾸곤 했다. 심지어 다니조차 겨울 식량을 사러 마리아와 시내에 나갔다가 그를 얼핏 본 다음에 여러 날 밤을 뜬눈으로 세우며 침대에 누워 그에 대한 궁금증들을 되새김질했다.

그는 어떤 사람일까? 정말로 그는 어떤 사람일까? 무엇 때문에 그렇게 미친 듯 행동하는 걸까? 근위병들에 둘러싸인 그는 온통 다이아몬드로 치장한 눈부신 금발을 팔에 끼고 고급 의상실에서 나오는 길이었다. 왕자는 머리를 숙이고 여자가 하는 말을 관심 있게 듣다가 나직하게 웃었다.

그녀는 자신의 어린애 같은 경외심과 첫눈에 그와 사랑에 빠졌다고 확신했던 기억을 떠올리며 치를 떨었다. 그는 자신의 쾌락 외에는 아무것에도 신경 쓰지 않는 난봉꾼이다. 그의 총에 맞은 팔의 욱신거림은 그나마 남아 있던 환상을 깨뜨리기에 충분했다. 이 세상은 믿을 수 없는 남자들로 가득하다. 현명한 여성이라면 남자가 아니라 자기 자신에게 의지해야 한다.

그때 바깥에서 들려온 외침소리가 그녀의 생각을 흩트려 놓았다.

드디어! 하느님, 감사합니다. 다들 무사하군요.

다니는 할아버지의 침대 곁에서 일어나 창문으로 돌진했다. 순간, 그녀의 피가 얼어붙었다.

그녀는 창틀을 움켜쥐고 흙먼지 자욱한 잔디밭을 내려다보았다. 마테오, 알비, 로코와 어린 지아니는 그녀의 영지까지 도망쳐 왔으나 바로 지금, 그녀의 눈앞에서 한 무리의 병사들이 그들을 포위해 안장에서 끌어내리고 있었다.

한 병사가 총을 거꾸로 잡고 알비의 뒤통수를 갈겼고 또 다른 병사는 어린 지아니를 쳐서 땅으로 떨어뜨렸다. 다니는 불같은 성미의 마테오가 그들과 끝까지 싸우다 살해당할까 걱정스러웠다. 즉시 창문에서 몸을 돌려 문으로 달렸다. 계단을 내려가 마리아를 지나쳐 문을 열고 밖으로 뛰어나갔지만, 그들을 보는 순간 다니는 이미 너무 늦었음을 마음 깊이 깨달아버렸다.

마테오와 형제들은 왕자의 병사들에게 체포되었다.

어린 막내까지 모두.

눈앞이 분노로 시뻘개졌다. 거의 왕가만큼이나 역사 깊고 자랑스런 혈통의 후손인 그녀는 잠시 주먹을 쥐었다폈다하며 자신의 혈관 속에 끓어오르는 위대한 공작들과 장군들의 피를 느꼈다.

그녀는 전투 함성을 지르며 앞으로 나섰다.

"그들을 풀어줘요!"

당하다니! 겨우 그런 꼬마한테. 그는 누군가의 목을 비틀고 싶었다.

"버릇없는 도둑놈 같으니."

레이프는 분노에 차 중얼거리고 일이 초 후 비틀거리며 일어났다.

"꼭 잡고 말 테다, 막돼먹은 녀석!"

라파엘 디 피오레를 바보로 만들고 무사히 도망친 사람은 아무도 없었다. 그는 옷에서 나뭇가지와 낙엽을 털어내다가 새하얀 바지 무릎에 묻은 얼룩에 치를 떨고는 약간 발을 끌며 길로 내려갔다. 바싹 마른 흙이 더 이상 반짝거리지 않는 그의 신발 아래에서 바스러졌다.

"전하, 괜찮으십니까?"

그를 도우려 뒤에 남은 두 근위병이 물었다.

"난 멀쩡하네."

그는 자신이 평정을 잃었다는 사실은 무시한 채 말을 내뱉고는 한 병사가 고삐를 잡고 있는 커다란 백마로 다가갔다.

"그자들을 잡아! 알아듣겠나?"

그는 분노에 휩싸여 말했다.

"아침까지 그놈들을 감옥에 처넣도록! 자네!"

그는 첫번째 병사에게 명했다.

"난 이 말을 타고 가겠네. 자네는 마부와 함께 마차로 뒤따르도록. 저쪽이야."

"어, 네, 전하."

그 병사가 더듬대는 동안 다른 한 병사는 추적에 합류하기 위해 말에 올라 레이프와 함께 전속력으로 달렸다.

"놓아주랬잖아요!"

다니는 병사들의 말이 일으킨 흙먼지에 숨막혀 하며 외쳤다.

"내 땅에서 물러가요!"

그녀는 병사들 사이를 뚫고 나아가다가 하마터면 뒷발을 서서 발을 구르던 말에게 짓밟힐 뻔했다. 한 병사가 친구들에게 다가가기 전 그녀의 허리를 잡아챘다.

"서두르면 안 됩니다, 레이디!"

"그게 무슨 뜻이죠?"

그녀는 그를 뿌리치며 다그쳤다.

"물러나세요, 이들은 위험인물들입니다!"

"말도 안 되는 소리! 이들은 마을 대장장이와 그 동생들이에요. 분명 당신들이 실수한 거라구요!"

"실수가 아닙니다. 이들은 노상강도고, 현행범으로 붙잡혔습니다."

"그럴 리가 없어요!"

회색 눈의 남자가 미간을 찌푸린 채 그녀에게 다가왔다. 코트에 달린 계급장으로 그가 왕실 근위대장임을 알 수 있었다. 왕국 내에서 가장 거칠다는 왕실 근위대.

하느님, 도와주세요.

"이들이 당신 집으로 말을 달려올 만한 이유를 아십니까?"

그가 수상쩍다는 듯 물었다.

"우리는 지름길을 지나고 있었던 거요!"

마테오가 으르렁댔다.

대장은 그에게 미심쩍다는 눈길을 주었다가 다시 그녀를 바라보았다.

"그리고 당신은 누구요, 아가씨?"

그녀는 턱을 치켜들었다.

"난 레이디 다니엘라 키아라몬테, 키아라몬테 공작의 손녀딸이에요. 그리고 당신들은 우리 땅을 무단 침입하고 있고요!"

그 이름을 듣고 병사들 중 몇 명이 경외심에 찬 시선을 교환하는 것을 눈치챈 그녀는 자부심을 느꼈다.

"여기서 물러나 안으로 들어가세요, 레이디."

마테오가 악문 잇새로 경고했다.

"그 말이 옳습니다. 안으로 들어가시는 게 좋을 것 같군요, 레이디."

회색 눈의 대장이 경계하며 말했다.

"이자들은 중범죄자들이고, 난 이들을 체포하라는 왕자님의 명령을 수행중입니다."

"하지만 분명 저 어린애까지는 아니겠지요!"

고뇌에 찬 시선으로 그녀는 지아니를 가리키며 외쳤다. 아이의 턱이 떨리는 것이 눈에 들어왔다. 아이는 마테오 곁으로 바싹 붙어 섰다.

대장이 아이를 쳐다보며 결정을 망설이는 사이 마리아가 등불을 들고 나왔다. 자그마하고 통통한 가정부는 등불을 치켜들고 덩치 큰 남자들을 호전적인 표정으로 마주하며 다니의 허리에 팔을 감았다. 겉보기엔 위로하려는 몸짓 같았지만, 다니는 자신을 말리려는 의도임을 알 수 있었다.

"이게 다 무슨 일이죠?"

마테오, 로코, 알비가 묶이는 모습을 보며 마리아가 다그쳤다.

바로 그때, 진입로에서 고함소리가 들려오며 두 명의 기수가 달려오는 게 보였다. 거대한 백마에 올라탄 넓은 어깨의 기수가 눈에 들어오자 다니의 심장이 발끝까지 곤두박질쳤다.

그녀가 제자리를 지킨 것은 단순히 손끝 하나 움직일 수가 없어서였다.

"산타 마리아."

나이든 가정부가 숨을 내뱉었다.

"지금 내가 보고 있는 게 정말 그 사람 맞아요?"

라파엘 왕자는 흙먼지를 일으키며 말의 속도를 늦춰 능란하게 멈춰섰다. 그는 그녀와 마리아는 본 체도 안 했다. 강렬한 시선으로 묶여 있는 남자들을 훑어보았는데, 아마도 몇 명인지 세는 듯했다. 그리고는 고개를 들어 주위에 줄지어 서 있는 나무들을 훑어보았다. 손에는 말고삐가 팽팽하게 쥐어져 있었다. 아무 기색 없이, 그는 턱을 아래로 숙이고 가비아노 형제를 응시하며 늘어선 그들을 따라 말을 걷게 했다.

"그자는 어디 있지?"

라파엘은 얼음 같은 어조로 물었다.

다니는 눈을 감았다. 자신이 원하는 것을 얻을 때까지 결코 멈추는 법이 없는 남자임을 뼛속 깊이 알 수 있었다.

"대답을 기다리고 있다."

불길하리만치 부드러운 어조.

여전히 형제들은 대답하지 않았다. 다니의 눈이 번쩍 뜨였다. 그가 원하는 것은 그녀였다. 하지만 가비아노 형제들은 어떤 희생을 치르더라도 그녀의 정체를 밝히지 않으리라. 양심과 친구들에 대한 의리가 앞으로 나서서 그들을 구하라고 외쳐댔다. 하지만 만약 자신이 그들과 함께 감옥에 던져진다면 유일한 구출 희망마저 잃는 것임을 잘 알기에 순간적인 정의를 좇고자 하는 욕구에 맞서 싸웠다.

기필코 그들을 구출할 것이다. 자신이 그들을 끌어들였으니 빼내는 것도 그녀가 할 일이다.

"그자는 어디 있어?"

왕자가 예고도 없이 버럭 고함을 지르자, 그의 말조차 화들짝 놀라 바둥댔다. 하지만 기수가 숙련된 승마 솜씨로 말고삐를 바싹 죄자 백마는 곧 잠잠해졌다.

"가버렸소."

마테오가 거칠게 내뱉었다.

다니는 왕자의 마차가 덜컹거리며 들어서는 대문 쪽에 눈길을 주었다.
그 와중에도 왕자는 계속 마테오를 몰아붙이고 있었다.

"어디로?"

안장 높이 올라앉은 라파엘 왕자가 물었다.

"내가 어떻게 알겠소?"

마테오가 쏘아붙였다.

그는 마테오의 무례한 어조에 경고하는 의미로 승마용 채찍을 들어올
렸으나 휘두르지 않고 손을 내렸다. 그의 표정이 험악했다. 병사들을 바
라보는 눈은 번뜩거렸고 조각 같은 얼굴은 권위로 차가웠다.

"거기 둘, 이자들을 마차에 실어 벨포트 감옥으로 이송하라."

"이 녀석도 말입니까, 전하?"

근위대장이 어린 지아니의 팔을 잡아올리며 물었다.

"모두 다."

간략한 대답이었다.

"아직 잡히지 않은 일당이 한 명 더 있다. 열여덟 살 정도의 소년으로
두목이다. 걸어서 도망갔고 오른쪽 팔 윗부분에 총상을 입었다. 틀림없이
아직 숲에 숨어 있을 테지. 그리고 놈이 있는 곳에 내 황금도 있을 것이다.
이 무리들은 최소한 그걸 소지한 채 잡히지 않을 만큼의 지혜가 있었으니
까. 그리고 말해 두겠는데, 내 황금을 찾아냈을 때 만약 자네들 중 누가
거기에 손을 댄다면 이 도적들과 같은 벌에 처해질 것이다. 가라."

병사들은 불안한 듯 서로를 흘끔거렸다.

"가라니까, 젠장! 놈이 도망치기 전에!"

다니와 마리아는 그의 고함소리에 펄쩍 뛰며 서로를 껴안았다. 다니는
떨고 있었다. 그녀의 총상 입은 팔을 보았던 마리아는 공포에 질려 재빠
르게 그녀를 곁눈질했다. 마리아는 물론 그녀의 불법적인 행동에 대해
알고 있었다.

"레이디, 부디 제 어머니에게 이 일에 대해 말씀해 주십시오."

마테오가 굳은 어조로 그녀에게 말하는 동안 그의 동생들은 그들이

털었던 바로 그 마차에 실렸다. 마테오의 검고 표정 풍부한 눈은 분노로 가득했다. 주위에 있는 사람들 때문이지만 그가 그녀에게 존칭을 쓰는 걸 듣는 것도 어색했다.

"걱정 말아요."

장원의 여주인 역할을 맡은 그녀가 대답했다. 병사들이 그마저 마차에 밀어넣는 것을 보며 그녀는 움찔했다.

"이 오해는 분명 아침이면 다 풀릴 거예요!"

"당신은 누구요?"

처음으로 그녀의 존재를 알아챈 왕자가 갑자기 다그쳤다. 루시퍼만큼 이나 오만한 그는 말 위에 높이 올라앉아 귀족적인 코 아래로 그녀를 내려다보았다.

마리아의 팔이 그녀의 허리를 조였다. 지금 다니의 혀끝에서 맴도는 따끔한 말대꾸 대신 공손한 대답을 짜내기라도 하려는 듯이. 하지만 그의 오만하고 권위적인 태도는 그녀의 속을 뒤집어 놓았다. 바로 조금 전에 비해 그들의 위치가 얼마나 비참하게 뒤바뀌었는가.

그녀는 턱을 치켜들었다.

"저는 이 집의 레이디이고, 당신께도 같은 질문을 드려야겠군요. 영지를 침범하고 계시니까요."

"내가 누군지 모른단 말이오?"

그는 놀라워하며 말했다.

"전에 뵌 적이 있던가요?"

그의 눈초리가 가늘어지더니 마치 벌레라도 보는 듯한 시선으로 실밥 터진 슬리퍼에서 얼룩진 앞치마, 반항적인 얼굴을 차례차례 훑었다.

다니는 그의 거만함을 비웃고 싶었다. 대신 가슴께에 팔짱을 끼고 양 눈썹을 치켜올려 냉랭하게 그를 응시했다. 하지만 가슴속 심장은 분노와 공포로 마구 고동치고 있었다. 그녀는 최선을 다해 오만하며 무례한 그의 탐색에서 물러나지 않았다.

그는 필경 온몸을 실크와 새틴으로 휘감고, 꿈에서라도 감히 황금신에게 말대꾸할 생각을 못하는 레이디들에게 익숙하리라. 분명 그녀는 누더기 차림일지는 몰라도 적어도 사람을 제대로 볼 줄은 알았다. 사람들이 그를 괜히 난봉꾼 레이프 왕자라고 부르는 게 아니었다.

짜증스러운 듯 얼굴을 찌푸리던 그가 시선을 들어 그녀 뒤편의 넓지만 황폐한, 웃자란 하얀 재스민 덩굴이 붉은 기와 지붕을 뒤덮은 저택의 입구로 옮겨갔다. 현관 위에는 가문의 문장이 그려져 있었다.

그는 눈매를 가늘게 하고 그걸 응시했다.

"이 가문의 이름은?"

채찍을 말목에 드리우며 그가 물었다. 잠시 그녀는 자신의 범죄 때문에 이름을 말하길 주저했다.

왕자는 성마르게 얼굴을 찡그렸다.

"가족 중 누가 댁에 계신가?"

그를 올려다보던 그녀의 얼굴이 창백해졌다. 순간 그녀는 죽고 싶었다. 이 아름다운 신과도 같은 남자가 자신을 하인으로 생각한 것이다.

갑자기 그들 뒤의 문이 쾅당 열렸다.

왕자와 다니는 저택 쪽으로 눈길을 돌렸다. 눈앞의 광경에 마리아는 성자의 이름을 중얼거렸으며 다니의 심장은 한 번 더 철렁 내려앉았다. 촛불을 든 채 잠옷과 나이트캡 차림의 할아버지가 걸음을 질질 끌며 열린 문 밖으로 나오고 있었다. 심지어 침실 슬리퍼도 한 짝만 신고 있었다.

"제가 가보겠습니다, 레이디."

나이든 여자가 중얼거렸다. 다니는 악명 높고 이기적이며 유행밖에 모르는 난봉꾼에게 감히 할아버지에 대한 놀림 한마디라도 입 밖에 내보기만 해보라는 도전적인 눈빛을 던졌다.

왕자는 그저 노망한 공작을 궁금한 듯 쳐다보았다.

할아버지의 걸걸한 목소리가 들려오자 다니는 얼어붙었다.

"알퐁스? 하느님 맙소사, 자네인가?"

할아버지가 외쳤다.

다니는 뭐라 표현할 수 없는 표정이 왕자의 잘생긴 얼굴에 스쳐 지나가는 걸 보았다. 그에게 다시 한 번 더 호전적인 시선을 던지고 다니는 몸을 돌렸다. 그녀는 할아버지가 그들을 향해 비틀비틀 달려오는 모습을 보고 급한 숨을 들이켰다. 그때 들고 있던 촛불이 손에서 떨어져 야금야금 마른 풀들을 먹어치웠다. 마리아가 소리치며 황급히 불을 껐고 다니는 할아버지를 붙잡으려 했다. 라파엘 왕자가 민첩하게 말에서 내려 그녀를 획 지나친 노인을 잡아챘다.

"자자, 조심하십시오, 어르신."

왕자가 부드럽게 말했다.

다니가 그 둘을 바라보며 땅이 입을 열어 자신을 삼켜버리길 바라는 동안, 할아버지는 눈에 눈물을 그렁그렁 담고는 왕자의 어깨를 움켜쥐었다.

"알퐁스! 자네군! 자네는 그야말로 똑같이, 똑같아 보이네, 이 친구야! 하나도 변하지 않았어! 어떻게 이토록 젊음을 유지할 수 있지? 오, 하기야 자네에게는 왕가의 피가 흐르고 있지."

가슴에서 우러나온 따뜻함이 담긴 말투였다. 뼈만 앙상한 노인의 손가락이 왕자의 강인한 팔을 붙들었다.

"들어와서 한잔하며 그 옛날 학창 시절 얘기를 하세…… 아, 좋은 때였지!"

"할아버지, 착각하신 거예요."

다니는 할아버지를 말리며 총기가 흐려진 당신의 모습에 고통스러워했다.

"이분은 라파엘 왕자님으로, 알퐁스 왕의 손자분이세요. 이제 안으로 들어가요. 감기 드시겠……."

"괜찮소."

라파엘 왕자는 그녀에게 중얼거리고, 나이든 기사의 기쁨에 들뜬 눈빛을 차분한 시선으로 마주했다.

"알퐁스 왕은 제 조부셨습니다. 그런데 어르신께서는 그분의 절친한 친우이신 바톨로메오 키아라몬테 장군이 아니십니까?"

자신의 실수를 깨닫고 의기소침하여 어깨를 늘어뜨렸던 그의 흐린 눈이 왕자의 질문에 새로운 희망으로 밝아졌다. 그래, 난 아직 잊혀지지 않은 게야, 난 아직 중요한 존재라구!

그가 고개를 끄덕이자 나이트캡 끝이 춤을 추었다.

"산타 포스카를 그와 함께 다녔지. 오, 그때는 정말 즐거웠어."

그는 목멘 목소리로 말했다.

다감한 몸짓으로, 라파엘 왕자는 할아버지의 허약한 어깨에 팔을 두르고는 부드럽게 그의 몸을 돌려 저택으로 향하게 했다.

"어쩌면 안으로 들어가 제게 조부님에 대해 말씀해 주실 수 있겠군요, 공작님. 전 그분을 한번도 뵙지 못했으니……."

다니는 형언할 수 없는 덩어리가 치밀어오르는 걸 느꼈다. 결코 예상치 못했던 일이었다. 그 순간 그녀는 라파엘 디 피오레가 진정한 왕자임을 확실히 알았다.

할아버지의 열광적인 횡설수설을 귀담아 들으며, 그는 노인의 머리 위로 그녀에게 오만하고 불량스런 미소를 띤 시선을 슬쩍 던졌다. 마치 이렇게 말하는 듯했다. 아까는 내가 누구인지 모른다고 한 것 같은데.

그녀는 눈매를 좁히고는, 안전한 거리를 두고 뒤따랐다.

그는 거의 한 시간 가량을 머물렀다.

그 시간 내내, 다니는 그와 할아버지가 앉아 있는 초라한 살롱에 들어갈 수가 없었다. 황금빛의 눈부신, 마치 대천사가 방문한 듯이 비현실적이었다.

캄캄한 길에서는 그의 정체를 알아보지 못했지만, 그가 불 밝힌 현관으로 발을 들이자 그녀는 라파엘 디 피오레 왕자의 출중한 외모를 자신이 얼마나 과소평가하고 있었는지 알 수 있었다.

태내에서부터 주입되었음이 틀림없는 짜증스런 기사도를 발휘하여, 그는 그녀를 위해 문을 잡아 주었고 심지어는 완전히 안으로 들어올 때까지 기다렸다. 그녀는 남자의 보호를 필요로 하지 않았지만 어쨌든 그에게 고맙다고 중얼거렸다. 창피스럽게도 얼굴이 붉어졌다.

그녀는 걱정스런 시선을 그의 얼굴에 보내며 곁을 스쳐 지나갔다. 바로 그때, 신문에서 말했듯 정말로 끝이 금빛으로 물든 속눈썹이 우묵이 파인 눈에 드리워져 있음을 보았다. 짙은 녹색에 황금 조각이 뿌려져 있는 듯한 그의 차분한 눈은 마치 그늘진 소나무숲에 햇빛이 지나는 것 같았다. 또한 수수한 샹들리에에서 흘러나온 불빛이 그의 짙은 금발에 후광을 드리웠다.

그를 올려다본 그녀는 그저 준수한 정도가 아닌 조각 같은 얼굴에 숨을 죽였다. 꿈에도 보지 못한 고전적인 완벽함을 갖춘 그의 얼굴은, 지상에 추락한 대천사의 강렬한 아름다움으로 빛났다. 유한한 생명의 인간이 아닌, 천사들 중의 천사.

턱을 약간 내리깐 그의 표정은 강렬했지만 진지했고, 지나가는 그녀를 지켜보는 그의 눈빛 깊은 곳엔 관능적인 관심이 깃들어 있었다. 그의 곁에서 그녀는 자신이 놀랄 만큼 연약하고 여성적이며 작게 느껴졌다. 그의 세련되게 갈고 닦인 세속적인 광채에 대비된 자신의 순진함이 갑작스레 의식되었다. 그에게서는 흙먼지 내음에 섞여 깨끗하고 세련된, 값비쌀 것이 틀림없는 코롱과 희미한 브랜디 향이 풍겼다.

그는 한마디도 않고 문을 닫더니 할아버지를 따라 복도를 걸어갔다. 그의 빠르고 당당한 걸음걸이는 발 밑의 땅을 자신의 것이라 공표하는 듯했다. 능숙한 검술가의 자신감이 담긴 움직임이었다.

짜증스럽게도, 그녀의 심장은 두근거림을 멈추지 않았다. 그의 활기찬 존재감이 집안을 가득 채우고 사이렌의 노랫소리처럼 그녀를 유혹하여 신경이 곤두서게 했다.

마음을 비워 친구들을 감옥에서 구출할 계획을 세워야 했음에도 거대하고 시끄러운 도시로 걸음을 해야 한다는 사실만 떠오를 뿐이었다. 그리고 그 자체만으로도 기가 꺾였다. 그녀는 전략 수립은 나중으로 미루고 할아버지와 라파엘 왕자를 염탐하러 갔다.

살롱 문 밖에서 귀를 기울이자, 그가 노인의 학창 시절 장난 이야기에 크게 웃음을 터트리는 소리가 들렸다. 젊은 시절의 알퐁스 왕은 악명 높은 손자만큼이나 불한당이었음에 틀림없었다. 왕자는 믿기지 않을 정도의 인내심을 갖고 할아버지의 두서없는 이야기를 들어주고 있다. 그 유명한 난봉꾼이 친절한 마음씨를 지니고 있을 줄은 결코 생각지 못했었다. 그녀는 그를 턴 데 거의 죄책감까지 느꼈다.

마리아가 포도주를 들고 그녀를 지나치자, 다니는 벽 구석으로 몸을 날려 가정부가 살롱 문을 열 때 자신이 보이지 않게 했다.

"아가씨, 이건 무례한 짓이에요. 저분은 왕세자시라구요."

마리아가 미간을 찌푸리며 나무랐다.

"그가 성 베드로라 해도 상관없어. 난 저 사람 근처엔 안 가!"

그녀는 나이든 하녀에게 다급히 손짓하며 속삭였다. 마리아는 하늘을 향해 긴 한숨을 내쉬고는, 펑퍼짐한 엉덩이로 문을 밀어 열고 들어갔다.

다니는 벽에 몸을 기대 주저앉았다. 맥박이 고동치고, 상처 입은 팔이 욱신거렸다. 자신이 물러나 있는 이유는 그가 진실을 눈치챌까 두려워서라고 스스로에게 말했지만, 그것이 거짓말임을 알고 있었다. 사실을 말하자면, 그는 멋지고 매혹적인데 반해 그녀는 가난하고 세련되지 못한데다 지독히도 수줍었다. 그가 할아버지와 앉아 있는 이유는 연민 때문이리라. 그리고 만약 그가 그녀까지 동정한다면 그녀의 자부심은 무너져버릴 것이다.

하지만 그녀는 더 이상 호기심을 억누를 수가 없었다. 경계심 많지만 굶주린 도둑고양이마냥 그녀는 살금살금 살롱 안으로 들어섰다. 그녀의 감정은 죄책감으로 인한 동요와 근심, 흥분 그리고 적개심이 뒤섞여 있었다.

"여기 내 손녀가 왔군요, 전하."

공작이 미소지으며 말했다.

"다니엘라랍니다."

라파엘 왕자는 일어나 능숙하게 허리 굽혀 인사했다.

"레이디."

즉각 관심의 초점에 놓이자 그녀는 약간 어색해하며 절을 했다.

“전하, 부디 앉으세요.”

그는 예의바르게 고개를 숙이고 코트 자락을 뒤로 젖히며 앉아 남성적인 우아한 자세로 다리를 꼬았다. 그녀는 잠시 멍하니 그를 응시했다. 조용히 의자에 가 앉는 그녀의 심장은 빠르게 고동치고 있었다.

공작은 눈물이 찔끔거리는 노안에 짓궂은 빛을 담고 그녀와 라파엘 왕자를 넘겨보았다.

“이 애를 어떻게 생각하시오, 레이프?”

“할아버지!”

다니는 경악했다.

왕자는 눈을 깜박였다. 그러자 순간적으로 놀랐던 표정이 사라졌다.

“음, 죄송스럽지만 레이디에 대해 아는 것이 전혀 없습니다.”

“그럼 내가 우리 다니엘라에 대해 몇 가지 얘기해 드리리다. 이 애는 너무 수줍어 스스로 말하지 못하니.”

“할아버지!”

수치심에 의자에서 쓰러져 바로 그 자리에서 죽을 것만 같았다. 만약 그가 조금이라도 덜 아름다웠어도 그녀의 고통이 상당히 줄어들었을 것이다.

“말씀하십시오.”

“다니엘라는 아홉 살 때 네 번째 수녀원 학교에서 쫓겨난 이래 계속 날 보살펴 왔다오.”

“세 번째였어요, 할아버지. 그리고 전하께서는 분명 그런 이야기에 관심이 없으실 거예요!”

“아니, 계속하십시오. 귀기울여 듣고 있습니다.”

안절부절못하는 그녀의 모습을 재미있어하며 그가 말했다.

“다니엘라는 사내아이에게 더 걸맞는 교육을 받았다오. 그래서 다른 여자들과 달리 주위에 있어도 지루하지 않지. 다른 어린 숙녀들이 자수를 배울 적에 이 애는 화약 섞는 법을 배웠소. 내가 직접 가르쳤지.”

그가 자랑스럽게 덧붙였다.

"포병대에서 퇴역하신 후 할아버지께선 지역 축제에 쓸 화약 제조를 맡으셨거든요."

왕자가 화약 관련 일로 의심할까 봐 그녀는 황급히 설명했다.

"글쎄, 우리 다니엘라는 열 살이 될까말까 했을 때 조랑말 등에 서서 말을 탔다오!"

할아버지가 이야기를 이어갔다.

"놀랍군요."

왕자가 가볍게 탄성을 질렀다.

다니는 불타는 뺨을 감추기 위해 머리를 떨구었다.

"너를 창피하게 한 건 아니지, 얘야?"

할아버지가 무성한 흰 눈썹을 치켜올리며 물었다.

"이런이런, 내가 너무 말이 많았나 보구나."

"그렇게 생각해요."

그녀는 할아버지에게 질책이 담긴 시선을 던졌다. 그는 어린애 같은 순진한 미소를 활짝 지었다.

그녀는 왕자가 묘하게 생각에 잠긴 표정으로 자신을 응시하는 것을 알아챘다. 그는 팔꿈치를 의자 팔걸이에 대고 손으로 나른하게 입을 가리고 있었다. 그의 눈에 담긴 아련한 관능에 그녀의 가슴이 덜컹 뛰었다. 그녀는 또다시 뺨을 붉히며 눈을 돌렸다.

"자."

황금의 신이 갑자기 말했다.

"정말로 가봐야겠군요, 아바마마께서 기다리고 계실 테니."

다니가 천천히 안도의 한숨을 내뱉는 가운데 왕자는 일어나 공작과 작별의 악수를 나누었다. 그녀는 후들거리는 다리로 문가로 걸어가, 제대로 된 여주인답게 영예로운 손님을 배웅키 위해 기다렸다.

이 남자가 떠나길 그녀가 얼마나 바랐는지는 하느님만이 아실 것이다.

레이프는 유혹을 계획하고 있었다.

늙은 키아라몬테의 손녀딸이 마치 그에게 자신은 너무 아깝다는 듯이 대하는 이유를 누군가 설명해 준다면 이 모호한 감정을 파악하는 데 상당한 도움이 될 것 같았다. 또한 왜 그녀의 무관심이 이다지도 강렬한 매력으로 다가오는지까지 말해 준다면 더더욱 고마울 것 같았다.

그 반항적인 말괄량이가 턱을 치켜들고 그는 경멸할 가치도 없다는 듯 냉랭하게 대꾸한 순간부터 그녀는 그의 관심을 끌었다. 공작의 순결한 손녀딸을 정부로 삼을 수는 없는 법이지만 본래 규칙이란 깨어지라고 있는 것이었다.

내일은 그의 생일이었고 그는 자신에게 그녀를 선물하기로 결심했다. 그러지 못할 이유가 있겠는가? 그녀는 분명 심각한 재정적 궁핍 상태에 처해 있는 듯했다. 어쩌면 부드러운 말 몇 마디로 설득하면 그들 둘 다를 기쁘게 할 계약을 맺도록 할 수 있으리라.

유일한 문제는 소녀가 그와 말하기는커녕 눈조차 제대로 마주치지 않으려 든다는 점이었다. 이미 자신의 악평을 들었음에 틀림없다. 이상하게도 그녀의 말없는 평가가 가슴을 찔렀다. 평상시 세상의 장황한 비난을 눈썹 하나 까딱 않고 웃어넘겼던 것을 생각하면 정말 이상한 일이었다.

그는 느긋한 걸음으로 그녀를 따라 현관으로 향하며 순진무구한 시골뜨기 소녀를 정숙한 일상에서 자신의 부정한 소굴로 끌어들일 말을 궁리했다.

쉽게 정복할 수는 없으리라. 하지만 그 사실이 즐거웠다. 그녀의 대담함을 보고 재빨리 내린 결론에 따르면, 레이디 다니엘라는 드문 지성과 흔들림 없는 침착함을 지닌 여성으로, 단지 눈빛만으로도 남자를 무능력한 바보처럼 느끼게 할 수 있었다. 또한 관습적이지 않고 고집 세며 생기 있었고, 게다가 빨강머리였다. 그의 경험에 따르면 빨강머리는 순전한 말썽거리였다.

불행히도 그는 말썽거리를 갈망했다.

더 흥미롭게도 분명 그녀는 그에게 감명받지 않았다. 하지만 주위를 둘러보고 그는 저택의 상태와 처량하리만큼 부족한 하인의 숫자, 노인의 허약한 건강 상태, 꽃잎만큼이나 부드러운 그 피부라면 마땅히 실크로 휘감아야 할 사랑스런 소녀의 남루한 옷차림 등을 알아챘다. 그녀를 침대로 끌어들이는 계획은 젖혀두고라도 그는 이들을 위해 뭔가를 해주고 싶어 견딜 수가 없었다.

그녀를 작위 있고 유복한 그의 친구들 중 한 명과 결혼시킬 수도 있겠지만 그건 나중에, 그가 충분히 만족할 만큼 그녀를 누린 후에나 될 일이다. 지금으로서는 자신 외의 다른 누구의 품에 안긴 그녀의 모습을 생각하는 것조차 참을 수가 없었다.

저택의 정문으로 걸어가는 동안 레이디 다니엘라는 딱딱하게 침묵을 지켰다. 그녀의 자그마하고 노동으로 새빨개진 손은 얌전하게 모아져 있었다. 그 손의 상태는 범죄나 마찬가지였다. 그녀가 다시는 손가락 하나 까딱할 일이 없도록 하인들을 한 부대 정도 붙이리라.

화약이라, 응?

그는 싱글거리며 생각했다. 그녀야말로 작은 화약통 같았다. 특이한 승마 솜씨에도 몹시 호기심이 일었으며 그녀의 기민성이 다른 무대에서도 발휘될지 궁금했다.

라파엘은 그녀가 지금 무슨 생각을 하고 있는지 짐작해 보려 애썼으나 내리깔린 적갈색 속눈썹이 눈을 가리고 있었다.

정말로 자신이 왜 그녀를 원하는지 알 수 없었다. 아마도 변덕이리라. 일시적인 기분, 닳고닳은 난봉꾼의 단순하고 이기적인 충동. 클로에야말로 열 배는 더 아름답고 재능 있으며 세련된 한창때의 고급 창부였다. 하지만 클로에는 너무도 쉽다. 그녀에겐 아무런 재미가 없었다.

나이가 무척 어릴 게 틀림없어.

그는 사냥감을 은밀히 곁눈질하며 생각했다. 버드나무 같은 몸에 키는 그의 어깨 높이에서 이삼 인치 아래인 딱 보기 좋은 정도였다.

보면 볼수록 점점 더 그녀에게 끌렸다. 두드러진 광대뼈에 작고 섬세한 장미꽃 봉오리 같은 입술, 야무지고 건방진 자그마한 턱은 그 어리고 진지한 얼굴이 미소짓도록 꼬집어보고 싶은 충동을 일으켰다. 그는 눈

색깔을 알 수 있게 그녀가 최소한 한 번만이라도 자기를 돌아봐 주었으면 했다. 아까 어둠침침한 살롱에서는 그와 가장 멀리 떨어진 자리에 앉았기에 그는 그 커다랗고 지성적인 눈이 불길 같은 의지와 타고난 위엄, 그의 가슴을 이상스레 조여들게 하는 순수한 강렬함으로 가득 차 있다는 인상만 받았을 뿐이었다.

아, 그녀는 그가 들인 돈만큼의 값어치를 할 것이다. 저렇게나 생생하고 누구의 손도 닿지 않은 존재가 그의 아래에서 순순히 항복하는 느낌은 천국일 것이다.

별이 빛나는 어두운 밤으로 발을 내딛으며 그는 그녀가 몹시도 야무진 여자라고 생각했다. 이 절박한 살림을 꾸려나가는 사람도 그녀임을 알 수 있었다. 어리고 가녀린 여자가 무거운 책임을 맡고 있다는 것이 그를 우울하게 하면서 동시에 더욱 존경하게 만들었다.

"할아버지에게 친절히 대해 주셔서 감사드립니다."

다니엘라 키아라몬테가 조용히 말했다.

그는 몸을 돌려 그녀를 쳐다보았다. 이 외지고 황량한 곳에는 아무도 그녀를 지켜줄 사람이 없다. 바싹 마른 그녀를 보면 이 집안에 식량이나 있는지 모를 일이었다.

갑자기 그의 마음이 정해졌다. 나중 일이야 어떻게 되든 그녀를 유혹하자. 최소한 그의 정부가 되면 그녀는 보호받고 충분히 먹을 수 있게 된다.

"내일은 내 생일이오."

그가 불현듯 말하며 승마용 채찍으로 무릎을 가볍게 톡톡 쳤다.

그녀는 깜짝 놀란 표정을 했다.

"오! 행복을 빌겠어요, 전하."

"아니, 아니오."

그가 초조한 어조로 말했다.

"그러니까…… 친구들이 내 저택에서 무도회를 열기로 했소. 당신이 와주었으면 하오."

그녀가 홱 고개를 쳐들었다.

"제가요?"

하지만 레이프는 대답도 잊은 채, 나이든 가정부가 문가에 걸어놓은 등불 불빛을 받아 빛나는 그녀의 눈을 응시하고 있었다.

아쿠아마린.

그는 걱정스런 기색의 지극히 커다랗고 순수한 눈동자를 들여다보았다. 소년 시절, 자신의 운명이 주는 압박감과 아버지를 기쁘게 하려는 가망 없는 목표로부터 도망쳐 자주 헤엄치러 가곤 했던 작은 만처럼 더럽혀지지 않은 물빛. 그때 평평한 바위에 홀로 누워 있노라면 햇빛이 그의 살결을 애무했고 흐르는 조류의 규칙적인 소리가 마치 음악처럼 귀를 달랬었다.

라파엘은 수정 같은 그 눈을, 달콤한 그 표정을 들여다보자 처음으로 자신의 생일 생각에 기운이 솟았다.

그녀를 다시 만날 수 있다.

"그렇소, 꼭 와야만 하오."

그는 결의에 찬 미소를 지으며 말했다.

"자질구레한 일들은 걱정할 거 없소. 내가 마차를 보내지. 당신은 내 손님으로 오는 거요."

"뭐라고요?"

그는 자신의 의도를 은근하게 설명할 방법을 찾다가 그녀가 너무 경험이 없어 그런 암시를 알아듣지 못할 거라 결론내렸다. 천천히 이끌어 그의 소망을 차츰차츰 분명히 하는 게 최선이리라.

그는 최고로 매혹적인 미소를 지어 보였다.

"당신을 좀더 잘 알고 싶소, 레이디 다니엘라. 춤출 줄 아오?"

"아뇨."

"아니라."

그는 따라 말했다. 흠, 그녀는 왕자의 춤 신청에 기뻐 기절하지는 않았다. 젠장.

생각에 잠겨 입을 오므리며 그는 곰곰이 그녀를 응시했다. 그녀를 만

지고 싶었다. 뺨을 따라 내려가는 가벼운 애무 정도라도. 하지만 생각을
고쳐먹었다.

"음악은 좋아하오?"

"조금은요."

"유희 정원은 어떻소? 좋아하오?"

그녀는 이마를 찌푸리고 그를 수상쩍다는 표정으로 응시하며 고개를
살며시 저었다.

"본 적이 없어요."

그는 그녀에게로 몸을 숙이고 목소리를 낮춰 짓궂게 속삭였다.

"사탕은 어떻소?"

그리고는 주머니에서 납작한 금속통을 꺼내 열고 두 개의 박하 사탕
을 손바닥에 놓았다.

"단 것을 좋아하는 편이라."

그는 그녀가 사탕 집기를 기다렸다.

"나의 유일한 죄악이오."

"그런가요?"

그녀가 미심쩍다는 듯 묻고는 사탕에서 시선을 떼 그의 얼굴을 올려
다보았다. 그가 웃음을 터뜨렸다.

"자, 하나 들어요. 독이 아니니."

그는 다니엘라가 줄무늬 박하 사탕을 집어 조심스레 입안에 넣는 것
을 지켜보았다.

"레이디 다니엘라, 내 생일 파티에 와서 초콜릿과 샴페인 얼음과자,
비너스의 가슴이라 불리는 맛있는 핑크빛 케이크를 함께 즐깁시다. 내
요리사 솜씨는……."

그는 자신의 손끝에 키스해 보였다.

"완벽하지."

"고맙습니다. 하지만 전 정말로 그럴 수가……."

박하사탕을 빠느라 뺨을 부풀린 채 그녀가 말했다.

"입에 음식을 물고 말하면 안 되오."

그가 솜씨 좋게 그녀의 반대를 가로막으며 주의를 주었다.

"내가 굳이 권한다면?"

순진한 혼란으로 그녀는 약간 얼떨떨해 보였다. 아무것도 숨기지 않는 솔직한 시선으로 그를 응시하며 열심히 사탕만 빨았다. 재미있게도 그녀는 그의 지적에 따라 사탕을 마저 먹을 때까지 말하려 들지 않았다.

맙소사, 그녀를 원했다. 오싹하고 격렬하며 원초적인 사냥의 흥분이 그의 몸을 휩쓸었다.

"저를 초대해 주시다니 무척이나 친절하시군요. 하지만 그 초대는 아마도 이 무너질 듯한 저택에서 나이 들고 노망난 장군밖에 벗할 사람이 없는 제가 불쌍해서겠지요."

다니엘라는 어깨 너머 자신의 집을 흘끗 보았다.

"하지만 분명히 말씀드리죠, 라파엘 전하. 저는 당신의 파티에 갈 수 없습니다."

그녀는 머뭇거렸다.

"그리고 만약 정말로·제게 호의를 베풀고 싶으시다면 그 어린 지아니가 감옥에서 밤을 지내지 않도록 해주세요."

그는 요람 속 어린아이였던 때부터 여자들을 사로잡았던, 달래는 미소를 살짝 짓고 고개를 기울였다.

"당신을 위해 그렇게 한다면 무도회에 오겠소?"

"저는 정말 그럴 수 없……."

"쉿, 그럼 정해진 거요."

그는 최고의 미소를 그녀에게 지어 보였다.

"내일 저녁 여섯 시에 마차를 보내겠소. 그러면 준비할 시간이 충분할 거요. 내 여성 친구들 중 한 명이 화려한 드레스를 빌려줄 테고 난 그대의 혈색을 돋보이게 해줄 오팔 목걸이를 마련하겠소. 믿어도 좋을 거요, 난 그런 데 안목이 있으니까. 그럼 내일 밤에 봅시다, 레이디."

그리고는 그녀의 손을 들어올려 가볍게 입맞추며 은밀한 눈길을 보냈다. 승리의 미소를 지으며 그는 가벼운 발걸음으로 현관 계단을 내려갔다. 풀을 뜯는 백마에게로 걸어가며 라파엘은 '우리 손을 맞잡고'를 휘파람으로 불렀다.

"못 간다고 말씀드렸잖아요."

그는 발걸음을 멈추고 몸을 돌렸다. 조금은 놀랐지만, 그녀의 처녀다운 저항에 기뻤다. 본래 손쉬운 정복을 바라는 자는 없는 법. 그는 말채찍을 경쾌하게 어깨에 얹었다.

"레이디 다니엘라, 설마 인생에서 즐거움을 좀 누리는 데 거부감이 있는 건 아닐 텐데?"

그녀는 가슴께에 가볍게 팔짱을 끼고 턱을 치켜들었다.

"존경하옵는 전하, 제 친구들이 막 체포되었습니다. 그럴 만한 때가 아니죠."

"무엇보다도 그런 범죄자들과 어울리지 말아야 하오."

그는 짐짓 인내심을 갖고 말하고는 미소지었다.

"약속은 정해진 거요. 난 그 아이를 감옥에서 꺼내 안전한 곳에 있도록 하고, 그 보답으로 당신은 내일 밤 나와 춤을 추고…… 내 요리장의 핑크색 케이크를 먹어보는 거요."

그녀는 허리에 손을 짚고 이마를 찌푸리며 호전적으로 말했다.

"안 가겠다고 말씀드렸습니다, 전하. 귀머거리신가요?"

그녀의 투지가 마음에 들어 그는 짐짓 귓가에 손을 가져다대고는 물었다.

"뭐라고 했소?"

"제 친구들이 내일 교수형을 당할지도 모르는 이런 때, 전하께서는 어떻게 이기적이게도 제게 한가한 놀이나 하자고 권하실 수 있나요?"

두 가지 깨달음이 음악과 연애에 젖은 레이프의 머리를 꿰뚫었다. 첫째, 그녀는 아직도 그가 한 초대의 진정한 의미를 전혀 알아채지 못했다. 둘째, 어쨌든 그녀의 대답은 '싫다'고, 그 이유는 그녀가 방금 체포된 불같은 성미의 젊은이와 사랑에 빠져 있기 때문이었다.

단호하고 명확한 거부.

달아오르던 그의 열기에 찬물 한 양동이가 뿌려진 듯 아찔했다. 믿어지지 않았다.

"하, 이거 황당하군."

그는 주먹을 꽉 움켜쥐었다.

그는 한 시간 전 감옥으로 보낸 반항적인 젊은 노상강도 일당의 맏이를 떠올렸다. 대략 스물넷쯤 되어 보이는 키 크고 건장한 시골 청년, 이름은 마테오 가비아노라고 했다. 튼튼한 작업복과 갈색 조끼 차림에 붉은 스카프를 목에 감은 그는 선이 굵은, 잘생겼다고 할 만한 용모의 젊은이로 곱슬거리는 검은머리에 여자들을 녹일 커다란 갈색 눈의 소유자였다.

아하, 이제 그에 대한 레이디 다니엘라의 무관심이 이해되었다.

태어난 순간부터 여자들에게 우러러받고 사랑받아 온 레이프는 거절당한 적이 별로 없기에 이를 잘 받아들이지 못했다.

그녀에 대한 그의 평가가 추락했다.

그는 얼굴을 찡그렸다. 어떻게 범죄자에게 자신의 마음과, 어쩌면 몸까지도 주어버릴 수 있었을까? 그는 속으로 귀족적인 경멸을 느꼈다. 아마도 이 외딴 곳에서 외로웠을지도 모르지만, 그녀는 자신의 신분에 대한 자부심이 없단 말인가? 도대체 어떻게 그 무지렁이를 고를 수 있지? 나를 두고?

"그럼, 레이디."

차가운 오만함이 드러난 어조였다.

"아이를 위해 내가 할 수 있는 일이 있는지 알아보겠소. 안녕히."

그는 몸을 빙글 돌려 저택의 계단을 내려가 뻣뻣하게 걸어갔다. 그의 이성은 그 노상강도들이 그녀의 영지로 급히 달려든 것으로 보아 그녀도 관련됐을 거라고 지적했다. 하지만 만약 그렇다 해도 그는 알고 싶지 않았다.

갑자기 레이프는 발을 멈추고 몸을 홱 돌렸다. 그녀는 여전히 거기에 서 있었다. 등불 불빛이 날씬한 몸의 윤곽을 드러냈다.

"왜 처음엔 나를 모르는 척했던 거요?"

“코를 납작하게 해드리려고요. 왕자님은 왜 죄인을 잡으려 그렇게 안 달했으면서도 노망 든 노인네와 한 시간을 보내신 거죠?”

“왜냐하면 때로 친절한 행동이 정의로운 행동보다 중할 때가 있기 때문이오.”

그녀는 한동안 침묵을 지키며 쳐다보고만 있었다.

“도와주신 데 대해 감사하고 있어요. 대신 저도 전하를 돕도록 하죠.”

“날 도와? 과연 어떻게 그럴 수 있소?”

그가 냉소적으로 물었다.

“이 지방 세무관의 장부를 조사하시면 진짜 죄인을 발견하실 수 있을 거예요.”

그는 눈초리를 가늘게 했다.

“무슨 뜻이오, 레이디?”

“보시면 아실 거예요.”

“아바마마의 통치 아래 세금 부정은 없소. 라자 디 피오레 왕에게 눈치 채이지 않고는 꿀물 한 모금도 빨지 못하오.”

“불바티 백작에게 그리 말씀해 보세요.”

“그자가 누구요?”

“제가 청혼을 거절할 때마다 세금을 올리는 남자죠.”

그의 신경이 칼끝처럼 날카로워졌다. 한번 조사해 봐야겠다고 머릿속으로 다짐한 후, 횡령 문제는 젖혀두고 그녀에게 집중했다.

“왜 그를 거절했소? 분별 있는 결혼만이 이 상황에서 당신을 구해 줄 수 있었을 텐데?”

“어쩌면요. 하지만 불바티 백작은 썩어빠지고 욕심 많은 호색가예요. 그리고 전 절대 결혼하지 않을 거예요. 누구하고도. 영원히.”

“아니, 도대체 왜?”

그는 충격을 받아 재우쳐 물었다. 그 자신도 똑같은 말을 셀 수 없이 되풀이한 적이 결코 없다는 듯이.

그녀가 턱을 치켜들자 별빛이 그녀의 머리칼에 어렸다.

"전 지금 자유롭기 때문이죠."

그녀는 저택 쪽을 손짓했다.

"수리가 필요할지 모르지만 최소한 여긴 내 집이에요. 그리고 이 땅들도……."

그녀는 손을 휘둘러 저택과 그 주위 전체를 가리켰다.

"비록 가뭄으로 메마르고 수확은 적으나 내 거예요. 제가 죽을 때까지 모두 내 앞으로 되어 있죠. 이만큼 운 좋은 여자가 세상에 얼마나 많겠어요?"

그는 주변을 둘러보며, 며칠 혹은 그보다 더 오래 제대로 먹지 못했을 듯한 그녀가 자신의 운에 감사한다는 사실에 어리둥절해했다.

"내 눈에는 힘든 노동이 필요한 골칫거리로밖에는 안 보이오만."

"저는 제 자신 말고는 누구의 명도 따를 필요가 없어요. 그런데 왜 제가 저보다 나을 게 없는, 혹은 대부분의 분야에서 저보다 열등할 남자의 법적 소유물이 되어야 하죠?"

그녀는 마른 어깨를 으쓱였다.

"당신이나 다른 사람들이 이해하리라 기대하진 않아요. 이건 그저 제가 결정한 선택이에요."

"당신이 결정한 선택이라."

그는 이 어린 소녀와 대화하는 것만으로도 혼란을 느꼈다. 그녀가 어떻게 그런 굳은 견해를 갖게 되었는지 짐작조차 할 수 없었지만, 그녀는 확실히 자신의 인생에서 주도권을 쥐고 있는 듯했다.

스스로에 대해선 그렇게 말할 수 없었다. 그게 그를 괴롭혔다.

말들이 달려오는 소리를 듣고 고개를 든 라파엘은 부하들이 숲에서 나와 다가오는 것을 보았다. 그들은 금은 찾았으나 복면 도적은 흔적조차 없다고 보고했다. 그는 몹시도 가는 허리에 양손을 곱게 모으고 계단에 서 있는 다니엘라 키아라몬테에게 어깨 너머로 언짢은 시선을 던졌다.

병사 둘을 저택에 남겨 그녀와 가족들을 지키게 할까 했지만 곧 그 생각을 버렸다. 그 무법자의 오른팔이 그녀의 연인임이 분명하니 복면 도적은 그녀에게 위협의 대상이 아닐 테이다.

그 생각에 그의 기분이 더욱 더러워졌다.

"나에 대한 훈계가 끝났다면, 레이디 다니엘라, 왕께서 내 도착을 기다리고 계시니 이만 실례하겠소."

"안녕히, 왕자님."

그녀는 예의바르게 말했다.

"그리고…… 생신 축하드려요."

나를 조롱하는 걸까? 그는 그녀의 목소리에서 희미한 웃음기를 들었다고 생각하고 날카롭게 돌아보았다. 아직도 그는 성큼성큼 다가가 키스로 저 고소하다는 듯한 그녀의 미소를 입술에서 지워내고 싶었다. 하지만 그렇게 하지 않을 것이다. 자신은 말에 올라타고 그녀에게서 멀리, 아주 멀리 벗어날 것이다. 그는 여자를 잊어버리는 데 능했다. 이 짜증나는 조그만 빨강머리를 당장 기억에서 지워버리기로 마음을 굳혔다. 또한 뒤늦게나마 그는 몇 년 전 곤경에 처한 여자를 돕는 건 그만 두겠다고 한 자신의 맹세를 기억해냈다.

안장에 올라 말을 재촉하며, 그는 별난 레이디 다니엘라를 잘 떼어버렸다고 속으로 생각했다.

그녀를 만나면 돈 조반니라도 어찌할 바를 몰라할 것이다.

3

레이프는 벨포트로 향하는 나머지 길을 별 사건 없이 지났다. 비록 자신을 거절하고 촌뜨기를 선택한 짜증스런 빨강머리와의 만남으로 기분은 계속 언짢았지만…….

세계적인 이탈리아의 도시, 벨포트 중심부에 가까워지자 우아한 가로등이 넓은 자갈 도로를 환하게 밝혔다. 많은 사람들이 시원한 저녁 공기를 즐기러 나와 있었고 길가의 커피하우스와 술집에서 흘러나오는 웃음소리와 말다툼이 거리거리를 울렸다. 그가 지나가자 곳곳에서 사람들이 환호했다. 의무적으로 그는 말을 느리게 몰아가며 손을 흔들었다.

뜨겁고 먼지 낀 밤바람에 말이 콜록거렸다. 짐승의 따스하고 축축한 목덜미를 토닥여 주자 흙먼지가 부옇게 일어났다. 자신의 목에도 고운 먼지가 켜켜이 앉은 기분이 들어 그는 눈살을 찌푸렸다.

넉 달째 계속된 가뭄으로 어디나 먼지투성이였다. 심지어 세련된 저택 화단의 금잔화도 시들시들해 보였다. 가든 스퀘어의 우아한 분수는 모두 작동이 중지되어 있었다.

앞으로 더 심해질 거야, 그는 우울하게 생각했다. 지금은 칠월 초였다.

곧 사하라 사막에서 불어온 열풍이 북아프리카를 휩쓸고 비취 같은 지중해의 맑은 물 위로 뻗어 와 온 남유럽 위에 무겁게 자리하게 되리라. 매년 그 무렵의 이삼 주는 지옥과도 같았다.

모퉁이를 돌자 도시의 지붕들 위로 저 멀리 솟은 멋진 청동 반구 지붕이 별빛에 반짝이며 얼핏 눈에 들어왔지만, 라파엘은 자신의 궁이 아니라 레알르 궁전으로 향했다.

그는 자갈 깔린 넓은 길로 백마를 달렸다. 그곳엔 성당과 왕궁이 미뉴에트 춤의 파트너처럼 당당히 마주하고 있었다. 그 사이로는 피오레 왕가의 선조들에게 바쳐진 유명한 청동 분수가 있었다.

레이프는 안장에서 내려 왕궁 경비병들의 안내를 받아 재빨리 문을 지났다. 회중시계를 흘긋 들여다보고 넓은 계단을 서둘러 올라갔다.

으리으리한 입구 홀에서, 어린 장난꾸러기 시절 그가 곧잘 괴롭혔던 왕궁 시종 팔코니가 맞이했다. 그는 그 호리호리한 하인의 등을 세게 두들겼다가 하마터면 상대를 쓰러트릴 뻔해 재빨리 붙들었다.

"아바마마는 어디 계신가, 팔코니?"

"회의실에 계십니다, 전하. 황공하오나 회의가 거의 끝난 듯싶습니다."

"회의?"

그는 발걸음을 옮기며 외쳤다.

"무슨 회의? 제기랄, 아무도 내게 무슨 놈의 회의가 있다는 소리를 안 했는데!"

"어, 행운을 빕니다, 전하."

레이프는 손을 흔들어 고마움을 표하고 황급히 대리석 복도를 성큼성큼 걸어갔다. 그의 심장은 두방망이질치고 있었다.

제길, 또 저질러 버렸군.

내각 회의실 문 앞에 다다르자, 그는 멈춰 서서 마음의 준비를 했다. 그리고는 문을 활짝 열어 젖히며 당당한 태도로 입장했다.

"여러분!"

그는 태연히 어슬렁어슬렁 들어가 인사했다.

"이런 세상에, 내각 전원이! 전쟁이라도 났습니까?"

그는 씨익 웃으며 묻고는 문을 닫았다.

"왕자 전하."

뻣뻣한 노인들이 불만스레 웅얼거렸다.

"아아, 안녕하십니까, 아바마마."

길고 널찍한 테이블 상석에서 서류를 읽던 라자 왕은 완고한 로마인의 코에 올려진 사각 안경테 위로 힐끗 레이프를 쳐다보았다.

라자 디 피오레 왕은 인상적인 거구의 남자로 각진 턱에 뚜렷한 윤곽, 짧게 깎은 희끗희끗한 머리에, 피부는 풍파에 거칠어진 갈색이었다. 그는 레이프에게 눈살을 찌푸렸다. 어두운 눈길이 꿰뚫을 듯 강렬하게 쏟아졌다.

레이프는 그 시선을 맞받으며 이번에는 자신이 얼마나 큰 실수를 저질렀는지 궁금해했다. 어린 시절부터 그는 아버지의 모든 표정을 연구했다. 아버지처럼 능숙하게 사람들을 다스리는 방법을 익히기 위해서만이 아니라, 어린 그의 세계는 그 위대한 남자의 터무니없는 기대치를 충족시키기 위한 노력으로 고통스럽게 돌아갔기 때문이었다. 마침내 그는 자신이 결코 아버지의 눈에 충분하지 못하리라는 사실을 받아들였다. 결코 그 '대실패'를 만회하지 못할 것이다.

"여기에 참석하기로 결정을 내려주어 영광이구나, 왕자."

라자 왕이 손에 들린 서류를 다시 검토하며 한마디했다.

"그리고 우린 전쟁중이 아니다. 네게서 재밋거리를 빼앗아서 미안하게 되었다만."

"그거 잘됐군요."

레이프는 테이블의 반대편 끝 자기 자리에 나른하게 앉아 의자 등에 한쪽 팔을 걸치고는 건들건들 흔들었다.

"저는 연인이지 전사가 아니니까요."

뺨이 불그스레한 해군 제독이 목청을 가다듬어 웃음소리를 억눌렀다. 아마 이 방에서 레이프를 이해하고 받아들이는, 최소한 그의 태도를 모욕적이라고 분개하지 않는 사람은 그가 유일할 것이다. 테이블 양편에 자리잡은 저스티니안 바사리 주교와 아르투로 디 산세베로 재상은 전혀 다른 견해를 가질 테지만 말이다. 그 둘은 완전히 대조적이었다. 주교는 체격이 크고 땅딸막한, 금사 비단 로브로 몸을 감싼 불독과도 같았다. 짖기는 하되 물지 않는 불독. 둥그렇고 불그레한 얼굴에 벨벳 모자 아래로 백발이 사방으로 뻗어 있었다. 달변인 그는 우렁찬 목소리로 길게 설교를 했다. 그리고 그가 사악함과 방종에 대해 설교할 때면 모두들 누구 얘기를 하는지 뻔히 알았다.

줄여 말하자면, 주교는 왕세자를 선하고 신심 깊은 아버지 라자 왕의 품행 나쁜 탕아로 보았다. 다행스럽게도, 천사 같은 온화한 성품에 순종적인 열 살짜리 둘째 왕자 레오가 있었다. 레오의 유모라면 그 애 역시 미래의 난봉꾼 싹이 보인다고 증언할 수 있겠지만, 주교의 세계에서는 레이프가 카인이라면 레오는 아벨이었다. 저스티니안 주교는 왕에 의해 레오 왕자의 법적 후견인으로 지명되었다. 이는 즉 하느님께서 탐닉과 술에 취해 마차 경주를 해댄 레이프에게 죄를 물어 벼락을 내리신다면 왕의 유고시 레오의 나이가 찰 때까지 주교가 이 나라를 맡게 되리란 뜻이었다.

레이프로서는 절대 이해할 수 없었으나 어센션의 국민들은 불같은 성미에 거드름 피우고 사치스런 이 주교를 사랑했다.

재상은 저스티니안 주교와 완전히 정반대였다, 물론 레이프에 대한 견해만은 똑같았지만. 깔끔하고 단정하며 신중한 돈 아르투로는 완벽한 신하로 칼날처럼 예리하고 예민한 두뇌의 소유자였다. 그가 역심을 품었다면 상당히 골치 아팠겠지만 다행스럽게도 그는 완벽한 충성심을 타고났다. 그늘진 갈색 눈에 마른 체구의 재상은 여동생의 아이들인 조카들을 볼 때만 누그러지는 가느다란 입술을 하고 있었다. 그에겐 자식이 없었고 이십 년 전 아내가 죽은 후 재혼도 하지 않았다. 그의 일—어센션이 그의 삶이었다.

레이프가 자신의 죄를 참회한다면, 허풍스런 저스티니안 주교는 아마도 가장 살찐 송아지를 잡아 축하해 줄 수도 있겠지만 재상은 절대 믿지도 않을 것이다. 왕자에 대한 재상의 증오에는 좀더 깊고 개인적인 이유가 있었다.

그때 옆에 앉은 피렌체 출신 친척인 올란도 디 캄비오 공작이 적어 둔 쪽지를 살며시 레이프에게 밀어주었다.

"그라치에(고마워요)."

레이프는 친척형의 행동에 마음이 좀 누그러져서 종이를 넘겨보았다. 내각의 대부분은 자신보다 차라리 올란도가 왕위를 이어받기를 바란다는 걸 그도 알고 있었다.

선이 굵은 잘생긴 용모에 피오레 가의 특징이 역력한 올란도는 레이프보다 다섯 살 위로, 먼 친척이라기보다는 친형처럼 보였다. 그들은 둘 다 키가 크고 넓은 어깨에 잘생겼으며 자신들의 타고난 우월성을 오만하게 의식하고 있었다. 하지만 레이프가 짙은 금발에 황록색 눈인 반면, 올란도는 새까만 머리에 얼음 같은 청록색 눈의 소유자였다.

올란도는 약간 고독한 타입으로, 옷도 늘 검은색으로만 차려입었다. 피렌체를 떠나 조상의 땅으로 오기 전까지는 성공한 해운 사업가였고 이제 어센션의 재정부 책임자를 맡고 있었다. 뛰어난 능력과 진지하며 믿을 만한 태도를 지닌 그는 내각과 왕의 신임을 얻었다. 특히 재상이 그를 각별히 아꼈다. 올란도는 멀게나마 왕가의 혈연이기 때문에 몇 달 전부터 이런 고위급 모임에 참석하게 되었다.

"습관적인 지각은 오만의 악덕을 상징합니다, 라파엘 전하."

주교가 낮은 소리로 말했다.

"음, 늦어서 죄송하군요."

레이프는 올란도의 메모를 흘끗 쳐다보며 전원을 향해 사과했다. 비록 이번에는 그럴 만한 이유가 있었지만 변명을 해야 하는 상황이 싫었다.

"어쩌다 보니 노상강도들에게 습격을 당해서 말입니다."

주교와 다른 몇몇은 급히 숨 들이켜는 소리를 냈지만 재상 돈 아르투로는 터무니없다는 듯 눈을 굴렸다.

"다치셨습니까?"

올란도가 걱정스레 물었다.

"아무 피해도 없습니다. 한 명만 빼놓고 강도들을 전부 체포했고요. 지금도 부하들이 도망간 마지막 한 놈을 찾아 수색중이죠."

"잘됐구나."

왕은 고개를 끄덕였다.

"왕족을 습격하다니."

올란도가 역겹다는 표정을 하고 의자에 기대앉으며 말했다.

"그자들이 목 매달리는 꼴을 보면 속이 시원하겠습니다."

"자기들이 습격한 상대가 누군지 몰랐을 겁니다. 난 빌린 마차에 타고…… 어, 아닙니다."

레이프는 마차 경주와 부러진 차축에 대해 다 알고서 싱글거리는 아버지의 시선을 피하며 중얼거렸다. 올란도는 다른 사람들과 마찬가지로 유감스럽다는 듯 고개를 설레설레 저었다.

왕이 목청을 가다듬었다.

"라파엘, 오늘 널 부른 이유는 내가 휴가를 가기로 결정했기 때문이다. 나는 내일 떠난다."

레이프의 눈이 휘둥그레지고 의자 등받이에 올려져 있던 팔이 툭 떨어졌다. 왕은 30년간의 재위 기간 동안 결코 휴식을 취한 적이 없었다.

"이제 그 입에 담지 못할 코르시카인(나폴레옹을 뜻함)이 다시 감금되었으니 네 어머니와 함께 손자들을 보러 스페인에 몇 달 가 있기로 했다. 그 기간 동안 너를 섭정 왕세자로 세우려 한다. 할말이 있느냐?"

레이프는 완전한 충격에 휩싸여 얼어붙었다.

그는 아버지를 쳐다보았고 아버지 역시 그를 마주 쳐다보았다. 묘하게 도전적인 빛이 그 강렬한 시선에 담겨져 있었으며 현명하고 짙은 눈에는 짓궂은 장난기마저 약간 도는 듯했다.

"그럴 준비가 되었느냐?"

"네, 폐하!"

즉시 그는 열렬히 대답했다. 그의 심장이 과격하게 펄쩍펄쩍 높이뛰기를 했다.

그때 왕이 한 손을 들어올려 그의 환희에 제동을 걸었다.

"하지만 조건이 하나 있다."

레이프는 입술을 축였다.

"뭐든지 말씀만 하십시오."

라자 왕은 올란도에게 손짓했다. 올란도는 자리에서 일어나 벽 쪽의 거대한 장식장으로 가더니 커다란 쟁반을 들고 레이프에게로 돌아왔다. 레이프가 쟁반을 내려다보자 왕의 굳은 입가에 슬쩍 미소가 스쳐갔다.

쟁반 위에는 다섯 점의 자그마한 여자 초상화와 법률 서류 더미가 쌓여 있었다. 눈썹을 찌푸리며 그는 질문하듯 아버지에게로 시선을 돌렸다.

"이제 너도 아내를 골라야 할 때다, 레이프."

레이프는 경악했다.

"자아, 하나 고르도록."

왕은 쟁반 쪽으로 고갯짓하며 말했다.

"지금 당장 말씀이십니까?"

왕자는 대경실색하여 소리쳤다.

"안 될 이유가 있느냐? 얼마나 더 오래 미룰 생각이냐? 3년 동안 네가 마음을 정하길 기다려 왔다. 왕국의 후계자를 생산하는 건 너의 의무다, 아니더냐?"

"네, 하지만……."

"권력을 맛보고 싶거든 이 숙녀들 중 한 명을 왕세자비로 골라 거기 있는 대리 결혼 서류에 서명해야 한다."

"대리 결혼이요!"

그는 서류에서 손을 홱 치우며 외쳤다.

"제가 여기 서명하면 결혼한 걸로 된다는 말씀이십니까?"

"바로 그렇지. 네게 이 이상 편할 수는 없을 게다."

레이프는 쟁반 위에 잘려진 사람의 손이라도 얹혀져 있는 듯 진저리를 쳤다. 왕은 엄격한 표정을 지었다.

"라파엘, 결혼의 의무를 기꺼이 받아들이겠다는 태도를 보여야 내가 떠나 있는 동안 어센션을 안심하고 네게 맡길 수 있겠다."

그는 의자에 등을 기대고 앉아 아버지를 쳐다보았다.

"농담이시겠지요."

라자는 묵묵히 기다렸다.

레이프는 궁지에 몰린 눈길을 나이든 신하들에게로 돌렸다. 정도는 달랐지만 모두들 그를 냉소적으로 쳐다보고 있었다. 그들에게서는 아무런 도움도 받지 못하리라. 그는 친척형을 돌아보았지만 올란도는 여자들의 초상화만 골똘히 쳐다보고 있었다.

레이프는 차마 그림들을 제대로 볼 수가 없었다.

"아바마마, 이성을 찾으십시오. 평생 마주하고 살아갈 사람을 아무렇게나 고를 수는 없습니다. 이 여자들이 누구인지조차 모릅니다!"

"넌 서른 살이다, 레이프. 적당한 여자들에게 구혼할 시간이 있었는데도 그 시간을 여배우들이나 쫓아다니는 데 낭비했지. 그러니 널 위해 내가 수고를 덜어준 게야."

왕은 테이블에 팔꿈치를 대고는 손을 마주 잡았다.

"고르렴. 그리고 서명해. 안 하겠다면 돈 아르투로에게 국정을 맡길 테니 너는 계속 놀아도 좋다. 허나,"

그는 엄격한 어조로 덧붙였다.

"네가 그런 결정을 내린다면, 난 너의 계승권을 심각하게 고려해 봐야 하는 처지가 되겠지. 레오는 아직 왕위 후계자로 키울 수 있을 만큼 어리니 말이다."

레이프는 도무지 이 상황이 믿겨지지 않아 멍하니 부왕을 응시했다. 끔찍한 위협에 대한 두려움이 뱃속에서 또아리를 트는 한편 핏줄에는 분노가 내달렸다.

그가 무엇을 할 수 있겠는가? 늘 그랬듯이 복종하는 수밖에 없다.

고개를 숙이고, 그는 초상화들을 내려다보았다. 점차 분노에 눈이 어두워져서 인정받고 승인된, 정치적으로 신중하게 선정된 여자들의 미소 띤 얼굴이 전혀 보이지 않았다.

꼭두각시 인형. 죄수.

그는 다니엘라 키아라몬테를 떠올렸다. 간신히 아이를 면한 여자이지만 집 앞 현관에 당당히 서 있던 그녀는 자기 운명의 주인이었다.

그는 모욕감을 느꼈다.

싫어, 그는 생각했다. 심장이 고동쳤다. 수년간 그는 아버지의 지배를 견뎌 왔다. 비판과 충족 불가능한 기준. 한편으로는 억박지르고 다른 한편으로는 과보호를 하여 그의 자신감을 무너뜨리다시피 했다. 하지만 이번엔 정도가 지나쳤다.

"이건 참을 수 없습니다."

그는 지극히 차분한 목소리로 말했다.

"뭐라고?"

라자 왕은 험악한 어조로 물으며 양 눈썹을 치켜올렸다.

레이프는 불타는 분노를 담은 눈으로 천천히 올려다보았다. 갑자기 그가 벌떡 일어나자 그 서슬에 의자가 뒤로 넘어졌다.

대신들은 헉 하는 소리를 냈다. 올란도는 한쪽 눈썹을 휘었다. 주교는 눈초리를 가늘게 떴다. 아무 말 없이, 레이프는 빙글 돌아 문을 향해 성큼성큼 걸어갔다.

"레이프! 도대체 무얼 하는 게냐?"

"제 자신을 해방시키는 거지요!"

그는 고함치며 몸을 돌렸다.

"이제 아바마마가 제 인생을 좌지우지하는 데 질렸습니다! 왕관은 레오에게 주십시오. 그 대가가 제 영혼이라면 저는 됐습니다."

그는 격분하여 몸을 떨며 걸어나왔다. 앞을 곧장 응시한 채 무감각한 상태로 복도를 걸어가며 떨리는 손으로 장갑을 벗었다. 그의 마음은 분노로 가득했다. 자신이 방금 그렇게 행동했다는 게 믿겨지지 않았다. 하지만 제기랄, 저들은 그를 어린 시절부터 왕으로 키우고서는 이제 와선 하인처럼 명령을 받들길 기대하고 있다! 이제 지긋지긋해.

절연하겠다면 뜻대로 하시라지. 그래도 상관없다. 그는 최선을 다해 왔지만 부왕의 눈엔 결코 충분하지 않았다. 지금은 아버지가 너무 지나치게 몰아붙였다.

"라파엘!"

아버지의 성난 목소리가 뒤편에서 들려왔다.

그는 경직되어 즉각 그 자리에 멈춰 서고 말았다. 잘 훈련된 사냥개마냥, 멍청하리만큼 충성스런 스파니엘마냥. 지금 계속 걸어가지 않는다면 결코 자유를 얻지 못하리라.

그러나 어센션에 대한 애정이 그를 그 자리에 못박았다. 언제나 그랬듯이 나라를 위해서라면 자신에 대한 모욕도 감내할 수밖에 없었다. 하지만 내각 앞에서 드러내 놓고 국왕에게 반항했는데 이렇게 따라나오시는 건 전례 없는 일이었다.

자존심 때문에 몸을 돌릴 수 없었지만 그는 그 자리에 서서 기다렸다. 양손을 뻣뻣하게 늘어뜨린 채 한쪽 손에는 장갑이 움켜쥐어져 있었다.

"레이프, 이 녀석아."

왕이 그에게로 걸어오며 울화가 치미는 듯 중얼거렸다. 레이프는 쓰라린 표정을 짓고 돌아서서 아버지와 눈을 마주했다. 라자는 안경을 벗고 아들을 노려보았다.

"네 주장을 세우기에 안 좋은 때를 골랐구나, 애야."

그는 무서우리만큼 조용히 대답했다.

"저는 아이가 아닙니다."

"이게 왜 네게 그리도 어려운지 내가 네 마음을 모를 것 같으냐?"

"이번에는 제 평생 가장 중요한 결정을 강요하고 계시니까요. 제가 너무나 어리석은 나머지 혼자서는 제대로 된 아내조차 고르지 못할 거라 생각하고 계시니까요."

왕은 답답한 듯 고개를 저었다.

"아니, 아니다. 네가 한 여자에게 묶이길 거부하는 이유는 열아홉 살

때 그 여자에게서 받은 상처가 아직 아물지 않아서라는 걸 피차 알고 있
잖느냐. 그 여자 이름이 뭐였더라? 줄리아?"

레이프는 얼어붙어 불편한 눈길로 아버지를 쳐다보았다. 아버지의 시
선은 강렬하고 날카로웠다.

"이제 흘려보낼 때다, 레이프. 십년이 지났잖느냐."

그는 눈길을 돌렸다.

그 대실패.

어떤 사람들은 혹독한 방법으로 교훈을 얻는다. 젊은 멍청이였던 그는
고난에 처한 여성을 구하려다 그런 사람들 중의 하나가 되었다. 손은 크
고 마음은 여렸기에 너무나 쉬운 목표물이 되었다.

그런 시절은 지나가 버렸다.

"그녀를 기소하도록 두지 그랬느냐, 레이프. 법률에 따라 그 여자는
교수형을 당했어야만 했어. 내가 널 위해 그 일을 처리하도록 그냥 놔둬
야 했다."

"저를 대신해 싸워 주실 필요는 없습니다, 아바마마."

그는 기억 속 열아홉 살 적의 자신에게 역겨움을 느끼며 간단히 말했다.

젊고 고상한 기사였던 그는 확신에 가득 차서, 그의 아름다운 연상의
여인이 왕국 내의 모든 남자들과 잠자리를 했으며 단지 자신을 이용하
고 있을 뿐이라는 소문에 눈 하나 깜짝하지 않았다. 그는 신경 쓰지 않
았다. 만약 그녀에게 모든 것을 준다면 언젠간 그녀가 자신의 지위나 부,
용모가 아니라 그 자신만을 사랑하게 만들 수 있으리라 확신했었다. 그
는 연인에게 얻어맞은 레이디 줄리아를 발견하고 그녀를 돌보아 건강을
회복시켰다. 그녀의 빚을 갚아주고 무너진 자존심을 회복시켜 주었다.
그 모든 다정한 수고의 대가에 그녀는 어떻게 보답했던가?

그녀는 그를 유혹해 동정을 빼앗고는 그가 잠든 사이 책상을 뒤져 아
버지를 위해 만들고 있던 비밀 지도를 훔쳐갔다. 그리고는 그걸 프랑스
에 팔았고, 프랑스는 그 지도를 이용해 어센션을 침략했다.

피오레 가문은 하마터면 나폴레옹에게 어센션을 빼앗길 뻔했다. 이 모

두가 후계자가 부적합한 여자에 대한 사춘기적인 정욕을 다스리지 못해
생겨난 일이었다.

그 이후로 신하들 중 누구도, 그의 아버지나 백성들, 특히 내각은 그
를 진지하게 받아들이지 않았다.

"그 창녀는 단지 너를 현혹시켰을 뿐이야, 네 젊음을 이용하여……."

"그 일에 대해 논하고 싶지 않습니다, 아바마마."

그는 잘라 말하고는 시선을 돌렸다.

"제 잘못이었습니다. 믿지 말아야 할 여자를 믿었죠."

"그리고 이제 너는 어느 여자도 믿지 않으려 하는구나, 레이프."

라자는 한숨지었다.

"네겐 후계자가 필요하단다, 레이프."

"왜입니까? 왜 갑자기 이리 서두르시죠?"

그가 다그쳤다.

"나는 병에 걸렸다."

"뭐라고요?"

그는 아버지에게로 몸을 돌렸다.

라자는 그를 응시하다가 천천히 시선을 내렸다.

"그래서 다리우스와 세라피나를 보러 스페인으로 가는 거다. 앞으로 얼
마나 더 이런 여행을 할 수 있을 만큼의 체력을 유지할는지 모르니까."

"무슨 말씀이십니까? 편찮아 보이시지 않는데요!"

그가 외쳤다.

"목소리를 낮추거라."

왕은 복도 저편을 돌아보며 말했다.

"왕실 주치의와 돈 아르투로, 그리고 너 말고는 아무도 이 사실을 모
른다. 가능한 한 오래 이 사실을 알리고 싶지 않구나."

레이프는 넋이 나가 한동안 입만 벙긋거렸다. 그는 목소리를 내려 애
썼다.

"어마마마는 알고 계십니까?"

"아니다. 맙소사, 아니고 말고."

라자는 속삭이곤 자신을 가다듬었다.

"필요 이상으로 걱정시키고 싶지 않아."

"뭐가 문제입니까? 무슨 병인지 의사가 알고 있나요?"

그는 어깨를 으쓱했다.

"일종의 위장질환이지. 암일 수도 있고."

"오, 맙소사."

레이프는 충격에 휩싸였다. 그리고는 분노가 몰려왔다.

"어떻게 그럴 수가! 평생 단 하루도 편찮지 않으셨잖습니까! 정말로 그리 확신하십니까?"

"십중팔구는. 레이프, 중요한 일은 우리 가문의 질서다. 지금은 날 두고 떠나갈 때가 아니야."

레이프는 아버지를 응시했다. 마음속이 혼란스러웠다. 이제 그 사실을 알고 나자 아버지의 얼굴에서 긴장의 흔적을 볼 수 있었다. 라자의 세월에 시달린 피부는 광대뼈 위로 팽팽하게 당겨져 있었고 며칠 동안 잠을 이루지 못한 듯이 눈 아래에는 그늘이 져 있었다.

믿을 수가 없었다. 아버지는 늘 신과도 같이 든든하고 불멸의 존재였다.

"고통이 있으십니까?"

라자는 침울하게 어깨를 으쓱했다.

"먹지만 않으면 괜찮다."

레이프는 고개를 내저었다.

"아바마마, 왜 진작에 그 말을 하지 않으시고 절 구석으로 몰아붙이신 겁니까? 성을 내어 죄송……."

"네가 알기를 원치 않았다. 오십만 명의 운명을 어깨 위에 짊어지게 되면 그밖에도 마음 쓸 일이 잔뜩 있는걸."

그는 레이프의 어깨를 한 번 꽉 움켜쥐었다 놓았다.

"어쩌면 오늘밤 내 방법이 약간 고압적이었는지도 모르겠구나. 레이프, 하지만 네가 결혼했으면 좋겠다. 단순히 나라와 가문을 위해서만이 아니라 너 자신의 안위를 위해서. 나도 젊을 적에는 방탕하게 살았지만 지금 너의 이런 모습이 마음에 들지 않는구나."

레이프는 아무 말도 하지 않았다.

"고난이 닥쳤을 때 네 곁에서 진정으로 널 아껴줄 사람이 있어야 한다. 솔직히 말하자면, 네 어머니가 없었더라면 난 이만큼 오래 버티지 못했을 게다."

레이프는 라자의 강렬한 시선 아래 눈길을 내리깔고는 초점 없이 바닥만 응시했다. 갑자기 목이 꽉 메였다. 아이처럼 훌쩍거리지나 않을지 두려웠다. 이런 자신이 무슨 왕이 되겠는가.

"알겠습니다, 아바마마."

그는 중얼거렸다. 상황을 이해하게 되자 아버지의 소원을 거절할 수가 없었다. 그럴 만큼 모질지 못했다. 비록 사형 선고에 가까울지언정 어쨌든 결혼하리라.

"분부대로 하겠습니다. 하지만 어마마마 같은 분은 세상에 없을 것 같군요."

그의 아버지가 갑자기 씨익 미소지었다. 죽음에 직면해 있으면서도 용기백배하시다니, 레이프는 경외감에 가득 차 생각했다. 왕은 그의 등을 두들겨 주었다.

"그건 옳은 말이다. 자, 가자구나. 세부사항을 몇 가지 처리해야 한다."

라자는 레이프의 어깨에 팔을 감고 그를 내각 회의실로 이끌어갔다. 그러나 레이프의 마음은 아직도 혼란스러웠다.

"잘해 낼 거다, 애야. 재상이 너와 긴밀히 일하도록 해두었으니……."

아직도 충격에 휩싸인 채, 그는 아버지의 절반만큼의 인물만 되어도 자신의 인생은 성공일 거라고 생각했다.

그의 마음은 아버지가 죽어간다는 사실을 받아들이지 않으려 했다. 그는 아버지가 병이 드신 게 아니라 어쩌면 다른 가능성이 있을지도 모른다고 생각했다. 하지만 분명 의사들이 독약 여부를 검사했을 테지. 그리고 독약이 발견되었다면 아버지는 위암이라는 진단을 순순히 받아들이지 않으셨을 것이다. 게다가 누가 어센션의 반석, 위대한 라자 디 피오레 왕을 독살하길 원하겠는가? 국왕은 모든 이들에게 사랑받고 존경받았다.

한 가지는 분명했다. 그는 왕실 주치의를 찾아가 볼 것이다. 또한 신뢰할 수 있는 사람인 자신의 요리장을 아버지와 함께 보내기로 결정했다. 그리고 항해에 나서기 전 배의 식료품을 전부 바꾸리라.

다행스럽게도, 만약 아버지가 진정으로 외부로부터의 위험에 처한 거라면 스페인에 있는 매형의 집보다 더 안전한 곳은 없을 터이다. 격정적이고 위험스러운 다리우스는 늘 왕가를 지켜주었고 십년 전 그 운명의 날 어센션을 침략해 온 프랑스군들을 쫓아낼 방법을 찾아낸 장본인이었다.

어떤 위협에 직면하더라도 온 가족이 함께 뭉치면 문제없으리라. 신부를 고를 때 그 점을 꼭 염두에 두어야만 한다.

레이프는 심각하고 걱정스러운 마음으로 테이블의 끝에 가 앉았다. 내각을 향해 그는 자신이 감정을 폭발시킨 데 대해 뻣뻣하게 사과의 말을 중얼거렸다.

라자가 목청을 가다듬었다.

"내 아들과 나는 합의를 보았소. 왕자는 내가 돌아올 때까지 우리가 고른 젊은 숙녀들 중 하나를 택하기로 동의했소. 결혼식은 그때 치러질 것이오. 지금 결정내리도록 왕자를 몰아붙일 필요는 없다고 보오. 너무 급히 고르면 이후 후회할 결정이 될 수도 있을 테니. 왕자는 현재 달리 마음 쓸 일들이 많이 있으니 경들도 동의하리라 확신하오."

그들은 마지못해 찬성했다.

레이프는 엄하지만 격려가 담긴 아버지의 눈빛을 테이블 저편에서 마주했다.

모두들 그를 과소평가해 왔다는 것을 증명할 때가 온 것이다. 그의 심장은 두방망이질쳤다. 교장 앞에 서서 틀린 대답을 내놓을까 두려워하는 학생이 된 기분이었다. 그는 깊이 숨을 들이쉬고 고개를 치켜들었다.

"자아, 여러분. 무엇부터 시작하면 좋겠습니까?"

돈 아르투로가 날카로운 표정을 지어 보이며 반문했다.

"무엇부터 시작하면 좋을까요, 전하?"

레이프는 잠시 멍하니 그를 응시했다.

군주로서의 권력을 쥔 처음 몇 초는 마치 거대한 경주마에 올라타, 그가 간신히 제어할 수 있는 순수한 힘이 몸 아래에서 폭발하는 것과도 같았다. 긴장감이 넘치고 어질어질했으며 중독성이 있었다. 하지만 이 순간을 위해 수년간 다방면으로 가혹하게 공부해 온 결과가 나타났다.

입을 열었을 때 그의 목소리는 단호하고 권위적이었다.

"가뭄 문제부터 시작합시다. 시의 저수 상태는 어떻소? 그리고 저지대 밀 농장에 물을 공급하기 위한 용수로를 얼마나 빨리 건설할 수 있는지 추정을 내주시오."

농업부 장관이 대답을 내놓았다.

레이프는 집중하여 들으며 평정한 태도로 돌아가려 노력했다. 시야 한 쪽 구석에서 아버지가 고개를 숙이고 미소짓는 것이 보였다.

4

다니는 모기장 구실을 하는, 침대의 낡아빠진 무명 카노피 사이로 은은하게 새어들어오는 아침 햇살에 잠에서 깼다. 햇빛이 오래된 가구와 회벽에 흐릿한 빛을 드리웠다. 그녀는 불타는 듯한 팔의 통증에 살짝 얼굴을 찡그리며, 아픔이 지난밤의 힘든 기억을 되살리자 다시 눈을 감았다.

지난밤 마을로 말을 달려 가비아노 과부에게 아들들이 어떻게 되었는지 전한 건 다니의 평생 가장 힘든 일이었다. 친구들에 대한 걱정과 부상 입은 팔의 욱신거림, 그리고 라파엘 왕자와 나눈 말이 빠짐없이 화끈거리며 떠올라 그녀는 거의 휴식을 취하지 못했다.

오늘밤 복면 도적이 대담한 탈출극을 연출할 것이다.

가비아노 부인이 그 준비를 하기 위해 곧 도착하리라. 다니는 입이 찢어져라 하품을 하며 눈에 눈물을 달고 일어나 앉아 침대에서 몸을 끌어냈다. 총상을 확인하기 전에 우선 커피가 먼저였다. 먼 잠옷 위에 가운을 걸치고 아래층으로 내려가던 그녀는 향긋한 커피 향내를 맡고 마리아에게 감사했다.

지금 원하는 건 맛좋고 독한 커피 한 잔뿐이야, 그녀는 서늘한 아침 공기에 김을 피워올리는 테이블 위의 작은 잔 앞에 앉으며 생각했다.

열려진 주방 창문으로 상쾌하고 가벼운 산들바람이 불어왔다. 좀 멀리서 풍겨오는 바닷내음과 시골 잡초 사이에 뒤섞여 자라는 싸한 야생 박하 향기가 싱그러웠다. 박하향이 그를 떠올리게 했다. 박하사탕과 달콤한 말솜씨, 따스한 황금빛 머리칼의 악당.

생각이 그의 무도회 초대로 흘러갔다. 친구들을 감옥에서 꺼내느라 바쁠 테니 물론 거절하길 잘했다. 어젯밤엔 그의 용모와 매력 그리고 할아버지에 대한 친절함에 홀려 제대로 의심하지 못했지만 밝은 아침이 되자 자기 생일 파티에 그녀가 참석하길 바랐던 그의 열망이 몹시도 이상스럽게 느껴졌다.

날 위해 마차를 보내겠다고? 그는 샤프롱에 대해서는 전혀 언급하지 않았다. 정말로 자기의 화려한 여자들 중 하나를 보내 날 파티에 걸맞게 차려입히겠다고 제안한 건가? 맙소사! 평판이 평판이니만큼, 표면상의 관대함 뒤에 숨겨진 그의 동기에 의문을 품어야 마땅하리라.

하지만 곧 그녀는 자신의 의심을 털어버렸다. 그는 사교계의 가장 아름다운 꽃들, 제일 좋은 다이아몬드들에게 익숙한 사람이다. 그런 남자가 그녀 같은 빨강머리 말괄량이를 원할 리 없다. 정녕 다행이다. 천사 같은 얼굴에 녹색 눈을 한 그 달콤한 혀의 악마를 거부하기란 불가능에 가까울 것이다.

바로 그때 정원 쪽으로 난 문이 열리고 할아버지가 들어왔다. 다니는 이렇게 이른 시간에 할아버지를 보게 되자 놀라 올려다보았다.

"잘 잤느냐, 우리 아가씨!"

그는 쾌활하게 말했다.

그녀는 할아버지가 오늘, 최소한 지금만은 제정신이라는 것이 너무나 기뻐 미소지었다.

"좀 어떠세요, 할아버지?"

"최고지, 최고고 말고!"

그의 주름진 얼굴에는 미소가 새겨졌고 거친 목소리는 평소보다 힘찼다.

"신선한 아침 공기 속에서 산책하면서 라파엘 왕자에 대해 생각했더란다. 얼마나 훌륭한 청년이냐. 응, 다니?"

그녀는 회의적으로 쳐다보았지만 반박하지는 않았다. 할아버지는 행복해 보였고 라파엘 왕자가 당신의 얼굴에 미소를 가져왔다면 굳이 그 환상을 깨고 싶지는 않았다.

"왜 그가 구애하게끔 두지 않았니?"

할아버지가 놀렸다.

"할아버지."

그는 쿡쿡거리며 그녀의 머리를 토닥였다.

"넌 다른 남자들과 달리 그 왕자를 마음대로 휘두를 수가 없어 화가 나는 게다. 하지만 그렇다고 해서 그가 널 보살피지 않으리라는 뜻은 아니란다."

"할아버지도 아시겠지만 저는 제가 알아서 챙길 수 있어요."

그녀는 할아버지에게 마땅찮은 표정을 짓고 커피를 홀짝였다.

"그리고 전 그 누구도 마음대로 휘두른 적 없어요."

그는 쿡쿡거리곤 다시 밖으로 어슬렁어슬렁 나갔다.

할아버지가 나가자, 다니는 커피를 들고 침실로 올라가 시내로의 외출을 위해 가장 좋은 꽃무늬 흰색 드레스를 차려입었다. 그러나 짧은 퍼프 소매는 팔꿈치 위쪽 상처를 감싼 붕대를 가려주지 못했다. 더위에 신음하면서도 그녀는 마지못해 푸른 실크로 된 좀 낡고 바랜 긴소매 웃옷을 덧입었다. 마리아가 머리를 땋아 정수리에 말아 올려주자 준비가 다 되었다.

필요한 도구들을 커다란 자루에 챙겨넣고 있을 때, 짐마차를 타고 도착한 가비아노 부인의 소리가 들렸다. 재빨리 다니는 자루 안의 내용물을 다시 한 번 확인했다. 검은 승마바지와 셔츠 사이에 어젯밤 만든 주먹만한 폭탄 세 개가 고이 자리잡았고 불을 붙일 부싯돌과 커다란 밧줄 꾸러미, 누더기에 감싸인 그녀의 검, 박차 달린 승마 부츠가 들어 있었다. 마지막으로 악명 높은 검은 새틴 가면을 넣은 다음 자루를 묶었다.

그녀는 보닛을 쓴 후 거울 앞에 서서 턱 아래로 리본을 묶고는 장갑을 꼈다. 그런 다음 자루를 들고 아래층으로 내려갔다.

다니는 거칠고 나이든 시골 여자인 가비아노 부인에게 인사했다. 마리아가 그들을 바깥까지 배웅했다. 두 나이든 여인들이 걱정스런 속삭임을 나누는 동안 다니는 자루를 가비아노 부인의 짐마차에 실었다. 그 옆에 말안장을 싣고 마지막으로 자신의 신경질적인 적갈색 말을 짐마차 뒤에 묶었다.

그 일들을 전부 하고 검은 베일을 드리운 뚱뚱한 과부 옆에 올라앉을 때쯤엔 부상 입은 팔이 더욱 욱신거렸다. 그녀는 고통 때문에 머리가 약간 멍했다.

"마테오의 친구 파올로가 오늘밤 고깃배를 대기하고 있다가 아이들과 절 본토로 데려가 줄 겁니다."

짐마차가 출발할 때 가비아노 부인이 웅얼거렸다.

다니는 고개를 끄덕였다. 친구들, 특히 장난꾸러기 막내 지아니와 십여 년간 제일 친한 친구였던 마테오와 헤어져야 한다는 생각을 하자 가슴이 아팠다. 하지만 자신의 슬픔을 입 밖에 내어 말하진 않았다.

"폭발물을 준비했어요. 간수들이 절 부인과 함께 감옥 안에 들여보내 주기만 하면, 이 폭탄들을 몰래 감춰 전해 줄 수 있어요. 눈 깜박할 사이 다들 나올 거예요."

"아가씨 말이 옳기를 빌어요."

중년 여인은 중얼거리며 짐말의 등에 채찍을 내리쳤다. 다니는 가비아노 부인이 비록 말은 안 해도 아들들이 체포된 일로 그녀를 탓하고 있음을 알고 침묵을 지켰다.

수도를 향해 북쪽으로 가던 중, 멀리 가지 않아 그들은 반대편에서 말을 타고 오는 사람을 만나게 되었다.

말등 양옆으로 불쑥 튀어나온 불바티 백작의 뚱뚱한 몸을 알아보고 다니의 심장은 덜컥 내려앉았다. 그 불쌍한 동물은 남자의 덩치 아래 헐떡이며 달리고 있었다. 불바티는 늘 그렇듯 주름 달린 화려한 옷을 입어 더욱 우스꽝스러워 보였다.

"멈춰야 할까요?"

가비아노 부인이 숨을 죽여 물었다.

"계속 가요. 아마 급한 길이라 우리와 이야기할 시간이 없을 거예요."

"그보다는 아가씨를 만나러 가는 길인 듯싶은데요."

부인이 투덜거렸다.

"레이디 다니엘라! 잘 만났군요, 아름다운 이웃사촌!"

주변머리 좋은 백작이 그녀를 부르며 말등에서 위험스럽게 몸을 들썩거려 말을 멈춰 세웠다.

"안녕하세요, 백작님. 보시다시피 제가 좀 바쁜 터라……."

"그럼 제가 함께 따라가기로 하지요. 당신의 안전을 확인하러 가던 길이었으니 말입니다."

불바티 백작은 불쌍한 밤색 말을 욕하고 윽박질러 방향을 돌리더니 짐마차 옆을 걷게 했다. 그는 둥근 얼굴에서 기름이 흐르는 땀을 닦아냈다. 작은 갈색 눈에 빈틈없고 야비한 표정, 두터운 입술의 그는 다니가 주변에 있을 때면 마치 맛있는 음식을 떠올리듯 계속 입술을 핥아대 그녀가 차마 제대로 바라볼 수 없게 만들었다.

"제 안전이라뇨?"

그녀는 지루하다는 기색을 유지하려 무척이나 애쓰며 물었다.

"레이디 다니엘라, 지난밤 병사들이 당신의 저택을 수색했으며 마침내 지난 여섯 달 동안 우리를 괴롭혀 온 그 악랄한 노상강도들이 체포되었다는 소식을 들었답니다!"

그는 혐오스럽다는 듯 가비아노 부인을 곁눈질했다.

"아, 그 늑대 무리들의 어미로군. 이보시오, 분명히 그 아들들을 키우면서 무언가 잘못한 걸 거요. 그자들이 우리 고장에 수치를 주었잖소!"

그럼 당신의 도둑질은 어떻고, 썩어빠진 호색한 양반! 다니는 하마터면 그렇게 내뱉을 뻔했지만, 그를 자극하면 그녀의 인생이 더욱 비참해질 뿐이라는 걸 알고 자제했다. 대신 날카로운 어조로 대꾸했다.

“그 반대로 백작님, 아직 법정에서 판결이 나지 않았으니 잘라 말할
순 없지만 유죄라면 그 청년들은 우리 고장의 영광이지요. 그들이 부자
만 털어서 가난한 이들과 나누었다는 걸 모두들 알고 있어요.”

“만약 레이디께서도 부유했다면 그들이 정의롭다고는 전혀 생각지 않
았을 게요. 두목은 아직 잡히지 않았다고 들었는데 복면 도적의 진짜 정
체가 무엇인지 궁금하군요.”

그는 강렬한 시선으로 그녀를 곁눈질했다.

등골에 냉기가 흘러 그녀는 몸을 부르르 떨었다. 실상은 불바티 백작
이 그녀의 정체를 알고 있어서 짐짓 놀리는 것이고, 자신이 원하는 것을
얻기 위해 결정적인 순간만을 기다리는 건 아닐까 하는 생각이 종종 들
때가 있었다.

“자아.”

그녀는 딱딱하게 말했다.

“제 안전을 살펴주시다니 몹시도 친절하시군요, 허나 할아버님과 전
무사히…….”

“라파엘 왕자가 왔었다고 들었소만.”

그는 그녀의 말을 끊고 다시금 그녀를 흘끔거렸다. 그녀는 차갑게 그
를 쳐다보았다. 그의 말에 담긴 천박한 암시를 감지할 수 있었다.

“맞습니다. 왕자 전하께서 병사들을 지휘하셨죠.”

불바티가 그녀를 향해 몸을 굽히자 무게가 한쪽으로 쏠리며 말안장이
자비를 청하듯 끼익거렸다.

“그 불한당이 레이디께 무례한 접근을 하던가요?”

다니는 고개를 내리깔아 얼음장 같은 시선으로 길만 바라다보았다.

“물론 아니죠. 그리고 물론 알고 계시겠지만, 백작님이 언급하신 분은
어센션의 장래 왕이세요.”

장난스레 그녀는 자신이야말로 그런 사실을 무시하고 난봉꾼 레이프
의 중요 부위를 걷어찼다는 걸 떠올렸다.

불바티는 그녀의 대답에 만족한 듯했다. 그는 잘난 체하는 표정을 지

으며 안장 위에서 몸을 바로했다.

"사실, 레이디를 놀라게 할 만한 소식을 수도에서 가져왔다오."

"그래요?"

"아, 그렇소. 정말 놀랄 이야기지."

그녀는 잠자코 기다렸다. 하지만 그는 자신만이 비밀을 알고 있다는 사실에 거드름을 피웠다.

"궁금하지 않으시오?"

그는 두꺼운 입술을 핥으면서 물었다. 그녀는 역겨움에 눈길을 돌려야만 했다.

"무슨 소식인가요, 백작님?"

그녀가 짜증스레 물었다.

"좋아요, 말씀드리리다. 오늘 아침, 아무 예고 없이 폐하께서 왕비와 어린 레오 왕자를 대동하고 유람 여행을 떠나셨다오. 왕의 부재중 난봉꾼 왕자가 섭정이 되어 다스린답니다!"

그녀는 즉시 몸을 돌려 그를 응시했다. 노새한테 배를 걷어차인 기분이었다.

"확실한 소식인가요?"

그녀는 간신히 말을 내뱉었다. 그는 더욱더 우쭐해했다.

"나라 전체가 모두 그 얘기만 하고 있다오."

다니와 가비아노 부인은 걱정스런 시선을 교환했다. 왕권이 라파엘 왕자에게로 이동했다는 건 가비아노 형제들에게 나쁜 징조다.

또한 불바티 백작의 눈에서 타오르는 탐욕의 빛을 알아챈 다니는 그의 머릿속에서 춤추는 금화들을 익히 볼 수 있었다. 이제 왕가의 웃음거리가 권좌에 앉았으니 그와 동류들은 뭐든 뜻대로 할 수 있게 되었다. 누가 그들을 벌하겠는가?

라자 왕이 다스리지 않는다면 어센션은 혼란의 도가니가 될 것이다.

"어디로 간다고 하셨던가요, 레이디?"

불바티가 그녀의 생각을 방해하며 물었다.

“말 안 했습니다만……”

그녀는 조금 날카롭게 답했다. 도대체 왜 내 일을 꼬치꼬치 물어 보는 거지? 이제 그들은 백작의 저택 진입로에서 멀지 않은 곳에 있었다.

“오, 이런, 캐물을 뜻은 아니었습니다.”

그는 은근하게 비난했다.

“전 선량한 이웃으로서 단지 레이디의 안전을 살피는 것뿐입니다.”

“시내에 가요.”

그녀가 내뱉듯이 말했다.

“하지만 무슨 일로? 레이디는 도시를 싫어하시잖습니까.”

그녀는 그를 노려보았다.

“자선 사업이죠. 가난한 사람들을 방문할 거예요. 저희와 함께 가고 싶으신가요?”

그의 가늘고 돼지 같은 눈이 번쩍 뜨였다. 그리고는 허겁지겁 회중시계를 꺼냈다.

“오, 이런, 시간 좀 보게. 집에 돌아가 봐야겠습니다. 거의 점심시간이군요. 아마 다음 번엔 갈 수 있을지도 모르겠습니다. 아, 다 왔군요. 잠깐 들러 다과나 들고 가시지 않겠습니까?”

“고맙지만 바빠서요. 그 달콤한 케이크는 혼자 다 드셔야겠군요.”

“아, 그럼요!”

그의 눈이 환해졌다.

작별 인사를 하고 그가 고생 많은 말을 몰아 저택 진입로로 사라지자 그들은 웃음을 터뜨렸다. 엄청 열받아 있던 가비아노 부인은 고개를 내저으며 잿빛 말의 속력을 올렸다.

곧 뜨거운 한낮이 되었다. 가비아노 부인은 채찍 소리로 행인들에게 경고하며 커다랗고 둔중한 짐마차를 벨포트의 분주한 거리로 몰아갔다. 다니는 아까 도시 외곽에서 허벅지에 매달은 세 개의 수제 폭탄을 떠올리며 마차가 많이 덜컹거리지 않기만을 빌었다.

그들이 폭탄을 감옥 안으로 무사히 숨겨 들어갈 방법은 그것밖에 없었다. 주먹만한 폭탄들에는 감옥 벽에 일 미터 폭의 구멍을 뚫을 만큼의 화약이 들어 있었다.

저 앞의 광장은 평소보다 더 붐벼 보였다. 그들이 막 광장에 도착했을 때, 성당 종이 정오 미사 종소리를 울리기 시작했지만 그 은은한 울림 너머 더 큰 탕탕 소리가 들렸다. 남자들이 광장 한가운데에 교수대를 세우고 있었다. 찌는 듯한 날씨에도 불구하고 그녀의 등골에 싸늘한 냉기가 흘렀다.

엄청난 인파가 광장으로 몰려들어 복면 도적 일당들의 체포와 라파엘 왕자가 권력을 쥐게 된 소식으로 웅성거렸다. 분위기는 긴장되어 있었다. 햇볕에 거칠어진 얼굴 위로 모자를 눌러쓴 노인들이 군데군데 삼삼오오 모여 시가를 피우며 이야기를 나눴다. 여자들은 미사를 위해 성당으로 향했다. 아이들은 인파 사이로 내달리며 소리지르고 나무막대기로 칼싸움을 했다. 또 한쪽에는 물 배급을 받는 긴 줄이 늘어서 있었다. 병사들의 예리한 시선 아래 한 가구 당 하루에 세 항아리씩 나누어졌다.

노점에서는 행상들이 붉은 고추, 오렌지, 살구, 포도를 사라고 외쳤으며 한 노파는 나귀의 등에 매단 바구니에 든 꽃을 팔고 있었다. 광장으로 통하는 사거리엔 오가는 마차로 시끄러운 소리가 달그락거렸지만, 그러는 내내 한켠에서는 왕자의 부하들이 처형대를 세우는 망치소리가 리드미컬하게 울려퍼지고 있었다.

가비아노 부인과 그녀는 어두운 표정을 교환하고 부인의 친척이 관리하는 임대 마구간으로 향했다. 그들은 짐마차와 다니의 말을 그곳에 두었다. 다니는 가져온 자루를 마구간의 밀짚 속에 묻었다. 그런 뒤 두 여자는 팔짱을 끼고 단호하게 감옥으로 걸어갔다. 복면 도적이 분명 일당들을 구하러 올 거라 주장하는 사람들의 목소리가 들려왔다. 몇몇은 유명한 무법자를 직접 보기 위해 광장에서 기다리겠노라고 공언했다.

그런 말들에 다니는 온몸이 떨렸지만 최선을 다해 무시하며 목전의 임무에만 집중하려 애썼다.

시끄러운 거리를 건널 때 덜컥거리며 다가오는 커다란 짐마차가 하마터면 그들을 칠 뻔했다. 다니는 뒤로 펄쩍 뛰어 물러나며 가비아노 부인을 끌어당겼다. 마차가 지나갈 때, 그녀는 그 안에 형형색색의 가장무도회용 가면들이 실려 있는 것을 보았다. 마차는 왕자의 신비스런 궁전으로 향하고 있었다. 그 가면들은 아마도 그의 생일 축하 무도회에 쓰일 물건들이리라. 라자 왕이 생일 선물로 나라를 넘겼다는 사실을 감안하면 그 파티는 이 섬이 생긴 이래 최고로 떠들썩할 것이다.

마침내 광장 끝에 다다른 두 여인은 길을 건너 벨포트 감옥 입구 계단을 올랐다. 그들은 앞에 서 있던 병사들에게 자신들이 누구인지 밝히고 허가를 받아 어둠침침한 대기실로 들어가서 간수에게 면회를 청했다.

가비아노 부인이 얘기하는 동안 다니는 눈길을 내리깔고 곁에 서 있었다. 그녀는 수줍고 조신하게 보이도록 애썼다. 다리에 붙들어 맨 폭탄이 계속 예리하게 의식돼 심장이 거칠게 두근거렸고 흥분감으로 아찔할 지경이었다. 자신이 이런 일을 하고 있다는 게 믿겨지지 않았다. 수십 명의 병사들이 복면 도적을 찾아 교외를 샅샅이 뒤지고 있는 동안 감옥 한복판에 서 있다니.

"좋아요, 좋아. 더 이상 듣고 싶지 않소. 들어가서 보라구."

흉터가 있는 우람한 간수가 마침내 으르렁거렸다. 그리고는 주위를 맴도는 파리를 쫓아내며 눅눅하고 어두운 복도로 그들을 안내했다. 그 끝에 다다르자 그는 작은 창이 달린 문을 열었다.

"십 분이오."

그는 그들 뒤로 문을 쾅 닫으면서 내뱉었다.

가비아노 부인이 눈물을 흘리며 아들들을 하나하나 껴안는 동안 다니는 옆으로 물러서 있었다. 불쌍한 알비의 안경은 부서졌으며 덩치 크고 상냥한 로코의 모양새는 더 심각했다. 그녀는 간수들이 유독 그만 괴롭혔으리라는 걸 익히 상상할 수 있었다. 로코는 온화한 청년이었지만, 체구가 자그마한 남자들은 늘 무리를 지어 그에게 덤비고 싸움을 걸곤 했다. 반면 마테오는 너무나 분노가 들끓어 제대로 말을 하지 못할 지경이었다. 모두들 유별나게 조용했다.

“그런데 우리 지아니는 어디 있니?”

가비아노 부인이 갑자기 물었다.

“우리 막내는 어디 있어?”

아이의 형들은 모두 눈길을 피했다.

“무슨 일이야? 지아니는 어디 있니? 무슨 일인지 말 좀 해봐!”

부인이 갑자기 소리를 질렀다. 그녀의 목소리는 두려움에 질린 모성 본능이 가득했다.

“그자들이 우리 아가한테 무슨 짓을 한 거야?”

다니와 가비아노 부인은 충격에 휩싸인 정적 속에서 마테오가 전하는 소식을 들었다.

“어젯밤 어떤 남자가 와서 데려갔어요.”

“누구였어?”

다니가 나직이 물었다.

“이름은 모르겠어. 전에 본 적이 없는 사람이야. 젊은 남자였는데 간수가 ‘나으리’라고 부르더라. 왕자의 명령을 받고 왔다고 했어. 내 생각엔 라파엘 왕자의 친구인 것 같아.”

“지아니가 풀려난 거야?”

그녀가 소리쳤다. 마테오는 눈을 번뜩였다.

“아니. 그 남자는 우리가 복면 도적의 정체를 말하지 않으면, 다시는 지아니를 보지 못할 거라고 했어.”

그 말에 다니의 내부에서 무언가가 툭 끊어졌다. 사방의 벽이 점점 조여들면서 그녀를 억누르는 듯했다. 여지껏 나름대로 차분하게 냉정을 유지하고 있던 가비아노 부인이 이성을 잃고 아이를 찾아 울부짖는 동안 다니는 얼어붙은 듯이 꼼짝도 하지 않았다.

다니는 충격과 두려움에 휩싸여 거의 아무 소리도 들리지 않았다. 이런 재난은 전혀 예측하지 못했다. 그녀는 라파엘 왕자에게 아이를 도와 달라고 부탁했다. 그가 지아니를 형제들과 떼어놓고 복면 도적의 정체를 밝혀내기 위한 수단으로 쓰리라고는 상상도 하지 못했었다. 그는 생각했던 것보다 훨씬 더 교활하고 무자비했다.

가비아노 부인은 어머니를 위로하려는 로코를 밀어냈다.

다니는 마테오에게로 돌아섰다.

"그 애를 어디로 데려간 거야?"

"확실히는 몰라. 내 생각엔 저기 같아."

그는 창문을 가리켰다.

그녀의 시선이 그의 손가락을 따라갔다. 최면에 걸린 듯, 그녀는 감옥 창문으로 걸어가 밖을 응시했다.

그녀는 광장의 교수형 대와 중무장한 병사들이 군중을 통제하고 있는 것을 보았다. 그리고 나무들 너머로 라파엘 왕자가 머무는 궁전의 뾰족 탑이 보였다.

가비아노 부인의 외침과 그녀를 달래려는 아들들의 말소리를 한 귀로 흘리며 그녀의 의지가 굳어졌다.

라파엘 디 피오레, 이건 전쟁이야.

감방문에 달린 작은 창문에서 보이지 않는 쪽으로 가서, 그녀는 친구들더러 고개를 돌리라고 말하고 재빨리 페티코트를 한쪽 무릎 위로 올린 후 폭탄과 부싯돌을 꺼냈다. 그리고는 어머니를 위로하고 있는 둘을 남겨두고 마테오를 한켠으로 데려갔다.

"자정에 이걸 써."

그녀는 격한 속삭임으로 명령했다.

"창가에다 쌓아올리고, 성당 종이 열두 번 울릴 때 심지에 불을 붙여. 테이블을 이쪽으로 향하게끔 세워서 그 뒤로 몸을 피하도록 해. 그런 뒤 이 밧줄을 써서 아래로 내려와. 난 소란을 피워 주의를 분산시킬 거고 너희 어머니가 짐마차에서 기다리실 거야. 바닷가로 가면 파올로가 고깃 배에서 기다리고 있다가 너희를 본토로 데려갈 계획이야. 어머님께 나폴리에 있는 너희 친척에게 갈 여비를 드려놨어."

"내 동생은 어쩌고?"

그는 황급히 물건들을 바닥의 밀짚 깔개 아래로 숨기며 물었다.

"그 애를 두고 갈 수는 없어."

"내가 지아니를 빼낼게."

그녀는 저 멀리 궁의 뾰족탑을 바라보며 낮지만 단호하게 말했다.

"아니, 그건 안 돼!"

마테오는 성을 내며 속삭이고 그녀에게로 다가섰다.

"여기에 와서도 안 되는 거였다구, 다니! 그들이 쫓는 사람은 바로 너란 말이야!"

"할 수 있어."

그녀는 그에게로 돌아서지 않았다. 그가 자신의 공포를 보지 않기를 바랐기 때문이었다.

"내가 너희들을 끌어들였으니 빼내는 것도 내가 해야지."

그는 더 이상 일을 벌이지 말라며 평소처럼 오빠 같은 투로 설교하기 시작했지만, 다니는 듣지 않았다. 그녀의 생각은 본때를 보여줘야 할 적에게 가 있었다.

어젯밤 예상치도 않게 킹스 로드에서 라파엘 왕자와 맞닥뜨렸을 때는 그녀가 우위에 있었다. 하지만 오늘밤은 그녀가 화려함과 죄악이 난무하는 그의 세계로 들어가야만 한다.

그녀는 무도회에 갈 것이다.

올란도는 묘한 침묵에 잠긴 채 서 있었다. 그 작은 갤러리의 대리석 바닥으로 오후의 그림자가 스며들어와 무늬를 그렸다. 그는 등을 벽에 기대고 섰다. 옆방에서 벌어지는 대화를 집중하여 듣는 그의 표정은 차가웠다.

"마…… 말씀드렸다시피, 전하."

왕실 주치의가 난감함에 말을 더듬었다.

"다섯 번에 걸쳐 폐하의 음식을 검사해 보았습니다. 하지만 아무런 독도 발견되지 않았습니다."

"자네가 믿을 만한 사람인지 내가 어떻게 알겠는가? 아버지에게 알려지지 않은 적이 있고, 자네가 그 일당이 아니라는 걸 어떻게 확신하라는 거지?"

왕자는 거칠게 다그쳤다.

"시해 음모를 말씀하시는 것입니까, 전하?"

나이든 의사는 당황해서 물었다.

"제가 혐의자인가요?"

올란도는 왕자가 어떻게 답할지 흥미를 갖고 귀기울여 들었으나 레이프는 오랫동안 침묵을 지켰다.

"그건 지켜봐야 할 일이겠지. 이 기록들을 다른 의사에게 가져가 조사하도록 하겠네."

"뜻대로 하십시오, 전하. 제가 폐하께 해드릴 수 있는 일은 전부 했습니다. 그분을 도울 다른 치료법을 알기만 한다면……!"

"달리 이 병례를 연구한 사람이 있나?"

"비앙코 의사뿐입니다."

"그는 어디서 찾으면 되지?"

"아, 전하. 그 사람은 석 달 전에 죽었답니다."

"어떻게?"

레이프가 다그쳤다.

"자다가 죽었습니다. 수년간 심장병을 앓아 왔지요."

"아바마마의 상태에 대한 그의 기록은? 그것도 가져가겠네."

"물론입니다, 전하. 찾아드리지요 전면적으로 협조드리겠습니다……."

올란도는 노인이 아직도 중얼거리고 있는 동안 벽에서 떨어졌다. 그는 몸을 돌려 조용히 복도를 지나, 왕자가 의사의 사무실을 나오기 전에 자리를 비웠다.

빌어먹을.

목까지 차오르는 쓰라림 속에 살면서 수년간 주의 깊은 계획을 세웠는데 상황이 이렇게 흘러가리라고는 예상치 못했다. 이렇게 될 일이 아니었다. 몇 시간만에 만사가 엉망이 되었다.

레이프보다 먼저 크리스토포로를 찾아야만 한다. 증거를 감출 시간이 거의 없었다.

다행히도, 참견꾼 노인네 비앙코 의사를 창조주에게로 돌려보낸 후 그는 관련 서류를 깨끗이 처리했다. 허나 레이프는 바른 방향을 쫓고 있었다. 곧 그는 전면적인 조사에 착수할 테고 올란도는 최소한 그보다 한 발자국 이상 앞서 있어야만 했다.

올란도는 궁전 정문으로 향하는 복도에서 마주친 두 명의 숙녀들에게 밝게 목례하고, 시종에게 자신의 말에 안장을 올려 끌고 오라고 명했다. 그는 궐련에 불을 붙이고 깊이 숙고하며 기다렸다.

이보다 더 나쁠 수도 있었다.

그는 연기를 들이마시며 강렬한 햇살에 눈을 가늘게 떴다. 왕은 죽지 않았지만, 최소한 왕과 그 성가신 꼬마 레오는 앞길에서 치운 셈이다. 그러면 라파엘만 남게 되는데, 올란도는 그에 관해선 전혀 염려하지 않았다. 게임이 끝나려면 아직 멀었다. 게다가 그는 상황 적응력이 뛰어났다. 아니었다면 어떻게 그 악몽에서 살아남았겠는가?

왕실 마구간에서 그의 검은 종마가 끌려나오자 그는 궐련을 계단 아래에 놓인 모래항아리에 쑤셔박고 말에 올랐다. 시종에게 동전 하나를 던져주고 말을 달렸다. 곧 도시의 화려한 구역을 지나 허름한 곳으로 접어들었다.

뒤를 돌아봐 미행이 없는지 확인하고, 그는 위층에 매춘굴이 있는 지저분한 선술집 앞에서 멈춰 섰다. 문가의 소년에게 살기등등한 경고를 하고 말을 맡긴 다음, 허리에 찬 검을 당장이라도 뽑을 수 있게 손을 댄 채 천천히 안으로 걸어 들어갔다.

선술집은 어둠침침했으며 더러운 몸뚱이에서 나는 시큼한 내음과 신 포도주 냄새, 지린내가 풍겼다. 그는 담배 연기가 자욱한 바로 걸어가 주인을 찾았다.

"카르멘이 일하고 있나?"

더러운 수건으로 잔을 닦으면서 남자는 그의 좋은 옷을 살폈다. 그러나 올란도의 얼음장 같은 시선을 마주하자, 아무 말 없이 폭이 좁은 나무 계단을 향해 고갯짓만 했다.

"6호실입니다, 나으리."

"고맙네."

올란도는 바에 동전을 하나 올려두고, 대낮부터 어둠 속에서 에일과 싸구려 포도주를 마시고 있는 무뢰한들을 훑어본 후 계단으로 향했다.

6호실을 발견하자 그는 문가에서 귀를 기울였다. 젊은 남녀가 안에서 격렬하게 내는 소리에 초조히 눈을 굴렸다.

그는 검은 장갑을 낀 주먹으로 문을 날카롭게 딱 한 번 두들겼다.

"크리스토포로."

그는 낮고 거친 명령조로 말했다. 안에서 들리던 소리가 뚝 그치더니 근심스러운 속삭임이 들렸다. 그는 문손잡이를 잡고 흔들었다.

"옷 입어. 당장!"

안에서 더욱 급박한 속삭임이 들려왔다.

"가야 해. 저분은 기다리는 걸 좋아하지 않으셔."

"하지만 크리스토포로!"

"난 저분 말대로 해야 한다니까, 카르멘!"

"왜?"

"내 급료만 갖고 네 화대를 대는 줄 알아?"

"그를 가게 둬, 카르멘. 아니면 내가 그 예쁜 목을 칼로 그어줄 테니."

올란도는 문틈으로 부드럽게 말했다. 검은머리의 미녀가 돈 값어치를 하리라는 데는 의심의 여지가 없었다.

"가…… 갑니다, 공작님!"

그의 위협에 분개한 여자의 비명소리 너머로 젊은 요리사는 근심스레 외쳤다.

"괜찮습니다, 곧 나갑니다!"

올란도는 초조한 한숨을 내쉬고 음침한 복도를 어슬렁거렸다. 그의 검은 부츠 아래 깔린 카펫은 초라한 붉은색이었다. 여러 개의 방안에서 들려오는 침대 삐걱이는 소리가 복도 전체에 울려퍼지자 그는 씨익 웃었다. 몇 분 후, 젊고 마른 보조 요리사 크리스토포로가 6호실에서 나왔다.

사랑스러운 갈색 피부의 창녀 카르멘의 모습이 얼핏 올란도의 눈에 들어왔다. 그녀의 나체는 그늘에 가려져 있었다. 한 열일곱쯤 되었을까, 그녀는 늘씬한 몸매에 붉은 연지를 바른 입술을 하고 있었고, 그는 한눈에 청년이 그녀에게 한번도 만족을 안겨준 적이 없음을 알 수 있었다. 올란도는 그녀에게 뜨거운 약속의 시선을 보냈다. 그녀는 대답으로 그에게 얼굴을 찌푸리고는 그의 면전에다 문을 쾅 닫았다.

히죽거리며 올란도는 키 크고 삐적 마른, 헝클어진 밝은 빨강머리의 청년 크리스토포로에게로 돌아섰다. 그는 장소가 장소인지라 뺨이 새빨개져 있었다.

"방해해서 미안하네. 오늘은 쉬는 날인가?"

올란도는 부드럽게 물었다.

"네, 나으리."

젊은이가 웅얼거렸다.

"그럼 오늘 아침 있었던 일은 모르겠군."

"네? 모릅니다."

올란도는 그를 잠시 응시하며, 이 자리에서 젊은이의 배에 검을 찔러 넣고 싶은 충동을 느꼈다. 대신 그는 청년의 목덜미를 잡고 계단으로 걸어갔다. 발걸음은 부드러웠지만 손아귀는 무자비했다.

"왕이 스페인으로 유람을 떠나네. 자네가 선내 요리사 중에 들지 못했다는 걸 지적하고 싶군. 이 일로 난 기분이 상했어, 크리스."

그의 갈색 눈이 휘둥그레졌다.

"전 몰랐습니다, 나으리! 몰랐어요! 오, 이런! 아무런 예고도 없었나요? 이제 우린 어떻게……."

"닥쳐."

그가 으르렁거렸다.

크리스토포로의 얼굴이 창백해지며 주근깨가 도드라졌다. 날 거스르는 게 얼마나 위험한지 알고 있는 게 분명하군, 올란도는 생각했다.

"아니, 왕은 계획을 전혀 예고하지 않았네."

마음을 가라앉히고 올란도 공작은 검은 소맷자락에서 실오라기를 떼어냈다.

"다행히 대안을 찾아냈지."

"하느님 감사합니다!"

청년은 안도의 숨을 내쉬었다.

"제 잘못이 아닙니다, 나으리. 제가 어쩌겠어요? 뭘 하면 될까요? 나으리, 뭐라도 하겠으니 부디……."

"내가 내던져버리기 전에 계단을 내려가."

그는 나직하게 말을 잘랐다.

청년은 헐떡이고는 그대로 따랐다. 계단 아래에서 그는 몸을 돌려 올란도를 응시했다.

"나으리, 카르멘을 해…… 해치진 않으시겠지요?"

올란도는 미소지었다.

"그건 자네에게 달렸어, 크리스. 날 도울 준비가 되었나? 또 대실수를 저지르지 않을 수 있겠나?"

"네…… 네, 공작님."

그는 기어들어가는 목소리로 대답했다.

"좋아. 그럼 라자 왕을 독살하라고 라파엘 왕자가 자네에게 돈을 주었다는 얘기를 재상에게 정확히 어떻게 말할지 연습해 보자고."

5

기운 찬 두 마리 백마가 이끄는 이륜마차가 들어선 긴 진입로에는 횃불이 주욱 불타고 있었다. 분홍빛 대리석으로 치장된 궁전 현관엔 안내를 기다리는 손님들의 마차가 몇 대씩이나 늘어서 있었다.

다니는 깃을 활짝 펼치고 으스대는 공작과 잔디를 뜯어먹는 하얀 사슴들을 바라보며 연신 탄성을 흘렸다. 그리고는 눈을 휘둥그렇게 뜨고 별이 가득한 군청색 하늘을 배경으로 황금빛으로 도드라진 청동 돔 지붕과 무어식 뾰족탑을 향해 눈길을 들어올렸다.

꼭 아라비안 나이트에서 빠져나온, 온통 사탕으로 만들어진 마법의 성 같네.

그녀는 경이감에 젖어 생각했다. 잔디밭에는 재주꾼과 뾰족모자에 방울을 단 어릿광대들이 묘기를 부리고 있었다. 다이아몬드 별이 박힌 하늘 아래 밤의 여신은 푸른 벨벳 망토를 펼쳐 그녀를 포근히 감쌌고, 신선한 바닷바람은 낮의 열기를 겪은 후라 상쾌하게 다가왔다.

그녀는 소녀다운 순수한 기대감을 억누르지 못하고 사방을 열심히 돌아보았다. 오늘밤 심각한 임무를 띠고 이곳에 왔다는 사실에 집중하기가 힘들었다.

감옥을 나온 후, 그녀는 무도회에 참석할 적절한 교통수단을 구하기 위해 집으로 돌아갔다. 결국 불바티 백작의 세련된 이륜마차와 그에 어울리는 말들을 '빌려야' 했다. 그녀의 이웃은 결코 밤에는 외출하는 법이 없었다. 그녀는 마차와 말이 없어진 걸 그가 알아채지 못하기만을 바랐다. 그리고는 무도회 드레스로 통할 만한 단 한 벌의 드레스를 입었다. 보디스는 밝은 푸른색 실크로 되어 있고 높직한 허리께에서 펼쳐진 드레스 자락은 앞쪽에서 갈라지며 그 아래의 하얀 페티코트를 드러냈다. 페티코트 무릎 아래쪽으론 핑크색 꽃이 수놓여 있었다.

그녀는 자신의 드레스가 유행에 한참 뒤쳐졌으리라 확신했지만, 이 정도면 좋은 옷이었고 소매가 길어 붕대를 감은 팔까지 가려주었다. 더군다나 페티코트는 드레스 아래에 그녀가 박차를 달고 있다는 걸 감춰 줄 만큼 길었다.

일단 라파엘 왕자의 궁에서 지아니를 빼내야 한다. 그런 다음 마테오와 다른 친구들이 도망칠 수 있도록 주의를 분산시키기 위해 광장에서 소란을 일으키려면 재빨리 옷을 갈아입어야 했다. 드레스를 벗어던지고 검은 셔츠와 조끼, 악명 높은 복면을 착용하고 검을 찬 후 말을 달려야 한다.

저 앞에 가면 무도회 분장을 한 몇몇 손님들이 보였다. 드레스와 어울리는 푸른 새틴의 반가면을 가져왔다는 게 기뻤다. 군중 속으로 섞여 들어가는 데 도움이 될 것이다. 만약 라파엘 왕자가 그녀를 보고 기억해내기라도 하면 주의 깊게 짠 계획이 허사로 돌아가기 때문이었다.

주위를 둘러본 그녀는 걱정할 필요가 없음을 확신했다. 사람들이 매우 많았고 매력적이고 재기발랄한 숙녀들도 눈에 자주 띄었다. 그녀는 군중 속으로 눈치 채이지 않고 스며들어갈 수 있을 것이다.

마침내 입장할 차례가 되었다. 그녀는 입구에서 자신의 이름을 댔다. 당당한 체구의 왕자궁 집사는 한쪽 눈썹을 치켜올렸지만, 아무 말도 없이 예의바르게 그녀를 안으로 인도했다. 그녀는 신사들의 모자를 받아들고 숙녀들에게 휴게실을 가르쳐 주러 뛰어나오는 하인들의 줄을 조용히 지나쳤다. 들뜬 흥분이 혈관에서 내달렸다.

자신이 숨을 죽이고 있음도 의식하지 못한 채, 그녀는 천천히 한 걸음 한 걸음 라파엘 왕자의 궁으로 걸어 들어갔다. 음악과 맛있는 음식 냄새, 천상의 향기에 취해 둥둥 떠가는 기분이었다. 눈을 휘둥그렇게 뜨고 주위를 둘러보았다.

모든 것이 너무나 아름다웠다. 꼭 꿈의 세상에 들어온 것 같았다.

섬세하게 조각된 얼음 같은 샹들리에, 커다란 체스판처럼 흑백의 대리석으로 만들어진 바닥, 황금빛 파인애플을 수놓은 붉은 실크가 드리워진 벽에다 천장에서는 색색의 종이가 떨어져 내렸다.

다니는 위를 올려다보았다. 얇은 실크로 늘씬한 몸을 휘감은 두 명의 소녀가 그네에 앉아 있었다. 그들은 미소를 머금은 채 종이를 흩뿌리며 사람들의 머리 위로 거대한 호를 그리며 그네를 탔다.

주위에는 눈부시게 우아한 숙녀들이 서로를 잘 아는 듯 반갑게 인사를 나누었지만 다니는 혼자였다. 고개를 뒤로 젖혀 다시금 색색의 종이비와 그네 타는 소녀들을 쳐다보았다. 이 무도회장은 그녀가 멀리서 쳐다보기만 했던 유명한 돔 지붕 아래 자리하고 있었다. 바닥부터 꼭대기까지 족히 몇 십 미터는 될 것이다.

다니는 매혹되어 가늘게 눈을 뜨고 천장에 그려진 프레스코화를 보다가 벌거벗은 님프들과 뒤얽힌 사티로스(그리스 신화에 나오는 반인반마), 음란한 신들의 모습을 알아보고 하마터면 헉 소리를 낼 뻔했다.

외설적인 그림에 부끄러워져서—정확히 그가 고를 만한 미술작품이었다—그녀는 돔의 가장자리로 시선을 옮겼다. 저 위 청동 지붕 아래 그늘에 잘 가려져 군중을 관찰하기 편한 발코니가 보였다. 그곳에 누군가가 홀로 꼼짝 않고 서 있다!

형체만으로도 그녀는 누구인지 알 수 있었다. 이 모든 반짝이는 아름다움 아래 깔린 위험성을 감지하자 몸이 부르르 떨렸다. 군중 위에 선 왕자의 어두운 형체에 그녀의 감각이 잘 조율된 현악기 줄처럼 떨렸지만, 덕분에 이곳에 온 목적이 떠올랐다.

지아니는 어디에 있을까?

그때 줄지어 선 사람들의 물결이 그녀를 압박해 왔으며 주위에서 약간 소란스런 웅성거림이 들려왔다.

"클로에 싱클레어, 여신 같지 않아요?"

"저 드레스를 봐요! 한재산 들었겠군요."

"런던 무대의 여왕!"

"내가 듣기론 그가 유럽을 여행할 때 둘이 베네치아에서 만났다더군."

줄 끝에서 사람들을 맞이하는 여자는 이곳 라파엘의 마법 궁의 중심이자 환하게 빛나는 분홍빛 진주였다. 다니는 클로에 싱클레어의 아름다움에 경외감을 느끼는 와중에도, 그 여자가 왕자의 정부이며 위대한 키아라몬테 가의 레이디인 자신이 런던의 어느 뒷골목에서 굴러 나왔을지 모를 여자에게 왕비를 접견하듯 예를 다해야 한다는 걸 깨달았다.

그녀는 혐오감에 주위를 둘러보며 빠져나갈까 생각도 해보았지만 호기심이 생겨 줄에 남아 있었다. 지금까지 다니는 진짜 화류계 여자를 본 적이 없었다.

클로에 싱클레어는 스물다섯에서 서른 정도의 나이로 보였다. 잡티 하나 없는 섬세한 얼굴에 반짝이는 새 금화 같은 황금색 머리칼의 소유자였다. 하늘처럼 푸른 눈에 입 한쪽 바로 위에는 마침표를 찍듯 완벽한 모양의 미인점이 있었으며 우유 같은 하얀 피부는 흰 실크 드레스로 더욱 돋보였다. 둥글게 깊이 파여 가슴을 돋보이는 목선은 난봉꾼 레이프 왕자가 왜 그렇게 그녀에게 관심 있어 하는지 민망하리만큼 분명히 드러냈다.

다니는 자신의 숄을 잡아채 클로에 싱클레어의 커다란 가슴을 가려주고 싶은 충동과 싸워야 했다. 비록 많은 손님들이 클로에의 화려한 미모와 명성에 홀렸지만 주위를 돌아보자 몇몇은 다니만큼이나 경악하고 있음을 알 수 있었다.

여배우를 자기 파티의 여주인으로 세우다니, 대체 왕자는 무슨 생각을 하고 있는 거지? 비딱한 어린 학생 같은 이 소행으로 얼마나 많은 훌륭한 가문의 신사숙녀들에게 모욕을 주었는지는 신만이 아실 것이다.

이제 그녀의 차례가 되었다. 클로에 싱클레어의 이탈리아어는 끊어지는 영국식 억양으로 딱딱했다. 여배우의 푸른 눈에 타오르는 나르시시즘의 빛을 보게 되자 라파엘에 대한 다니의 평가는 더욱 떨어졌다. 그녀는 허영에 취해 라파엘 왕자의 파티 여주인이라는 자신의 위치를 부끄럼없이 만끽하는 듯했다.

여배우의 인사에 다니는 무시하는 태도로 끄덕 목례만 했다. 클로에는 다니의 열의 부족에 모욕감을 느낀 것처럼 보였다. 그녀의 관능적인 입이 굳어졌다.

다니는 더 이상 단 일 분도 왕자의 사생활에 대한 호기심에 시간을 낭비하지 않기로 결심했다. 이 악덕의 소굴 어딘가에 어린 소년이 그녀가 구출해 주기만을 기다리고 있다.

그녀는 사람들 사이를 뚫고 번쩍거리는 무도실 가장자리로 나아갔다. 은제 물고기의 입에서 포도주가 포물선을 그리며 쏟아져 나오는 황당한 분수를 지나쳐 수다를 떠는 손님들을 돌아섰다. 여자들은 가지각색의 훌륭한 드레스 차림이었지만 대다수 남자들은 검은 옷을 입었고 몇몇 대담한 손님들만 이게 카니발이라도 되는 듯 기괴한 의상으로 차려입었다.

한 시종이 멈춰 서서 그녀에게 달콤한 블랙베리 술을 권했지만 그녀는 거절했다. 비록 이국적인 음료가 유혹적이긴 했으나 임무 때문에 신경이 곤두서서 아무것도 먹을 수가 없었다.

그녀가 지나는 길에 라파엘의 젊은 귀족 친구 중 하나가 여자를 기둥에 몰아세우고 미소지으며 굴껍질을 기울여 먹이고 있었다. 여자가 눈을 감고 고개를 젖혀 그걸 삼키는 동안 그는 여자의 목을 어루만졌다.

연인들의 모습을 보고 다니의 혈관에 관능의 속삭임이 흘렀지만, 그녀는 황급히 시선을 낮추고 서둘러 지나쳤다. 남자가 여자에게 굴은 성욕을 촉진시킨다고 속삭이는 것이 들렸다.

얼굴을 새빨갛게 붉히고, 그녀는 왕자의 친구들인 젊은 귀족들 쪽으로 죄책감이 담긴 시선을 던졌다. 그들은 맹금류처럼 늘씬하고 날카로웠으며 집중해서 군중을 살피고 있었다. 다니는 그들 중에 무뚝뚝하고 잘생긴, 어둡고 유혹적인 아름다움이 이곳의 여성 대다수를 부끄럽게 할 정도인 아드리아노 디 타지오를 알아챘다. 그녀는 그를 털었던 밤의 기억을 떠올리고 움찔했다. 그러나 만약 그가 그토록 오만하게 굴지만 않았다면 모욕을 주지는 않았을 터였다. 지나가다가 그녀는 금발에 마르고 온화한 엘란 베렐리 자작을 알아보았다. 그는 아마도 그들 중 유일하게 괜찮은 사람이라 할 만했다. 그의 커다란 코와 약간 수그린 자세, 튀어나온 이마는 친근한 대머리수리와도 같은 인상을 주었다. 사람들은 그가 미래의 재상감이라고 말했다.

그때 그녀는 이 미터도 채 떨어지지 않은 곳에서 나는 깊고 세련된 웃음소리를 듣고 그 자리에 얼어붙었다. 천천히 고개를 돌린 그녀는, 그에게 매혹되어 말 한마디 한마디를 빠짐없이 귀기울여 듣는 남녀들의 무리 한가운데 황금빛 거인처럼 우뚝 서 있는 라파엘을 보았다.

다니 역시 시선을 돌리지 못하고 그를 응시했다. 마치 바다에서 막 건져올린 물고기처럼 감정들이 펄떡펄떡 뛰놀았다. 그녀는 허세를 부려도 숨길 수 없는 고통스런 갈망 속에 생각했다.

그래, 신께서 숭배자들의 찬사 속으로 내려오셨군. 아마 태양신 아폴로겠지.

세계에서 가장 유망한 독신 남성.

그녀의 눈길은 햇빛에 색이 바랜 머리칼, 구릿빛 피부, 하얗게 반짝이는 불한당의 미소, 불굴의 의지로 조각되었지만 눈에 담긴 온화함과 내면에 내재된 겸허함으로 다스려진 강하고 역동적인 얼굴의 윤곽을 빨아들였다. 그는 짙은 금갈색 눈썹과 달콤하리만큼 관능적인 입술의 소유자이다. 다른 남자가 입었다면 지나치게 멋부린 것으로 보였을 사파이어색 파란 코트는 그가 입자 대단한 효과를 자아냈다.

숨을 죽이고 눈길을 돌렸으나 그의 당당한 모습은 이미 그녀의 마음에 새겨졌다. 그는 악명 높은 난봉꾼이니 정신차리라고 자신에게 욕을 퍼부었지만, 라파엘 왕자에게는 왕자라는 신분 말고도 뭔가 말로 설명할 수 없는 우월함이 존재함을 인정할 수밖에 없었다. 그의 존재감은 그녀의 핏속에 새겨졌다.

애써 그를 무시하고 그녀는 다시 앞으로 나아갔다. 그녀에게는 그가 필요 없다. 우정이나 동정 혹은 부도덕한 제안까지 그 어느 것도 필요치 않았다. 어떤 남자도 필요 없다. 그녀는 스스로를 돌볼 수 있었다. 늘 그랬듯이.

그녀는 마침내 무도장의 다른 쪽 끝에 다다라 살며시 그곳을 빠져나갔다. 어둑어둑한 복도의 끝에는 불빛이 밝혀진 빛나는 대리석 계단이 있었다. 계단을 세 층 올라가자 꼭대기 층에 다다랐다. 그녀는 복도를 둘러보며 아이의 이름을 엄두가 나는 한 최대한 크게 불렀지만 헛수고였다.

그녀는 서둘러 아래층으로 내려가 같은 과정을 반복하고 문마다 확인했다.

복도 중간에 벽을 세우고 거기에 속임수 입체화법 그림을 걸어 놔 일이 더욱 쉽지 않았다. 삼차원적인 그림의 환상 때문에 그녀는 복도가 계속되거나 다른 방으로 연결되는 줄 알고 곧장 벽으로 돌진했다.

라파엘 왕자가 보았다면 시골뜨기다운 그녀의 모습에 웃음을 터트렸으리라. 그녀는 계단으로 돌아가 궁전의 다른 쪽 복도에서 똑같은 과정을 반복했다. 이번에도 아이의 흔적은 없었다.

이층을 수색할 무렵이 되자 그녀는 좌절하기 시작했다. 어쩌면 지아니는 다른 건물에 있는지도 모른다. 허나 그녀는 단호하게 마지막까지 최선을 다하겠다는 각오로 복도를 지나며 아이의 이름을 불렀다.

갑자기 저편에서 희미하게 소리 죽인 올빼미 소리—지아니의 신호가 들렸다. 그녀는 헉 숨을 들이쉬며 달려갔다.

"레이디 단이에요? 나 여기 있어요! 여기! 문이 잠겼어요, 단!"

"지아니! 기다려, 곧 꺼내줄게!"

재빨리 머리에서 핀을 빼낸 후 몸을 숙여 자물쇠에 집중했다. 복도가 어두웠으므로 더 잘 보기 위해 새틴 가면을 이마 위로 밀어올렸다. 자물쇠 따기는 그녀의 장기가 아니었다. 시간이 자꾸만 지나가 조바심이 났다. 하지만 조심스레 손을 놀리자 마침내 돌아가는 소리가 들렸다. 그녀는 문을 열고 안으로 잽싸게 들어갔다.

"지아니!"

다니는 아이의 마르고 작은 어깨를 붙들고 걱정스런 시선으로 샅샅이 훑어보았다.

"괜찮니? 그들이 널 해치진 않았어?"

갑자기 그녀는 모든 동작을 멈추었다. 아이는 깔끔하게 다림질한 어린 이용 정장에 무릎 길이 바지, 자그마한 재킷, 심지어 능숙하게 묶인 미니 크러뱃까지 하고 있었다. 머리카락조차 가볍게 기름을 발라 한 올 흐트럼 없이 한쪽으로 빗질되어 있었다.

"하느님 맙소사, 지아니, 그들이 네게 무슨 짓을 한 거야?"

그녀가 소리쳤다.

"말끔해졌잖아!"

"그래요!"

아이는 화가 나서 말했다.

"정신 나간 늙은 가정부가 날 목욕시키고 이 축 늘어진 옷을 입혔어요!"

"그 신발 벗어. 여기서 나가야 해."

그녀는 즉각 말했다.

"잘됐네요, 되게 지루했거든요."

아이는 깔개에 털썩 주저앉아 신발을 벗기 시작했다.

다니는 아이의 상태가 좋아 보여 안도하며 방안을 돌아다녔다.

"나쁜 곳은 아닌데 그래."

"그 정신 나간 아줌마가 말하길 이 방은 레오 왕자가 형을 방문할 때 묵는 곳이래요."

"정말?"

그녀는 주위를 둘러보았다.

"응. 왕자는 열 살이래요, 나처럼. 나도 왕자였음 좋겠어. 어떻게 도망칠 거예요, 레이디 단?"

라파엘 왕자가 지아니를 고귀한 자기 동생의 방에 묵게 했다는 사실에 놀라던 그녀는 아이의 질문에 퍼뜩 정신을 차렸다.

"이걸로."

그녀는 어린이용 작은 침대에서 시트를 벗겨 밧줄을 만들고, 30센티미터 간격으로 매듭짓기 시작했다. 그런 후 창문으로 걸어가 최대한 활짝 열었다. 시트로 만든 줄사다리는 바닥에 닿지 않았다. 그녀는 다마스크 커튼을 떼내어 이어붙였다. 마지막으로 밧줄을 단단하게 침대 기둥에 묶고 다른 한끝을 창 밖으로 내던졌다.

"도망가실 사다리옵니다, 도련님."

그녀는 아이의 두려움을 줄여주기 위해 장난스런 태도로 짐짓 엄숙하게 말했다. 그러나 지아니는 전혀 겁에 질려 있지 않았다.

아이는 아래를 내려다본 후 들떠서 그녀를 쳐다보았다.

"이걸로 내려가는 거예요?"

"혼자서 할 수 있겠니?"

"물론이죠! 이보다 높은 나무도 많이 타 봤는걸."

분명 그럴 테지. 그래도 그녀는 걱정스런 표정으로 아래를 내려다본 후 몸을 숙여 지아니의 어깨를 잡고 눈을 들여다보았다.

"천천히 내려가. 땅에 서려면 장미 격자를 타고 내려가야 할 것처럼 보인다. 겁내지 마, 그리고 부디 최대한 꽉 잡도록 하렴."

아이는 정말 괴롭다는 표정을 지어 보였다.

"왜 늘 나를 아기 취급해요?"

그녀는 아이의 말을 무시했다.

"매듭에다가 발을 걸어. 땅에 닿거든 저 울타리를 향해 달려가렴. 보이지?"

그녀가 저 멀리를 가리켰다.

"울타리에 다다르면 오른쪽으로 꺾어. 어느 손이 오른쪽이지?"

아이는 오른손을 들었다.

"맞아. 울타리를 따라가. 최대한 빨리 달려 나무문에 도착하면 밖으로 나가렴. 너희 어머니가 거기서 기다리고 계셔. 짐마차로 빠져나가는 거야. 다 알아들었니?"

아이는 고개를 끄덕였다.

그녀는 잔뜩 주름을 지으며 아이의 어깨를 한 번 꽉 쥐었다.

"조심하렴, 지아니."

아이는 씨익 웃었다.

"난 겁 안나요!"

조그만 원숭이만큼이나 날쌔게, 아이는 창틀로 기어올라 밧줄을 단단히 붙잡았다.

"저기, 레이디 단, 그는 그렇게 나쁜 사람이 아니에요."

"누구?"

"레이프."

"레이프!"

그녀가 소리쳤다.

"그 사람은 왕세자라구! 레이프라니?"

"자기가 그렇게 불러도 된다고 했어요."

"그래? 그 사람과 이야기를 했어?"

그녀는 걱정스레 중얼거렸다.

"그럼요. 점심 시간 이후에 와서 나와 함께 쿠키랑 우유를 먹었어요. 나한테 멋진 카드 속임수도 보여줬고. 별의별 질문을 다하던데요."

"복면 도적에 대해?"

그녀가 근심스레 물었다.

"일부는. 난 복면 도적이 누구인지 모른다고 했어요. 그랬더니 어쨌는 줄 알아요? 마테오 형이랑 누나에 대해서 묻기 시작하더라구요."

아이는 깔깔 웃어댔다.

"왕자는 마테오 형이 누나에게 마음이 있다고 생각해요. 누나에 대해 끔찍이도 궁금해하던데요, 레이디 단."

그녀는 얼굴을 찡그렸다.

"그 이야기는 그만하자. 어서 여기서 빠져나가기나 해. 시간이 무한정

있는 것도 아니고 너희 어머니가 저 아래서 기다리고 계셔. 한밤중이 되
면 네 형들이 감옥에서 벽을 폭발시켜 나올 거야. 그러니 도망칠 준비를
하도록 해."

아이의 고사리 손이 첫번째 매듭을 쥐었다.

"누나는 어떻게 할 건데요?"

그녀는 다시 무도회장으로 돌아가 세금 문제를 한번에 풀어버리고 싶
은 충동을 아프게 느끼며 어깨 너머를 돌아보았다. 어마어마한 보석들이
여자들의 목과 손목에 걸려 있었다. 어젯밤 훔치려 했던 금을 라파엘의
병사들이 도로 압수해 가서, 그녀는 여전히 불바티 백작의 세금을 낼 방
도가 없었다.

이건 다시 얻기 힘든 기회였다. 물론 그녀는 노상 강도지 소매치기가
아니었지만, 곧 손님들은 너무 취해서 자신들이 털렸는지도 모르게 될
것이다. 게다가 가비아노 형제들이 나폴리로 가버리면 이제 노상강도 짓
을 할 수 없게 된다. 그녀 혼자서 할 엄두는 낼 수가 없었다.

"난 가서 그냥 폐하가 어디로 가셨는지 물어 보고 싶을 뿐이야."

자신이 다시 도둑질을 하러 간다는 걸 아이에게 알리고 싶지 않았다.
아이에게 좋은 도덕적 본보기가 되지 못하기 때문이었다.

"오래 걸리진 않을 거야."

아이는 고개를 끄덕였다.

"이제 가봐. 난 여기서 널 지켜보고 있을게."

다니는 아이가 밧줄을 잡고 내려가기 시작하자 가슴이 두근거렸다. 지
아니는 반쯤 내려가다 멈추었다. 잔디밭을 흘끗 내려다보더니, 목을 죽
빼 그녀를 올려다보았다.

"왜 그래?"

"아래 잔디밭에 공작이 있어요?"

아이는 목소리를 약간 높여 속삭였다.

그녀가 내려다보았다.

"그래."

“공작이 정말로 신발을 신지 않은 사람들의 발을 쪼나요?”

“아니야, 지아니. 세상에, 누가 그런 얘기를 하던?”

“레이프가!”

“음, 그는 거짓말을 아주 많이 한단다. 계속 내려가. 거의 다 닿았어.”

몇 분 후, 아이는 발코니에 다다랐다. 그런 후 격자 시렁을 타고 기어 내려가 잔디 위로 발을 디뎠다. 그녀는 재빨리 아이의 새 신발을 아래로 던져주었다. 신발을 받고 잠깐 손을 흔든 다음, 지아니는 그녀가 시킨 대로 내달렸다. 그녀는 아이의 행로를 걱정스레 눈으로 쫓았다.

마침내 아이가 울타리 사이를 뚫고 사라졌다. 그녀는 확인을 위해 몇 분 더 기다렸다가 창문을 통해 줄사다리를 끌어올렸다. 마침내 임무를 완수하자 깊이 숨을 들이쉬어 마음을 가라앉혔다. 그리고는 머리를 정리하고 손을 얌전하게 배 위에 모은 후 무도회장으로 돌아갈 각오를 했다.

그늘 속에서 손을 난간 위에 올려놓은 채 레이프는 둥근 지붕을 둘러싼 좁은 발코니로 돌아왔다. 손님들을 살피며 그는 어떻게 천 명의 존재 조차 그의 초조함과 외로움을 달래지 못하는지 의아해했다.

모든 것이 전부 잘못된 듯이 보였다.

그는 벌써 너무 마셨다는 내면의 경고를 무시하고 다시 한 번 길게 술을 들이켰다.

어센션 최고의 권력자가 된 지 스물네 시간이 지났지만 그는 아직 자신의 내부에서 어떤 변화도 느끼지 못했고, 자신의 운명을 손에 넣으면 채워지리라 확신했던 공허함도 덜어지지 않았다. 이제 그는 왕국에서 최고의 권력자가 되었다―하지만 마치 아무것도 바뀌지 않은 것처럼 형편없는 파티의 주빈 노릇이나 하고 있다.

아마도 아무것도 바뀌지 않을지도 몰라.

그 생각에 몸이 싸늘해졌다. 어쩌면 그는 지루함과 공허함으로 터져버릴 것이다. 모든 쾌락을 맛보았지만 결코 충족을 알지 못하는 인생.

아래쪽의 군중을 훑어보며 한숨 쉬던 그는 자신의 정부가 펀치 테이블 근처에서 사람들을 매혹시키고 있는 것을 보았다. 친구들은 왕에 대한 반역의 속삭임이라도 들리는지 눈과 귀를 크게 열고 군중 속을 돌아다니고 있었다.

그 모든 조사에서 독약의 증거는 전혀 찾을 수 없었지만, 그럼에도 불구하고 레이프의 명령에 따라 왕실의 식료품장이 몽땅 비워져 대학 연구실로 보내졌다. 대학에서는 고양이들에게 음식을 먹여 시험하고 있었다. 도대체 위대한 라자 왕을 누가 독살하고 싶어하겠는가? 동물들만 통통히 살이 오르고 기뻐할 뿐일 게 분명했다. 그러나 후회하느니 안전하게 해두는 게 낫다. 비록 최근 그가 고딕 연극과 멜로 드라마적인 오페라를 많이 봐 그 영향을 받은 것이라 해도.

그는 다시 한 번 길게 한숨을 내쉬었다. 축제 분위기의 사람들을 내려다보는 그의 표정은 어딘가 저 멀리에 있는 듯했고 전혀 파티를 즐기지 못했다.

아마 아바마마의 말이 옳겠지. 사실 대부분 그랬다, 제기랄. 아버지를 행복하게 만든 것은 단순히 권력이 아니라 남편이자 아버지로서의 좀더 안정된 생활일지도 모른다. 허나, 솔직히 말해 그 이야기는 그에게 위협적이리만큼 따분하게 들렸다.

그는 자신의 신부감으로 선택된 다섯 명의 여자들 중 한 명을 선택하려고 최선을 다했지만, 지금까지는 모두 똑같이 내키지 않았다.

첫번째는 눈부신 미녀로, 짙은 눈에 탐욕스런 빛이 있어 믿을 수가 없었다. 두 번째는 지성적인 여인으로 심지어는 정숙한 행동에 대한 에세이를 출판하기도 했다. 하지만 그의 모든 면에서 흠을 찾아 난도질하려드는 도덕적 외과의를 아내로 맞는 건 절대 사양이었다.

세 번째는 고결하며 정숙한, 신앙심이 강하기로 유명한 젊은 성녀로 감히 그녀를 더럽힐 엄두가 나지 않았다. 네 번째는 병들고 연약해 보이는 게 분명 해산중에 죽고 말 것이다. 그리고 마지막은 사과 같은 뺨을 한 금발의 야만인 공주로, 그 쾌활한 표정이 보는 즉시 레이프의 마음에 들었지만 친구들은 궁정 신하들과 레이디들이 잔인한 조롱으로 소녀를 망가뜨릴 거라 했고, 그는 그 말이 옳다는 걸 알았다.

그는 얼굴을 찌푸렸다. 사실 누굴 고르건 중요하지 않았다. 하지만 그는 늘 자신이 결혼할 때면 그건 사랑 때문이리라고…….

넌 정말 멍청이야.

그는 더 이상의 생각을 막고 스스로에게 말했다. 샴페인을 더 마셔야 하리라.

우울함을 달랠 술을 가지러 가려던 참에 인파 속에서 마치 정원을 지나 음식을 훔치러 가는 붉은 고양이처럼 조심스레 움직이는 여자가 눈에 확 띄었다. 그의 가슴이 갑자기 뛰기 시작했다.

내 빨강머리일까?

정말로 바로 그녀—말등에 서서 달릴 수 있는 화약 아가씨라는 걸 깨닫자 그는 난간에 몸을 기대고 미소짓기 시작했다.

그래, 조그만 말괄량이가 결국 오긴 왔군.

하, 그날 날 지켜보고 있음을 눈치챘었지.

그는 만족감에 젖어 생각했다.

레이프는 레이디 다니엘라를 남성의 시선으로 감상했다. 그녀의 날씬한 몸매는 밝은 하늘색으로 감싸였고 짙은 청색 반가면이 눈가를 가리고 있었다. 하지만 그게 그녀의 정체를 숨겨주지는 못했다. 그녀에겐 무언가 독특한 게 있기에 이보다 사람이 열 배쯤 더 많다 해도 그는 그녀를 알아볼 수 있을 것이다.

누구의 눈에도 분명한 시골뜨기인 그녀는 사랑스럽긴 해도 이 화려하고 타락한 인파 속에 어울려들지 못했다. 그는 묘한 애정이 샘솟는 걸 느끼며 혼자 고개를 저었다. 그녀 주위의 사람들을 훑어보았으나 동반자나 샤프롱의 흔적은 전혀 보이지 못했다. 그는 한쪽 눈썹을 치켜올렸다. 마침내 그녀가 그의 암시를 알아챈 모양이다.

그녀가 자신의 영역 밖으로 나왔다는 것만은 확실했다. 지금도 그의 양심머리 없는 친구 니콜로가 그녀에게 자신을 소개하고 있었다. 곧 레이디 다니엘라는 가까운 대리석 기둥에 밀어붙여져 유혹의 맹공격을 받게 될 것이다. 그러나 몇 분 더 지켜보던 레이프는 그녀가 니콜로의 관심에서 빠져나오자 미소를 지었다.

그는 다른 자들이 덮치기 전에 그녀를 자신의 날개 아래로 끌어들이는 게 낫겠다고 결정했다. 만약 여기서 누가 그녀를 덮친다면 그건 그 자신이 될 것이다. 정말로 바로 지금 그의 기분을 띄우기 위해 꼭 필요한 일로 여겨졌다.

그는 뒤쪽의 방에 앉아 담배를 피우며 경마에 대해 논쟁하는 아드리아노와 토마스를 불렀다. 그들은 재빨리 그의 곁에 대령했다. 그는 아래의 사람들을 향해 고개를 끄덕였다.

"저기 야자수 근처에 있는 푸른 드레스의 빨강머리 여자 보이나?"

"누구지?"

아드리아노가 물었다.

"그녀의 이름은 자네가 상관할 바가 아니야."

그는 다니엘라에게서 눈길을 떼지 않은 채 가늘게 미소지으며 꾸짖었다.

"예쁜데."

토마스가 난간에 팔꿈치를 대고 그녀를 뜯어보며 평가했다.

"그녀를 원해. 가서 데려오도록."

토마스는 레이프의 말이 진심인지 농담인지 확신이 안 선다는 듯 조심스레 쳐다보았다.

"정말 확신하는가? 그녀는 아직 지독히도 어린데. 이제 섭정이 되었으니 문제가 다르네, 레이프. 그냥 그럴 수는……."

그의 목소리가 기어들어갔다.

레이프는 아무 설명도 없이 여자에게 고정된 시선을 떼지 않은 채 차가운 침묵을 유지했다. 그는 그녀가 유연하게 인파 사이를 지나치는 것을 지켜보았다. 몰래 주위를 둘러보는 그녀의 시선에 담긴 조심스러움이 그를 희미하게 미소짓게 했다.

저 작은 말괄량이가 무슨 짓을 꾸미는 걸까?

아, 그는 늘 빗나간 것들에 끌리곤 했다.

"알겠습니다, 전하."

토마스가 마침내 상처받은 듯한 목소리로 대꾸했다. 하지만 그는 가볍게 절하며 물러났다.

"어디로 데려갈까요?"

"내 침실로."

레이프는 간신히 들릴 만한 목소리로 덧붙였다.

"당연하겠지. 가자구."

토마스는 아드리아노에게 중얼거렸다.

레이프는 기대감에 마른 입술을 축였다. 그녀는 맞서 싸울까, 도망칠까…… 아니면 항복할까? 아주 좋은 사냥감이야.

몇 걸음 가지 않아 갑자기 아드리아노가 몸을 홱 돌렸다.

"클로에는 어쩌고?"

레이프는 계속 여자를 바라보았다.

"그녀가 뭐?"

"그녀는 자네를 좋아하잖나, 레이프!"

오랫동안 그는 꼼짝하지 않았다. 그저 아드리아노를 쳐다보며, 이제 제일 친한 친구들과의 사이에도 커다란 골짜기가 존재한다는 걸 절실하게 느꼈다.

사실 친구들 한가운데 있으면서도 자주 고립감을 느꼈다. 아마도 그의 신분 때문이거나 혹은 친구들 중 상당수가 순간의 쾌락 외에는 어떤 계획도 세우지 않기 때문일 것이다. 이제, 이 충실한 친구들에게 어떤 직책을 내린다 한들 그들은 자신이 짊어질 책임감의 무게를 덜어 주지 못하리라. 자신도 그 어마어마함을 간신히 감으로만 알아가고 있을 뿐이었다. 아드리아노나 다른 어떤 친구에게도 이 새로운 위치가 그를 몹시도 겁먹게 한다는 걸 결코 인정하지 않으리라.

"날 기다리게 하고 있군."

그는 차갑게 대꾸했다.

아드리아노는 역겨워하며 몸을 돌렸다.

"이제 자네를 알 수가 없어졌어."

친구들이 멀어지자 레이프는 평생 그 어느 때보다도 혼자임을 강하게 느꼈다. 그는 그 자리에서 꼼짝하지 않았으나 시선은 아래로 떨어졌다. 가슴속에 익숙한 공허감이 일어나자 이게 자신이 그토록 갈망하던 그 상인지 의아해했다.

다니는 포도주를 너무 많이 마셔 정신을 잃고 긴 의자에 널브러진 여자의 목걸이를 훔치고 여자 휴게실에서 빠져나왔다. 목걸이를 주머니에 갈무리한 후 앞으로 나아갔다. 그때 왕자의 친구 두 명이 자신의 앞을 가로막자 가슴이 미친 듯 두방망이질쳤다.

불편하게 미소짓고 있는 갈색머리 쪽은 누군지 모르겠지만, 새까만 머리의 다른 한 명은 분명 아드리아노 디 타지오였다.

그는 오만한 경멸의 시선으로 그녀를 훑어보곤 친구에게 물었다.

"이 여자인가?"

"안녕하십니까, 아가씨."

갈색머리 남자가 비록 약간 경박한 미소를 띠고는 있었지만 정중히 절하며 말했다.

"우리와 같이 가지."

디 타지오가 무뚝뚝하게 그녀의 손목을 잡았다.

두려움이 몰아쳐 왔다. 맙소사—붙잡혔어!

그녀가 채 반응을 나타내기도 전에 남자들이 각각 그녀의 팔꿈치를 한쪽씩 잡고 끌어가기 시작했다.

"이게 무슨 일이죠?"

그녀는 미친 듯이—죄진 듯이 외쳤다.

"곧 알게 될 거요."

그녀가 팔을 뿌리치려 하자 아드리아노가 손아귀에 힘을 줘 더 세게 조였다. 그녀는 몸부림쳤다. 심장은 두방망이질치고 목 뒤의 털은 순전한 공포로 곤두섰다. 그녀가 질질 끌려가자 사람들이 쳐다보기 시작했다.

"제발 구경거리를 만들지는 맙시다, 아가씨. 우리 모두 민망하잖소."

갈색머리 남자가 사과하듯 말했다. 그녀는 마음을 가라앉히려 애썼다.

"날 체포하는 건가요?"

그녀는 최대한 차분한 목소리를 짜내어 물었다.

그들은 서로를 쳐다보고는 웃음을 터뜨렸다.

"그런 거예요?"

그녀가 외쳤다.

"그저 누군가 당신을 만나고 싶어한다고 해두지."

아드리아노가 딱딱거렸다.

"계단을 올라가. 걸어!"

"너무 그러지 마, 디 타지오! 아직 어린 아가씨라구."

갈색머리가 못마땅한 듯이 말했다. 탈출 가능성을 감지하고, 다니는 계단 위에 멈춰 서서 갈색머리 남자에게 간청하는 표정을 지었다.

"제발 놓아주세요. 아무런 말썽도 일으키지 않을 테니……."

아드리아노가 그녀의 다친 팔을 잡아당겼다.

"어서 와, 이 창녀야."

그녀는 헉 숨을 들이켰다.

"어떻게 그런! 아파요, 놔욧!"

"디 타지오, 거칠게 굴 필요는 없잖나!"

아드리아노는 갈색머리 남자를 무시하고 그녀에게 음흉한 눈길을 던졌다.

"거칠어? 그가 네게 손댈 때를 기다리라구. 그럼 진짜 거칠다는 게 뭔지 알게 될걸. 그는 여자들에게는 야수니까."

"누가요?"

다니는 공포에 질려 외쳤다.

"여자를 그냥 둬, 디 타지오!"

다른 남자가 짜증스런 듯이 말했다.

"저 사람은 무시해요, 아가씨. 그저 당신을 겁주려는 것뿐이니까. 아무도 아가씰 해치지 않아요.”

아드리아노는 조소하듯 그녀를 훑어보았다.

“클로에 싱클레어를 두고 이런 거라니.”

다니는 두려움에 몸이 싸늘히 식어 아무 말도 하지 못했다.

그녀는 주위 모습과 호화스런 복도를 머릿속에 넣어두었다. 무슨 일을 당할지 모른다, 도망쳐야만 한다. 삼층에 다다르자 아드리아노가 문을 열었고 갈색머리 남자는 안으로 들어가라고 손짓했다. 아드리아노는 그러는 내내 능글거리는 웃음을 띠고 그녀를 응시했다.

“제발, 잠깐만요! 도대체 무슨 일인지 말 좀 해줘요!”

그녀는 그들이 문을 닫으려 들자 문틈으로 몸을 밀어넣고 몸부림쳤다.

“난 아무것도 잘못하지 않았어요! 여기다 두고 가지 말아요!”

아드리아노는 냉담하게 웃었지만, 갈색머리 남자는 고개를 젓고 그녀의 등을 부드럽게 밀어 방으로 들여보냈다.

“걱정 마시오, 아가씨. 보상을 받게 될 겁니다.”

“무슨 소리예요?”

하지만 아무 말도 없이 갈색머리 사내는 그녀의 면전에서 문을 닫아버렸다. 다니는 밖에서 자물쇠가 걸리는 소리를 들었다. 문에 귀를 대자 그들이 걸어가면서 말다툼을 하는 게 들렸다.

다니의 심장은 이미 바닥까지 내려앉았다. 천천히 몸을 돌려 문에 기댄 채 자신의 감방을 둘러보았다. 그녀 혼자뿐이었다.

환하게 불이 밝혀진 무도회장에 비하면 이 방은 깜박이는 촛불 하나뿐이라 침침했다. 안락의자와 작은 테이블, 팔걸이 의자가 눈에 들어왔다.

일종의 거실인 것 같군.

무거운 침묵이 방에 드리워져 있었다. 오직 오케스트라의 음악소리만이 희미하게 스며들 뿐, 무거운 침묵이 내려앉아 있었다.

주위를 훑어보다 그녀는 한쪽 구석에 다른 문이 있는 것을 보고는 즉각 그리로 달려갔다. 문을 열자 그녀의 눈이 휘둥그레지더니 얼어붙었다.

높은 조각 기둥과 거울이 달린 바로크풍 머리판의 장중한 침대가 은은한 불빛에 드러났다. 장밋빛 새틴 시트는 초대하듯 젖혀져 있었고 테이블엔 포도주 병과 두 개의 잔이 기다리고 있었다.

"안녕하시오."

그녀는 거의 비명을 지를 뻔했다. 펄쩍 한 걸음 물러서며 커다랗고 어둑한 침실을 훑어보았다.

당당한 체구의 남자가 그늘진 구석의 팔걸이 의자에 앉아 있었다. 눈을 휘둥그렇게 뜨고 지켜보고 있는 가운데 그가 일어나 천천히 다가왔다. 그녀는 촛불 아래에서 그의 얼굴을 확인하기 전 이미 그 압도적인 존재감과 애무하는 듯한 깊은 목소리로 누구인지 알았다.

라파엘 왕자가 어둠 속에서 빠져나오는 동안, 황금빛의 거대하고 위압적인 타락천사가 그늘 속에서 나와 자신을 향해 걸어오는 동안 그녀는 마비된 채 서 있었다.

그의 시선은 그녀에게 고정되어 있었다. 촛불이 그의 각진 얼굴을 그림자와 불꽃의 대비로 더욱 뚜렷이 드러냈고 짙은 금빛 머리칼에 깊이를 더했다. 반짝이는 녹색 눈, 조각 같은 얼굴은 엄숙했지만 입술은 너무도 섹시했다. 그녀는 옴짝달싹도 못하고 천천히 다가오는 그를 응시했다. 짐짓 느릿한 움직임으로 그는 방을 가로질러 사정없이 다가섰다. 자신도 모르는 사이 주춤주춤 물러서던 그녀는 마침내 등이 문에 맞닿았다는 걸 깨달았다.

그는 단지 몇 센티미터 떨어진 곳에 멈춰 서서 그녀를 내려다보았다. 그의 아름다움과 커다란 체격이 그녀를 기죽게 했으며 감추어진 힘이 그녀를 압도했다.

그녀는 고개를 떨구었다. 숨결은 얕고 가빴으며 너무도 혼란스럽고 어리둥절해 그를 쳐다볼 수가 없었다. 그의 조용한 눈길 아래 그녀의 온몸은 빨개지고, 뜨거워졌다 차가워졌다를 반복했다.

내가 복면 도적이라는 걸 알아냈나? 만약 지아니가 그녀의 정체를 떠벌렸다면 아까 분명 그녀에게 경고했을 터였다.

어쩌면 좋지? 고백해? 그의 자비를 구할까? 그에게…… 복종을? 절대

못해! 그녀는 비록 속이 부들부들 떨렸지만 마침내 고개를 들어 그의 시선을 맞받을 용기를 냈다. 확실해질 때까지는 입을 꼭 다물 것이다.

"당신이 오기로 결정해서 너무나 기쁘오, 다니엘라. 아주 형편없는 생일이었거든."

라파엘 왕자는 오른손을 주머니에서 꺼내 그녀의 푸른 새틴 반가면에서 콧날까지 가볍게 쓸어내리며 애무했다. 그의 손가락이 유혹적으로 입술로, 턱으로, 그리고 목선을 따라 내려갔다.

"내가 생일에 뭘 원하는지 아오?"

"나…… 나라로 충분하지 않으신가요?"

그의 손길에 바르르 떨며 그녀가 속삭였다.

그는 눈에 음흉한 빛을 담고 희미하게 미소지었다. 다니는 당혹스러워 얼굴을 붉히고 시선을 돌렸다. 목에서 맥박이 빠르게 고동치고 있었다. 그가 무슨 생각을 하는지, 무엇을 하려는지, 그녀의 정체에 대해 어디까지 알고 있는지 짐작조차 할 수 없었지만 그 모든 것을 넘어서서 그의 존재 자체가 머리를 핑핑 돌게 했다.

"고백해야 할 게 있소."

그가 속삭였다.

"난 좀 취해서 내 행동을 책임질 수 없을 듯하군."

"하느님 맙소사!"

얼굴이 창백해지며 그녀는 그에게서 물러나려 했지만, 그저 문에 더 바짝 등을 밀어붙이게 되었을 뿐이었다.

그는 은밀한 미소를 지어 보였다.

"그러니 당신에게 키스해도 되겠소? 난 정말로…… 당신에게 미치도록 키스하고 싶다오, 다니엘라."

"저…… 전하!"

"왕자의 명령이오, 레이디. 난 당신의 군주가 아니오, 음?"

그녀는 고개를 숙였다. 심장이 두근거렸고 뺨은 수치심으로 타올랐다.

"전…… 전 그런 종류의 여자가 아닙니다."

"날 위해 예외를 만들어 주겠지. 아니오, 내 사랑?"

"그러지 않을 거예요."

그녀는 분노의 힘으로 턱을 다시 홱 치켜들고 그를 노려보았다.

그는 수수께끼 같은 미소를 지었다. 그의 눈에는 겹겹의 복잡함 아래 예리한 지성이 휘몰아치고 있었다. 완전한 자신감으로 그는 그녀의 떨리는 손을 들어올려 입가로 가져가다 멈추고, 그녀의 시선을 붙잡은 채 슬며시 미소지었다.

"내가 생일에 원하는 건…… 정말로 필요한 건 사랑스런 새 정부라오. 붉은머리와 숨막히게 아름다운 아쿠아마린 색 눈빛에 화약을 다룰 줄 알아야 하지. 누구 그 조건에 맞는 사람을 알고 있소?"

"정말 충격이군요!"

그녀는 숨을 내쉬었다.

"내 사랑, 아직 진짜 충격적인 일은 시작도 하지 않았다오."

그 말과 함께, 그는 짙은 금빛 머리를 숙여 그녀의 손에 키스했다. 손등이 아니라 엄지손가락 뿌리에. 그리고 혀끝이 주먹 쥔 손가락 사이를 슬쩍 핥자 그녀는 헉 하고 숨을 들이켰다. 그녀는 손을 자신의 가슴께로 잡아당기며 넋이 나가 입을 떡 벌린 채 그를 올려다보았다.

그는 슬며시 미소지었다. 눈에는 위험한 빛이 번뜩였다.

"시작하기 전에 한잔 들겠소? 포도주가 숨을 좀 틔워 줄 텐데."

그는 몸을 돌려 포도주가 놓여 있는 작은 테이블로 걸어갔다.

다니는 정원 조각상처럼 얼어붙어 있었다. 허리로 내려가며 가늘어지는 그의 널찍한 등을 바라보면서 그녀는 기절할 듯한 기분이었다.

날 가지고 놀고 있는 게 분명했다.

그녀가 복면 도적인 걸 알면서 잔인하게 가지고 노는 것이다. 고양이와 쥐처럼. 그런 거겠지?

포도주가 유리잔에 따라지는 작은 소리가 들렸다.

"고양이가 당신 혀를 물어 갔소? 흠, 상관없지. 대화를 하자고 당신을 데려온 건 아니니까. 그렇잖소?"

그는 난봉꾼다운 윙크를 던지고 그녀에게 포도주 잔을 내밀었다.

"어서 받으시오."

그가 사람의 피를 담은 잔을 내미는 루시퍼였다 한들 이보다 더 움츠러들지는 않았으리라. 갑자기 그녀의 목소리가 돌아왔다.

"이게 무슨 뜻이죠?"

그는 나직하게 쿡쿡거리고는 침대에 앉아 크러뱃을 풀었다.

"이런, 당신은 정말 어리군. 몇 살이오, 레이디 다니엘라?"

"스물하나입니다."

"당신은 열여섯 살로 보이오. 최대로 잡아도 열여덟?"

두근거리는 가슴을 안고 그녀는 젖혀진 시트와 포도주, 공인된 난봉꾼인 그를 쳐다보았다. 모든 게 믿겨지지가 않았다. 이게 사실일까? 정말로 내가 복면 도적이어서 붙잡힌 게 아닌 걸까? 그녀는 그가 위쪽의 좁은 발코니에서 사람들을 훑어보던 것을 떠올렸다. 그 위에서 하고 있던 일이 이거였나? 먹잇감 고르기?

그녀는 믿을 수가 없어 큰 소리로 웃음을 터뜨릴 뻔했다. 저 아래 아름다운 여인들이 가득한데 날 골랐다고? 그는 취한 게 틀림없다. 하지만 맙소사, 그는 그녀도 끌릴 만큼 근사했다.

그녀의 마음을 읽기라도 한 것처럼, 그는 느릿하게 의미심장한 미소를 지어 보이며 포도주 잔으로 자신의 입술을 놀리듯 슬쩍 쓸고는 길게 한 모금 마셨다.

그녀는 크러뱃을 풀어 드러난 그의 결후가 오르내리는 것을 매혹된 채 지켜보았다. 그의 목덜미는 황금빛이었고 크게 풀어헤쳐진 하얀 셔츠 아래의 가슴도 마찬가지였다. 잔을 떼고 천천히 입술을 핥으며 그의 시선이 유혹적으로 그녀를 더듬었다. 그녀는 배에서 일어나는 이상하고 떨리는 감각에 힘없이 몸을 문에 기대었다. 방안이 너무나 더워서 제대로 생각할 수가 없었다. 그녀가 인식할 수 있는 것은 자신이 체포된 게 아니라는 단순한 깨달음뿐이었다.

아직은.

그는 손가락을 까닥거리며 벨벳 같은 속삭임으로 그녀를 불렀다.

"기다리고 있잖소, 귀여운 고양이. 이리 와서 당신을 어루만지게 해주시오."

그의 초대는 작은 충격과 함께 그녀를 마법에서 풀려나게 했다.

"맙소사, 전 여기서 나가겠어요."

그녀는 몸을 홱 돌려 부들부들 떨리는 다리로 다른 방으로 걸어갔다.

"당신이 잠긴 문을 뚫고 나갈 수만 있다면 가능하겠지."

그가 짓궂은 웃음기가 담긴 목소리로 외쳤다.

"가보시오. 마음껏 큰 목소리로 외쳐 보라구. 아무도 당신을 도우러 오지 않을 테니."

그녀는 그의 말을 무시하고 문을 두드리며 외쳤다.

"누가 나 좀 내보내 줘요! 도와줘요! 여기서 내보내 줘요!"

그녀는 온 힘을 다해 문손잡이를 흔들었다. 퍼뜩 지아니를 풀어줄 때 썼던 머리핀이 생각났다. 그녀는 머리에서 핀을 빼내었지만 손이 너무 떨려 자물쇠를 딸 수가 없었다.

다른 방에서 그의 웃음소리가 들려왔다.

"무슨 일이오, 다니엘라?"

그가 소리쳤다.

"그 시골 청년을 원하는 거요? 내 사랑, 나를 보호자로 가질 수 있는데 왜 그자를 택하려는 거지? 정말 당신 신분에 대한 자긍심이 없소? 모욕적이군."

그녀는 몸을 돌려 어깨 너머로 노려보았다. 이제 나뿐만이 아니라 마테오까지 모욕해? 이 이상은 못 참아. 머리핀을 열쇠구멍에 꽂아둔 채, 그녀는 침실로 돌아갔다.

"자신에 대해 상당히 높게 평가하시는군요, 전하! 마테오는 제 '친구'고, 저는 '보호자'를 원하지도 않고 필요하지도 않습니다. 역겨워요! 저는 스스로를 보호할 수 있어요."

그녀는 참을 수가 없어 고함쳤다.

"확실히 말하는데, 당신은 그렇게 근사한 상대도 아니에요! 게다가 그저 돌아다니면서 마음 내키는 대로 사람을 유혹할 수는 없어요!"

"물론 난 그럴 수 있소."

그는 느릿하게 말하며 포도주 잔을 빙글빙글 돌렸다.

"하지만 꼭 절 골라야만 했나요?"

그는 커다랗게 미소짓고 고개를 끄덕였다.

"그래, 굉장한 영예이지 않소?"

"그 영예를 다른 사람에게 내리시면 좋겠군요!"

그는 조끼 단추를 풀기 시작하면서 그녀에게 웃어대며 고개를 저었다.

"아, 얼간이 아가씨, 저 아래에 처녀가 얼마나 있을 것 같소?"

"얼간이라뇨!"

"그저 해본 말이오."

"내겐 이름이 있어요!"

"분명 그렇지. 이리 와서 포도주를 마셔요. 그러길 잘했다고 생각하게 될 거요. 내가 처녀를 가져본 지도 꽤 되었지."

그는 생각을 소리내어 말했다.

"얼마나 기쁜 일인지. 하나 사야만 하는 게 아닐까 걱정했다오."

"하나 사요? 천박한 인간 같으니!"

그는 얼굴을 찌푸려 보였다. 하지만 그의 눈에 담긴 반짝임은 그가 농담을 하고 있는 게 아닐까 하는 의심이 들게 만들었다.

"힘들게 굴진 않겠지, 음? 당신을 묶고 싶지는 않소. 아, 그래."

그는 협탁 서랍을 열었다.

"여기 어디에 벨벳 끈이 있을 텐데……."

그가 서랍 속을 뒤지며 반짝이는 은빛 열쇠를 침대 옆 테이블 위, 물방울이 송글송글 맺힌 포도주 병 옆에 올려두자 다니는 갑자기 눈초리를 가늘게 했다.

아하, 열쇠를 내가 채갈 수 있는 곳에 두다니, 그다지 똑똑하지 못한 사람이로군. 나보고 얼간이라더니!

레이프는 서랍을 닫았다.

"음, 여긴 없는데. 아마 다른 누구한테 썼나 보오."

"저런."

그는 너무 취해 열쇠를 숨겨야 한다는 걸 잊어버린 듯했다. 그녀는 속으로 미소지었다. 이제 저 열쇠를 손에 넣기만 하면 된다. 위험하리만큼 그에게 가까이 다가가게 되겠지만, 이미 머리핀은 실패한 만큼 열쇠가 최선의 희망이었다.

손을 등뒤로 돌리고 그녀는 태연하게 침대 곁 테이블로 다가갔다. 그는 침묵 속에 그녀가 다가서는 걸 지켜보았다. 그녀의 숨겨진 의도를 알아채지 못한 듯 레이프는 자신의 근육질 허벅지를 두들겼다.

"이리 와서 내 무릎에 앉지 그러오?"

그가 나직하게 꾀였다. 그녀의 뺨으로 확 열기가 몰려들었다.

"왜요?"

그의 목소리는 은근하고 부드러웠다.

"당신에게 잠자리 이야기를 들려주고 싶어서."

"지금은 잘 시간이 아닌데요, 라파엘 전하."

그녀는 본의 아니게 희미한 미소를 짓고 말했다.

"사랑스러워."

그가 그녀를 지켜보며 중얼거렸다.

"당신이 내게 미소지은 건 처음이오."

그의 눈빛이 어두운 녹색으로 바뀌었다. 다시 그녀를 불렀을 때, 벨벳 같은 목소리로 내는 그의 명령을 거부하기란 거의 불가능에 가까웠다.

"내게로 와요, 다니엘라. 아주 천천히 하겠소. 약속하지. 아주 근사할 거요."

그녀는 거의 유혹에 넘어가, 눈을 내리깔고 그를 흘끗 쳐다보았다.

"전 잘 모르겠어요……."

"키스 한 번만."

그녀가 바라보자 그의 눈길에서 장난스런 표정이 싹 가셨다. 침대 가

장자리에 앉아 그는 무릎에 팔꿈치를 얹고 손가락은 깍지 낀 채 그녀를
응시했다.

"당신은 아주 아름답소."

"그리고 당신은 매끄러운 혀를 가진 거짓말쟁이고요. 날 여기로 데리
고 온 건 아주 나쁜 일이에요."

두근거리는 가슴을 안고 그녀는 손끝으로 테이블 위를 더듬어가며 위
험스럽게 그에게로 가까이 다가갔다.

"아오. 하지만 당신과 단둘이 있고 싶었는걸."

그는 강렬한 표정으로 그녀를 지켜보았다.

"날 믿지 않는군, 왜지?"

한 걸음만 더 다가가면, 테이블이 그녀의 골반에 닿을 테고 열쇠를 손
에 넣을 만큼 가까워진다.

"음, 싱클레어 양이 있잖아요."

그녀가 지적했다. 그는 짜증스런 신음소리와 함께 고개를 숙였다.

"클로에 싱클레어 같은 여자는 늘 있어 왔소."

"그녀를 사랑하세요?"

"사랑은 별로 현명한 일이 아니오."

그가 잘라 말했다.

"당신은 절 원치 않으세요. 전 특별한 데라곤 없는 걸요. 내보내 주세
요, 네? 저 아래 누구라도 가지실 수……."

그는 고개를 들더니 그늘진 눈으로 오랫동안 그녀를 쳐다보았다.

"아름답게 움직이는군, 다니엘라. 당신은 바다 위의 바람만큼이나 우
아하고 비둘기만큼이나 수줍어, 안 그렇소?"

그녀는 불현듯 알 수 없는 두려움에 얼어붙어 꼼짝 않고 그를 응시했다.

"괜찮소."

그는 그녀의 시선을 붙든 채 일어나며 속삭였다.

그녀의 심장은 두방망이질쳤다. 열쇠가 손닿는 곳에 있었으나, 그가
다가와 그녀의 어깨를 만지고 자신에게로 돌려세우는 동안 그녀는 사냥

꾼 앞의 암사슴처럼 얼어붙어 있었다. 그는 살며시 그녀를 품으로 끌어당겨 포옹하고, 뺨을 부드럽게 그녀의 머리칼에 문질렀다. 취할 듯한 충격적인 깨달음과 함께 그녀는 눈을 감았다. 자신의 몸에 와닿은 그의 감촉이 수많은 꿈을 떠올리게 했기 때문이었다.

그녀가 감히 그를 만질 엄두도 내지 못하고 양모 옷깃 위에서 손을 펴는 동안 그녀의 마음은 천천히 휘몰아쳤다.

그가 나를 안고 있어. 라파엘 왕자가 날 안고 있어.

물론 꿈이다. 내일 아침 깨어나면 또다시 그녀 혼자뿐이겠지만 지금은 자신을 감싼 그의 따스한 힘과 취할 듯한 코롱 냄새를 들이키고 있었다.

그의 품에 안겨 있는 느낌은 얼마나 자연스럽고 옳은가? 그녀는 그의 커다랗고 따스하며 부드러운 손길이 천천히 자신의 등에서 허리까지 애무하는 걸 느꼈다. 그가 손가락으로 그녀의 턱을 들어올렸다.

그녀의 눈이 휘둥그레졌다. 라파엘이 그녀를 지그시 응시하자 세상이 기울어졌다.

"당신에게 몹시도 키스하고 싶어."

그가 조용히 말했다.

그녀의 눈은 고통스런 애원으로 가득했다. 그는 고개를 끄덕이며 부드러운 미소로 그녀를 안심시켰다. 체념한 채 그녀는 가련하게 그를 올려다보았다. 라파엘은 눈을 감고 고개를 숙여 그녀에게 키스했다.

그의 입술은 나비의 날갯짓만큼이나 부드러웠다. 따스하고 비단 같았다. 그녀의 눈이 스르륵 감기고 저 깊은 내면에서부터 한숨이 새어나왔다. 그녀의 목에 닿은 그의 입술이 미소로 곡선을 그리는 게 느껴졌다. 그는 아주 약간 뒤로 물러났다.

"그렇게 나쁘진 않지, 음?"

그가 속삭였다.

그녀는 눈을 꼭 감은 채, 이런 갈망을 불러일으키고는 정숙한 키스 한 번으로 끝낸 그가 미워 실망의 신음을 흘렸다. 그는 그녀를 좀더 단단하게 품에 끌어안았다. 한 팔을 허리에 감아 자신의 몸에 바싹 끌어당겨서는 아이에게 하듯 그녀의 이마에 입을 맞추더니 눈썹, 눈, 빰, 귀에 키스의 비를 뿌렸다. 그녀는 머리가 어질어질 흔들렸고 가슴은 숨가쁘게 오르락내리락거렸다. 그녀가 마치 고급 도자기로 만들어지기라도 한 듯 그는 조심스럽게 안아 목의 곡선에 키스하기 시작하며 다른 손으로는 목덜미를 가볍게 애무했다.

그녀가 겪어 본 중 가장 감미롭게 어질어질한 감각이었다. 그의 입술은 촉촉한 새틴처럼 그녀의 피부를 스쳤고, 뜨거운 숨결이 그녀의 귓가를 간지럽혔다. 그녀는 저항하지 못하고 그를 끌어안으며 눈을 감았다. 경이감에 사로잡혀 그의 긴 황금빛 머리를 매만지고 천천히 벨벳 같은 머리칼을 쓸어내렸다. 그의 강하고 긴 손가락이 등을, 팔을, 옆구리를 애무했다. 그녀의 피부가 불같이 뜨겁고 민감해졌다. 기쁨의 구름 속에 빠져 그녀는 몸이 공기처럼 가볍게 느껴졌다.

그의 애무가 뜨겁고 급박하게 바뀌었다.

그들의 몸이 한 구석도 빠지지 않고 맞닿자 충격적인 쾌감의 화살이 그녀의 몸을 관통했다. 다니의 떨리는 한숨과 그의 목에서 나는 굶주린 신음소리가 뒤섞였다. 그는 그녀의 엉덩이를 움켜쥐고 열띠게 자신의 몸에 밀어붙였다. 혼란과 열망, 욕구.

"아, 맙소사, 당신은 너무나 달콤해."

그가 얼굴을 양손으로 감싸더니 키스하고 또 키스하며 입술을 열라고 달래면서 온몸을 부르르 떨었다. 머뭇머뭇 그녀가 항복하자, 그는 키스가 정말로 어떤 것인지 보여주었다. 그의 입이 그녀의 입에 비스듬하게 와닿고 혀와 혀가 얽혀 춤을 추었다. 놀라움이, 그리고 쾌감이 그녀 안에서 솟구쳤다. 라파엘이 계속적인 깊고 느린 키스로 그녀의 넋을 빼놓아 그녀는 힘없이 그에게 매달렸다.

자제력은 거의 남지 않았지만 아직도 약간의 의지는 지니고 있었기에 그녀는 자신의 행동에 경악했다. 어쩌다 이렇게 그의 마법에 빠져들었을까? 그녀는 얼굴을 돌리려 했으나 그가 부드럽지만 권위가 실린 손길로 턱을 잡아 도로 돌려놓았다.

"두려워하지 말아요, 귀여운 사람."

그는 살짝 미소지으며 떨리는 속삭임으로 말했다.

"당신이 내게 마주 키스하면 더 근사할 거요."

"그러고 싶지 않아요."

그녀는 숨가쁘게 거짓말했다.

"하기 싫다고?"

"그래요!"

그의 나직한 웃음소리엔 온화한 나무람이 깃들어 있었다.

"날 보시오, 다니엘라."

반항적으로 눈을 느릿느릿 뜬 그녀는 희미하게 다정한 미소를 띠고 자신을 내려다보고 있는 그를 발견했다. 키스로 인해 그의 입술은 촉촉하고 부풀었으며, 눈은 욕망이 폭풍우 치는 초록빛 바다 같았다.

"뭐예요?"

그녀는 뽀로통해져서 중얼거렸다.

"지금껏 아무도 당신에게 키스하지 않았소?"

그는 아주아주 부드럽게 물었다.

그녀는 얼굴이 새빨개져서 고개를 떨구었다. 너무나 창피했다. 머리를 숙인 채 그의 품에서 떨면서 서 있었다. 이보다 더 무력하게 느껴진 적은 없었다. 그는 그녀의 턱을 들어올려 다시 눈을 맞추었다. 그녀의 얼굴을 훑어가는 그의 표정엔 아쉬움과 뭔가 모를 처량함이 있었다.

"얼마나 사랑스럽고 순결한지."

그는 그녀의 뺨을 손마디로 애무했다. 그리고는 천천히 손을 내려 주머니에 넣었다. 다시 그녀에게 손을 뻗으려는 자신을 막으려는 듯이. 그리고는 약간 불안정하게 뒤로 물러나 고개를 숙였다.

"어쩌면 당신은 그냥, 음, 나하고…… 산책하고 싶을지도 모르겠군. 정원을 보여줄 수도 있소 달빛 아래서 보면 무척이나 아름답지. 이야기를 할 수도……."

그의 목소리가 기어들어가자 그녀는 놀라워하며 그를 응시했다.

“아, 마음 쓰지 말아요.”

그가 낮고 무거운 목소리로 말했다.

“이 무슨 실수일까……. 정말로, 정말로 미안하오, 레이디 다니엘라. 당신은 숙녀지. 하지만 나는……. 미안해요. 가보시오. 제발, 가도록 해요. 테이블 위의 열쇠를 가지고 가요.”

“날 도망치게 둘 생각인가요?”

“신께 맹세코, 내가 무슨 생각을 하는지 나도 모르겠소.”

그는 잠시 눈을 감았다. 다시 떴을 때 그 눈은 생생한 외로움으로 가득했으며 희미한 미소는 비참했다.

“가요.”

그가 속삭였다.

“이 방황하는 영혼들의 홀은 당신을 위한 장소가 아니오.”

하지만 그녀는 도망치지 않았다.

“어쩌면 당신을 위한 장소도 아닐지도 모르죠.”

그녀가 부드럽게 말했다. 그는 그녀의 눈길을 마주하고 한동안 침묵을 지켰다.

“아마도 난 아무 데도 갈 데가 없는 것 같소.”

그녀는 자신의 무모한 마음이 그를 향해 뻗어가는 것을 느꼈다. 스스로의 어리석음에 숨을 죽이며, 그녀는 한 걸음 앞으로 다가가 그의 가슴을 손으로 쓸어올렸다.

그는 자신을 억누르려는 듯 턱을 악물고 그녀를 지켜보았다. 그녀는 욕망 때문에 그의 목에 숨이 걸리는 소리를 들으며 따스한 그의 목덜미에 손가락을 감고는 끌어내려 부드럽게 오랫동안 키스했다.

라파엘이 갑자기 그녀의 허리를 팔로 감아 품안으로 끌어들이더니, 데일 듯한 욕망으로 키스를 되돌렸다. 몇 초 안에 욕망은 미친 듯 불타오르는 열정으로 폭발했다. 그녀는 그의 목에 팔을 감고 황홀하게, 마음껏 그를 맛보고 또 맛보았다.

다니는 그의 머리칼을 움켜쥐고 매끄럽게 면도한 얼굴을 애무했다. 정열이 너무도 압도적으로 휘몰아쳐 그녀는 그가 자신을 거울 달린 커다란 침대로 데려가는 것을 거의 의식하지 못했다.

몹시도 부드럽게 그는 침대 가장자리에 그녀를 앉혔다. 그녀의 몸은 새로이 발견한 격한 욕망에 힘없이 떨렸다. 그는 결코 키스를 멈추지 않은 채 그녀 앞에 무릎을 꿇었다.

천천히 그의 키스가 목에서 가슴으로 내려갔다. 그의 손이 젖가슴을 움켜쥐었고 키스는 더 아래로 내려갔다. 그녀는 밀어닥치는 환희에 고개를 젖히고 그를 껴안았다. 따스한 라파엘의 숨결이 드레스 천을 뚫고 들어와 부드러운 실크가 민감해진 젖꼭지에 달라붙게 했다. 그는 실크 너머로 가볍게 이를 세웠다. 그의 이름을 내쉬며 그녀는 등을 휘어 그가 자신의 허벅지 사이로 더 가까이 미끄러져 들어오게 했다.

"당신을 원해, 다니엘라. 당신을 원해."

그의 능숙하고 우아한 손이 그녀의 가슴과 목을 애무했다. 소매를 내려 오른쪽 어깨를 드러내며 목덜미에 키스할 때까지 그녀는 그가 능숙하게 드레스 단추를 풀었다는 사실을 알아채지 못했다.

갑작스레 번뜩한 공포 속에 그녀는 정신을 차리고 붕대를 감은 오른팔을 기억해냈다.

너무 늦었다.

그는 이미 그녀의 소매를 내렸고, 이제 붕대가 감겨진 팔을 보고 있었다. 그가 얼굴을 찡그렸다.

"다니엘라, 팔을 어쩌다가……?"

그의 목소리가 잦아들었다.

그녀는 그를 응시했다. 자신의 목에서 거칠게 뛰노는 맥박이 느껴졌다.

이맛살을 찌푸린 채 그가 그녀의 눈을 올려다보았다. 곧 벼락을 맞은 듯한 깨달음의 표정이 떠오르며 얼어붙었다.

그의 짙은 녹색 눈에 몰려드는 분노에 다니의 눈은 두려움으로 휘둥그레졌다.

"당신!"

모든 것이 느리게 움직이는 듯했다. 그녀는 침대에서 벌떡 일어나 달리면서 소매를 어깨 위로 올렸다. 채 두 걸음도 떼기 전에 그가 뒤에서 드레스를 움켜쥐었다.

"이리로 돌아와!"

그가 으르렁대며 일어섰다.

그녀는 새된 소리를 질렀지만 그가 드레스를 놓아주지 않아 갑자기 소매가 쫙 찢어졌다. 다급히 어깨 너머를 돌아본 그녀는 그가 총상을 응시하고 있는 것을 보았다. 의심의 여지없이 그녀가 복면 도적임을 말해주는 상처.

"당신이! 제기랄!"

그가 고함쳤다.

"그럴 리가 없어!"

"놓아줘요!"

그녀는 비명을 지르고는 그가 손을 뻗어오자 주먹을 날렸다. 하지만 그는 그 주먹을 잡아 몸을 빙글 돌려 등뒤로 팔을 꺾어 올렸다. 아프진 않았으나 움직일 수가 없었다.

그녀는 몸부림쳤다.

"이거 놔요, 야만스런 무뢰한 같으니!"

"여기서 뭘 하고 있었던 거요?"

그가 격분하여 다그쳤다.

"어떻게 감히 여기 올 수 있지?"

거실의 시계가 자정을 알리며 여운이 긴 종소리가 시작되었다. 몸부림치던 그들은 멀리서 엄청난 폭발음이 들려오자 돌연 얼어붙었다. 폭발의 여파가 창문을 울리고 벽에 걸린 그림들을 흔들었다.

마테오와 형제들이 탈옥했어! 다니는 황급히 생각했다. 그녀는 주의를 분산시키는 데 실패했다. 여기서 그와 키스하느라 바빠서!

"놓으랬잖아요!"

그녀는 그의 허벅지 사이를 무릎으로 세게 차올렸다.

그가 비명을 질렀다.

"꼴 좋게 됐다, 사악한 불한당!"

그가 몸을 꺾고 바닥으로 쓰러지자 그녀가 외쳤다.

분노의 고함소리를 지르며 라파엘은 그녀의 치맛자락을 움켜쥐려 했지만 그녀는 그의 손끝에서 아슬아슬하게 빠져나갔다. 테이블 위의 열쇠를 쥐고, 자정의 마지막 종소리가 울리는 가운데 마치 동화 속의 공주처럼 도망쳤다.

6

순수한 생존본능에 사로잡혀 다니는 무시무시한 속도로 내달렸다.

분장한 손님들을 이리저리 피하고 대리석 계단을 한 번에 두 개씩 뛰어내리며, 뒤에서 악마가 쫓아오기라도 하는 듯 타락의 홀에서 뛰어나갔다. 그녀는 재주꾼과 잔디밭의 공작을 지나 진입로까지 내쳐 달렸다.

정문의 경비병은 그녀를 제지하지 않았다. 폐가 불타는 듯했지만 시내로 향하는 팔백여 미터의 길을 계속 달려 마침내 광장에 다다랐다. 그곳에선 한창 요란한 소란이 벌어지고 있었다.

찢어진 무도회 드레스 차림의 그녀는 숨을 헐떡이며 경악한 표정으로 주위를 둘러보았다.

마테오가 터뜨린 폭발은 아침녘의 교수형을 보러 몰려든 군중들 또한 들끓게 했다. 왕의 예고 없는 여행에 이미 잔뜩 불만과 의구심을 품고 있던 군중들은 폭발을 신호삼아 광장을 순찰하는 병사들에게 고함을 지르며 난동을 벌였다.

몸을 돌리자 직경 일 미터가 넘는 구멍이 감옥 벽에 뚫려 있는 게 다니의 눈에 들어왔다. 아직도 연기가 나고 있었다. 다른 쪽에는 이미 가뭄으로 바짝 마른 도시 한켠에 불길이 치솟았다. 사람들은 이제 총검이 두렵지 않다는 듯 병사들을 몰아붙이고 있었다. 몇몇은 상점을 털었고 다른 이들은 격앙하여 왕자의 부하들이 세워 둔 처형대를 무너뜨리고 있었다.

"멈춰요! 멈춰!"

다니는 격분해서 고함쳤지만 아무도 듣지 않았다. 그녀는 머리칼을 얼굴에서 걷어내고 주위를 둘러보았다.

지금이라도 저 다혈질 군중들 중 누군가가 중무장한 병사들에게 잘못된 말이나 행동을 한다면 이 분란은 유혈극으로 변할 것이다. 그리고 저 화재가 감당할 수 있는 규모일 때 끄지 않는다면 시내에 사는 사람들은 전부 암울한 운명에 처하리라. 그녀는 마테오와 다른 이들이 계획대로 도망쳤고 곧 보트에 올라 이탈리아 본토로 떠나기만을 바랄 뿐이었다.

다니는 주위 사람들에게 진정하라고 계속 외쳐댔지만, 곧 이 군중들을 진정시킬 만한 권위를 지닌 사람은 복면 도적뿐임이 분명해졌다. 사람들 사이를 뚫고 그녀는 자신의 도구와 말을 둔 임대 마구간으로 향했다.

그녀는 마구간 칸 안에서 말 뒤에 숨어 재빨리 엉망이 된 푸른 드레스를 벗고 옷을 갈아입었다. 말에 안장을 얹으며 그녀는 마음을 단단히 먹었다. 그리고는 악명 높은 검은 새틴 가면을 썼다. 복면 도적으로 나타나는 순간 체포되겠지만 선택의 여지가 없었다. 오늘밤 너무나 많은 문제를 일으켰으니 이 폭력 사태는 자신이 직접 막아야만 했다.

몇 분 후, 말을 탄 복면 도적이 옆골목에서 달려나와 인파들 사이로 뛰어들었다.

"저기 봐!"

사람들이 외치기 시작했다.

말이 뒷다리로 껑충 섰지만 그녀는 말에 매달려 소년 같은 목소리로 힘껏 외쳤다.

"진정하시오, 여러분! 두려워할 일은 아무것도 없습니다. 진정하고 집으로들 돌아가요!"

그녀는 예민한 말을 달래며 인파 사이를 지났다. 잠시의 긴장된 순간이 지나고 차츰 그녀의 말이 효과를 나타냈다.

"멍하니 서 있지들 말고 가서 군인들을 도와 불을 꺼요!"

그녀는 격하게 명령했다.

사람들은 옆으로 물러서며 행운을 빌기라도 하는 듯이 지나가는 그녀의 말을 만졌다. 하지만 군인들 또한 그녀를 보고 위협적으로 다가오고 있었다. 시간이 별로 없다.

"집과 가족들에게로 돌아가요!"

그녀는 계속 외쳤다.

"라자 폐하께 부끄럽지 않도록 행동하시오!"

"왕자가 그분을 내몰았소!"

누군가가 고함쳤다.

"누가 그런 소리를 하던가요? 증거가 있습니까?"

그녀가 다그쳤다.

남자는 아무 말도 않고 그저 군중과 다니에게 언짢은 표정을 지었다.

"그럴 줄 알았지. 그런 거짓말은 그만 퍼뜨리고 집으로 돌아가시오."

그녀는 계속 나아갔다. 새로 지은 교수대에 가까워지자, 젊은 농부 무리가 교수대를 부수고 있는 것이 눈에 들어왔다.

"국가의 재산을 파괴한 죄로 감금될 수도 있습니다."

그녀가 경고했다.

"당신은 누구 편이오?"

그들 중 한 명이 그녀에게 고함쳤다.

그녀가 대답하기 전에 귀에 익은 목소리가 들려왔다.

"단!"

고개를 돌린 그녀는 마테오가 군중을 뚫고 다가오는 걸 보고 가면 아래 얼굴이 창백해졌다.

아, 안 돼! 왜 아직도 여기 있는 거야?

두려워하며 주위를 곁눈질하자 조금 떨어진 다른 방향에서 더 많은 병사들이 무자비하게 몰려오는 게 보였다. 일초도 망설이지 않고 그녀는 친구 쪽으로 말을 몰아가 분노를 폭발시켰다.

"도대체 여기서 뭣들 하는 거야?"

"널 기다리고 있었지! 가자, 광장 가장자리에서 마차가 기다리고 있어!"

그가 고함쳤다. 그의 갈색 눈은 불타오르고 짙은 곱슬머리는 헝클어져 있었다.

"제기랄, 마테오!"

그녀는 말에서 뛰어내렸다.

"그건 계획과 다르잖아! 내가 할아버지를 떠날 수 없다는 걸 알면서. 이 말을 타고 어서 도망가!"

"너희 할아버님께서 네가 여기 있다가 목 매달리는 걸 보고 싶어하실 것 같아? 널 혼자 이곳에 둘 수는 없어. 우리랑 같이 나폴리로 가는 거야."

그가 그녀의 손목을 잡아 끌어당기기 시작했다.

"이거 놔!"

그녀는 소리지르며 그의 손아귀에서 손목을 빼냈다.

"어서 가, 당장! 너희 가족에겐 네가 필요하잖아! 내가 병사들을 붙잡아 둘 테니 넌 그냥 가! 제발. 그들이 오고 있……."

그리고 갑자기 모든 게 끝났다. 라파엘 왕자의 병사들이 그들을 덮쳤다. 다니는 고함과 함께 검을 뽑아들고 마테오의 앞으로 나섰다.

"그는 놓아줘! 당신들이 원하는 건 나잖아!"

병사들은 그녀의 말을 무시했고 마테오도 그녀의 노력을 비웃었다. 그녀의 무모하리만치 용감한 친구가 첫 주먹을 날리는 순간 아수라장이 벌어졌다. 광장 전체에서 혈기 왕성한 어센션인들이 왕자의 병사들과 치고받기 시작했다.

덩치 큰 로코도 형의 등뒤를 지키려 싸움판에 끼어들었다. 다니는 그 한가운데에 붙들려, 자신보다 훨씬 덩치 큰 남자들에게 떠밀려 거친 파도 속의 부표마냥 이리저리 내돌려졌다. 그녀의 검은 근거리에선 전혀 쓸모가 없었다. 검을 던져버리고 그녀도 주먹과 팔꿈치, 발차기로 대응했다. 그러나 전혀 예상치 못했던 곳에서 갑자기 날아온 주먹에 얼굴을 얻어맞아 눈앞이 캄캄해졌다. 그녀는 비틀비틀 뒤로 물러서다가 판석 위로 쿵 넘어지고 말았다.

한동안 그녀는 마른 모래 위에 던져진 물고기처럼 헐떡거리다가, 병사들이 와서 그녀를 일으켜 세우고 다른 이들과 함께 결박하자 신음을 내뱉었다.

15분 안에 마테오, 알비, 로코 가비아노는 감옥으로 돌려보내졌다.

이번엔 다니가 그들과 함께였다.

무도회는 계속되었다. 흥청거리는 손님들은 일 킬로미터도 떨어지지 않은 시내 광장에서 봉기가 일어날 뻔했다는 것을 전혀 알아채지 못했다.

레이프는 이미 상황을 보고받았다. 그는 초조하게 다음 소식을 기다리며 무도회장 위의 발코니에 서서 위스키를 들이켰다. 레이프는 폭동이 일어났다는 소식에 분노했으며, 또한 사람 열받게 하는 빨강머리에 대한 수많은 질문이 머릿속에서 휘몰아쳤다.

도대체 어떻게 그럴 수 있었을까? 어떻게 그녀가 감시망을 뚫었지? 꼬마 지아니도 물론 사라지고 없었다. 왜 그녀는 아이를 풀어주러 목숨 걸고 여기까지 잠입해 들어온 것일까? 그녀의 궁극적인 계획은 무엇인가? 폭동도 미리 계획한 건가?

그는 그녀의 피를 요구하며 분노해 있는 친구들이 있는 방으로 돌아갔다. 그들 대부분은 복면 도적에게 한 번씩 털린 적이 있었다. 게다가 문제의 무법자가 젊은 여자였다는 소식에 심한 모욕감을 느끼는 듯했다. 모두들 복수를 원했다.

"그 여자가 목 매달리는 걸 봐야겠어!"

니콜로가 말했다. 한 시간 전만 해도 그녀를 하찮게 여기며 노닥거리고 있었는데, 아마 그 사실이 그의 원한을 더 부추긴 듯했다.

"이번에는 꼭 잡아야 해!"

아드리아노가 내뱉었다.

"그리고 여자가 붙잡히면 그 조그만 년을 놓아줄 생각조차 말기를 바라네, 레이프. 그 여자는 위험 인물이라고!"

"그녀는 황홀했어."

그의 낮은 목소리는 허영심에 상처받은 친구들이 귀에 거슬리게 쏟아붓는 말의 홍수 속에 묻혀버렸다.

내가 맛본 중 가장 순수한 키스였어.

자신의 자존심 역시 상처입었지만, 레이프는 어떻게 생각해야 할지 몰랐다. 다니엘라 키아라몬테는 그에게 꼭 풀어야 할 수수께끼였다. 그녀는 그를 분노케 하고, 어리둥절하게 했으며 심지어 당황하게까지 했다. 하지만 마지못한 존경심도 끌어냈다. 성별을 막론하고 그가 드물게 맞닥뜨린 불굴의 용기를 지닌 소녀였기 때문이었다. 그리고 오늘밤 자신이 그녀를 맛보기 전까지 그녀는 아무와도 키스하지 않았었다…….

강아지마냥 헐떡거리며 그녀를 쫓아다녔으니 날 최고의 바보라고 생각하겠지. 그는 얼굴을 찌푸리며 생각했다. 그녀는 아마도 그를 완전한 웃음거리로 생각하리라.

그럴 순 없어! 그 여자는 제 위치를 알아야만 해.

"그녀는 누군가, 레이프?"

친구들 중에 가장 신중하고 분별 있는, 학자풍의 엘란 베렐리 자작이 물었다.

내 복수의 여신이지. 그는 짜증스러워하며 냉소적으로 생각했다.

"키아라몬테 가문이네. 이름은 다니엘라지."

엘란은 이맛살을 찌푸리고 콧날 위의 안경을 밀어올렸다.

"키아라몬테? 우리가 어렸을 때 술과 도박으로 패가망신한 키아라몬테 후작이란 사람이 있지 않았나?"

"그녀의 아버지가 아닌가 생각하네."

레이프는 얼굴을 찡그리고 말했다.

바로 그때, 문에서 노크소리가 났다. 토마스가 들어오라고 대답했다.

근위병의 부관이 서둘러 오느라 숨을 가쁘게 쉬며 경례했다.

"전하, 화재는 진화했고 폭동도 진정되었습니다. 그들을 붙잡았습니다."

레이프는 열성적으로 그를 향해 다가섰다.

"모두 다?"

"어린아이는 도망쳤습니다."

"그럼 복면 도적은?"

"체포했습니다, 전하."

마치 제일 좋아하는 말이 뒤에서 치고 나와 우승이라도 한 듯, 방안의 모든 사람들이 진정으로 만족한 한숨소리를 터뜨렸다. 레이프는 친구들을 불편하게 돌아보았다. 그들의 목소리에 담긴 야만적인 기운에 심란했다.

"그 계집애를 잡으러 가자구!"

페데리코가 사냥에 나선 사냥개마냥 으르렁거렸다.

"진정하게."

레이프는 날카롭게 명령하고 부관에게로 돌아섰다.

"부하들에게 잘했다고 전하게. 아이는 됐네, 중요하지 않으니."

"죄수들을 심문할까요, 전하?"

"그건 내게 맡기게. 난 죄수들이 난폭하게 다뤄지는 걸 바라지 않는다고 부하들에게 전하고……. 그리고 복면 도적은 다른 방에서 혼자 밤을 지내게 하도록."

"레이프! 그녀를 특별 대우하진 말아야지!"

아드리아노가 씩씩거리며 항의했다.

그는 친구에게로 돌아서서 목소리를 낮췄다.

"그녀가 왕국의 악한들과 한 방에서 밤을 지내도록 두란 말인가? 아침이면 그녀는 끝장나고 말 걸세. 맙소사, 그녀는 처녀란 말이야."

"처녀? 그럼 우리에게 넘기라구!"

니콜로가 술 취한 웃음소리와 함께 외치곤, 제 농담에 감탄했다는 듯이 허벅지를 두들겨댔다.

레이프는 그를, 그리고 다른 이들을 보며 마치 처음으로 그들을 보는 것 같은 기분을 느꼈다. 그는 다니엘라의 순수하고 맑은 아쿠아마린 눈동자를 생각했다. 그녀의 피를 요구하는 친구들의 목소리가 커질수록 그의 내면 깊숙이에선 그녀를 지켜야겠다는 충동이 더욱 다급하게 일어났다. 특히 엘란이 다니엘라의 아버지와 그녀 집안의 재산을 파멸시킨 십여 년 전의 스캔들을 상기시키자 더욱 그랬다.

그 여자에게 미치도록 분노가 치솟긴 해도, 또 자신이나 이들에게 무슨 짓을 했든 간에 그녀는 젊고 용감하며 아름다웠다. 그리고 친구들의 목소리는 추악했다.

"그녀가 잊지 못할 교훈을 가르쳐 주자구!"

"자네들은 그녀를 건드리지 못해."

레이프는 굳은 목소리로 나직이 말하며 그들을 노려보았다.

몇몇이 불현듯 웃음을 멈추었다. 다른 이들도 그의 단호한 질책에 놀라 술기운이 확 깬 표정이었다.

그는 부관에게로 돌아섰다.

"복면 도적을 내일 아침 일곱 시에 심문실로 데려오게. 그녀가 감옥을 멀쩡히 내버려두었다면 말이지만."

그는 건조하게 덧붙였다.

"서편 벽만 손상되었을 뿐입니다, 전하. 벽돌공들이 이미 살펴보고 쉽게 고칠 수 있다고 했습니다."

"그거 잘됐군. 명령은 이미 들었겠지."

"네, 전하!"

남자는 다시 경례를 했다.

레이프는 물러가라고 손을 저으며, 다니엘라를 거칠고 위험한 감옥에서 당장 빼내고 싶은 충동을 억눌렀다. 그녀에게 너무 무르게 대하는 건 말썽을 자초하는 일이다. 게다가 그녀를 밤 동안 거기에 두면 최소한 다시 도망치지 못하리라고 확신할 수 있고, 그의 성난 친구들도 그녀에게 손을 대지 못한다. 그는 술기운이 가시면 그들의 성미도 가라앉기를 바랐다. 그리고 레이디 다니엘라는 어둠 속에서 홀로 긴 밤을 보내며 자신의 운명에 대해 두려워할 것이다. 아마 아침이 되면 훨씬 고분고분해지겠지.

고개를 돌리자 역겨운 듯 그를 향해 고개를 내젓고 있는 아드리아노가 눈에 들어왔다.

"우릴 두고 그녀 편을 든다니 믿을 수가 없네."

"난 아직 어느 편도 들지 않았어. 결정하는 건 법정의 몫이야."

"난 자네를 알아. 자네는 그녀를 놓아줄 방법을 찾을 거야. 얼굴이 그럭저럭 봐줄 만한 여자라면 저항할 수가 없으니까. 그녀가 자네에게 무슨 거짓말을 했는지 모르지만 그냥 넘어가지 말라구. 그녀는 범죄자야, 레이프! 도둑이란 말이야! 아까도 한 이야기가 아닌가, 기억 안 나나?"

"말조심하게."

그는 아드리아노가 자신의 두려움을 정확히 맞추었다는 걸 인정하고 싶지 않아 으르렁거렸다. 그 커다랗고 순진한 눈과 부드럽고 연약한 입술의 소녀가 그를 이용해 먹기란 너무나 쉬울 것이다. 그러나 그녀의 다음 행동을 예측하거나 불같은 의지를 제어할 수 없다는 사실은 그를 몹시도 자극했다.

"그녀가 이미 자네를 조종하고 있다는 걸 모르겠나? 자네가 그 조그만 악녀를 돕는다면 그녀는 그저 원하는 걸 얻기 위해 자네를 받아들일 거야. 바로 줄리아처……."

"내 앞에서 그 이름을 말하지 말아!"

그가 격렬히 소리치며 아드리아노의 말을 자르던 바로 그때, 문이 열리고 돈 아르투로와 몇몇 나이든 신하들이 다급히 들어왔다.

"오, 맙소사."

레이프는 숨죽여 중얼거렸다.

"저 노인네들은 여기서 또 뭘 하는 거람?"

"오늘밤 시내에서 화재와 폭동이 있었습니다, 전하!"

재상이 공표하며, 주도권을 잡을 준비가 확실히 된 남자의 태도로 뚜벅뚜벅 걸어왔다.

"저희는 전하께서 아셔야 한다고 생각했습니다. 즐기시느라 너무 바쁘지 않으시다면 말입니다!"

"화재는 진화되었고 폭동은 이미 진정되었소."

레이프는 외교적인 태도로 모욕을 무시하고 인내심 있게 말했다.

"댁으로들 돌아가시오."

"소신은 그렇게 생각하지 않습니다!"

돈 아르투로가 분개하여 외쳤다.

"전하, 전하께선 권력을 쥔 지 몇 시간밖에 되지 않으셨고 정치적 혼란에 전혀 경험이 없으십니다. 지금부터 내각이 모든 일을 맡을 겁니다. 국왕 폐하께서도 그러길 바라실 겁니다. 가서 파티를 즐기십시오. 오늘은 전하의 생신이시니 말입니다."

그는 다른 귀족들을 곁눈질하며 조소하는 기색이 완연한 목소리로 소리 죽여 말했다.

"재상님, 전하께선 그 더러운 도적 계집을 놓아주려고 하십니다. 그 여자가 저희 모두를 털고 황금을 빼앗아갔는데도요!"

아드리아노가 재상에게 우는소리를 했다.

"제정신이 드시도록 설득해 주시겠습니까?"

돈 아르투로는 레이프를 빈틈없는 시선으로 쳐다보았다.

"그래요, 복면 도적이 잡혔다는 소리를 들었습니다. 여자라는 말입니까?"

"키아라몬테 가문이오."

레이프는 조용히 경고했다.

"그녀가 한 일은 모두 다른 사람을 돕기 위해서였음을 아무도 깨닫지 못하셨소? 난 그녀의 집을, 그녀의 드레스를 보았소. 그녀는 그 황금을 단 한푼도 자신을 위해 쓰지 않았소. 그리고 감히 말하자면, 여러분 모두들 그 정도의 돈에 크게 좌우되지 않을 여유는 있으실 거요."

"법률은 동기와 환경은 상관하지 않습니다, 전하."

이제 왕이 떠났으니, 레이프와 싸울 이유라면 무엇이든 받아들이겠다는 식의 전투적인 눈빛으로 돈 아르투로가 말했다.

"익히 아시리라 믿습니다만, 전하의 의무는 그 범법자를 교수형에 처하는 것입니다."

“내 의무는 알고 있소.”

그는 낮고 엄한 어조로 말했다. 또한 그가 나라를 망치기 전에 권력을 빼앗기 위해 부왕의 고문들이 실수를 저지르기만을 기다리고 있다는 것도 잘 알고 있었다.

바로 그때 올란도가 방으로 들어와 모두에게 정중히 목례하고 레이프에게 묻는 표정을 지었다. 올란도는 일가붙이였다. 최소한 그만은 확실한 자기 편이리라. 그의 존재가 레이프에게 자신감을 심어주었다.

“여러분.”

그는 턱을 들어올리며 말했다.

“모든 사실을 다 들은 후 레이디 다니엘라의 운명을 결정하겠노라고 보증하겠소. 그때까지는 그녀에게 사람들을 보내 린치를 가하진 않을 거요. 모두들 좀 진정하셔야겠군요.”

“진정하라니, 정의가 마구 짓밟히는 이런 때에 말입니까?”

“지나친 표현이시오.”

“소신은 그렇게 생각하지 않습니다!”

재상은 왜소한 체구를 한껏 곧추세웠다.

“‘또다시’ 법을 지키지 않으실 거라면, 이 몸이 전하의 편에 서리라 기대하지 마십시오!”

레이프는 그 말을 곱씹으며 한동안 침묵을 지킨 채 바닥을 응시했다.

“돈 아르투로, 날 실망시키시는군요.”

그는 침착한 시선을 재상의 얼굴로 들어올렸다.

“나에 대한 개인적인 원한보다 어센션의 이익을 우위에 두시길 바랐소만, 아직도 조카분의 죽음을 내 탓으로 여기고 계시다는 걸 알겠소. 그가 재상에게 아들 같았다는 건 아오만 그를 죽인 건 내가 아니오.”

멍한 침묵이 방안에 드리워졌다.

심지어 레이프의 방종한 친구들조차 충격받은 모습이었다. 조르지오는 그들 모두의 친구였고, 그의 이름을 언급하기란 너무나 고통스러웠다.

모두들 레이프를 응시하고 있었다.

돈 아르투로는 노여움으로 부들부들 떨었다.

"전하는 거기 계셨습니다. 그 애를 구할 수 있었는데 그러지 않았으니 내 보기엔 전하께서 무정하게 그 애의 목을 벤 거나 마찬가지란 말입니다. 다른 모두와 마찬가지로 결투는 법에 어긋난다는 걸 알고 있으면서도 그 애를 막지 않으셨습니다. 아니, 그러긴커녕 그 애의 결투 참관인이셨지요."

레이프는 쓰라린 어조로 말했다.

"그는 내 친구였소. 난 그의 요청을 거절할 수가 없었소."

"전하께서 의무를 다하셨다면 오늘 그 애는 살아 있었을 겁니다. 아직 어린아이였는데."

재상은 고통스레 내뱉었다.

"나도 마찬가지였소."

"그 애를 막을 수도 있으셨습니다. 그 애는 다른 모두와 마찬가지로 전하를 우러러보았단 말씀입니다!"

"난 그를 막으려 했소. 하지만 조르지오는 피를 원했고 난 그에게 어떻게 인생을 살아야 할지 충고할 만한 나이가 아니었소."

"결투는 법에 어긋나는 일입니다!"

재상은 다시 비통하게 외쳤다.

"전하께선 그때도 법을 무시하셨고, 지금도 무시하시는 듯합니다! 이번엔 누가 전하의 여흥을 위해 죽게 되는 겁니까?"

"어떻게 감히 그런!"

레이프는 고함치며 그를 향해 한 걸음 내딛었다.

"여러분, 여러분."

올란도가 사근사근하게 그들 사이로 끼어들었다. 그는 레이프에게 엄한 표정을 짓고, 돈 아르투로에게로 돌아섰다.

"문명인답게 행동하십시다."

공작의 간섭은 방안에 진동하는 격분한 긴장감을 조금 덜어주었다. 그는 다른 이들을 돌아보았다.

"돈 아르투로, 폐하께서는 이유가 있으셔서 라파엘 왕자 전하에게 어센션의 통치를 맡기신 겁니다. 물론 전하께서는 의무를 아시지요. 거기에는 의문의 여지가 없습니다. 의무와 충성심, 그리고 전하 자신의 자존심을 위해서라도 분명 정의를 지키시리라 의심치 않습니다. 이 여자가 사형에 처해질 때, 백성들은 그가 라자 폐하만큼 믿을 만한 지도자가 되리라는 사실에 만족하게 될 겁니다."

레이프는 당황하여 그를 쳐다보았다.

"정신이 나간 거 아닙니까? 백성들은 복면 도적을 사랑합니다. 내가 그 여자를 교수형에 처하면 그들은 날 더 증오할 겁니다."

올란도는 당황한 듯이 보였지만 곧 차분하게 미소지었다. 레이프는 친척형의 여유만만한 태도에 화가 치밀어올랐다. 레이프는 올란도를 좋아했지만 친척이든 아니든 그 남자를 전적으로 믿을 수가 없었다.

"전하께서 그녀를 교수형에 처하지 않는다면 누가 전하의 권위를 존중하겠습니까?"

올란도가 이치에 닿게 물었다.

"정말로 전하께는 선택의 여지가 없다고 봅니다만."

"나에겐 빌어먹을 선택권이 있습니다."

그는 강경하게 말했다.

"난 섭정 왕세자가 아닙니까? 모두들 잊어버리기로 작심하신 듯하지만요."

정떨어진다는 표정을 짓고 그는 모두에게서 돌아서서 머리를 쥐어짰다.

다니엘라를 목매달아? 차라리 값진 그리스 도자기나 모나리자를 불태우고 말겠다. 어떻게 그다지도 어리고 선한 영혼을 파괴할 수가 있을까? 그는 그녀의 달콤한 피부를 실크로 감싸고 그녀의 몸을 키스로 뒤덮고 싶었지만, 이제 그녀를 처형인에게 보내야만 한다. 그 생각에 그는 치를 떨었다. 부왕의 부재중 그는 어센션의 최고 권력자이며 오직 그만이 그녀를 구할 힘을 갖고 있다. 하지만 모두의 말이 옳다. 만약 그녀를 놓아주면 누가 그의 권위를 존중할까?

세상의 눈에 그는 다시 여자의 손에 놀아난 웃음거리밖에 안 될 것이
다. 게다가 그녀를 사면한다면 앞으로의 범죄에 어떤 전례를 남기게 되
겠는가?

야, 들고양이 아가씨, 당신이 날 어떤 궁지로 몰아넣었는지 아시오?

"다들 물러가시오."

혼자 생각할 시간이 필요했다.

"전하……."

돈 아르투로가 말을 꺼냈다.

"제기랄, 명을 들으란 말이오!"

그는 버럭 소리를 질렀다. 인내심이 한 방울도 남지 않았다. 그들에게
로 홱 돌아서서 채찍처럼 날카롭게 쳐다보았다.

"내 궁전에서 나가시오, 당신들 모두!"

그는 성난 사자에게 쫓기듯 문을 향해 앞다투어 몰려가는 그들에게
노성을 질렀다.

"엘란, 아래층으로 가서 빌어먹을 오케스트라에게 당장 악기를 내려
놓으라고 전하게. 이 사람들을 모두 내몰아! 파티는 끝났어, 끝났다고.
이 쓸모없고 게으른 놈들, 다들 듣고 있는 거야?"

그는 친구들에게 고함쳤다.

"파티는 끝났다고!"

레이프의 가슴이 숨결에 따라 격하게 오르내렸다. 불과 몇 분만에 모
두들 사라지고 그 혼자 남았다. 그는 머리칼을 갈퀴질하듯 쓸어올리다
가, 손이 분노로 떨리는 걸 알아챘다. 또한 자신에게 정직하게 인정한다
면 두려움 때문에. 자신의 어깨 위에 지워진 짐을 짊어지기엔 한심하리
만큼 스스로가 모자라게 느껴졌다.

폭동, 화재, 가뭄, 그에게 대항하는 신하들, 갑자기 야만스런 타인들로
변모한 친구들―아니 원래부터 그랬는데 그 역시 쾌락과 음악과 권태감
에 홀려 알아채지 못했던 건가?

자신을 포함한 주위의 모든 이들에게 실망하여, 그는 술 찬장으로 걸

어가 위스키를 잔에 따랐다. 한 모금에 털어넣자 뱃속까지 뜨겁게 타오르며 내려가는 게 느껴졌다. 손등으로 입가를 훔치고 울적한 시선으로 다섯 명의 공주들의 초상화가 얹혀진 쟁반을 내려다보았다. 친구들은 저녁 내내 그들에 대해 따분한 농담들을 해댔다.

그는 그 의미 없는 얼굴들을 응시했다.

다니엘라 키아라몬테는 분명히 교수형을 받아야 한다. 결단코.

위기에 처한 여자를 구하겠다는 이 어리석고 위험스런 열망은 전에도 느낀 적이 있었다. 그저 무시해야만 한다. 자신의 멍청한 기사도 정신을 도무지 믿을 수가 없기 때문이었다. 또 구해 주겠다고 그가 손을 내밀어도 다니엘라는 전혀 기꺼워하지 않을 것이다. 그녀는 아마도 내민 손을 베어버릴 것이다. 수년 전 줄리아를 채무자 감옥으로 보냈어야 했듯이 다니엘라가 교수대로 가도록 놔둘 것이다. 그녀가 자초한 일이다. 아드리아노의 말이 옳다. 그들은 둘 다 도둑이다.

갑자기 목이 졸린 듯한 고통의 신음소리를 내지르며 그는 다섯 명의 공주 초상화를 테이블에서 쓸어버렸다. 액자들이 바닥에 부딪혀 깨어졌다. 그는 눈을 들어 우아한 거울 속 그 자신의 사나운 눈빛을 마주했다.

저는 제 자신 말고는 누구의 명도 따를 필요가 없어요

너무나 자유롭고 활달하게 그녀가 말했었다.

이건 그저 제가 결정한 선택이에요

레이프는 턱이 거의 가슴에 닿도록 고개를 푹 숙였다. 이제 그 역시 선택을 해야만 한다.

다니는 벌레에 파먹힌 깔개 위에 앉아 무릎을 껴안은 채 완벽한 암흑 속에 웅크리고 있었다. 이마를 무릎에 대고 있던 그녀는 창 없는 감방의 무쇠문에 달린 자물쇠가 덜컹거릴 때까지 자신이 결국에는 잠에 빠져들었다는 사실을 알아채지 못했다.

짤그랑거리는 소리가 즉각 그녀를 깨어나게 했다. 아직도 반쯤은 라파엘의 궁전 앞에서 아름답게 솟아나는 분수의 꿈에 젖어 있었다. 꿈에서 그녀는 무릎을 땅에 대고 기면서 무력한 좌절감에 흐느끼며 솟아나는 은빛 물기둥을 갈망했지만 거기에 닿을 수가 없었다. 발목에 감긴 사슬이 딱 몇 걸음 떨어진 곳에서 그녀를 멈추게 했기에 손이 닿지 않았다. 그녀는 꿈속에서 입과 손을 물에 담그고 고통스런 이 갈증을 떨쳐내기만을 갈망했었다.

잠에서 깨어나자 꿈은 날아가 버렸지만 갈증은 남아 있었다.

경비병들이 감방문을 따는 동안 그녀는 자리에서 일어났다. 그들이 자신의 얼굴에 쓰인 공포를 알아채길 원치 않았기에 황급히 검은 가면을 다시 썼다. 문이 천천히 열리자 그녀는 아침 햇살이 눈부셔 팔을 들어 눈을 가렸다. 아무것도 보이지 않는 채, 커다란 손이 자신의 팔을 잡고 발목의 사슬만 풀고는 감방에서 끌어내는 것을 느꼈다.

"날 어디로 데려가는 거죠?"

그녀는 까칠한 목소리로 물었다. 목이 마르고 칼칼했다.

"닥쳐."

간수가 그녀를 눅눅한 석조 복도로 떠밀었다.

그녀는 사슬을 철컹거리며 빛을 향해 비틀비틀 나아갔다. 병사들과 다른 간수들이 어둠 속에서 형체를 갖추기 시작했다. 어질어질한 상태로 그녀는 복도, 판석 바닥에 줄무늬를 그리는 그림자와 햇살, 자신을 어딘가 알 수 없는 곳으로 이끄는 여섯 명의 제복 입은 경비병, 그들의 총검에 반사되는 햇빛을 의식했다.

다니는 병사들의 군화가 판석 바닥에 부딪치는 날카로운 소리를 들었다. 하지만 그들의 절도 있는 발소리도 멀리서 들려오는 군중의 외침과 고함소리를 묻어버리진 못했다. 그녀는 군중들이 무언가 그녀와 관계 있는 일로 그런다는 걸 알고 귀를 기울였지만 도대체 무슨 소린지 알아들을 수가 없었다.

"죄수를 들여보내라."

탑의 호위병이 장식용 전투 도끼를 내리고 옆으로 물러나 감옥의 긴 복도 끝에 있는 거대한 문을 열었다.

경비병들은 다니를 어둠침침하고 갑갑한 방안으로 밀어넣었다. 순간적으로 균형을 잃은 그녀는 발을 헛디뎌 소리 죽인 욕설을 내뱉으며 무릎을 바닥에 박았다. 검은 가면 뒤에서 그녀의 눈길이 방을 훑었다.

심문실이나 일종의 알현실처럼 보였고, 중무장한 왕자의 근위병들이 사방 열 걸음마다 배치되었다. 또한 높직한 창문과 넓은 벽난로가 있었고 앞쪽의 벽에는 거친 나무의자가 돌로 된 단상 위에 놓였다.

바로 그곳에 미동조차 않는 한 남자의 형체가 보였다.

그녀의 목덜미 털이 곤두섰다. 그가 누군지 알 수 있었다.

높은 창문에서 들어온 흐릿한 빛이 그의 위에 내려앉아 어둠침침한 방안에서 왕자의 건장한 육체의 선을 뚜렷하게 했다. 의자 팔걸이에 팔꿈치를 얹고, 생각에 잠겨 손가락은 얼굴 앞에 깍지를 낀 그는 움직이거나 말하지 않고도 그의 존재가 주는 위엄을 느끼게 했다. 시선은 실제 무게가 있는 듯했다. 그는 어둠 속에서 나른하게 꼬리를 철썩이며 조용히 그리고 날카롭게 주시하는 사자만큼이나 위험했다.

새로운 공포가 그녀의 혈관에 용솟음쳤다. 그가 얼마나 분노했는지 익히 상상할 수 있었다. 그녀는 남들보다 더 높은 그의 남성적 자존심을 멍들게 했다.

눈이 어둠에 익숙해지자, 왕자가 완전히 검은색으로 차려입은 게 보였다. 지난밤의 호화스러움과는 정반대로 오늘의 엄숙한 옷차림은 냉혹한 유혹자의 이미지를 강조했다. 헐렁한 소매의 셔츠는 그 아래의 강철 조각 같은 팔과 어깨를 암시했고, 조끼는 단단한 가슴과 늘씬한 허리를 더욱 돋보이게 했다.

그는 그녀를 냉정하고 무표정한 눈빛으로 지켜보았다.

천천히 검은 장갑을 낀 한 손으로 귀찮다는 듯 손짓하여 경비병더러 그녀를 수색하라 명하고, 그는 다시 한 번 생각에 잠긴 듯 유혹적인 입 앞에 손가락을 깍지꼈다.

온갖 전투의 풍상을 다 겪은 듯한 호위병이 소리 없는 명령에 따라 앞으로 나와 그녀를 일으키고 신속하게 옆구리를 더듬었다. 하지만 그의 손이 그녀의 가슴에 와닿자, 그녀는 수갑 채워진 양손을 그에게 휘둘렀다.

"내게서 손 떼!"

그녀는 자기 몸 어디에서 그런 힘이 나왔는지 몰랐다.

손을 휘둘러 호위병의 얼굴을 강타하고, 몸을 돌려 뛰어올라 전력을 다해 가슴을 걷어찼다. 다른 병사가 가까이 다가오자 그녀는 무릎을 들어올려 남자의 허벅지 사이를 세게 차올렸다.

그 병사는 쓰러졌지만, 눈 깜짝할 새에 더 많은 병사들이 달려들어 총검을 그녀의 목에 겨누었다. 그녀는 턱을 치켜들고 가슴을 숨가쁘게 오르락내리락하며 꼼짝 않고 서 있었다.

그리고 저 위 의자에서 나지막한 웃음소리가 느리고 오만한 박수와 함께 울려퍼졌다.

"날 비웃지 말아요!"

그녀는 소리쳤다. 고함을 지르느라 바싹 마른 목이 아파 왔다.

왕자는 부드럽지만 불길한 즐거움이 담긴 울림 있는 목소리로 입을 열었다.

"가면을 벗겨라."

그는 기대감에 긴장하며 그녀 주위를 신중히 도는 호위병들을 지켜보았다. 머리까지 감싼 검은 가면 뒤에서 그녀의 강렬한 눈이 남자들을 쫓으며 푸른 불꽃을 튀겼다.

조심스레 한 호위병이 그녀에게로 다가가 신속히 가면을 벗겨냈다. 그러자 여자는 욕설을 내뱉었다. 순식간에 적갈색 곱슬머리가 그녀의 어깨로 흘러내려 떠오르는 태양빛에 불타올랐다.

남자들은 헉 숨을 들이쉬었고 그녀는 그런 그들을 작은 고양이처럼 위협하여 물러나게 했다.

그의 병사들은 본능적으로 타고난 그녀의 위엄에 반응하여 뒤로 물러나 그녀에게 공간을 내어주었다. 그들과의 거리에 만족한 듯 이제 레이디 다니엘라는 날카롭고 경계심이 담긴 시선을 레이프에게로 돌렸다.

그는 꼼짝 않고 앉아 있었다. 레이프의 심장은 무모하게 고동쳤다. 다시금 그는 어젯밤 그녀를 무도회의 사람들 속에서 처음 봤을 때처럼 급박하게 원했다. 그녀의 허름한 살롱에서 만났던 그날 밤만큼이나 뜨겁게.

그녀는…… 그를 깨어나게 했다. 그의 감각을, 정신을, 잠든 마음을. 그녀의 아름다움은 그로 하여금 산골짜기의 얼음처럼 찬 시냇물을 얼굴에 끼얹은 것처럼 숨죽이게 했다. 너무나 차가워 아플 정도지만 정신이 번쩍 드는, 수정처럼 순수한 물.

양손은 앞으로 묶이고, 저항할 수 없으리만큼 귀여운 턱을 높이 치켜들고, 뺨에는 그을음 자국을 묻힌 채, 분노한 자존심의 기운이 아침 햇살처럼 그녀 주위에서 빛나고 있는 모습은 잔다르크를 떠올리게 했다. 헐렁한 검은 셔츠와 조끼는 처녀다운 곡선을 감추었지만 충격적인 바지는 그녀의 날씬한 종아리와 허벅지 그리고 우아한 엉덩이의 선을 그대로 드러냈다. 그녀는 훌륭하고 날랜 망아지처럼 늘씬하고 강인했다.

레이프의 시선이 다시 그녀의 얼굴로 가닿았다. 다니엘라는 움츠러들지도 감탄하지도 않고 그의 시선을 대담하고 침착하게 맞받았다. 여자에 대해서는 모든 것을 알고 있다고 여겼는데 레이프는 이제 겨우 아이를 면한 듯 보이는 이 여자를 아직 제대로 알지 못했다. 그녀는 과거 그의 연인들처럼 눈부신 미녀는 아니었다. 그들이 장미라면 그녀는 자부심 강한 야생 참나리였다. 그들은 온전하고 완벽한 파이어 오팔의 불꽃 옆에서 차갑게 빛나는 수많은 다이아몬드들이다. 하지만 그녀에게는 아름다움 외의 무언가가 더 있었다. 타오르는 기개, 활기찬 생명.

아버지 말씀이 옳아. 레이프는 희미한 미소를 입가에 달고 그녀를 바라보며 생각했다. 그에게는 누군가 곁에 두고 의지할 수 있는 사람이 필요했고, 용감한 복면 도적보다 더 믿을 수 있고 두려움 없는 동지는 없을 것이다.

그들 둘의 운명을 놓고 고뇌하느라 잠 못 이룬 지난 밤 그는 결단을 내렸다.

세계가 충격받을 마지막 단 한 번의 스캔들을 끝으로, 그는 죽어가는 아버지의 희망에 맞게 살면서 훌륭한 지도력으로 어센션을 감탄하게 하고 왕가를 이어갈 후계자를 생산하리라. 그녀의 불같은 아름다움은 그에게 불꽃을 일으켰다. 게다가 그 결혼은 아버지가 지배해 온 인생에서 벗어나 자기 운명의 통제권을 주장하는 것이다. 그의 앞에 반항적으로 서 있는, 타오르는 아쿠아마린 눈동자의 그녀가 그의 자유 선언이다.

물론 그녀가 그의 계획에서 얼마나 중요한 위치를 차지하는지 미리 알려주는 것은 치명적인 약점이 되리라. 기회만 생기면 여자들은 그걸 놓치지 않고 붙잡는다는 사실을 그는 익히 알고 있었다. 주의 깊게 고심하여, 그는 자신이 원하는 걸 전부 얻으면서도 그녀에게 그 사실을 알려주지 않으려면 무슨 말을 해야 할지 결정했다.

아, 그는 다니엘라 키아라몬테를 어떻게 할지 마음을 정했다. 미래의 아내를 응시하자, 그 자신이야말로 심판에 처해진 자라는 기분이 난봉꾼의 영혼 저 깊은 바닥으로부터 느껴졌다.

7

다니는 반항적인 태도로 턱을 치켜들고 어깨를 펴기 위해 최선을 다했다. 하지만 속으로는 퉁명스런 간수들 한 부대보다 더 두려운 존재인 라파엘로 인해 부들부들 떨고 있었다. 따분해하는 손짓 한 번으로 그는 병사들을 물러가게 했다. 그들은 이제 단 둘만이 남아 적대적인 침묵 속에서 서로를 응시하고 있었다.

지난밤의 다정한 연인은 이 생각에 잠긴 냉정한 귀족 안으로 사라졌다. 그의 거칠고 각진 얼굴은 화강암으로 조각한 듯했다.

"기분이 언짢군, 다니엘라. 진정으로 언짢소."

"맘대로 해요, 날 목매달아요! 난 상관 안 하니까!"

그녀는 분노하고 수세에 몰려 절망적으로 외쳤다.

"난 당신이 겁나지 않아요!"

"당신을 목매달아?"

그가 무심하게 물었다.

"어디 생각해 봅시다. 교수형은 당신이 내게 준…… 고통에 대한 판결로는 너무 가볍게 느껴지는데."

그는 자리에서 일어나 세 개의 계단을 내려와 그녀에게로 다가섰다. 그는 그녀를 지나쳐 방 중앙의 기다란 직사각형 테이블로 가서 의자를 하나 빼고는 손짓했다.

"앉으시오."

그녀는 경계심 가득한 시선을 그에게 고정하고 조심스레 걸어가 단순한 나무의자에 앉았다. 몸이 너무 안 좋은 상태라 그의 초대가 감사하기까지 했다.

"테이블 위에 손을 올리시오."

분노로 온몸이 불타올랐지만 그녀는 말없이 다시 복종했다. 자신이 남몰래 동경해 온 남자 앞에서 모욕을 받아야 한다는 건 끔찍한 일이었다. 그는 아이러니한 기사도적 태도로 그녀의 의자를 안으로 들여주곤, 어깨 너머로 몸을 숙여 그녀 양옆 테이블에 손을 짚었다. 팔 안에 그녀를 가두었기에 그의 얼굴은 그녀의 얼굴과 한 뼘밖에 떨어져 있지 않았다. 귓가에 그의 따스한 숨결을 느낄 수 있었다. 그녀는 그를 육체적으로 의식하는 자신에게 무력감을 느끼며 눈을 감고 꼼짝하지 않았다.

"이걸 무도회에서 잃어버리셨더군."

그가 속삭이고 코끝으로 그녀의 뺨을 스치면서 자그마한 물체를 테이블에 놓았다. 억지로 눈을 뜬 그녀는 은제 박차 한 짝을 바라보게 되었다.

"내 침실에 두고 갔었소."

그가 비단처럼 부드럽게 덧붙였다.

그녀는 그의 암시에 발끈해서 얼굴을 새빨갛게 물들이며 고개를 돌렸다. 최소한 입을 다물고 있는 데에는 성공했다.

마치 자신이 그녀에게 미치는 영향을 알기라도 하는 듯 그는 희미하게 오만한 미소를 지으며 물러나 느긋하게 테이블 주위를 돌았다. 맞은편에서 의자를 빼내 가볍게 빙글 돌려 거꾸로 걸터앉았다. 그리고는 의자 등받이에 팔을 겹치고 그 위에 턱을 올리더니 진지하게 그녀를 응시했다.

"내게 모두 말하시오."

“물을 주기 전엔 말 못해요.”

그녀는 갈라지는 목소리로 컥컥거렸다.

그녀를 뜯어보다가 그는 미간을 찌푸리고 고개를 끄덕이더니 일어났다. 문으로 걸어가 조용히 마실 물을 명령하고, 잠시 후 주전자와 양철 컵을 들고 그녀에게로 돌아와 물을 따랐다. 그는 천천히 가슴께에 팔짱을 끼고 탐욕스레 물을 들이키는 그녀를 지켜보았다.

그녀는 천국의 물이 입안을 채우고 바싹 마른 목으로 돌진하는 감각을 최대한 누렸다. 하지만 그가 탄탄한 손을 자신의 팔에 얹어 제지하자 눈을 떴다.

“천천히. 그러다 탈나겠소.”

그녀는 컵을 내리고 그를 보지 않기 위해 골똘히 컵 안만 응시했다. 그러다 머뭇머뭇 그를 올려다보았다. 레이프는 그녀의 젖은 입술을 응시하고 있었다. 그녀는 지난밤 그의 깊고 느린, 취할 듯하던 키스의 기억이 떠올라 현기증을 느끼고 눈길을 돌렸다. 오, 그는 사악한 남자다. 그가 자신을 교수대로 보낼 참이라는 걸 알면서도 그녀로 하여금 그를 원하게 만들다니.

양 팔꿈치를 테이블에 기대고, 그녀는 얼굴을 양손에 묻었다.

한참 동안 아무도 움직이지 않았고 아무도 말하지 않았다. 그녀는 손으로 얼굴을 가리고 그렇게 계속 앉아 있었고, 그는 맞은편에서 널찍한 가슴팍에 팔짱을 낀 채 참을성 있게 그녀를 지켜보기만 했다.

“왜 그런 거요?”

그의 조용한 물음에 그녀는 크게 숨을 들이쉬고 손을 내린 다음, 깍지 낀 손가락을 쳐다보았다.

“이백 명이 제 영지에 생계를 걸고 있습니다, 전하. 가뭄이 닥쳐 작물을 망쳤을 때, 제가 어디서라도 돈을 구해 오지 않으면 그들은 굶주리게 되는 거죠. 다른 방법들도 시도했습니다. 어머니의 보석을 모조리 팔았어요. 하지만 그 야비한 불바티 백작에게 저 자신을 팔 수는 없었기에 복면 도적을 만들어 냈죠. 그러나,”

그녀는 자존심을 삼키고 인정했다.

"이렇게까지 지나칠 생각은 결코 없었습니다."

"어리석은 일이었소. 법에 따라 당신을 교수형에 처해야 한다는 건 알고 있겠지, 레이디 다니엘라?"

그녀는 마음을 굳게 먹고 턱을 치켜들었다.

"제가 자비를 내려달라고 애원하리라 예상하셨다면, 전하, 괜히 기운 빼지 마십시오. 처음부터 제 행동에 따른 결과를 익히 알고 있었고 죽을 준비가 되어 있습니다."

그는 그녀를 응시했다.

"원 세상에, 당신은 늘 이렇소?"

그녀는 어깨만 으쓱했다.

"내 바보스런 말괄량이 아가씨, 당신의 생명은 내 손안에 있고 당신이 지나치게 아끼는 듯한 그 시골 청년들의 생명도 마찬가지요."

가비아노 형제들에 대한 언급에 그녀의 걱정스런 시선이 다시 그에게로 향했다.

"그들을 어쩌실 건가요?"

그는 의자 등받이에 손을 올렸다.

"말해 보시오, 그 맏이―마테오, 그자가 당신과 사랑에 빠져 있소?"

"뭐라고요? 아뇨!"

그녀는 즉각 얼굴을 붉히며 코웃음쳤다.

"난 진실을 원하오."

그녀의 찡그림은 혼란스런 표정으로 바뀌었다.

"저…… 전 모릅니다. 아니길 바라요."

그는 테이블 쪽으로 의자를 끌어당기더니 자기 앞의 홈집난 테이블 표면을 초조하게 손끝으로 쓸었다.

"어제 그 남자는 복면 도적의 정체를 밝히느니 기꺼이 자신이 목매달리고자 했소. 나도 그를 심문했지만 내내 자기가 복면 도적이라고 주장하더군. 그는 기꺼이 당신 대신 죽으려 했소."

“음, 저라도 그를 위해 그렇게 했을 테지만, 그건 그런 종류의……."

그녀는 얼굴을 찌푸리고 머뭇거렸다.

“사랑이 아니에요. 가비아노 형제는 제게 오빠 동생과도 같아요."

그는 앞으로 몸을 숙이고 공모하듯 물었다.

“그러면 당신의 고귀한 마테오가 사랑을 고백한 적이 전혀 없다는 거요?"

“맙소사, 없어요! 그가 그랬다면 제가 그를 잡아죽이려 들었으리라는 걸 그도 아는데요!"

그는 미소짓지 않으려 애쓰는 듯이 보였다.

“그럼 당신이 그와 사랑에 빠지지 않았다고 단정지어도 괜찮겠군?"

“사랑은 바보들을 위한 거예요."

그녀가 선언했다.

그는 묘한 눈길로 그녀를 뜯어보았다.

“그런 신조를 갖기엔 당신은 좀 어리지 않소, 내 사랑?"

“전 당신의 사랑이 아니에요. 당신과 전 아무 사이도 아니라구요!"

그녀가 고함쳤다. 그녀는 덫에 걸린 기분을 느끼며 그가 자신을 바라보는 굶주린 시선에 새빨갛게 얼굴을 붉혔다.

“형벌을 말해 주실 건가요, 아니면 거기 서서 계속 고문하실 참인가요? 이런 질문들이 도대체 무슨 관계가 있는지 저로선 알 수가 없군요!"

“이건 아주 중대한 사안이라오."

그는 냉담한 미소를 지어 보였다.

“용서하시오, 우리 왕족들은 이 문제에 있어선 말 사육가만큼이나 뻔뻔해야 한다오. 알다시피 체면을 차리기엔 너무 많은 것이 걸려 있어서. 정통성의 문제는 왕가 생활의 일부이지."

“그게 저와 무슨 상관이 있는데요?"

그녀가 내쏘았다.

“음, 예를 들자면, 내 아들을 낳을 때 당신은 몇몇 참관인 앞에서 해야만 하오. 다른 경우를 들라면…… 우리의 결혼 첫날밤 후, 당신 순결의 증거가 내각의 장로들에게 보여져야 하고…….”

다니는 나머지를 들을 때까지 기다리지 않았다.

그녀는 의자에서 벌떡 일어났지만, 아까 급격히 들이킨 물이 위에서 경련을 일으켜 날카로운 고통을 자아냈다. 자그마한 비명을 지르고 다니는 다시 의자에 주저앉아 배를 움켜쥐었다.

라파엘이 즉시 그녀의 옆으로 다가와 한쪽 무릎을 꿇은 뒤 커다랗고 든든한 손을 그녀의 어깨에 얹어 진정시켰다.

“쉬잇, 크게 숨쉬시오. 곧 사라질 거요.”

그는 그녀의 등을 달래듯 길게 쓸어주었다. 고통이 스러지면서 천천히 그녀의 떨림이 잦아들었다.

“당신은 강한 여자요, 다니엘라 키아라몬테. 굉장한 왕비가 될 테지.”

“도대체 무슨 말이에요?”

그녀의 얼굴은 시뻘갰다.

“내가 깜박 잊고 말하지 않았던가? 당신은 나와 결혼하는 거요. 그게 당신의 형벌이지.”

그녀는 멍하니 그를 응시했다.

“취하신 게 틀림없어요.”

“성직자만큼이나 말짱한 정신이라오.”

“정신 나간 거 아니에요?”

그녀는 거의 소리지르다시피 했다.

그는 미소지었다. 환하게.

“전 당신과 결혼하지 않아요! 절대! 절대!”

“물론 그러게 될 거요, 내 사랑. 자, 다니엘라, 난 여기 당신 앞에 무릎을 꿇고 있소. 내 왕국을 당신 발치에 바치오.”

그의 어조는 경쾌했고 눈은 반짝거렸다.

“내가 당신을 꿀 먹은 벙어리로 만든 모양이군.”

아하, 농담이군. 그래, 그거야. 이제 이해가 갔다. 그녀는 그의 근사한 입에서 소년 같은 웃음기가 싹 지워질 때까지 목을 졸라주고 싶었다.

“저를 현혹하려 들지 마세요, 라파엘 디 피오레.”

울렁거림과 분노 그리고 불신으로 비참함을 느끼며, 여전히 배를 움켜쥔 채 그녀는 그를 노려보았다. 헝클어진 머리칼이 그녀의 얼굴에 드리워졌다. 그녀는 이런 몰골의 여자가 세기의 신랑감에게 청혼을 받았다는 걸 믿을 수가 없었다.

“처음엔 총으로 쏘고 그리곤 방으로 끌고 오게 해서 유혹하려 했죠! 이젠 또 절 상대로 무슨 비열한 게임을 하려는 거죠?”

“쯧쯧, 다니엘라, 이렇게 의심이 많아서야.”

그는 그녀의 머리칼을 어깨 너머로 넘겨주며, 마치 이미 자신이 그녀를 소유한 듯이 만졌다.

그녀는 자신이 정말로 충격 상태에 빠져드는 걸 느꼈다.

“진심일 리 없어요. 당신과 결혼할 수 없어요! 저는 당신을 좋아하지도 않는 걸요!”

“어젯밤의 당신 키스는 그렇게 말하지 않던데.”

그가 다 안다는 미소와 함께 속삭였다.

“제가 시골 촌뜨기라 당신이 무슨 짓을 하는지 모를 줄 아세요?”

그녀가 눈초리를 좁히며 다그쳤다.

“당신은 저를 웃음거리로 만들려는 거예요!”

그가 눈썹을 치켜올렸다.

“내가 왜 그러겠소?”

“어리석고 경박한 당신 친구들을 턴 것에 보복하려고! 당신이 저를 목매달 걸 아니까, 이 잔인한 게임은 그만하고…….”

“조용히.”

그는 단호히 말하고 검은 장갑을 낀 손으로 그녀의 얼굴을 감쌌다. 그의 손길은 너무나 부드러워 그녀의 눈에 눈물이 고이게 했다. 그는 위로와 흔들림 없는 자신감을 담아 그녀의 시선을 마주했다.

“이건 농담이 아니오. 당신은 심각한 문젯거리에 휘말려들었소. 당신을 돕는 게 날 기쁘게 한다고 해둡시다.”

그녀의 얼굴에 닿은 그의 손길이 가벼운 애무로 변했다.

"당연히, 대신 당신도 날 도와주리라 기대하고 있소."

그녀는 믿어지지 않아 입을 벌린 채 그를 응시했다.

"어떻게요?"

"아, 여러 가지 방법이 있지."

그가 속삭이며 그녀의 뺨을 손가락 마디로 쓸었다.

"당신에겐 적당한 가문이 있소. 감히 말하자면, 내게 아들들을 낳아줄 만큼 건강하기도 하고."

"아들들?"

그녀는 얼굴이 창백해졌다. 하느님 맙소사, 그는 진지했다. 그의 왕비? 그녀는 왕비로서 해야 하는 일에 대해 하나도 알지 못했다. 그를 멍하니 바라보는 동안 머리가 어질어질 흔들렸다. 그래, 그녀가 자랑스런 키아라몬테 가의 이름을 가지고 있는 건 사실이지만, 가문의 경제적 처지 때문에 궁정에 얼굴을 비춘 적조차 없었다.

"내 청혼에 낭만이 부족했다면 사과하겠소, 허나 난 감상적인 성격이 아니라서."

그는 가볍게 어깨를 으쓱하고는 손을 내렸다.

"게다가 당신은 말했지, 사랑은 바보들을 위한 거라고. 난 그게 진실임을 증언할 수도 있지. 또한 일전에 당신이 결코 결혼할 생각이 없다고 그랬지만, 유감스럽게도 불법적인 행동을 저질렀을 때 당신의 자유는 박탈당했소. 레이디 다니엘라, 한마디로 당신은 내게 쓸모가 있다는 말이오."

"제…… 쓸모요?"

그녀는 힘없이 물었다. 그가 고개를 끄덕였다.

"다행스럽게도, 비록 범죄자이긴 하나 당신은 결코 위험하게 폭력적이진 않소. 복면 도적이 어센션의 국민들에게 사랑받는다는 건 피차 알고 있지. 당신은 일종의 국가적 영웅이오 반면에 나는…… 음, 평민들은 날 그다지 좋아하지 않지. 그들이 평민에 불과하다는 건 알지만, 난 내 백성들이 아바마마를 사랑했듯 나 또한 사랑해 주길 소망하오. 당신은 내가 그들의 마음을 얻기 위해 꼭 필요한 수단이지. 그게 당신의 지참금이 될 거요.”

그는 검은 새틴 가면을 테이블에서 들어올려 그녀의 눈앞에 드리웠다. 눈을 휘둥그렇게 뜨고 그녀는 가면과 그를 번갈아 보았다.

“전하께서는 백성들에 대한 제 영향력을 이용하고 싶으시다고요?”

그는 그녀의 반응을 주의 깊게 지켜보았다. 알 수 없는 감정이 그의 녹색 눈 깊이 번득였지만, 그의 어조는 가벼웠다.

“그렇소. 깔끔하게 요약한 듯싶군.”

“알겠습니다.”

그녀는 눈길을 내리깔았다. 여전히 머릿속은 빙글빙글 돌고 있었다.

“정확히 제 역할은 어떤 건가요?”

그는 냉소적으로 어깨를 으쓱했다.

“내 곁에 서서 군중들에게 손을 흔들고, 행복하게 보이는 것 외엔 별로 할 게 없소.”

하지만 그는 아들들을 언급했었다. 그녀는 주의 깊게 그를 뜯어보았다. 물론 왕세자로서 그의 주요 의무 중 하나는 후계자를 생산하는 것이며 그에게 후계자를 주는 것이 그의 미래의 아내가 존재하는 이유임을 그녀 또한 알고 있었다. 그녀는 오랫동안 출산에 대한 비정상적인 공포를 숨겨 왔지만, 지금 이 순간 실제 그의 아이를 낳는다는 생각은 너무나 말도 안 되고 믿기 어려우며 상상 불가능하고 비현실적이라 정말로 그녀를 두렵게 하지는 않았다.

그녀를 두렵게 하는 것은, 부도덕하고 신뢰할 수 없으며 지극히도 매력적인 난봉꾼을 남편으로 맞이한다는—그리고 더 끔찍하게도, 그와 사랑에 빠진다는 생각이었다. 그의 노예가 되는 것.

“현명하게 생각하시오, 다니엘라.”

그녀의 얼굴에 드러난 감정적 전쟁을 보고 그가 중얼거렸다.

“지금은 자존심을 내세울 때가 아니오.”

그녀는 손으로 이마를 짚고 의심스럽다는 듯 그를 흘끗 쳐다보았다.

"가비아노 형제들은요? 당신이 그들을 놓아주어야만 이 일에 동의하겠어요."

"뭐라고? 어리석은 소리!"

그가 분노로 얼굴을 일그러뜨리자 그의 자신만만했던 외면은 스러졌다.

"그들이 법적으로 유죄임을 피차 아는 판에 멀쩡히 놓아줄 수는 없소! 날 웃음거리로 만들고 싶은 거요?"

"그럼 유감스럽지만 거래는 없어요. 그들이 저지른 죄는 전부 내 명령에 따른 거예요. 나만 사면하고 그들을 남은 평생 감금할 수는 없어요."

그는 믿겨지지 않는다는 듯 그녀를 응시했다.

"맙소사, 당신 정말 뻔뻔한 여자로군."

그는 웅크리고 있던 자세에서 일어나 고개를 저으며 걸어가 버렸다.

뒤따른 침묵 속에, 다니는 방안을 쉴새없이 왔다갔다하는 그를 지켜보는 것 말고는 달리 할 일이 없었다. 그의 보폭이 큰 발걸음이 바닥을 성큼성큼 지나, 깔끔한 군인풍의 뒤로돌아로 마무리지어졌다. 저 남자가 그들의 생명을 손에 쥐고 있다는 깨달음은 묘하면서 불쾌하게 다가왔다.

왕자는 이따금 충격 혹은 적개심을 담은 주의 깊은 시선으로 그녀를 쳐다보았다. 방 한끝에서 그는 그녀에게 옆얼굴을 향한 채 멈추었다. 허리에 손을 올리고 돌아서서 그는 마땅찮은 듯 그녀를 쳐다보았다.

"추방령이오."

다니는 그 말을 곱씹었다.

"그럼 자유인가요?"

"어센션에 다시 발을 들이지 않는 한은."

천천히 그녀는 고개를 숙이고 아무 말도 하지 않았다.

"이건 관대한 것 이상이오. 추방령이오, 레이디 다니엘라. 그게 내 최종 제안이오."

그는 잠시 말을 멈췄다. 생각에 잠겨 한 손가락으로 입술을 톡톡 치며, 그녀를 향해 성큼성큼 다가오기 시작했다.

"사실, 그 대가로 당신에게 요구할 두 가지 조건이 있소."

그는 몸을 숙여 양손을 테이블에 짚고 흔들림 없는 눈길로 그녀를 면밀히 살폈다.

"첫째, 이 로빈 후드 놀이를 그만 두겠다는 약속을 해야만 하오. 당신은 꽤나 오랫동안 어리석은 위험 속에 자신을 방치해 왔고, 난 내 아내가 구경거리가 되도록 두지 않을 거요. 이제 복면 도적은 없는 거요."

한동안 그녀는 입을 단단히 앙다물고 아무 말도 하지 않았다. 벌써 명령 시작이로군. 남편과 아내—주인과 노예. 교환 조건으로 정절의 약속을 그에게서 받아내고 싶었지만 쇠귀에 경 읽기나 마찬가지리라. 그녀의 생명을 구하고 백성들의 호감을 얻기 위한 편의상의 결혼을 청한 그에게 정절을 요구하는 건 아무 소용이 없을 터였다. 그녀는 이제 난봉꾼 레이프가 결코 변하지 않으리라는 사실을 받아들여야만 하리라. 그 스스로도 그렇게 말했었다.

클로에 싱클레어 같은 여자는 늘 있어 왔소

"그리고 두 번째 조건은요, 전하?"

그녀의 목소리는 적의로 날이 서 있었다.

마치 그녀를 관통하여 가장 깊은 내면을 살피려는 듯 그의 눈빛이 강렬해졌다.

"둘째로, 내 아내가 되면 절대 내게 거짓말을 해서는 안 되오. 속임수만 제외하면 무슨 일이든 용서할 수 있소. 인간적 약점에 빠지든, 날 실망시키든, 날 버리고 떠나든, 내 마음을 아프게 하든. 다만 절대, 절대 거짓말은 하지 마시오."

그녀는 왜 라파엘이 이걸 요구하는지 알았다. 갑작스레 불편한 기분이 되어, 그녀는 궁정의 아름다운 여자 스파이가 순진한 젊은이였던 그를 유혹하고 속였던 반쯤 잊혀진 오래된 이야기를 떠올렸다. 왕국은 거의 프랑스와 전쟁을 할 뻔했다. 나라 전체가, 어쩌면 전세계가 그 이야기를 알고 있었다. 이제 그의 눈에 담긴 격렬함이 그녀를 사로잡아 숨을 죽이게 했다. 그는 그녀에게 어떤 요구도 할 수 있었으나 오직 정직만을 부탁했다.

처음으로, 그녀는 그 배은망덕한 여자로 인해 그가 얼마나 상처입었을

까 궁금해했다. 그 여자를 사랑했을까? 그 공공연한 실책으로 인해 그가
모욕당했으리라는 건 의문의 여지가 없었다. 그녀는 그의 수없이 많은
여인들과 그들을 향한 무심한 대응, 끄떡없는 매력의 벽 뒤에 숨겨진 그
의 진면목을 생각했다.

"정직이오, 다니엘라. 약속할 수 있겠소?"

"네, 라파엘 전하."

그녀는 희미하게 말했다. 그녀의 심장은 고동쳤고 이번엔 너무나, 너
무나 지나쳤다는 실감이 가슴속에 자리하기 시작했다.

"네, 할 수 있어요."

"그럼 서로 합의가 된 거요?"

그녀는 힘들게 침을 삼켰다.

"네, 그런 것 같군요."

"잘됐군."

그는 어떤 반응도 드러내지 않고 태연하게 말했다.

"당신을 돌봐줄 하인들과 팔의 부상을 치료할 의사를 보내겠소."

"감사합니다."

그녀는 우스꽝스러우리만큼 차분한 어조로 답했다.

그녀에게로 걸어온 그는 조끼 주머니에서 작은 열쇠를 꺼내 수갑을
풀어주고는 손목의 피부를 살펴보았다. 그의 엄지손가락이 수갑에 쓸린
하얀 피부를 부드럽게 애무했다.

그는 그녀의 손목에서 시선을 들어 침묵 속에 눈을 들여다보았다.

순간 그는 그들이 내린 어마어마한 결정에 그녀만큼이나 불안해하는
모습으로 그녀의 휘둥그레진 눈을 응시했다. 곧 그는 재빨리 눈 속의 감
정을 완전히 숨기고 그녀의 손을 놓으며 돌아섰다.

"여기서 기다리시오. 바로 돌아와 당신을 궁으로 데려가겠소."

"네, 전하."

그녀의 심장은 이 모든 일의 무모함에 거세게 고동치고 있었다. 혼란
스런 심정으로, 그녀는 고개를 숙이고 돌바닥을 가로지르는 그의 나지막

한 발소리를 들었다.

맙소사, 내가 무슨 짓을 했담? 난 아내가 되고 싶지 않아! 어머니가 될 수 없어!

이제 너무 늦었다.

"다니엘라."

그녀는 하얗게 질린 얼굴을 들어올렸다.

한 손을 문손잡이에 얹은 채 라파엘은 방 저편에서 그녀를 살폈다.

"내가 당신을 보살필 거요."

그렇게 말하고, 그는 문을 열고 밖으로 나갔다.

8

그는 마치 그녀가 골목길에서 발견한 더러운 고양이라도 되는 듯 그렇게 데려갔다. 왕자궁이 아니라 레알르 궁전으로. 다니는 그런 행동을 통해 라파엘 왕자가 일종의 선언을 하는 거라고 생각했지만 그가 무슨 선언을 하고자 하는지는 확신할 수 없었다.

이중 경사 지붕에 우아하게 조각된 창문, 금빛 벽돌로 된 궁에 다다르자 그는 그녀의 손을 잡고 미로 같은 화려한 대리석 복도를 지나 궁전의 사적인 구역, 왕가의 침실들이 위치한 곳으로 이끌었다.

삼층에서 그는 장밋빛 벨벳으로 장식된 넓고 쾌적한 방에 그녀를 밀어넣었다. 우아한 백조가 조각된 우윳빛 벽난로 맨틀이 있는 거실이 딸려 있고 침실의 발코니에선 멀리 벨포트의 전경이 내려다보였다.

그는 뒤늦었지만 그녀의 총상을 치료할 나이 들고 온화한 의사와 풀 먹인 모자에 앞치마 차림의 참견꾼 하녀들 한 부대에게 그녀를 떠맡겼다. 하녀들은 더러워진 검은 옷차림의 그녀를 보자마자 즉각 목욕물을 마련하기 시작했다. 나머지 하녀들은 무엇을 먹고 싶은지 말해 달라는 성화로 그녀를 넋 나가게 했다. 마치 왕자를 위해 당장 그녀를 보기 좋게 살찌우지 않으면 바람에라도 날아가 버릴까 두려운 듯이.

내일은 왕자의 누이인 황홀한 세라피나 공주의 드레스를 만들어 유명해진 왕실 양재사가 웨딩 드레스를 최대한 빨리 만들기 위해 그녀와 하루를 보낼 것이다. 그 미치광이 왕자가 사흘 후에 결혼식을 올리겠다고 한 바람에! 양재사는 또한 왕세자비로서의 그녀의 새 인생에 필요한 각종 의상들도 만들어야 했다. 왕자는 이렇게 잔뜩 지시 사항을 늘어놓고는 그녀를 찔러대고 쑤셔대는 의사와 하인들에게 화를 내며 피해다니는 다니의 모습에 웃음을 터뜨리곤 나갔다.

그녀를 말괄량이에서 왕자비로 바꾸기 위한 그들의 역경이 끝날 즈음엔, 팔에는 깨끗이 붕대가 감겼고 피부는 장미향 비누로 문질러 닦아 고운 향기가 났고 머리칼은 감겨진 후 약간은 과격하게 말끔히 빗질되었다. 그녀는 그들이 준 순백의 면 속치마와 페이즐리 실크 드레스 외에는 입은 것이 없었다. 그리고는 반짝이는 은쟁반에 담겨 나온 엄청난 양의 음식을 먹었다.

그러는 중간에, 노심초사 그녀를 걱정하고 있을 마리아와 할아버지에게 전갈을 보내 소식을 알렸다. 일단 편지를 보내고 나자 훨씬 기분이 나아졌지만 오후 세 시쯤이 되자 기나긴 시련으로 인해 기진맥진했다.

발코니에서 밖을 내다보며 그녀는 초콜릿 아몬드 과자를 깨물고 내키는 만큼 설탕을 듬뿍 넣은 커피를 마셨다. 사치 중의 사치. 그리고는 안으로 들어가 커다란 침대에 기어들어 서늘한 리넨 시트 아래 몸을 말았다.

피곤함에도 불구하고 그녀는 한잠도 자지 못할 것 같았다. 불안감으로 가슴이 계속 울렁거렸고, 결혼식과 그 뒤에 따를 은밀한 의식—라파엘 왕자와의 첫날밤에 대한 생각을 멈출 수가 없었다. 과연 어떤 일일까? 그가 내 온몸에 키스할까? 그녀는 가슴속의 소용돌이와 아랫배를 들쑤시는 감각에 뜨거워진 얼굴을 베개에 묻었다. 그 일이 키스로만 끝나지 않는다는 걸 익히 알기에 공포가 욕망을 누르자 그녀는 시트 아래 몸을 더 단단히 웅크렸다.

무시무시하게 아플까? 어떻게 고통스럽고 역겹고 끔찍한 그 행위를 참아낼 수 있을까? 특히 그 일로 인해 어머니처럼 아이를 낳다 죽을 수도 있다는 걸 익히 아는 상황에서?

하지만 그녀는 그에게 약속했기에 그가 그러도록 두어야만 할 것이다.

중요한 점은 그녀가 가비아노 형제들을 구해냈다는 것이다. 게다가 출산의 시련에서 살아남는다면, 왕세자비로서 어센션을 위한 여러 가지 일을 할 수 있었다. 애초에 그녀가 범죄를 저지르도록 몰아간 썩어빠진 호색한 불바티 백작을 몰아낼 수도 있다. 라자 왕과 알레그라 왕비가 아들이 고른 신부에 대해 뭐라 말할지 생각하자 그녀의 두려움은 더욱 커졌다. 일이 닥치면 그때 대응해야 하겠지. 지금 그녀는 너무도 피곤했다.

예쁜 페르시아 카펫에 햇빛이 그리는 문양을 멍하니 내려다보던 그녀는 천천히 잠에 빠져들었다.

그녀가 깨어났을 때는 이미 아침이었다.

놀라 벌떡 일어났다가, 불현듯 자신의 새로운 세계를 기억해 냈다. 눈을 비비고 감탄하며 주변을 둘러보고 있을 때 갑자기 문이 열리고 차분한 하녀장이 안을 들여다보았다.

"오! 안녕히 주무셨습니까, 레이디. 딱 아침식사 드실 때로군요! 여기 옆방에 선물이 와 있습니다. 지금 보고 싶으신가요?"

"내게 선물이?"

통통한 여인의 얼굴에 미소로 주름이 지더니 사근사근하게 고개를 끄덕였다. 다니는 거대한 침대에서 미끄러져 나와 그녀를 위해 문을 잡아주고 있는 하녀를 향해 가볍게 걸어갔다. 조심스레 다니는 그녀를 지나쳐 옆방으로 들어갔다가 숨을 들이켰다.

휘둥그런 눈으로, 그녀는 자신이 자는 동안 환상의 정원으로 변모한 거실로 들어갔다. 셀 수 없이 많은 꽃다발들. 그녀는 섬세한 꽃향기에 취해 멍해졌다. 자잘한 꽃으로 감싸인 장미, 품위 있는 짙은 보랏빛의 난꽃, 자잘한 금어초와 수줍은 백합, 눈부신 청색의 아이리스와 여러 다발의 노랗고 하얀 데이지. 홀로 수정 꽃병에 꽂힌 풍성하고 붉은 히비스커스는 꽃송이가 신비롭고 묘하게 고혹적이었다. 제일 가까이 있는 꽃꽂이—두 다스의 핑크 장미에서 그녀는 살짝 카드를 들어올렸다. 누가 이렇게 놀라운 선물을 보냈는지 궁금했다. 카드에는 단지 'R'이라는 서명뿐이었다.

"R!"

그녀는 나직하게 외치곤, 얼굴을 장미만큼이나 핑크빛으로 물들인 채 숨막힌 시선을 하녀에게로 돌렸다.

여자는 미소지었다.

"R."

그녀는 다시 혼자 중얼거렸다. 그녀를 이용하려고만 드는 남자로서는 분에 넘치는 관대함이었다. 갑자기 어린애 같은 깔깔거림이 가슴속 깊이에서 터져나와 입술 사이로 빠져나왔다. 화들짝 놀라, 그녀는 손으로 입을 막아 소녀적인 밝은 웃음소리를 억눌렀다.

"어서 오세요, 레이디. 식사를 하셔야죠. 나뭇가지처럼 빼빼 마르셨다구요!"

하녀장의 나무람에 다니는 미소만 지었다. 멍청하게 느껴졌지만 너무 행복해서 신경 쓰이지 않았다.

"꽃을 보내주시다니 그분은 몹시도 근사해요, 그렇죠?"

"오, 그렇지요, 아가씨."

하녀들은 미소를 감추며 동의했다.

"그분이 왜 이랬는지 궁금해요."

그녀는 침실로 춤추듯 돌아가 드레싱 가운을 입히는 하녀들의 손길에 순순히 몸을 맡겼다.

어쩌면 이 사랑스런 행동을 통해 내게 구애하는 건지도 몰라. 그녀는 황홀한 경이감 속에 생각했다. 전에는 감히 바랄 엄두조차 내지 못했지만, 아마 그의 청혼엔 생각보다 더 진지한 무엇이 있을지도 모른다. 어쩌면 라파엘은 그녀가 자신에게 거짓말을 할 사람이 아님을 감지했을지도 모른다. 그게 그가 원하는 것이 아니었던가? 신뢰할 만한 사람.

그녀는 뛰어난 미인은 아니었지만, 사랑하는 이들에겐 더할 나위 없이 충실했다.

깔끔한 정복 차림의 여자들이 그녀를 도로 침대로 몰아넣었고 어린 하녀가 우아한 은쟁반에 담긴 아침식사를 들여왔다. 몇 분 지나지 않아 양재사가 들어와 자신을 소개했고 따라 들어온 조수와 침모들이 드레스와 온갖 색깔의 직물 견본을 펼쳐놓기 시작했다.

다니는 널찍한 침대에 앉아 아침식사를 먹었다. 날카로운 눈의 양재사가 옆의 의자에 앉아 각양각색의 드레스와 옷감을 설명하는 동안 그녀는 느긋하게 음식을 입에 넣으며 라파엘 왕자를 턴 일이 평생 최고의 실수였다고 기쁘게 결론 내렸다.

점심을 위해 잠깐 쉴 무렵쯤이 되자 그녀는 실크와 새틴, 모슬린과 벨벳, 레이스와 호박단에 대한 무의미한 얘기를, 특히 왕가의 신부에게 걸맞을 드레스를 만들어 낼 시간이 48시간밖에 없다는 양재사의 불평을 듣는 일에 질려버렸다.

다니는 계속 문을 곁눈질하며 레이프의 방문을 기다렸다. 그는 여자에게 무엇이 어울리는지 잘 알고 있으리라. 양재사가 권한 드레스 몇 벌에 대해 그의 의견을 들어보고 싶었다.

스스로에게조차 놀랍게도, 그녀는 그의 의미 없는 희롱과 짓궂은 장난기를 꽤나 기대하고 있었다. 하지만 그는 결코 얼굴을 비추지 않았다. 그녀는 무슨 실수가 있는 게 아닐까 걱정되기 시작했다. 그가 나를 잊었나? 간수들이 날 도로 감옥에 내던지러 올까?

확실히 이건 진짜라기엔 너무 근사했다. 어쩌면 그가 마음을 바꾸었을지도 아니, 정신을 차렸을지도 모른다. 태양이 하늘을 가로질러 오후가 되자, 다니는 그녀가 방을 떠날 수 없음을 알게 되었다. 침모가 기성품을 가져와 그녀의 몸에 맞추어 손본 새 연녹색 드레스를 입은 그녀가 복도로 나서자마자 하녀들이 부드럽게 도로 꽃이 넘쳐나는 방으로 몰아넣었지만, 근위병들이 그녀의 방 바깥 복도에 배치된 것을 이미 본 후였다.

그 조치가 그녀를 보호하려는 때문인지 아니면 도망치지 못하게 하려한 건지는 알 수 없었지만, 하루가 끝나가자 그녀의 초조한 권태감은 참을 수 없을 지경까지 솟구쳐 그녀는 자신이 아직도 죄수 신분이라고 심

술궂게 생각하기에 이르렀다. 심란해진 그녀는 발코니로 나가 왕궁 정원
과 먼 바다를 바라보며 미간을 찌푸렸다. 몇 분 후, 한 하녀가 다가와서
는 눈에 놀리는 빛을 담고 방문객이 찾아왔다고 알렸다.

　라파엘일까? 순간 그녀의 심장이 덜컹 뛰었다. 그녀는 뺨에 열기가 오
르는 걸 느끼며 몸을 돌려 서둘러 거실로 향했다. 그 동안 핑크와 황금빛
방 저편에서 울려나오는 그의 강렬한 존재감을 느낄 수 있었다. 하인들에
게 그녀의 바람을 전부 들어주었는지 간단히 묻는 그의 듣기 좋은 목소리
도 들려왔다. 거실로 들어가기도 전에 속의 울렁거림이 즉각 되돌아왔다.

　문가에 멈춰 선 그녀는 저편에 서서 자신이 그녀에게 보냈던 꽃다발
을 살펴보고 있는 그를 보았다. 뒷짐을 진 상태의 그는 말끔한 푸른 코
트와 리넨 바지로 인해 우아하고 강인한 체구가 더욱 강조되었다. 짙은
금발은 평소와 같이 뒤로 땋아내려 넓은 어깨 가운데에 깔끔하게 자리
했다.

　그를 보자 알 수 없는 빛이 그녀의 존재를 가득 채우는 듯했다. 저절
로 입술에 미소가 떠올랐다. 그녀는 양손을 허리에 짚었다.

“아하.”

그녀가 장난스레 말했다.

“신비스런 R이 아니면 누구시겠어요!”

　뒤에서 들려오는 그녀의 인사에, 레이프는 한아름의 장미를 내려놓고
장난스런 미소를 빛내며 그녀를 마주했다. 하지만 문가에 서 있는 눈부
신 젊은 여인을 보자 그는 말문을 잃고 눈만 휘둥그렇게 떴다.

　환한 미소에 뺨은 발갛게 물들었으며 생생한 아쿠아마린 눈은 새끼고
양이 같은 장난스러움으로 빛나는 그의 생기 넘치는 예비 신부는 우아
하게 치맛자락을 들고 절했다.

“꽃 감사드립니다, 전하.”

“하느님 맙소사!”

그는 경탄하며 그녀를 응시했다.

"황홀하군."

여전히 절을 하고 있던 그녀는 깜짝 놀라 고개만 들고 그를 바라보았다. 그는 즉시 방을 성큼성큼 가로질러 그녀를 바로 서도록 세웠다.

"당신 아주 근사하군, 어디 좀 봅시다."

그가 그녀의 주위를 돌자 그녀는 뺨을 붉혔다.

"이런, 이런, 마담에게 상을 내려야겠는걸."

"절 놀리시는군요."

그녀는 얼굴을 찡그리며 말했다.

"절대 아니오. 당신 드레스, 당신 머리……."

그는 고급 연녹색 실크 드레스를 손가락으로 만져보고 얼굴을 감싼 고수머리를 장난스레 슬쩍 당기더니, 갑자기 고개를 뒤로 젖히고 웃음을 터뜨렸다.

"당신은 완벽하오, 다니엘라! 진정으로 완벽해."

불현듯 그는 그녀의 손을 잡아 문으로 끌어당기기 시작했다.

"이리 와요! 이제 진실을 밝힐 때요. 이야, 골치 아픈 문제들을 해결하는 데 도움이 되겠군!"

"무슨 말씀이세요?"

그녀는 그의 넓고 기운찬 보폭을 따라잡으려 서두르며 물었다.

"어디에 가는 거죠?"

"내 친구들을 만나 주시오."

그녀는 발을 바닥에 딱 붙이고 멈춰 섰다. 여전히 그녀의 변모에 경탄한 채, 그는 의아해하며 돌아보았다. 그녀를 이토록 아름다워 보이게 한 게 새옷 때문인지, 세련되게 꾸몄기 때문인지, 혹은 적당한 음식과 편안한 하룻밤의 휴식 덕택인지 그는 알 수 없었다. 어쨌든 지난 서른여섯 시간을 그녀와 결혼하기로 한 자신의 결정을 변호하는 데 썼는지라 모두의 면전에 그녀의 아름다움을 내보이며 자랑하고 싶었다. 그녀를 한번 보기만 하면 그들의 반대는 영원히 사라지리라.

다니엘라 키아라몬테는 그를 위해 만들어졌다.

그녀는 버티고 서서 그에게 애원하는 표정을 지었다.

"저는 그들을 만나고 싶지 않아요. 다들 저를 미워할 거예요!"

라파엘은 그녀의 산호빛 핑크색 입술을 응시했다.

"으흠?"

"저는 말 그대로 그들 모두를 털었어요, 라파엘."

그녀의 말은 흘려듣고, 그는 자신도 모르는 힘에 이끌려 무력하게 몸을 숙여 부드러운 키스로 그녀의 입술을 맛보았다.

그녀는 눈을 감고 그의 가벼운 키스를 미동 없이 받아들였다. 그러더니 불현듯 물러나 다시 얼굴을 찡그렸다.

"제 말을 듣기나 하신 건가요?"

그는 아쉬운 미소를 지으며, 오늘 오후를 달콤하게 보내는 상상을 마음속에만 간직했다.

"내 귀에 들리는 건 천사의 노랫소리뿐이오, 내 사랑. 당신 귀에도 들리지 않소?"

그녀는 그를 향해 눈을 가늘게 떴지만 어쩔 수 없는 미소가 입가를 잡아당기고 있었다.

"들어봐요."

그는 다시 그녀에게로 몸을 숙였다. 날씬한 허리에 팔을 감고 부드럽게 자신에게로 끌어당겨 다시 한 번 다정하게 키스했다.

"이번에는 들었소?"

그의 신부는 꿈꾸듯 눈을 뜨고 그를 응시했다. 그리고 손을 들어올려 그의 뺨을 감쌌다.

"당신은 미치광이예요."

그녀는 부드럽게 말했다.

갑작스런 신음소리와 함께, 그는 그녀를 번쩍 안아올려 오른쪽 어깨에 둘러멨다. 그녀가 소리지르고 발을 휘두르자 그는 유쾌하게 그녀의 엉덩이를 철썩 때렸다.

"갑시다, 내 사랑! 궁정을 대면할 시간이오."

　그는 전리품을 손에 넣은 약탈자처럼 그녀를 짊어지고 활기차게 복도를 성큼성큼 걸었다.
　"내려줘요! 내려줘!"
　"내가 무법자이고 당신이 공주라면 어떤 일이 벌어졌을지 궁금해한 적 있소?"
　그는 다니가 진짜로 힘껏 저항하지 않는다는 걸 알아채고 씨익 미소지었다. 그는 살롱의 문 앞에 그녀를 살짝 내려주기 전에 고개를 돌려 연녹색 실크 너머로 그녀의 엉덩이를 깨물었다.
　그녀는 웃고 있었고, 얼굴은 뒤집혀 있었던 탓에 빨갰다. 그는 강렬한 욕망의 물결이 밀려오는 것을 느꼈다. 곧 죄책감이나 불명예 혹은 후회 없이 그녀를 침대로 데려가 완전히 자신만의 것으로—아내로 할 수 있다는 행운을 믿기가 힘들었다. 그녀의 웃음소리는 그의 시선에 담긴 열기에 금방 억눌렸다. 그녀는 그에게서 한 걸음 물러났고, 커다래진 눈은 불안과 수줍음을 띠고 있었다. 그는 희미하게 미소지으며 지금까지 누구든 그녀에게 얼마나 사랑스러운지 말해 준 사람이 있을까 궁금해했다. 그녀는 자신의 매력에 대해 완전히 무지해 보였다.
　그는 그녀가 겁먹고 도망가기 전에 자신의 열정을 자제했다.
　"누구든 당신에게 무례하게 대하면, 그들은 이 궁정에서 쫓겨나는 거요. 알아들었소?"
　"절 위해 친구들을 내보내실 건가요?"
　그녀는 압도당한 듯이 보였다.
　그는 섬세한 그녀의 뺨의 곡선을 손가락 마디로 쓸었다.
　"나에게 친구는 많지만 아내는 딱 하나뿐이오. 내 집에선 어떤 불행도 당신을 건드리지 못할 거요, 다니엘라. 당신에 대한 모욕은 나에 대한 모욕으로 간주하겠소."
　"당신은 친절한 것 이상이세요."
　그녀는 조금 힘없이 말하더니, 목청을 가다듬고 좀더 사무적인 분위기를 만들었다.

"하지만 제 자신은 제가 돌볼 수 있어요. 당신과 친구분들 사이에 놓인 위치가 편안할지는 모르겠지만요."

그는 그녀를 위해서라면 용이라도 기꺼이 베어 없앨 기분이었지만 강하게 나가지 않도록 했다.

"당신은 내가 선택한 사람이고, 난 군주요. 나에 대한 그들의 충성심 시험이라고 생각하시오."

"아."

그녀는 심각하게 고개를 끄덕였다.

"알겠어요."

"준비되었소?"

그녀는 드레스의 매무새를 가다듬었다.

"그런 것 같아요. 망신 드리지 않게끔 노력할게요."

그는 안심시키는 미소를 지었다.

"그저 당신답게 행동해요. 내가 바로 곁에 있겠소."

그녀를 위해 문을 열며 그는 강렬한 보호심이 밀려드는 걸 느꼈다.

그녀는 각오를 하고 왕비다운 걸음걸이로 나아갔다. 레이프는 굶주린 시선으로 그녀를 지켜보았다. 그의 마음에 조용한 자부심이 가득 찼다. 다니의 유연하고 우아한 걸음걸이는 그를 매혹시켰고, 가벼운 치맛자락은 늘씬하고 보기 좋은 다리에 휘감겼다. 그녀는 아무 말 없이 방의 한가운데 있는 팔걸이 의자에 앉아 등을 곧게 폈으며 머리는 높이 쳐들었다. 노동으로 붉어진 손은 얌전하게 무릎 위에 포개져 있었다.

레이프는 그녀 뒤로 걸어가 느슨한 자세로 등받이에 몸을 기대섰다. 서늘한 경고를 담아 가늘게 뜨여진 그의 눈은, 친구들에게 어서 다가와서 그녀에게 자기 소개를 한 다음 그들의 행복한 소식에 축하의 말을 하라고 명령하고 있었다.

엘란이 즉각 그녀를 좋아하는 걸 보고 레이프는 안도했다. 올란도는 공손하지만 거리감 있는 태도를 보였지만, 오만한 아드리아노와 늘상 냉소적인 닉은 그저 레이프가 그녀 뒤에 위협적으로 서 있기 때문에 예의를 차릴 뿐이었다. 다니엘라는 누구에게도 손을 내밀지 않았고 당당한 태도를 견지하며 말을 아꼈다. 만족한 레이프는 그곳에 있던 다른 이들을 그녀에게 소개한 다음 그녀를 살롱 밖으로 이끌었다. 다시 한 번 그녀를 혼자 차지하게 된 것이 기뻤다.

함께 복도를 걸어가다 그는 그녀가 침착하려 노력하지만 약간 동요했음을 알아챘다. 처리해야 할 급한 업무가 수도 없이 많았지만 지금은 그녀와 함께 있는 것만이 중요했다. 그것도 되도록 궁정의 날카로운 눈에서 멀리 떨어져서.

그는 그녀의 여린 어깨에 팔을 감고 애정을 담아 꽉 끌어안았다.

"잘했소."

그녀는 불안하게 그를 올려다보았다. 레이프는 갑작스레 떠오른 영감에 씨익 웃었다.

"어서 와요! 당신에게 보여주고 싶은 것이 있소."

부드럽고 저항할 수 없는 미소로 그녀의 반대를 막으며 그는 그녀와 함께 복도를 잰걸음으로 지나쳤다.

한 시간 후, 그들은 날렵한 10미터 범선에 올라 잔잔한 파도를 가르고 있었다. 배 위에는 친구도, 경호병도, 하인도 없었다. 오직 그들 둘만이었다. 레이프는 완전한 자유를 느꼈다. 저녁 산들바람에 긴 머리칼을 날리면서 소매를 걷어붙인 채 조타석에 서 있던 그는 다니엘라가 소풍 바구니 안을 훑어보며 몰래 자신을 쳐다보고 있음을 의식했다.

그는 이른 샛별 몇 개가 떠오른 남청색 하늘의 돛을 흘끗 올려다보았다. 그들 앞의 서녘 수평선은 붉은 황금빛으로 물들어 있었다. 섬에서 일 마일쯤 멀어지자 그는 키를 고정시키고 돛을 몇 개 내려 부드럽게 흔들리는 속도로 늦추었다.

다니엘라는 그를 지켜보며 복숭아를 먹었다.

그는 미소지으며 돛을 묶은 후 반짝반짝 광을 낸 갑판으로 뛰어내렸다. 그녀의 감탄한 표정으로 미루어보아, 그가 선원들 없이 혼자 항해할 수 있으리라곤 생각지 못한 모양이었다. 하지만 지위와 평판이라는 감옥 안의 죄수인 그에게 이 보트는 성역이었다. 그가 진정으로 자유를 누리는 경우는 오직 이 배에 있을 때뿐이었다.

그는 바다가 주는 고독을 사랑했다. 항상 끊임없이 아첨꾼들에게 둘러싸여 있었지만 무한한 바다의 광대함은 자신이 얼마나 하찮은지 상기시키고 겸손하게 만들었다.

뱃머리 근처의 그녀 옆에 앉아, 그는 지금껏 여기에 여자를 데려온 적이 없었다고 하면 그녀가 뭐라고 대꾸할까 궁금해했다.

그녀가 나이프 끝에 치즈 조각을 꽂아 그에게 내밀었다. 그는 손을 저어 거절하고, 간소하지만 넉넉히 채워 둔 선실 와인 저장소에서 가져온 산뜻한 포도주 병을 찾아 주위를 돌아보았다. 병을 찾고 나서 이번엔 코르크 따개를 찾아 바구니 안을 하릴없이 뒤적거리며 미간을 찌푸렸다. 그녀가 살짝 미소지으며 그에게 그걸 건넸다. 그는 따개를 받아들며 키스를 훔쳤다.

"어린 소년 시절엔 가끔,"

그는 따개를 꽂고 돌리기 시작했다.

"소지품을 꾸려서 이 작은 보트에 올라 영원히 항해하는 공상을 하곤 했다오. 집에서 멀리 도망쳐서 콩고와 머나먼 동방의 탐험자가 되고 싶었지만 여기에 붙어 있었지, 다행히도."

곁눈질로 그녀를 쳐다보는 그의 눈은 반짝거렸다.

"나같이 귀하게만 자란 꼬마는 분명 정글에 발을 디디자마자 말라리아로 죽거나 식인종들에게 잡혀 먹히지 않았겠소?"

그녀는 그를 향해 웃어대고 있었다.

"왜?"

"이런 삶에서 도망가려는 사람은 당신뿐일 거예요. 모든 이에게 사랑받는다는 건 틀림없이 고문이겠죠. 미래의 국왕, 존귀하고 부유한 출생, 어머니에겐 눈에 넣어도 아프지 않을⋯⋯."

"어어, 장미꽃 가득한 침대마냥 편한 건 아니었다오!"

그가 그녀와 함께 웃으며 반박했다.

"다른 사람들과 마찬가지로, 나 역시 고난과 시련을 겪었소."

"어떤 걸요?"

그녀가 되받아쳤고 그는 코르크 마개를 빼냈다.

"내게는 늘 상당한 요구가 뒤따랐지. 걸을 수 있을 정도의 나이가 되자 국정에 관련된 수백 가지의 과목을 주입당했소."

"예를 들자면?"

그녀는 바구니로 손을 뻗어 두 개의 유리잔을 꺼내들었다. 그는 포도주를 따랐다.

"수사학, 역사, 작문, 철학, 외국어, 대수학, 경제, 군사학, 건축, 몸가짐, 무도회 춤……."

"무도회 춤이요!"

"공적인 생활을 하는 사람이라면 발이 걸려 넘어지기를 바라지 않으니까."

그는 포도주를 다 따르고는 코르크 마개를 막아 병을 밀어두었다.

그녀는 그에게 잔을 하나 건네고 미소지었다.

"그밖에 또 뭘 배워야 했나요?"

"배워? 아니, 배운 게 아니오, 완전히 터득해야 했지."

그는 그녀의 말을 정정하며 장난스럽게 그녀와 잔을 부딪혀 건배했다.

"아바마마께선 다른 건 용납하지 않으셨소. '너는 제일 강하고, 똑똑하고, 최고여야 한다, 라파엘.'"

그는 아버지의 엄한 태도를 흉내내어 말했다.

"'무력함은 없다.' 내게 내려진 신조였지."

"꽤나 혹독하네요."

그녀는 포도주를 한 모금 홀짝이곤 평가하듯 말했다.

그녀를 쳐다보며 똑같이 하면서, 그는 지금 그녀의 입술에선 어떤 맛이 날까 궁금해했다.

"부왕께선 왜 그렇게 엄격하셨죠?"

레이프는 잔을 내렸다.

"음, 나와 마찬가지로 그분은 효율적인 통치 수단은 오직 좋은 본보기를 보여주는 것뿐이라고 믿으신다오. 만약 사람들이 지도자에게서 어떤 약함이나 열등함을 감지하면 그들은 늑대가 다친 송아지에게 그러듯이 즉각 덮쳐올 거요."

그는 그녀의 찡그림을 알아채고 어조를 가볍게 하며 미소지었다.

"즉, 난 자신을 모범적인 인간으로 만들 수단을 모두 부여받은 셈이었지. 내가 어땠을 것 같소?"

"잘 모르겠어요."

그녀는 그를 사로잡는 장난스런 미소와 함께 대답했다.

미소지으며, 그는 그녀가 지극히 약간 그에게로 다가앉은 걸 스스로도 의식하고 있을까 궁금해했다. 그는 한 손을 뒤로 짚고 앉아 있었는데 그에 대한 긴장이 점차로 풀리는 듯이, 이제 그녀의 어깨는 그의 겨드랑이 아래 자리했다. 그녀는 날씬한 발목을 겹치고 스타킹 신은 발을 움츠렸다. 신발은 아까 전에 벗은 터였다.

"미래의 왕으로 양육된다는 건 어떤지 더 말해 주세요. 무척 힘들었나요?"

"글쎄. 읽기, 쓰기와 예법을 배웠지. 또 운동도 했는데 그건 내가 무척 즐긴 과목이었소. 예술도 있는데 그건 터득하지 못했지. 하지만 아바마마도 그걸 갖고 트집 잡진 못하셨소, 난 미술이나 음악적 재능은 없었지만 감상할 줄은 알았으니까."

"제 말은, 당신 기분이 어떠셨냐고요?"

그는 잠깐 알 수 없다는 표정으로 그녀를 응시했다.

"괜찮았소."

그녀가 미심쩍다는 듯이 미소지으며 고개를 기울이자 적갈색 고수머리 한 가닥이 수줍게 그녀의 뺨으로 흘러내렸다.

"모르겠소. 모두들 질시했지."

그가 털어놓으며 그녀의 머리칼을 살짝 잡아당긴 후 손을 놓고 마치

스프링처럼 원래 모양대로 말리는 걸 쳐다보았다.

"왕자비로서의 새로운 인생에서 당신이 알아야 할 첫번째 생존 법칙은 다니엘라, 궁정의 모든 사람들에겐 저마다의 목적이 있다는 거요. 당신이 마음만 먹으면 그들에게 뭔가를 해줄 수 있기 때문에, 그들은 당신이 농담하면 웃고 칭찬하겠지만 누가 당신의 진정한 친구인지는 결코 알 수 없소."

그는 그녀의 턱 아래를 가볍게 톡톡 치고는 윙크를 했다.

"물론 나는 제외하고 말이오."

그녀는 그를 향해 따스하게 미소지었다. 그녀의 눈은 물처럼 맑았고 아이만큼이나 두려움이 없었다. 그녀를 궁정이라는 위험한 세계로 끌어들이는 게 과연 좋은 생각인가 하는 죄책감이 순간 그의 가슴을 뚫고 지나갔다. 그녀는 너무나 순수하여 이런 일에 아무런 방어 무기도 갖고 있지 않다. 그녀를 위해 그는 정말 최선을 다해야 하리라.

레이프는 미소지으며 그녀를 향해 잔을 들어올렸고 그들은 포도주를 마셨다. 그리고 조용히 단지 서로의 옆에 앉아 태양이 서쪽으로 가라앉는 모습을 지켜보았고 불어오는 저녁 산들바람을 쐬었다.

그는 파도를 응시한 채 불현듯 말했다.

"분명 당신도 내 아바마마의 부모님들께서 나보다 겨우 몇 살 많을 때 암살당하셨다는 역사를 알겠지. 아바마마께선 당시 어린아이였고, 살아서 도망친 사람은 당신뿐이셨소."

그녀는 슬프게 고개를 끄덕였다.

"어센션의 역사에서 끔찍하고 비극적인 오점이지요."

"그렇소. 아바마마께선 그분들이 돌아가신 후 이리저리 떠돌며 참혹한 유년기를 겪으셨지. 그런 경험이 그분을 강인하게 했고, 그게 왕으로서의 실전적 능력의 근원이라고 믿고 계시오. 그리고 내 삶이 너무나 편하다고 끊임없이 걱정하시지. '그들이 널 산 채로 잡아먹으려 들 거다, 라파엘.' 그렇게 즐겨 말씀하신다오."

"아, 당신을 그렇게나 믿고 계시다니 그거 멋지군요."

그녀가 비꼬아 말했다.

그는 그녀가 자신의 심정을 정확히 이해한다는 데 당황해서 몸을 돌려 그녀를 쳐다보았다.

"바로 그렇소."

그가 소리쳤다.

"아바마마는 날 멍청이라고 생각하시지. 사실 모두가 그렇다오."

"음, 당신은 멍청이가 아니에요."

"그래, 아니지."

그녀는 그를 쳐다보며 살짝 미소지었다. 두 사람 다 극히 드문 명료한 이해와 따스한 유대감에 사로잡혀 있었다. 다니가 눈썹을 내리깔더니 뭔가 망설이며 말했다.

"당신은 위대한 왕이 될 거예요, 라파엘. 누구라도 알 수 있을 걸요."

"아."

그는 중얼거리며 시선을 돌렸다. 한동안 그녀는 조용히 있다가, 손을 그의 어깨에 올리고 천천히 머뭇머뭇 애무했다. 그는 눈을 감고 고개를 숙였다.

근사했다, 그녀의 손길은. 이 순간이 끝나지 않기만을 기원했다.

날 믿어요, 다니엘라.

그 생각이 그의 마음속에 떠올랐다.

제발 나라는 인간 자체를 원해 줄 사람이 필요하오.

"폐하는 어려운 분이실지도 모르고, 미래의 어센션을 위한 그분의 모든 희망의 대상이 되는 게 분명 쉽진 않겠지요. 하지만 그분은 당신 아버지시니 좋은 뜻에서 그러시리라 믿어요."

"나는 평생 그분의 그늘 아래 살아왔소."

그는 들릴락 말락 속삭였다.

"내가 하는 건 뭐든 그분의 눈에 차지 않았지. 단 한 번이라도 아바마마가 날 보고 이렇게 말해 주셨으면 좋겠소. '잘했다, 레이프.' 왜 그분이 날 어떻게 생각하는지 신경 써야 하는 걸까? 하지만 신경이 쓰여. 그러나 매번 내가 자신을 주장하려 들 때마다, 어리석은 청년 시절 내가 저질렀던 일이 떠오른다오. 당신도 그 이야기를 알겠지. 모두들 아니까.”

다니엘라는 그의 어깨에 머리를 기대고 팔을 그의 목에 감았다.

“누구나 가끔씩 실수를 저질러요.”

그녀가 나직이 말했다.

“한 번 실수했다고 세상이 끝나진 않아요, 라파엘. 부왕께서는 당신을 용서하셨을 걸요. 용서 못하는 사람은 당신 자신뿐일지도 몰라요.”

“난 바보였어. 어쩌면 난 어센션을 다스릴 자격이 없는지도 몰라.”

그녀는 그의 굳은 등을 애무했다.

“그녀를 사랑했나요?”

“모르겠소. 그때는 그렇다고 생각했었지. 하지만 아마 아닐 거요. 그때는 이런 기분이 아니었거든.”

자신의 목소리에 담긴 다정한 진지함에 놀라, 그는 황급히 짐짓 미소를 짓고 그녀를 올려다보았다. 그러자 다니는 손을 들어 그의 입술에 손가락을 가져다댔다.

“그러지 말아요.”

그녀가 속삭였다. 그녀의 눈길은 진지하고 순수했다.

“제게는 당신을 숨길 필요가 없어요. 전 당신의 아내가 될 테니까요.”

그는 그녀를 빤히 응시하며 깨달았다, 자신이 그녀의 가면을 벗겼던 것과 똑같이 그녀가 방금 자신의 영혼을 벌거벗겼음을.

천천히 그녀가 손을 내렸다.

한동안 그는 목소리를 낼 수가 없었고 다시 입이 떨어졌을 때는 약간 거친 소리가 나왔다.

“어떻게 당신 같은 시골 소녀가 나 같은 국제적인 불한당을 이해할 수 있지?”

“우리는 그렇게 다르지 않아요. 라파엘, 당신이 알아주셨으면 하는 게 있어요.”

그녀는 그의 머리칼을 쓰다듬으며 나직이 말했다.

"당신은 거짓 미소를 띤 궁정 사람들 틈에서 자라는 게 어땠는지 말씀하셨죠. 그래서 당신이 주변 사람들을 신뢰하는 편이 아니라는 걸 이해해요. 원하신다면 저 역시 믿으실 필요 없어요. 그렇다 해도 당신을 원망하진 않을 거예요. 하지만 제 목숨을 구하셨으니 전 당신께 빚진 몸이고, 그렇기에 저는 결코 당신을 배신하지 않을 거예요. 약속드릴게요."

그는 그녀를 응시하며 노망난 늙은 할아버지에 대한 헌신, 발각되어 체포될 수도 있는 위험을 무릅쓰고 꼬마 지아니를 구하러 궁에 들어온 용기, 그녀의 영지에 사는 이백 명의 농민들을 먹여 살리기 위해 범죄를 저지른 책임감 등을 떠올렸다.

그는 그녀의 말을 믿었다. 그러나 그녀에게 벽을 만들고 싶지 않으며 줄리아 이후 처음으로 여자가 그의 마음속으로 파고들었다는 깨달음은 두려움을 불러일으켰다.

하지만 그녀가 부드럽게 그의 뺨을 애무하자 그는 자신의 두려움에서 빠져나와 아쿠아마린빛 눈동자를 응시했다.

그녀는 너무나 꾸밈없고 순진했다. 그는 안전하다. 그 사실을 머리로, 가슴으로 알 수 있었다.

불현듯 그는 그녀의 허리에 팔을 감아 자신에게로 끌어당기며, 눈을 감고 그녀의 머리칼에 얼굴을 묻었다. 그의 심장이 두근거렸다. 이 여자가 원하는 모든 것을 쏟아부어 주고 모든 소망을 들어주며 그 어떤 것이라도 해주리라. 그러자 자신이 여자의 애정을 값비싼 사치품으로 사들이는 데 익숙하며 오직 그런 물질적인 것들만 내주려 했다는 게 문득 떠올랐다.

다니엘라는 그에게서 진정한 선물을 받을 자격이 있다. 그는 다시 그녀의 옥처럼 푸른 눈을 응시할 수 있을 만큼 그녀에게서 떨어졌다.

석양의 황금빛이 그녀의 적갈색 머리칼을 눈부시게 했고 도자기 같은 피부를 섬세한 복숭앗빛으로 바꾸었다. 하지만 그가 응시하자 그녀의 뺨은 포도주색으로 물들었다. 그녀는 눈길을 돌렸다.

"당신은 절 혼란스럽게 해요."

그녀가 들릴 듯 말 듯 말했다.

“어떻게?”

그가 부드러운 손길로 그녀의 고개를 도로 자신에게 돌려 깊은 시선으로 그녀를 고정시켰다.

“당신은 사람들의 마음을 얻기 위해 절 이용하는 것뿐이라고 말해 놓고는 절 그렇게…… 쳐다보잖아요.”

“어떻게? 당신에게 키스하고 싶은 것처럼?”

그가 희미하게 미소지으며 속삭였다.

“그야 그러고 싶으니까.”

그녀는 무슨 말을 해야 할지 모르는 듯 보였다. 결연하게 그녀는 몸을 돌려 그에게 등을 보였다. 그러자 그녀의 몸이 그의 벌린 허벅지 사이에 있게 되었다.

그는 그녀가 방금 막 수줍음에 졌다는 걸 깨달았다. 팔을 그녀의 허리에 감고 그녀의 어깨에 턱을 올렸다.

“저는 예법 전문가는 아니지만 전하, 이게 적절한 행동이라고는 생각되지 않는데요.”

그가 꼭 껴안자 그녀는 몸을 꼿꼿이 굳히고 말했다.

“적절해?”

그가 쿡쿡거렸다.

“사람들은 당신을 도적 왕자비라고 부르고 난 여전히 난봉꾼 레이프라오. 말하자면 내 귀여운 얼간이, 우린 ‘적절한’ 단계는 오래 전에 지났다구.”

“얼간이라고 부르지 마세요.”

그녀가 웅얼거렸다.

“그럼 보통 당신을 어떻게들 부르오?”

“다니.”

그는 미소지으며 그녀의 허리를 꽉 안았다.

“음, 당신에게 어울리오. 말괄량이의 이름이야. 원한다면 날 레이프라고 불러도 좋소.”

"전 당신을 레이프라고 부르고 싶지 않아요."

"왜?"

"그건 불한당 같은 이름이에요."

그녀는 어깨 너머로 그를 쳐다보았다.

"전 당신을 라파엘이라고 부르겠어요. 천사님처럼."

"흐음, 당신은 낙관주의자로군?"

그는 손가락으로 그녀의 머리칼을 부드럽게 빗질하곤, 그녀의 몸에서 긴장감이 빠져나가는 게 느껴질 때까지 두피와 목 그리고 가녀린 어깨를 마사지했다.

그녀는 만족스런 한숨을 내쉬며 그의 가슴에 기댔다.

"너무 기분 좋아요."

"아무래도 난 손재주가 있다는 점을 경고해야겠군."

그가 그녀의 귀에 얼굴을 비비고 목의 곡선을 자근거리는 키스로 탐험하자 그녀가 다시 긴장하는 게 느껴졌다. 하지만 계속 어깨를 마사지하자 천천히 긴장을 풀었다.

"당신 팔은 정말 예뻐."

그는 그녀의 손목까지 애무해 내려갔다. 그리고는 부드럽게 그녀의 손을 잡아 깍지꼈다.

"이러면 불편하오?"

그가 잠시 멈추고 속삭였다. 첫사랑과 함께 있는 풋내기마냥 조심스런 기분이었다.

"아뇨."

그녀가 나직이 말했다.

"잘됐군."

손가락을 그녀와 깍지낀 채 그는 그녀의 손을 등뒤로 당겨 살며시 고정시키고, 드레스 목선과 크림빛 목덜미를 내려다보았다. 손을 뒤로 돌렸기에 작지만 사랑스럽게 탱탱한 가슴이 도드라졌다. 그는 그녀의 가슴 한쪽 전부를 입안에 넣을 수 있을까 궁금해했다. 그녀도 좋아할 거야. 그는 슬쩍 미소지으며 생각했다. 그리고는 그녀의 날씬한 옆구리를 애무했다.

"어두워져 가네요."

그녀가 약간 숨가쁘게 말했다.

"이제 슬슬 돌아가야 하지 않을까요?"

"난 밤바다도 좋아하오. 아무것도 보이지 않지만 파도의 소리와 진한 짠내를 맡을 수 있지. 그리고 항구로 돌아가는 길은 느낌으로 찾아야 하지, 어둠 속에서 오로지 자신의 감각만으로……."

그는 속삭이며 천천히 그녀의 날씬한 배를 쓸고 손을 가슴으로 올렸다.

"자신이 무엇을 하는지 정확히 알아야 하지."

그가 작고 예쁜 가슴을 커다란 손으로 감싸자 그녀는 나직이 숨을 들이켰다. 가볍게 원을 그리는 그의 마술 같은 엄지손가락 아래 그녀의 젖꼭지가 단단해졌다.

"라파엘."

그녀는 숨가쁘게 신음하며, 그에게로 몸을 젖혀 자신의 가슴을 더욱 그의 손안으로 밀어넣었다. 그녀의 팔은 레이프의 목에 감겨 있었다.

"우린…… 안 돼요. 아직 결혼하지 않았잖아요."

"두려워할 거 없소, 내 사랑."

그는 손을 다시 내려 허벅지를 쓰다듬기 시작했다.

"오늘밤 당신의 순결을 가질 생각은 없소. 오늘밤엔 그저 당신이 무엇을 좋아하는지 알고 싶을 뿐이오."

"하지만 전…… 전 제가 뭘…… 좋아하는지 모르는……."

꿈 같은 쾌감의 신음소리가 새어나와 그녀의 목소리가 사그라들었다.

"음, 그럼 한번 알아봅시다."

머리를 그의 가슴에 기댄 채, 그녀는 그에게로 얼굴을 돌려 순진한 열정으로 그의 입을 찾았다. 그는 나른한 혀의 움직임으로 입술을 벌리고 그녀의 맛을 탐했다. 키스하는 동안 그녀는 손을 위로 뻗어 그의 뺨을 애무했다.

레이프는 그녀에게 계속 키스하며 솜씨 좋게 매끄러운 다리 위로 치맛자락을 살살 올렸다. 그의 손이 뭉친 실크 드레스와 모슬린 페티코트 아래를 배회해도 그녀가 저항하지 않자 그의 심장은 더욱 거세게 고동쳤다. 손가락이 그녀의 하얀 스타킹 가에 닿아 그 위의 따스하고 말할 수 없이 고운 맨 피부를 찾아내자 그는 신음을 흘렸다. 그의 몸은 즉각 바위처럼 단단해졌지만, 그녀를 너무 빨리 몰아붙이고 싶지 않아 욱신거리는 욕구를 제어하려 분투했다.

품에 안긴 그녀는 너무나 연약하고 자그마하며 소중했다. 그가 아는 궁정의 닳고닳은 계산적인 존재들과는 너무나도 달랐다. 다니는 자신이 강인하고 독립적이라 생각할지 몰라도, 그는 그녀에게 쾌감을 주고 싶은 갈망만큼이나 열렬하게 그녀를 보호하고 싶어 못 견딜 지경이었다. 경험이 없는 그녀를 위해, 그는 그녀를 기다리고 있는 기쁨을 조금 보여주어 결혼 첫날밤에 대한 불안을 덜어주고 싶었다.

그는 드레스 아래의 피부를 더듬고 살며시 골반을 주물렀으며 부드럽고 평평한 배를 어루만졌다. 그러는 내내 그녀의 입술을 탐닉했다. 조심스런 그의 애무로 그녀의 긴장감과 수줍음은 날아갔고, 마침내 그의 손 아래에는 점차 뜨겁고 급박하게 변해가는 고분고분한 온기만이 존재했다.

오히려 그의 느린 진도로 그녀가 안달복달해하자 그는 눈을 감은 채 미소지었다. 처음 느끼는 욕구불만에 그녀는 몸을 뒤틀어댔으며 목에선 초조한 신음소리가 흘러나왔다. 그의 오른손이 배로 미끄러지자 달콤한 갈망으로 엉덩이가 들렸다. 그는 그녀가 어디를 만져 주길 원하는지 정확히 알고 기쁘게 따랐다.

살며시 그녀를 어루만지다 중심부가 매끄럽게 젖어 그의 손가락 아래 순수한 여성적인 초대로 고동치고 있음을 발견하자, 그는 단단히 옭아맨 자제력이 흩어지는 것을 느꼈다.

"라파엘, 라파엘……."

영웅적으로 그는 자신을 억누르고 그녀의 귓불에 키스했다.

"다니, 보고 싶지 않소?"

그는 짓궂게 속삭이고 다른 손으로 치맛자락을 더 높이 올렸다.

“싫어! 그렇게는 못 해요!”

그녀는 충격에 헐떡거렸다.

“보시오.”

그녀의 가슴이 바쁘게 오르내렸다.

“안 돼요! 제발…… 그러지 말아요.”

그녀의 목소리에서 열기가 느껴지자 그의 입술이 호색적인 미소로 휘어졌다. 조그마한 복면 도적이 새로운 모험을 할 때가 된 듯했다.

“왜 안 되지? 이게 죄스럽소?”

그가 속삭였다.

“이러는 게 싫은 거요? 내가 멈추기를 바라나?”

“라파엘.”

그녀가 그에게 힘없이 기대며 애원했다.

“당신을 만지는 날 봐요.”

그의 손가락이 원을 그리기 시작했다.

“부끄러워할 건 하나도 없소, 달링. 나와 함께라면 무엇이든 해도 무방하오. 난 그저 당신의 열망을 채워 주길 원할 뿐이오. 당신이…… 당신 몸이 얼마나 아름다운지 보시오. 난 당신을 만지고 싶어. 여신 같은 다니, 사냥꾼이자 달의 여신 아르테미스, 자유롭고 길들여지지 않은 존재. 당신은 변화하는 달이오, 활달하고 순결한 내 사랑.”

“오, 라파엘.”

그녀는 몸을 돌려 뜨겁게 키스했다.

그녀의 순수함에 순간 그의 감은 눈꺼풀 뒤로 알 수 없는 뜨거운 물기가 치솟았다가, 키스가 끝나자 빠르게 사라졌다.

그는 그녀의 목에 키스했고, 그녀가 고개를 숙여 가쁜 숨을 쉬며 자신을 만지는 그를 보자 그 수줍은 머뭇거림에 그의 가슴이 뭉클해졌다.

그녀는 완전히 준비되어 있어.

그는 고통에 빠져 생각했다. 그의 단단함은 옷을 사이에 두고 그녀의 등에 마찰되고 있었다. 그녀를 눕히고 지금 여기, 아직도 태양의 열기를 간직하고 있는 매끄러운 갑판 위에서 그녀를 갖기란 너무나 쉬운 일이다. 하지만 그는 끊임없이 충동을 밀어내며 첫날밤까지 기다려 그녀에 대한 존중을 증명해 보이겠노라 맹세했다.

"이러면 너무 거친가?"

그가 그녀를 만지며 물었다.

"완벽해요."

그녀는 숨을 내쉬며 격하게 등을 휘었다.

레이프는 그녀의 목에 입술을 대고 미소지었다. 엄지는 유연하게 그녀의 보석 같은 중심부를 놀리고 가운뎃손가락은 살살 그녀의 빽빽하고 촉촉한 열기 속을 왕복했다. 그가 그녀의 귀와 목 뒷덜미에 키스하자 몇 초만에 그녀는 완전히 넘어갔다. 그녀는 경이감에 가쁜 숨을 쉬고 쾌감에 신음하며 그의 손길에 따라 움직였다.

승리감이 그를 사로잡았다. 그는 그녀의 여성적인 경탄의 신음이 거의 끝나기 전 그녀를 품에 꽉 끌어안았다. 그리고는 그녀를 돌려 자신을 마주 보게 하고 거의 야만적인 소유욕을 느끼며 품에 안았다. 그녀도 팔을 그의 목에 감고 매달렸다.

"오, 라파엘."

그녀가 놀라움에 물든 목소리로 속삭였다. 그리고는 그의 목에 잠시 얼굴을 묻었다가 뺨에 미끄러지듯 키스했다.

"전…… 전 이게 필요했었나 봐요."

천천히 호흡을 가다듬으며 그녀가 털어놓았다. 의외의 말에 그는 나직이 웃음을 터뜨리며 참지 못하고 그녀를 다시금 꽉 껴안았다.

"황당한 사람 같으니."

"진담이에요."

그녀는 진지하게 항변했다.

"알고 있소."

그가 쿡쿡거리며 말했다. 그녀의 머리칼에 미소를 묻으며 그의 눈에 다시 그 기묘하고 감상적인 눈물이 핑 돌았다.

완전함. 만족. 수년만에 처음으로 그는 자신이 정말로 그녀와 함께 이 순간 존재한다고 느꼈다. 마치 줄리아가 빼앗아 간 모든 것—그의 순수를 그녀가 돌려준 듯이 느껴졌다.

그녀는 한숨을 쉬고 머리를 그의 어깨에 기댔다. 그리고는 만족스런 작은 미소를 띠고 눈을 감았다. 한편 레이프는 서늘한 푸른 달을 올려다보며 영혼의 짝인 그녀를 부드럽게 안았다. 두 사람 다 말하지도 움직이지도 않은 채 상대의 고른 숨소리를 들으며 온기를 만끽했다.

9

레알르 궁전으로 돌아가는 동안, 내내 라파엘과 손을 잡고 걸어온 다니는 마치 허공에서 춤추고 있는 기분이었다. 하인과 궁정 신하들, 레이디들이 곁을 지나쳤을지도 모르지만 그녀는 알아채지 못했다. 그녀의 눈은 라파엘에게만 집중되어 그리스 조각 같은 그의 얼굴을 끊임없이 흘끔거렸다. 그가 자신에게 했던 근사하고 은밀한 일을 후회하고 있지 않다는 확신이 필요해서였다.

레이프는 그녀를 방까지 바래다주고 꽃으로 가득한 거실에서 굿나잇 키스를 했다. 꽃향기가 아까 마신 포도주처럼 그녀를 취하게 했다.

"작별 인사를 하고 싶지 않아요."

기분과 포도주에 취해 그녀는 그의 목에 감긴 팔을 풀 마음이 들지 않았다.

"오늘밤 내가 함께 있으면 좋겠소?"

그가 속삭이면서 옆구리를 쓸어올려 달콤하게 부추겼다. 그녀의 몸으로 유혹적인 떨림이 흘렀다. 하지만 뒤로 물러나 미소지었다.

"안 그러시는 게 좋겠어요."

그는 짐짓 약간 골난 시늉을 해보였다.

"난 그러고 싶은데."

"시무룩해하지 마세요. 내일 볼 수 있잖아요."

그녀는 놀리듯 말하고 손을 뻗어 말끔히 면도한 뺨을 감쌌다.

"벌써 내일이오. 새벽 두 시 반인걸."

"그럼 오늘 뵙기로 하죠. 있다가요."

"아, 좋소."

하지만 그녀를 놓아주는 대신 허리를 감싼 손에 힘을 주며 그는 그녀의 코끝을 자기 코로 살짝 스쳤다.

"그럼 언젠가 서서 말 타는 재주를 보여주겠소?"

"어쩌면요, 당신을 좀더 잘 알게 되면."

"그 말 마음에 드는데. 흐음, 내일은 무슨 선물을 당신에게 보낼까 궁리중이라오."

그는 또다시 키스 한 번을 훔치며 장난스레 그녀의 아랫입술을 살짝 깨물었다.

"뭐가 좋겠소?"

꿈꾸듯 미소지으며 다니는 눈을 감고 그의 든든한 어깨에 머리를 기댔다.

"선물은 필요 없어요. 아무것도 생각나질 않는 걸요. 전 행복해요."

"그럼 당신을 더더욱 행복하게 만들어야겠군. 진정으로 원하는 걸 말해 봐요."

그녀는 그를 향해 장난스레 미소지었다.

"음, 정말로 굳이 그러시겠다면 제 집의 지붕을 수리해야 하거든요."

그가 신음소리를 냈다.

"마리아를 도와 할아버지를 보살필 일손이 있으면 좋겠어요. 그리고 몇몇 농부들이 지난 몇 달간 집을 수리해야 한다고 요청했는데……."

"뭔가 당신 자신을 위한 건 생각할 수 없는 거요, 아가씨? 다이아몬드나 뭐 그런 걸 부탁해야지. 내 기꺼이 그 지붕 일은 알아서 처리하겠지만, 당신 버릇을 망쳐놓으려는 노력을 꼭 이렇게 훼방놔야 하는 거요?"

깔깔 웃으며 그녀는 다시 그를 껴안았다.

"당신은 진짜라기엔 너무 근사해요, 라파엘."

"난 진짜요."

그는 부드럽게 말하며 그녀의 뺨에 얼굴을 비볐다.

"그럼 제겐 그걸로 충분해요. 그밖에 원하는 건 없어요."

"오, 정말로?"

그는 돌연 어둠 속에서 짓궂은 미소를 슬쩍 지었다. 그녀를 애무하던 손가락이 장난스레 엉덩이 사이로 파고들었고 더 깊이 들어가 모슬린 페티코트 위로 눌렀다.

"아주 정확한 말이라고는 생각되지 않는데."

그녀가 소리를 지르며 빠져나가려 버둥거리자 그는 유쾌하게 한마디 했다. 그리고는 허리를 잡아 도망치지 못하게 막고 더 집요하게 쓰다듬 었다. 그의 품안에 갇혀 웃고 어쩔 바 몰라하던 그녀는 느리고 짓궂은 손길에 미칠 듯한 욕망이 새로이 치솟자 얼굴이 새빨개졌다.

"내가 보기엔 당신이 진정으로 갈망하는 게 있는 듯한데. 그리고 그게 뭔지 알 것 같소."

"저리 가요, 구제불능의 난봉꾼! 전 서서 잠들 지경이라구요."

"좋소."

그가 물러났다.

"하지만 우선 당신을 침대에 눕히고 나서."

그 말과 함께, 그는 그녀를 안아 올려 침실로 데려가서는 침대에 내려 놓기 전에 깊게 키스했다.

다니는 자신의 위로 몸을 굽히고 있는 그를 올려다보았다. 널찍한 어 깨가 어둠 속에 우뚝 치솟았으며 길고 짙은 금발이 흘러내려 각진 얼굴 에 그림자를 드리웠지만 눈은 그림자 속에서도 환하게 빛이 났다. 그는 그녀를 유혹하려 꿈에서 나온 루시퍼처럼 보였다.

다니는 숨을 죽이고 그를 올려다보았다. 굶주린 듯한 그의 시선이 그 녀의 얼굴과 몸을 헤매다녔고 그 눈의 뜨거운 남성적 열기가 그녀를 매트리스로 더 깊이 파고들게 했다.

그는 그녀보다 훨씬 크고, 생생하게 고동치는 육체적 힘을 지니고 있었다.

"난 당신과 사랑을 나누고 싶어서 타들어가는 기분이오."

그가 그녀의 시선을 완전히 붙든 채 속삭였다.

"처음 본 순간부터 당신을 내 아래에서 느끼고 싶었지."

그녀의 휘둥그레진 눈에서 두려움을 읽은 그는 좀더 다정한 미소를 지으며 말했다.

"하지만 기다릴 수 있소. 그래야 한다면 하룻밤은 더 기다릴 수 있소, 내 사랑. 그 이상은 일 분도 못해. 그리고 그 다음엔……."

가볍게 그는 그녀의 얼굴 곡선을 더듬었다.

"천국이지."

다니는 힘들게 침을 삼켰다. 이제 출산에 대한 자신의 엄청난 두려움을 그에게 털어놔야 되지 않을까 생각했다. 하지만 그가 존중과 애정 가득한 눈길로 쳐다보자 자신의 약점을 드러낼 엄두가 나지 않았다.

당당한 황금빛 왕자 라파엘은 그녀를 두려움 모르고 용감하다고 생각한다. 클로에 싱클레어 같은 대단한 미모를 지니지 못한 그녀에게 유일하게 내세울 것이 있다면 성격뿐이었다. 그러나 그녀는 자신이 상당한 겁쟁이라는 사실을 그에게 숨기고 싶어할 만큼은 여성적 허영심을 지니고 있었다.

그는 몸을 숙여 그녀의 목덜미에 입을 맞추고 마지막으로 미소를 지어 보인 후 문으로 걸어갔다. 그녀는 팔꿈치로 지탱해 몸을 일으켜서는 성큼성큼 걷는 그를 지켜보았다. 아직 두려움이 완전히 사라진 건 아니었지만 그의 대담하고 자신감 넘치는 걸음걸이만 봐도 가슴이 설렜다. 그녀의 눈길이 강인하고 든든한 어깨서부터 늘씬한 허리와 단단한 엉덩이까지 감상하듯 훑었다. 그녀는 몸을 옆으로 굴려 뺨을 괴고 그를 지켜보았다.

레이프는 문가에 멈춰 서서 어깨 너머로 그녀를 돌아보았다. 어둠 속에서 그의 하얀 미소가 음흉하게 드러났다.

"먹어치우고 싶을 만큼 근사해 보이는군, 다니엘라. 정말로 내가 가길 원하오?"

그녀는 나른하고 관능적인 미소를 지었다.

"안녕히 주무세요, 라파엘."

"아, 그렇다면."

괴로운 한숨과 함께 그는 짐짓 신사적으로 절을 하고는 방을 나가 등 뒤로 조용히 문을 닫았다.

감미로운 만족감에 한숨 쉬며 다니는 제대로 누웠다. 자신이 달콤한 위험에 깊이 빠져 있음을 알면서도 헤어날 수가 없었다. 너는 괴상한 말괄량이라 그와 절대 어울리지 않아. 그녀의 이성은 경고를 외쳐댔다. 넌 그런 남자를 결코 잡아둘 수 없어. 하지만 그녀는 사랑에 빠져드는 중이었고 멈추기엔 너무나 근사했다.

곧 그녀는 잠으로 빠져들었다. 라파엘을…… 그리고 천국을 꿈꾸며.

왕세자가 복면 도적과 결혼하겠다는 발표를 해 스캔들을 일으킨 다음 날, 올란도는 그게 단순히 어이없는 농담 이상임을 알았다. 왜냐하면 왕자가 거의 의도적으로 적을 만드는 일에 착수했기 때문이었다. 올란도는 그가 무슨 일을 계획하는지 알 수가 없었으며 늘 난봉꾼 레이프를 웃음거리로 여겨 온 만큼 그 사실 자체가 커다란 경계심을 불러일으켰다.

오늘 왕자는 사랑스런 레이디 다니엘라를 재정 회의 내내 자신의 무릎 위에 앉혀 두어 궁정에서의 전쟁을 시작했다. 아버지의 뜻에 반항하여 스스로 고른 신부를 그들의 면전에 과시한 것이다.

장관들은 격분했고 레이프는 싫다면 나가라는 도발로 대응했다.

오직 저스티니안 주교만이 왕이 허락할 때까지 혼례 예식 거행을 거절하겠다는 천둥 같은 고함소리와 함께 그 말대로 했다. 그는 새틴 로브가 스치는 소리와 함께 당당히 퇴장했다.

왕자가 입지를 분명히 하는 데 그녀를 이용하고 있다는 사실을 모르는 레이디 다니엘라는 주교의 노여움에 움찔했다. 소녀는 분명히 불편해했으나 레이프는 그녀가 도망치지 못하도록 자신의 무릎에 꼭 앉혀 놓은 채 계속해서 귓전에 무언가를 속삭였다.

그녀의 커다란 푸른 눈은 여전히 순진한 불안감을 띠고 있었으나, 노인들이 레이프에게 여러 가지 문제를 놓고 잔소리하며 몰아붙이자 소녀의 표정이 처녀다운 당혹감의 홍조에서 당돌한 반항심의 찌푸림으로 변해가는 걸 올란도는 알아챌 수 있었다. 마침내 그녀는 기꺼이 그 자리에 동지로 남아 있는 듯이 보였다.

연인과 전사라. 올란도는 내심 고개를 설레설레 저었다.

그녀의 머리를 가볍게 애무하는 레이프의 손길만이 저 사랑스럽고 야성적인 빨강머리가 테이블 저편으로 돌진하여 어센션의 미래의 왕을 존경 없이 대하는 남자들에게 독설을 퍼붓지 못하도록 막아주는 듯했다. 레이프와 다니엘라의 연합 전선은 마침내 나직한 툴툴거림만 들릴 정도까지 노인들을 침묵시켰다.

젊은이들, 특히 아드리아노와 닉은 역겹다는 표정을 올란도와 교환했지만 차마 레이프에게는 그런 얼굴을 드러낼 엄두조차 내지 못했다.

올란도가 아드리아노의 눈길을 잡아 붙들어두자 아름다운 젊은이는 얼굴을 돌렸다. 그의 높은 광대뼈 위의 뺨이 달아올랐다. 올란도는 속으로 미소지으며 때를 기다렸다. 그는 왕자의 측근 중 약한 고리를 알고 있었다. 아드리아노는 시기심이 강하고 변덕스러우며 감정적으로 연약했다. 올란도는 레이프의 가장 헌신적인 숭배자가 레이디 다니엘라에게 저토록 적대적이라는 사실에 놀라지 않았다.

소녀가 회의에 참석한 표면상의 이유는 직접 메모를 쓰지 않는 레이프 대신 기록을 하기 위해서였지만, 왕자가 예쁜 여자를 무릎에 앉혀 두고 손을 떼지 못하는 모습은 모두의 정신을 산만하게 했다. 이교도 황제처럼 왕좌에 비스듬히 앉아 한 손으로는 몇 백만 명의 운명을 결정하는 서류에 서명하는 한편, 다른 손으로는 끊임없이 그녀의 등을 애무하고 나른하게 머리칼을 가지고 놀며 뺨에 얼굴을 비볐다.

레이디 다니엘라는 예리한 표정으로 모든 것을 주의 깊게 집중해서 들어 올란도에게 깊은 인상을 남겼다. 이따금 그녀는 레이프에게로 몸을 기대고 그의 귀에 속삭였다. 올란도는 분명 그녀가 현안에 대해 자기 의견을 말하는 것이리라 짐작했다. 대담한 레이디 다니엘라조차도 자신의 생각을 왕의 내각 앞에 소리내어 말할 만큼 무례하진 않았다.

논쟁에 논쟁이 거듭되어 회의는 계속 길어졌다. 돈 아르투로는 지독히도 까탈스럽게 굴었다. 특히 재상이 주장하는 새로운 세금 제도를 레이프가 침착하게 그러나 단호히 거부하자 더욱 그랬다. 그러면서도 내내 그는 다니엘라가 그의 무릎에 올라앉은 아름다운 적갈색 고양이인 듯 쓰다듬고 있었다.

그의 손이 천천히 소유욕을 담아 팔에서 어깨까지 쓰다듬는 모습이 올란도를 미치게 하고 있었다. 그럴 뜻은 없었건만, 그는 그들이 정열적인 사랑을 나누고 있는 모습을 상상하게 되었다. 저런 여자는 지극히 운 좋은 단 한 명의 남자에게만 자신을 완전히 내줄 것이다. 마음속으로 그는 그녀가 자신에게 굴복하는 모습을 보고 있었다. 몇몇 나이든 장관들도 공공연한 애정 표현에 내심 몸이 달은 듯했다.

그 둘은 서로 말없이도 통하는 듯했고 그들 사이의 화학 반응은 방을 뜨겁게 달구었다. 모두들 왕자가 단지 그들을 간신히 참아내고 있을 뿐이라는 걸 깨닫고 불편해했다. 그에게 필요한 것은 다니엘라와…… 아마도 침대뿐이리라.

열 시 반에 그들은 잠시 휴식을 취했다. 그때 몇 명의 신하들이 홀 끝에 모여 레이프를 오만한 호색가라고 욕했지만 올란도는 왕자가 소녀에게 품은 감정이 단순한 성적 욕망만은 아니라고 여겼다. 그보다 깊은 무언가가 있었다.

다니엘라와 레이프는 노인들이 방을 나간 후 둘이서 조용히 상의했다. 올란도는 남몰래 그들을 지켜보았다. 그녀는 레이프의 억제된 분노의 흔적을 부드럽게 키스해 지우고 있었다.

어쩌면 레이디 다니엘라의 영향력 아래 레이프가 얼마나 변했는지 느낀 것은 자신뿐일지도 모른다고 올란도는 생각했다. 한 가지는 확실했다. 지금 눈앞의 광경은 마음에 들지 않았다. 용감한 복면 도적을 구제해 준 일로 대중들이 왕자에게 호감을 보이기 시작한 것도 충분히 안 좋은 일이었다. 이제 소녀는 검을 들어 자신의 황금빛 구원자를 어떤 일에서도 지킬 태세로 보였고, 그에 맞춰 날카로운 왕자의 녹색 대리석 눈도 비밀스럽고 사람을 불안케 하는 시선으로 세상을 지켜보는 듯했다.

왕자의 나른한 권태가 없어졌다. 무관심한 온화함도 사라졌다. 평상시의 가벼운 농담은 한 마디도 하지 않았고, 아니 말 자체를 많이 하지 않았다. 그의 모든 말은 조용하고 진지했으며 강렬한 기상이 서렸다.

너무도 빨리 사랑에 빠져버린 커플에 역겨움을 느끼며 올란도는 만약 레이프가 예비 신부를 임신시킬 때까지 살아남는다면 자신의 계획이 어떤 꼴이 될지 생각했다. 저들의 모양을 보면 그렇게 되기까지 오래 걸리지 않을 텐데, 왕자를 그렇게 빨리 제거할 수 있을지 알 수 없었다. 지금까지 저 눈치 없는 레이프는 그의 치명적인 덫들을 기적적이라 할 만큼 무사히 통과했다. 만약 그가 다니엘라에게서 아들을 얻는다면 왕위는 레이프의 남동생 레오 왕자가 아니라 그들의 아이에게로 갈 것이다.

올란도는 그런 일이 일어나게 둘 수 없었다.

그는 어깨 너머로 다른 방의 그들을 얼핏 돌아보았다가, 아무도 자신들을 보지 않는 줄로만 생각하고 키스하는 그들의 모습에 눈초리를 가늘게 떴다. 올란도는 질시와 증오로 가득한 가슴을 안고 돌아섰다. 잘생긴 용모, 부와 작위, 그리고 왕가와의 혈연 관계까지 갖춘 그였기에 아름다운 여인들을 숱하게 가져 보았으나 저렇게 키스해 준 여자는 한 명도 없었다.

하기야 여자들의 상냥함이 그에게 무슨 쓸모가 있는 것도 아니었다. 그는 비밀과 변태적 행위에 쾌감을 느꼈다. 그들이 지르는 고통의 비명 소리가 그에게는 기쁨이었다.

어쨌든 그는 왕자와 저 최신 노리개 사이의 불가사의한 유대감을 이해할 수 없었다. 그리고 그 기묘한 위력이 그를 두렵게 했다. 아무래도 레이프의 아름답고 작은 동지가 왕자에게 등을 돌리도록 해야 할 것이다. 그 일이 매우 근사하게 느껴지는 것은 그가 거짓말을 할 필요조차 없다는 사실 때문이었다.

　내각은 휴식 후 다시 회의를 시작했지만, 레이디 다니엘라가 왕자에
대한 돈 아르투로의 멸시하는 태도를 참다못해 돌연 발끈하는 바람에
중단되었다.

　"이제 됐습니다, 경!"

　그녀는 레이프의 무릎에서 벌떡 일어나 손을 테이블에 짚고 분노로
활활 타오르는 눈을 노인 쪽으로 향했다. 돈 아르투로는 헉 숨을 들이켰
고 레이프가 주먹 쥔 손으로 입을 가리고 웃음소리를 삼키자 재상의 성
미가 폭발했다.

　"당신은 원래 여기 있어서도 안 되는 사람이오, 아가씨! 당신이 뭐라
고 생각하는 거요?"

　"애국자이며 장래의 왕비지요, 경."

　그녀는 곧장 맞받아쳤다.

　레이프는 웃음을 터뜨렸지만 장관들은 경악했다. 게다가 다니엘라 키
아라몬테는 아직 할말을 다 한 것도 아니었다.

　"나라의 통치자에게 그런 식으로 말한다면 경이야말로 여기 있어서는
안 되는 사람입니다. 내 평생 이런 무례함은 처음이에요! 경은 불화의
씨를 뿌리는 게 아니라 어센션을 위해 봉사해야 마땅하잖습니까. 왜 일
부러 전하를 깎아내리는 거지요?"

　온화한 성품의 농업부 장관이 중재하려 했다.

　"돈 아르투로는 전하를 깎아내리는 게 아닙니다, 레이디……."

　"아니긴 뭐가요."

　그녀가 내뱉었다. 그녀의 눈은 타오르는 아쿠아마린이었다.

　"다니엘라."

　레이프가 그녀의 뒤에서 불렀다.

　"네, 전하?"

　그녀는 여전히 돈 아르투로를 노려보며 대답했다.

　"잠시 우리들만 있게 해주겠소?"

"분부대로 하겠습니다, 전하."

그녀는 뻣뻣하지만 고분고분하게 말했다. 그리고 물러가기 전 그에게로 몸을 돌려 격앙된 어조로 나직이 물었다.

"당신 부왕께서는 저들에게서 이런 모욕을 받지 않으실 거예요. 왜 당신은 그러셔야 하나요?"

"나가 봐요, 귀여운 사람."

그는 다정하게 중얼거리며 그녀의 손에 입맞췄다.

올란도는 긴장감이 매초 상승하는 걸 느끼며 회의실을 주욱 훑어보았다. 숙녀가 방을 떠나는 순간 수라장이 벌어지리라는 예감이 들었다.

다니엘라는 왕자를 향해 뻣뻣하게 목례하고 밖으로 나갔다. 레이프는 문이 닫힐 때까지 그녀를 지켜보고는 지옥의 불꽃처럼 활활 타오르는 눈을 그들에게로 돌렸다.

"돈 아르투로, 내각 여러분, 그대들은 해임이오!"

그는 주먹으로 테이블을 내리치며 고함쳤다.

문 밖에서 듣던 다니는 라파엘의 노성에 눈을 커다랗게 떴다. 재상이 반박하자 그는 계속 고함쳤다. 방안의 모두가 소리쳐대고 있었지만 라파엘의 깊고 위압적인 목소리는 그들의 목소리 위로 천둥치듯 울렸다.

오, 하느님, 제가 무슨 짓을 저지른 건가요?

그녀의 안색이 창백해졌다.

바로 그때, 겁나리만큼 위엄 있어 보이는 궁정 시종이 복도를 걸어오다 그녀가 엿듣는 모습을 보고는 주름진 얼굴을 위엄 있게 찌푸렸다.

시종의 그런 모습에 다니는 마지못해하며 문가에서 물러났다. 게다가 당장이라도 면직된 각료들이 분개하며 밖으로 쏟아져 나올 테고 그녀는 그런 소동의 한복판에 끼고 싶지 않았다.

맙소사, 가장 존경받는 신하인 돈 아르투로 디 산세베로에게 성미 고약한 행상 아낙마냥 소리를 질러대고 말았어.

하지만 라파엘이 마침내 그 사람의 무례함을 더 이상 참지 않기로 해서 기뻤다.

　왕과 왕비가 돌아오면 자신은 아마도 내쫓기리라는 생각에 마음이 복잡하여 그녀는 서둘러 자신의 방으로 향했다. 최소한 그곳에서는 말썽을 피할 수 있으리란 희망을 품고.

　한 살롱 앞을 지나던 중 다니는 구슬 구르는 듯한 소프라노 웃음소리를 들었다. 호기심에 멈춰 서서 활짝 열린 문으로 살롱을 들여다보았다. 그 안에는 크림빛과 황금색의 줄무늬 소파 위에 클로에 싱클레어가 우아하게 앉아 있었다. 여자가 환하게 웃자 보조개가 윙크했고, 오후의 햇살이 그녀의 샴페인색 금발에 광채를 더했다. 주위엔 열성적인 숭배자들의 무리가 둘러앉아 그녀의 말에 귀를 기울이며 아낌없이 찬사를 퍼부었다. 몇 명의 젊은 숙녀들은 마치 그녀의 몇 분의 일만이라도 매혹적이었으면 좋겠다는 듯 시샘하는 눈길로 쳐다보고 있었다.

　다니의 심장이 덜컥 내려앉았다. 만약 왕자의 완벽한 아름다움에 맞먹을 만한 여자가 있다면 분명 이 밝고 달콤하기 그지없는 요정 여왕뿐일 것이다.

　저 여자가 여기서 뭘 하는 걸까? 라파엘을 만나러 온 것이 분명하겠지, 그러나…….

　다니는 이어지는 생각에 분개하지 않을 수 없었다. 어쨌든 간에, 그녀는 내일 라파엘과 결혼하게 되어 있지 않은가.

　그때 영국인 디바의 하늘빛 푸른 눈이 그녀에게 와닿았다. 여자의 눈에 즉시 적의가 떠오르며 웃음소리가 사라졌다. 하지만 그녀는 다니를 본체만체하고 몸을 돌려 옆에 있는 젊은이에게 다이아몬드처럼 환한 미소를 흩뿌렸다. 다니의 면전에다 대고 문을 쾅 닫은 것과 마찬가지였다.

　이를 악물고 다니는 자신의 방으로 향했다. 분개하여 팔짱을 끼고 방 안을 서성이며 라파엘이 오기만을 기다렸다. 아까 회의를 끝내버린 것이 명백하니 싸움이 끝나면 자신을 보러 오리라.

　그가 그 오만한 여배우에게 정신 팔리지 않는다면 말이겠지!

　부인해 봐야 소용없다. 그녀는 라파엘을 쥐고 흔드는 영국인 디바에게 몹시도 질투가 났다. 클로에 싱클레어는 왕자에게 어울릴 만한 미모와 세련됨을 갖췄고, 다니는 자신이 더욱 격에 맞지 않는 말괄량이로 느껴졌다.

거실의 꽃들 중 일부는 이미 시들었다. 그녀는 죽은 장미를 짜증스레 확 꺾다가 손가락을 가시에 찔리자 아파서 작게 비명을 질렀다. 침실로 들어가 찔린 손가락이 아프지 않을 때까지 빨았다. 좀처럼 기분이 안정되지 않았다. 다니는 발코니로 나가 중천에 뜬 태양에 눈을 가늘게 뜨고 느릿느릿 지나가는 일분 일초를 셌다.

그는 와야만 해, 이따 오후에 나폴리로 떠나는 가비아노 형제들에게 작별 인사를 할 수 있도록 부두에 데려가 주겠다고 약속했었잖아.

몇 분 후, 하녀가 방문객이 왔다고 알렸다. 다니는 뛰다시피 걸음을 옮겼지만, 문가에 멈춰 서 놀란 숨을 급히 들이마셨다.

그곳에는 검은 옷의 올란도가 꽃들을 감상하며 서 있었다.

올란도 디 캄비오 공작은 피오레 가문의 용모를 닮았다. 까마귀처럼 검은 머리칼, 짙은 피부색, 라파엘보다 몇 살 많은 그는 놀랄 만큼 왕자와 비슷했다. 올란도는 작은 가죽 서류 상자를 들고 있었다. 그녀가 방으로 들어서자 돌아서서 미소지었지만 그 미소는 얼음 같은 비밀스런 녹색 눈까지는 미치지 않았다.

"레이디 다니엘라."

깊고 차분한 목소리였다. 그는 그녀에게 절했다.

"전하께서는 지금 다른 일로 바쁘셔서 대신 당신을 찾아보라고 분부하셨소."

"그래요?"

그녀는 얼굴에서 핏기가 가시는 것을 느꼈다.

다른 일로 바쁘다?

분노가 몰려왔다. 그녀는 왕자의 친척 앞에서 우스운 꼴이 되고 싶지 않아 질투를 내색하지 않으려 최선을 다했다.

올란도는 문가에 시중들 차비를 하고 서 있는 통통한 하녀를 재빨리 돌아보고 다시 다니를 쳐다보았다.

"잠시 홀을 걸으면서 얘기 좀 하시겠소?"

"그러죠."

올란도는 문을 향해 손짓했다.

"앞장서시지요, 레이디."

그녀는 너무 화가 나서 어디로 향하는지도 알아채지 못했다. 마음속에 떠오르는 것은 라파엘과 은빛의 영국인 미녀뿐이었다.

진정으로 원하는 걸 말해 봐요, 다니엘라.

그녀는 어젯밤 그가 보여준 관심을 떠올리며 분노에 잠겼다. 여배우의 비위 맞추기에 바쁘면서 어떻게 우리 집 지붕을 고쳐주겠다고 할 수 있지?

부글부글 끓어오르는 가슴을 안고 그녀는 올란도의 넓은 보폭을 따라 텅 빈 대리석 복도를 걸었다. 복도 저편 끝에 열려진 프렌치 도어로 산들바람이 불어 들어왔다. 그 문은 작은 레몬 나무 화분들이 있는 햇살 환한 발코니로 통했다. 프렌치 도어의 얇은 커튼이 우아하게 펄럭였다. 그들은 그쪽으로 향했다.

올란도는 여전히 침묵을 지킨 채 머리를 꼿꼿이 들고 걸음을 옮겼다. 이마가 넓고 약간 휘어진 매부리코이긴 했지만 몸가짐조차도 레이프와 비슷하다고 다니는 생각했다. 화난 걸 눈치채이면 수치스럽게도 그 이유를 말해야 하리라. 그래서 그녀는 최대한 예의를 지켜 말을 꺼냈다.

"전하께 사촌 형제분이 있으신 줄은 미처 몰랐습니다. 알폰스 왕과 유제니아 왕비가 참살당하던 그 사건 때 라파엘의 아버님만 빼고 피오레 가문은 전부 살해당한 줄로 생각했거든요."

"레이프와 난 먼 친척이라오. 디 캄비오 가는 시시한 가족 간의 분쟁으로 백여 년 전 어센션을 떠나 투스카니에 정착했소."

그녀는 자신이 시집오게 될 고명한 가문의 역사에 호기심이 생겼으나 상대가 별로 말하고 싶은 눈치가 아니어서 굳이 캐묻지 않았다. 발코니에 도착하자 그는 손짓으로 나가기를 권했다. 조심스레 그녀는 그의 앞을 지나 밖으로 나아갔다.

햇살로 따스해진 공기중에 레몬향이 가득했다. 발코니는 궁전의 검은 문과 거대한 정문 입구를 잇는 넓은 자갈길이 내려다보이는 곳에 위치했다. 아래에는 병사들이 여기저기 배치되어 있었고 마차들이 바쁘게 오갔다.

올란도는 서류 상자를 난간에 올려두고 그녀를 응시했다.

"레이디 다니엘라, 사실 당신의 결혼에 대해 할 말이 있어 왔소. 아까 내각 회의실에서 당신은 스스로를 애국자라 말했고, 난 그 말을 믿소. 당신은 어센션과 라파엘을 위해 최선의 길을 원하겠지요?"

"물론이에요."

그는 머뭇거리며 얼굴을 찌푸리고 멀리 지평선을 내다보았다.

"내 친척 동생이 무모한 길로 돌진하려는 듯해 걱정이오. 부디 내 충성심이 어센션과 라자 왕에게 우선함을 이해하시오. 지금부터 할 이야기는 듣기 편치 않을 거요."

약혼자가 아름다운 정부와 놀아나고 있음을 안 것보다 더 괴롭지는 않을 터였다. 그녀는 그 생각을 확 밀어젖히고 가슴께에 팔짱을 꼈다.

"무슨 일이신가요?"

올란도는 심각한 표정으로 다시 그녀를 쳐다보았다.

"당신과 결혼함으로써, 레이프가 자신의 미래를 위태롭게 하고 한 세기 전 내 선조들을 어센션에서 몰아냈던 것과 같은 분란을 왕실에 일으키게 될까 두렵소."

의외의 말에 놀란 다니는 그를 올려다보았다.

"난 레이프를 좋아하지만 모두들 그의 행실이 엉망임을 알고 있소. 품성은 바르지만 문제들을 심각하게 받아들이지 않소. 그가 당신과 결혼하면 치러야 할 결과를 깨닫고 있는지도 알 수가 없소. 그에게 이해시키려 애썼지만 듣지 않았소. 그래서 왕자를 위해 당신에게 와야만 했다오."

그녀는 피가 싸늘하게 식는 것을 느꼈다.

"무슨 결과 말씀이시죠?"

"간단히 말하도록 하겠소. 라자 왕이 그의 계승권을 빼앗고 레오 왕자를 왕세자로 책봉할 가능성 말이오."

“뭐라고요?”

그녀는 크게 소리쳐 외쳤다. 즉시 어젯밤 라파엘이 배에서 아버지와의 경직된 관계에 대해 한 말이 떠올랐다.

“왕실이 스페인으로 떠나기 직전, 왕은 내각 전원 앞에서 라파엘 대신 레오 왕자를 왕위에 앉힐지도 모른다고 위협했소.”

“폐하께서 진정으로 그런 위협을 하셨으리라곤 믿을 수 없어요.”

그녀는 경악하여 말했다.

“그러면 라파엘은 무너질 거예요.”

“그는 가족에게 상당한 수치를 주었소.”

그녀는 움찔했다.

“그래도 라자 왕께서 저 때문에 그를 몰아내시리라곤 믿을 수 없어요. 가난할지는 모르지만, 전 좋은 가문 출신이고…….”

“노상강도로 체포되었잖소, 레이디. 그 점은 아무래도 당신의 혈통을 뒤로 젖혀놓게 하오. 정말로 국왕 부부가 범죄자를 미래의 피오레 왕의 어머니로 받아들이리라 생각하오? 그들은 당신을 클로에 싱클레어보다 나을 것 없는 왕가의 흠집으로 볼 거요.”

그녀는 그를 날카롭게 쳐다보았다. 그는 유감스럽다는 미소를 지었고 얼음 같은 녹색 눈에는 계산적인 빛이 있었다.

“그들은 결혼을 무효화할 거요, 레이디 다니엘라. 내 말 믿으시오, 그들에겐 그럴 힘이 있소.”

“하지만 전 라파엘에게 빚을 졌어요. 그는 제 생명을 구하고 친구들을 놓아줬다구요! 저는 약속을 했어요. 이제 무를 순 없어요.”

“그에게 빚을 졌다면 더더욱 그를 거절해야만 하오. 라파엘과 결혼하면 그의 인생을 망치는 거요. 그게 당신이 원하는 일이오?”

“물론 아니에요. 왜 모두들 그를 어린애 취급하지요? 그는 성인이고 그가 원하는 건 저라구요!”

그 말은 그녀가 의도했던 것보다 더 애처롭게 들렸다.

침묵이 흘렀다. 올란도의 흔들림 없고 동정하는 시선이 이렇게 묻는

듯했다. '그럼 왜 그는 지금 클로에 싱클레어와 있는 거요?'

마침내 그가 다시 입을 열었다.

"당신이 상처입는 모습을 보는 게 싫소. 당신은 너무나 젊은데…….
정말이지 그는 너무나 생각 없는 짓을 했군."

마음 깊이 상처받은 그녀의 입술이 떨렸다.

"무슨 뜻이죠?"

그는 고개를 설레설레 저었다.

"그가 이러는 모습을 서른 번, 아니 마흔 번쯤 보았소. 그의 연애는 일
주일, 기껏해야 보름 정도밖에 안 가곤 하지. 당신도 필경 그의 평판을
들었을 텐데."

"그저 소문이에요."

그녀는 애써 말했다.

"아니, 그렇지 않소."

그가 유감스럽다는 듯 대꾸했다.

"처음엔 늘 마치 평생의 사랑을 찾은 듯 굴지. 값비싼 선물, 아름다운
찬사, 상냥한 말, 유혹…… 그리고는 질리는 거요. 그의 관심을 한달 이
상 붙들어 놓은 유일한 여자는 클로에 싱클레어뿐인데 피차 그 이유는
짐작할 수 있으리라 생각하오. 당신은 전혀 그런 타입이 아니오."

그의 눈과 어조가 부드러워졌다.

"당신은 그보다 나은 대접을 받아야 마땅하오. 그에게 매혹되지 마시
오, 그랬다간 웃음거리가 될 테니까. 그는 왕세자이고 내 친척이긴 하지
만, 신사로서 말하건대 여자에 관해선 라파엘 디 피오레는 망나니요. 분
명 당신도 처음 듣는 얘기는 아닐 거요. 그는 여자를 매료시킬 줄 알기
때문에 무슨 일을 저지르든 대가를 치르지 않고 모면하오. 무슨 일이 생
겼는지 깨닫기도 전에 당신은 버림받고 그는 곧 새로운 노리개에게로
옮겨가겠지."

그녀는 불굴의 의지로 눈물을 억누르고 그를 응시했다. 그의 말은 한
마디 한 마디가 마치 그녀의 비밀스런 두려움을 담은 일기를 읽는 듯했

다. 그녀의 목이 메여 왔다.

올란도가 한마디 더 덧붙였다.

"나쁜 소식을 전하는 사람이 되기는 싫지만, 당신은 그저 그의 일시적인 충동에 불과함을 말해 두는 게 좋겠다고 생각했소. 유감이오."

그녀는 고개를 짧게 젓고는 몸을 돌렸다. 심장이 아프게 고동쳤다. 뱃속 깊숙이에서 욕지기까지 일었다. 알고 있었다. 그래, 그는 진짜라기엔 너무 멋지다는 걸 알고 있었다.

"미안하지만 할말이 더 있소."

올란도가 부드럽게 말하며 서류 상자를 열었다.

그녀는 그 안에 라파엘을 포기하라고 주는 돈이 들어 있으면 그 모욕을 어찌 견딜까 두려워했다. 하지만 그 안에는 다섯 점의 젊은 여인들의 초상화가 들어 있었다.

"이들은 누구지요?"

"왕자는 이 젊은 숙녀들 중에서 신부를 고르라는 명을 받았소."

그는 라자 왕이 아들과 맺은 약속을 간단히 설명했다. 왕의 부재중 어센션의 통치를 그에게 맡기는 대신 라파엘은 초상화 속의 여자들 중 하나와 결혼하기로 했다고.

"이게 바로 레이프가 당신과 결혼하면 절연당할 거라 믿어지는 주된 이유요."

올란도는 엄숙하게 말했다.

"그는 아버지가 결혼하라고 명령한 것을, 자유를 빼앗기는 걸 좋아하지 않았소. 아무 상의도 없이 이 여자들을 선택했다는 점에 자존심 상해했지. 부왕에 대한 반항심에서 당신과 결혼하는 게 아닐까 두렵소."

"오, 하느님."

그녀는 충격에 사로잡혀 속삭였다. 머리를 숙이고 눈을 질끈 감고는 어리숙한 자신을 원망했다.

난봉꾼의 달콤한 덫 안으로 곧장 걸어 들어가다니 자신은 정말 멍청한 바보였다. 다섯 명의 공주 중에서 아내를 고를 수 있고 또 연인으로 클로에 싱클레어를 둔 라파엘 왕자가 어떻게 자신 같은 비쩍 마른 빨강 머리 말괄량이를 원할 거라 생각할 수 있었단 말인가? 어떻게 그의 유일한 목적이 세상 사람들에게 충격을 주고 왕을 진노케 하려는 것임을 그 즉시 알아채지 못했을까?

어젯밤 그는 그저 연기를 하고 있었던 거야. 맙소사,

그의 손에 놀아나다니 어떻게 이런 바보짓을!

그녀는 그에게 자신을 내주었던 기억에 몸을 떨었다. 어젯밤 그녀는 몸과 영혼을 다해 그를 믿었다. 그는 단지 무도회날 밤 쾌락적인 즐거움을 위해 친구들에게 그녀를 데려오라고 명령했을 때와 마찬가지로 그녀와 놀아나고 있었을 뿐이었다.

감옥에서 나한텐 정직을 요구하더니 그 자신의 진정한 동기에 대해선 거짓말을 하다니, 위선자 같으니라고!

그가 증오스러웠다. 갑자기 진정한 친구 마테오가 절실하게 그리웠다. 할아버지가 그리웠고 그저 집으로 돌아가고만 싶었다.

"의심의 여지없이, 왕에게 있어 레이프와 당신의 결혼은 인내심의 끝일 것이오."

올란도가 말을 이었다.

"그럼 왕좌는 레오에게 갈 거요. 레이프가 어찌 될지는 모르겠소. 그러나 어센션이 어찌 되느냐, 이것이 진짜 문제요."

다니는 고개를 들고 다시 눈을 떴다. 끓어오르는 상처와 분노를 밀어내고 저 멀리 시내를 응시했다.

"만약 라파엘이 자기 아버지와 제게 이런 짓을 할 만큼 비열한 사람이라면 왜 당신은 그가 왕좌에 오르길 바라시죠? 어쩌면 그는 그럴 자격이 없을지도 몰라요."

"그는 평생 동안 왕이 되기 위한 교육을 받아 왔소. 무능하진 않소, 다만 성숙함이 부족할 따름이지. 그리고 그건 때가 되면 생길 거라고 희망하고 있소. 게다가 유일한 대안은 열 살밖에 안 된 레오 왕자요. 어린 왕은 국가의 안정을 위태롭게 하오."

그녀는 눈을 감고 휘몰아치는 감정의 혼란에서 벗어나 제대로 생각하려 분투했다.

"저는 어떻게 해야 할지 모르겠습니다, 공작 각하. 그저 그를 퇴짜놓을 순 없어요. 제 친구들이 아직 구금되어 있으니까요. 제가 약속을 어기면 라파엘은 격분할 거예요. 그런 무뢰한과 결혼하고 싶지도 않고 라자왕의 진노가 제게 향하길 원치도 않지만, 지금 결혼을 거절하면 그는 가비아노 형제들을 교수대로 보낼지도 몰라요."

"그건 사실이오."

그가 깊이 숨을 들이쉬며 말했다.

"결혼식이 내일이라는 점을 감안하면 취소하기엔 너무 늦었을 듯하오. 이 시점에서 우리의 유일한 희망은 국왕 부부가 돌아왔을 때 결혼을 무효화하는 것뿐이오."

그녀는 무슨 뜻인지 잘 모르겠다는 듯 그를 쳐다보았다.

"결혼을 무효화하려면 어떤 조건이 필요한지 알고 있소?"

그가 은근한 어조로 물었다. 그녀는 고개를 저었다.

"그건 당신이 그에게…… 허락하지 말아야 한다는 뜻이오. 만약 왕자가 당신을 임신시킨다면…… 음, 왕의 원치 않은 서자보다 반갑잖은 것은 없소."

낮고 조금은 씁쓸한 목소리였다.

"알겠어요."

그녀는 시선을 돌렸다.

최소한 이것만은 다행이야. 그녀는 난간 위에 힘없이 놓인 손으로 낙담한 시선을 내리깔고 생각했다. 마음은 크나큰 상처를 입어 욱신거렸지만 최소한 이제 출산중의 죽음을 걱정할 필요는 없다.

침묵 속에 몇 분이 더 흘러갔다. 다니는 라파엘이 클로에 싱클레어와의 밀회를 마치고 오려나 해서 어깨 너머로 복도를 돌아보았다. 그가 의심할 수도 있으니 올란도가 함께 있는 모습을 보이지 않는 것이 좋으리라.

"솔직히 여자 강도가 과연 어떤 사람일지 짐작조차 할 수 없었소."

공작이 차분한 목소리로 입을 열었다. 고개를 돌려보니 올란도가 뜨거운 시선으로 그녀를 쳐다보고 있었다.

"법에 따르면 당신은 교수대로 향해야만 했겠지."

그는 중얼거리며 손을 뻗어 그녀의 뺨을 쓸었다.

"하지만 당신은 상당한 보물이오."

그녀는 그의 부적절한 손길에 당혹스러워져 새빨갛게 홍조를 띠고 뒤로 물러났다.

"때가 오면 그를 포기하시오. 그러면 내가 왕과 왕비의 진노에서 당신을 보호할 거요. 당신이 저지른 죄를 사면받도록 조처하겠소. 그리고 그때까지 당신이 여전히 순수하다면……."

그는 묘한 미소를 지었다.

"어쩌면 당신과 나 둘이서 타협을 볼 수도 있겠지."

"그런 말씀 마세요."

그녀는 그의 제안에 충격을 받아 간신히 말을 꺼냈다.

"라파엘과 제가 결혼하면 당신은 제 친척도 되시는 거예요."

그는 의미심장한 미소를 던진 후 서류 상자를 닫아 들고 떠나갔다.

"어떻게 그런 비쩍 마른 시골뜨기 계집애와 결혼하겠단 생각을 할 수 있어요?"

클로에가 내뱉었다. 그녀의 푸른 눈은 차가웠고 가늘게 좁혀졌다. 살롱 안을 이리저리 서성이자 얇은 드레스 자락이 다리에 휘감겼다.

"그 여자가 당신을 만족시킬 수 있을 거 같아요? 설레임은 곧 사라질 거라구요! 그녀도 다른 여자들과 똑같아요. 그녀는 당신을 미치도록 지루하게 만들 테고 당신은 내게 설설 기며 돌아오겠죠. 하지만 그때 당신이 받을 대접이라곤 문전박대뿐이에요! 나한텐 당신이 필요치 않으니까요. 난 원하는 남자는 누구라도 가질 수 있어요!"

레이프는 한숨지었다.

"가질 수 있어요!"

그녀는 다시금 고함치며 그를 향해 성난 발걸음을 내딛었다.

"누구라도! 닉, 올란도, 원하기만 한다면 왕이라도!"

"맙소사, 좀 양식 있게 굴도록 해."

그는 그녀의 위협에 전혀 공감하지 않은 채 중얼거렸다.

그녀는 신경질적인 새된 웃음을 터뜨렸다.

"그게 두려운가요, 레이프? 내가 당신 아버지의 침대에서 더 재미를 볼까 겁나요? 분명 그럴 거예요. 그는 종마만큼이나 혈기 왕성하니까. 왕은 당신과 달리 진짜 남자예요."

"그리고 30여 년 간의 결혼 생활 동안, 그분은 단 한 번도 어마마마를 배신하지 않으셨소. 당신은 물론 예쁘지만 그분이 당신을 위해 기록을 깨시리라곤 생각되지 않는군."

그녀는 그를 비웃었다.

"마마보이 같으니. 당신을 괴롭히기 위해서라도 왕을 유혹할 거예요. 그는 분명히 근사한 잠자리를 원할 걸요. 내기해도 좋아요. 왕비는 지치고 늙어빠진 노파니까."

이젠 어머니를 모욕하는 건가? 그는 분노를 억누르며 생각했다.

"아, 그렇게 생각하다니 참 유감이로군. 어마마마께선 당신을 상당히 높이 평가하시던데."

그의 비아냥은 클로에를 아주 잠깐 동안만 당황하게 했을 뿐이었다.

"왕비마마가 날 싫어하시는 거 알아요. 당신에게 가까이 접근하려 하는 여자는 모두 싫어하시니까."

그는 어깨를 으쓱했다.

"그분은 사람을 보는 눈이 뛰어나실 뿐이오."

"그리고 당신은 아직도 엄마 치마끈에 묶여 있고요! 당신 대신 올란도를 택할까 봐요. 뭐 할말 있어요?"

"그렇게 해서 허영심을 달랠 수 있다면 당신이 정원사하고 자더라도 난 상관하지 않소. 나와 만났을 때 당신이 깨끗한 몸이었던 것도 아니고."

"개자식!"

그녀는 씩씩거렸다. 라파엘은 그녀가 이토록 화가 났음에도 그의 친구 아드리아노와 놀아난 사실을 면전에 들이대지 않는 것에 놀랐다.

그는 죽마고우와 정부 사이에 무슨 관계가 있음을 얼마 전부터 알고 있었지만 별로 신경 쓰지 않았다. 그걸 알아채지 못한다면 장님이리라. 거의 모든 사교 행사 때마다 클로에와 아드리아노가 같이 킥킥대며 사람들에 대해 몰래 험담을 해대는 모습이 눈에 띄었다. 그 눈부신 커플은 언제나 달라붙어 있었고 서로를 단순한 호감 이상으로 대했지만 레이프는 무심히 그런가 보다 여길 뿐이었다.

"당신 친척은 너무나 잘생긴데다 정말로 여자를 만족시킬 줄 안다고 들었……."

"솔직히 말해, 당신이 누굴 침대로 데려가든 난 상관하지 않소. 이제 내 침대에서는 환영받지 못한다는 사실을 이해하기만 한다면 말이지."

그는 인내심의 끝에 달해 날카롭게 말했다.

그녀는 움찔하고 입을 다문 채 그를 원망하는 시선으로 응시했다.

"당신은 그녀에게 질릴 거예요."

그녀는 쓰라린 어조로 다짐하고는 등을 돌려 줄무늬 소파로 가 앉았다. 풍만한 가슴 아래 팔짱을 껴 자신의 최대 장점을 드러내 보이며 예쁜 입술을 뾰로통하게 모으곤 곧장 앞만 응시해 레이프를 무시했다. 아니, 무시하는 척했다.

그는 창가에 서서 관자놀이를 문질렀다. 그녀가 소리를 질러대는 바람에 두통이 일었다. 혹은 그녀가 퍼부어댔던 말의 포악함 때문인지도 모른다.

당신은 그녀에게 질릴 거예요

제길, 어쩌면 클로에의 말이 옳을지도 모른다. 반 시간 전 클로에가 홀에서 그를 멈춰 세우고 딱딱하게 얘기 좀 하자고 청했을 때, 그는 다니엘라와 결혼하기 전에 그녀와의 관계를 끝내겠다는 결의로 가득 차 이 살롱으로 들어왔다.

하지만 안으로 들어선 순간부터, 그는 클로에 싱클레어만이 그를 넉 달 동안이나 붙들어 놓았던 이유와 비결을 깨달았다. 그녀는 그를 자기 뜻대로 다루려면 무슨 말을 하고 어떻게 행동해야 할지 정확히 알고 있었다. 문을 닫은 순간부터 그녀는 버릇없는 아이가 하프시코드의 같은 건반을 계속하여 두들겨대듯이 그의 자기 불신을 자극했다.

그녀는 당신을 이용하고 있어요. 분명하잖아요. 당신은 그녀에 대해 알지도 못해요. 그녀는 자기 목숨을 건지기 위해 당신에게 무엇이든 약속한 거예요. 그리고 덤으로 왕관까지 얻었으니! 당신은 진짜 어리석어요, 레이프! 믿을 수 없는 여자라구요. 왜 그 여자는 다른 여자들과 다르다고 생각해요? 당신은 보름 안에 그녀에게 질릴 거예요.

어쩌면 클로에가 옳은지도 모른다. 그는 이미 빨강머리에게 푹 빠져들었다. 어젯밤 그녀에게 자신의 가장 깊은 두려움을 드러낸 일을 떠올리며 그는 섬뜩해했다. 어쩌면 너무 성급하고 무모하게 자신을 내던졌는지도 모른다. 과거에 그렇게 자주 실수를 저질렀는데 어떻게 자신의 판단을 정말로 신뢰할 수 있겠는가?

하지만 이미 다니엘라와 결혼하겠다고 공언했다. 지금 물러나면 영원토록 얼굴을 들 수 없게 될 터이다.

복잡한 생각에 잠겨 있다가 그는 훌쩍거리는 소리를 듣고 고개를 들었다. 클로에가 울기 시작한 것을 본 그의 가슴이 내려앉았다.

그녀는 고개를 숙이고 손가락을 콧날에 가져다댔다. 마치 그게 신호이기라도 한 듯 두 개의 눈물방울이 동시에 그녀의 고운 뺨으로 흘러내렸다.

"왜 이렇게 끔찍한 말을 하게 만들어요? 당신이 미워요. 이렇게 사랑하는데. 전 그저 당신을 행복하게 해주고 싶을 뿐이에요."

그는 그녀를 응시했다. 자신이 눈물에 조종당하고 있음을 알면서도 어쩔 수가 없었다. 그는 여자가 우는 모습을 참을 수 없었고 클로에는 이미 그 사실을 잘 알고 있었다. 어쩌면 그녀가 정말로 그를 사랑한다고 믿을지도 모르지만, 그는 클로에의 세계에서 유일하게 사랑받는 사람은 그녀 자신뿐임을 오래 전부터 알고 있었다. 그렇다 해도 미안한 기분이 사라지는 것은 아니었지만……

그녀가 다시 흐느끼자 그는 옆에 앉아 아무 말 없이 자신의 손수건을 건넸다. 그녀는 손수건을 받아들어 눈물을 찍어냈다.

맙소사, 내가 뭘 하고 있지? 그는 한숨을 삼키며 내심 의아해했다. 눈을 치켜 뜨고 자신의 정부를 이성적으로 뜯어보았다.

클로에 싱클레어는 끝없는 욕심에 변덕이 심하긴 하지만 최소한 그들은 서로에게 익숙했다. 그녀는 그에게 너무 많이 기대하지 말아야 한다는 걸 알고 있었고 그들은 침대에서 잘 어울렸다. 어쩌면 그녀와의 관계를 당장 끊는 건 너무 성급한 일일지도 모른다. 어쨌든 클로에는 자신이 원하는 것들—값진 선물이나 관심같이 대수롭지 않은 것들만 얻을 수 있다면 그에게 아무런 고민거리도 주지 않았다. 그를 뒤흔들거나 그의 방어벽에 흠을 내지 않았다.

신중하게 그는 그녀의 허벅지에 손을 올리고 위로하듯 어루만졌다.

"울지 마시오, 사랑스런 사람. 다 잘될 거요."

그녀는 예쁘게 훌쩍이고는 삐죽거리며 그를 곁눈질했다.

"저는 당신한테 중요한 존재가 아니에요. 당신은 절 아끼지 않아요."

"그렇지 않다는 거 알잖소."

"절 사랑한다면 그녀와 결혼하지 않을 거예요!"

커다란 푸른 눈에 다시 눈물이 솟구쳐 보석처럼 반짝였다.

"내게는 가족과 어센션에 대한 의무가 있소."

그가 부드럽게 말했다.

"당신도 알 텐데. 혈통의 문제요. 아바마마께서 아내를 고르라고 날 들볶아대셨다니까."

"하지만 그 여자의 어디가 그렇게 대단해서요?"

그녀의 커다란 푸른 눈에 담긴 애절한 불안감이 그를 놀라게 했다. 클로에는 초상화 속 다섯 명의 공주들에게는 전혀 위협을 느끼지 않았다. 그녀는 입술을 삐죽거리고 고개를 숙여 황금색 머리칼이 장밋빛 뺨을 가리게 했다.

"그녀를 사랑하세요, 레이프?"

어떻게 답해야 할지 모르는 질문이었으나 그녀의 분노를 다시 불러일으키고 싶은 생각은 전혀 없었다.

"스위트하트, 그녀와 난 안 지 겨우 며칠밖에 안 되었소."

그는 애매하게 답했다. 그녀는 발끈했지만 분노를 터뜨리진 않았다. 천천히 그는 안도의 한숨을 내쉬었다. 하지만 그는 마치 다니를 배신한 것처럼 느껴졌고 자신이 더더욱 비열한 작자가 된 듯했다. 그러나 유치한 충동이 그 죄책감에 반발했다.

부유한 남자가 정부를 두는 건 당연한 권리처럼 여겨진다. 다니엘라도 분명 그 사실을 알고 있으리라. 사교계의 모든 남자는 따로 여자를 두고 있었다. 오직 어센션의 반석만이 모범적인 남편이었는데 난봉꾼 레이프가 아버지 같은 남자가 아니라는 것은 모두들 아는 사실이었다.

그는 다시 여자의 허벅지를 가볍게 쓰다듬으며 말했다.

"서로에 대한 결정을 여기서 당장 내릴 필요는 없소. 며칠 두고 생각해야 할지도 모르지."

그녀의 사파이어빛 시선이 흘끔 그에게로 향했다. 이 일로 그에게서 뭘 얻어낼 수 있을까 계산하는 것이 빤히 보였다.

그는 계속 그녀를 토닥이며 달래는 어조로 말했다.

"저택으로 돌아가서 며칠 푹 쉬도록 하시오. 내가 결혼식을 치르는 동안 친구들을 만나고 놀도록 하고. 곧 당신을 만나러 가겠소."

"약속하는 거죠?"

죄책감을 느끼며 그는 고개를 끄덕였다. 그러자 그녀는 한숨을 쉬고 애처로운 표정을 지었다.

"알았어요. 전 당신 뜻을 거부할 수 없으니까요. 하지만 우선……."

그녀는 그의 목에 팔을 두르고 뺨에 얼굴을 비볐다.

"오, 레이프."

그녀는 그의 귓전에 숨을 불어넣어 몸이 부르르 떨리게 했다.

"우리 사랑을 나눠요. 지금 당장. 당신이 너무나 그리워요, 레이프. 당신이 필요해요. 아직 당신 생일 선물도 못 드렸잖아요."

그녀가 키스하며 혀로 그의 입술을 벌리자 존재 전부가 그녀에게 저항했다. 그의 몸이 경직되었다. 뼛속까지 밴 신사다운 태도 때문에 그녀를 뿌리칠 수는 없었지만 그는 또 다른 난리판이나 눈물바다를 벌이지 않고 그녀의 품에서 빠져나오기로 결심을 굳혔다.

그녀는 한숨지으며 키스를 끝내곤 소파의 쿠션에 기대어 드레스 리본을 가지고 손장난쳤다.

“나랑 같이 놀아요, 레이프.”

고개를 흔들어 정신을 차리고 그는 억지로 유감스럽단 미소를 지었다.

“당신은 성인이라도 유혹할 수 있을 거요. 하지만 불행히도 오늘 오후 몇 가지 회의가 더 예정되어 있어서…….”

그는 시계를 흘끗 보았다. 물론 그 약속이 다니가 가비아노 형제들에게 작별 인사를 하도록 부두까지 에스코트하기로 한 것임은 말하지 않았다. 벌써 늦었다.

“빨리 하면 되잖아요.”

“셰리, 난 몇 가지 즐거움은 서두르고 싶지 않소.”

그가 속삭였다.

“구제불능의 바람둥이. 그냥 날 밀어내고 싶은 거죠?”

그녀는 아쉬운 갈망을 담은 눈으로 그를 쳐다보았다.

“당신 마음을 아프게 해서 미안해요, 레이프.”

그녀를 응시하며 그는 자신이 전혀 상처받지 않았음을 깨달았다. 아마도 처음부터 이 버릇없고 떼쓰는 미녀에게 진짜로 빠져들지 않았다는 또 다른 증거이리라.

어쩌면 클로에를 택했던 이유는 그녀가 자신의 방어벽에 어떤 위협도 되지 않기 때문이었는지도 모른다. 하지만 그 빨강머리는 달랐다. 아무리 생각해도 다니가 클로에처럼 누군가에게 일부러 잔인한 말을 하는 모습을 상상할 수가 없었다. 그러자 또다시 자신에 대한 실망감이 몰려왔고 당장 정부에게서 벗어나야겠다는 급박한 필요를 느꼈다.

점잖게 고개를 숙여 그녀의 손에 키스한 다음 그는 작별 인사를 하고 살롱을 나섰다.

늦었군, 제기랄.

그는 대리석 복도를 서둘러 지나며 생각했다. 신부 역시 그를 미워하게 되는 것만은 절대로 피하고 싶었다.

얼마 후, 그는 목재 부두 위의 다니엘라와 그녀의 신분 낮은 친구들에게서 약간 떨어져 서 있었다. 라파엘은 그녀가 로코라는 이름의 멍청한 거인을 오랫동안 포옹하고 있다는 사실에 짜증이 나고 초조하여 승마용 채찍으로 부츠를 톡톡 쳤다.

항구로 데려가기 위해 그가 갔을 때 다니가 보여준 서먹서먹한 예의바름은 그와 클로에의 만남을 알고 있음을 분명하게 말해 주었다. 하지만 그녀는 거기에 대해 한마디도 하지 않고 단지 냉랭하게 대할 뿐이었다.

그는 자신의 매력을 이용해 그녀의 마음을 돌릴 용기조차 낼 수 없어 그저 쏟아지는 침묵의 비난을 침울하게 견뎠다. 시간이 흐름에 따라 그는 점점 클로에와 끝을 낼 기개가 없는 자신에게 화가 났다. 짙은 청색의 새 드레스를 입은 신부가 지극히도 사랑스러워 보인다고 생각하며 그는 갈망의 눈길로 그녀를 응시했다. 그녀는 매력적인 보닛에 그가 보냈던 핑크빛 장미 두어 송이를 달았고 흰색의 짧은 장갑을 꼈다.

다음으로 그녀는 안경 쓴 둘째를 껴안았고, 몸을 숙여 주근깨투성이 꼬마 지아니를 꽤 오랫동안 끌어안았다. 아이 다음으로는 아들들과 함께 떠나기로 한 그들의 어머니를 포옹했다.

그들의 눈물어린 작별을 보고 있자니 그들에게 이런 판결을 내린 자신이 잔인한 악당이 된 기분이었다. 그는 사탕통을 주머니에서 꺼내 박하사탕을 빨며 성미를 눌렀다. 최소한 사탕은 입을 바쁘게 해서 '알겠소, 알겠소, 떠나지 않아도 돼!'라고 외치지 않게끔 막아 주었다.

허나 그의 자비로운 충동은 예비 아내가 평생의 숭배자, 고상한 마테오에게로 돌아서자 즉각 가라앉았다.

레이프는 눈초리를 가늘게 하고 친구로서의 애정 이상의 징조를 찾아 그 한 쌍을 자세히 뜯어보았다. 다니엘라는 마테오의 팔짱을 끼고 함께

몸을 돌려 부두 가장자리로 향했다. 무언가 급박한 대화를 나누는 듯이
보였다.

레이프는 관자놀이가 욱신거렸다. 그러다가 조그만 장난꾸러기 지아
니가 자신을 향해 씨익 웃고 있음을 알아챘고, 아이가 손을 흔들자 미간
을 찌푸렸다. 그는 억지로 발을 떼 마차로 돌아가 기다리며, 아직 결혼도
하지 않았는데 벌써 자신이 질투심 많은 남편이 되어버렸다는 사실을
깨닫고 깊이 충격받았다.

"날 위해 그렇게 해줘, 마테오."
다니는 친구의 짙은 눈동자를 올려다보며 애원했다.
"내가 믿을 수 있는 사람은 너뿐이야."
"물론 하겠지만, 왜 그런 사람들한테 신경 써야 하지?"
그는 성이 나서 물었다. 바람에 숱 많은 곱슬머리가 물결쳤다.
"사정이 좋아지는 대로 내가 돌아와서 널 구출할게."
"벌써 몇 년째 내 스스로를 알아서 챙길 수 있다고 말해 왔잖아."
그녀는 걱정스레 어깨 너머로 자신의 약혼자를 돌아보았다. 마차를 향
해 걸어가는 레이프의 넓은 등이 보였고 저녁 햇살이 그의 짙은 금발을
도금했다. 그녀는 다시 마테오에게로 돌아섰다.
"게다가 넌 여기로 돌아오면 안 돼. 다시 붙잡히면 교수형이라는 거
알면서! 머리를 써, 너희 어머니와 동생들에겐 네가 필요하단 말이야."
그는 슬프게 그녀를 응시하다가 고개를 푹 숙였다.
"내 탓이야. 네가 붙잡히고 이제 그에게 복종하게 된 건 다 내 잘못이
야! 이건 말도 안 돼……."
"난 괜찮을 거야, 마테오. 국왕 부부가 돌아올 때까지 그를 거부할 수
있어. 정말로 날 돕고 싶거든 부탁한 대로 해줘. 피렌체로 가서 올란도
디 캄비오 공작에 대해 알아봐."
"왜 그 사람에 대해 알고 싶은 거야?"
"그는 날 돕고 싶다면서, 내가 협조하면 국왕 부부가 돌아온 다음 라

파엘과의 결혼을 무효화할 수 있다고 했지만 그에겐 어딘가 믿을 수 없
는 구석이 있어. 그 사람은 기름을 바른 듯 매끄럽게 굴고 궁전이 자기
것이기라도 한 것처럼 걸어다녀. 자, 날 위해 이 일을 해줄 거야, 아니면
노새마냥 고집부릴 거야?”

그는 한숨 쉬고 고개를 설레설레 저었다.

“내가 할 거라는 거 알잖아.”

“좋아. 하지만 조심해. 피렌체에서 올란도의 권력이 어느 정도인지 모
르니까. 그는 지극히 위험해 보여.”

“널 위해 기꺼이 그를 염탐하도록 하지. 왕자의 경비병들이 날 시야에
서 놓아주기만 한다면.”

“일자리를 찾으려 한다고 말해.”

그는 고개를 끄덕였다.

그녀는 속으로 감사 기도를 올렸다. 이 일은 물론 수수께끼 올란도에
대해 더 많은 것을 알아내기 위해서이기도 했지만 동시에 마테오에게
임무를 맡김으로써 언제나와 같이 엉뚱한 용기를 발휘하여 그녀를 구출
하러 돌아오지 못하게 막는 목적도 있기 때문이었다.

“피렌체의 귀족들은 올란도에 대해 알고 있을 거야. 그들의 하인들과
얘기해 봐. 그리고 그가 피사의 아르노 강가에 부두와 창고가 딸린 선박
회사를 소유하고 있다고 들었어.”

바로 그때 배의 종이 땡그랑거리며 그를 불렀다. 근위대원 몇 명이 그를
보트로 안내하러 다가왔다. 다니와 마테오는 안타깝게 서로를 응시했다.

“마테오, 보고 싶을 거야.”

힘든 작별에 슬퍼하며 그녀는 그를 껴안으려 다가섰지만 그는 손을
들어 막고 눈길을 돌렸다.

“안 돼. 널 안으면 놓아줄 수가 없을 거야. 게다가 그랬다간 저 사람이
내 머리를 날려버릴걸.”

그는 중얼거리며 라파엘이 고개를 숙이고 서성이고 있는 쪽으로 고갯
짓했다.

"미안해."

그녀는 달리 할말이 없어 그렇게 속삭였다.

"뭐가? 공작의 딸로 태어나서? 그건 네 잘못이 아닌걸."

모자를 꽉 움켜쥔 채 그는 수평선을 향해 눈을 가늘게 떴다.

"네 왕자에게로 가, 다니. 하지만 그는 나만큼이나 널 가질 자격이 없는 사람이라는 걸 잊지 마. 그러나 내가 보기엔 결혼 무효는 없을 거야."

"마테오, 왕자는 날 이용하는 것뿐이야."

그는 그녀를 빤히 응시했다.

"내 생각은 달라."

그는 그녀의 이마에 키스를 남기고 돌아서서 천천히 건널판을 건넜다. 그의 어깨는 반듯이 펴져 있었다.

선원들은 그가 승선한 후 판자를 거두었다. 곧 배는 항해에 나섰다.

다니는 프리깃함이 시야에서 사라지고 나서도 계속 부두에 서 있었다. 저녁 공기가 따스했지만 그녀는 온몸에 페이즐리 숄을 두른 채였다. 지금껏 이렇게 외로웠던 적은 없었다.

발소리가 들렸다. 라파엘이 다가오면서 부두의 판자가 삐걱거렸다. 그녀는 그에게로 돌아서지 않았다. 그는 그녀 뒤에 서서 위로하듯 팔을 쓰다듬었다. 그녀는 몸을 돌려 그의 품에서 눈이 아프도록 울고 싶었지만 올란도가 폭로한 이야기들로 인한 상처 때문에 뻣뻣한 자세를 유지했다.

그녀의 임시 신랑은 도덕 관념도 없는 남자였지만 자신이 그의 인생을 망치지는 않을 것이다. 그의 숙련된 달콤함으로도 그녀를 약하게 만들 수는 없으리라.

그녀에겐 아무도 필요 없었다. 앞으로도 그럴 것이다.

라파엘은 그녀의 허리에 팔을 감고 턱을 그녀의 어깨로 내렸다.

"좀 어떻소?"

그가 나직이 말했다.

"괜찮습니다."

그녀는 그가 자신에게 이토록 친절하지 않았으면 하면서 낮고 날카로운 어조로 말했다.

"그들은 잘 지낼 거요."

그는 다정히 속삭이며 허리를 감은 팔에 살짝 힘을 주었다.

그녀는 몸을 돌려 녹색과 금색이 섞인 눈을 올려다보았다. 금빛 짙은 눈썹을 찌푸리고 그녀를 내려다보는 그의 눈은 부드러운 염려로 가득했다.

"그 마테오는……."

그는 긴장된 고갯짓과 함께 말했다. 그의 턱은 약간 굳어져 있어 마치 억지로 인정하는 것처럼 보였다.

"좋은 남자 같더군."

그녀는 그를 올려다보았다. 그는 목청을 가다듬고 눈길을 돌리더니 당혹스러운 듯 크러뱃을 한번 잡아당겼다. 그녀가 결코 예상치 못한 관대한 행동이었다. 그 말은 그녀의 마음을 곧장 꿰뚫었고 자신을 이토록 약하게 만든 그가 더 미워졌다.

"그래요. 그는 남자들 중의 왕자라 할 만하죠."

그녀는 그를 스쳐지나 몸을 떨면서 성큼성큼 마차로 가 자리를 잡고 앉았다. 고개를 돌리자 그가 제자리에 그대로 서 있는 것이 보였다. 마치 그녀의 매정한 대꾸에 당황한 듯이.

고개를 기울이고 그는 의아한 듯 그녀에게 상처받은 눈길을 던졌다. 그녀는 무릎으로 시선을 떨구었고 어깨를 방어적으로 움츠렸다. 갑자기 자신이 그에게 못되게 굴었다는 생각에 비참한 기분이었다. 그런 행동은 그녀답지 않았다. 하지만 그녀는 그 때문에 너무도 연약하며 혼란스러운 기분이 들었다.

손을 주머니에 쑤셔넣고, 라파엘은 변덕스런 여자들에게 익숙한 남자처럼 그녀의 말을 흘려넘기려는 듯했다. 그녀는 자신을 향해 걸어오는 그를 몰래 지켜보았다.

정말로 근사한 남자야, 그녀는 씁쓸히 생각했다. 짙은 청색 바지에 감싸인 근육질의 다리에서 늘씬한 허리와 든든한 어깨로 눈길이 올라갔다. 보닛의 챙 아래로 그의 고전적인 얼굴과 멋진 입술을 훔쳐보며 그녀는 박하향 키스의 맛을 떠올렸다.

순간 몸이 굳어졌고 그녀는 황급히 눈길을 돌렸다.

레이프는 조심스레 그녀 맞은편에 앉아 나무를 두들겨 마부에게 신호
했다. 마부가 말들을 재촉하는 소리가 들렸다.

긴장된 침묵의 순간이 흘렀다.

"뭔가 근심스런 일이 있소?"

그의 어조는 조심스러웠다. 그녀는 창 밖을 내다보았다.

"아뇨."

"다니."

그는 부드럽게 나무랐다.

"집에 가고 싶어요."

목소리가 처량하게 메였다. 그녀는 그의 시선을 느꼈지만 쳐다보지 않
았다.

"당신의 집은 이제 나와 함께 있는 곳이오."

"아니에요!"

그녀의 목소리가 세차게 터져나왔다.

"제게 의지하는 사람들이 있다고요! 제겐 그들을 돌봐야 할 의무가 있
어요! 며칠 동안 찾아가 보지도 못했어요. 할아버지도 마리아도 보지 못
했고……."

"다니."

그는 몸을 앞으로 숙여 무릎에 팔꿈치를 고이곤 그녀의 손을 잡아 자
신의 손으로 감싸며 달래듯 속삭였다.

"당신은 내 아내이자 왕세자비요. 당신의 의무는 이제 나와 어센션에
대한 거요. 이미 이 나라 최고의 간병인들을 보내 마리아를 도와 할아버
님을 보살피도록 했소."

"정말로요?"

"그렇소."

"하, 하지만 그분께는 제가 있어야 해요!"

"달링, 쉬잇. 모두 다 잘 풀릴 거요. 결혼식 전이라 신경이 예민해진 모양이군."

그녀는 그의 부드럽지만 근심스런 눈에서 눈길을 돌렸다. 자신이 촌뜨기같이 굴었음을 깨달았다. 무슨 이유에서인지—아마도 자존심 때문에—클로에 싱클레어에 대해 물을 엄두를 낼 수가 없었다. 라파엘은 필경 자신이 뭘 잘못했는지조차 모를 것이다. 올란도의 말대로 그는 사랑스럽고 제멋대로인 아이나 마찬가지였다. 앞으로의 시간을 괜히 더 불유쾌하게 만들어 봤자 아무 소용 없으리라.

"우리는 함께 헤쳐나갈 거요. 당신이 한 약속을 물리지는 않겠지, 응?"

"이건 미친 짓이에요, 라파엘. 당신도 아시죠? 저와 결혼하면 안 돼요. 당신 부왕께서 뭐라고 하시겠어요?"

"'축하한다'고 하시겠지."

그녀는 그의 태연자약한 미소에 기가 막혀 눈을 굴렸다. 그의 눈길은 비밀스러웠고 녹색과 금색의 눈은 아이 같은 순수함이 아니라 지성으로 가득했다.

꼭 올란도처럼 이 남자도 무언가 숨겨놓은 속셈이 있다고 그녀는 생각했다. 결국 두 사람 다 똑같이 끔찍했다.

"아바마마께서는 내 인생을 좌지우지하지 않으시오, 다니."

그는 그녀의 손을 놓고 다시 뒤로 기대앉았다. 팔꿈치를 창문틀에 고이고 지나가는 경치를 지켜보며 생각에 잠긴 어조로 말했다.

"아, 분명 처음에는 좀 불쾌해하시겠지. 하지만 어센션의 미래가 안전하다는 걸 아시게 되면 분노는 모두 사라질 거요. 내 장담하지."

"그럼 어떻게 그분께 그런 확신을 드릴 계획이시죠?"

"물론 당신에게서 아들을 보는 거지."

그녀는 급하게 숨을 들이쉬고 그를 응시했지만 아무 말도 하지 않았다. 아니, 할 수가 없었다. 이제 스물네 시간도 남지 않은 그녀의 결혼 첫날밤, 타락천사가 자신의 침대에 찾아들어 천국을 주겠다고 할 때 어떻게 거절해야 할지 생각이 나지 않았다.

10

"자네는 제정신이 아니야. 알고 있는 건가?"

결혼식 몇 시간 전, 레이프는 거울 앞에 서서 크러뱃을 한번 잡아당겼다. 그리고는 줄무늬 조끼의 매무새를 확인했다.

"분명하게."

그가 수긍했다. 그의 기분은 들떠 있었다. 맑고 쾌적한 날이었으며 곧 아버지가 아니라 자신이 직접 고른 여자와 결혼하게 되는 것이다.

그는 자신의 인생을 손안에 넣었다.

가슴께에 팔짱을 끼고 아드리아노는 여전히 거울에 기대 그를 응시하고 있었다.

"레이프."

레이프는 그를 무시하고 시종에게 고개를 끄덕였다. 시종은 반짝이는 흰 코트를 들어 레이프가 팔을 소매에 넣을 수 있도록 했다. 그는 옷을 걸쳤다.

"훌륭하십니다, 전하."

시종이 낮게 말하고 옷의 주름을 펴 주었다.

레이프는 고개를 끄덕인 후 거울 속 자신의 모습을 확인하고 금빛 견장에서 실오라기를 떼어내었다.

"예식용 검입니다, 전하."

레이브는 긴 은빛 검을 받아들어 허리께의 보석 박힌 칼집에 꽂았다.

반 시간마다 오는 보고에 따르면, 그의 어린 신부의 진도는 더욱 느려서 매 단계마다 저항하고 주저한다고 했다. 들어보면 노상강도에서 신부로의 그녀의 마지막 변신은 관계자 모두에게 어렵고 고통스러운 것으로 여겨졌다.

"레이프."

아드리아노가 다시 그의 생각을 방해했다.

"정말로 이 일을 끝까지 할 생각은 아니라고 말해 주게나."

레이프는 씨익 웃어 보였다. 아드리아노는 눈을 부라렸다.

"클로에는 어쩌고?"

레이프는 갑자기 친구의 팔을 탁 잡고, 자신에게는 클로에가 필요 없다고 그 순간 유쾌하게 결정했다. 다니야말로 그가 원하는 모든 것이었다.

"근사한 생각이 있네, 디 타지오. 자네가 그녀를 가지라구."

아드리아노는 멍하게 그를 응시했다.

"뭐라고?"

"그 여자에게 지나친 관심이 있는 듯하니 말야. 그녀는 자네 거야. 충고 하나 하지. 눈물에 넘어가지 말게나. 그녀는 눈만 깜박여도 흐느낄 수 있으니까. 그걸로 극장에서 돈을 받는 거지. 그리고 내 생각엔 그녀가 올란도에게 약간 끌리는 듯하네. 조심하라구."

"클로에와 내 사이는 그런 게 아니야."

아드리아노는 딱 잘라 말했다.

값비싼 컬렉션에서 코롱을 하나 고르고 레이프는 나무라는 웃음소리를 냈다.

"자네는 그녀와 시시덕거렸잖나. 내 눈으로 봤어. 오해는 말게, 조금도 기분 상하지 않았으니. 기꺼이 축복해 주지. 솔직히 말해 자네가 이미 즐겼으리라 생각하지만. 물론 자네 잘못은 아니지. 클로에가 저항하기 힘든 여인이라는 건 나도 아는 바야.”

그는 아드리아노의 항변을 손을 저어 만류하고 가볍게 말했다. 갑자기 수줍은 어린 신부에게 닥친 위험을 감지하고 레이프는 친구에게로 돌아섰다.

“클로에가 내 결혼 때문에 화났다는 거 자네도 알겠지.”

“물론이지. 지금 막 그녀의 저택에서 오는 길이야. 그녀는 몹시 동요하고 있다네.”

레이프의 눈빛이 굳어졌다.

“날 위해 그녀를 잘 붙잡아 주게, 디 타지오. 알겠지? 진심이야. 그녀가 다니엘라에게 상처입히지 않도록.”

“레이프.”

아드리아노는 일어서서 그와 눈을 마주했다.

“이러지 말아. 맙소사, 도대체 무슨 일이 벌어진 건가? 자네는 아주 재미있는 사람이었어. 그런데 지난 몇 주간은 아주 답답하고 지루했다고.”

“진짜로 기분이 어떤지 말해 보게, 디 타지오.”

그는 쿡쿡거리며 걸어갔다.

“클로에는 자네를 사랑해!”

아드리아노가 그를 따라오며 외쳤다.

“꼭 해야만 한다면 자네의 아버님이 고르신 여자들 중 하나와 결혼하게. 하지만 클로에야말로 자네 사람이야. 그래, 그녀와 난 함께 많은 시간을 보냈지. 그러나 그녀가 얘기하는 건 자네뿐이라고. ‘어렸을 때 레이프가 어땠는지 얘기해 줘요’, 카페로 데려가면, ‘레이프를 여기 데려와야겠어요!’, ‘레이프가 정말로 날 좋아하는 거 같아요?’ 등등.”

레이프는 어이가 없어 눈을 굴렸다.

“솔직히 말해, 난 자네가 큰 실수를 저지르고 있다고 생각하네.”

“실수?”

그는 아드리아노의 팔을 움켜쥐고 발코니로 끌고 가 프렌치 도어를 활짝 열어젖혔다.

"보게나."

햇살 아래 시선이 닿는 곳마다 환호하는 인파가 들끓고 있었다.

"왕실 결혼식이네. 다름 아닌 복면 도적과의! 자네는 요점을 전부 놓치고 있어, 디 타지오. 저 아래 사람들을 보게. 그들은 모두 기뻐하고 있다고!"

아드리아노의 눈길이 인파 위로 느리게 움직였다.

"자네가 다년간 여배우들을 쫓아다닌 경험에서 뭔가를 배웠다는 건 알겠군. 인기를 쫓는 사람이 되었어."

"머리 빈 장식품 같으니, 자넨 아무것도 몰라!"

분노하여 레이프는 아드리아노를 돌려 자신을 마주 보게 하고 어깨를 잡아 흔들었다.

"만약 클로에가 나와 결혼하리라는 환상에 빠져 있다면 제정신이 아닌 건 그녀 쪽이야. 다니엘라 키아라몬테는 왕비가 되기 위해 태어나고 자랐어. 클로에에게 그렇게 전하라구."

아드리아노는 한동안 그를 냉담한 오만을 담아 쳐다보았다.

"그러겠습니다, 전하."

아드리아노의 거만한 시선 속 무언가가 그의 분노를 격발시켰다.

"정말로 그녀와 한번 자보게나, 디 타지오. 그녀는 침대에서보다 무대에서가 더 낫거든. 뭐가 문제인가? 자네가 감당하기 힘든 여자일까 봐 겁나나?"

아드리아노는 상스러운 욕설을 내뱉고 방을 나갔다. 레이프는 분노가 치솟았다. 그러다가 엘란의 시선이 닫힌 문에서 자신에게로 향하는 것을 알아챘다.

"뭔가?"

그가 쏘아붙였다.

엘란은 최대로 중립적인 표정을 지었다.

"레이프, 아드리아노는…… 어떻게 말하면 좋을까? 아, 아닐세."

"자네도 그가 옳다고 생각하나? 그런 거야?"

그는 곧 친구에게 고함을 친 자신에게 화가 났다. 그렇잖아도 방금 아드리아노를 나중에 후회할 게 뻔한 끔찍한 말로 쫓아버리지 않았는가.

"아니, 그렇지 않네."

엘란은 포도주 잔을 들고 다가와 레이프에게 건넸다.

"내 입장에서는 자네가 한 일 중 최고라고 생각하네."

약간 마음이 가라앉았다. 레이프는 포도주를 마시고 고개를 끄덕였다.

"그렇고말고. 내가 고른 여성일세, 어센션에 꼭 필요한 사람이지. 강인하고 아름다우며 선량해. 그리고 그 무엇보다도 신실하다고."

그는 그녀를 믿기로 결심을 굳혔다. 최소한 노력하고 있었다.

"그녀는 내게 필요한 존재야. 아바마마께서 좋아하지 않으신다면 그 빌어먹을 왕좌는 레오에게 넘기시라지."

엘란은 잔을 들고 재미있다는 듯이 레이프를 쳐다보았다.

"신부를 위해."

"복면 도적을 위해. 그녀의 순결한 피가 오늘밤 흐를 유일한 피이기를 빌자구."

그들은 잔을 부딪히고 포도주를 마셨다.

하느님, 다니는 기도했다. 얇은 베일 뒤 그녀의 얼굴은 창백했다. 제발 마차에서 내리다가 얼굴을 바닥에 처박지 않게 해주세요. 웃음거리가 되지 않게 해주세요. 제가 바라는 것은 그것뿐입니다.

여섯 마리의 백마가 끄는 웅장한 왕실 마차가 눈길 닿는 사방 끝까지 펼쳐져 있는 인파 한가운데 있는 성당 앞에 멈추어 섰다. 정복 차림의 근위병들이 들끓는 군중들을 제지하고 있었다. 다니는 목숨이라도 걸린 듯 할아버지의 팔에 매달렸다. 키아라몬테 공작은 무성한 하얀 턱수염에다 새로 세탁하고 다림질한 군복 차림을 하여 몹시도 위엄 있어 보였다. 그는 나직한 테너로 음조에 맞지 않게 무언가를 흥얼거리고 있었지만 정신은 멀쩡한 듯 보였다.

"라파엘 왕자가 네게 구애하도록 해야 한다고 말했던가?"

노인은 씨익 미소지으며 말했다.

"할아버지."

"내가 네 재능을 말한 덕분일 게다, 다니엘라, 내 말 명심하렴."

그는 윙크하며 말했다.

"저기 있는 숙녀들 중 몇이나 질주하는 말을 서서 탈 수 있겠느냐?"

"오, 할아버지."

다니는 하루종일 콧대 높은 왕실 양재사와 미용사 및 각종 전문가들에게 순서대로 찔리고 쑤셔지고 난리쳐진 후라 신경이 곤두서 있었다. 그녀는 매 단계마다 고문에 대항하여 싸웠지만 치장을 끝마칠 때쯤이 되자 자신이 그들 덕분에 임시 남편의 체면에 전혀 손상을 입히지 않으리라는 것을 인정할 수밖에 없었다.

그녀의 머리는 조심스레 말아올려졌고 베일은 반짝이는 보석이 장미 봉오리 모양을 이룬 보관으로 고정됐다. 그 보관은 그녀가 본 중에 제일 값진 물건이었다. 드레스로 말할 것 같으면 고상함과 호화스러움의 걸작이었다. 금빛 새틴 옷자락이 길게 끌렸고 끝자락에는 어센션을 상징하는 조개껍질과 꽃이 수놓아졌으며 뒷발로 일어선 사자를 묘사한 보석 브로치로 젖가슴 사이에 고정되었다. 흰 새틴 페티코트 위에는 크림색 브뤼셀 레이스가 겹쳐 있고 그 단마다 끝을 금빛 리본으로 장식했다. 긴 장갑과 슬리퍼도 흰 새틴이었다.

작은 꽃다발에서 나는 희미한 장미향이 그녀의 후각을 온통 점령했고, 피부는 묵직한 드레스 아래 입은 진주색 실크 슈미즈에 한치도 빠짐없이 감싸였다. 울려퍼지는 성당 종소리와 대포소리, 그리고 군중들의 끊임없는 환호로 귀가 멍멍했다.

광장을 둘러보자 라파엘이 어센션인에게 엄청나게 많은 점수를 땄음이 확인되었다. 다니는 복면 도적이 이리도 사랑받는 줄은 전혀 짐작도 못했다. 난봉꾼 왕자의 지난 소행들은 절정에 다다른 이날의 환호 속에 잊혀졌다. 그의 명예로운 본성에 대한 국민들의 믿음이 그녀와 친구들을 구한 기사도적인 자비로움으로 회복된 듯이 보였다. 그들은 자신들이 바로 그의 손안에서 놀아나고 있음을 알아채지 못했다. 그는 매력적인 왕자라기보다 마키아벨리적인 군주라고 그녀는 결론지었다.

바로 그때, 마차문이 열리고 안심이 되는 얼굴이 보였다. 라파엘의 들러리를 맡은 엘란 자작이 나타나 기운을 북돋는 미소를 지어 주었다. 그는 할아버지가 마차에서 내리도록 조심스레 돕고 돌아서서 그녀에게 손을 내밀었다.

드디어 시간이 되었다.

다니는 떨면서 숨을 죽였다. 용기를 전부 긁어모아, 머리를 숙이고 마차 밖으로 나와서 몰려든 군중들을 흘끗 보았다. 마치 살아 있는 색색의 타일로 만든 어지러운 모자이크 같은 군중들 위로 회색 성당이 높이 솟아 있었고, 하늘을 맴도는 새들의 날개에 햇빛이 부딪혀 하얗게 빛났다.

그녀가 나타나자 인파는 환호했다. 힘겹게 침을 삼키고 그녀는 엘란의 눈에 보이는 진지한 환영의 빛에 감사했다.

"제발 그가 안에 있다고 해줘요."

그녀는 군중의 환호 위로 속삭였다.

"그는 안에 있고 이게 끔찍한 농담이 아니라고 말해 줘요."

"레이디, 신랑께서 기다리고 계십니다."

그는 상냥한 표정으로 속삭인 다음 그녀를 키 크고 여윈 할아버지에게 도로 넘기고 절을 했다.

"공작 각하."

할아버지는 고개를 끄덕였다. 성당 입구를 향해 행진해 나아가자 다니는 커다란 문에서 흘러나오는 유향 내음을 맡을 수 있었다. 트럼펫의 자랑스런 환호 사이로 기쁨에 넘치는 파이프오르간의 황홀한 연주소리가 벌써부터 들려왔다.

두려움에 질려 할아버지의 굳건한 팔에 매달린 채 성당 안으로 들어선 그녀는 눈이 엄숙한 침침함에 익숙해질 때까지 한동안 성당 안의 아무것도 보이지 않았다. 실내의 빛에 익숙해지자 전에도 이 성당에서 수

십 번 기도드렸던 것을 기억해 냈지만 그때는 한 번도 중앙 통로가 이렇게나 길어 보인 적이 없었다.

장미 꽃잎이 뿌려진 흰 카펫 깔린 통로는 족히 일 마일은 되어 보였고 저 끝에서 한 남자가 기다리고 있었다. 왕자의 크고 강인한 윤곽은 스테인드글래스를 통해 쏟아진 색색의 빛에 찬란하게 물들었다.

다니는 베일 너머로 그를 응시하다가 천천히 눈길을 돌렸다. 지난 세기 스타일의 궁정 의상으로 차려 입은 이 나라 최고 신분의 귀족들이 빠짐없이 참석한 게 보였다. 그녀는 이런 큰 행사를 거의 사전 예고도 없이 치른 자신에게 그들이 화가 났으리라 확신했다. 이건 모두 라파엘의 잘못이라고 말할 수 있다면 좋을 텐데.

심지어 합창대 자리까지 사람들로 빼곡이 메워졌다. 그녀는 이 모든 오만한 귀족들, 대신들과 레이디들이 자신에 대해 진짜로 어떻게 생각하는지 궁금해하지 않을 수 없었다.

파이프오르간의 노래가 점점 커지다가 희미해지고 마침내 사라졌다. 침묵이 내려앉았다. 엘란이 다니를 쳐다보고 고개를 끄덕였다.

신호에 맞춰 할아버지는 적을 향해 사정없이 전진하는 고대의 기사처럼 통로를 나아가기 시작했다. 오르간 음악은 비발디처럼 들리는 잔잔하고 웅장한 성가를 연주했다.

다니는 라파엘에게 시선을 고정했다. 손을 등뒤로 뒷짐진 그는 제단 아래 꽃의 바다 한가운데 서 있었다. 주교가 그들의 결혼을 집전하기를 거절했기에 라파엘이 로마에서 모셔온 추기경이 붉은 예복 차림으로 서 있었고 그 뒤에는 셀 수 없이 많은 수도사들이 반원형으로 늘어섰다. 불빛은 그들의 로브를 루비, 가넷, 사파이어 그리고 황금빛으로 화려하게 빛냈다.

어떻게 이 모든 것을 이리도 빨리 준비할 수 있었을까? 그녀는 천천히 통로를 걸어가며 궁금해했다. 라파엘이 손을 흔들기만 하면 바라는 게 준비되는 모양이었다.

그녀는 이게 진짜라고 믿으려는 노력 자체를 포기했다. 턱을 치켜들고 천천히 걸으면서, 아마도 자신은 아직 감옥에 감금된 채고 이 모든 것들을 환각 속에서 보는 건지도 모른다고 생각했다.

제단까지 삼 분의 일쯤 가자 신랑을 좀더 분명히 볼 수 있었다. 황금빛의 당당한 라파엘. 그가 너무나 아름다워서 그녀는 무릎의 힘이 빠졌다.

그는 전통적으로 왕세자가 명예 지휘관을 맡고 있는 근위 기병대의 제복을 멋들어지게 차려입었다. 검은 줄을 두른 흰 코트에 달린 반짝이는 금색 단추가 햇볕에 그을린 목까지 채웠으며, 짙은 청색 바지엔 보석 박힌 검을 차고 있었다. 짙은 금발은 깔끔하게 다듬어졌고 당당한 이마는 이 나라 주인의 지위를 상징하는 단순한 금관으로 둘러싸여 있었다.

그의 금빛 띤 녹색 눈길이 소유욕을 담아 부드럽게 그녀를 훑었고 그녀가 가까이 다가오자 흰 장갑 낀 손을 내밀었다. 그녀는 할아버지의 눈물 어린 미소를 거의 알아채지 못한 채 라파엘의 손에 손을 얹고 함께 제단으로 나아갔다.

결혼식 자체는 흐릿한 기억 속에 지나갔다. 완전히 멍해진 그녀의 의식상태를 뚫고 들어온 순간은 그녀와 라파엘이 나란히 무릎을 꿇고 성체를 받을 때뿐이었다. 그녀는 곁눈질로 그가 기도하는 모습을 훔쳐보았다. 허리에 검을 찬 그가 고개를 숙이고 눈을 감은 모습은 전투에 자신을 바친 중세의 기사 같았다.

그녀는 그의 기사도적인 아름다움에 가슴이 두근거려 황급히 시선을 돌렸다.

영원토록 이어지는 듯한 기도, 그는 충실한 남편이 되고 그녀는 순종적인 아내가 되어야 한다는 기도서의 말씀, 성경 낭독, 성가가 이어지고 마침내 결혼식이 끝났다. 다니는 내내 무감각한 상태였기에 자신이 서약을 한 것조차 거의 기억할 수 없었다. 온화한 풍채의 추기경이 그들에게 환한 표정을 지으며 라파엘에게 고개를 끄덕여 신부에게 키스해도 좋다고 허락했다.

그가 돌아섰을 때, 아까 얼핏 보았던 성전 기사의 모습은 사라졌다. 그의 짓궂은 미소는 순전한 난봉꾼의 그것이었다. 눈에 장난기를 담고 라파엘은 그녀를 향해 한 걸음 내딛었다.

"오, 아니, 안 돼요!"

그녀는 숨가쁘게 속삭였다. 모두들 난봉꾼 레이프라면 그렇게 행동하리라 예상한다는 이유만으로 그가 수천 명의 사람들 앞에서 자신을 덮치다시피 하리라 확신한 그녀는 눈을 휘둥그렇게 뜨고 뒤로 물러섰다.

하지만 기묘하게도 그의 바람둥이다운 웃음이 다정하게 안심시키는 미소로 바뀌었다. 살며시 그는 그녀의 베일 자락을 잡았다.

"이게 당신을 내게서 감추는 마지막 가면이 될 거요, 내 사랑스런 아내여."

그가 속삭였다. 그리고는 얇은 망사를 젖히고 장갑 낀 손으로 그녀의 얼굴을 감쌌다.

라파엘이 그녀에게로 입술을 가져오자 다니는 예배당 안의 모든 사람들이 몸을 앞으로 내밀고 있음을 의식했다. 하지만 그의 입술이 부드럽게 따스함을 담아 애무해 오자 모든 것을 잊어버렸다. 그녀는 천둥 같은 환호도, 추기경의 공표도 제대로 듣지 못한 채 힘없이 남편의 어깨에 매달렸다.

그녀의 입에 대고 미소지으며 그는 계속 키스했다. 그리고 계속, 또 계속…….

궁전 연회장에서 열린 풍성한 만찬에서 라파엘은 테이블 상석에 앉아 있었다. 식사를 마친 후 만족스럽고 느긋한 마음으로 그는 의자에 나른하니 기대어 포도주 잔을 들었다. 여유로운 기분이었다. 그는 잔을 흔들어 포도주를 찰랑거렸다.

라파엘 디 피오레가 유부남이라, 그는 생각에 잠겼다. 커다란 원형 테이블들에 앉은 손님들—그 자리엔 사백여 명의 충실한 친구들, 주요 귀족들과 그 부인들이 시끄럽게 모여 있었다—을 둘러보며, 그는 깊고 만족스런 기분에 가득 찼다. 여기에 부족한 것은 그의 테이블에 앉을 한 무리의 사랑스럽고 생기 넘치는 어린 라파엘들뿐이다. 그건 곧 이루어질

터였다.

"모든 이들은 결혼해야만 해. 법으로 그렇게 정해야겠군."

그가 선포했다.

"그럼 나는 중국으로 떠나겠네."

니콜로가 대꾸했다. 엘란은 미소지었다. 다른 몇몇은 웃음을 터뜨렸다. 일단 성미가 가라앉자, 거의 대부분이 자신들을 그렇게 끊임없이 괴롭혀 온 소녀와 그의 결혼을 웃으며 받아들였다.

"어떻게 이보다 더 좋을 수 있겠나?"

레이프는 말을 이었다.

"맛있는 식사, 열린 문으로 불어오는 시원한 저녁 바람, 나를 위해 기꺼이 목숨을 내놓을 친구들의 너털웃음. 그리고 여기 오른편에는,"

그는 다니엘라의 손을 부드럽게 쥐었다.

"내 귀엽고 사랑스런 신부."

그의 가벼운 손길에 다니엘라는 불안한 눈길로 쳐다보았다가 금방 시선을 손도 대지 않은 요리로 떨구었다. 그녀는 꼭 당장이라도 자유를 찾아 뛰쳐나갈 듯이 보였다.

그는 그녀의 크림 같은 살구색 안색이 밝은 체리색으로 달아오르는 것을 지켜보며 희미하게 미소지었다. 두려움을 모르는 신부는 눈에 띄게 당황하는 듯했지만 손을 잡아빼지는 않았다. 그녀의 자존심이 그러도록 허락지 않을 거라고 그는 생각했다. 레이프는 그녀의 손을 가볍게 쓰다듬으며 하프와 플루트, 바이올린의 우아하고 영롱한 3중주에 귀를 기울였다.

침대에서의 그녀는 어떨까? 그는 그녀를 지켜보며 궁금해했지만 이미 그 대답을 짐작할 수 있었고 몹시도 흥분되었다. 들고양이의 영혼을 지닌, 떨고 있는 순진한 소녀.

그는 그녀의 손가락 관절에 입술을 누르고 불안해하는 그녀의 눈길을 마주했다. 그리고는 그녀가 계피색 속눈썹 아래로 살짝 올려다보자 부드럽게 안심시키는 미소를 지어 주었다.

"식사를 건드리지도 않았군."

그는 나직이 말했다. 그녀는 저녁 내내 눈에 띄게 넋 나간 상태로, 누가 자신을 왕자비 마마라고 부를 때마다 화들짝 놀라곤 했다.

"배가 고프지 않소?"

그녀는 혀로 수줍게 입술을 축이고 고개를 저었다.

"전…… 못 먹겠어요."

그는 포도주 잔을 내려놓고 그녀의 작은 손을 자신의 두 손안에 모아 쥐었다. 그녀의 손을 자신의 입가에 대고 얼굴을 지그시 바라보았다.

"오늘밤 당신이 얼마나 아름다워 보이는지 말했던가?"

그녀는 살짝 미간을 찌푸리며 손을 빼려 했다. 하지만 그는 손에 힘을 더 주었고, 미소 또한 더욱 커졌다.

"사람들 앞에서 구경거리를 만들진 마세요, 이렇게 부탁드려요."

그녀가 속삭였다.

"어떤 사람들?"

그는 나직이 물었다.

"내 눈엔 한 사람밖에 안 보이는데. 밤하늘의 공주님, 은빛 달처럼 빛나는 사랑스런 여인, 내 아내."

그는 그녀의 손에 다시 키스했다.

그녀는 회의적으로 그를 쳐다보았다가 불안한 듯 하객들 쪽으로 시선을 돌렸다.

"익숙해질 거요, 달링. 곧 사람들을 무시하는 법을 익히게 될 거요."

그의 어조는 은밀했다.

"당신에게는 어떻게 익숙해질까요?"

"흐음, 당신이 내게 너무 익숙해지는 것은 바라지 않소. 당신을 지루하게 만들고 싶진 않거든."

눈을 반짝이며 그는 엄지손가락으로 그녀의 손등을 어루만졌다.

"달링, 당신과 나는 서로를 알 시간이 조금 필요한 것뿐이오. 날 두려워하지 마시오."

그녀는 눈을 내리깔고 침묵을 지켰다.

"무슨 일이오, 다니엘라?"

그녀는 조그맣게 어깨를 으쓱했다.

레이프는 그녀를 응시했다. 풋내기 시절 이후로 느껴보지 못했던 보호 본능의 물결이 그를 휩쓸었다. 그녀의 수줍음, 상처받기 쉬운 여린 면이 지극히도 사랑스럽게 다가왔다.

"피곤하오?"

그는 다정하게 물었다. 그녀는 여전히 얼굴을 붉힌 채, 여전히 그와 눈을 마주하지 않고 고개를 끄덕였다.

그는 손을 뻗어 그녀의 뺨을 애무했다.

"침실로 올라가지 그러오?"

그렇게 제안하는 그의 심장이 두근거리기 시작했다.

천천히 고개를 들어 그의 얼굴을 살피는 독특한 아쿠아마린 눈에 새로운 절망이 떠올랐다. 그는 몸을 굽혀 그녀의 새틴 같은 발그레한 뺨에 키스하고, 그에 따른 환호와 크리스털 잔에 나이프를 쨍강거리는 요란한 소리는 무시했다.

"두려워할 것은 하나도 없소."

그는 그녀의 귀에 속삭이며 살며시 뺨에 코를 비볐다.

"약속하오."

그녀의 커다란 눈엔 억눌린 동요가 넘실댔고, 창백하고 티없는 얼굴엔 온통 비참한 심정이 쓰여져 있었다. 그는 그녀를 응시하며 영혼 깊숙한 곳에서부터 그녀를 원했다. 지금까지 인내심 있게 참고 착실하게 행동했다. 오늘밤 그는 그 보상을 받을 것이다.

"좋아요."

그녀는 들릴 듯 말 듯 속삭이고 그를 전혀 쳐다보지 않은 채 테이블에서 일어났다.

그는 즉시 자리에서 벌떡 일어나 그녀 뒤로 가서는 의자를 빼준 후 자신의 굳건한 손을 내밀었다. 그녀는 그가 테이블에서 연단 아래로 에스코트하는 동안 뺨을 새빨갛게 물들인 채 바닥에 시선을 고정하고 걸었다. 그들은 연회장 바로 앞 복도에서 멈춰 섰다. 그녀는 고개를 들어 처녀다운 두려움을 담아 그의 눈을 탐색했다.

"당신 혼자 있을 시간이 잠시 필요하겠지. 이해하오."

한 손을 등뒤로 돌린 기사적인 자세로 그는 몸을 숙여 그녀의 손에 마지막으로 입맞췄다.

그녀는 고개를 한 번 끄덕이고 손을 빼냈다.

왕가의 신혼부부를 궁정 신하들이 침대로 데려가는 전통적인 관습을 금지해서 다행이라고 그는 달아나는 그녀를 지켜보며 유쾌함에 잠겨 생각했다. 얇고 연한 금빛 옷자락이 그녀의 뒤로 펄럭였다. 그녀가 어둑어둑한 복도를 황급히 내달리자 그는 고개를 설레설레 저으며 살짝 미소지었다. 그가 피묻은 시트를 궁정 시종에게 건네면 그녀는 아마 부끄러움으로 기절하리라. 절차상 신부의 순결을 뜻하는 전통적인 증거를 제시해야만 했다.

드디어 때가 되었소, 내 빨강머리 아가씨. 그는 오늘밤이 평생토록 기억에 남을 만한 밤이 되리라는 기분이 들었다.

가슴속 깊이 동요한 다니는 복도를 내달리며 눈물을 억눌렀다. 도대체 그는 무슨 짓을 하는 거지? 잔인하고 비열한 남자 같으니! 비밀스런 목적 때문에 나와 결혼했다는 걸 뻔히 아는데 왜 날 이렇게 희롱하는 거야? '달링?' 왜 날 달링이라고 부르지? 차라리 얼간이라고 부르는 쪽이 낫겠어. 그의 금빛 녹색 눈에서 친절함을 보고 싶지 않아. 왜 일을 이다지도 힘들게 만드는 거야?

그녀는 라파엘 디 피오레에 대해 훤히 알고 있었다. 그는 바람둥이에 만족을 모르는 방탕한 호색가이며 이 결혼은 희극에 불과하다. 며칠 전 밤만 해도, 생판 남인 그녀를 방으로 끌고 오게 만들지 않았는가—마치 출출하니 야식이나 들여오라고 시키는 것처럼!

그가 어쩌든 간에 내겐 그의 매력이 통하지 않을 거야! 그녀는 계단을 오르며 분개하여 생각했다. 하인들이 재빨리 그녀 앞에서 물러나며 길을 내주었다. 그의 눈길이 얼마나 부드럽든, 그가 하는 말이 얼마나 다정하든 그녀의 마음을 훔치는 데 성공하진 못할 것이다.

호화로운 침실에 다다르자 그녀는 하녀의 도움을 받아 예복을 벗었다. 머리에서 보관을 홱 잡아떼고 고군분투하여 코르셋을 벗어던지자 단순한 슈미즈 한 벌만이 남았다. 그러자 마침내 자신으로 되돌아온 기분이었다. 그녀는 하녀들을 내보냈다. 드디어 제대로 숨을 쉴 수가 있었다.

다니는 발코니로 나가 시원한 밤 공기를 깊이 들이쉬며 지끈거리는 관자놀이에 손을 가져갔다. 자신이 세상 그 무엇보다 원치 않는 건 라파엘 디 피오레가 그녀에게 얼마나 아름다운지 말하는 것이라고 그녀는 내심 자조하며 생각했다. 이 무슨 거짓말인가? 클로에 싱클레어는 아름답지만 그녀는 아니었다.

그녀는 억지로 크게 호흡하여 어깨에서 긴장을 털어내고 도시의 장관을 응시했다. 궁전의 우아한 경사 지붕이 작은 발코니 아래로 비스듬히 펼쳐져 있었다.

아련한 소리와 빛으로 판단컨대 시내의 축하는 정점에 달한 모양이었고 이따금씩 불꽃까지 터져올랐다. 저 멀리엔 은색의 달빛이 섬을 둘러싼 바다에 황홀하게 부딪히는 것이 보였다.

엄청난 하루였다. 자신이 하루를, 특히 연회장에서의 괴로운 마지막 몇 분을 어떻게 견뎌냈는지 알 수가 없었다. 그녀가 만찬석상에서 물러나는 순간 수치스럽기 짝이 없게도 연회장 안의 모두가 그녀가 어디로, 왜 가는지 알았을 터였다.

지독한 하루였다. 그리고 아직 다가올 밤이 있었다.

그녀는 두려워하며 등뒤의 침대를 넘겨다보고 문을 흘끗 쳐다보았다. 나는 그에게 저항하지 못할 거야. 그는 너무나 아름답고 여자를 어떻게 현혹시키는지 정확히 알고 있었다. 너무나 그를 원했다……. 하지만 그녀 자신의 욕망에 넘어가면 그의 미래를 파괴하게 된다.

아무리 그가 구제불능 망나니라 해도 그의 인생을 망칠 순 없었다. 그의 상처받기 쉬운 일면을 보았고 그가 얼마나 어센션을 사랑하는지 아는 만큼 그럴 순 없었다. 그녀는 자신 때문에 그가 진정으로 아끼는 유일한 것을 잃게 만들고 싶지는 않았다.

그는 분명 열쇠를 가지고 있으리라고 내심 스스로를 비웃으면서도 그녀는 재빨리 살금살금 걸어가 문을 잠갔다.

몸을 돌려 방안을 훑던 눈길이 갑자기 자신의 승마 부츠에 가 닿았다. 부츠와 함께 한구석에 그녀의 바지와 셔츠가 깔끔하게 개켜져 벨벳을 씌운 의자 위에 놓여 있었다. 그녀는 하인들에게 자신의 검은 옷을 버리지 말도록 명했었다. 그들이 자신의 말을 따랐다는 데 그녀는 약간 놀랐다.

자신이 무엇을 하고 있는지 미처 깨닫기도 전에 다니는 방을 가로질러 검은 바지와 셔츠를 입고 있었다. 스스로도 뭘 어쩌려는 것인지 전혀 짐작하지 못한 채 순전한 생존 본능에 휘말려 떨리는 손으로 승마 부츠를 신었다. 자신이 두 사람 다 구할 수 있다는 희망으로 벌써 강해진 기분이었다. 거칠게 두근거리는 심장을 안고 그녀는 열린 창을 향해 달려갔다.

힘겹게 침을 삼키고 고통스런 양심의 가책으로 뒤를 한 번 돌아본 후, 그녀는 발코니로 나가 아래를 내려다보았다. 지붕은 층층이 겹으로 되어 있었고 검푸른색 하늘을 배경으로 작은 장식탑이 여기저기 솟아 있었다. 그녀는 재빨리 상황을 따져보고 그저 주욱 미끄러져 내려가서 한 일 미터만 떨어지면 된다는 것을 알았다. 이래야만 할까?

절대 거짓말은 하지 마시오

마테오와 형제들은 안전하다. 라파엘 디 피오레는 그저 그녀를 이용하고 있을 뿐이다. 그녀의 마음은 정해졌다.

여기서 나가고 말 것이다.

젊은 시절 그들의 타락의 소굴이었던 당구실에서 세리주와 시가를 즐기던 레이프는 다니엘라의 순수함을 익히 알기에 그를 취하게 하려는 친구들의 수작을 거절했다. 하지만 껄껄거리며 방을 나설 즈음엔 아주 멀쩡한 상태도 아니었다.

"됐네, 자네들은 내 품성에 사악한 영향을 미치고 있어."

그는 웃으며 말했다.

"나는 오늘 저녁 해야 할 일이 있어서 이만……."

우우 하는 소리가 요란스레 그의 주위에서 울려퍼졌다. 마침내 그는 외설적인 인사와 열두 살 아이들의 무리에나 더 어울릴 농담 속에 방을 떠날 수 있었다. 친구들에게 작별 인사를 하는 가운데 외침소리가 울려 퍼졌다.

"여자들을 들여보내, 여자들을 들여보내라! 유부남은 마침내 집으로 갔다구!"

웃으면서 혼자 복도를 걸으며 그는 저들이 언제 성숙해 장난기를 벗게 될까 궁금해하다가 노인네들의 내각을 해산한 후 바로 저들에게 정부의 고위직을 맡겼음을 떠올리고 한숨지었다. 다행히도 그들은 진지해야 할 때는 진지했다. 그들이 저렇게 웃어 본 것은 오래간만이었다.

오늘밤은 새로운 출발점이야, 그는 절하는 하인에게 고개를 끄덕이며 생각했다. 자신이 결혼했다는 사실을 받아들이려 애쓰며 그는 계단을 올랐다. 예전과 다른 기분이 들 거라곤 예상치 않았으나 실제로 그랬다.

그는 침실 문 밖에 멈춰 서서 손잡이에 손을 올렸다. 문을 열었을 때 무엇을 발견하게 될지 말해 주는 징조는 전혀 없었다. 그녀는 자고 있을 수도 있다. 울고 있을지도 모른다. 그의 가슴에 단검을 꽂으려고 기다리고 있을지도 모르는 일이었다.

미소 반 한숨 반의 표정으로 그는 손잡이를 돌렸다. 미소는 지워지고 실망의 표정이 깃들었으나 놀랄 일은 아니었다.

문은 잠겨 있었다.

그는 조끼 주머니에서 열쇠를 찾아내 자물쇠를 땄으나 어떤 괴상한 부비트랩이 자신을 기다리고 있을까 약간 두려워하며 망설였다. 재빨리 기억을 뒤져 어린 시절 자신이 좋아하던 장난들을 떠올렸다. 문을 열면 머리 위에서 물 한 양동이가 쏟아질까? 줄을 매놓아 넘어지게 했을까?

설마 그러진 못하겠지.

용감하게 그는 문을 밀어 열고 안을 들여다보았다. 실내는 어두웠고 열린 발코니 문가에 커튼이 살며시 펄럭였다. 침대에 눈길이 닿자 그는 눈을 가늘게 떴다. 반짝이는 하얀 새틴 무더기. 마음 불편하게 또다시 그녀에 대한 다정한 기사도 정신이 솟구치자 미간을 찌푸렸다. 불쌍하고 어린 신부가 피로에 지쳐 옷도 벗지 않고 쓰러졌나?

"다니엘라?"

그는 부드럽게 말하며 등뒤로 문을 닫았다.

하지만 침대로 걸어가 실크와 페티코트의 무더기를 만져 본 그의 눈은 휘둥그레졌다. 그 속에는 아무도 없었다.

그는 몸을 홱 돌려 방을 둘러보았다. 그녀는 가버렸다. 이럴 줄 예상하지 못한 자신을 욕하면서도 충격에 휩싸여 발코니로 걸어가기 시작했을 때, 가느다란 작은 외침소리가 저 아래 어둠 속 어딘가에서 귀에 와닿았다.

"살려줘요!"

11

발코니에서 오 미터도 떨어지지 않은 장식탑에 온 힘을 다해 매달려 있는 다니의 얼굴엔 땀방울이 주르르 흘러내렸다.

희미한 푸른 달빛 아래 그녀는 남편의 눈에서 분노의 흔적을 보았다. 하지만 곧 그의 얼굴에는 예의 짜증스런 삐딱한 웃음기가 서렸고 손을 발코니 난간에 올리더니 예의바른 관심을 담아 그녀를 쳐다보았다.

"거기서 뭘 하고 있는 거요, 내 사랑?"

"아, 지금 심술부리지 말아요."

그녀는 성난 어조로 애원하며 작은 장식탑에 팔을 단단히 감은 채 높이가 얼마나 되는지도 알 수 없는 저 아래쪽을 흘끗 내려다보았다.

"저…… 저는 옴짝달싹도 못해요. 전 죽게 될 거라구요."

"너무 과민하게 굴지 마시오, 다니엘라."

그는 쾌활하게 말하며 코트를 벗고 난간에 다리를 걸쳤다.

"당신의 남편인 내가 구하러 가리다."

"조심하세요!"

그녀는 머리 한구석으로 이런 상황에서 그의 쾌활함은 필경 그녀에게 분노했다는 뜻일 거라고 생각했다.

"우리 아이들에게 오늘밤 일을 모두 말해 줄 거요."

그는 경사 지붕을 태연자약하게 미끄러져 내려와 가장자리에 서서 다음 동작을 궁리하며 계속 말했다.

"그리고 우리 아이들의 아이들에게도. 그리고 우리 아이들의 아이들의 아이들에게도."

그가 펄쩍 뛰어내렸다.

다니는 놀란 숨을 들이켰다.

그는 그녀도 디뎠던 작고 평평한 지점에 민첩한 우아함으로 왼발부터 착지했다. 그녀는 눈을 깜박이고 응시했다. 심장이 무섭게 고동쳤다.

"사실,"

그는 깊은 골을 껑충 건너뛰며 말했다.

"이 사건을 어센션의 역사 연감에 기록하도록 하겠소. 아니, 그보다 휴일로 선포해야겠군. 지붕 타기의 날, 어떻소?"

그가 낄낄 웃어대면서 잠시 흔들흔들하자 다니는 경악하여 헉 숨을 들이켰다.

"당신 취했군요!"

장식탑에 납작 달라붙어 그녀 쪽으로 돌아가면서 그는 분개한 듯 쳐다보았다.

"취하지 않았소. 그건 몹시 신사답지 못한 일이 아니겠소? 당신은 순수한 처녀인데 말이오. 그나저나 도대체 거긴 어떻게 간 거요?"

"당신은 미치광이예요! 취했다니 말도 안 돼! 당신 때문에 우리 둘 다 죽을 거예요!"

"쯧쯧, 내 사랑. 나는 이보다 훨씬 멍청한 짓들을 하고도 멀쩡히 살아남았다오. 왜 그 장식탑에 기어오른 거요? 당신이 가고자 한 방향은 아래라고 생각되는데."

그녀는 입을 오므렸다.

"돌아가려고 하던 중이었어요."

“그랬소?”

그는 그녀의 얼굴에 예리한 눈길을 던졌다.

“제…… 제발, 전하. 얼마나 더 오래 버틸 수 있을지 모르겠어요.”

그는 갑자기 별빛도 흐릿해 보일 정도로 눈을 반짝이며 씨익 웃어 보였다.

“그 장식탑만큼 나를 꼭 껴안을 거요?”

그녀는 눈을 질끈 감았다.

“저 사람이 미워요, 하느님. 저 사람이 미워요.”

그의 웃음소리가 들렸다. 그녀는 눈을 번쩍 떴다.

“이건 우스운 일이 아니에요!”

“아, 그렇지. 이렇게 합시다. 잠깐만 기다리시오.”

그는 다리가 그녀보다 훨씬 더 길어서 그녀를 곤경에 처하게 한 지붕 사이의 골에 다리를 벌려 걸칠 수 있었다. 그는 왼쪽 발을 지붕의 경사에 올리고 오른쪽 발은 장식탑 주위의 좁은 가장자리에 디뎠다. 그리곤 허공에서 불안정하게 균형을 잡은 채, 그녀를 향해 양손을 뻗었다.

“농담이시겠죠.”

그가 자신의 골반을 단단히 움켜쥐자 그녀는 투덜거렸다.

“손놓으시오.”

그가 명령했다. 갑자기 그의 목소리에서 웃음기가 싹 사라졌다.

“당신은 잡을 게 하나도 없잖아요. 떨어질 거예요! 안으로 들어가세요!”

“두려워 말아요, 스위트하트.”

그가 구슬렸다.

“손놓으시오. 나와 함께 갑시다. 천천히.”

“라파엘.”

“괜찮소. 그냥 손놓아요. 당신이 떨어지게 하진 않을 거요.”

그의 부드러운 어조에 그녀는 눈을 감았다. 하지만 그녀가 기꺼이 따르려 해도 그녀의 팔은 뾰족한 장식탑을 놓으려 들지 않았다.

“못하겠어요.”

"쉬잇, 이리 와요. 다치게 하지 않겠소. 날 믿어야 하오, 달링."

그녀는 힘겹게 침을 꿀꺽 삼켰다.

"아…… 알았어요. 이제 놓기 시작할게요."

"좋소. 내 품에서 꼼짝하지 마시오."

갑작스레 움직이면 그의 균형을 무너뜨릴 수도 있다. 그녀는 두 사람을 이런 위치에 놓이게 한 자신을 욕했다. 골반을 감싼 그의 손아귀에 힘이 들어가며 조금씩조금씩 끌어내리자 그녀는 지붕을 손가락으로 긁으면서 내려갔다. 다니는 마음속으로 미친 듯이 기도했다.

그가 자신의 몸에 붙여 그녀를 끌어내리자 그의 팔, 어깨 그리고 가슴에서 엄청난 힘을 느낄 수 있었다. 그의 움직임은 느리고 조심스러우며 균형 잡혀 있었고, 그 동작의 매끄러움은 다년간의 펜싱 훈련을 통해 길러진 것이라고 결론지을 수밖에 없었다. 그가 숙련된 검술사란 사실은 나라 전체가 알고 있었다. 굉장한 다리 힘으로 그는 기적적으로 두 사람을 깊은 심연 위에 지탱했다.

그가 장식탑 가장자리에서 발을 떼고 뒤로 기대어 둘을 구해내는 동안 그녀는 목에서 거센 박동을 느끼며 기다리는 것 외에 아무것도 할 수 없었다.

그들은 상대적으로 안전하다 할 수 있는 작고 평평한 자리로 함께 쓰러졌다. 그녀는 안도감 속에 가쁜 숨을 내쉬며 마음속으로 수없이 하느님께 감사했다.

"이 일로 키스를 받을 만한지 궁금한데."

그가 소리내어 말했다.

그녀는 눈을 가늘게 뜨고 그를 쳐다보았다. 라파엘은 장난스런 미소를 짓고 있었고 금발머리가 몇 가닥 각진 뺨으로 흘러 내려왔다.

"아니오?"

"우린 아직 안에 들어가지 않았어요."

"내가 노력하지 않았다고 탓할 수는 없겠지. 당신의 그 작은 바지 때문임에 틀림없소. 정말로 남자의 상상력을 고문한단 말씀이야."

그는 팔을 베고 지붕 위에 드러누웠다.

"아름다운 밤이오. 당신도 알겠지만, 여자들은 내 침대에 들어오기 위해 목숨을 걸곤 했지. 나가기 위해서가 아니라. 당신이 처음이오. 당신이 정말로 처음이야."

그는 좀더 나직이 되뇌었다. 아득한 눈길은 달에 고정되어 있었다.

그녀는 그의 옆모습을, 말도 안 되게 긴 속눈썹과 오만한 코 그리고 말끔한 이마를 쳐다보았다. 겁쟁이 같은 자신의 행동에 수치심이 치밀어 올랐다.

"미안해요, 라파엘."

"자, 내 얼간이 아가씨, 용서하기로 하겠소."

"그래요?"

"당신이 날 분노하게 할 수 있는 일은 단 하나뿐이라고 말했지."

"거짓말이라고요."

"그렇소."

"라파엘?"

"어마마마께서도 날 라파엘이라고 부르시지."

고개를 돌려 그녀를 쳐다보는 그의 뺨에 달빛이 미끄러졌다. 하루 사이 자라난 금빛 수염 그루터기가 고전적으로 잘생긴 얼굴에 거친 분위기를 주었다. 그는 손을 뻗어 그녀의 얼굴을 감쌌다.

"당신 눈은 참 아름다워."

그녀는 몸을 빼진 않았지만, 그의 찬사에 하려던 말을 완전히 잊고 말았다. 그의 생각에 잠긴 표정이 미소로 바뀌었다.

"당신이 얼굴을 붉히는 게 손바닥 아래 느껴지는군."

그는 속삭이고 그녀의 뺨을 살짝 꼬집었다. 그리고는 다시 팔을 베고 누웠다. 다니는 멀리 바다를 응시했다.

"당신은 여자들을 모두 이런 식으로 매혹시키나요?"

그는 멈칫했다. 부드러운 그 질문이 그를 아프게 찌르기라도 한 듯 몸을 굳히는 것이 느껴졌지만, 그의 어조는 건조했다.

"글쎄, 늘 여자를 죽음으로 밀어넣었다가 구해내는 건 아니지만, 일반적으로 말하자면 그렇소."

"그럼 이게 당신 방식이로군요."

"아니오. 내겐 방식이란 없소. 유혹은 과학이 아니거든. 예술이오. 그리고 내 사랑, 당신은 지금 미켈란젤로의 손안에 있는 거요."

"당신은 앞으로…… 아니, 됐어요. 물론 그러실 테죠. 난 참 멍청하기도 하지……."

"뭐가?"

"신경 쓰지 마세요."

"뭐가 말이오, 다니?"

그가 속삭이며 희미하게 짓궂은 미소를 띠고 그녀를 넘겨다보았다.

"앞으로 당신을 유혹할 거냐고?"

"아뇨! 제가 물으려던 건 그게 아니에요!"

그녀는 수치스런 충격에 가쁜 숨을 들이쉬었다.

"무슨 생각을 한 거요?"

다니는 머리카락 뿌리까지 새빨개졌지만, 그가 자신에 대해 진심인지 확인해야만 했다.

"앞으로…… 앞으로도 정부를 계속 두시겠죠, 싱클레어 양을요?"

그가 자신을 응시하고 있음을 알았지만 쳐다볼 수가 없었다. 그녀의 다음 말이 어색한 침묵 속에 빠르게 쏟아져 나왔다.

"아무래도 이제 그냥 안에 들어가는 쪽이 낫겠……."

그녀는 일어서기 시작했지만 몸을 일으키자마자 그의 강철 같은 손아귀가 허리를 감았다. 정신을 차려 보니 어느새 다시 누워 있었고 그가 자신의 입을 키스로 뒤덮고 있었다. 그의 긴 머리칼 몇 가닥이 흘러내려 그녀의 얼굴을 비단처럼 쓸었고 손으로는 그녀의 뺨을 감싸고 목을, 머리칼을 애무했다. 근사했다.

설상가상으로, 그녀의 팔이 저절로 그의 목을 감았고 그녀는 뭐라 말할 수 없는 고통스런 기쁨 속에 그를 껴안았다. 그가 입술을 벌리기를 원한다는 걸 알아채고 천천히 항복하여 입을 벌렸다.

　그는 그녀의 이름을 속삭이고 깊고 느린 키스를 하며 혀를 쓸었다. 그 순간 그녀의 세상에는 라파엘 외엔 아무것도 없었다. 입이 겹쳐졌고 손은 그녀의 피부 위에, 바위처럼 단단한 근육질의 어깨와 등은 그에게 매달린 그녀의 손바닥 아래 있었다.

　깊게, 더욱 깊게 그녀에게 키스하면서 그는 그녀의 위로 움직여갔다. 그의 커다란 육체는 따스하고 탄탄했다. 그의 왼팔은 그녀의 머리를 받치고 있었지만, 그녀는 그의 오른손이 목 아래서부터 몸을 배회하는 것을 느꼈다. 그가 젖가슴 아래 손을 얹자 그녀는 자신의 심하게 고동치는 심장 박동을 그도 느끼는지 궁금해했다. 그리고는 셔츠가 살짝 당겨지며 그가 단추를 풀고 있음을 깨달았다. 그녀는 키스를 풀고 입을 떼어냈다.

　"라파엘."

　그의 손이 셔츠 안으로 미끄러져 들어와 젖가슴을 감싸자 그녀는 속삭였다. 눈을 감고 신음하며 머리를 뒤로 젖혔다.

　남자의 손길이 이렇게 따스하고 부드러우리라고는 꿈에도 알지 못했다. 라파엘의 키스가 그녀의 목에 머물렀다. 그의 입술은 새틴 같고 하루 정도 자란 턱수염은 부드럽고 까끌까끌한 모래 같았다. 그는 손만 움직여 부드럽게 젖가슴을 애무했다.

　그가 젖꼭지 위로 엄지와 집게손가락을 놀려 그 정점이 아릿하고 단단하게 곤두서도록 희롱하고는 커다랗고 따스한 손으로 부드러운 젖가슴을 살며시 주물렀다. 그 동안 그녀는 자신이 숨을 죽이고 있다는 것조차 깨닫지 못했다. 몇 분이 흘러갔지만 그녀는 시간의 흐름을 완전히 잊었다. 그의 손길이 자신의 살갗을 떠나자 그녀는 괴로운 신음소리를 냈다.

　"금방이오, 귀염둥이. 잠깐만."

　부드러운 장난기가 그의 그윽한 속삭임을 따스하게 했지만 그 바람에 저항해야 한다는 사실도 떠올랐다.

　꼼꼼하게 그녀의 셔츠 단추를 다시 채워 주고 그는 손을 젖가슴 아래 댄 채 그녀를 내려다보았다. 숨을 헐떡이며 그녀는 눈을 뜨고 그를 멍하니 올려다보았다. 그의 미소는 희미했고 끝이 금색인 긴 속눈썹 아래 눈동자에선 세상을 아는 듯한 지혜가 빛났다. 그의 뒤편 검은 하늘에 걸린 달이 꼭 그의 어깨에 올라앉은 비둘기 같았다.

그는 뺨을 주먹으로 받치고 팔꿈치는 지붕의 거친 표면에 괴었다. 그녀는 자신의 손이 아직도 그의 목을 감싸고 있음을 깨달았다. 그리고 그를 놓고 싶지 않다는 것도.

"이제 알겠소?"

그가 나직이 말하며 손가락으로 그녀의 배에 동그라미를 그렸다.

"두려워할 일은 아무것도 없소."

그 말을 완전히 믿을 순 없었지만, 그녀는 그의 키스가 건 마법에 깊이 빠져 나른하게 미소지었다.

"이런 수법으로 제 질문을 회피하시는군요."

"회피하지 않았소. 내 아내에게 키스하고 싶었을 뿐이지. 그게 잘못된 일인가?"

"그래요? 그럼 대답은요? 아니면 말하고 싶지 않으신가요?"

그는 속눈썹을 내리깔고 그녀의 셔츠 단추를 만지작거렸다.

"인정하고 싶지 않아서 말이오."

"그녀를 사랑하시는군요."

그녀는 가슴속 깊이 차가운 뒤틀림을 느끼며 말했다.

"이건 원칙의 문제요."

그가 단언했다.

"무슨 원칙이요?"

그녀는 의심스레 물었다.

"음, 내가 이 문제에 있어 당신에게 복종하면, 나를 그 시골 소년들처럼 뜻대로 휘두를 수 있다는 생각이 당신 머리에 뿌리내릴 테니……."

"전 아무도 멋대로 휘두르거나 한 적 없어요!"

"반면, 만약 당신이 그런 질문을 한 이유가 날 혼자 독차지하고 싶은 일종의…… 질투라고 한다면 나로선 거부할 수가 없겠는걸."

그는 의기양양한 미소를 지어 보였지만 그녀는 다시 그를 향해 눈을 가늘게 떴다.

"혹시 누구 당신에게 꽤나 오만하다고 말한 사람 없었나요?"

"내가?"

놀랍나는 듯 외치는 그의 눈에는 놀리는 기색이 완연했다. 목소리가 부드러워지면서 그는 그녀의 머리칼을 가볍게 손가락으로 빗어내렸다.

"이미 궁에서 그녀를 내보냈다오, 다니엘라. 내 아내에게 수치를 주는 일은 하지 않을 거요."

그가 관계를 완전히 끊어버리겠다고 하지 않는 데 실망하여 그녀는 눈길을 돌렸다.

"음, 배려에 감사드려요."

그녀는 뻣뻣하게 말했다.

"정말로 날 독차지하고 싶은 게 아니오? 지금 말하든가 아녀면 입을 다무는 게 좋을 거요. 날 원한다면 그렇게 말해요."

그는 그녀를 꼬드기면서 씨익 웃었다.

"그럼 제게 무슨 좋은 점이 있겠어요?"

"그야 모를 일이지."

차라리 달을 따 달라고 하는 게 낫겠죠.

그녀는 그렇게 생각했지만 대답하는 대신 그의 까실한 황금빛 뺨에 손등을 가져갔다. 그는 유혹적으로 미소지으며 느릿하게 눈을 깜박였다. 그녀의 손길을 즐기는 기색이 역력했다.

"라파엘?"

그의 그윽한 속삭임이 그녀를 애무했다.

"왜 그러오, 다니?"

"제가 도망가려 했을 때 충격받으셨나요?"

"아니오."

"제가 돌아왔을 때 충격받으셨어요?"

"아니."

“아니라고요?”

그녀는 그의 대답에 놀라 반복해서 말했다. 돌아오겠다는 결정은 그녀 자신에게도 의외였는데. 양심 때문에 더 갈 수가 없었다. 이 사람은 그녀와 친구들의 생명을 구해주었다. 설명 없이 도망치기엔 너무 많은 신세를 졌다. 특히 그가 전에 배반당한 경험이 있다는 걸 알고 있으니만큼.

“당신은 약속을 했잖소. 이 상황에서 순간적인 두려움은 이해할 만하지만 당신은 맹세를 했고 겁쟁이가 아니라는 걸 아니까.”

그녀는 눈길을 돌려 불편한 마음을 숨겼다.

“라파엘?”

그녀는 더욱 작은 목소리로 불렀다.

“왜 그러오, 다니?”

그는 작게 만족스런 한숨을 쉬며 대꾸했다.

“당신에게 주먹질을 해서 미안해요. 그리고 두 번 걷어찬 것도. 그럴 만했다고 해도요.”

“총으로 쏴서 미안하오.”

그는 대답하며 침울한 표정을 지었다.

“음, 그럴 만한 이유가 있었잖아요. 제가 당신을 털었으니까.”

그녀는 진지하게 인정했다. 몸을 돌려 쳐다보는 그의 눈엔 그녀를 당황스럽게 하는 기색이 있었다.

“왜 그러세요?”

그는 고개를 설레설레 젓더니 나직하고 허스키하게 웃기 시작했다.

“무슨 일이에요? 저는 뭐가 우스운지 하나도 모르겠는데. 또 절 놀리시는 거죠?”

“쉬잇.”

그는 계속 작게 웃으며 몸을 숙여 그녀의 입술에 키스했다.

“난 아무래도 당신에게 빠진 모양이오, 다니엘라 디 피오레.”

“그런 아첨은 그만 둬요, 라파엘!”

그녀는 얼굴을 붉히며 쏘아붙였지만, 희미한 미소는 기뻐하고 있음을 드러냈다. 그는 일어나서 그녀에게 손을 내밀었다.

"자, 안으로 들어갑시다."

그와 함께 침실로 들어간다는 생각에 불안하긴 했지만 남은 평생 지붕 위에 있을 수도 없는지라 그를 따라 일어섰다. 그들은 조심스레 발코니로 올라갔다. 라파엘은 질대로 그녀의 손을 놓지 않았다. 그녀는 그가 자신을 구하러 와서 정말로 다행이라는 것을 알 수 있었다. 곡선의 경사 지붕은 내려가기는 쉬워도 그녀처럼 키가 167센티미터인 사람이 도로 올라가기란 불가능했다. 허나 거의 190센티미터인 라파엘은 미끄러운 표면을 쉽게 뛰어넘고 그녀의 손을 잡아 끌어올릴 수 있었다. 올라가는 길은 그녀처럼 날씬하고 운동에 익숙한 몸에도 무리였으나 그는 두려움을 몰랐다.

마침내 그녀가 그의 뒤를 따라 발코니의 난간에 다다르자 그는 장난스레 팔을 활짝 벌려 자신의 품속으로 뛰어들라는 몸짓을 했다. 남편의 묘한 미소에 끌려, 그녀는 난간을 놓고 그에게로 손을 뻗었다. 그녀의 심장은 이 완전한 신뢰에 걸린 위험성으로 일순 펄떡 뛰었지만 그는 그녀를 품에 안았다.

라파엘은 그녀를 내려놓지 않은 채 몸을 돌려 그녀를 부드럽게 벽에 밀어붙이더니 입술을 가져다대고 벌렸다. 그의 느리고 탐험하는 키스는 말보다 더 분명한 언어로 기억에 남을 밤이 되리라고 말해 주고 있었지만 두려움이 그녀를 사로잡았다. 매초마다 위험이 커져갔다.

그녀의 엉덩이를 움켜쥔 그의 손아귀에 힘이 들어가며 그는 그녀를 들뜨게 하는 낮고 울리는 웃음소리를 냈다. 그들은 침실에, 침대에 너무 가까이 있었지만 그의 촉촉하고 뜨거운 키스가 마치 사탕 같아 그녀는 열성적으로 탐닉했다. 어쩔 수가 없었다. 그의 가슴을 애무하고 땋은 머리를 풀러 비단결 같은 머리칼을 손가락 사이로 흘러내리게 하는 자신의 손길을 자제할 수가 없었다.

그를 너무나 원했다. 요트에서의 그날 밤 그가 자신에게 했듯이 그의 온몸을 어루만지고 싶었다.

그는 그녀를 벽에 고정시키고 허벅지를 하나씩 차례로 자신의 골반으로 올려 그의 몸에 다리를 감도록 구슬렸다. 균형을 잡으려고 다니가 따르자 그는 그녀의 몸이 자신과 얽힌 상태에 만족한 듯이 그제서야 공기를 들이마시기 위해 그녀에게 하던 삼킬 듯한 키스를 풀었다.

거친 숨을 쉬며 그는 그녀를 쳐다보았다.

"다니."

그가 속삭였다.

"네."

그녀는 헐떡거리며 얼굴을 붉혔다.

"좋은 생각이 있소. 이 안에 뭐가 있는지 봅시다."

커다란 손으로 그녀의 엉덩이를 받쳐든 채 그는 벽에서 떨어져 천천히 침실로 걸어갔다.

그녀의 입이 바싹 말랐다.

"라파엘……."

"음, 달링?"

그는 나직이 소곤거리며 그녀의 뺨에 얼굴을 부볐다.

그녀의 심장은 미친 듯이 고동쳤다.

"저는 못…… 전 준비가 되지 않았어요."

"쉬잇."

그는 어린아이를 달래듯 품에 안고 살며시 흔들었다.

"잘될 거요."

"라파엘."

그는 그녀의 코끝에 키스했다.

"다니, 내 천사. 불꽃의 머리칼을 한 아가씨. 두려워 마시오. 내가 아주, 아주 조심히 할 테니. 저번 밤에 내가 당신에게 했던 일 기억하오?"

"기억나요."

"이제 그보다 훨씬 더 굉장한 것이 기다리고 있소."

"그래요?"

속삭이는 그녀의 목소리는 갈망으로 탁해져 있었다.

그는 방을 가로질러 침대에 무릎을 대고 올라서서 그녀를 내려놓고 천천히, 깊이 키스하기 시작했다. 그녀의 다리를 들어 다시금 자신의 탄탄한 엉덩이에 감았다. 그녀는 허벅지 사이에 와닿는 그의 온기에 바르르 떨었다.

"이게 맘에 들지 않소?"

그가 그녀의 피부에 대고 속삭였다.

"우리의 몸이 함께 얽힌 느낌. 우리가 얼마나 완벽하게 맞는지 느껴지오, 다니? 늘 이런 건 아니라오. 안 맞는 쌍도 있고 잘 맞는 쌍도 있지."

"라파엘."

그녀는 애원을 담아 그를 올려다보며 간신히 이름을 소리내어 말했다. 아, 그녀는 빠르게 빠져들고 있었다.

그는 부드럽게 미소지었다.

"다니."

그녀의 얼굴을 뚫어져라 쳐다보면서 그는 한 손으로 그녀의 검은 셔츠 단추를 풀기 시작했다.

"우리는 잘 맞는 쌍이오. 느껴지지 않소?"

그녀는 그가 이 말을 다른 여자들에게 얼마나 많이 했을까 생각했다. 최악의 문제는 그가 자신에게만 진심으로 그 말을 했다고 믿고 싶다는 것이었다.

그녀는 어렵게 침을 삼키고 이성적인 어조를 내려 애썼다.

"저기, 라파엘……."

"다니."

그는 더욱 탁해진 목소리로 되뇌었다. 그녀의 셔츠를 어깨 아래로 끌어내리고 거기에 키스하는 동안 능숙한 손가락은 가슴과 배를 따라 나머지 단추들을 풀어내렸다.

"얼마나 사랑스러운지. 너무나 순수해. 겁내지 마시오."

"지금 그만 둬야 할 것 같아요."

"지금?"

그는 고개를 숙여 그녀의 목에 키스하고, 느긋하게 그 아래로 내려갔다.

"아니, 지금은 아니지, 내 보물. 이제 당신이 알지 못했던 기쁨을 줄 거요."

"하지만 저는 원하지…… 않아요."

그녀는 그의 어깨를 밀어냈다.

그는 그저 그녀의 배에 대고 웃기만 하더니 배꼽 옆을 살짝 물었다.

"날 깨물었잖아요!"

"그랬나? 흐음……."

그의 목소리는 시럽처럼 나른하고 느릿했다.

"달콤한 복숭아처럼 먹어치울 수 있을 것 같아, 달링."

"정말로 이제 충분히……."

"사실 난 절대로 당신을 충분히 갖지 못할 것 같소."

따스하고 젖은 입이 느긋하게 그녀의 피부 위에서 움직이며 젖가슴의 곡선을 따라 올라오더니 젖꼭지를 붙들어 키스했다. 그는 이성을 날려버릴 정도로 깊게 빨아들였다.

그녀는 몸부림쳤고 심장박동이 마구 내달렸다.

"제발!"

"제발 뭐, 다니? 뭘 해주었으면 좋겠소? 이렇게?"

그는 그녀의 허벅지 사이로 손을 미끄러뜨려 살며시 문질렀다.

"그만해요!"

그녀는 신음하며 부드럽고 뜨거운 손길에서 빠져나가려 미친 듯 꿈틀거렸다.

"내가 그런 뜻으로 한 말이 아니라는 거 알잖아요! 저리 가요! 제발!"

"쉬잇. 당신을 만지게 해줘. 그저 기분 좋게 해주고 싶을 뿐이오. 다니, 정말로 기분 좋게 만들어 주겠소."

"내 기분은 됐어요. 이제 그만……."

그는 그녀의 바지 허리끈으로 손을 뻗더니 미소를 짓고 잡아당겨 매듭을 풀었다. 그녀의 바지 허리가 느슨해졌다.

"아름다워."

바지를 골반 아래로 천천히 끌어내려 살갗을 조금씩조금씩 드러내며 속삭였다. 고개를 숙이고 그는 그녀의 가슴과 목에 얼굴을 부볐다.

"아, 다니. 너무나 당신을 원해."

그리고는 아래로 내려가 그녀의 떨리는 배에 키스하고는 잠깐 멈추었다. 그녀의 허벅지에 걸터앉아 무릎을 대고 일어나더니 자신의 셔츠 단추를 풀어나가기 시작했다.

탈출을 시도할 순간적인 기회가 있었다. 라파엘이 커프스 단추를 풀자 다니는 일어나 앉아 도망가려 했지만, 바로 그때 그의 흰 셔츠가 천천히 어깨에서 미끄러져 내렸다. 옷자락이 스치는 소리와 함께 셔츠가 침대 커버 위로 떨어지자 그녀는 즉각 도망가려던 것도 잊고 못박힌 듯 그의 벌거벗은 가슴을 응시했다.

그는 아름다웠다. 말못하게, 기막히게 아름다웠다.

그녀는 그의 당당한 모습에 숨을 들이켰다. 넓은 어깨와 강인한 팔의 비단결 같은 피부가 달빛 아래 따스한 대리석 조각처럼 빛났다. 경외감 속에 그녀의 눈길은 태양의 입맞춤을 받은 훌륭한 가슴에서 근사하게 조각된 배로 내려갔다.

그녀는 말문을 잃었다. 심장이 덜컹 내려앉는 기분이었다. 어떻게 그를 거절할 수 있겠는가? 가망이 없었다. 그녀는 인간일 뿐이었다. 이런 엄청난 힘에서 도망치기란 불가능하다. 만약 그가 그녀를 원한다면 가질 테고 그걸로 이야기는 끝이었다.

하지만 라파엘 디 피오레는 결코 싫다는 여자를 억지로 안을 남자가 아니었다. 그녀는 그 사실을 뼛속 깊이 알 수 있었다.

그녀는 천천히 홀린 듯 그의 완전무결한 고전적인 상체에서 각진 얼굴로 눈길을 들어올렸다가 그가 자신을 쳐다보고 있는 것을 발견했다.

그들은 서로를 응시했다.

당신의 인생을 망칠 수는 없어요. 나 때문에 모든 것을 내던지기에 당신은 너무나 근사하니까. 그녀는 그가 얼마나 아름다운지, 얼마나 완벽하고 남성적인 품위로 가득한지 말하고 싶은 충동을 느꼈지만 혀를 깨물어 막았다. 그는 알고 있어. 시시각각 저항할 의지를 잃어가며 그녀는 생각했다. 오, 그는 이미 알고 있었다.

그녀를 내려다보며 라파엘은 손을 뻗어 양손을 잡고는 하나씩 입술로 가져가 손바닥에 달콤한 키스를 지그시 눌렀다. 그리고는 그녀의 손을 깎은 듯한 배로 가져가 아무 말 없이 만져보라고 청했다.

어쩔 수 없는 갈망에 작게 한숨을 내쉬며, 그녀는 강인한 아름다움의 유혹에 항복하여 그를 탐험하고 그 뜨거운 벨벳 같은 피부에 경탄했다. 배에서 가슴으로 천천히 손을 올려 그를 어루만졌다. 그녀의 손길 아래 그는 종마처럼 부르르 떨었다.

그의 조각 같은 가슴이 오르내리고, 욕망이 눈에 번뜩이며 짙은 금발 머리는 화려한 죄악처럼 그의 어깨 위로 흩어졌다. 그는 야성적이고 원초적이며 몹시도, 몹시도 남성적으로 보였다.

그녀는 근육질 어깨의 곡선을 손가락으로 감싸고, 천천히 그의 건장한 팔뚝으로 손톱을 긁어내렸다.

그녀가 어루만지는 동안 그는 눈을 감은 채 고개를 숙이고 있었다. 그의 머리칼 끄트머리가 깨끗한 쇄골 선 위로 흐트러졌다. 그녀는 몸을 위로 끌어올려 그의 긴 머리를 어깨 뒤로 넘겨주다가 머리칼을 갖고 노는데 빠져들어 손가락으로 머리를 쓸어내리고 얼굴을 들어 그의 목덜미에 키스했다. 희미하게 짠맛이 났고, 브랜디와 값비싼 코롱의 향기도 났다.

그녀는 그렇게 있었다. 눈은 감고 양손을 찬란한 금빛 머리칼에 파묻은 채로. 스스로에게 일 초만 있다가 그만하겠다고 약속했다. 일 초만, 일 초만 더……

지금 벌어지고 있는 일이 믿어지지 않았다. 비록 일시적이라 하더라도 라파엘이 그녀의 남편으로 자신의 품에, 자신의 침대에 있다니. 혼미한 관능 속에 그녀는 고동치는 맥박이 느껴지는 목덜미에 입술을 스쳤다.

눈을 감으며 그는 전면적인 항복의 표시로 고개를 젖혔고, 그녀의 이름이 입술에서 새어나왔다. 그녀는 입술을 벌려 그가 했던 식으로 목에 키스하며 따스하고 연한 살을 살며시 깨물고 굶주린 듯 빨아들였다.

"다니. 아, 맙소사, 다니."

그가 숨가쁘게 속삭였다.

"난 진짜 바보였어."

"왜요?"

그녀는 그의 목덜미에 얼굴을 부비며 깨물고 싶어지는 자리를 찾아다녔다.

"쾌락이 어떤 건지 안다고 생각했었지. 하지만 그 무엇도…… 그 무엇도 이것과는, 당신과는 달라. 당신은 내게…… 모든 것을 느끼게 해."

뒤로 약간 물러나 그의 황홀감에 젖은 얼굴로 시선을 들어올린 그녀는 지금 이 순간의 그만큼 관능적인 모습은 한 번도 본 적이 없음을 깨달았다. 절망이 솟구쳐 열정과 뒤엉켰다. 자신의 내부에서 갈망이 압도적으로 솟구치자 그녀는 패배감에 눈을 감고, 다시는 홀로 될 필요가 없도록 그를 안으로 받아들이기 위해 몸과 영혼을 모두 열었다.

거칠고 어두운 고독이 하얗게 부서지는 파도처럼 그녀의 내부에서 일었다. 거기에 패배하고 굴복한 자신이 미웠지만 너무나 그가 필요했다. 다시 드러누운 채 그녀는 그의 가슴으로 손길을 미끄러뜨렸다. 그녀의 몸은 떨리고 있었다.

라파엘은 고개를 숙이고 끝이 금빛으로 물든 속눈썹을 무겁게 들어올렸다. 그의 녹색과 금색 눈이 타올랐다.

"내 차례요."

그가 속삭이고는 그녀의 뺨을 애무했다. 그리고는 손가락이 그녀의 턱 아래로, 목으로, 가슴으로 가볍게 스쳐 내려갔다. 그녀의 단추 풀린 셔츠를 헤치고 젖가슴을 응시했다. 한동안 부드럽게 손안에 감쌌다가 엄지손가락을 그 정점에 대고 누르며 가볍게 잡아당겼다. 그녀가 참지 못해 헐떡일 때까지 그는 가슴을 지분거려 그 끝이 단단히 곤두서게 했다.

그리고는 그녀를 자신의 몸으로 덮었다. 그녀의 입술에 키스하고 또 키스하며, 따스하고 벨벳 같은 맨살을 그녀와 맞댄 채 혀를 그녀 입으로 굶주린 듯 집어넣었다.

그러나 그 순간, 그녀는 그의 손이 헐렁한 바지 속으로 들어온 것을 느끼고 뻣뻣이 굳어졌다. 갑자기 이성이 돌아왔고 너무 빨리, 너무 지나치게 진전되었음을 깨달았다. 그를 구해야만 한다. 멈추게 해야만 한다. 하지만 그는 몹시 분노할 거야.

그녀는 그의 건장한 어깨를 움켜쥐었다.

"라파엘……."

"키스해 줘."

그가 부드러운 명령을 속삭였다.

그녀는 자신의 복부에 맞닿아 거세게 고동치는 강철 같은 단단함을 느꼈고, 그게 무엇인지 깨닫자 필사적으로 입을 떼어내려 했지만 이미 그의 밑에 단단히 갇힌 채였다.

"안 돼요, 안 돼."

그녀는 열에 들뜬 듯 헐떡였다.

"이러지 말아요, 달링. 하지 말아요. 이러면 안 돼요."

"돼. 괜찮소."

그는 방탕하게 미소지으며 뜨겁게 눈을 번쩍였다. 입술은 계속 그녀의 입에 머물러 있었고 탐욕스런 손은 그녀의 바지 안쪽으로 움직여갔다.

그녀는 헉 숨을 들이켰다.

"안 돼요! 제발, 라파엘……."

"괜찮소, 다니. 맙소사, 그래."

그는 그녀의 둔덕을 감싸고 천천히 손가락을 안으로 집어넣었다.

그녀는 달콤한 충격에 숨가쁘게 소리지르고, 어떻게 저항할 힘을 찾아 그의 손길을 뿌리쳤다.

"다니, 진정하시오! 당신을 아프게 하지 않을 거요, 귀여운……."

그녀는 그를 무시하고 킹스 로드에서의 그날 밤 그가 숲속에서 자신을 붙들었을 때처럼 진짜로 전력을 다해 손발을 휘둘렀다. 그는 그때처럼 쉽게 그녀를 제압했다. 그의 왼손이 수갑처럼 그녀의 양 손목을 머리 위로 올려 침대에 잡아눌렀다. 재빨리 허벅지를 그녀의 다리 위로 올려 그녀가 세 번째로 그의 급소를 찰 생각을 하기도 전에 원천봉쇄해 버렸다.

"진정해요."

그가 부드럽게 명령했다. 숨결이 약간 가빴다.

"다니, 내 천사, 결코 아프게 하지 않을 거요. 그걸 모르오? 당신은 이제 내 사람이라구."

그가 이마에 가벼운 키스를 스치자 그녀는 그게 진실이라고 믿고 싶은 갈망에 흐느낄 뻔했다.

"보호하고 아껴야 할 내 것이지. 내가 부드럽지 않았소?"

"당신은 짐승이야! 이거 놓아요!"

그녀는 그를 떨쳐내기 위해서 이를 악문 채 말했다. 격노한 좌절감에서 우러나오는 눈물과 싸우며, 다시 별 소용없는 몸부림을 시작했다.

"다니, 그만하시오."

그는 그녀의 몸부림을 억제하며 단호히 말했다.

"내가 이럴 권리가 있다는 걸 알잖소."

"하지만 난 이러고 싶지 않아요!"

그녀가 외쳤다. 그는 나직이 웃으며 그녀의 뺨에 코를 부볐다.

"절대 거짓말하지 않기로 약속했잖소, 내 사랑. 다니, 귀여운 사람, 오늘밤은 우리의 결혼 첫날밤이고 이건 계약의 일부요. 항복하시오, 달링. 내가 당신을 사랑하도록 해주시오."

그가 속삭였다.

"내게 이러지 말아요, 라파엘!"

그의 웃음은 낮고 짓궂었다.

"당신이 내 이름을 그렇게 신음하듯 부르는 게 좋아."

그가 귀에 키스하기 시작했다.

"날 놀리지 마시오, 다니. 내 손에 느껴지는 촉촉함으로 당신이 얼마나 즐기고 있는지 알 수 있는걸."

그녀는 그의 뜨거운 키스에 다시금 현기증이 느껴져 질끈 눈을 감았다.

“당신이 미워요.”

그는 방탕하고 유혹적인 웃음소리를 냈다.

“아침에는 그렇게 말하지 않을 거요. 자, 앞으로 할 일은 이렇소. 우선 당신 옷을 마저 벗길 거요. 그리고 나서 근사하고 멋지게 사랑을 나눌 거요, 다니.”

그녀의 셔츠를 벗겨내기 시작하며 말했다.

“내 순결한 신부를 위해 근사하고 부드럽게. 고통은 처음에만 있고 그 다음엔 쾌락의 세상이 기다리고 있소, 내 약속하지.”

“제발, 안 돼요.”

그녀의 목소리는 점차 잦아들었다.

“쉬잇, 첫경험에 불안해하는 건 당연하오. 무슨 일이 벌어질지 모르니까. 하지만 날 믿어야 하오, 달링. 긴장을 풀기만 하면 내가 두려움을 덜어 주겠…….”

“내게서 손떼요!”

그의 짙은 금빛 눈썹이 분노로 찡그려졌다.

“제기랄, 당신한테는 어센션과 나에 대한 의무가 있소! 이제 게임은 그만 두시오.”

“게임이 아니에요. 아니라구요!”

그는 전혀 귀기울이지 않고 그녀의 검은 바지를 골반 아래로 끌어내렸다. 그녀는 무력감에 울화가 치밀어 베개에 머리를 처박았다.

그는 약속한 대로 부드러웠다. 막을 수가 없었다. 어쩌면 어둡고 굶주린 그녀 내부의 방탕한 중심부가 너무나 절실히 원한 나머지 그녀의 저항을 막은 것인지도 모른다.

왼손으로 그녀의 양 손목을 눌러 잡고, 그는 오른손으로 그녀의 바지를 허벅지 아래로 내리며 손길 닿는 곳마다 애무했다. 섬세하고 강한 손이 그녀의 예민해진 피부 위로 따스하게 움직였다. 그가 몸을 숙여 입에 키스했으나, 최소한 그의 키스를 거부할 의지는 아직 있었기에 고개를 돌렸다. 하지만 그의 손가락이 여성을 감추고 있는 작고 무성한 수풀을 쓰다듬자 비참함과 쾌락이 뒤섞인 무력한 신음소리를 냈다.

어쩌면 올란도가 전부 틀렸는지도 몰라, 그녀는 절박하게 생각했다. 어쩌면 왕은 이 결합을 꺼리지 않을지도 모른다. 어쩌면 환희에 파묻혀 라파엘에게 자신을 내준 뒤에도 계속해서 그를 자신만의 것으로 할 수 있고 아무런 문제가 없을지도 모른다.

바보.

그의 손길은 가볍고 섬세하며 숙련된 솜씨를 보였다. 그녀는 몸을 비틀어 빠져나가려 했지만, 그의 손가락은 부드러운 압력을 실어 더 깊이 들어올 뿐이었다. 그가 속삭였다.

"쉬잇, 귀염둥이, 쉬잇."

그녀가 성난 신음소리를 내는 동안 그는 쾌감을 불러일으켜, 그를 미치도록 갈구하게 하면서 동시에 절실하게 그를 실망시키고 싶지 않게끔 했다. 그의 애무는 느리며 리드미컬했다. 그가 가차없이 굴복으로 몰아가자 그녀의 말초신경에는 번갯불이 춤을 췄다. 심장이 마구 고동쳤다.

다니가 쾌감의 충격에 수면으로 박차고 올라온 진주 조개잡이처럼 숨을 헉 들이켜자, 그는 약탈하는 키스로 그녀의 입을 덮었다…….

정신없는 정열에 휩싸여 레이프는 그녀에게 깊이 키스했다. 정욕으로 온몸이 떨렸다. 아래로 내려가 젖가슴을 빨아들이면서 그녀의 바지를 더욱 끌어내렸다. 그녀를 가져야만 했다. 더 이상 기다릴 수가 없었다. 지금껏 여자에 대해 이런 맹렬하고 야만적인 소유욕을, 급박하고 현기증 나는 욕구를 느낀 적은 없었다.

가능한 한 깊숙이 그녀를 애무하며 몇 천 번쯤 그녀를 절정에 이르게 하고 싶었다. 그녀를 가지고, 소유하고, 사랑하고 싶었다. 결코 그녀를 충분히 가질 수는 없을 것이라는 두려운 깨달음과 함께, 그런 그의 갈망을 그녀가 이용한다면 자신을 노예로 만들 수도 있으리란 것을 알았다.

그녀는 다시 분노에 찬 쾌감의 신음을 흘리며 그의 손길 아래 몸을 떨고 그걸 느끼게 한 보복으로 그의 혀를 깨물려 했다. 그는 재빨리 피하며 나직하게 웃었다. 그녀의 저항이 핏속의 원초적인 본능에 불을 지폈다.

"이건 뭐지, 내 사랑? 거칠게 해주길 원하나?"

그가 숨가쁘게 속삭였다.

"정말로 원하는 게 그거라면 해줄 수 있소."

"놔줘요! 당신이 싫어."

그녀는 신음하며 위협적인 태도로 등을 할퀴었다. 그의 빨강머리 고양이에겐 발톱이 있었다.

"진작에 알았지."

그는 반쯤 미소를 띠고 말했다. 동시에 깃털같이 가볍게 손을 움직여 조약돌처럼 단단해진 여성을 앞뒤로 어루만져 그녀를 미치도록 몰아갔다.

"여기에 키스해도 되겠소?"

그녀는 버둥거리며 신음했지만, 그를 거부하면서도 날씬한 골반은 그의 애무 아래 들어올려졌다.

"그래. 시간 낭비는 그만해야겠지."

그는 그녀의 위로 몸을 굴려, 손을 짚고 하체를 천천히 그녀의 허벅지 사이에 눌렀다. 천국.

"당신이 내게 어떻게 했는지 느껴지오?"

그가 속삭이며 허리를 움직여 거대한 신전 돌기둥처럼 발기한 남성을 그녀의 둔덕에 문질렀다.

그녀는 가쁜 숨을 들이쉬고 불붙는 듯한 접촉에 신음했다.

"제발."

격한 소유욕에, 그는 그녀의 가녀린 몸 위로 몸을 숙이며 자신의 힘이 가져온 승리를 맛보았다. 기사도나 명예는 파괴적인 본능 아래 잊혀졌다. 가장 육체적인 방식으로 그녀를 자신의 것으로 만드는 것 이외에 그 무엇도 중요하지 않았다. 다시, 그리고 또 다시 거듭하여.

"지금 당신을 원해."

그녀가 자신을 치든 말든 상관하지 않고 손목을 놓아주었다. 이젠 어떤 타격도 그를 꺾을 수 없다. 그는 바지를 풀고 그녀로 인해 고동치며 욱신거리는 거대한 남성을 해방시켰다. 그녀의 비좁은 열기 속에 끝까지 자신을 묻을 때까지는 매 순간이 한없는 고통의 연속이었다.

"안 돼, 안 돼요."

그녀의 허벅지 사이로 다가가자 그녀가 신음했다. 그는 머리칼을 쓰다듬으며 그녀를 진정시키려 했다.

"숨쉬시오, 내 귀여운 아내여. 맞서 싸우면 아파지기만 할 뿐이오."

그는 헐떡이며 속삭였다.

"당신을 아프게 하고 싶지 않아, 달링. 오, 맙소사, 들어가게 해줘."

공포와 욕망이 동시에 극도로 끓어올라 그녀는 눈을 질끈 감았다.

"라파엘!"

약간 떨리는 손으로 그 자신을 그녀의 촉촉한 입구로 인도하던 중, 짙은 욕구의 안개를 뚫고 그녀가 울기 시작했다는 사실이 인식되었다.

그는 그녀를 내려다보았다. 심장 고동은 들판에 나선 경주마 같았다. 체포되어 감옥에 수감되고, 조사받고, 평생의 친구들에게 작별 인사를 강요받을 적에도, 나라의 재상이 그녀에게 고함지를 때에도 그녀는 울지 않았다. 심지어 결혼식에서조차 울지 않았던 그녀가 지금 울고 있었다. 그의 격정적이고 자그마한 무법자 소녀가 그의 밑에서 울며 몸을 떨고 있었다.

공포에 싸여.

그는 이 초쯤 당혹감에 사로잡혀 그녀를 내려다보며 우뚝 멈춰 있었다. 이성이 갑자기 복수의 여신들처럼 휘몰아치며 돌아왔다. 하느님 맙소사, 그녀를 그저 힘으로 누르고 자기 맘대로 하기 직전이었……

타오르는 욕구가 그를 불태웠다.

안 돼! 그는 가슴으로 포효하며 거부당한 분노에 눈을 질끈 감았다. 입술 끝까지 욕설이 튀어나온 채, 그녀에게서 떨어져 침대에서 물러났다. 정욕을 다스리려 분투하며 그는 자신이 낯설게만 느껴졌다. 그녀가 내게 도대체 무슨 짓을 한 거지? 제기랄! 내게 무슨 일이 벌어지고 있는 거야?

"나가세요."

잠시 후 그녀가 떨리는 목소리로 말했다.

숨가쁘게 오르내리는 가슴을 드러낸 채 허리에 손을 짚고 그는 그녀를 쳐다보았다. 그의 신부는 침대에서 기어나와 맞은편 벽을 등지고 서서는 그의 예식용 검을 빼들어 겨누고 있었다. 검은 셔츠는 하얀 가슴 위로 벌어졌고, 바지는 허리에 낮게 걸려 그녀의 평평한 배를 살짝 드러내고 있었다.

울컥 솟구친 욕망이 그녀의 검날을 무시하고 행동하라고 부추겼으나 그는 그저 그녀를 쳐다보기만 했다. 무너진 자존심을 지키기 위해서, 자신이 지극히도 수치스러워하고 있다는 것이 얼굴에 드러나지 않기를 바랐다.

도대체 자신이 어떻게 된 건지 알 수가 없었다. 평생 여자에게 강요한 적은 없었다. 심지어 과거에 그런 남자를 두 명 결투에서 죽이기까지 했었다. 하지만 이런 때 할 법한 사과의 말은 목에 달라붙어 나오지 않았다.

어떻게 그녀의 뜻을 이다지도 잘못 읽었단 말인가? 거부 의사를 듣긴 했지만, 그저 수줍어하는 행동이었을 뿐이고 그녀의 몸은 자신을 원하며 애원하고 있었다고 맹세할 수도 있었다. 그는 혼란스럽고 황폐한 기분이었다. 왜 그녀가 날 원하지 않을까? 그녀는 내 아내인데.

"나가시라고 말씀드렸잖아요."

그는 그녀에게로 돌아섰다.

"난 아무 데도 안 갈 거요."

결혼 첫날밤 새신부의 침실에서 내쫓긴 그에 대해 스캔들이야말로 절대 피하고 싶은 일이었다. 도대체 어떻게 된 건지 감을 잡을 수가 없었다. 여자들은 그에게 싫다고 말하는 법이 없었다. 그녀는 법적으로 그에게 속한 몸이고 실제적으로 그의 소유였다. 자신이 그녀의 목숨을 구했다. 그녀에겐 그를 거부할 권리가 없었다. 오늘밤 그를 침실에서 밀어낼 수는 없다.

"진담이에요! 여기서 나가요!"

푸른 불꽃같이 눈을 번뜩이며 그녀가 검을 위험한 각도로 들고 그에게로 전진해 왔다. 침대에 올라서서 천천히 가로질러 반대편으로 뛰어내리더니, 그에게 다가와 검끝으로 턱 아래를 겨누었다.

그는 검을 향해, 그리고는 그녀를 향해 코웃음쳤다.

"어떻게 할 거요, 다니? 날 찌를 건가?"

그녀는 약하게 떨고 있었다.

"그럴 거예요. 이 왕국과 전세계의 여자들에게 도움이 되도록 당신을 당장 죽일 거예요!"

"진짜 여자가 되기 전까지는 전세계의 여자들을 대신해서 말하지 마시지, 꼬마 아가씨."

그가 나직한 어조로 말했다.

"그게 무슨 뜻이죠?"

그렇게 외치는 그녀의 뺨은 달아올랐다.

그는 그녀의 사내애 같은 차림에 깔보는 듯한 눈길을 잠깐 주었다.

"당신은 그저 자신이 뭘 놓치고 있는지도 모르는 겁에 질린 어린 소녀일 뿐이란 뜻이지. 하지만 두려워 마시오, 내 곧 당신을 여자로 만들 테니까. 당신을 위해 그 모든 일들을 했는데 어떻게 감히 날 거부할 수가 있지?"

"전 당신을 도우려는 거예요!"

그녀가 간신히 외쳤다.

"날 도와? 도대체 그게 무슨 소리요?"

"그 다섯 명의 공주에 대해 알았다구요! 제가 당신을 거부하면 당신 아버지께서 돌아오셨을 때 우리 결혼을 무효화할 수 있어요. 그들 중 하나와 결혼하면 왕좌를 잃지 않을 거라구요! 라파엘, 저 때문에 당신이 이 나라를 잃게 할 수는 없어요! 어센션엔 당신이 필요해요!"

그는 도무지 지금 이야기가 믿어지지 않아 짙은 분노에 사로잡혀 그녀를 응시했다.

"누가 그런 얘기를 했소?"

살인이라도 저지를 듯한 어조였다.

"누가 말했는지는 중요하지 않아요. 전 진정으로 문젯거리가 되고 싶지 않아요. 당신이 저와 친구들을 구해 주셨으니 이제 당신을 보호하는 것이 제 의무예요!"

"당신의 의무……? 제길, 다니엘라, 당신은 내 아내요! 내게 복종하는 것이—함께 침대에 드는 것이 당신의 의무요!"

그는 고함치며 그녀를 향해 한 걸음 내딛었다. 그의 표정은 격렬했다.

"그 어리석고 풋내나는 인생에 단 한 번이라도 남자가 시킨 대로 하라구! 자, 당신의 군주이자 남편으로서 명령하니, 누가 얘기했는지 말하시오!"

"올란도요!"

그녀는 성급히 외치고 그의 격분에 움찔하여 뒤로 물러났다. 그는 얼어붙었다.

"올란도?"

"그는 왕가에 또 다시 분란이 일어나는 걸 원치 않는다고 했어요. 당신이 시키는 대로 따르지 않으면 어센션을 레오 왕자에게 넘기겠다고 폐하께서 위협하신 일도 말해 줬어요. 라파엘, 그 여자들 중의 하나와 결혼하지 않으면 계승권을 잃을 거예요. 저와 친구들의 목숨을 구해 주었기 때문에 당신이 모든 것을 잃기를 바라지 않아요. 당신 인생을 망친 장본인이 되고 싶지 않아요!"

"잠깐만."

그 동안의 경험상, 그는 여자의 변명을 순순히 믿어서는 안 된다는 것을 잘 알고 있었다. 그는 그녀의 숭고한 변명을 믿을 수가 없었다. 그녀는 절대 누구하고도 결혼하지 않겠다고 말하던 소녀가 아니었던가.

"언제 올란도가 당신에게 그 모든 이야기를 했소?"

그녀는 힘겹게 침을 삼켰다.

"어제요."

"어제."

그는 따라 되뇌었다.

"그럼 당신은 그때부터 내게 자신을 내주길 거부할 생각이었단 말이오? 어제부터 알고 있었다고? 내 친척형과 이 계획을 궁리했다고?"

그녀는 침묵 속에 그를 응시했다.

"자, 다니. 말해 보시오."

그의 뱃속 깊숙한 곳에서 메스꺼운 감각이 일었다.

"오늘 하느님 앞에 나아가 한 맹세가, 교회와 그 모든 사람들 앞에서 한 약속이 거짓이었다는 소리요? 오늘 거기서 거짓말을 했던 거요?"

"당신은 이해 못해요!"

그녀가 외쳤다. 눈에는 눈물이 가득했다.

"내 생각엔 이해한 것 같소."

그는 그녀를 응시했다.

어쩌면 정욕과 망가진 자존심이 두뇌를 흐리게 하고 있는지도 모르지만, 그가 생각할 수 있는 것은 자신이 줄리아 때와 똑같이 무정하고 간교한 여자의 덫으로 곧장 걸어 들어갔다는 것뿐이었다.

그녀는 너무나 순진하고, 너무나 어려 보였는데.

그는 정말로 바보였다.

"결혼 무효라, 음? 당신은 교회에 발을 디디기도 전에 나를 속이려 계획했군."

그는 쓰디쓰게 말했다.

"처음부터 거짓말을 했는지도 모르지. 물론 그랬던 거야. 감옥에서부터. 그 예쁜 목을 구하기 위해서라면 무슨 말이든 했겠지, 아니오? 그리고 마테오의 목을 구하기 위해서."

"그건 사실이 아니에요! 저는 정직했어요! 당신을 보호하려는 거예요, 라파엘!"

"당신 자신을 보호하는 거겠지, 거짓말쟁이 도둑 같으니!"

그가 고함쳤다.

"당신은 내게 약속을 했어. 모두들 당신을 믿지 말라고 경고했는데."

“전 당신을 좋아한다구요!”

“그래?”

그는 턱을 치켜들고 이글거리는 분노의 시선으로 그녀를 응시했다. 그의 어조는 차분하고 예의발랐다.

“그럼 저 침대에 올라 다리를 벌리고 당신이 거짓말쟁이가 아니라는 것을 내게 증명하시오.”

“내게 그런 식으로 말하지 말아요. 난 당신의 극장 매춘부들 중 하나가 아니라구요.”

“빌어먹을.”

그의 어깨가 축 처졌다.

“당신은 날 이용했어.”

“내가 당신을 이용했다구요?”

그녀는 어이가 없어 따라 되뇌었다.

“당신이야말로 날 이용한 사람이에요! 분명하게 그 사실을 밝혔죠. 나와 결혼하는 유일한 이유는 사람들에 대한 내 영향력을 이용하기 위해서라고 얼굴에 대고 말했잖아요. 그리고 이제 당신이 아버지에게 대항하려고 날 이용한다는 걸 알았어요. 그분은 내가 개인적으로 존경하는 분인데.”

“난 아바마마께 대항하려고 당신을 이용하는 게 아니오. 멋대로 조종당하는 것이 지긋지긋하고 피곤해. 당신도 나를 조종할 순 없어! 빌어먹을!”

그는 격렬하게 분노를 토해냈다.

“당신은 내 편을 들어야 하는 거잖소.”

그녀는 대답하려 입을 열었지만 아무런 소리도 나오지 않았다.

“이제 당신도 다른 모든 사람들처럼 날 웃음거리로 생각한다는 걸 알겠소. 그 누구보다도 나를 믿어야 하는 당신이.”

“당신을 믿어요, 라파엘. 그래서 오늘밤 당신을 저지한 거예요.”

그녀의 눈에 눈물이 고였다.

“우리 결혼을 완성시키면 당신은 왕이 되지 못하잖아요. 저 아니면 어센션이에요. 당신이 잘못된 선택을 하도록 두진 않겠어요.”

“정말로?”

그가 냉소적으로 말했다.

“난 오늘 하느님과 나라 앞에서 명예를 걸고 서약했고, 아무리 당신을 위해서라도 그 서약을 깨지는 않겠소.”

“물러나세요!”

그가 자신을 향해 한 걸음 다가서자 그녀가 외쳤다.

“당신을 건드리려는 게 아니오, 아내여.”

그는 경멸을 담아 중얼거렸다.

“그저 그 검끝을 쓸 필요가 있어서지.”

“뭣 때문에요?”

그는 대답하지 않고 조심스럽게 검끝을 오른손 검지와 엄지로 집었다. 검끝을 고정시키고 왼손을 들어올려 그녀가 막기 전에 엄지를 살짝 베었다.

“도대체 뭐 하는 거예요?”

그녀가 다그쳤다.

상처에서 피가 솟아나자 그는 움찔했다. 하지만 피가 더 나오도록 상처를 쥐어짜며, 침대로 걸어가 커버를 젖히곤 피를 시트에다 닦았다.

천천히 검을 내리고 그녀는 어리둥절해하며 그를 쳐다보았다.

“이러는 게 좋소?”

그는 냉소적으로 물으며 재빨리 시트를 침대에서 벗겨 문가로 가져갔다.

그녀는 이마를 찌푸리고 그저 그를 응시하기만 했다.

그녀에게 고소하다는 듯 승리의 표정을 지으며 그는 문을 열고 복도에서 공손히 대기하고 있던 궁정 하인에게 피묻은 시트를 넘겼다.

뒤늦게서야 그가 무슨 짓을 하는지 알아챈 다니엘라는 달려갔다.

“라파엘! 멈춰요!”

그는 재빨리 문을 닫아 몸으로 가로막고는 가슴께에 팔짱을 낀 채 그녀를 향해 씩 웃었다.

그녀는 충격에 빠져 그를 응시했다.

"오만한 고집쟁이 같으니! 무슨 짓을 한 거예요?"

"이제 결혼 무효는 없소, 내 사랑. 온 어센션인들 앞에서 당신이 날 웃음거리로 만들게 그냥 둘 줄 알았소? 이제 당신은 나와 묶인 거요, 아가씨. 당신이 순결을 잃은 증거는 이미 제출되었소. 그러니 침대로 돌아가 아까 시작했던 일을 마치자고 제안하는 바요."

그녀는 어이가 없어 그를 멍하니 쳐다보기만 했다.

"콧대 높고 양심이라곤 없는 불한당! 체면을 지키기 위해서라면 자신조차 해칠 위인이군요!"

그는 그녀를 향해 한쪽 눈썹을 치켜올렸다.

그녀는 방금 일어난 일이 믿어지지 않았다. 막무가내로 화가 나서 고개만 설레설레 저었다.

"당신은 진짜 어린아이예요."

"확실히 내겐 소년 같은 매력이 있지."

그는 느릿하게 말을 끌며, 그녀가 자신을 분개하게 만든 만큼 자신도 그렇게 했다는 사실에 심술궂은 기쁨을 느꼈다.

그녀는 눈을 가늘게 떴다.

"당신의 그 소위 증거라는 것은 아무것도 증명하지 못해요. 당신 부모님이 돌아오시면 의사의 검진으로 내가 아직 순결하다는 걸 증명할 수 있고, 그럼 결혼을 무효화시킬 수 있어요. 난 항복하지 않아요! 날 원한다면 억지로 해야 할 거예요. 그리고 당신이 그러지 않으리라는 걸 잘 알고 있어요."

그래, 그는 그러지 않을 것이다.

그녀의 정확한 판단에 짜증이 났지만 레이프는 굳은 미소를 지으며 다음 행동을 신중히 고려했다. 선택의 여지는 단 하나밖에 없는 듯했다.

천천히 그녀에게로 걸어가 검을 부드럽게 옆으로 밀어제쳤다.

어둠 속에서 눈을 커다랗게 뜨고 쳐다보며, 그녀는 그가 가까이 다가오도록 두었다. 그는 그녀의 사랑스런 얼굴을 양손으로 감싸고 느리고 유혹적인 키스를 했다.

"강제할 필요는 없을 거요, 다니."

그는 비단처럼 부드럽게 속삭였다.

"당신이 얼마나 버티는지 어디 두고 봅시다."

그의 키스 아래 그녀는 들릴 듯 말 듯 신음했다. 날씬하고 따스한 몸이 그녀 자신의 결의에 반하여 그에게 녹아내렸다. 그녀는 그만큼이나 굶주린 상태였다. 그녀의 반응에 흔들렸지만 그는 이 숙녀가 자신의 소망을 분명히 밝혔던 것을 떠올렸다.

"내가 어디 있을지는 알겠지, 달링. 하지만 이번에는 내게 간곡히 부탁할 때까지는 그걸 얻지 못할 거요."

열기 띤 희미한 미소와 함께, 레이프는 그녀의 품에서 빠져나가 연결된 그의 방으로 갔다.

그녀는 그가 떠난 이후에도 여전히 그 자리에 서서 욱신거리는 욕망으로 멍하니 꿈꾸는 듯한 표정을 짓고 있었다.

그들 사이의 문이 닫히는 소리가 들렸다.

하지만 그는 문을 잠그지 않았다.

12

다음날 오후 그들은 부부로서 첫 공식 행사에 참석했다. 해군의 새 군함 진수식이었다. 푸르른 하늘 아래, 붉은 지붕의 작은 항구 마을은 그들을 환영하는 꽃장식으로 넘쳐났다. 선창 부근의 공터는 왕가의 신혼부부를 보러 몰려든 사람들로 북새통을 이루었다. 다니는 축하하러 온 이들이 그들 부부가 서로 애기조차 하지 않는다는 사실을 알아챘을까 궁금해했다.

높은 연단 뒤로 우아한 배들이 정박해 있는 푸른 항구가 멋진 배경을 제공했다. 연단에 서서 라파엘이 연설을 하는 동안 다니는 곁에서 잔잔한 자부심어린 미소를 짓고는 남편이 깊고 감미로운 목소리로 군중을 매혹시키고 황금빛 카리스마로 그들을 휘어잡는 것을 귀기울여 들었다.

사적으로는 모든 것이 엉망진창인 때 이렇게 남들 눈앞에 그와 함께 서 있기란 지극히 괴로웠다. 하지만 그녀는 최소한 이런 부분에서나마 자기 몫을 다하기로 결심했다. 그가 국민들의 사랑을 얻도록 도울 것이다. 하지만 그녀는 이미 그에겐 자신의 도움이 필요 없음을 깨닫기 시작했다.

국민들은 그를 믿고 싶어했다. 그를 사랑하고 싶어했다. 그들에게 필요한 것은 그가 진정으로 어센션을 아낀다는 성실성의 표시뿐이었다. 그리고 이 난봉꾼 왕자가 진정으로 아끼는 것이 있다면 그것은 어센션임을 누구라도 알 수 있었다.

그의 연설은 훌륭했다. 점잖고 소박한 옷차림이었지만 그의 주위엔 경탄할 수밖에 없는 광채가 있었다. 바닷바람이 미래를 약속하는 그의 웅변을 군중에게 전달했다. 그가 말을 마치자 그들은 환호성을 보냈다.

귀가 멍멍해지는 박수소리의 물결이 덮쳐 와 그녀의 수줍은 감성마저 들뜨게 하자 다니도 그를 향해 박수쳤다.

그가 돌아서서 어깨 너머로 능숙한 흥행사처럼 군중에게 씨익 미소짓고 샴페인 병을 배의 거대한 선체에 부딪혀 깨뜨리자, 군중들의 끓어오르고 열기가 실린 고함소리가 울려퍼졌다.

"왕자 전하 만세! 왕자비 마마 만세! 어센션 만세!"

그들을 향해 손을 흔드는 라파엘의 미소는 파도에 부딪치는 햇살보다 더 눈부셨다. 그리고 그녀에게로 돌아서 손을 내밀었다. 그는 아무 말도 하지 않았지만 눈빛으로 명령을 내렸다. 순간적으로 적개심이 번뜩였지만 그의 녹색 눈 깊숙이에 숨겨진 욕망을 느끼자 그녀는 순순히 일어섰다. 그녀는 자신이 어떻게 해야 하는지 알아채고 떨리는 손을 그의 손과 겹쳤다. 시원스런 몸짓으로 그는 그녀를 환호하는 군중 앞에 내세웠다.

세상이 그녀를 쳐다보며 축하의 박수를 치는 동안 그녀는 턱을 치켜들고 있었다. 그가 무슨 이유에서 그녀를 존중해 주는지 그녀로선 짐작할 수가 없었다. 지난밤의 대실수 후 자신에겐 이런 환대를 받을 자격이 없다고 느껴졌다.

항구 마을의 방문은 길게 걸리지 않았다. 그러나 오늘밤엔 외교 사절 공식 환영 만찬이 있었고 다니는 벌써부터 그 행사가 두려웠다. 이후 며칠간 계속 비슷한 종류의 사교 행사와 공적인 모임이 가득했다. 라파엘처럼 그녀도 이제 공인인 것이다. 마차에 오른 후에도 거리에 줄지어 서서 환송하는 사람들을 모두 지날 때까지 창 밖으로 손을 흔들어야만 했다. 마침내 그들의 행차가 그녀가 그를 털었던 곳과 멀지 않은 킹스 로드로 들어섰다. 마차는 숲의 푸른 그림자 사이로 속력을 올려 벨포트 시를 향해 나아갔다.

맞은편에선 라파엘이 쿠션에 몸을 파묻은 채 장갑을 벗더니 한 손으로 눈을 꾸욱 눌렀다.

그녀는 그의 연설이 얼마나 감동적이고 웅변적이었는지 말하고 싶었지만, 또다시 말다툼으로 이어질지도 모르기에 위험을 무릅쓰고 대화를 시작하지는 않기로 결정했다.

긴장되고 불편한 침묵은 레알르 궁전까지 계속 깨어지지 않았다. 라파엘은 내내 눈을 마주하고 자신의 욕망을 알리는 듯이 굶주린 눈길로 응시했지만, 그녀는 초조한 눈길을 창밖에 고정하고 있을 뿐이었다.

궁전에 도착하자, 다니는 마차에서 내려 누구에게도 말 한 마디 없이 즉각 방으로 발길을 서둘렀다. 근육 내에 뭉친 긴장감을 더 이상 견딜 수 없었다. 운동이 필요했다.

그녀는 서둘러 대리석 계단을 뛰어올라, 라파엘의 눈에서 본 기색이 못미더워 안에서 방문을 잠갔다. 머뭇거리고 있다간 그가 따라와 침대에 들자고 다시 꼬드길까 두려워, 황급히 세련된 승마복으로 갈아입었다.

빠르고 격한 전력 질주야말로 그녀에게 지금 절실히 필요한 것이었다. 왕궁 마구간에 있는 그녀의 말이 그리웠다. 라파엘이 준 결혼 선물들 중 하나인 값비싼 하얀 아라비아 암말을 타고 싶긴 했지만, 라파엘이나 그의 선물을 자신의 것으로 하지 않을 예정이므로 사치스러움에 익숙해져서는 안 된다. 신경 예민한 그녀의 적갈색 거세마로도 충분했다.

베일과 챙이 달린 모자를 쓰고 승마용 채찍을 겨드랑이에 낀 채, 그녀는 방에서 튀어나와 하녀들을 초조한 손짓으로 물리쳤다. 대리석 계단을 가볍게 뛰어내려가고 있을 때 계단 아래에서 라파엘이 그녀의 시야로 걸어 들어오는 게 보였다.

그녀는 얼어붙었다. 그 즉시 조마조마한 느낌이 뱃속에서 살아났다.

단 둘뿐이었다.

그녀를 올려다보자, 위험스런 미소로 그의 단단한 입매가 휘어졌다.

"아주 예쁜데 그래."

그는 느릿하게 박하 사탕을 빨며 말했다. 주머니에 손을 넣고 그녀를 향해 천천히 계단을 올라왔다.

그가 몹시도 의식되고 영 불편해서, 다니는 힘겹게 침을 삼킨 후 그가 존재하지도 않는 듯이 도도하게 지나가기로 마음먹었다. 턱을 치켜들고 계단을 내려갔다.

그는 계단 중간쯤에서 그녀의 앞으로 들어섰다. 그녀는 옆으로 한 걸음 비켰다. 그가 따라오며 그녀를 향해 한쪽 눈썹을 치켜올렸다. 그녀는 다시 다른 쪽으로 내딛었지만 라파엘이 가로막으며 태연자약하게 미소 지었다.

"비켜 주세요, 전하."

그녀는 이를 악물고 조심스레 말했다.

"아직 남편에게 아침 키스를 해주지 않았잖소."

"당신에게 키스 안 해요, 라파엘."

"좋아, 그럼 내가 당신에게 키스하지."

그가 뺨에 키스하려 몸을 숙였지만, 그녀는 말채찍을 얼굴 앞에 들어막았다. 비록 가까이 있는 그의 존재가 그녀를 바르르 떨게 하고 사탕 내음이 그의 키스에 대한 달콤한 추억을 불러일으켰지만 말이다.

그는 자신이 그녀에게 미치는 영향을 아는 듯했다. 그녀의 허리를 잡고 애무했다.

"승마하러 가려는 모양이군, 다니엘라."

"맞아요."

그녀는 그를 밀어내려 했다.

"나가던 중이었어요."

"한 번만 키스해 주시오, 그럼 지나가게 해주지."

그가 속삭였다.

"전에도 들어본 얘기군요."

그녀는 수상쩍다는 듯 대답했다.

"키스 한 번만."

그는 잠시 입을 다물었다.

"아니면 다른 사람에게 키스하는 쪽이 더 낫겠소?"

그녀는 그를 향해 눈을 가늘게 떴다.

"정말로 절 질투하게 만들 수 있다고 생각하세요?"

"그러길 바라지. 키스 한 번만 해주면 착하게 굴겠소."

"그럼 물러나실 건가요?"

"그때도 당신이 그러길 원한다면."

"키스 한 번만이에요."

키스 생각만으로도 그녀의 입에 침이 고이기 시작했다.

그는 손가락 하나를 들어올려 그녀의 입술을 건드렸다. 그녀의 눈에서 조심스런 허락을 읽고, 살며시 뺨으로 손을 가져가서는 고개를 숙여 새틴 같은 입을 감질날 만큼 부드럽게 그녀의 입에 겹쳤다. 머리가 어질어질해 그녀는 중심을 잡기 위해 그의 허리를 붙들었다. 그의 키스가 더 깊게 내려앉았다. 그녀는 눈을 감고 입술을 열었다.

가망이 없었다.

그들 사이의 열정이 너무나 밝게 타올라 마치 오색의 불꽃 같았다. 그가 더욱 탐닉해 오자 그녀의 내부에 열기가 밀려들었다. 그는 빠르게 녹아가는 박하사탕을 그녀에게 주었다가 다시 가져가고는 입을 떼어냈다.

간신히 억제된 힘이 실린 손길로, 그는 그녀의 엉덩이를 넓은 대리석 난간에 기대게 했다. 스커트 위로 그녀의 허벅지를 감싸 난간 위에 걸터앉도록 말없이 재촉했다. 넓고 평평한 난간에 그녀를 눕히고, 몸을 숙여 거친 키스로 입을 점령했다. 허벅지에 손을 감고 부드럽게 왼쪽 다리를 들어올려 난간에 올리게 했다.

한 손은 등뒤로 짚고 다른 한 손은 그의 어깨에 얹어 몸을 지탱하고 있는 다니는 그가 도대체 무엇을 하려는지 알 수 없었다. 무모하고 거친 설레임으로 그녀의 심장이 질주하는 동안 그는 키스를 마치고 천천히 한

칸 아래 계단에 무릎을 꿇었다.

그가 치마를 걷어올리고 하얀 모슬린 속옷의 틈을 벌려도 저항할 힘이 없었다. 라파엘의 엄지손가락이 자신을 애무하는 것을 느끼고 무력하게 고개를 뒤로 젖혔다가, 촉촉하고 따스한 입이 서늘하고 화끈한 박하의 쾌감으로 자신을 덮쳐오자 헉 숨을 들이켰다.

"오, 하느님 맙소사."

그녀는 신음했다. 계단 아래로 떨어지지 않게 버티는 게 그녀가 할 수 있는 최선이었다.

그가 목 깊이 웃는 소리가 들렸다. 그리고는 혀를 써서 사탕이 완전히 녹을 때까지 그걸로 그녀를 애무하자 사탕과 함께 그녀의 이성도 녹아버렸다. 가운뎃손가락을 안으로 밀어넣으며 부푼 여성을 후후 불어 거친 쾌락으로 그녀의 몸을 고문했다.

그녀는 넓은 대리석 난간에 힘없이 한쪽 팔꿈치를 대고 기대었고 다른 손은 아직도 그의 어깨에 매달려 있었다. 가쁘게 오르내리는 가슴을 안고 그녀는 음탕한 쾌락의 안개 속에 자신의 허벅지 사이에 있는 그의 금발머리를 내려다보았다. 그는 절묘한 기교로 동그라미를 그리며 그녀를 가볍게 핥았다. 부드럽게 살살 녹는 초콜릿을 탐닉하고 있는 듯 아무리 먹어도 충분치 않다는 듯이 '으음' 하고 신음했다. 그녀는 그의 매끄러운 황금빛 머리칼을 쓸어내렸고, 그는 감미로운 혀를 짓궂게 놀려 그녀에게 쾌락을 주는 일에 몰두했다.

주께서 용서하시길. 하지만 이 충격적인 타락조차도 충분치 않았다. 라파엘을 자신의 안에서 느낄 때까지는 그 어떤 것도 충분치 않으리라.

그는 그녀가 절정 직전에 이른 것을 감지한 듯했다. 갑자기 라파엘이 뒤로 물러났다. 상실감에 분노를 느낀 그녀는 절망적인 외침을 외쳤다. 타락의 신처럼 흐트러져 있는 라파엘, 그의 눈을 들여다보자 그 또한 아슬아슬하게 자제력의 끈을 붙들고 있음을 알 수 있었다. 그의 왼손은 여전히 그녀의 허벅지를 느릿하게 애무했다. 그 손에서 왕가의 인장 반지가 금빛으로 빛났다.

그는 그녀의 눈길을 뜨겁게 붙들었다.

"간곡히 부탁할 준비가 되었소, 내 사랑?"

그의 도전적인 속삭임이 그녀를 현실로 휙 떠밀었다. 다니는 경악한 표정으로 그를 응시했다.

"절대로 아니에요."

자동적인 반항으로 목소리를 짜냈다.

"아, 참으로 유감스런 일이군."

그는 속삭이며 아쉬운 듯 치마를 다시 내려주었다. 그가 자신을 이런 고문 상태로 두고 떠난다는 사실에 아연한 그녀는 불신감 가득 찬 눈으로 그를 응시하고 있을 수밖에 없었다.

냉혹한 녹색 눈의 그는 한 번 미소지어 보인 후 그녀를 지나 계단을 올라가기 시작했다.

"기운 내시오, 다니. 내가 고통을 겪어야 한다면 당신도 마찬가지요. 마음 바뀌면 알려주고."

홀린 듯이 그녀는 대리석 난간에서 내려와 후들후들거리며 계단에 섰다. 요동치는 감정과 충족되지 않은 욕망으로 온몸이 떨렸다. 그녀는 천천히 주저앉았다. 그 때문에 계단 꼭대기에서 그가 멈춰 서 주먹을 쥐었다 폈다 하다가 힘겹게 몸을 돌려 그녀를 내려다보고 있음을 의식하지 못했다.

그녀는 양팔로 몸을 감싸고 절망감에 고개를 푹 숙였다. 그가 미웠다. 그가 필요했다. 너무나도 그가 필요했다. 그는 어떻게 그녀를 이토록 공허하고 외롭게 만들어 놓고 떠날 수 있단 말인가?

하지만 이게 바로 정확히 자신이 결혼 첫날밤 그에게 했던 일임을 깨달았다. 그가 다시 그녀를 향해 계단을 내려오는 느리고 묵직한 발소리가 들렸다. 라파엘은 옆에 앉아 몸을 숙여 그녀의 뺨에 키스했다.

"미안하오, 내 보물, 미안하오."

그의 속삭임은 감정이 그대로 생생하게 드러나 있었다.

"당신을 침실로 데려가게 해줘, 엔젤. 제발, 제발. 난 너무나 당신이 필요해."

갈망으로 움찔하며, 그녀는 그에게서 벗어나려 했다.

그가 더 가까이 다가왔다. 손을 들어 그녀의 뺨을, 머리칼을 쓸어내렸다. 그의 손은 떨리고 있었다. 그는 눈을 감고 그녀의 관자놀이에 이마를 댔다.

"다니, 제발. 난 이것 때문에 죽을 지경이라구. 당신은 내 아내야. 날 거부하지 말아. 당신밖에 생각할 수 없어. 내가 원하는 사람은 당신뿐……."

"전 무서워요."

그녀는 들릴 듯 말 듯한 소리로 말했다.

"아니, 두려워 마시오."

그는 헐떡이며 그녀의 뺨에 입술을 문지르고 귓불에 키스했다. 손이 그녀의 무릎을 감쌌다.

"당신이 기분 좋도록 만들 테니까……."

"아이를 갖기가 무섭다구요!"

격한 분노에 사로잡혀 눈물이 그렁한 눈을 질끈 감았다.

"아이를 갖기가 무서워요. 무섭다구요."

그의 손길이 정지했다.

그래, 드디어 말한 것이다. 마침내 진실을, 자신의 허세 중심에 자리잡은 두려움의 근원을 토해낸 것이다.

"겁이 나요. 전 겁쟁이예요."

그가 자신을 바라보고 있음을 느낄 수 있었다.

"이해가 안 되오."

그녀는 떨리는 숨을 깊이 들이쉬었다. 여전히 그를 쳐다볼 수가 없었다.

"무슨 기적이 일어나 폐하께서 당신의 계승권을 박탈하지 않는다 해도, 저는 당신에게 후계자를 드릴 수 없으니 결혼을 무효화해야만 해요. 다른 사람을 찾으셔야 해요, 라파엘. 저는 할 수 없어요. 못해요."

그는 오랫동안 침묵했다.

"그건…… 당신 건강상의 문제요?"

"제 건강은 멀쩡해요."

"미안하지만, 아직도 이해하지 못하겠소."

마침내 그녀는 그를 향해 돌아섰다.

"해산중에 죽는 여자를 보신 적 있으세요?"

"아니."

"전 봤어요. 감옥에서 당신이 제게 결혼하자고 청하신 그날, 전 당신에게 후계자가 있어야 한다는 걸 알았고 때가 오면 견뎌내리라 생각했어요. 하지만 전 그런 위험을 무릅쓰고 싶진 않아요—그런 방식으로는요! 그런 식으로 죽느니 올가미 끝에 매달려 신속한 죽음을 당하고 말겠어요. 피와 두려움, 비명. 평생 들어본 적이 없는 그런 비명을……."

"자자, 진정하시오."

그는 부드럽게 다독이며 그녀의 어깨에 손을 얹었다.

"다니, 모든 여자들이 해산중에 죽지는 않소. 당신은 젊고 건강하잖소."

"제 어머니는 절 낳다 돌아가셨어요, 라파엘. 할아버지가 그러시는데 어머닌 골반이 좁으셨대요, 바로 저처럼."

자신의 목소리에서 이성을 잃은 기미를 느끼고 그녀는 평정을 되찾으려 노력했다.

"하지만 다니……."

저 자신만만한 라파엘이 그녀의 고백에 허를 찔려 완전히 당황한 듯이 보였다.

지독히도 어색했다. 하지만 그런 때에도, 천생 왕자인 그는 유연하게 상황을 이끌어갔다. 그녀의 어깨에 팔을 감고 보호하듯 자신에게로 끌어와 머리칼에 키스를 눌렀다.

"달링, 결코 당신에게 무슨 일이 벌어지게 놔두지는 않겠소. 당신이 왜 그토록 두려워하는지 알 수 있소. 나라도 그런 일을 겪고 싶지 않을 거요. 하지만 우리 모두는 각자의 두려움에 직면해야 하오. 약속하지, 최고의 의사들이 당신을……."

"어떤 의사도 자연의 섭리를 조종할 수는 없어요, 라파엘!"

그의 부드러운 키스가 관자놀이에 머물렀다.

"그래, 내 사랑, 오직 하느님만이 그러실 수 있지. 그러나 이제 마침내 당신을 찾아냈는데 신께서 당신을 내게서 빼앗아가리라곤 믿을 수 없소."

"날 찾아내요?"

그녀는 씁쓸하게 말했다.

"당신은 날 이용하기 위해 결혼했을 뿐이잖아요, 라파엘."

그는 그녀의 눈을 강렬하게 마주했다. 마치 그 역시 무언가 고백해야 할 중요한 사실이 있는 것처럼. 하지만 그의 입은 음울했으며 결국 아무 말도 하지 않았다.

그는 일어나서 머리를 갈퀴질하듯 쓸어올리며 가버렸다.

삼 일 동안, 레이프는 업무를 자신과 세상 사이의 벽으로 삼았다. 그들이 함께 서고, 먹고, 춤추며 행복에 겨운 신혼부부를 연기해야 하는 중요한 국가적 행사 외에는 아내를 피했다. 그렇게 하기는 쉬웠다. 왜냐하면 그는 대부분의 시간을 궁전의 행정 구역에서 보냈고 한편 그녀는 그의 명령에 따라 삼 층의 핑크빛 방에 머물렀기 때문이었다.

그는 갈망과 자신을 두렵게 하는 사랑으로 고통스러웠지만, 그 모든 것에도 불구하고 그녀를 놓아주지 않았다. 그렇게 하면 그녀와의 결혼을 반대하며 경고했던 돈 아르투로와 주교 그리고 친구 아드리아노와 다른 모든 이들에게 자신이 실수했다고 인정하는 것이나 마찬가지일 것이다. 그럴 수는 없다. 그는 하느님과 나라 앞에 맹세했다. 하지만 진정한 이유는 물론 체면을 지키고 싶다는 것도 있지만, 무엇보다 그녀를 아내로 두고 싶기 때문이었다.

왜 그런지는 그도 알 수 없었다.

보트에서의 그날 밤 그녀가 달콤하게 자신을 내주었던 기억이, 그녀의 순진한 얼굴이 열정으로 달아오르고 푸른색과 녹색이 섞인 눈이 관능적인 기쁨으로 타오르던 기억이 그의 뇌리를 떠나지 않는 가운데 하루하루가 느릿느릿 지나갔다.

지극히 자신만만하게 그는 서로 알게 된 순간부터 그녀를 유혹하려 들었으나, 정작 유혹당한 쪽은 그였다. 그리고 그런 사실이 싫었다.

목요일 늦은 오후, 그의 뱃속이 꾸르륵거리며 또 점심을 잊었다는 사실을 상기시켰다.

하지만 방금 다 읽은 보고서 내용을 떠올리면 영 입맛이 당기지 않았다. 대학의 과학자들과 의사들의 보고에 따르면 왕궁 주방에서 나온 음식에선 어떤 독도 발견되지 않았다. 그들의 조사 방법은 만족스러울 만큼 세심해 보였지만, 결과는 이미 감퇴된 그의 식욕을 더욱 가라앉혔다.

그래서 왕실 비서에게 다음 알현 상대를 들이라고 명했다.

배가 불룩 나온 불바티 백작이 사자코를 하늘 높이 치켜들고 작은 살롱으로 들어왔다. 분명 라파엘 디 피오레를 진지하게 받아들이지 않는 태도였다.

레이프는 그런 부류를 백 보쯤 떨어진 곳에서도 알아볼 수 있었다.

허나, 십분 가량 지나자 불바티의 거만한 경멸은 무너졌다. 그리고는 땀을 흘리기 시작했다. 엄청나게.

레이프는 이 남자가 다니엘라를 괴롭혔음을 알기에 인정사정 봐주지 않고 다그쳤다. 조만간 그녀에게 애원하며 돌아가게 될 텐데 그때 그녀의 발치에 바칠 뭔가 의미 있는 선물을 마련하고 싶었다.

재정부 내 불바티의 관할 구역에서 나온 조세 장부가 책상 위에 펼쳐져 있었다.

"아주 독창적인 구애 방법이오, 경."

레이프는 깔끔하게 변조된 숫자의 나열에서 시선을 들어올리며 으르렁거렸다.

"정말로 그녀를 굶주리게 하면 당신과 결혼하게 만들 수 있다고 생각했소?"

불바티는 창백하고 축 늘어진 얼굴을 손수건으로 닦았다. 그의 땀냄새가 온 방안에 진동했다.

"레이디 다니엘라께서 왜 제게 죄를 물으시는지 전 도무지 알 수가……."

"이봐, 역겨운 살덩어리 같으니. 내 질문을 회피하는 데 이젠 질렸다. 자네에게 죄가 있다는 건 피차 아는 사실이야. 이 장부는 변경되었고 이로 인해 이익을 얻는 자는 자네뿐이야! 15년 혹은 그 이상을 감옥에서 보내게 될 걸세, 경!"

"전하, 전하께선 모르십니다!"

불바티가 꽥꽥거렸다.

"저는 이익을 조금 걷어가도록 허락받았습니다! 그는 알고 있……."

백작은 갑자기 경악한 표정을 짓고 말을 멈췄다.

레이프는 천천히 뒤로 기대앉아 손마디로 턱을 쓸었다.

"흠, 이거 아주 재미있군. 누가 그대에게 어센션의 재정에서 횡령을 해도 좋다는 허가를 내주었나?"

내색은 하지 않았지만 레이프는 충격을 받았다. 자신이 지금 막 문젯거리가 담긴 진정한 판도라의 상자를 열었다는 감이 왔다. '장부를 조사해 보시면, 진짜 죄인을 발견하실 수 있을 거예요.' 다니엘라가 그렇게 말했었다.

불바티는 눈을 감았다. 물렁한 얼굴은 안색이 새파랗게 변했다.

"아, 내가 무슨 짓을 했지?"

그는 혼잣말을 했다.

"빼도박도 못하고 중간에 끼인 신세라니. 오, 이런, 맙소사."

"대답을 기다리고 있네."

불바티는 돌연 그에게 절망적인 표정을 돌렸다.

"전하, 전하는 모르십니다. 그가 절 죽일 겁니다!"

"감옥에서의 삶을 생각해 보게, 경. 자네는 국왕의 것을 횡령했어. 제 주머니를 채우기 위해서만이 아니라, 순진한 젊은 숙녀에게 손을 대기 위해서. 불명예스런 비열한 행동인데다, 지금 하는 말은 자네가 겁쟁이라는 것까지 증명하는군. 자비를 바랄 순 없을 거야. 최소한 협조하기 시작할 때까지는.”

“전하께 말씀드리면 전 생명의 위협을 받게 됩니다!”

그는 축축한 손수건으로 이마를 훔치며 속삭였다.

“계속적인 보호가 필요합니다!”

“누구로부터? 자네와 알아맞히기 놀이는 하지 않겠네, 불바티. 그 비밀스런 남자의 이름을 대든가 아니면 자네는 끝이야.”

진땀이 불바티의 얼굴에서 줄줄 흘러 요란하게 주름 잡은 크러뱃을 적셨다. 그는 호흡이 곤란한 것처럼 레이스 매듭을 잡아당겼다.

“부디 그를 거스르지 마십시오, 전하. 그저 묻어두는 것이 낫습니다. 돈은 전부 도로 물어낼 터이니…….”

“그자의 이름!”

“그를 위해 일하는 건 저뿐만이 아닙니다, 그…… 그리고 재정부만이 아닙니다! 그는 전하가 아시는 것보다 더 힘이 있습니다! 정부의 모든 부서에 영향력을 갖고 있습니다!”

“그자의 이름을 대라, 제기랄!”

레이프가 책상을 주먹으로 내리치며 고함쳤다.

남자는 화들짝 놀란 집돼지처럼 그를 쳐다보았다. 심장을 진정시키려는 것처럼 퉁퉁한 손가락을 조끼 안으로 넣더니 눈을 감고 마음을 가다듬고는 재빨리 말을 쏟아냈다.

“올란도.”

레이프는 오랫동안 완전한 정적 속에 앉아 있었다.

그 순간 그가 무엇을 느꼈는지는 말하기 어려웠다. 무감각, 현기증, 텅 빈 공백…… 그리고는 분노가 몰려왔다.

“거짓말이야.”

“아…… 아닙니다, 전하! 진실입니다!”

“네놈같이 명예라곤 모르는 야비한 자를 내가 믿어야 한단 말이냐? 왕가의 혈연인 공작을 의심하라고?”

레이프는 천천히 의자에서 일어났다.

"어떻게 감히 내 일족을 고발할 수 있지? 취소하라! 증거가 있나?"

"즈…… 증거는 없습니다. 허나 진실을 말씀드리는 겁니다, 전하. 정말입니다!"

"거짓말이야!"

그는 포효하며 책상을 주먹으로 내려쳤다. 전율이 독물처럼 그의 혈관을 달렸다. 놀라움의 전율이 아니라 깨달음의 전율이었다. 그럼에도 그는 반사적으로 공작을 믿고 싶었다.

"근위병!"

그가 외쳤다.

살롱 밖에 배치된 왕궁 근위병들이 들어섰을 때, 불바티는 이미 삐걱거리는 의자에서 일어나 서둘러 어기적어기적 문으로 향하고 있었다.

"이자를 밤 동안 구금하라, 지금은 우선 내 눈앞에서 끌어내고. 어디 내일 그 이야기가 바뀌는지 보겠다."

그가 으르렁거렸다.

"네, 전하."

근위병들은 대답하고 즉시 백작을 끌고 나갔다.

그들이 나가고 문이 닫히자 레이프는 눈을 감았다. 관자놀이가 지끈거렸다. 허리에 손을 얹고 창가로 걸어가 정원 잔디밭에 길게 뻗은 그림자를 응시했다. 분노로 거의 아무것도 보이지 않았고 완전히 혼란스런 기분이었다.

어떻게 생각해야 할지 알 수가 없었다.

올란도가 피렌체에서 와서 어센션에 정착한 지난 이 년간, 레이프는 종종 그 남자가 겉보기와 완전히 같지 않다는 걸 감지했었다. 하지만 레이프는 살아 있는 일가붙이도 없고 그가 아는 한 진정한 친구도 없는 외로운 친척형에게 언제나 약간의 연민을 품고 있었다. 올란도가 대다수 남자들처럼 자신을 약간 시기한다고 여기긴 했었다. 하지만 만일 올란도의 악의가 표면적인 시기보다 깊은 감정이라면……

올란도가 자신의 등뒤에서 몰래 다니엘라와 얘기했다는 사실을 안 이래, 레이프는 친척형을 경계해 왔었다. 올란도의 의도가 진정으로 그와 가족을 보호하기 위해서였다 해도, 그 대화는 그에 대한 신뢰에 금이 가게 했다. 그렇지만 그건 개인적인 문제였었다. 하지만 불바티 백작의 이번 고발은 좀더 중대하고 광범위한 의미를 갖고 있었다.

무엇보다 이상한 것은 올란도가 엄청난 힘을 지니고 있으며 이름을 대면 자신은 죽임을 당할 거라는 불바티의 두려움이었다. 레이프는 미간을 찌푸렸다. 분명히 그 꼴사나운 호색한이 거짓말한 거겠지.

바로 오늘 아침 올란도를 만났지만 그의 태도에서 예사롭지 못한 기색은 전혀 찾을 수 없었다. 공작은 레이프의 가련하리만큼 풋내나는 젊은이들의 내각 회의에 출석했었다. 올란도는 그가 임명한 누구보다도 나이 먹고 경험이 많았기에, 레이프는 친척형의 참석을 반겼었다.

그는 불편한 기분을 털어냈다. 가족조차 믿지 못한다면 누굴 믿겠는가? 하지만 다시 생각해 보니 그건 대책 없이 순진해 빠진 사고방식처럼 보였다.

줄리아라면 그를 비웃을 것이다.

가슴께에 팔짱을 끼고, 레이프는 입가에 주먹을 댄 채 미동도 않고 창가에서 상념에 젖었다.

자신의 생각이 흘러가는 방향이 마음에 들지 않았다. 그는 의심 많고 남을 신뢰할 줄 모르는 사람이 되지 않게 의식적으로 노력해 왔다. 그러면 자신을 배신했던 줄리아가 이겼다는 뜻이 되기 때문이었다. 하지만 이번에는 일부러라도 가장 사악한 시나리오를 상상해 보았다.

아바마마는 편찮으시다. 위암으로 '추정'. 왕위 계승자는 왕세자인 그 자신이고 지금까지는 아들이 없다. 올란도는 다니를 그와 동침하지 말도록 설득했다.

만약 그와 부왕 둘 다 죽는다면, 왕위는 레오에게로 가고 저스티니안 주교가 섭정을 맡으리라.

주교는 레이프를 지극히 못마땅해하지만 열성적으로 왕과 레오에게 헌신했다. 아니, 주교는 반역자가 아니다. 허나…… 만약 레오가 왕좌에 올랐는데 소년왕이 나이가 차기 전에 저스티니안 주교가 죽는다면, 그럼 누가 레오의 섭정이 될까?

그 질문은 레이프를 약간 메스껍게 했다.

격한 성품의 매형 다리우스 산티아고가 될 것이다. 하지만 다리우스는 지난 사 년 동안 스페인에서 살았기에 이곳의 일들과 동떨어져 있었다. 또한 그는 원래 전사이지 정치가가 아니었다.

아르투로 디 산세베로 재상이 선택될지도 모른다. 레이프는 돈 아르투로가 아끼는 사람이 누구인지 알고 있었다.

올란도.

그리고 만약 올란도가 레오의 통제권을 손에 넣는다면, 그 아이가 권력을 손에 넣을 수 있는 나이인 열여덟 살까지 살 거라고 단언할 수 있을까?

자신의 생각이 흘러가는 방향에 역겨움이 느껴졌다. 분명히, 분명히 자신이 만사를 과대망상적으로 생각하고 있는 것이리라. 뭐니뭐니 해도 부왕의 병이 진단대로 위암이 아니라는 증거는 전혀 없었고, 그 자신의 생명을 노린 시도도 없었다.

전혀.

갑자기 가만히 서 있을 수가 없어 레이프는 빙글 돌아 방을 나섰다. 올란도의 윗사람이며 지난 이십 년 간 재정부 수뇌를 맡아 온 백발의 늙은 돈 프란시스코와 얘기를 나눠야겠다는 돌연한 결심에 홀로 성큼성큼 걸어갔다.

불길한 예감으로 가득 차 있었지만 레이프는 주의 깊게 행동했다. 만약 다니가 임신하면 상황이 어떻게 바뀔지는 생각하고 싶지도 않았다. 그녀가 아들을 낳는다면 레오가 아니라 자신의 후계자가 왕위를 이을 것이다.

그는 결혼을 통해 다니를 위험으로 끌어들였을지도 모른다는 생각에 치솟은 격노의 물결을 억눌렀다. 올란도는 이미 그녀를 한번 밀어내려 하지 않았던가?

왕궁 마구간으로 가는 길에, 그는 그녀 주위에 근위병을 더 배치하도록 명령하고 단 일 분도 그녀를 시야에서 놓치지 말도록 특별히 지시했다.

올란도에 대해서는 아직 아무 말도 하지 않았다. 만약 교활한 친척형이 진정으로 음모자라면, 그에게 어리석은 난봉꾼 레이프가 마침내 그를 경계하고 있다는 사전경고를 주고 싶지 않다는 단순한 이유에서였다.

눈에 띄지 않고 돈 프란시스코를 방문하고 싶었기에 그는 표시 없는 마차를 타고 시내에 있는 그의 우아한 저택으로 갔다.

레이프는 마차에서 기다리고 시종을 보내 그가 있는지 알아보도록 했다. 시종은 돌아와서 재정부 장관은 자택에 없노라고 고했다. 레이프가 어리석은 분노의 폭발로 부왕의 신임하는 조언자들을 전부 해임하자 그 사이 낚시 여행을 갔다고 했다.

그는 한숨을 억누르고 이마를 긁었다.

문득 또 다른 영감이 떠올랐다. 그는 마부에게 자신의 사륜마차가 수리중인 마차 제작소로 가자고 명했다.

제작소는 막 문을 닫으려는 참이었지만, 마차 장인과 도제들은 왕가의 고객을 굽실거리며 맞아들였다. 수석 장인은 수리를 마치고 광내기를 마무리중인 그의 사륜마차로 안내했다.

레이프가 부러진 바퀴 차축을 보고 싶다고 하자, 장인의 밝은 표정이 어리둥절하게 바뀌었다.

“물론입니다, 전하.”

그는 이상하다는 듯 레이프를 쳐다보며 말했다. 그리고는 도제들 몇 명에게 가게 뒤편의 부서진 바퀴와 다른 부품들을 쌓아놓은 곳에서 그걸 가져오라고 시켰다.

레이프는 초조히 기다리며 자신의 세련된 마차를 넘겨다보았다. 그저 스쳐간 심상찮은 직관일 뿐이었지만, 아무도 차축에 손을 대지 않았다는 사실을 확신하고 싶었다.

마차 사고에서 긁힌 상처조차 없이 기적적으로 빠져나왔지만 만약 그의 기술이 조금만 덜 뛰어났더라면, 막판에 질주하는 마차에서 뛰어내리지 않았다면 뒤집힌 마차에서 내동댕이쳐지거나 부서진 차체에 깔린 채

달리는 말에 계속 끌려갔을 수도 있었다.

그때는 내기에서 진 자에게 오만 리라를 받아내면서 사고를 웃음으로 넘기고 위스키 한 모금으로 마음을 진정시켰을 뿐이었지만, 어떤 일이 벌어질 뻔했는지 제대로 실감하자 온몸이 싸늘해졌다.

몇 분 후 젊은이들이 돌아오자 그는 몸을 돌렸다. 그들은 부동자세로 서서 부서진 차축이 안 보인다고 알렸다. 없어졌다. 사라졌다.

마차 장인은 면목이 없어지자 도제들에게 고함을 질러댔다.

"네놈들은 장님이냐? 실례하겠습니다, 전하. 제가 직접 찾아오지요."

하지만 해가 지고 푹푹 찌는 제작소가 서늘해질 때까지, 마차 장인 역시 차축을 찾아내지 못했다.

레이프는 침이 마르도록 떠들어대는 사과의 말을 뒤로하고 제작소를 나섰다.

아름다운 석양의 빛으로 가득한 저녁이었지만, 그는 복잡한 생각에 뒤틀리는 속을 하고 인도에 서서 거리를 이쪽저쪽 응시했다. 태연한 표정을 되찾기 위해 애썼으며 손을 허리에 올리고 생각을 정리하려 했다.

그는 아무 목적지 없이 걷기 시작했다. 손을 저어 마부를 보냈고 끊임없이 쳐다보는 거리의 사람들도 무시했다. 평생 한 번만이라도 다른 이들처럼 생각을 정리하며 그냥 거리를 걸을 수는 없는 걸까?

그는 가는 곳마다 자신을 부르고 절하는 시민들을 거의 의식하지 못했다. 자신의 어린 아내조차 제대로 보호하지 못하는 그가 자기들을 보살피리라 믿고 의지하는 사람들.

너무나 격분해 있어 제대로 생각할 수가 없었다. 고개를 숙이고 손을 바지 주머니에 찔러넣은 채, 석양이 도시를 온통 붉게 물들일 때까지 자신이 어디로 향하는지조차 모르고 계속 걸었다.

격분이 좀더 차분하고 느리게 타오르는 분노로 변하자, 일종의 좌절감이 남았다. 그는 실패했다. 이렇게나 빨리 실패했다.

어떻게 해야 할지 모르니 부왕더러 돌아오시라고 연락해야 하리라. 잘못을 저지를 수는 없었다. 올란도를 두려워하진 않았지만, 그는 이전의 대실패로 위축되어 있었다. 자신처럼 어리석고 웃자란 사춘기 아이가 맡기엔 여기에 걸린 판돈이 너무 컸다.

난봉꾼 레이프, 그는 자신을 혐오하며 생각했다. 자신은 현란한 장식품 외에 아무것도 아니다.

하지만 제길, 부왕께서도 이런 상황에서라면 과중한 스트레스에 시달리리라. 자, 아바마마라면 어떻게 하실까? 그는 자신을 다그쳤다.

그와 곧장 맞대결하시겠지, 그는 즉각 떠올렸다.

정공법으로 그를 치실 거야.

하지만 그건 통하지 않으리라. 올란도가 지난 이 년간 본심을 숨기고 그들에게 미소짓고 앉아 있었던 걸 생각하면, 직접 대응은 소용없으리라. 분명히 그 남자는 거짓말의 명수다. 그럼 어쩌면 좋을까?

제길, 다리우스조차 자신보다는 더 잘해 낼 것이다. 다리우스라면 증거를 잡을 때까지 올란도만큼이나 더러운 수단을 쓰고, 그 다음엔…… 어떻게 할까? 레이프는 머리를 굴리며 궁리했다. 그가 아는 다리우스라면 아마 나름의 정의를 실행하여, 그냥 상대의 목을 베어버리고 그 문제에서 손을 씻을 터이다. 하지만 레이프는 매형처럼 훈련받은 암살자가 아니었다.

게다가 그의 어머니는 폭력은 선택의 여지가 없을 때 최종 수단으로만 쓰도록 그를 교육했다. 왕이 될 그가 폭군으로 돌변하여 지켜야 마땅할 사람들을 해치는 일이 없게끔 그에게 힘을 조심하여 쓰라고 가르치셨다.

사다리를 옆구리에 낀 가로등 점등부가 그를 알아보지 못한 채 아무 경의도 표하지 않고 지나쳤다. 레이프는 그 사실에 오히려 반가운 기분이었다. 청색 제복의 남자는 그저 자신의 할 일만 묵묵히 해나가, 레이프가 방황하고 있는 세련된 거리의 가스등에 불을 붙였다.

레이프는 주머니에 든 통에서 박하사탕을 하나 꺼내 빨면서, 고개를 숙이고 주머니에 손을 넣은 채 어슬렁어슬렁 걸으며 고요하고 시원한 밤 공기를 즐겼다.

가로등의 희미한 황금 불빛 아래를 고독에 휩싸여 지나다가, 갑자기 옆에 마차가 쩔그렁거리며 멈춰 서는 소리가 들렸다. 은쟁반에 구슬 구르는 듯한 웃음소리가 울려퍼지며 귀에 익은 남자의 목소리가 근사한 흑마들을 멈춰 세웠다.

"워워!"

"레이프? 달링, 당신이세요?"

우울한 한숨을 내쉬며 몸을 돌려 천천히 올려다보자 클로에와 아드리아노가 세련된 이륜마차 안에 나란히 앉아 있었다.

"어머, 유부남이 이쪽엔 웬일이실까?"

클로에가 질질 끄는 목소리로 말했다.

"레이프, 여기서 뭘 하고 있나?"

아드리아노가 어리둥절하여 물었다.

"저런, 꼭 길 잃은 어린아이 같잖아요."

"별일 없는 건가?"

레이프는 그저 힘겹게 친구에게로 눈을 들어올렸다가 클로에를 흘끗 바라보았다. 프릴 달린 양산과 우아한 챙 모자 아래 정부였던 여자의 섬세한 얼굴이 가로등 불빛에 빛났다. 그의 침울한 표정을 눈치채자 클로에의 꾸며낸 미소가 스러졌다.

"맙소사, 달링. 뭐가 잘못된 거죠?"

아드리아노도 그를 향해 얼굴을 찌푸렸다.

"무슨 일이 있었나?"

"당장 이 마차에 타세요."

그녀의 완벽한 얼굴에선 조롱기가 싹 사라졌고 자리를 내주려 즉시 옆으로 비켜났다.

그는 잠시 움직이지 않고 생각했다. 다니엘라를 만난 이후 클로에를 찾지 않았지만, 눈 깜짝할 사이에 그녀를 다시 손에 넣을 수 있으리라. 그리고 아내가 불안과 공포로 그의 욕구를 충족시켜 주지 못한다면, 다른 곳에서 쾌락을 찾지 말아야 할 이유가 있겠는가?

하지만 눈부신 푸른 눈의 금발을 올려다보자 그는 마차에 타지 말아야 한다는 것을 알았다. 그럼 어디로 향하게 될지 알고 있었으니까.

그러나 밤의 어두움이 그렇듯이 타락이라는 익숙한 도피처에는 편안함이 있었다.

아무 말 없이 그는 마차에 올랐다.

13

손이 우연히 스치자 클로에의 눈이 관능적으로 빛나며 그를 반겼다. 그리고는 은밀한 눈길을 던져왔다. 마차 안에는 공간이 별로 없었다.

클로에는 레이프의 한쪽 무릎에 반쯤 올라앉아 팔을 각각 아드리아노와 그의 어깨에 걸쳤다.

"아주 오붓하지 않아요? 내가 제일 좋아하는 두 남자들이랑."

그녀는 아드리아노와 레이프의 뺨에 차례로 키스하고 속삭였다.

"뭐가 잘못되었든 간에, 클로에가 당신을 늘 미소짓게 해드릴 수 있다는 거 아시죠."

충족되지 않은 욕망이 솟으며 레이프는 그녀의 탐욕스런 시선을 마주했다. 조소 같은 승리의 미소가 그녀의 입술을 스쳐가자 그는 고개를 돌렸다. 클로에는 그에게 기대 가볍게 귀에 키스를 했다.

"저 보고 싶었어요?"

그는 스스로를 경멸하고 자신을 이런 상황으로 몰아간 다니엘라를 원망했다. 그녀는 내게 자신을 허락해야 했어. 내 아내잖아.

클로에의 긴 손가락이 그의 머리칼을 가지고 놀면서 목덜미를 간지럽혔고, 아드리아노는 아무 말 없이 마차를 몰았다.

레이프는 클로에가 크림 단지를 앞에 둔 고양이마냥 미소짓고 있음을 알아챘다. 그 흡족해하는 표정은 아마도 그가 아내의 침대가 아니라 어린 시절 쓰던 방에서 밤을 지낸다는 소식을 아드리아노로부터 들었기 때문이리라. 하지만 그런 말을 입 밖에 내기엔 그녀는 너무나 영악했다.

클로에는 그저 그의 머리칼을 계속 가지고 놀면서, 목을 가볍게 간질여 그가 욕망에 휩싸이도록 부추겼다. 그는 고개를 돌려 스쳐가는 말끔하고 작은 집들을 쳐다보았다.

이륜마차가 클로에의 저택 뒤뜰 마차 차고에 다다랐다. 마차가 막 멈춰 서려고 할 때, 클로에가 모자를 벗어던지고 레이프를 끌어당겼다.

낮고 굶주린 신음과 함께 그는 그녀의 입술을 덮고 거칠게 키스했다. 절망이 혈관에서, 또한 심장에서도 고동쳤지만 무시했다. 손을 위로 끌어올려 그녀의 크고 둥그런 젖가슴을 주물렀다. 어둠 속에서 그녀의 피부는 백합처럼 창백했다. 그녀는 한숨을 내쉬며 장갑 낀 손으로 그의 허벅지 사이를 어루만졌다. 다른 손으로는 아드리아노에게도 똑같이 했다.

그녀의 손길 아래 흥분한 레이프는 그녀를 와락 끌어안았다. 아드리아노는 제동 장치를 걸고 고삐를 묶은 후, 그들에게로 돌아앉아 레이프가 클로에에게 키스하는 동안 그녀의 머리칼을 만졌다. 그녀는 입을 떼고 숨가빠하며 관능적인 입술에 요염한 미소를 띠웠다.

"내가 제일 좋아하는 남자들."

그녀가 속삭였다.

아드리아노가 좌석 뒤의 좁은 공간으로 넘어갔다. 몸을 숙여 그녀의 얼굴을 애무하면서, 그는 클로에의 입술에 키스하고는 살며시 말아올린 머리를 풀었다.

레이프의 눈길이 죄스러우리만큼 아름답게 굴곡진 그녀의 몸을 훑고는 드레스 목선을 더 내려 젖가슴을 드러냈다. 그는 좌석에서 내려와 무릎을 꿇었다. 공간이 별로 없었지만 상관하지 않았다. 그녀가 디 타지오의 검은 바지를 풀며 기대감에 입술을 핥고 있다는 사실 역시 마찬가지였다.

그들이 여자를 함께 공유한 게 처음은 아니지만 그건 오래 전의 일이
었다. 레이프는 오늘밤 이런 일을 하기엔 자신의 정신이 너무 말짱하지
않나 생각했다.

"아무래도 내가 방해가 되는 듯하군."

그는 헐떡이며 중얼거렸다. 어쨌든 결혼식 날 그녀를 아드리아노에게
주지 않았던가.

클로에가 그를 내려다보았다.

"말도 안 돼요, 달링."

그리고는 레이프의 머리칼을 쓸어올렸다.

"다들 안으로 들어가서 한잔하죠?"

"아니, 둘이서 가."

레이프는 머뭇머뭇 친구를 넘겨다보며 말했다.

"괜찮다면 난 그냥 이 마차를 빌려 궁으로 가겠네."

"아무 데도 못 가요."

클로에는 만류하며 발로 그의 다리 사이를 문질렀다.

그는 아릿한 욕구에 움찔하고 눈을 감았다.

"레이프하고 가시오, 클로에. 그에겐 당신이 필요해. 난 괜찮소."

그때 아드리아노의 속삭임이 들렸다. 눈을 뜬 레이프는 친구가 그녀의
이마에 키스하는 것을 보았다.

"왜요? 달링, 그냥 있어요."

그녀가 입을 삐죽거렸다.

"레이프는 꺼려하지 않아요."

레이프는 눈을 돌리고 이마를 문지르며 가야 하는 건 자신이라고 생
각했다.

"아니, 됐소. 레이프를 잘 돌보시오."

아드리아노는 나직이 속삭이고 마지막으로 그녀의 얼굴을 손가락으로
애무했다.

레이프는 그들 사이가 어떻게 된 건지 알 수가 없었다. 아드리아노가 그녀와 사랑에 빠진 거라면, 그렇게 말만 하면 레이프는 순순히 물러날 터였다. 하지만 클로에가 일어나 앉아 풍만한 가슴을 그의 얼굴 아래로 들이밀자, 침이 고이고 마음이 정해졌다. 곧, 아니 당장이라도 이 욕구를 풀지 않는다면 완전히 미쳐 발광하고 말 것이다.

그녀는 마차에서 내리며 그의 하체에 요염하게 엉덩이를 스쳤다. 레이프는 목마르게 그녀를 따라 마차에서 내리며 어깨 너머로 친구에게 씨익 웃었다.

"고맙네, 디 타지오. 신세를 졌군."

"별 소리를 다."

그는 짧고 조금은 아쉬운 웃음을 곁들여 말했다.

뒷계단을 성큼 뛰어오른 레이프는 고상한 저택 안 복도의 모퉁이로 클로에의 스커트가 휘익 사라지는 광경을 보았다. 그는 깜짝 놀라는 집사를 무시하고, 깔깔거리며 도망치는 그녀를 쫓았다. 계단 중간에서 그녀를 잡아 뒤에서 허리에 팔을 감았다.

달아오른 얼굴에 숨을 헐떡이며, 그녀는 그의 품으로 몸을 돌려 거의 소녀처럼 숭배하는 태도로 올려다보았다. 그는 고개를 숙이고 그녀의 손가락이 드레스 여밈을 푸는 것을 지켜보았다.

저 아래 뜰에서는 아드리아노의 마차가 조약돌 위를 덜커덕거리며 떠나는 소리가 들렸다. 레이프는 그 소리에 잠깐 움직임을 멈췄다.

"그렇게 겁주어 쫓아보내다니 잔인하세요."

클로에가 속삭였다.

"그는 견뎌낼 거요."

"그는 당신을 좋아해요, 그리고 굉장히 근사하고요."

"당신은 너무 욕심이 많아, 클로에."

그는 어둡게 꾸짖는 미소를 짓고 말했다.

"염려는 접어두라구, 오늘밤 나 혼자 당신을 녹초가 되게 할 테니까."

"흠."

그녀는 약올리는 미소를 지으며 말했다.

"노력해 보실 순 있겠죠. 오세요."

그녀가 그의 손을 잡고 이끌기 시작했다. 그때 불현듯 그는 이건 아무 소용 없음을 알았다.

다니가 그의 마음을 채우고 있었다. 다니, 그녀를 너무나 원해 채워지지 않은 열망으로 흐느낄 지경이었다. 다니, 그의 아내, 그녀에 대한 사랑의 격렬함 때문에 지독히도 겁이 났다. 그가 여기 있는 유일한 이유는 그의 두려움 때문이었다.

간통.

이건 잘못된 짓이다. 설령 이럴 권리가 있다 해도 잘못이다.

그는 내키는 대로 뭐든지 하는 망나니가 아니라 국민들의 모범이 되어야 했다. 양심의 소리가 크고 분명하게 뇌리에 울려왔다.

집으로 가라구, 레이프. 넌 더 이상 이런 일을 할 수 없어.

그가 언제고 진정한 남자가 되어야만 한다면 지금이야말로 그때였다.

"어서 오세요, 달링. 그냥 멀거니 서 있지 말고요!"

클로에가 열성적인 속삭임으로 재촉했다.

계단에 서서 그는 눈을 감고 머리를 숙인 채 자신을 혐오했다. 이 순간 클로에를 두고 가버릴 순 없었지만, 마찬가지로 한 걸음도 더 그녀의 침대로 발걸음을 떼어놓을 수 없었다.

그녀는 불안한 듯 다시 내려와 그의 가슴을 쓸었다.

"괜찮아요? 위로 올라가요, 레이프. 당신을 위한 특별한 환대를 생각해 두었답니다."

이성을 끌어모으려 애쓰며, 그는 그녀가 팔을 감아오려 하자 포옹을 뿌리쳤다.

"무슨 일이에요, 자기?"

그녀는 그의 고동치는 남성을 옷 위로 살며시 애무했다.

"제가 낫게 해드릴게요."

그녀를 제지할 힘은 거의 없었지만, 그는 그녀의 손목을 꽉 붙잡았다.

"그만해."

그가 이를 악문 채 말했다.

"둘 다 그만 두자구. 난 여기 와서는 안 되었어. 이러고 싶지도 않아."

"하지만 당신에겐 이게 필요한 걸요. 저만큼 당신을 만족시킬 수 있는 여자는 없어요."

당신 말은 틀렸어, 당신은 날 공허하게 해, 절망스럽게도. 그는 이제 다니 외에는 어떤 여자도 자신을 만족시킬 수 없음을 알고 있었다. 그녀에게로 향한 욕구가 단순히 육체적인 것 이상의 갈망으로 그를 고통스럽게 했다. 그녀는 그가 꿈꾸는 유일한 여자였고…… 그를 자신의 것으로 하려 들지 않는 유일한 여자였다.

아니, 더 이상은 안 돼. 그는 갑작스런 분노의 결의 속에 생각했다.

그녀가 자신에게 이러도록 두지 않으리라. 또한 이런 불명예를 저지르지도 않을 것이다. 그는 하느님 앞으로 나아가 정절을 서약했다.

뻣뻣하게 그는 클로에의 품에서 물러났다. 심장이 마구 두근거리고 사타구니가 욱신거렸다.

"미안하오, 클로에. 난 하지 않겠소. 이게 잘못된 일이라는 건 당신도 나만큼이나 잘 알 테지. 난 돌아오지 않을 거요. 안녕히."

그녀의 눈에 분노가 떠올랐다. 그러나 그는 더 이상 한 마디도 않고 돌아서서 떠나갔다.

"레이프, 이 악당! 당장 돌아와요!"

그녀는 분개하여 뒤에서 고함쳤다.

"어떻게 날 버리고 갈 수가! 도대체 어딜 가는 거죠?"

단호히 문으로 걸어가다 멈춰 선 그는 뒤돌아보지 않고 말했다.

"집으로. 내 아내에게."

그리고 동이 트기 전, 그녀는 내 아내가 될 거야. 단지 이름뿐만이 아니라 진짜로.

그는 기다림에 지쳤고, 그녀의 잘못된 생각으로 인한 거부에 더 이상 인내할 수도 없었다. 뿐만 아니라 신사 노릇을 하는 데도 질렸다.

클로에가 그를 향해 욕설을 쏟아내는 동안, 레이프는 떨리는 손으로 머리칼을 갈퀴질하듯 쓸어올리고 어둡고 서늘한 밤으로 나섰다. 계단을 내려와 레알르 궁을 향해 발길을 떼자, 아슬아슬하게 최악의 실수를 모면했다는 안도감이 혈관에 흘렀다.

내 남편은 어디에 있는 걸까?

열한 시가 넘었는데 지난 몇 시간 동안 그를 본 사람이 아무도 없었다. 남편의 행방에 대한 의혹 때문에 다니는 잠을 이룰 수가 없었다. 자신의 분노한 의심에서 생각을 돌리려 그녀는 궁전을 돌아다니기 시작했다.

지금은 붉은 실크를 바른 긴 장방형의 왕실 초상화 갤러리를 홀로 걷고 있었다. 이 야밤에 그림들을 볼 수 있게 촛불을 전부 켜라고 명령했으니 하인들은 그녀가 미쳤다고 생각했을 게 틀림없지만, 그녀는 상관하지 않았다. 새로 지은 파란 드레스의 아랫단이 광낸 세공마루를 스쳤다. 그녀는 손을 뒷짐지고 천천히 걸으며 남편의 조상들을 뜯어보고 이들을 연대순으로 기억해야 하나 생각했다.

결혼을 무효화할 거라면 그런 일은 전부 필요없겠지만, 왕궁에 갇혀 가는 곳마다 여섯 명의 근위병이 따라붙는 현 상황에서는 따로 할 일도 없었다. 처음에는 두 명뿐이었는데.

그녀는 남은 여생 동안 이런 식으로 집에서조차 엄중하게 경호받으며 살게 되는 걸까 궁금해했다. 만약 여기가 그녀의 집이 된다면 말이지만.

갤러리의 끝을 배회하다가, 그녀는 멈춰 서서 화려하게 도금한 틀에 끼워진 커다란 그림을 올려다보았다.

그것은 왕가의 초상화로, 십년 전 세라피나 공주와 다리우스 산티아고 백작의 결혼식 때 그려진 것이었다. 라파엘의 누나인 신부는 다니가 본 중에서 가장 숨막힐 정도로 완벽한 미모의 여자로, 그야말로 트로이의 헬렌이라 할 만했다.

그래, 저런 분이 바로 공주님인 거야, 다니는 우울하게 생각했다.

초상화 속의 세라피나 공주는 장밋빛 흰 피부에 칠흑 같은 머리채는

곱슬곱슬 말려 내려왔고, 쾌활한 보라색 눈은 웃고 있었다. 그 옆에 있는 정복 차림의 신랑은 그녀만큼이나 아름다웠지만, 한밤의 색을 한 강렬한 눈과 매 같은 얼굴엔 미소의 흔적조차 없었다. 그래도 그의 손이 그녀의 손을 다정하게 덮고 있는 모양은 이 엄숙한 인상의 스페인인이 저 웃음 짓는 여신에게는 유순하게 변모하리라는 사실을 분명히 알려주었다.

신부의 오른쪽에는 잘생겼지만 엄격해 보이는 아버지, 라자 왕이 서 있었다. 칠흑 같은 머리칼의 관자놀이께는 은빛으로 변했다. 그렇게 전설적인 인물이며, 모든 어셴션인이 그라면 물 위를 걸을 수도 있으리라 믿는 남자치고는 검소한 차림이었다.

신혼부부의 다른 편에는 연한 머리색에 우아한 알레그라 왕비가 당시 아기였던 레오 왕자를 안고 붉은 벨벳 의자에 앉아 있었다. 그녀의 박애주의적인 노력을 알기에, 왕비는 모성적인 지혜의 화신으로 보였다.

다니는 그녀를 부럽게 쳐다보며, 얼굴도 알지 못하는 어머니가 살아 계셨다면 자신의 인생이 어떻게 달라졌을까 궁금해했다. 그럼 아버지가 슬픔으로 무너져 가문의 재산을 도박으로 날리고 술에 빠져 일찍 돌아가시지 않았을 것이다. 자신은 말괄량이가 아니라 제대로 된 숙녀로 자라났으리라. 어머니가 계셨다면, 자신의 여성성이 이토록 생경하고 위협적으로 느껴지지 않았을지도 모른다. 그녀 자신이 어머니를 본 적조차 없는데 어떻게 라파엘의 아이들에게 어머니 노릇을 할 수 있겠는가?

그녀는 생각에 잠긴 눈길로 초상화를 훑었다. 왕비의 품에선 천사 같은 장밋빛 뺨과 검은 곱슬머리 한 줌이 우스꽝스럽게 위로 곤두선 아기 레오 왕자가 귀엽게 내다보고 있었다.

라파엘은 모친 뒤에 서서 그녀를 보호하듯 어깨에 흰 장갑 낀 손을 올려놓고 있었다. 비록 화가가 그의 눈에 깃든 난봉꾼다운 빛과 자신만만한 삐딱한 미소의 흔적을 짚어냈지만, 당당하고 엄숙한 얼굴엔 아직 어린 나이임에도 불구하고 부왕과 같은 타고난 권위가 새겨져 있었다.

다니는 좌절감어린 심정으로 자신 같은 말괄량이가 왕실 일가가 만들어 낸 저 따뜻하고 사랑 넘치는 그림에 맞아들어갈 수 있을까 생각하며 오랫동안 초상화를 올려다보았다.

바로 그때, 왼쪽 입구에서 사람들의 목소리가 들렸다. 몸을 돌리자 근위병들이 올란도 공작을 들여보내고 있었다. 그녀는 지친 한숨을 억누르고 억지로 공손한 표정을 지으며, 매력적인 미소를 띤 채 다가오는 검은 머리의 공작을 맞았다.

"아, 다니엘라, 여기 있었군!"

그는 붙임성 있는 목소리로 말했다. 그녀를 이름으로 부르는 친밀함에 만족하지 않고, 가장 친한 친구라도 되는 양 손을 덥석 잡았다. 그는 각진 턱을 아래로 숙이고 그녀에게 미소지었다.

그녀는 감사의 마음을 느껴야 하리라. 지난 며칠간 그녀에게 친근하게 대한 사람은 그가 처음이었으니까.

"당신을 찾아 사방팔방을 돌아다녔소."

"네, 저를요?"

"그렇소. 당신 걱정이 되어서."

그녀는 궁금해하며 고개를 갸웃거렸다. 희미한 미소를 짓고, 그는 그녀의 오른손을 끌어 자기 왼팔에 얹고는 같이 걷도록 종용했다.

"당신이 잘 지내는지 확인하고 싶었소."

그가 목소리를 낮춰 말했다.

"저는 괜찮아요. 물어 봐 주셔서 고맙습니다."

그는 계산적인 표정으로 곁눈질했다.

"내가 말한 것을 전부 마음에 담아 두고 있소?"

"거의 그 생각밖에 할 수 없어요."

"흐음."

그는 회의적으로 들리는 소리를 냈다.

그녀는 뭔가 싶어 그를 쳐다보았다.

"왜 그러세요?"

신중하게 그는 잘생긴 입술을 옹그렸다.

"이런 얘기를 하는 것을 용서하시오. 하지만 방금 어, 당신의 결혼 첫날밤 쓰였던 침구를 살펴보고 오는 길이오. 당신은 영리한 여인이며 그 증거가 꼭 진짜가 아닐 수도 있다는 건 아오. 그래도 우리가 서로의 뜻을 잘 이해하는지 분명히 해야 해서 말이오."

"아하, 절 감시하시는 거군요."

그와의 팔짱을 풀고 걸어가다가, 곁에 있던 라자 왕의 젊은 시절 초상화에 눈길이 닿았다. 갑자기 다니는 왕과 피렌체 출신 공작이 놀랄 만큼 닮았다는 것을 깨달았다.

세상에, 올란도가 라파엘보다 더 왕과 닮았잖아! 먼 친척간에 그렇게나 닮다니 별스런 일이었다.

그때 그가 그녀를 따라잡아 날카로운 경고의 표정으로 멈춰 세웠다.

"무슨 일이 있었던 거요, 다니엘라?"

그녀는 잠시 그를 멍하니 바라보며, 돌연 저번에 만났을 때 그가 했던 말을 떠올렸다. 왕의 원치 않은 서자보다 반갑잖은 것은 없소.

그녀의 눈이 휘둥그레졌다.

그럴 리가! 그녀는 재빨리 충격을 감추려 눈길을 내리깔았다. 심장이 달음질쳤다. 그게 진짜일까? 올란도가 라자 왕의 서자인 걸까?

어쩌면 이건 아무도 몰라야 하는 집안의 비밀일지도 몰라. 그녀의 심장 고동이 빨라졌다.

그는 라파엘보다 나이가 많다…… 왕의 진정한 맏아들.

그 의혹에 돌연 올란도가 자신에게 했던 모든 말이 수상쩍어졌다.

지금까지 올란도의 주장이 모두 이치에 닿고 말이 되는데도 불구하고, 그녀는 본능적으로 공작을 불신하여 마테오에게 그를 조사하라고 시키기까지 했다. 자신의 것이 될 수도 있었던 왕가의 유산이 온 세상으로부터 사랑받는 동생에게 가는 것을 지켜보는 건 어떤 남자에게도 힘든 일이리라. 갑자기 라파엘의 미래에 대한 올란도의 형과도 같은 근심의 진실성이 의심스러워졌다. 뭐니뭐니 해도, 그는 라파엘과 그녀의 결혼이 무효화되기를 원했다. 아마도 그들을 떼어놓음으로써 그가 얻는 것이 있을 것이다.

"다니엘라, 무슨 일이 있었는지 묻고 있잖소."

그는 이를 악물고 되풀이해 물었다.

그녀는 다시 한 번 왕의 초상화를 곁눈질하고 그를 보았다. 너무도 닮았다.

"무슨 일이 있었다고 생각하시나요, 공작 각하?"

그의 얼음 같은 녹색 눈이 긴 속눈썹 아래 가늘어졌다. 그녀의 턱을 집게손가락과 엄지로 아프게 집고 얼굴을 치켜올렸다.

"나와 장난칠 생각 마시오, 아가씨."

"각하!"

근위병 중 하나가 험악하게 말했다. 한 쌍의 병사들이 그들을 향해 성큼성큼 다가오고 있었다.

올란도는 손을 내렸다.

"마마?"

근위병이 물었다.

"괜찮아요, 내가 알아서 할 수 있으니."

그녀는 근위병에게서 폭발 직전의 올란도에게로 예리한 시선을 던졌다. 근위병은 절하고 물러갔다.

"대답하시오."

"그건 각하와 상관없는 일입니다. 그리고 다신 제게 손대지 마세요."

"나와 절대적으로 상관 있는 일이오!"

그가 으르렁댔다.

"그에게 몸을 내주었나?"

그녀는 아무 말도 않고, 노골적인 화제에 민망해져서 얼굴만 붉혔다. 그의 무례함에 대한 분노로 심장이 두방망이질쳤다.

꿰뚫어볼 듯한 눈길로 그녀를 보던 그의 얼굴에 잔인한 미소가 희미하게 스쳤다.

"아냐, 당신은 아직 순수해. 느낄 수 있어. 마음에 드는군."

그녀는 헉 숨을 들이쉬고, 얼굴을 새빨갛게 물들이며 빙글 돌아 그에게서 멀어졌다.

그는 나직하고 잔인한 웃음소리를 내며 뒤따랐다.

"어딜 가는 거요, 다니엘라? 시댁 식구와 잡담 좀 나누고 싶지 않소?"

"내게서 떨어져요!"

한 걸음 한 걸음 뗄 때마다, 그가 남편의 형이며 단지 라파엘의 것이라는 이유만으로 자신을 탐한다는 확신이 점차 강해졌다. 올란도를 한 걸음 뒤에 달고 흰 대리석 복도에 다다르자, 근위병들이 황급히 모여들어 적당히 거리를 두고 뒤따랐다.

바로 그때, 아드리아노 디 타지오가 늘 그렇듯 오만한 경멸의 표정을 하고 복도를 성큼성큼 걸어왔다. 상대가 자신을 분명히 싫어한다는 사실에도 불구하고, 그녀는 그에게로 달려갔다.

"경, 실례하겠어요!"

그녀는 조금 절박하게 그를 불렀다.

"제 남편을 보셨나요?"

그는 우뚝 멈춰 서서 근사한 코 아래로 깔보듯 그녀를 쳐다보고는 오만한 어조로 말했다.

"아, 그렇습니다. 분명히 보았지요."

"그분은 어디 계시죠?"

"잘 지냈나, 아드리아노."

올란도가 조소가 담긴 느린 말투로 끼어들었다.

아드리아노는 완연히 싫어하는 표정을 지었다.

"안녕하십니까, 공작 각하."

"라파엘을 봤어요?"

다니는 다시 물었다. 라파엘이 지난 며칠간 그녀를 피해 다니긴 했지만 최소한 왕자가 곁에 있으면 올란도는 그녀에게서 멀찍이 물러나리라.

아드리아노는 적대적인 눈길을 올란도에게서 떼어 다시 다니를 쳐다보았다.

"네, 봤습니다."

“어디에 계시죠?”

“정말로 알고 싶지 않으실 텐데요, 마마.”

그는 그녀의 새로운 호칭에 멸시를 담아 말했다.

“야비하게 굴지 말아요, 디 타지오. 그저 어디 계신지 말해요!”

그녀가 부탁했다.

“흠, 굳이 우기신다면야.”

그의 눈길이 올란도에게로 날아갔다가 또다시 그녀에게 돌아왔다.

“라파엘은 정부와 함께 침대에 있습니다.”

그는 차갑게 미소지었다.

“죄송하군요.”

다니의 눈이 휘둥그레졌다. 입이 떡 벌어지고 심장은 쿵 내려앉았다.

아드리아노는 희미한 미소를 띠고 그녀를 주시했고, 올란도는 다시 나직이 웃기 시작했다.

“확실한가요?”

아픔이 치솟아 목을 죄여 그녀는 작은 목소리로 되물었다.

“물론이죠. 그럼 이만 실례.”

그녀는 충격으로 휘청거리며 돌아섰고, 두 남자가 낮은 목소리로 나누는 대화를 거의 의식하지 못했다.

“어디 가는 길인가?”

올란도가 나직이 물었다. 아드리아노는 어깨를 으쓱했다.

“별로요. 제 방에 갑니다.”

“내 함께 가지.”

두 명의 잘생긴 검은머리 남자들은 그녀에게 품위 있는 귀족다운 예의로 당당하게 절했고, 그녀는 고통으로 멍해져 몸을 돌려 빠르게 걸어갔다. 감정은 절망에서 두려움으로 어지러이 변화했다. 방에 도착하여 조용히 문을 닫고 발코니에 서서 후덥지근한 밤바람 속에 설 때쯤이 되자 그녀는 분노로 떨고 있음을 인식했다. 자신에 대한 분노로.

그녀야말로 라파엘을 두고 올란도를 믿은 장본인이었다.

자신이 남편을 클로에 싱클레어의 품으로 쫓아보낸 것이다.

그리고 자신의 두려움을 정리하고 단순한 한 가지 사실을 인정하지 않으면 그를 잃게 될 거라고 난간에 손을 짚고 고개를 숙인 채 생각했다. 자신이 절실히 그 남자를 사랑하고 있다는 사실을.

그녀는 거칠게 눈물을 닦아내고 훌쩍였다. 전에는 결코 누군가를 필요로 한 적이 없었지만 라파엘을 잃는다는 생각을, 그 근사한 남자가 자신의 손가락 사이로 빠져나간다는 생각을 하면 죽고 싶었다. 그가 자신을 구했던 지붕 위를 내려다보았다.

날 원한다면 그렇게 말해요. 그는 그렇게 놀렸지만, 이제 그가 농담한 것이 아님을 알았다. 아니. 그녀는 고집 세고 분개한 자존심에 턱을 치켜들며 생각했다. 그이를 극장 여배우에게 뺏기진 않겠어. 내 남자를 지키기 위해 싸울 거야!

만약 나와의 결혼으로 그가 나라를 잃는다면, 그건 그 자신의 잘못이야. 난 노력했어. 게다가 그는 그 가능성을 심히 걱정하는 듯이 보이지도 않았다.

올란도가 전부 꾸며낸 이야기일 수도 있다. 라파엘과 레오 왕자, 그리고 세라피나 공주의 소생인 여섯 아이들까지 생각하면, 올란도가 왕좌를 얻을 가망은 전혀 없다고 그녀는 이성적으로 결론지었다. 하지만 어떤 사람들은 그저 다른 이들의 행복을 보아 넘기지 못한다. 어쩌면 올란도도 그런 사람일 수도 있다. 하마터면 그 사람 때문에 꿈속의 왕자님과의 결혼을 포기할 뻔한 걸 생각하면! 올란도와 클로에 싱클레어가 무슨 훼방을 놓건 상관없다. 그녀의 왕자님을 그들의 음모에 빼앗기지는 않을 것이다.

어깨를 곧게 펴고, 그녀는 몸을 돌려 침실로 들어가 첫날밤 이후 혼자 잠들었던 침대를 응시했다. 가슴이 내려앉는 쓰라림과 함께 오늘밤 그의 방으로 가봐야 아무 소용이 없음을 깨달았다.

내일은 남편을 유혹하리라 그녀는 다짐했다. 하지만 눈부신 클로에 싱클레어를 뜻대로 가질 수 있는데도 그가 여전히 이런 말괄량이를 원할까?

그녀는 화장대 거울 앞으로 가서 자신의 모습을 들여다보았다. 그녀는
예쁜 편이었다…… 귀엽고 소박한 의미에서. 자신의 얼굴을 만지며 그
가 아름답다고 했던 눈동자를 응시했다. 그리고는 거울 앞을 떠나 침대
에 올랐다.

그녀는 배를 깔고 엎드려, 산들바람에 가벼운 커튼이 살랑살랑 흔들리
는 발코니 쪽을 응시했다. 잠을 자면 내일이 더욱 빨리 오겠지 하는 마
음에 눈을 감았다.

용서해 줘요, 라파엘. 내가 잘못했어요. 당신을 좀더 믿어야 했는데.

그리고 어쩌면 나 자신을 조금 더 믿어야 했을지도 몰라.

"자네는 정말 날 볼 때마다 계집애마냥 얼굴을 붉히지 않는 법을 익
혀야겠군."

올란도가 아드리아노와 복도를 걸어가며 한마디했다.

검은머리의 젊은 남자는 그를 노려보았다가 황급히 눈길을 돌렸다.

"당신을 증오합니다."

올란도는 미소지었다.

"분명 그렇겠지. 자네는 자신에게 좀 관대해져야 해. 죄책감으로 고통
받는 건 자네뿐이라구. 클로에는 그걸 재미있다고 여겼고, 난 분명히 후
회로 기력을 소모하진 않네. 자네가 전에도 남녀와 동침해 봤다고 클로
에가 말한 것 같은데."

"그렇게는 아니었어요."

올란도는 의미심장한 미소를 던졌다.

"마침내 자네에게 맞는 방식으로 하니 좋지 않던가?"

"누가 듣기 전에 제발 닥쳐요!"

올란도는 그의 날카로운 어조에 멈추어 서서 한쪽 눈썹을 치켜올렸다.
아드리아노는 다시 그를 노려보고 걸어가 버렸다.

그는 재미있어하며 혼자 고개를 설레설레 저었다. 저 청년은 아주 비
참해하고 있었다.

레이프의 결혼식 날 밤에 벌어진 일이었다. 올란도는 속셈이 있어 클로에를 위로하러 갔었다. 그녀의 시내 저택에 도착해 보니 아드리아노가 이미 그녀와 있었고, 두 사람 다 몹시 상심한 터였다. 그래서 그는 두 사람 모두를 위로해 주었다. 누구든 왕자 가까이에 있는 사람이라면 써먹을 무기가 될 가능성이 있었다.

올란도는 다시 재빨리 아드리아노를 따라잡았다. 그가 다가오자 아드리아노는 근심스레 어둑어둑하고 텅 빈 복도를 훑어보고 다시 그를 쳐다보았다.

"그 일을 갖고 농담하다니 미쳤군요. 누가 알면 어쩌려고요?"

"레이프 말이겠지."

"누구라도요!"

올란도는 히죽 웃었다.

"이렇게 말하게 되어 유감이네만, 레이프는 알고 있다네, 아드리아노. 내 장담하지."

아드리아노의 얼굴이 새파래졌다.

"무슨 뜻입니까?"

"보고도 못 본 척 눈감아 주었다 그거지. 만약 그러기로 결심했다면 이미 오래 전에 자네를 늑대들에게 던져줬을 걸세. 그러는 대신 그는 자네를 자신의 보호 아래 두었지."

그는 거의 청년의 고통을 동정하면서 한동안 그를 쳐다보았다.

"그를 지나치게 괴롭히지 않는 한 자네는 안전할 걸세."

"당신 말은 틀려요, 그는 모른다구요. 그가 안다면 난 견딜 수 없어요."

아드리아노가 속삭였다.

올란도는 정말 그럴 거라 여겼다. 아드리아노 디 타지오는 겉보기에 화려한 만큼이나 내적으로 연약했다.

"나라면 근심하지 않겠네."

올란도는 거의 부드럽다고 할 어투로 말했다.

"우리 모두는 숨기고 싶은 게 있지. 그나저나 날 안으로 청하지 않을 건가?"

그들은 아드리아노의 방 앞에 도착해 있었다.

아드리아노는 손을 주머니에 넣고 얼굴을 붉힌 채 바닥을 뚫어져라 쳐다보았다. 올란도는 차분히 기다리며 아름다운 젊은이가 내적 전쟁으로 갈등하는 모습을 흥미롭게 지켜보았다.

"현명한 일이라고 생각되지 않습니다."

짙은 눈은 굶주린 남자의 그것처럼 번뜩였지만, 그는 마침내 그렇게 말했다.

"여기서는 안 돼요."

올란도는 희미한 조소와 함께 어깨를 으쓱했다.

"뜻대로 하게나. 언제 다시 만나겠지."

그는 복도를 천천히 돌아가기 시작했다.

"아무에게도…… 아무에게도 말씀하지 않으시겠죠?"

"좀 자게나, 디 타지오. 자네는 걱정이 너무 많아. 그나저나 레이프가 오늘밤 정말 클로에와 있나, 아니면 그저 다니엘라를 괴롭히려고 해본 소린가?"

아드리아노는 짧게 웃었다.

"그녀와 함께 있습니다."

"분명히 하루 종일은 아니겠지? 몇 시간 동안 아무도 그를 보지 못했네."

아드리아노는 앞머리를 쓸어올렸다.

"제가 마지막으로 들은 얘기론 당신 부서의 누군가와 만난 후 시내로 나갔다던데요."

올란도는 우뚝 멈춰 서서 몸을 돌렸다.

"재정부 말인가?"

"네."

"그게 누군지 혹시 아나?"

"불쾌하고 조그마한 뚱보였습니다. 이름은 모르겠고요. 횡령 혐의로 고발되었다죠, 아마."

"체포되었나?"

"레이프가 심문했지만, 그 작자가 협조하지 않았답니다. 엘란이 말하길 왕궁 지하의 감옥에다 집어넣었다더군요. 내일 다시 녀석이 입을 열도록 심문할 모양입니다."

올란도의 심장이 두근거리기 시작했다.

"레이프가 친히 심문했다고?"

아드리아노는 고개를 끄덕였다.

"그거 기묘하군."

올란도는 조심스레 아무렇지도 않은 투로 말했다.

"그럼, 잘 있게, 디 타지오."

"안녕히."

아드리아노는 방으로 들어가며 중얼거렸다.

올란도는 잠시 멈춰 서서 이 사실을 받아들이려 애썼다.

때가 된 것이다.

행동해야 할 때. 당장.

오늘밤.

그의 심장이 펄쩍 뛰었다. 혈관에서 피가 으르렁거렸다. 만약 왕자가 추적에 나섰다면 헛되이 쓸 시간이 없다. 그는 서둘러 계단을 향해 성큼성큼 걷기 시작했다.

불바티가 레이프에게 얼마나 말했는지 당장 알아내야만 했다. 그는 자신을 너무나 두려워해 아무 말도 안 했으리라 믿겨졌지만 분명히 확인해야만 했다. 올란도는 늘 주의 깊게 최악의 사태에 대비하는 쪽을 선호했다.

일 분도 낭비하지 않고, 올란도는 불바티가 갇힌 경비가 엄중한 왕궁의 지하 감옥으로 갔다.

그는 재정부 내 불바티의 직속 상관으로서 그자의 소행에 대해 심문

할 권리가 있으니 한밤이라 한들 뭐가 어떠냐고 견실한 왕궁 근위대원
들을 설득했다. 근위대원들은 주저했다. 그는 늘 그렇듯 매력과 위협, 오
만함을 함께 써먹었다. 마침내 그들이 물러나 들여보내 주자, 어쩌면 저
들이 자신의 안에서 아버지의 면모를 약간 보았는지도 모른다고 그는
씁쓸히 미소지으며 생각했다.

왕궁 지하의 공기는 눅눅하지만 시원했다. 굽어진 계단의 거친 돌벽에
서 횃불이 깜박였다. 올란도는 땋은 머리를 묶은 가죽끈을 풀어 긴 검은
머리가 어깨 위로 흐트러지게 하며 천천히 불바티가 갇혀 있는 아래로
내려갔다.

"거기 누구 없나?"

백작이 외쳤다.

"날 여기서 그냥 굶길 순 없어! 제대로 된 음식을 가져오너라!"

조용히 벽을 따라 짧은 복도를 나아가자 올란도의 거대한 그림자가
크게 드리워졌다. 감방은 하나만 빼고 전부 비어 있었다.

"라파엘 전하? 저…… 전하이십니까?"

다가오는 그림자를 보고 불바티가 떠듬거리며 소리쳤다. 올란도는 백
작의 창백하고 퉁퉁한 손이 철창살을 잡고 있는 것을 보았다.

"오, 하느님."

그가 시야에 나타나자 백작이 속삭였다.

올란도는 지그시 미소지어 보였다. 불바티는 뒤로 물러나기 시작했다.

"저는 아무 말도 하지 않았습니다! 안 했습니다, 각하!"

"내 이름을 불었나?"

그는 조끼 주머니에서 열쇠를 꺼내 말없는 위협으로 가볍게 돌리며
부드럽게 물었다. 물론 감방 열쇠는 아니었지만, 불바티가 그 사실을 알
리가 없었다.

"아닙니다!"

뚱뚱한 남자는 두려움에 컥컥거리며 감방 한구석으로 움츠러들었다.

"저는 아무 말도 안 했습니다!"

“왜인지 자네 말을 믿지 못하겠군, 불바티.”

그는 칼을 칼집에서 쓰윽 빼냈다.

“안 했습니다, 안 했어요. 오, 제발, 제발, 각하.”

불바티는 올란도가 열쇠를 자물쇠로 가져가며 자신을 돌아보자 미친 듯 속삭였다.

커다랗게 부릅뜬 눈에 공포에 질린 표정을 한 불바티의 턱이 소리 없이 덜덜 떨렸고 얼굴엔 땀이 비오듯 쏟아졌다. 그는 가슴을 움켜쥐고, 호흡이 곤란한 듯 헐떡였다.

“쓰레기 같은 놈, 내 이름을 댔느냐?”

올란도가 다시 물었다.

“내가 인내심을 잃기 전에 당장 대답해.”

“살려줘!”

불바티가 컥컥거리며 말했다. 갑자기 그는 토마토처럼 시뻘개진 얼굴이 되더니 바닥으로 쿵 쓰러졌다.

올란도는 의아해하며 한쪽 눈썹을 치켜올리고 응시하다가 정신을 차렸다.

“그들에게 말했나, 불바티?”

그는 그 난리에 전혀 신경 쓰지 않고 다시 한 번 다그쳤다. 하지만 불바티는 대답하지 않고 그저 꾸르륵거리기만 했다. 그의 덩치가 바닥에 늘어져 격렬하게 경련했다.

“불바티!”

얼굴을 찌푸리며, 올란도는 쭈그리고 앉아 철창 사이로 그를 들여다보았다.

경련이 멈추었다. 불바티의 몸이 뻣뻣하게 굳어졌고 기묘한 숨막히는 소리가 작게 목에서 들려왔으며 커다란 눈은 초점 없이 허공을 응시하고 있었다. 올란도는 잠시 기다렸다. 하지만 불바티는 다시 움직이지 않았다. 올란도는 철창 사이로 손을 뻗어 그를 쿡 찔러보았다. 아무런 반응이 없었다. 눈 하나 깜빡하지 않았다.

갑자기 불바티의 입과 아래에서 속엣것이 쏟아져 나오기 시작했다.

혐오감에 몸을 움츠리고 올란도는 벌떡 일어났다. 이제 백작은 어떤 비밀도 말할 수 없으리라. 그는 불바티를 응시하다가 갑자기 웃음을 터뜨렸다. 사람을 겁에 질려 죽게 한 적은 처음이었다.

횃불 켜진 복도로 돌아가, 그는 웃음을 죽이고 노한 표정을 지었다.

"경비병!"

그는 고함치고 병사들이 달려내려오자 복도 저편을 가리켰다.

"도대체 어떻게 된 건가? 불바티는 죽었네!"

"네?"

첫번째 병사가 놀라 물었다.

"가서 직접 보라구! 그자는 감방 안에 죽어 있네. 이 일에 대해 해명해야 할 거야!"

그는 병사들이 허둥지둥 상황을 조사하러 달려가는 모습을 지켜보며, 이 뜻밖의 횡재에 쾌재를 불렀다. 그의 가면극은 조금 더 오래 지속될 듯했다. 기분이 들떴다. 마침내 환하게 웃는 라파엘에게, 라자 왕의 태양이자 우주의 중심이면서 본인은 그 사실을 모르는 왕자에게 그물을 던질 때가 되었다.

젊은 요리사 크리스토포로를 새롭게 써먹을 때이다.

올란도는 난리가 난 근위병들을 뒤로하고 기분 나쁜 미소와 함께 나선형 돌계단을 한 걸음에 두 계단씩 가볍게 뛰어올랐다.

14

올란도는 전과 같이 젊은 보조 요리사 크리스토포로를 매춘굴에서 찾아내었다. 다시 한 번 삐적 마른 청년을 예쁘장한 카르멘의 침대에서 끌어내 그의 검은 마차에다 내던지고, 혹시나 있을지도 모르는 재난을 방지하기 위해 손목과 발목을 밧줄로 묶은 후 벨포트의 서편 끝에 위치한 재상의 우아한 저택으로 전속 질주했다.

갈 길은 멀지 않았으나 급한 마음에 초조했다. 마침내 검은 마차가 돈 아르투로의 넓은 저택 아래 멈춰 섰다. 애지중지하던 조카 조르지오를 수년 전 결투에서 잃은 노인은 올란도를 마치 자신의 아들마냥 아꼈다.

내 진정한 아버지는 내가 진짜로 누구의 아들인지 한 번도 의심해 본 적이 없었지, 그는 씁쓸한 증오 속에 생각했다. 마부석에서 뛰어내려 마차문을 열었다. 크리스토포로가 나오지 못하게 막고, 그는 자신의 사기극 도구에게 경고하는 눈빛을 던졌다.

"네 대사는 알고 있겠지?"

"네, 공작 각하."

크리스토포로는 숨가쁘게 대답하고 조심스레 덧붙였다.

"지금 찾아 뵙기엔 너무 늦지 않았을까요? 자…… 자정이 넘었습니다
만."

그는 미소지었다.

"돈 아르투로는 자네가 말하게 될 이 충격적이고 끔찍한 소식을 빨리
듣기를 바랄 걸세."

말라깽이 청년은 몸을 부르르 떨고 고개를 돌려 창 밖을 내다보았다.
수척한 어깨가 축 처져 있었다.

"엉뚱한 짓 말아, 크리스토포로. 곧 데리러 돌아오지."

올란도는 다시 한 번 밧줄을 확인한 다음, 밖에서 마차문을 잠그고 저
택으로 향했다.

고상한 저택 입구로 향하면서 그는 감정을 잡았다. 자신이 카멜레온처
럼 변화하는 것을 느꼈다. 재상의 집 문을 두들길 즈음, 그의 얼굴엔 분
노와 미칠 듯한 두려움이 떠올라 있었다. 그는 짐짓 격앙된 태도로 현관
앞을 이리저리 서성였고 마침내 나이트캡과 가운 차림의 나이든 집사가
촛불을 들고 문을 열었다.

"세상에 맙소사, 공작 각하! 무슨 일이 생겼습니까?"

"재상님을 깨우게."

올란도는 즉각 명했다.

"네?"

"어센션을 위해 그분을 모셔오게! 국가적 위기상황이야!"

문을 밀고 들어오는 올란도를 지켜보는 집사의 안색이 창백해졌다.

"이쪽입니다, 각하."

집사가 돈 아르투로를 깨우러 바삐 사라지자 올란도는 밖으로 나가
크리스토포로에게 마차에서 내리라고 했다. 팔을 거칠게 움켜잡고, 올란
도는 젊은이를 저택으로 끌고 가 돈 아르투로의 접객실에다 밀어넣었다.

"내가 데리러 올 때까지 여기서 기다려라. 날 실망시키지 말도록."

그는 나직이 경고하고 젊은이를 가뒀다. 현관으로 돌아가 거울을 들여
다보고, 돈 아르투로가 가운 바람으로 나오기 전에 다시 분노와 어지러

운 심경을 얼굴에 떠올렸다.

"올란도, 이 시간에 여기서 뭘 하는 겐가? 무슨 일이 있었나?"

"돈 아르투로!"

그는 노인을 향해 성큼성큼 다가갔다.

"조용히 드릴 말씀이 있습니다, 당장에요."

노인은 미간을 찌푸렸다. 짙은 눈썹이 이마에서 검은 막대기처럼 위아래로 움직였다.

"알았네. 진정하게나, 이 사람아. 내 서재로 가지."

"폐하의 병환과 관계된 소식이 있습니다. 너무나도, 지극히 끔찍한 소식이."

그는 서재문이 닫히자마자 고뇌하는 어조로 그렇게 말했다.

"무엇인가?"

그는 책상 앞에 앉으려다 말고 멈추어 서서 물었다. 벽난로 위에는 결투에서 죽은 조카의 초상화가 걸려 있었다.

올란도는 이마를 문지르며 고개를 내저었다.

"아, 어찌 말씀드려야 할지 모르겠군요."

그는 손을 내리고 돈 아르투로의 초조한 시선을 마주했다.

"폐하의 병환이 위암이 아니라 사실…… 독에 의한 것이라는 증거가 있습니다."

"뭐라고?"

눈이 휘둥그레지더니 돈 아르투로는 천천히 책상 의자에 주저앉았다.

"왕궁 주방의 젊은 요리사가 주장하길, 우리가 아는 누군가가 왕의 식사에 독을 넣으라고 자신을 매수했다는 겁니다. 여덟 달 전부터 그랬다는군요!"

"누구의 이름을 대던가?"

"그가 직접 말씀드릴 겁니다. 여기 있으니까요."

"내 집에?"

그가 외쳤다.

"네, 제가 데려오겠습니다. 저는 어찌 생각해야 좋을지 모르겠으니 직접 듣고 판단하십시오. 그는 지금 접객실에서 기다리고 있습니다."

"올란도, 잠깐! 이 모든 일들을 받아들일 시간이 좀 필요하네. 맙소사. 불쌍하신 폐하. 독약이라고?"

돈 아르투로는 그를 예리하게 쳐다보았다.

"어떻게 그 악당을 찾아내어 자백하도록 설득했는가?"

"크리스토포로는 자의로 와서 모든 것을 털어놓고 제 보호를 요청했습니다. 폐하께서 어센션을 떠나셨으니 그 청년은 더 이상 필요가 없게 되었죠. 이제 크리스토포로를 매수한 자는 음모를 은폐하기 위해 그를 죽이려 들고 있습니다."

돈 아르투로는 몸을 앞으로 숙이고 떨리는 목소리로 물었다.

"그가 누구의 이름을 대던가, 올란도?"

올란도는 고뇌에 빠진 표정을 지었다.

"폐하의 서거로 가장 큰 이득을 볼 사람이 누구겠습니까? 저로선 말하기 괴롭습니다. 누구 얘기인지 아시리라 생각합니다."

"라파엘."

재상은 감히 그 이름을 입 밖에 내기 두렵다는 듯이 속삭였다.

올란도는 눈을 질끈 감고 고개를 끄덕였다.

돈 아르투로는 입을 손으로 막고 뒤로 푹 기대어 경악한 침묵으로 빠져들었다. 올란도는 속으론 상대가 즉각 속아넘어간 것에 희희낙락해하면서도 계속 심각한 표정을 지었다.

"요리사를 데리고 곧 돌아오겠습니다."

돈 아르투로는 아무 대꾸도 없이 주름진 얼굴에 충격받은 표정을 짓고 멍하니 허공만 응시했다.

올란도는 서재를 나와 크리스토포로를 데리러 가며 내심 환호했다. 접객실의 문을 열고 머리를 들이민 후 으르렁거렸다.

"시간이 되었다."

하지만 방을 훑어보자 크리스토포로는 보이지 않았다, 열린 창문만이 눈에 들어올 뿐.

그는 욕설을 내뱉고 방을 가로질러 창문으로 달려갔다. 크리스토포로가 전속력으로 달려 앞의 골목길을 도는 것이 언뜻 눈에 들어왔다. 매춘굴의 그 조그마한 창녀가 그와 함께였다! 그들은 손을 맞잡고 도망치고 있었다. 카르멘이 매춘굴에서부터 그들을 따라와 요리사가 도망치도록 도운 게 틀림없었다.

올란도는 창틀을 훌쩍 뛰어넘어 부드러운 땅에 가볍게 착지했다. 칼을 빼내어 그들을 뒤쫓기 시작했다.

청년은 야경꾼들의 보호를 피해가고 있었다. 그들이 자신을 그저 올란도에게 넘기리라는 걸 깨달은 게 분명했다. 젊은 연인들은 대로에서 벗어나 어둡고 좁은 도시의 미로로 숨어들었다. 올란도도 그들을 쫓아 지저분한 뒷골목으로 뛰어들었다.

올란도의 귀에 들리는 소리라곤 높은 담 사이로 울려퍼지는 발소리와 뜨겁고 빠른 피의 맥박소리뿐이었다. 죽었건 살았건 남자는 필요했지만, 여자를 어떻게 할지는 정했다.

앞쪽의 갈림길에서 크리스는 오른쪽, 카르멘은 왼쪽으로 돌진했다. 올란도는 크리스를 쫓아 오른쪽으로 꺾었다. 추격전으로 숨이 좀 찼지만, 크리스가 막다른 골목으로 뛰어든 것을 보고 그는 웃지 않을 수 없었다.

젊은이는 앞쪽의 벽돌담을 쳐다보고 있다가 몸을 돌려 올란도를 마주했다. 올란도는 잠시 허리를 꺾고 허벅지에 손을 짚고 쉬었다가, 몸을 펴 천천히 요리사를 향해 뚜벅뚜벅 걸었다. 크리스토포로는 뒤로 물러섰다. 두려움에 질린 눈길을 골목길에 쌓인 쓰레기로 던지는 모양이, 뭔가 무기가 될 만한 것을 찾는 게 분명했다.

"돌아가야 할 때다, 크리스."

"싫어요! 안 합니다! 그러고 싶지 않아요!"

"하지만 그래야 해. 우리가 계획한 대로 돈 아르투로에게 모든 것을 말하는 거야."

"사악한 악당, 왕이 죽기를 바라는 사람은 바로 당신이라고 그분께 말씀드릴까?”

요리사는 울기 시작하며 소리쳤다.

“불쌍한 녀석.”

올란도는 킥킥거렸다.

“난 누구도 다치게 하고 싶지 않았어. 당신이 강요한 거요!”

“우린 계약을 했어, 크리스. 간단한 사업적 거래지. 넌 내게 영혼을 팔았잖아, 잊었나?”

“그 계약은 취소요. 난 하지 않겠어. 폐하께 한 짓만도 나쁜 일이야. 그분의 아들을 교수대로 보내진 않겠어!”

“라파엘은 바보야. 죽어 마땅한 놈이지.”

“그래도 당신처럼 사악하고 미치진 않았어!”

크리스토포로가 소리질렀다.

“왜 그분들께 이런 짓을 하는 거요?”

몹시 흐느끼며 그는 쓰레기 더미로 물러났다.

이 탈출 시도와 신경질적인 태도를 보아, 더 이상 크리스토포로를 신뢰할 수 없음을 깨닫고 올란도는 어두운 분노가 끓어올랐다. 청년은 한 계점에 도달하여 자제력을 잃었다. 이런 상태의 그를 돈 아르투로에게 데려갔다간, 진짜 사실을 몽땅 털어놓고 말리라.

그는 너무 많이 알고 있어.

올란도는 헛수고했단 생각에 갑자기 성이 났다. 그는 비효율을 싫어했다. 칼을 단단히 움켜쥐고 청년을 향해 한 발 더 내딛었다. 크리스는 몸이 굳어져 칼을 응시했다. 남자답지 못한 흐느낌이 돌연 멈추었다.

“자네에게 실망했네, 크리스. 몹시도 실망했어.”

“안 돼요. 제발.”

올란도는 더 가까이 다가섰다. 그때 갑자기 무언가가 그의 옆얼굴을 세게 쳐 일시적으로 균형을 잃었다. 부서진 벽돌 조각이 땅바닥으로 굴러떨어졌다. 보지 않고도 여자가 그걸 던졌다는 것을 알았지만, 그 틈을 타 크리스토포로가 돌진했다.

올란도는 고통을 무시하고 그를 쫓았다. 이마에 난 상처에서 피가 흘러 왼쪽 눈으로 들어갔다. 그는 크리스의 코트 뒷덜미를 움켜쥐고 뒤에서 발을 걸었다. 크리스는 흐느끼며 쓰러졌다.

올란도는 몸을 숙여 그의 목을 베고, 아직도 펄떡거리는 시체를 뛰어넘어 여자를 추적했다.

크리스에게 정신이 팔린 사이 카르멘은 한참 앞서갔고 혼자가 되자 더 빠르고 은밀하게 움직였다. 올란도는 그녀를 뒤쫓아 막다른 골목을 여럿 들여다보았지만 찾을 수 없었다.

약아빠진 매춘부라 제 앞가림에 익숙하군. 하지만 잡고 말 것이다.

위에서 언뜻 보인 움직임에 고개를 들어보니 그녀가 오래되어 삐걱대는 나무 담벼락을 황급히 기어올라 지붕으로 오르고 있었다. 그는 그녀를 따라 담에 오르기 시작했지만, 나무가 그의 무게로 부서지는 바람에 지독한 욕설을 내뱉으며 다시 골목길로 내동댕이쳐졌다.

그는 커다란 나무조각을 쥔 채 벌떡 일어나 그녀가 사라진 건물 저편을 올려다보았다. 그녀가 시야에서 사라지기 직전, 올란도는 팔을 휘둘러 칼을 내던졌다.

겨냥은 빗나갔다. 칼은 집의 진흙벽에 꽂혀 부르르 떨렸다.

"이 조그만 창녀 같으니!"

그가 고함쳤다.

"도망칠 순 없을 거다! 찾아내고 말 거야! 네년의 피를 마셔 주마!"

그의 고함소리가 미로 같은 골목에 악마의 저주처럼 메아리쳤다.

격분으로 눈이 시뻘개져서 그는 벽에 꽂혀 있는 칼을 쳐다보았다. 그는 그걸 회수하려 들지 않았다. 어쨌든 살인을 저지른 무기였다.

머리칼을 갈퀴질하듯 쓸어올리고, 분노로 몸을 떨면서 그는 몸을 돌려 왔던 길을 천천히 되돌아가기 시작했다. 그 조그만 창녀를 붙잡기만 하면 곱게 죽지 못하게 해주겠다고 맹세했다.

카르멘이 감히 신고할 수는 없을 거라고 그는 자신을 달랬다. 누가 왕가의 혈연인 공작을 두고 창녀의 말을 믿겠는가? 하지만 만약의 경우를 대비하여, 근위병들과 시내 치안관들에게 그녀의 '거짓말'에 대해 미리 알려두기로 결심했다. 이제 재상의 집으로 돌아가 무슨 말이든 해야만 했다. 크리스토포로를 쫓아오느라 재상을 가운 차림으로 그대로 세워 두고 오지 않았는가.

그는 저택을 향해 터벅터벅 걸으며 무슨 말을 할까 궁리했다. 권력을 쥐기 위해선 돈 아르투로가 필요한 만큼 신중히 해결해야만 했다. 사라진 증인에 대해 어떻게 설명하면 좋을까?

하지만 그는 내 설명을 믿을 거야. 그가 세상에서 가장 원하는 것을 내가 줄 테니까. 은쟁반에 고이 올려진 라파엘의 머리를. 그는 얼음 같은 미소를 띠고 생각했다. 그래, 재상은 기꺼이 믿으려 들 터이다.

다니는 그 무엇보다도 멋지고 관능적인 꿈을 꾸고 있었다. 문이 삐걱이고 빛이 한 줄기 새어들어온 듯했다. 다시 삐걱거리는 소리와 함께 문이 닫혔고, 그녀는 다시 깊은 잠으로 빠져들었다. 허나 곧 매트리스가 새로운 무게에 가라앉는 것을 느꼈다. 마치 누군가 체격이 크고 강한 사람이 그녀가 있는 침대로 올라온 듯이. 그리고 꿈이 바뀌었다. 그녀의 호흡이 깊어졌다. 크고 따스하며 부드러운 손이 잠옷 아래로 파고 들어와 엎드려 있는 자신의 몸 위를 천천히 헤매는 것을 느꼈다.

라파엘.

그녀의 몸이 나긋해졌다. 쾌감이 따스한 파도처럼 밀려들어왔다. 척추를 따라 내려가는 키스, 말끔히 면도한 얼굴을 부드러운 곡선의 엉덩이에 비벼대는 감촉. 그리고는 따스한 그의 입이 간지러운 키스를 다리를 따라 흩뿌렸고, 그 장난스럽고 다정한 행동에 다리가 저절로 벌어지는 듯했다. 그러나 그녀가 정말로 완전히 깨어난 것은 그가 살며시 그녀의 엉덩이를 벌리고 키스했을 때였다.

충격적인 기쁨이 확 퍼져 그녀의 몸을 휘감았다. 그녀는 숨을 들이켜고 팔다리를 침대에 대어 몸을 일으켰다. 망설이지 않고 그는 손을 그녀의 허벅지 앞쪽으로 돌려 예민한 보석을 손가락으로 애무하면서 동시에 그녀의 여성을 탐험했다.

그녀는 손을 뒤로 뻗어 그의 짙은 금빛 머리칼에 손가락을 박아넣었다. 그의 강인한 팔과 가슴은 벌거벗은 채였다. 그녀의 애무에 그는 고개를 들어 이글거리는 눈길을 보냈다. 그리고는 황금빛 끝의 속눈썹을 다시 내리깔고 고개를 숙여 계속 그녀에게 기쁨을 주었다.

그녀는 수치도 잊고 간신히 생각의 끈을 잡고 있었다. 아득한 이성 속으로 그의 능란한 기교를 고려하면 그는 언제든 원하는 때에 자신을 가질 수 있었음을 깨달았다. 곧 이성이 날아갔다. 감각만이 전부였다.

그는 계속 그녀를 유혹했다.

그녀가 욕망으로 크게 신음하자, 그는 골반을 단단히 잡고 다시 등뼈를 따라 키스해 올라왔다. 그녀의 잠옷을 머리 위로 끌어올려 벗기고 자신의 무게로 매트리스에 그녀를 눌렀다. 벌거벗은 등에 닿은 그의 가슴이 단단하고 뜨거웠다.

그의 근육질 육체는 너무나 거대하여 그녀를 온통 감싸고 지배하는 듯했다. 그가 귀에 입맞추자 거친 숨소리가 들려왔으며, 엉덩이의 맨살에 부드러운 그의 바지 옷감이 와닿았다. 그가 욱신대는 사타구니를 문질러대자 커다란 욕망의 증거가 느껴졌다.

라파엘이 가볍게 목을 애무하고 아래로 내려가 젖꼭지를 희롱하자 그녀는 머리를 뒤로 젖혔다. 그녀는 갈망으로 신음했고, 몸은 그의 아래 물결치고 있었다. 그 순간 그는 그녀를 완전히 지배하고 있었다.

"간절히 부탁해 봐."

그가 속삭였다.

그녀는 그의 이름을 웅얼거렸다. 또다시 채워지지 않은 고문 속에 내버려두고 그가 떠난다면 그녀는 죽고 말 것이다. 그녀의 뜨거워진 피부를 어루만지는 그의 손에서 인장 반지가 달빛에 반짝였다.

그는 그녀의 어깨에 입맞추었다.

"부탁해 봐."

그녀는 눈을 감고 그에게 항복했다.

"라파엘, 라파엘. 날 가져요."

"돌아누워."

그는 거친 속삭임으로 명령했다. 그녀가 몸을 돌릴 수 있게 떨어진 그는 옷을 마저 벗으며 내내 그녀의 몸을 응시했다. 잠시 후 그녀와 함께 나신이 된 그는 젖가슴을 감싸고 고개를 숙여 입맞추었다. 그녀는 그의 머리를 끌어안고 눈을 감았다.

"사랑해요, 라파엘."

그녀는 아주 나직이 말했다.

"당신을 잃고 싶지 않아요."

천천히 그녀 위로 몸을 일으켜 그는 그녀의 눈을, 영혼을 진지하게 들여다보았다.

"절대로 날 잃지 않을 거요."

"라파엘."

그녀는 그의 가슴을 양손으로 애무하곤, 목에 팔을 감았다.

"남들이 결코 우릴 갈라놓을 수 없게 해줘요."

그는 눈을 감고 고개를 숙여 그녀의 입술에 키스하며 살며시 벌렸다. 그리고는 키스를 계속하며 살며시 다리를 벌려 그 사이에 자리잡았다.

때가 가까워 오자 그는 부드럽게 속삭였다. 그녀는 점점 신경이 곤두섰다. 그의 품안에 누워 표정의 변화를 낱낱이 지켜보았다. 지금껏 다른 사람을 이만큼 신뢰한 적은 없었다. 그에게 모든 것을 주었다. 그는 그녀가 활활 타오를 때까지 불길을 지폈고 마침내 때가 오자 그녀는 자신을 완전히 열어주었다. 야생마를 길들이는 남자처럼 나직이 속삭이며 그가 들어오기 시작했다.

그는 부드럽게, 숨가쁘게 언제 아플지 말해 주었다. 그가 깊이 돌진해 오자 그녀는 소리를 질렀다. 하지만 이제 그가 영원히 자신의 것이란 사실을 알게 되었기에 그 고통 속에는 환희가 있었다.

"내 사랑."

그는 열기 띤 키스를 그녀의 이마에 눌렀다.

"내 사랑, 너무나 당신이 필요해. 당신이 그리웠어."

따스하고 남성적인 그의 살내음이 희미해진 그녀의 향수 향기와 공기 중에 짙게 퍼져가는 사랑의 내음과 뒤섞였다. 그녀의 팔과 어깨를 쓰다듬고, 라파엘은 젖꼭지가 손바닥 아래 꼿꼿하게 곤두설 때까지 애무했다.

고통이 천천히 물러가자 그녀는 수줍게 머뭇머뭇 그의 입을 찾았다. 그녀는 입을 벌리고 그의 느리고 황홀한 키스로 빨려들어갔다. 그는 혀를 깊숙이 들이밀며 키스를 거듭했고, 마침내 그녀는 스스로 그의 혀를 애무하며 굶주린 듯 빨아들였다. 그의 손이 그녀의 곡선을 따라 골반으로 내려갔다.

"너무나 사랑스럽고, 너무나 좁아."

그가 속삭였다. 그는 그녀의 엉덩이를 양손으로 감싸고 주무르다가 손을 아래로 내려 그녀의 다리를 더 넓게 벌렸다.

"뭐…… 뭘 하시려는 거예요?"

그녀는 놀라 속삭였다. 그의 행위로 아직도 약간은 동요한 목소리였다.

"이제 끝내려는 거요, 달링."

그가 헐떡이며 중얼거렸다. 그는 자제하느라 부들부들 떨고 있었고, 정열은 아직 억눌려진 채였다. 그가 어깨에 키스하는 동안 그녀는 그의 몸에 팔을 감고 무엇이 올지 모르지만 마음의 준비를 했다.

자신을 빽빽이 감싸는 그녀의 몸에서 살며시 물러나 그는 다시, 또 다시 그녀 안으로 돌진했다. 그는 쾌감의 신음소리를 흘렸다. 더 빨리 움직였다. 멈출 수 없을 것처럼. 여름날의 폭풍에 휘말린 것 같았다. 그는 단단했고 뜨거운 몸은 땀으로 젖어 있었다.

분명히 몸이 둘로 쪼개지고 말 거라고 그녀는 생각했지만, 눈을 질끈 감고 입술을 깨문 채 아무 말 없이 전사와도 같은 그의 육체가 돌진해오는 것을 견뎌내며, 그의 격렬한 사랑에 자신을 내주었다.

그리고 무언가 묘한 일이 벌어졌다. 정확히 언제 고통이 쾌감으로 변하기 시작했는지 알 수 없었지만, 갑자기 전에 그가 박하사탕을 가지고 키스했던 그곳에서 달콤하고 뜨겁게 타오르는 별처럼 환희가 빛을 발했다.

화들짝 놀라 그녀는 눈을 뜨고 그를 올려다보았다. 그의 눈은 감겨 있었고 이제 깊고 나른한 리듬으로 속도를 늦춰, 느린 움직임으로 그녀를 가지며 매 순간을 음미하고 있었다. 보석 같은 땀방울이 애타는 환희가 아로새겨진 그의 옆얼굴을 타고 흘렀다.

"오, 맙소사, 그래."

그는 고개를 떨구고 신음했다. 황금빛 머리가 비단 커튼처럼 그녀 주위로 흘러내렸다.

그녀는 잠시 후 불현듯 신음했고, 굳은 몸이 그의 아래에서 유연해지기 시작했다. 그를 안에 가득 받아들인 감각이 이제 불편하지 않았다. 신기하고 놀라워서, 그녀는 눈을 감고 그의 몸 아래서 긴장을 풀고 열정이 포도주처럼 혈관을 흐르게 했다. 몸을 떨고 그를 부둥켜안으며, 꿈에도 알지 못한 쾌감에 헐떡였다. 점차 가까이 몰아쳐 오는 감각 외에 아무것도 의식하지 못했고, 그 감각이 폭발하자 그의 피부에 대고 비명을 지르며 그를 꽉 끌어안았다.

그는 미친 듯 속삭이고 있었다. 환희 속에 그녀는 굳어져 고동쳤다. 마치 이 순간을 위해 태어난 기분이었다.

그는 그녀의 입을 사로잡았고 마지막 남은 자제력이 흩어지자 손을 짚어 몸을 일으켰다. 급박하고 힘찬 움직임으로 그녀를 점령하며 마침내 자신의 깊은 내면에서 끓어 올라온 어두운 절정의 파도에 몸을 내맡겼다. 야만적인 으르렁거림이 그의 입술에서 새어나왔다. 그의 강인한 몸은 굳어졌고 난폭하리만치 꽉 그녀를 포옹했다. 그녀를 자신의 아래 눌러 고정시키고 허리를 움직이자 그녀의 안에서 남성이 고동치며 자궁을 생명으로 가득 채웠다.

다니는 그의 넓은 어깨 너머로 침대의 카노피를 올려다보았다. 그녀의 눈은 휘둥그레져 있었다. 영혼 깊숙이에서 울려나오는 한숨과 함께 그가 그녀 위로 무겁게 쓰러졌다. 그녀는 부드러운 포옹으로 그를 감쌌다.

한참 후, 그는 결합되어 있던 포옹을 풀었다. 그녀는 이마를 살짝 찡그리며 예상했던 고통이 총상에 비하면 아무것도 아니었다고 생각했다.

라파엘이 그녀를 내려다보았다. 아직도 숨결이 무거웠지만 완전히 만족감에 젖은 모습이었다. 다니는 이제 정말로 그들이 서로에게 속하게 되었다는 달콤한 생각에 가득 차 부드럽게 미소지었다. 눈물이 살짝 눈에 괴인 채, 그녀는 남편의 사랑스런 얼굴을 손으로 감쌌다.

설령 해산중에 죽게 되더라도, 그럴 만한 가치가 있다.

그는 그녀의 손바닥에 키스를 눌렀다.

"고백해야 할 게 있소, 다니."

그녀는 아무 말도 하지 않았다. 이미 그가 클로에 싱클레어를 방문한 것을 알고 있었으며 그 일에 대해 애기하고 싶지 않았다.

"사실, 난 당신이 복면 도적이기 때문에 결혼한 게 아니오."

그가 그녀를 내려다보았다.

"정말로 당신의 영향력이 필요하진 않았소. 그저 청혼하기 위한 구실이었지. 그보다 더한 이유가 있었지만, 어떻게 말해야 할지 몰라서…… 말할 엄두가 나지 않았고…….."

"그게 뭔데요, 라파엘?"

그녀는 의외의 말에 놀라 물었다.

"처음 본 순간부터 당신이야말로 내가 평생 찾아오던 사람이란 걸 알았소."

그가 속삭였다.

"당신을 내 걸로 만들기 위해서라면 무슨 구실이든 찾아냈을 거야, 다니엘라 디 피오레."

그가 키스하자 그녀는 눈을 감고 바르르 몸을 떨었다. 키스를 마친 후 그들은 침묵으로 빠져들었다. 어둠 속에서 그가 그녀의 얼굴을 사랑스럽다는 듯 애무하자, 그녀는 다시 그를 쳐다보았다. 정말 물어 보기 싫었으나 알아야만 했다.

"오늘밤 싱클레어 양에게 갔었어요?"

"그 집에 가긴 했소."

그는 조용히 인정했고 눈에는 아픈 죄책감의 빛이 언뜻 스쳤다.

"하지만 아무 일도 없었어. 내 명예를 걸고 맹세하리다, 다니. 그녀와는 끝내고 그냥 나왔소 그리고 곧장 당신에게로 왔지. 내 아내는 당신이야."

"그냥 나왔다고요?"

그 말을 믿고 싶어하며 작은 목소리로 그녀는 물었다.

"그래, 내 사랑. 사람에게는 육체의 기쁨 이상의 것이 필요한 법이니까."

손가락으로 그녀의 턱선을 따라 그리고 목으로 내려가며 속삭였다.

"당신만이 내 영혼을 만족시키오. 날 용서해 주겠소?"

"네, 라파엘. 하지만……."

그녀는 자신의 의심과 싸우며 잠시 머뭇거렸다.

"당신 같은 남자를 속박할 수 없다는 건 알지만, 만약 한눈을 판다면 제 신뢰를 잃을 거예요."

"알고 있소."

그는 진지하게 말했다. 그녀의 배에 손을 얹고 몸을 숙여 이마에 키스했다.

"부디 이젠 두려워 말아요. 마침내 얻은 당신의 신뢰보다 내가 더 소중히 여기는 것은 없으니까. 차라리 나라를, 내 생명을 잃는 쪽을 택할 거요. 오늘밤 난 교훈을 얻었소, 다니. 내겐 당신뿐이야."

어둠 속에 누운 채 그녀는 그에게로 고개를 돌렸다.

"당신을 믿어요, 라파엘. 내 마음은 당신 거예요."

"손안의 아기 참새처럼 소중히 여길 거요, 귀여운 사람."

그는 몸을 굽혀 그녀에게 키스하더니 갑자기 크게 하품하고 게으른 사자처럼 당당하게 기지개를 쭉 켰다.

장난스레 으르렁거리며 그는 그녀를 품으로 끌어안았다. 머리칼을 쓰다듬으며 반짝이는 눈을 응시하고 속삭였다.

"이제 자도록 해, 내 공주님."

깊이 한숨짓고 그녀는 따스한 새틴 같은 가슴에 뺨을 대고 그 말에 따랐다.

15

"아무래도 이런 생활에 익숙해져 버릴 것 같아요."

다니는 두 사람이 들어갈 만큼 큰 대리석 욕조에 몸을 더욱 깊이 담그며 사치스런 만족감에 한숨쉬었다. 맞은편에 앉은 라파엘은 눈을 감고 머리를 뒤로 기댄 채 욕조 가장자리에 팔을 걸치고 있었다. 그녀의 말에 그는 눈을 뜨고 느리고 나른한 미소를 지었다.

"왕족이 되는 데는 나름의 이점이 있지."

아침식사가 놓인 은쟁반에서 그가 아몬드 과자를 집어들자, 그녀는 그의 팔과 가슴 근육의 움직임을 지켜보았다. 청동빛 피부에 맺힌 물방울이 개인 욕실에 달린 높은 창을 통해 들어온 햇빛에 반짝였다.

가뭄이란 상황을 고려하면 그들의 목욕은 변명할 수 없는 타락이었지만 다니는 지난밤을 보내고 깨어나자 몸이 쓰려 와 자신에게 약간의 호사를 허락하기로 했다.

라파엘은 진한 커피 한 모금으로 과자를 넘기다가 그녀의 푹 빠진 시선을 알아채고 미소짓더니 몸을 굽혀 소년처럼 다정하게 입맞춰 주고 다시 먹는 일로 돌아갔다. 그녀는 발목을 들어 그의 근육질 허벅지에 올렸다.

"저와의 결혼으로 당신 아버님이 계승권을 빼앗을 가능성에 대해 생각해 봤는데요, 해결책이 있을 것 같아요."

그는 눈썹을 치켜떴다.

"흠, 나의 국가적 영웅이 말씀하시니 어디 들어봅시다."

"감옥에서의 그날 처음 당신이 제안한 대로 어셴션의 국민들에게 다가가면 모든 것이 달라지지 않을까 해요. 여행을 하면서 사람들을 직접 만나본다든가 하는 식으로요."

"어떤 뜻이오?"

"그들은 당신을 사랑하고 싶어해요, 라파엘. 하지만 지금까지는 당신의 악명 높은 평판밖에 알지 못했죠. 국민들은 당신이 진짜로 어떤 사람인지 알 필요가 있어요. 평범한 사람들을 만나고 이야기하며 그들의 두려움과 꿈을 알아보는 거예요. 우리 둘이라면 국민들을 도울 실제적인 방법을 찾아낼 수 있을 거라 확신해요. 그러면 내가 그랬듯 그들도 당신을 사랑하게 될 거예요. 당신 아버님의 최우선사항은 어셴션이니만큼, 아마 그러면 우리가 함께 이 나라의 번영을 이뤄 나갈 거라고 생각하시고 우리 결혼을 축복해 주실 거예요."

그는 그녀를 응시하고 있었다.

"어떻게 생각하세요?"

멍해 있다가 퍼뜩 정신을 차리고 그는 고개를 흔들었다.

"당신은 내 보물이오. 경이로울 만큼 영리하고 아름다운 여자지."

그는 몸을 숙여 깊이 키스했다.

"그렇게 합시다."

그녀는 그의 입에 대고 미소지었다. 그는 그대로 머물며 코를 스쳤다.

"다니엘라?"

그녀는 가볍게 키스하고 중얼거렸다.

"네, 여보?"

그는 그 호칭에 살짝 미소짓고 그녀의 턱선을 손가락으로 애무했다.

"출산에 대한 두려움을 극복했다고 믿어도 되겠지."

그녀는 속눈썹을 내리깔고 수줍게 끄덕였다.

그는 가볍게 그녀의 턱을 쳐들어 시선을 마주했다.

"당신에게 아무 일도 없게 할 거요. 게다가 당신이 임신할 때까지는 몇 주, 몇 달이 걸릴 수도 있소. 하지만 그때가 오면, 맹세컨대 최고의 의사들과 산파, 전문가들을 불러……."

"그 자리에 저와 함께 있어 주시겠어요?"

그녀는 애원하듯 속삭였다.

그의 눈이 커다래졌다. 그녀를 응시하며 잠깐 생각했다.

"그게 당신이 원하는 거라면, 좋소, 그러지."

"당신이 있으면, 전 자존심 때문에 울지 못할 거예요."

그는 물 속에서 그녀와 손을 깍지끼고 입술로 들어올려 입맞췄다.

"그럼 당신을 위해 곁에 있겠소, 다니엘라. 언제나."

그녀는 그의 목에 팔을 감고 꼭 껴안았다. 그렇게 달콤한 키스를 나누다 그들이 장난스레 사랑을 담아 서로를 씻겨주고 있을 때, 갑자기 심상 찮은 노크소리가 방해했다.

"레이프!"

그는 문을 향해 찌푸렸다.

"엘란? 도대체 무슨 일 때문인가? 난 바쁘네!"

그는 그녀를 향해 유감스레 덧붙였다.

"사생활이란 호화스런 왕족의 생활에 부족한 단 한 가지라오."

"미안하네, 레이프. 하지만 자네가 알아야 할 것 같아서…… 방금 좀 충격적인 소식을 들었거든."

"무슨 소식?"

그는 성가신 듯 물었다.

"아, 혼자 듣고 싶어할 듯한데."

"난 아내를 완전히 신뢰하고 있네. 말하게나."

그는 문 너머로 엘란에게 명하며 다니를 향해 씨익 웃었다.

"불바티 백작이 어젯밤 감방에서 죽은 채 발견되었다는군."

다니는 불쾌한 이웃에 대한 소식에 헉 숨을 들이키며 의문을 품고 라파엘을 돌아보았다. 그의 미소는 즉각 사라졌고 심각하고 침울한 표정이 되었다.

"곧 나가겠네."

그는 안심시키듯 그녀의 뺨에 살짝 손을 스치며 욕조에서 일어났지만, 녹색과 금색의 눈은 속눈썹 아래 감추어진 분노로 일렁이고 있었다.

그는 욕조에서 나와 수건을 집어들었다. 근사한 육체에 물이 흘러내리며 아침 햇살에 청동색으로 번들거렸다.

"무슨 일이에요, 라파엘?"

"얘기하자면 길다오."

그의 주위에 맴도는 위협적인 기운에 그녀는 아무 행동도 취하지 못하고 그저 그가 수건으로 몸을 닦는 것을 지켜보았다. 그는 짙은 실크를 걸치고 그녀에게로 다가와 몸을 숙여 얼굴을 감쌌다. 그러자 낙낙한 실크가 우아하게 펄럭였다. 그는 마지막으로 긴 키스를 남겼다. 그들 사이의 정열이 다시 살아났다. 다니는 그의 키스 아래 바르르 떨면서 입술을 벌려 육감적인 혀의 애무를 받아들였다.

키스를 마치고 그는 뜨거운 눈길을 보냈다.

"가능한 한 빨리 돌아오겠소."

그녀는 희미하게 미소지어 보였다. 그녀의 이마에 입맞추고 그는 몸을 돌려 연결된 방으로 성큼성큼 걸어갔다. 황금빛 머리가 축축하게 어깨 위로 늘어뜨려지고 짙은 실크가 펄럭이는 모습은 이교도의 전사 족장처럼 보였다.

한 시간 후, 머리를 말아올리고 새로 만든 예쁜 모슬린 가운 차림으로 차려입은 다니가 궁정 의례를 공부하고 있는데 은쟁반을 든 하녀가 거실로 들어왔다.

다니는 지루한 책에서 고개를 들어올렸다.

"음?"

"편지가 왔습니다, 마마."

"고마워. 이리 가져다 줘."

다니는 접힌 편지를 은쟁반에서 집어들고 고개를 끄덕여 하녀를 물리쳤다. 편지를 펼쳐 권위가 담긴 유려한 필체를 흥미롭게 훑어보았다.

다니엘라 디 피오레 왕세자비 전하, 전(前) 레이디 키아라몬테 귀하
산타 루치아 수녀원장 베르나데타 리엔치 드림

그녀는 신기해하며 발신인의 이름을 읽었다.

베르나데타 수녀? 두 번째 수녀원 부속 학교에서 말썽을 피웠다고 날 쫓아냈던 검은 로브의 무시무시한 여자잖아! 여덟 살 이후로 만난 적이 없는데.

도대체 왜 베르나데타 수녀가 지금 편지를 썼을까? 아마도 무슨 일로 날 꾸짖기 위해서겠지, 그녀는 쓴웃음을 지으며 읽어 내려갔다.

친애하는 다니엘라 왕세자비께,
제 이전 학생이었던 마마께선 늘 영리한 소녀셨습니다. 마마께서 저희와 함께 교육을 마치실 수 없었던 것은 불행한 일이지요.

"하, 누구에게 불행하다고?"
그녀는 코웃음쳤다.

복면 도적으로서 마마께서 종종 어려운 사람들을 도와주셨음을 알고 있습니다. 그토록 오랜 세월이 지난 후 이렇게 인사를 드리게 된 전 용서하십시오. 허나 아직도 위험에 처한 사람들을 구하는 습성이 있으시다면, 지금 그 누구보다도 절실하게 마마의 도움과 보호를 갈구하는 사람이 있습니다.

내용에 빠져들어 다니는 눈을 가늘게 했다.

문제의 불행한 이는 신세를 망친 젊은 소녀로 우연히 저희의 도움을 구하게 되었습니다. 이름은 카르멘입니다. 지난밤 그녀는 공포에 질린 상태로 저희 수녀원의 문간에 나타나, 끔찍한 살인을 목격했으며 이제 본인의 목숨이 위험에 처해 있다고 주장했습니다. 소녀의 말에 따르면 희생자는 왕궁 주방의 요리사였다고 합니다. 밤 동안 그녀를 수녀원에서 보호하였으나, 만일 그녀의 이야기가 진실이라면 저는 어떻게 그녀를 보호해야 할지 알 수가 없습니다.

입에 담지 못할 현재의 생활방식과 직접 본 살인자의 정체 때문에 카르멘은 도시 경비대로 가길 두려워합니다. 복면 도적으로서의 마마의 과거 행적이 있기에 그녀는 마마께만 이야기하겠다고 합니다. 만약 이 소녀의 이야기를 들으시겠다면 부디 가능한 한 빨리 산타 루치아 수녀원으로 왕림해 주십시오. 성령의 축복이 있으시길

수녀원장 베르나데타 리엔치

일초도 망설이지 않고, 다니는 장갑과 보닛을 움켜쥐고 라파엘에게 행선지를 알리러 나섰다. 방을 나오자마자 우람한 여섯 명의 호위병들이 뒤를 따랐다. 궁정 시종은 그가 젊은 내각 각료들과 함께 회의실에 있다고 알려주었다.

그녀가 들어갔을 때는 불쌍한 뚱보 불바티 백작의 죽음에 대한 논의로 긴장된 분위기였다. 라파엘은 상석에 앉아 있었다. 엘란, 냉소적인 니콜로 경 그리고 오만한 아드리아노와 다른 몇몇이 자리해 있었다.

아드리아노는 윤기 흐르는 검은 앞머리 아래로 성가시다는 표정을 그녀에게 지어 보였다. 다니는 그를 무시하고 라파엘에게 편지를 가져갔다. 그녀가 곁에 다가가 인사하고 편지를 내밀자, 그는 그녀의 손을 잡아 습관적인 기사도적 태도로 입술로 가져가며 편지를 훑어보았다.

그는 긴장된 태도로 편지를 내려놓고 생각에 잠겨 찌푸린 이마를 문질렀다.

"내가 함께 가겠소."

그녀에게 속삭이고 친구들을 쳐다보았다.

"닉, 엘란, 아드리아노, 함께 가세. 나머지는 가도 좋소. 오후에 다시 모입시다."

"라파엘, 이 소녀는 분명히 겁에 질려 있어요. 모두의 앞에서 이야기를 하고 싶어하진 않을 거예요."

다니는 낮은 어조로 반대했다.

그는 의자에서 일어나 그녀의 허리에 손을 얹고 문가로 이끌었다.

"알고 있소. 하지만 그녀가 용의자로 누구의 이름을 댈지 알 것 같거든."

"그래요?"

눈을 커다랗게 뜨고 그녀는 그를 올려다보았다.

"누굴 의심하시나요?"

그는 고개를 저었다.

"기다렸다 직접 들어봅시다."

매우 놀랍게도 그는 자신의 무기를 홀로 가져오게 했다. 불길한 예감 속에 사로잡혀 그녀가 쳐다보는 가운데 그는 검과 권총을 찼다. 밖으로 나와 조심스런 눈길로 너른 정원을 훑어보며 그는 그녀가 마차에 오르도록 도왔다.

그의 세 친구들은 두 번째 마차로 뒤따랐다. 다니의 호위병들은 말을 타고 당당한 왕실마차를 둘러쌌다.

마차 안에서 그들은 거의 말을 나누지 않았다. 다니는 혼란스러웠다. 불바티 백작의 죽음에 대해 묻고 싶었지만 그의 건장하고 늘씬한 몸에선 분노가 울려퍼지기 시작하고 있었다. 심각하고 위험스런 그의 분위기가 대화를 막았다. 불길한 예감이 커져갔다. 초조한 표정으로 머리를 기울이고 라파엘은 창 밖을 내다보았다.

수녀원에 도착하자 베르나데타 수녀원장이 다니를 맞았지만 그들은 사교적인 긴 인사말로 시간을 낭비하지 않았다. 검은 수녀복 차림의 수녀원장은 키가 크고 단단한 체구에 고대의 전사 여왕 같은 몸가짐을 하고 있었다. 다니가 이곳의 학생이었을 때 그들의 의지가 충돌한 것도 놀랄 일이 아니었다.

베르나데타 수녀원장은 즉각 다니와 함께 소녀를 만나러 안으로 들어가고 라파엘과 다른 남자들은 접객실에서 기다렸다.

카르멘은 올리브색 피부와 근심스런 짙은 눈을 한 검은머리의 예쁜 소녀였다. 열여섯이나 열일곱쯤 되었을까, 그런 험한 직업을 갖기엔 애처로우리만큼 어린 나이였지만 분위기는 제 나이보다 훨씬 들어 보였다. 다니는 소녀와 마주 앉아 위로와 안심시키는 말을 몇 마디하고, 자신뿐만 아니라 왕자까지 동석한 자리에서 이야기하도록 부탁했다. 카르멘은 머뭇머뭇 고개를 끄덕였다.

다니는 아무 말 없이 소녀의 손을 꼭 잡아 격려하고, 조용히 문가로 가서 라파엘을 불러들였다.

동화 속에서 곧장 걸어나온 듯한 키 큰 금빛의 왕자가 들어오자 세상 풍파에 닳고닳은 듯한 소녀의 눈조차 반짝였다. 여자들의 이런 반응에 너무나 익숙해서인지 혹은 자신의 생각에 깊이 집중한 탓인지 그는 알아채지 못한 듯했다. 라파엘은 다니의 곁에 앉아 무릎 위에 팔꿈치를 올리고 가볍게 손을 맞잡고는 소녀에게 진지한 표정을 지었다.

그에겐 만사를 도맡아 해낼 수 있는 남자의 분위기가 있었다. 다니는 그가 자랑스러웠다.

카르멘은 주저주저 젊은 보조 요리사 크리스토포로가 그녀를 찾아올 비용을 충당하기 위해 돈을 받게 된 경위를 말했다. 크리스토포로와 이따금 접선한 남자는 칠흑 같은 긴 머리에 얼음처럼 찬 녹색 눈과 언제나 검은색의 고급 옷을 차려입었다고 했다. 그녀는 왜 그 사람이 크리스토포로에게 돈을 주는지 몰랐고 굳이 묻지도 않았다. 그저 자신의 '친구'가 그 남자를 두려워했다는 것을 알 뿐이었다.

카르멘이 지난밤 검은옷을 입은 남자가 와서 크리스토포로를 마차로 데려간 이야기를 하자 다니는 라파엘이 긴장하는 것을 느꼈다.

"크리스토포로는 제 방을 떠나기 전에 자길 따라와 달라고 애원했어요. 뭔가 끔찍한 일이 벌어질까 두렵다고요. 돈을 주겠다고 하길래 그렇게 했죠."

소녀의 짙은 눈은 심각했다.

"내내 달려서 간신히 따라잡을 수 있었어요. 마차가 어디로 도는지 지켜보고 지름길로 갔죠. 전 이 도시를 제 손바닥처럼 알고 있거든요. 그래서 그들이 간 저택이 누구 것인지도 알고 있었죠."

그녀는 다니와 라파엘을 번갈아 보았다.

"재상 어르신의 저택이요."

라파엘의 눈이 번뜩였지만 얼굴은 무표정했다.

"계속하라."

카르멘은 가는 몸을 더 바싹 끌어안고 몸을 수그린 채 청년이 돈 아르투로의 집에서 도망친 것과 뒤이어진 끔찍한 추적을 이야기했다.

"그때 그 남자가 그를 죽이리라는 걸 알았어요. 그래서 깨진 벽돌 조각을 집어 있는 힘껏 던졌죠."

"그를 맞췄는가?"

"네, 전하. 바로 여기를요."

카르멘은 왼쪽 관자놀이를 가리켰다. 그 손은 떨리고 있었다.

"피가 옆얼굴을 따라 흘러내렸어요. 끔찍했죠. 하지만 그걸로도 그를 오랫동안 막을 순 없었어요. 그리고 그는…… 저질렀어요."

"네 친구를 죽였니?"

다니가 부드럽게 물었다.

소녀는 고개를 끄덕이고 머릴 숙였다. 나이든 수녀가 카르멘에게 다가가 커다란 가슴에 부둥켜안았다.

"자, 자, 얘야."

라파엘은 자리에서 일어나 소녀에게 절하고 방을 나갔다. 다니가 카르멘을 몇 마디 위로하고 홀로 나오자 남편이 세 친구들과 소리 낮춰 상의하고 있었다. 그녀가 다가가자 그들은 이야기를 마치고 서둘러 나갔다.

“피차 그녀가 누구를 지목하는지 알 거라고 생각해요.”

다니가 말했다.

“그녀의 말을 믿으세요? 고백하자면 전 도대체 무슨 영문인지 전혀 감도 못 잡겠어요.”

“나는 아오.”

그는 무겁게 답했다. 커다란 손을 허리에 찬 검자루에 올리고 조용한 분노로 눈을 빛내는 모습은 전쟁에 출전하는 대천사처럼 보였다.

“여자를 데려와 주겠소? 올란도의 신병이 확보될 때까지 당신과 그녀는 안전한 장소에 가 있으시오.”

“그 청년을 살인한 죄로 그를 체포할 건가요?”

“다른 일들도 포함해서. 어젯밤부터 사람들을 시켜 그를 찾고 있소. 내 생각엔 불바티의 죽음에도 그가 관여되었으리라 보오.”

그녀는 그가 시킨 대로 카르멘을 데리러 가려다 멈춰 서서 불안스레 그를 쳐다보았다.

“라파엘, 올란도의 신분이 그의 주장과 다를 수 있다고 생각한 적 있으세요?”

그는 딴 데 정신이 팔린 표정으로 돌아섰다.

“음?”

“올란도가 폐하와 판에 박은 듯 닮았다는 걸 알아챈 사람은 저뿐인가요?”

“뭐라고?”

그는 못 박힌 듯 그녀를 응시하며 외쳤다.

“당신 아버지를 비난하기는 싫지만, 올란도가 먼 친척보다 가까운 관계일지도 모른다고 생각해 보지 않으셨나요? 그가 당신의 형일 가능성은 전혀 없을까요? 배다른 형 말이에요.”

“서자? 하지만 아바마마는 결코…….”

그의 목소리가 스러지고 생각에 잠긴 눈이 되었다.

“폐하께서 당신 어머니와 결혼하시기 전에 벌어졌을 수도 있어요, 라파엘. 올란도의 나이를 정확히 아세요?”

라파엘은 멍하니 고개를 저었고 다니는 어색한 침묵에 약간 움츠러들었다.

“어, 전 가서 그녀를 데려올게요.”

그녀는 몸을 돌려 발길을 떼어놓았지만, 곧 멈춰 서서 주저하며 다시 한 번 몸을 돌렸다. 나머지 이야기를 감춰 봐야 아무 소용이 없었다. 불안감을 내던지고 그에게로 돌아갔다.

“이건 진작에 말했어야 할지도 모르지만 당신이 노하시는 걸 원치 않았어요.”

그는 의문을 담아 그녀의 눈을 살폈다.

그녀는 그의 반응에 단단히 대비했다.

“라파엘, 올란도가 절 정부로 삼겠다고 제의했어요.”

그의 격분이 이전까지 억눌러져 있었다면, 바로 그 순간 겉으로 확 돌출되었다. 그의 눈은 폭풍이 몰아치는 성난 바다의 색깔로 변했다.

“뭐라고?”

“그가 단둘이 얘기하러 저를 찾아온 날부터였어요. 우리의 결혼이 무효화된 후, 제가 원한다면 자신의 보호 아래 두겠다고 했어요. 물론 저는 딱 잘라 거절했죠.”

그녀는 황급히 덧붙였다.

“하지만 어젯밤에도 또 그랬어요. 당신이…… 나간 사이에.”

고통스런 죄책감이 그의 눈에 밀려왔다.

“음.”

이미 미안하다고 말한 그를 더 책망하고 싶지 않아 그녀는 어색하게 말했다.

“가서 여자애를 데려올게요.”

곧 그들은 말 탄 호위병에 둘러싸여 마차를 타고 떠났다. 그의 세 친구들은 다른 마차로 뒤따랐다.

벨포트의 거리는 분주하게 붐비고 있었다.

행렬이 수녀원을 떠나기 전 호위병들과 짧게 상의한 것을 제외하고 라파엘은 완전히 침묵에 잠긴 채 뻣뻣이 긴장해 있었다.

다니는 생각에 잠긴 그를 몰래 지켜보았다. 카르멘이 자신을 불안하게 응시하는 걸 깨닫고, 그녀는 소녀에게 안심하라는 미소를 지었다. 바로 그때, 밖에서 외침소리가 들리고 마부가 말을 세웠다. 다니가 가리개 뒤에서 살짝 내다보자 검은 종마에 올라탄 당당한 체격의 남자가 있었다.

"자네들은 왕자비의 호위병들 아닌가? 마마께서 오늘은 바깥 나들이를 하셨나?"

올란도의 유쾌한 목소리였다. 다니는 남편과 눈길을 교환했다. 라파엘과 그녀가 오랜 시간 떨어져서 보냈기에 올란도는 당연히 그녀 혼자이리라 짐작한 게 틀림없었다.

"허락해 주세요, 여보."

그녀는 그에게 은밀한 시선을 보내며 속삭였다. 라파엘은 미소짓고 카르멘에게 몸을 숙이도록 손짓했다. 다니는 창의 가리개를 치우고 밖을 향해 따스한 미소를 지었다.

"안녕하세요, 공작 각하."

"다니엘라."

검은 모자의 그림자 아래 그의 또렷한 눈이 빛났다.

호위병들은 즉시 그녀가 라파엘의 허락을 받고 인사한다는 걸 눈치채고 예리하게 지켜보았다. 병사들은 침묵을 지키고 그가 지나가게 둘 만큼 영리했다.

올란도는 그녀에게 미소짓고 종마를 몰아 더 가까이 다가왔다.

"흠, 마침내 새장에서 나오도록 허락을 받으셨군. 축하하오. 언제나 그렇듯이 눈부시오."

그는 모자를 가볍게 들어올려 인사했다.

그 행동은 작았지만 다니는 어디를 봐야 할지 알고 있었다. 그가 모자를 살짝 들어올리자 관자놀이에 든 커다란 보라색 멍이 보였다.

"오, 이런 불쌍하신 분."

그녀는 동정적으로 미간을 찌푸리며 말했다.

"도대체 머리를 어쩌다 그러셨나요?"

라파엘에게 필요한 신호는 그것으로 충분했다.

아무 경고 없이 그는 마차 문을 열어젖히고 야만적인 함성과 함께 검
을 뽑아 올란도에게 돌진했다.

16

라파엘의 맹공격에 올란도의 말이 놀라 뒷다리로 일어섰다. 두 남자는 격렬하게 엉켜들었고 여섯 명의 근위대원들이 우렁찬 고함과 함께 전투에 끼어들었다.

아수라장이 펼쳐졌다.

다니는 싸움을 보려 했으나 마부는 폭력의 현장에서 벗어나려 마차를 앞으로 몰았다. 거의 창에 매달리다시피 해서 그녀는 올란도가 어떻게 안장에 버티고 앉은 것을 보았다. 그가 라파엘의 가슴 한복판을 걷어찼다. 왕자가 한 걸음 뒤로 밀려나자 올란도는 말에 박차를 가해 근위병들의 무리를 뚫고 돌진했다. 좁은 상가 골목으로 말발굽소리를 울리며 곧장 나아갔다.

"저자를 잡아!"

라파엘이 고함쳤다. 그는 이미 근위병 하나를 밀어내고 말을 빌리고 있었다. 부하들을 노려보며 그녀 쪽을 향해 고갯짓했다.

"왕자비를 보호하라. 내 궁으로 모시도록. 자네들 중 반은 나와 함께 간다. 저자를 생포하겠어!"

"라파엘!"

그녀는 마차에서 내리려 했다. 그와 함께 가겠다는 말이 혀끝까지 나왔으나 날카롭게 돌아본 그는 한눈에 그녀의 의도를 알아챈 듯했다.

"안 돼, 다니. 그대로 있어!"

그가 명령했다.

"소녀를 보살피도록 하시오. 우리의 유일한 증인이야."

그 말을 남기고 그는 박차를 가해 세 명의 근위병들과 말을 몰아갔다. 싸움이 벌어지자 몰려든 군중으로 속도가 지체되었다.

"괜찮니?"

다니는 급히 카르멘에게 물었다. 소녀는 고개를 끄덕였다. 그때 마차 밖에서 입씨름하는 소리가 들려왔다.

"자네들에겐 마차가 있으니 말을 우리에게 넘기게!"

"라파엘에겐 우리가 필요해!"

황급히 내다보자 엘란, 아드리아노, 니콜로가 남은 근위병들의 말을 가져가고 있었다. 그들은 위험한 살인자 추적이 아니라 여우 사냥에라도 나선 듯 활기찼다.

"제길, 무기를 안 가져왔잖아."

갑자기 아드리아노가 옆구리에 손을 가져가며 말했다.

"여깄다."

니콜로가 권총 한 자루를 던지자 아드리아노는 공중에서 손잡이를 잡았다.

"조심들 해요!"

다니가 소리쳤다. 그들은 돌아보지 않았다.

그녀는 불길한 예감으로 가득한 채 그들이 라파엘을 따라 거리로 사라지는 모습을 지켜보았다.

올란도에게 팔백여 미터 뒤처져서 말을 달리는 레이프와 세 근위병 주위에 말발굽소리와 먼지가 휘몰아쳤다.

그는 밤색 거세마의 목에 바싹 붙어 힘차게 몰아가되 이 경주가 얼마나 길어질지 알 수 없었으므로 말의 호흡이 흐트러지지 않을 정도로 속도를 조절했다. 느리게 타오르는 분노로 온몸의 근육이 팽팽해졌다.

땀이 눈으로 흘러들고 길의 먼지가 피부에 달라붙었다. 서편으로 가라앉는 햇살에 눈을 가늘게 뜨며 저 멀리 있는 검은 옷의 기수에게 눈길을 모았다.

올란도는 시내에서 그들을 따돌리려 했으나 그들이 갈라져서 포위하려 들자 재빨리 빠져나갔다. 레이프는 그의 목적지를 짐작할 수 없었으나 올란도가 다니에게서 멀어져 이 방향으로 가는 한 어센션의 끝까지 쫓아가게 되더라도 상관없었다. 그녀가 안전하다는 확신이 없었다면 앞으로 나아갈 수 없었으리라.

앞쪽의 기수에 너무나 몰입해 있어서 뒤에서 좀 거리를 두고 들려오는 희미한 외침은 거의 듣지 못했다. 목소리가 말발굽소리를 넘어 간신히 들렸을 때 뒤를 흘끗 돌아보니 친구들이 자신을 따라 말을 달려오고 있었다.

레이프는 한쪽 팔을 들어올려 봤다는 표시를 했지만 그들을 기다리기 위해 속도를 늦추진 않았다. 올란도를 시야에서 놓칠 수는 없기 때문이었다.

올란도는 그들을 거의 삼십 킬로미터를 끌고 갔다. 항구로 가는 갈림길을 지나 숲이 울창한 산악지대인 북쪽으로 향하는 걸 보고 레이프는 올란도가 어센션에서 도망칠 계획이 전혀 없음을 깨달았다. 어쩌면 산림 속에 숨으려 하는지도 모른다.

태양이 그들 앞에 솟아오른 산자락 뒤로 천천히 가라앉는 가운데 그들은 서편의 그림자 속으로 말을 달렸다.

레이프는 숲 너머로 수세기 전 디 캄비오 공작가의 요새였던 무너져가는 성채를 얼핏 보고 올란도가 어디로 향하는지 돌연 깨달았다. 그는 미간을 찌푸렸다. 하지만 저곳은 오래된 폐허인데. 말들이 고된 질주에 고생하고 있을 때 올란도가 돌연 숲속으로 꺾어져 시야로부터 사라졌다.

몇 분 안에, 그들은 거의 자연으로 되돌아간 길의 자취에 이르렀다. 키 큰 풀로 뒤덮였고 덩굴이 나무에 온통 드리워져 있었다.

지형을 휙 둘러보고 레이프는 다시 포위전법을 쓰기로 했다. 그러려면 사람이 더 필요했지만 친구들이 금방 올 것이니 문제없었다. 게다가 지금 기다려 주지 않으면 그들은 올란도가 택한 샛길을 놓칠 가능성이 컸다.

"그를 쫓아라!"

그가 부하들에게 고함쳤다.

"도대체 저자가 어디로 가는 걸까요, 전하?"

근위병 중 하나가 외쳤다.

"옛 디 캄비오 성채다! 그를 시야에서 놓치지 말도록! 명심하라, 생포하고 싶으니까!"

그는 세 근위병을 앞으로 보내고 자신은 길가에서 친구들을 기다렸다. 친구들이 도착하면 더 유리할 것이다. 올란도는 아마 세 근위병과 그만 셈에 넣었으리라. 초조히 기다리던 중 친구들이 도착하여 히힝거리는 말들을 멈춰 세웠다.

"우리가 어떻게 하면 좋을까, 레이프?"

엘란이 이마의 땀을 팔뚝으로 닦아내며 재빨리 물었다.

"그를 포위하자. 자네와 닉은 성채 남쪽으로 돌아가서……."

갑자기 레이프가 평생 들은 중 가장 끔찍하고 소름끼치는 비명소리가 허공을 갈랐다. 꼭 살육이 벌어지는 듯했다. 귀를 찢는 끔찍한 소리가 이어지자 레이프는 욕설을 내뱉고 말을 돌렸다.

"조심하게!"

거의 쓰러질 지경인 말을 등골이 오싹한 비명 쪽으로 몰아가며 엘란이 외쳤다.

숲은 깊지 않았다. 풀이 웃자란 길은 한 오십 미터정도밖에 되지 않았고 그 끝에는 벌판이 폐허를 둘러싸고 있었다.

"서둘러!"

"저 소리로 미루어 보면 우리가 도울 일이 있을 것 같지 않네."

니콜로가 숨죽여 말했다.

지금 이 순간 끔찍한 비명소리는 스러져 가고 있었다.

그들은 숲의 가장자리에 다다랐다. 흙이 드러난 길이 메마른 풀밭 위로 꾸불꾸불 나 있었고 백여 미터 앞에서 오르막이 시작되었다.

"아무도 안 보여!"

성난 아드리아노가 벌판을 훑어보며 말했다.

이제 지옥의 신음 같은 소리는 바로 고개 저편에서 나고 있었다.

"아, 이런."

레이프는 나지막한 언덕 위로 굽이치는 저 앞의 길을 응시했다. 끔찍한 고통의 소리에 말이 겁을 집어먹었지만 그는 주저하는 동물을 억지로 몰아갔다.

고개 위에 이르자 그들은 모두 한순간 순수한 공포에 얼어붙었다가 말에서 뛰어내려 창살 구덩이의 가장자리로 달려갔다. 세 마리 말 전부와 두 남자는 땅에서 솟아난 쇠창살에 찔려 이미 죽어 있었다. 올란도가 암흑의 중세로부터 되살려 낸 야만적인 수비 구조물이었다.

레이프는 마지막 살아남은 근위병을 향해 흙먼지 속을 미끄러져 내려갔으나 그륵거리던 소리를 내던 남자는 그가 도착할 무렵 죽고 말았다.

그러고 나자 오직 정적만이 존재했다.

으스스하고 오싹한 침묵이었다. 무너져 가는 검은 성채가 숲에서 사백 미터도 떨어지지 않은 곳에서 그들 위로 우뚝 치솟아 있었다.

"오, 하느님 맙소사."

레이프는 한참 후 시체들을 내려다보며 말했다.

다른 이들은 완전히 침묵했다.

레이프는 굳어진 표정으로 그들을 돌아보고 이곳에 어떤 종류의 사악하고 광기 서린 장치가 더 도사리고 있을지 모른다는 것을 깨달았다. 제일 친한 친구들을 잃게 된다면 견디지 못할 것이다. 모두 다 여기를 살아 나가지 못할 수도 있다는 것을 알기에 돌아서서 떠나고 싶었지만, 그러면 다시는 올란도를 잡을 기회에 이만큼 가까이 접근하지 못할지도 모른다.

어센션의 모든 것이 걸려 있었다. 친구로서가 아니라, 왕으로서 생각해야만 했다.

엘란은 안경을 벗고 얼굴을 돌렸다. 토하기라도 할 듯이 보였다. 아드리아노의 안색은 자신이 보고 있는 광경을 아직도 믿을 수 없는 듯이 새하얬다. 니콜로는 분노로 넋이 나간 채 성채를 응시했다.

"저기!"

니콜로가 갑자기 외쳤다.

"몸을 숙여!"

총알이 레이프 근처의 흙먼지에 가 박혔다.

그들은 모두 엎드렸다. 죽은 이들은 순간적으로 잊혀졌다. 구덩이 가장자리에 배를 대고 엎드려 닉은 권총을 조준했다.

"뭘 하는 건가?"

레이프가 차분히 물었다.

"총알을 아끼게. 권총으로는 여기서 맞추지 못해."

아드리아노가 침착하게 말했다.

"자네 말이 맞아, 디 타지오. 훌륭한 지적이군."

닉이 중얼거렸다.

레이프는 갈색머리의 건장한 닉이 순수하고 차가운 분노의 표정을 하고 구덩이로 미끄러져 내려오는 것을 지켜보았다. 닉은 죽은 근위병 대장의 등에 매인 장총을 끌러냈다.

레이프가 말했다.

"다시 말하지, 난 생포를 원해."

성난 듯 엘란이 비통한 눈빛을 하고 레이프에게로 돌아섰다.

"이렇게 된 지금도 그를 구제하려는가?"

"특히 지금은."

레이프는 낮고 노기 띤 으르렁거림으로 답했다.

닉은 구덩이 가장자리에 배를 깔고 장총을 겨눴다.

"그럼 날 체포하게, 레이프. 저놈을 죽일 테니까."

그는 방아쇠를 당겼다.

성채 아래 그늘에서 고통스런 지옥의 울부짖음이 들려왔다.

"맞혔군!"

엘란이 가쁜 숨을 들이쉬었다.

올란도가 숨었던 수풀 속에서 검은 종마가 뛰쳐나왔다. 공작은 안장에 달라붙어 있었다.

"아직 앉아 있잖아! 맞힌 건가, 아닌가?"

엘란이 채근했다.

니콜로는 대꾸하지 않고 다시 장전할 뿐이었다.

"아니, 말을 맞혔군."

레이프는 거대한 검은 종마가 마침내 비틀거리더니 격렬히 몸부림치며 쓰러지는 것을 지켜보며 중얼거렸다. 올란도는 한쪽으로 뛰어내려 몸을 굴리더니 벌떡 일어나 숲속으로 달려들어갔다.

"가세. 이제 그는 제 발로 걷고 있어."

모두 말들에게로 돌아가 올라탔다.

레이프의 눈길은 올란도를 쫓았다.

"엘란, 닉, 자네들은 저쪽으로 가게."

그는 왼쪽을 가리키며 말했다.

"디 타지오와 나는 오른쪽을 맡지. 그를 몰아넣어야 해. 총을 피하고 검을 쓰게. 장총은 두고 가, 닉! 실수로 서로를 쏘는 일이 없도록 하세. 모두들 괜찮은가?"

방금 목격한 참사로 충격받지 않았나 싶어 그는 재빨리 친구들의 얼굴을 둘러보았다. 그들은 음울하게 괜찮다고 중얼거렸다.

"좋아, 가서 놈을 잡자구."

그는 아드리아노와 함께 말을 몰아 갔고 엘란과 니콜로는 반대방향으로 향했다.

그들은 목에 총상을 입고 죽어 있는 검은 종마를 지나쳐 어두워져 가는 숲으로 뛰어들었다.

올란도를 쫓아 은밀히 나무 사이를 지나는 레이프의 귓속에 고동소리가 울려퍼졌다. 아드리아노는 오른쪽으로 육 미터 가량 떨어져 있었다.

숲은 산들바람과 잎새가 스치는 소리, 지저귀는 새소리로 생생히 살아 있었다. 나뭇가지 꺾어지는 소리에 레이프는 고개를 홱 돌리며 무기를 겨누었으나 그저 세 마리의 사슴이 달아나고 있을 뿐이었다.

어둑어둑해져 오는 가운데 그는 묻는 듯한 표정으로 아드리아노를 쳐다보았다. 뺨에 땀이 흘렀다. 친구는 고개를 저어 지금까지는 아무것도 보지 못했다는 뜻을 표시했다.

레이프는 올란도의 검은 옷이 점점 짙어가는 어둠 속에 더 쉽게 숨어들 수 있으리라는 걸 깨달았다.

그들은 계속 나아갔다.

긴장 속에서 시간은 그 의미를 잃었다. 레이프는 자신들이 얼마나 오랫동안 올란도를 쫓고 있었는지 알지 못했다. 갑자기 좀 떨어진 곳에서 두 발의 총성과 고함소리가 났다. 즉시 레이프와 아드리아노는 말의 옆구리를 차 돌진했다.

또 총성이 울리고 메아리가 언덕을 따라 울렸다.

레이프는 총을 쏘고 있는 사람이 니콜로이기를 기도했다. 그러나 시냇가의 작은 숲으로 뛰어든 그와 아드리아노는 쓰러져 있는 닉을 발견했다. 일어나 앉으려 애쓰는 그를 보고 그들은 말에서 뛰어내려 달려갔다. 레이프는 닉의 갈색 조끼 앞에 퍼져가는 검은 얼룩을 보고 힘겹게 침을 삼켰다.

"그가 나무에서 뛰어내렸어."

닉이 헐떡거렸다. 눈은 둥그랬고 얼굴은 유령처럼 새하얬다.

"도망쳤어! 어디에 있을지 몰라."

"말하려 애쓰지 말게."

레이프는 재빨리 코트를 벗어 닉에게 덮어 주고는 크러뱃을 풀러 그걸로 솟아나는 피를 지혈하려 애썼다.

"엘란은 어디 있나?"

"모르겠어. 그의 말이 엘란을 떨어뜨렸네."

격렬히 몸을 떨며 닉이 속삭였다. 그는 쿨럭거리기 시작했다.

레이프는 그를 앉혔다. 닉은 힘없이 아드리아노에게 기댔다.

"곁에 있게."

레이프는 명했다.

아드리아노는 고개를 끄덕였고 레이프는 벌떡 일어나 수풀을 훑어보았다. 검을 뽑아 차가운 격노 속에 나무 사이로 뛰어들었다. 나뭇가지가 으깨지고 부러진 곳이 있었다. 아마 엘란의 겁먹은 말이 길을 냈으리라.

"엘란!"

그는 복수하듯 가시덩굴을 베고 노한 시선을 머리 위의 나뭇가지에 던졌다.

"빌어먹을."

그는 숨죽여 말했다.

"엘란!"

자신이 무엇을 발견하게 될지 두려웠다. 냉소적이고 건방진 닉이 쓰러진 것만으로도 충분히 나빴다. 레이프는 닉이 죽게 되리라는 사실을 받아들이지 않으려 했다. 자신의 무모함과 균형을 이루는 엘란의 차분하고 조심스런 성품과 그 두뇌가 없다면 앞으로 어떻게 해나갈지 알 수도 없었다.

"엘란! 대답하게, 제기랄."

그는 거의 속삭임에 가깝게 덧붙였다.

"레이프!"

자작의 가느다란 외침소리가 왼쪽으로부터 들려왔다.

"엘란! 어디 있나?"

레이프는 고함쳤다. 심장이 다시금 두방망이질쳤고 미친 듯 주위를 둘러보았다.

"다쳤는가?"

“여기야!”

레이프가 몸을 돌리자 엘란이 가시덤불을 뚫고 나타났다.

“닉이 쓰러졌네, 레이프.”

“알아.”

엘란은 자잘한 상처투성이였고 안경은 뒤틀렸지만 심각한 부상은 없는 듯이 보였다.

“내 말이 돌진했네. 올란도가 우리 앞의 나무에서 뛰어내려 총을 쐈어. 닉이 당했어. 내 생각엔 날 놓친 이유는 내가 그자의 왼쪽에 있었기 때문인 듯하네.”

“그가 어느 쪽으로 갔는지 봤나?”

“성채 쪽인 것 같아.”

그는 어찌할 바를 몰라 주위를 둘러보았다.

“내 말이 도망쳤어.”

“말은 잊어버리게.”

레이프는 넋이 나간 자작을 데리고 돌아갔다.

아드리아노는 그들이 다가오자 고개를 들었다. 엘란을 보자 긴 안도의 한숨을 내쉬고, 닉을 내려다보았다.

“의식을 잃었어.”

레이프는 고통이 새겨진 친구의 창백한 얼굴을 비통하게 내려다보았다. 그리고는 눈초리를 가늘게 하고 격분한 심정으로 나무들을 훑어보았다.

“둘 다 닉하고 함께 있게. 내가 마무리하지.”

“내가 자네 혼자 그를 추적하도록 둘 거라고 생각했다면 자넨 제정신이 아닌 게야.”

아드리아노가 조용히 말했다. 검은 앞머리 아래로 활활 타오르는 눈길을 하고 레이프를 올려다보았다.

“이건 나와 그 사이의 문제일세.”

“레이프, 자네는 올란도가 진짜로 어떤 사람인지조차 몰라.”

“그럼 자네는 알고?”

아드리아노는 한동안 대답하지 않았다. 죄스러운 수치심의 빛이 검은 눈에 순간 떠올랐지만 재빨리 숨겼다.

"나름대로 의심하는 바가 있어서."

"무슨 뜻이야?"

엘란이 그에게 물었다.

아드리아노는 그저 자작을 쳐다보기만 하다가 레이프를 응시했다.

"닉하고 함께 있게. 명령이야."

그렇게 말하고 레이프는 검을 쥐고 걸어갔다.

"올란도!"

그의 고함소리가 깊어져 가는 어둠 속에 울려퍼졌다.

검으로 나뭇가지를 제치며 그는 나아갔다. 분노로 인해 일말의 두려움도 없었다. 숲이 점차 울창해지며 가지가 더욱 엉켜갔다.

시간이 흘러갔다.

레이프의 울분이 격노로 급상승해 갔다.

"당장 이리 나와!"

그가 고함쳤다.

"이건 뭐지? 왕의 애지중지하는 금지옥엽이 진짜로 나와 단둘이 싸우겠다는 소린가? 일 대 일로?"

가까이에서 느릿하게 끄는 목소리가 났다.

레이프는 휙 몸을 돌렸다.

"네 군대는 어디 있지, 왕자님? 이렇게 어두운데 혼자 있다니."

올란도가 듬직한 떡갈나무 둥치에 팔짱을 끼고 기대어 그를 향해 차가운 비웃음을 던지고 있었다.

"하여간 순진하기는."

"네 정체는 뭐냐?"

레이프는 호전적으로 검을 치켜들며 다그쳤다.

올란도는 그저 미소지을 뿐이었다.

"내 아버지에게 독을 먹였나, 먹이지 않았나?"

레이프가 으르렁거렸다.

"'네' 아버지? 아, 성자 같은 라자 왕을 말하는가 보군. 한번도 죄를 저지른 적 없고 아내를 속인 적도 없는, 하늘이 내린 목자. 넌 엄마를 사랑하겠지. 아닌가, 레이프?"

"내 질문에나 답해."

그는 이를 악물고 말했다.

"왕에게 독을 먹였나, 먹이지 않았나?"

"이런, 물론 아니지, 레이프. 자네가 그랬잖나. 어젯밤 쓸모없는 젊은 요리사가 네 음모를 탄로내기 전에 앞잡이를 시켜 죽였던 것처럼 말이야. 기억이 안 나나?"

올란도가 미소짓자 어둠 속에서 이가 새하얗게 번뜩였다.

"왜 그러지? 혼란스러워 보이는군. 흠, 그냥 돈 아르투로에게 물어 보게나. 그는 전체 이야기를 알고 있으니."

"내가 원하는 건 단순한 대답이야! 네놈은 내 자비심을 시험하고 있어."

그는 올란도의 턱 아래로 검을 치켜들며 말했다.

남자는 검날을 향해 얕보는 눈길을 던졌다가 그를 조소했다.

"네 자비심은 원하지 않아, 레이프. 모르겠나? 그건 널 더 증오하게 만들 뿐이야. 진짜 신사, 진짜 왕자. 하지만 넌 내 증오의 깊이를 측량할 수 없어."

순전한 원한에 충격받아 레이프는 고개를 내저으며 검을 단단히 잡았다.

"내가 네놈에게 무슨 짓을 했다고?"

"우선, 태어난 것부터야."

"내 아버지가 뭘 어쩌셨다고 독을 먹인 거냐?"

그는 분노에 차 다그쳤다.

올란도는 나직하게 씁쓸한 웃음소리를 냈다. 잎새의 그림자가 레이프 자신과 너무나 닮은 그의 상처난 얼굴에 드리워졌다.

"내가 태어난 거겠지, 아마."

레이프는 숨을 죽이고 그를 응시했다.

"넌 내 형인가, 올란도?"

"너를 죽일 사람일 뿐이야."

그는 레이프의 얼굴로 권총을 들어올리며 대답했다.

레이프는 몸을 앞으로 날려 올란도가 방아쇠를 당길 때 팔을 위로 밀어 올렸다. 총알은 빗나가고 레이프는 올란도에게 몸으로 부딪쳐 갔다. 그들은 한데 엉켜 옹이진 커다란 나무 뿌리에 걸려 비틀거렸다. 검자루를 쥔 손을 뒤로 빼고 레이프는 올란도의 얼굴에 주먹으로 일격을 날렸다.

레이프가 바랐던 대로 그를 쓰러뜨리진 못했지만 균형을 잃어 넘어지게 했다. 가쁜 숨으로 가슴을 오르내리며, 레이프는 뒤로 물러나 양손으로 검을 쥐었다.

"일어나."

올란도는 빈 양손을 들어 보였다.

"날 벨 건가, 왕자 전하? 난 아무 무기도 없는데."

"검을 뽑아라."

"호오, 기사다운 왕자께서 결투를 하고 싶으시다?"

"검을 뽑아라, 겁쟁이 같은 놈!"

올란도가 그를 응시했다.

"다시 한 번 생각해 보는 게 좋을 거야, 레이프. 네 입장이라면 난 일 초도 망설이지 않을 테니까."

"네놈이 정정당당하게 싸우지 않는다는 것쯤은 이미 알고 있어. 일어나라."

그는 딱딱하게 내뱉었다.

"좋아, 좋아."

올란도는 일어나서 먼지를 털어내며 낄낄거렸다.

"하지만 너를 죽인 다음, 부상으로 아름다운 다니엘라의 순결을 접수하리라는 걸 알아두라구."

대답 대신 레이프는 격렬히 돌진했고 올란도는 불길한 금속성과 함께 검을 뽑아들었다. 그들의 싸움은 거칠었다. 맞붙었다가 레이프가 그를 뒤로 물러나게 했다.

"어떻게 아직도 아내와 잠자리를 하지 못했지, 레이프? 너 같은 바람둥이가 말이야."

올란도가 그를 조롱조로 자극했다.

"직접 보지 그래. 네놈은 정말로…… 처량하군."

레이프는 역겨워하며 대답했다.

"그녀가 널 좋아하지 않나?"

"아, 내 생각엔 날 무척이나 좋아하는 듯한데."

레이프는 검을 휘두르며 말했다. 미소로 그의 입술이 씨익 벌어졌다.

올란도가 코웃음쳤다.

"언제부터?"

"어젯밤."

그는 다가서며 만족스레 답했다.

올란도는 잠시 얼어붙었다.

"그 조그만 계집년이 마침내 네가 올라타도록 허락했단 뜻인가?"

아내에 대한 모욕에 레이프의 분노는 새로이 불타올랐지만 재빨리 자제했다. 이성을 잃어 봐야 적에게만 이로울 뿐이다.

그는 차갑게 대답했다.

"이런, 공작 각하, 신사는 무릇 그런 일을 논하지 않는 법이죠."

올란도는 추악한 분노로 얼굴을 일그러뜨리고 거듭 솟아난 힘으로 맞부닥쳐 왔다.

금속과 금속이 만나고 불꽃이 튀었다.

검이 부딪히는 소리가 숲에 울려퍼지고, 두 남자 모두 목마르게 피를 원했다. 원형으로 돌면서 상대의 실력을 시험했다. 상대방을 현혹시켜 틈을 찾으려 들자 검끝이 치명적인 춤을 추며 서로의 주위에 작은 원을 그려댔다.

올란도의 검이 갑자기 레이프의 가슴을 향해 정면으로 돌진해 왔다.

레이프는 매끄럽게 맞받아 막았다.

끝없는 연습을 통해 갈고 닦은 타이밍으로 레이프는 적의 검이 물러감과 동시에 후속 동작을 예측했다. 그는 돌진했다. 번개 같은 반격은 올란도의 수비를 뚫고 오른쪽 어깨에 뼈까지 닿을 정도로 깊이 파고들었다. 올란도는 상처받은 야수처럼 고함치며, 고통에 한쪽 무릎을 꿇었다.

레이프는 야만스런 만족감에 으르렁거리며 검을 거두었다. 올란도는 자신의 상처를 내려다보았다.

"항복하라."

올란도를 칼끝으로 겨누고 있는 레이프의 가슴이 숨가쁘게 오르내렸다. 닉의 복수를 하고 싶었지만 자신의 원한을 자제했다. 올란도가 답해야 할 일이 너무도 많았다.

상처를 내려다보던 올란도가 천천히 고개를 들었다. 그의 눈은 격렬한 노여움에 거의 붉은색이었다.

"네게는 절대 항복하지 않아."

그는 처지는 오른손을 왼손으로 지탱하고 지옥의 목소리로 말했다.

"난 고통에 익숙해. 넌 그렇지 않지."

그는 비틀비틀 일어섰다.

"하지만 너도 곧 그렇게 될 거다."

올란도가 악마적인 증오에서 나왔다고밖에 짐작할 수 없는 힘을 끌어내 다시 공격해 왔다. 그러나 레이프는 능란한 검술가였기에 흉포한 돌진과 날카로운 휘두르기를 하나하나 막아냈다. 옹이진 떡갈나무 가지에 발이 걸릴 때까지는.

그건 그의 균형을 무너뜨리기에 충분했다. 즉각 올란도가 달려들었다. 레이프는 공격을 피하기 위해 그대로 넘어졌지만, 몸을 보호하려는 반사적 반응으로 오른손을 짚는 바람에 공포스럽게도 검을 놓치고 말았다.

치명타를 가하기 위해 자신의 위로 드리운 올란도의 검은 그림자를 의식하며, 그는 다급하게 자신의 검을 향해 손을 뻗었다.

"잘 가게, 귀여운 왕자님."

올란도는 악의 서린 미소를 흘리며 말했다.

"꼼짝 마."

찰칵 소리가 났다. 권총의 공이치기를 당기는 소리가 침묵을 갈랐다.

자신의 검을 쥐고 올려다본 레이프는 아드리아노가 어디선가 돌연 나타나 올란도의 관자놀이에 권총을 겨누고 있음을 보았다.

레이프는 벌떡 일어나 올란도의 손에서 검을 빼내 옆으로 던져버렸다.

"딱 맞춰 왔군, 디 타지오."

"별거 아니네, 레이프."

아드리아노는 미동도 않고 위치를 지켰다.

권총이 머리에 겨눠진 채, 올란도는 조롱기를 담아 껄껄 웃기 시작했다.

"이런, 이런, 왕자의 예쁘장한 남창 아닌가."

아드리아노는 총을 올란도의 뺨에 밀어붙였다.

"그냥 죽여버리게 해줘, 레이프. 닉과 저기 들판에서 죽어간 병사들을 위해."

"초조해진 모양인데."

올란도는 노래하는 듯한 어조로 조롱했다.

"무슨 일인가? 자네 친구가 뭐랄까, 좀 소화하기 힘든 진실을 발견하게 될까 봐 두려운 건가?"

"레이프, 그의 말을 듣지 마."

아드리아노가 헐떡였다. 그의 짙은 눈은 절박했다.

"여기서 나가지."

레이프는 퉁명스레 중얼거리며 올란도를 향해 검을 치켜들었다.

"돌아서서 손을 머리 뒤로 올리고 걸어."

"잠깐만 들어보라구, 레이프."

올란도가 말했다.

"자네의 귀여운 친구 디 타지오에 대해 알아야 할 게 있어. 클로에의 침실에는 엿보기 구멍이 달린 곁방이 붙어 있지……."

"거짓말이야!"

아드리아노가 맹렬히 외쳤다.

"듣지 마! 저자의 지저분한 거짓말에 귀 기울이지 말아!"

"… 그리고 거기에서, 자네의 예쁘장한 친구는 자네와 클로에의 정사를 지켜보았다네. 그녀가 허락한 거야. 자네도 알겠지만, 여배우란 관객을 좋아하거든……."

레이프는 완전히 당혹하여 우뚝 굳어졌다.

"아냐, 난 그러지 않았어! 절대로 그러지 않았어!"

아드리아노는 비명을 지르다시피 했다.

고뇌의 한순간, 레이프는 친구를 쳐다볼 수가 없었다. 그는 멍하니 허공을 응시하다 퍼뜩 올란도의 폭로에서 깨어났다.

뭐가 어쨌든 지금 상황과는 아무런 관계가 없지 않은가.

"닥쳐, 올란도. 네놈은 뱀 같은 작자야. 하지만 이번에는 빠져나가지 못할걸. 무시해 버려, 디 타지오."

"이 개자식을 쐬죽이게 해줘, 레이프. 그래도 싸. 자네도 알잖나."

아드리아노가 악문 잇새로 말했다.

"진정하게."

레이프가 간결하게 명하자 올란도는 껄껄 웃어댔다.

레이프와 눈을 마주치지 않고, 아드리아노는 눈에 살기를 담아 올란도를 응시했다.

"거짓말이야."

"나도 아네."

레이프는 그야 당연하지 않냐는 어조를 내려 애쓰며 말했다.

"이제 그만 여기서 빠져나가……."

"친애하는 아드리아노, 우리가 함께 한 일이 있는데 어찌 날 이렇게 배신할 수 있나?"

올란도가 비단 같은 어조로 말을 가로막았다.

"네놈을 증오한다."

아드리아노가 속삭였다.

“이 방아쇠를 당기기만 하면 넌 끝이야.”

“그가 날 살려두고 싶어하다니 참 안됐지, 응?”

레이프는 그들 둘을 향해 돌아섰다.

“올란도, 마지막으로 말하겠는데 입 닥쳐! 디 타지오, 그냥 무시해! 그저 자네를 동요시키고 주의를 분산시키려는 수작임을 왜 모르나. 그의 손에 놀아나지 마!”

“오, 그가 함께 놀고 싶어하는 상대는 자네뿐인걸, 레이프.”

올란도가 미소지으며 속삭였다.

“이 개자식! 죽여버릴 테다!”

아드리아노는 소리지르며 총구를 더 세게 그의 뺨에 밀어붙였고, 올란도는 총알로는 자신을 해치지 못한다는 듯이 미친 남자처럼 웃어댔다.

“말해, 아드리아노.”

공작은 애무하는 듯한 목소리로 재촉했다.

“레이프에게 자네가 그와 하고 싶은 일을 말해 보라구. 누가 알겠나, 그가 허락할지.”

“하느님 맙소사.”

레이프가 중얼거렸다.

“난 자네와 닮긴 했지만 레이프, 그가 푹 빠진 상대는 자네라네.”

“올란도, 그를 가만 둬.”

레이프는 여전히 아드리아노를 차마 쳐다볼 수 없어 혈족의 차가운 눈을 똑바로 마주했다. 그는 나직이 경고했다.

“자네가 그에게 무슨 짓을 하려는지 모르겠지만, 그만둬. 당장! 이건 자네와 나 사이의 일…….”

“이건 나와 세상 사이의 일이야, 라파엘.”

올란도가 으르렁거렸다.

“네놈은 아무것도 아냐. 웃음거리지. 이건 나와 우리 아버지 사이의 일이야.”

아드리아노는 거의 눈물을 터뜨릴 지경이 되어 미칠 듯이 부들부들 떨고 있었다.

"그의 말을 듣지 마, 레이프. 제발, 진실이 아냐. 맹세하네, 난 그런 사람이 아니야. 그건 악의적이고 지저분한 거짓말……."

"닥쳐, 디 타지오!"

레이프는 그에게로 돌아서며 고함쳤다.

"놈이 거짓말을 한다는 건 나도 알아. 잊어버리게. 난 상관 안 해! 우리 아버지라는 건 무슨 소리지?"

그는 올란도에게 도로 몸을 돌려 다그쳤다.

"레이프?"

아드리아노가 천천히 절망적으로 그를 쳐다보며 물었다.

올란도와 노려보는 상태에서 먼저 고개를 돌리는 게 내키지 않았지만, 레이프는 불편하게 아드리아노의 눈길을 마주했다. 거기엔 순수한 고통이 깃들어 있었다. 그는 시선을 떨구고 뭔가 안심시키는 말을 떠올리려 애썼다. 친구가 자기 자신에게 총구를 돌리지나 않을지 두려웠다.

"정말로 한번 그와 해보도록 해, 레이프."

한동안의 침묵이 지나고 올란도가 질질 끄는 어조로 말했다. 아드리아노를 곁눈질하며 그가 덧붙였다.

"난 해봤다네. 그야말로 기막혔지."

레이프는 아드리아노가 방아쇠를 당길 거라 생각했다. 그러나 그러지 않았다. 그 대신, 그의 팽팽히 긴장되었던 태도가 싹 사라졌다. 훌륭한 조각 같은 얼굴이 무표정해지고 아무 말도 없이 올란도의 관자놀이에서 총구를 내렸다.

"그래."

아드리아노는 올란도에게 말했다.

"당신이 이겼어."

그는 몸을 돌려, 올란도에게 검을 겨누고 있는 레이프를 두고 걸어가기 시작했다.

"아드리아노! 어딜 가는 건가? 제길."

그는 숨죽여 내뱉었다.

"알고 있었어, 아드리아노. 몇 년간 알고 있었네, 하지만 상관없어. 난 전혀 개의치 않는다구, 됐나! 난 신경 쓰지 않아!"

아드리아노는 어깨를 축 늘어뜨린 채 계속 걸어갔다.

"디 타지오!"

레이프는 그와 올란도를 계속 번갈아 보았다.

"이리 돌아와! 어딜 가는 건가?"

올란도는 이제 홀린 듯 레이프를 응시하고 있었다.

"그저 닉과 엘란을 살펴보러 가는 것뿐이야."

아드리아노가 돌아보지 않은 채 묵묵히 말했다. 그리고는 잎새가 드리운 그늘 속으로 사라졌다.

"좋아, 나도 곧 가겠네."

레이프는 딱딱하게 외쳤다. 불길한 예감에 목 뒷덜미 잔털이 곤두서는 걸 느끼며, 올란도를 쳐다보았다.

"가지, 무정한 개자식. 양손을 치켜들고 걸어."

올란도는 그를 향해 냉소했지만 명령에 따랐다. 아드리아노가 사라진 방향으로 그들이 막 터벅터벅 걷기 시작했을 때, 한 방의 총소리가 숲에 울렸다.

아냐. 갑작스런 전율로 공기가 그의 폐에서 훅 빠져나갔다. 숨을 들이쉴 수조차 없었다.

아냐.

그는 올란도를 밀어젖히고 어둠 속으로 달리기 시작했다. 심장이 미친 듯 뛰고 있었다.

"안 돼애애애!"

그는 이끼 낀 개울 옆에 옆으로 누워 있는 아드리아노를 발견했다. 바닥에 무릎을 털썩 꿇은 뒤 쓰러진 친구를 품에 끌어안고 흐느끼며 어두운 하늘을 향해 비통함에 소리질렀다. 마침내 엘란이 말들을 끌고 왔다.

올란도는 도망친 후였다.

17

다니는 그를 기다리다 깜박 선잠이 들었지만 하녀가 새벽 세 시쯤 그녀를 깨웠다. 그녀는 전하께서 오셨다고 말했다. 추적이 어떻게 되었는지 알아보기 위해 잠기운을 털어내고 서둘러 홀로 향했다.

그의 축 처진 어깨와 창백한 얼굴, 붉게 충혈된 눈을 보자마자 그녀는 무언가 끔찍한 일이 벌어졌다는 확신을 받았다. 레이프가 말하지 않아도 되게끔, 엘란이 그녀를 곁으로 데려가 참혹한 소식을 상세히 전했다.

다니는 닉과 아드리아노 둘 다 죽었다는 얘기를 듣고 충격에 사로잡혀 손으로 입을 막았다. 즉각 라파엘을 찾으러 가는 그녀의 마음엔 어두운 그림자가 드리워졌다.

남편이 얼마나 상심해 있을까 걱정하며 그녀는 하인들에게 그가 어디로 갔는지 물었다. 마침내 한 하인이 밖으로 나가는 걸 보았다고 말했다.

다니는 대리석 홀을 달려 뒷문을 지나 동트기 전의 서늘한 어둠 속으로 나갔다.

그는 베란다와 정원을 잇는 계단에 앉아 있었다. 문을 쾅 닫는 소리도 듣지 못한 듯 돌아보지 않았다.

그녀는 몸에 오싹 떨림이 스치자 잠시 멈춰 섰다가 용기를 내어 앞으로 나아갔다.

"라파엘?"

그녀는 그의 뒤에 조금 떨어져서 아주 나직이 불렀다.

아무 반응도 없었다.

그의 고통에 가슴 아파하며, 그녀는 그가 팔에 머리를 묻은 채 앉아 있는 계단으로 나아갔다.

아, 내 불쌍한 왕자님, 그녀는 그 옆에 앉으며 생각했다.

주저하며 손을 들어 그의 어깨를 만졌다. 그가 저항하지 않자, 그녀는 그의 너른 등을 살며시 쓸어주며 아마도 소용없을 테지만 조용히 위안을 건넸다.

몇 분이 지나고, 그가 얼굴을 팔에서 들어올려 손으로 감쌌다. 그리고는 길고 불안정한 한숨을 내쉬었다.

다니는 숨쉬기도 두려웠다.

"달링, 너무나 슬픈 일이에요."

"난 인생을 엉망으로 망쳤어."

한참 후 그가 공허한 목소리로 말했다.

"아니에요."

"난 실패했어. 이 상황은 내 능력을 한참 넘어섰어. 그저…… 모르겠어."

그녀는 가까이 다가가 그의 어깨를 다정히 감쌌다.

"당신 자신을 학대하지 마세요."

"그가 내 친구들을 죽였소."

"알아요, 허니."

그는 그녀의 포옹을 풀었다.

"그는 닉의 가슴을 겨눠 쏘아죽였소. 그리고 아드리아노는……."

그는 부르르 떨고 이마를 문질렀다.

"그도 죽였소, 순전한 악의로. 그럴 필요는 없었는데도."

그의 목소리는 낮고 거친 속삭임으로 잦아들었고, 몸은 딱딱히 굳어져 꼼짝도 하지 않았다.

"그자를 잡고 말겠소, 다니. 놈을 찾아 지옥으로 돌려보내고 말겠어."

그녀는 조심스레 머뭇거리며 그의 어깨에 손을 얹었다.

그가 고통스런 짓눌린 신음을 내고 갑자기 손을 뻗어 와 그녀를 놀라게 했다. 거의 폭력적이라고 할 만큼 으스러질 듯이 포옹해 오기 직전 그녀는 그의 괴로워하는 얼굴을 얼핏 보았다. 그녀는 그를 꼭 안았지만, 이런 때 할 수 있는 말은 아무것도 없었다.

그의 크고 강인한 육체가 밤의 냉기에 떠는 것이 느껴졌다.

돌연 아무 말도 없이, 그는 그녀의 무릎에 머리를 묻고 허리를 꽉 껴안았다.

쓰라린 침묵 속에 그녀는 그의 몸을 감싸고 머리칼을 애무하며 이 사람을 지켜주고 싶다는 격한 사랑에 몸을 그 위로 굽혔다. 그 순간 그녀는 오직 라파엘만을 위해 존재했다. 눈물이 그렁그렁해져서, 그녀는 자신의 모든 힘과 다정함을 그에게 쏟아부었다.

커다란 주먹으로 그녀의 치맛자락을 움켜쥐고 부들부들 떠는 그에게서 슬픔을 억누르려 애쓰는 기색이 느껴졌다. 그녀는 그를 좀더 꼭 끌어안고 살며시 머리칼을 쓰다듬으며 속삭였다.

"쉬잇."

등을 쓰다듬는 그녀의 부드러운 손길 아래 그를 숨막히게 했던 슬픔이 가라앉고 떨리던 몸이 진정될 때까지 얼마나 오랫동안 그렇게 있었는지 알 수 없었다.

동틀 때까지는 아직 몇 시간 남아 있었으나 그들은 그대로 앉아서 마음을 달래 주는 단조로운 바닷소리에 귀를 기울였다.

그녀는 그의 어깨에 입맞추고는, 뺨을 기대고 눈을 감았다.

그가 위험에 처할까 두려워하며 소식을 기다렸던 시간을 떠올렸다. 몸을 기울여 그의 뺨에 입맞췄다.

"자러 가요, 여보. 당신은 지쳤어요."

그는 크게 한숨지었다.

"그래."

그는 순순히 그녀의 무릎에서 몸을 떼고 일어나 손을 내밀어 그녀가 일어서도록 도왔다. 그녀는 그의 허리에 팔을 감고 바싹 붙어서서 비단 같은 어둠을 지나 문으로 향했다. 그는 뼛속 깊이 파고든 피로에 지쳐 그녀의 어깨에 팔을 걸치고 기대다시피 한 채 걸었다.

그들은 높은 돔형 천장 아래 캄캄하고 텅 빈 무도회장을 가로지르고 지친 발걸음을 맞추어 대리석 계단을 올랐다.

"뭔가 드시겠어요?"

그녀는 염려가 되어 그를 올려다보며 속삭였다.

그는 고개를 저었다.

"따뜻한 우유? 홍차?"

"됐소."

그는 그녀의 머리칼에 입술을 누르며 속삭였다. 그녀가 이끄는 대로 아드리아노와 토마스가 그의 생일 무도회 날 밤 그녀를 끌고 왔던 방으로 향했다. 두 사람은 담담하게 작은 거실을 가로질러 거울 달린 침대가 있는 방으로 들어갔다.

둘 다 옷을 벗지 못할 정도로 피곤하여, 그냥 거대한 침대에 기어올라 서로의 품속에 웅크렸다. 그들은 서로를 마주 보며 침묵 속에 누워 있었다. 라파엘은 땋은 머리를 풀고 다시 베개에 머리를 누인 다음 눈을 감았다.

"너무 더워서 잘 수가 없어."

한참 시간이 흐르고 그가 힘없이 말했다.

"애써 봐요, 달링. 당신은 지쳤어요."

그는 한숨 쉬었다.

오랫동안 다니는 그를 응시하며 살며시 머리를 토닥였다.

"자꾸 그들이 보여."

그가 눈을 감은 채 중얼거렸다.

“그럼 절 보세요.”

그는 고통과 피로로 얼룩진 눈을 힘겹게 뜨고 그녀를 응시했다. 그녀는 몸을 숙여 그의 이마에 입맞추고, 옷을 좀 벗기면 그가 편해질 거라고 결론 내렸다.

처음엔 수줍게 그의 조끼 단추를 푸는 것부터 시작했다. 그녀는 일어나 앉았다. 그는 아무 말도 않고 그의 손목을 자기 무릎으로 끌어올려 커프스 단추를 하나하나 풀어가는 그녀를 지켜보았다. 셔츠 단추를 풀 때는 얼굴을 붉혔지만 주저하지는 않았고, 단추 푼 조끼와 셔츠를 벗겨 내게 일어나 앉으라고 속삭였다.

그는 옷가지를 벗겨내는 그녀에게 아무 저항도 하지 않았다. 그녀는 옷에 묻은 피에 움찔했으나 그의 피가 아니라는 것에 하느님께 감사드렸다. 그의 몸은 길가의 흙먼지로 뒤덮여 있었다. 말과 대지 그리고 땀냄새가 났다.

그녀가 코에 주름을 잡고 축축한 옷을 멀찍이 치우자 그는 힘없이 미소지었다. 그녀는 물병과 대야, 수건을 들고 돌아와 침대 가장자리에 앉았다.

그가 침대 머리판에 기대어 있는 동안 그녀는 차가운 물과 수건으로 그를 적시고, 엉겨붙은 흙먼지와 땀을 얼굴과 목 그리고 가슴에서 천천히 닦아냈다.

그는 그녀의 일거수 일투족을 지켜보았다. 옆에 켜놓은 촛불 불빛이 그의 초췌한 얼굴 위에서 춤을 췄다. 조심스레 그녀는 조각 같은 배와 늘씬한 옆구리를 씻기며 감탄했다. 촛불에 그의 피부가 불그레한 청동색 광채를 발했다.

이런 때조차도 그의 고귀한 아름다움은 그녀를 감동시킬 힘을 지니고 있었다.

“등을 닦아 드릴 테니 돌아누우세요.”

그녀가 속삭였다.

그는 순순히 배를 깔고 엎드렸다. 팔을 베개 위에 겹치고 뺨을 든든한 팔 근육에 괴었다. 그녀가 수건에서 물을 짜는 동안 금빛 속눈썹이 깜박이다가 감겼다.

그녀는 유연하게 흐르는 듯한 강인한 등의 곡선을 따라 수건으로 살며시 닦아냈다. 시간이 흐르자 그의 각진 얼굴에 평온함이 자리했다.

그가 처했던 위험을 생각하자 갑작스레 밀려온 두려움의 물결 속에서 그를 응시하다가, 몸을 숙여 뺨에 오랫동안 입맞추었다. 면도할 때가 된 그의 턱은 금빛으로 까끌거렸다.

그녀의 키스에 그는 길고 달콤하게 한숨지었다. 잠에 취한 중얼거림으로 그가 말했다.

"당신은 좋은 아내요."

"오, 라파엘."

그녀는 그의 뺨에 코를 대고 속삭였다. 심장이 더욱 빠르게 고동쳤다.

그는 몸을 굴려 바로 누워선 그녀를 끌어당겨 키스했다. 잠시 후, 그는 그녀를 좀더 편안하게 자신의 위로 당기고, 그녀가 주는 위안에 굶주린 듯 머리칼과 등을 애무하며 입술을 벌려 키스했다. 그녀는 쉴새없이 그의 가슴과 어깨, 팔 위로 손을 헤매이며 그가 무사하다는 데 신께 감사했다.

"다니엘라."

그가 나직이 신음하며 눈을 감았다.

"오늘밤 당신이 필요해. 나를 치유해 주시오."

"이리 오세요."

그녀는 속삭이며 그에게서 미끄러져 내렸다.

그는 그녀를 팔로 감싸안고 천천히 뉘였다. 그녀는 갈망의 눈빛으로 그를 올려다보며 뺨을 어루만졌다. 그는 어둠 속에서 떨리는 손으로 급히 옷을 벗겼다. 그녀는 둘의 나머지 옷을 벗겨내는 그를 도왔다. 곧 그는 그녀 위로 올라와 절박하게 키스했다.

그녀는 남편의 넓은 어깨에 팔을 감고 폭 좁은 골반을 다리 사이에 감싸 관능적이고 아내다운 환영으로 맞이하며, 그가 자신의 사랑 속에서 평화와 고요함을 찾을 때까지 모든 것을 주었다.

그는 다니엘라와 숟가락처럼 겹쳐져 뒤에서 안은 상태로 깨어났다. 옆으로 누운 그의 몸이 그리는 곡선 안으로 날씬하고 가냘픈 그녀가 폭 안겨들었다. 깨어나자 제일 먼저 떠오른 생각은 코를 간질이는 그녀의 머리칼이 그 무엇보다 황홀한 계피빛 적갈색이라는 것이었다.

그 다음 상실감이 우윳빛 새벽을 뚫고 서서히 도로 스며 들어오자 그는 이 기분이 한동안 자신을 떠나지 않으리라는 것을 알았다. 전날의 유혈극이 그의 인생에 남긴 공허함에 가슴 저릿한 아픔을 느끼며 눈을 감았다.

가버렸다. 마치 그들이 한 줄기 산들바람에 불과했던 것처럼 사라졌다. 놀라웠다, 생명의 유약함이란……. 너무나 많은 이들의 생명이 그의 어깨에 지워져 있었다. 제왕으로서의 자기 운명에 대해 생각하자 순수한 두려움의 전율이 몸을 관통했고, 그는 다니엘라를 끌어당기며 무슨 일이 벌어지건 최소한 그녀에게는 어떤 해도 미치지 않게 하겠다고 맹세했다. 그 자신에게 서약했다.

사랑하는 이와 누워 있으면서 그는 일말의 평온함을 느꼈고 힘을 얻었다. 최소한 아버지에 대한 환상이 깨지는 충격을 직면할 힘을.

올란도가 그의 배다른 형제라는 데에는 더 이상 의심의 여지가 없었다. 아버지는 젊은 시절을 방탕하게 보냈다고 하셨다. 소위 어센션의 반석이라는 아버지가 어머니를 배신했을지도 모른단 생각에 레이프의 속이 분노로 뒤틀렸다.

그 생각만 하면 아버지에게 한 방 날리고 싶었다. 이성을 지키기 위해 더 알기 전까지 판단을 유보하기로 결정했다. 올란도가 왕의 서자란 사실을 어머니가 아시면 얼마나 상처입을지 상상조차 할 수 없었다. 그녀는 남편을 헌신적으로 사랑했다. 아마도 아버지는 올란도가 자신의 자식이라는 것을 몰랐던가, 혹은 아내 알레그라를 상처입히는 게 두려워 이 문제를 평상시의 정면대결 방식으로 다루지 못했는지도 모른다.

이 모든 상황은 레이프로 하여금 혼외 정사는 하지 않겠다고 결심한 것을 다행으로 여기게 했다.

팔꿈치로 몸을 지탱하고 다니엘라를 내려다보며 살며시 머리칼을 토닥이다가, 그는 엘란을 제외하면 세상에서 진정으로 신뢰할 수 있는 사람은 그녀뿐임을 깨달았다. 아드리아노가 올란도의 마수에 넘어갔다면 그 누구라도 그럴 수 있다.

지극히 충성스런 재상 돈 아르투로마저도.

레이프는 귀족들 간에 분란을 일으키지 않고 돈 아르투로를 연금할 방법을 찾아야 한다는 것을 깨달았다. 맙소사, 만사가 급속히 위기를 향해 치닫는 듯했다.

바로 그때 다니엘라가 꿈틀거렸고, 기지개를 켜며 깨어나는 바람에 부드러운 엉덩이가 그의 사타구니에 와닿았다. 즉각 그의 몸이 뜨겁게 반응했다.

"잘 잤소, 귀여운 고양이."

그는 푹 빠진 미소를 지으며 속삭이고 그녀의 귀에 얼굴을 비볐다.

"흐으으음, 아함."

그녀가 속눈썹을 들어올리자 그는 그녀의 눈을 응시했다. 그 색깔이 그의 숨결을 빼앗았다.

"열대의 에덴에 있는 폭포 웅덩이."

그녀를 애무하는 손길은 부드러웠지만 감정은 점차 강렬해지고 있었다. 그녀는 코에 주름을 잡았다.

"뭐라고요?"

"당신 눈 말이오. 당신은 너무나 아름다워. 난 완전히 사랑에 빠졌소."

"달콤한 혀의 바람둥이."

그녀는 놀리곤 몸을 뒤집어 엎드려서 킥킥거림을 억누르려 했다.

"내게서 도망치고 싶은 거라면, 그건 현명한 행동이 아닌데."

그는 미소지으며 그녀의 등을 쓸어내렸다. 그의 손가락이 깜찍한 엉덩이 곡선을 따라 허벅지로 내려가더니, 다리가 살짝 벌어질 때까지 간질였다.

"봤지? 나 같은 죄인은 늘 천국으로 향하는 다른 길을 찾아내는 법이오."

"이교도군요."

그녀는 다시 킥킥거리곤 그의 손길 아래 바르르 떨었다. 그리고는 얼굴을 그에게로 돌렸다.

"아— 하."

허리에 드리운 하얀 시트 아래에서 그의 굶주린 남성이 자신의 맨살을 쿡 찔러오자 그녀는 아기고양이 같은 애교를 담아 미소지으며 속삭였다. 그가 뺨에, 그리고는 어깨에 키스하자 그녀는 나른한 웃음을 터뜨렸다. 그는 그녀의 등골에 부드러운 키스를 남기면서 내려가 엉덩이 곡선을 따라 자근자근 깨무는 가벼운 키스를 흩뿌렸다.

"당신은 못된 난봉꾼이에요."

그녀는 꿈결 같은 기쁨에 숨 가빠하며 탓했다. 그의 입술 아래 등이 달콤하게 휘었다.

"당신이 날 개심시키면 되지."

그녀의 위로 올라가 자신의 몸으로 덮으며 제의했다.

"그런 건 꿈도 안 꿔요."

그는 적갈색 머리칼에 얼굴을 묻은 채 나직하고 허스키한 웃음소리를 흘리고 남편으로서의 임무 수행에 착수했다. 바로 자신이 가장 필요로 할 때 그녀가 그의 삶에 가져다준 사랑에 영혼 깊이 감사했다.

근위병 세 명의 국장(國葬)은 다음날 치러졌지만, 더 큰 문제는 그 다음날 있은 닉과 아드리아노의 장례식이었다. 잔뜩 흐린 하늘에 무덥고 찌는 오후였다. 붐비지만 기묘하게 고요한 벨포트의 거리를 운구 행렬이 지날 때, 다니는 사람들이 자꾸 구름을 올려다보는 것을 보았으나 여전히 비는 내리지 않았다.

그들은 결혼식을 올렸던 바로 그 성당에 도착했다. 오늘은 검은 상복 차림의 동요한 귀족들로 채워져 있었다.

성당 앞에서 다니는 라파엘에게 붙어 서서 손을 깍지꼈다.

어센션은 그날 왕세자의 변모를 보았다. 그의 각진 얼굴은 엄숙하고 굳어져 있었으며 대리석으로 깎은 듯 약간 창백했다. 몸가짐은 조용하고 절제된 위엄으로 가득했다.

저렇게 침착한 모습으로 서 있는 그의 모습을 보는 수천 명의 사람들은 그의 고통을 절반도 모를 거라고 그녀는 생각했다. 그의 근심을 익히 아는 그녀로선 저리도 차분한 모습에 진정으로 경외감을 느끼지 않을 수 없었으나, 이런 위기상황을 위해 지금까지 그 모든 수업을 받았으리라 여겼다.

왕실의 수치를 피하기 위해 라파엘은 문제를 최대한 조용히 처리하고 있으나 올란도에 대한 추적은 계속 진행되었다. 그는 라자 왕이 돌아왔을 때 올란도와 직접 대면할 수 있도록 가능하다면 생포하기를 원했다. 재상에게는 이 음모에서의 그의 역할이 분명해질 때까지 가택 연금을 명령했다.

권위 있는 저스티니안 주교가 끼어들면서 돈 아르투로의 체포 문제가 새로이 심화되었다. 재상과 주교는 오랜 친구였다. 거기에다가 주교는 이번에는 아드리아노에게 제대로 된 장례식을 치러 주기를 거부함으로써 다시 한 번 라파엘에게 반기를 들었다. 사인(死因)이 된 총상은 분명히 당사자의 손에 의한 것이라고 그는 주장했다.

라파엘은 조상 대대로 물려 내려온 검에 걸고 아드리아노는 자살한 것이 아니라 살해당했다고 맹세했다. 다니가 조용히 묻자 그는 물론 뻔뻔한 거짓말이라고 인정했지만, 그 죄는 자신이 기꺼이 짊어지겠다고 했다. 아드리아노는 인생에서 평온함을 모르고 갔다. 라파엘은 친구의 영혼이 최소한 죽은 후에라도 편히 쉬게 하겠다고 굳게 마음먹었다.

존경받는 주교와 난봉꾼 왕자 사이의 불화에 대한 소문이 퍼져나갔다. 마침내 라파엘은 다시 저스티니안 주교를 제쳐두고 그들의 결혼식을 올려주었던 상냥한 추기경을 불러들였다. 다니는 이 붙임성 있는 로마인이 미래의 왕에게 은인이 되고 싶어서 기꺼이 편의를 봐주는 것이리라 추측했다.

그녀는 생전의 아드리아노와 닉과 잘 지내진 못했지만 그래도 슬펐다. 허나 마지막 기도가 올려지는 가운데 무덤 구덩이 옆에 라파엘과 함께 선 그녀의 진짜 슬픔은 남편과 엘란을 위한 것이었다.

엄청난 조문객의 물결이 붐비지만 조용한 묘지를 채우기 시작하는 동안 라파엘의 팔을 끼고 있던 다니는 클로에 싱클레어가 그들을 향해 걸어오자 긴장했다. 검은 망사 베일 뒤 그녀의 사랑스런 얼굴은 아픔과 눈물로 붉게 얼룩져 있었다.

클로에는 아무 말도 없이 라파엘에게로 곧장 걸어와 주먹을 휘둘렀다.

"어떻게 그를 그렇게 내버려뒀어요? 그는 나보다도 더 당신을 사랑했는데, 당신이 그를 죽게 했어! 당신 잘못이야!"

그녀가 소리질렀다. 그녀가 신경질적인 소란을 계속 부리기 전에 근위병들이 재빨리 그녀를 둘러쌌다.

식이 끝나고 몇 분 후 단둘이 마차 안에 마주 앉았을 때, 다니는 손을 뻗어 라파엘의 무릎을 살며시 토닥였다. 그는 초췌하고 침울한 얼굴로 올려다보았다.

"그녀 말은 귀담아 듣지 말아요. 당신 잘못이 아니었어요."

그녀는 부드럽게 말했다.

그는 고개를 끄덕였지만 납득한 눈치가 아니었다. 그는 그녀의 손을 맞잡고 생각에 잠겨 창 밖을 내다보았다.

근위병들이 그가 장치한 간단한 속임수를 조사하러 재상의 저택을 돌아 달려간 기회를 틈타, 올란도는 그 짧은 막간을 이용하여 저택 옆쪽의 쇠창살을 뛰어넘었다. 창살 끝이 달빛에 빛났다. 그리고는 거미처럼 재빨리 이층의 장미 격자를 기어올라 열린 창문으로 뛰어들었다.

레이프에게 찔린 어깨가 쿵 부딪히며 착지하자 그는 욕설을 내뱉었지만 어쨌든 들어왔다. 소리 죽여 서재 앞을 지나 하얀 곡선 계단을 올라 마침내 침대에서 나직하게 코를 고는 돈 아르투로를 내려다보았다. 그의 나이트캡은 삐딱하게 비뚤어져 있었다.

올란도는 자신의 목적을 달성하기 위해선 육체적으론 허약하나 정치적인 힘을 지닌 이 자그마한 남자가 아직도 필요하다는 사실에 짜증스러워하며 어둠 속에서 냉소했다.

이제 그에게 닉, 아드리아노, 그리고 세 명의 근위병의 살인 혐의가 걸렸으니 재상도 그에 대해 아마 의심을 하고 있으리라. 올란도는 행운아 동생을 잡을 최종 덫을 놓는 과정에 그의 신뢰성을 지지해 줄 돈 아르투로가 필요했다. 커다란 위험이 따른다 해도, 재상이 아직도 자신의 동맹이며 왕자의 적임을 확인하기 위해 이곳에 숨어 들어와야만 했다.

왕가의 직계 남자들이 전부 죽었을 때 왕위 계승을 좌우할 권력을 지닌 사람은 돈 아르투로뿐이기 때문에 아주 조심스럽게 계획을 진행시켜야 했다. 안 그러면 왕의 스페인계 외손자들 중 한 명에게 왕위가 가버리고 말 것이다.

그런 생각을 하며 그는 충성스런 근심의 가면을 썼다.

"돈 아르투로! 일어나십시오!"

그는 속삭였다.

노인의 어깨에 손길을 가져가자 그는 화들짝 놀라 깨어났다.

"누구냐?"

"쉬잇! 접니다. 드릴 말씀이 있어서요. 시간이 없습니다."

노인은 눈을 비볐다.

"올란도! 도대체 어떻게 여길 들어왔나? 아니, 되었네. 잠깐만 기다리게. 소피를 봐야 해서."

그가 웅얼거렸다.

돈 아르투로가 방 한구석의 동양풍 칸막이 뒤에서 요강에 볼일을 보는 동안 올란도는 아픈 어깨를 문지르며 서성였다. 다시 돌아왔을 때 왜소한 재상은 긴 잠옷 위에 헐렁한 로브를 걸치고 건들거리는 나이트캡을 벗은 차림이었다.

"주무시는 데 방해해서 죄송합니다."

"괜찮네, 이 사람아. 여기 갇혀서 할 일이라곤 하나도 없는 신세인걸."

"제 친척 동생이 재상님께 한 짓은 수치스럽기 짝이 없는 일입니다. 재상께서 무슨 잘못이라도 저질렀다는 듯이! 어떻게 지내십니까?"

"난 괜찮네. 자네야말로 걱정이지. 사람들이 자네를 쫓고 있다는 거 아네. 도주하는 자네 모습을 떠올리곤 했어. 뭘 좀 먹겠나? 음료수라도?"

"아닙니다."

"돈이 필요하지 않은가?"

올란도는 상대의 염려가 의외여서 휙 쳐다보았다가 눈길을 돌렸다.

"아닙니다. 재상께선…… 친절하시군요. 저는 그저 설명을 드리고 때가 무르익으면 이 수치스런 연금 상태에서 빼내 드리겠다는 말씀을 드리러 왔습니다."

돈 아르투로는 입매를 웅그리고 손을 허리에 얹었다.

"올란도, 자네는 살인 혐의를 받고 있네. 먼저 그 요리사가 죽었고 이제 사람들이 말하길 자네가 왕자의 친구 두 명과 근위대원 셋을 죽였다고……."

"제가 죽인 사람은 닉뿐입니다, 그것도 정당방위였고요!"

그는 초조하게 말을 가로막았다.

"디 타지오는 스스로 제 머리를 날렸고 근위병들은 중세의 창살 함정에서 명을 다했습니다. 자신들이 발을 디디는 곳을 제대로 보기만 했다면 쉬이 피할 수 있었을 겁니다. 그러는 대신 그들은 제 피를 보겠다고 쫓아오느라 부주의했지요. 제 잘못이 아닙니다."

"그들의 죽음이 사고였다고?"

"네."

그는 딱 잘라 말했다.

"재상님, 레이프가 절 궁지로 몬 겁니다, 모르시겠습니까? 저를 악당으로 만들고 자신은 결백한 듯이 보이게 하려고요! 왕에게 독을 먹인 것도 제게 덮어씌우려 들 겁니다!"

“진정하게, 이 사람아.”

“그를 믿을 수 없다는 거 아시잖습니까! 만사가 그에게 유리하게 돌아가고 있습니다. 그를 막을 수 있는 사람은 저와 재상님밖에 안 남았습니다! 만약 왕자가 재상님조차 제게 등을 돌리도록 만든다면,”

그는 클로에 싱클레어라도 속일 수 있을 연기력으로 고뇌하는 척 꾸며내 말했다.

“저는 죽은목숨입니다!”

“자자, 이제 진정하게, 이 사람아. 아무도 나로 하여금 자네에게 등을 돌리게 만들진 못해.”

올란도는 갑자기 성큼 다가서서 부모에게 하듯 노인을 꽉 포옹했다가 물러나 자신의 콧날을 집었다.

“용서하십시오, 재상님. 이런 꼴을 보여 죄송합니다.”

그는 중얼거렸다.

“저는 부상을 입은 데다 혼자이고, 그들은 사냥개가 여우몰이하듯 절 쫓고 있습니다. 그러니 살아남기 위해선 한동안 모습을 감춰야 합니다.”

그는 깊이 숨을 들이쉬고 돈 아르투로의 놀란 눈길을 마주했다.

“하지만 때가 되면 재상님을 이 수치스런 연금 상태에서 구해낼 계획을 세웠습니다.”

“자네가? 어떻게?”

“피사에 있는 제 창고에서 일하는 사람들더러 오라고 했습니다. 말하자면 좀 거친 부류들이죠. 적당한 때를 골라, 이 집을 감싸고 있는 근위병들을 기습하도록 명령하겠습니다. 제 부하들이 큰 소란 없이 그들을 제압한 다음 근위병 제복을 입고 변장하는 겁니다. 그렇게 하면 그들이 재상님을 여기서 모셔 나갈 때 만사가 정상적으로 보일 겁니다.”

“그들을 제압해?”

돈 아르투로는 부르르 떨었다.

“죽인다는 뜻은 아니길 비네.”

“죽이지 않고도 해결될 수 있으리라 봅니다.”

"계획이 실패하면 자네 부하들은 중죄로 기소될 걸세. 근위대원 사칭은 범죄야. 허나……."

그는 잠시 입을 다물었다.

"만약 나머지 내각 각료들을 한데 모은다면, 왕이 스페인에서 돌아올 때까지 라파엘에게서 권력을 빼앗을 수 있어."

"바로 그렇습니다."

올란도는 그렇게 말했다. 비록 그의 계획에 따르면 라자 왕은 결코 살아 돌아오지 못할 테지만.

"좋아."

노인은 그의 팔을 잡았다.

"잘했네, 올란도."

그는 짧게 고개를 끄덕였다.

"가봐야겠습니다."

도망 경로를 머릿속으로 그려보며 방을 가로지르는데, 돈 아르투로가 불현듯 그의 뒤에서 입을 열었다.

"자네를 보면…… 내 죽은 조카가 생각난다네. 그 애가 자네 나이까지 살았다면 말이야."

올란도는 멈춰 서서 돌아보았다. 노인의 주름진 얼굴은 어딘가 먼 곳에 가 있는 듯한 표정이었다.

그것은 올란도가 들은 말 중 가장 정을 드러낸 표현이었다. 그는 멍하니 노인을 응시하며 속에서 무언가 기묘하게 꼬이는 듯한 아픔이 치미는 것을 느꼈다. 몸을 뻣뻣이 경직시키고, 어릴 적 그 자신의 안에 만든 얼음벽으로 그 감각을 짓눌렀다. 아무 대답 없이 그는 몸을 돌려 떠났다.

그 후 이 주간, 그들은 다니가 제시한 계획을 따랐다. 레이프는 그녀에게 있어서 어센션을 순회하는 목적은 복면 도적으로서의 악명 높은 배경에도 불구하고 국왕 부부의 축복을 얻기 위해서임을 알고 있었다. 하지만 그에게 있어선, 끊임없이 이동하는 생활은 그녀의 안전을 보장하기 위한 의도된 작전이었다.

궁극적인 목표는 그 자신이겠지만, 다니는 올란도의 접근을 거절하기까지 했으니 공격에서 안전할 수는 없었다. 그는 되도록 그녀를 곁에 두었고 두 사람은 언제나 스무 명의 최정예 근위병들에게 둘러싸여 있었다. 그들은 여행하며 평민들을 만나고 숲이 우거진 산간 내륙에서 기름진 평야, 해변에 점점이 자리한 예스런 어촌 마을까지 어센션의 다양한 지역을 돌아보며 현재 상태를 살폈다.

그의 간단하고 활기찬 연설을 들으러 모여든 충성스런 백성들과 만날 때면 제복 차림의 호위병들이 그들 주위에 지켜섰다.

가는 곳마다 병사들의 날카로운 시선은 끊임없이 올란도를 찾아 군중을 훑었다. 레이프는 그들이 참혹하게 죽은 동료의 복수에 목말라 있음을 알고 있었다.

그 역시 닉과 아드리아노의 죽음, 그리고 아버지의 병에 대한 복수에 목말라 있었다. 분노는 그의 안에서 웅크린 사자처럼 때를 기다리고 있었다.

올란도에 대한 생각은 그를 끊임없이 괴롭혔다. 추적은 계속되었으나 자칭 공작은 모든 체포 시도를 피해 갔다.

때로 레이프는 폭염 속에서도 갑작스런 한기에 떨며, 올란도가 자신의 모든 방어책을 뚫고 아드리아노와 닉에게 그랬던 것처럼 다니의 생명을 빼앗아 갈까 두려워했다. 그 공포는 그의 마음에 그림자를 드리웠으나 그녀에게는 내색하지 않았다. 자신과 결혼하도록 다니를 강요하고 협박함으로써 이런 위험으로 몰아넣었다는 사실을 직면하기가 수치스러웠기 때문이었다.

몇 주가 흘러가자 열풍이 무덥고 끈적끈적한 열기로 섬을 뒤덮었다. 뭉게구름은 지중해를 건너온 바람에 실린 습기로 부풀어올랐으나 하늘은 아직도 비를 내려주지 않았다.

열기와 치솟는 기압은 사람과 동물들에게 영향을 미쳤다. 군기 엄한 근위병들 사이에서도 성미가 벌컥 하는 일이 잦아졌다. 말들은 이 무더

운 열기 속에서 번성하는 유일한 생물인 파리에게 시달린 나머지 신경
이 곤두서서 움직이지 않으려 버티고 서로를 깨물어대곤 했다. 왕실 일
행이 이 마을에서 저 마을로 이동할 때면 말발굽 아래 메마른 흙먼지가
흩날렸다.

레이프는 자신이 점차 내부로 침잠해 들어가는 것을 알고 있었다. 커
져가는 불안감의 원인은 다니의 안전에 대한 두려움만이 아니었다. 다니
가 자신에게 충실하다는 것을 이성으로는 알았다. 그녀가 자신과 사랑에
빠져 있다는 것은 알았으나, 오래 전 줄리아가 그의 가슴에 씨뿌렸던 불
신이라는 이름의 작고 보잘것없는 잡초는 끈질기게 매달려 뿌리뽑히지
않았다. 자신의 마음이 이다지도 깊게 상처입은 줄은 미처 몰랐었다.

다니를 사랑할수록 두려움은 커져갔다. 한 여자에게 이리도 깊이 빠져
드는 것이 과연 현명한 일일까? 나 자신의 판단력을 어떻게 믿을 수 있
을까?

하지만 언제나 헌신이 가득한 그녀의 눈을 보면 부끄럽고 혼란스러워
그는 두려움을 속으로만 감췄다. 이런 든든한 동지의 배신을 두려워하는
건 우스꽝스러운 일이다. 그는 이 약점을 극복하기로 굳게 결심했다. 게
다가 그녀의 맑고 티없는 미소는 그의 두려움을 완전히 몰아내는 힘을
지니고 있었다. 그러나 두려움은 언제나 슬금슬금 돌아와, 그녀와 함께
하는 행복의 표면 아래 숨어 기다리고 있었다.

하지만 더위 속에 매미가 명랑하게 울어대고 반딧불이가 날던 그날
저녁, 두려움은 그의 마음 근처 어디에도 없었다. 동쪽 지평선 너머에선
우레가 울려왔고 미약한 바람이 그가 아래에 앉아 있는 떡갈나무 잎새
를 힘없이 흔들었다.

공기중에서 임박한 여름 폭풍의 냄새가 났다. 그는 이십 분 전 빗방울
을 하나 맞았다고 생각했지만 아니었다.

가뭄으로 타격받은 작은 마을을 둘러보고 평민들에게 연설, 점심에는
지역 유지와 마을 행정관의 환대를 받은 평소와 같은 긴 하루였다. 왕실
일행은 편안한 여관에서 잠시 휴식을 취하는 중이었다. 호위병들은 물러

나 여관을 둘러싸고 있었다.

레이프는 여관 뒤 들판의 커다란 나무 아래 앉아 엘란이 레알르 성에서 보내 온 최신 보고서를 다 읽고 꾸벅꾸벅 졸고 있었다. 엘란은 다시 급수 중단을 제안하고 있었다.

제발, 하느님, 제 국민들에게 비를 내려 주십시오. 그는 따끔거리는 눈을 뜨고 결혼 선물로 준 하얀 암말을 운동시키고 있는 다니를 지켜보며 생각했다.

그녀가 늘씬한 아라비아 말을 8자 모양으로 구보시키자, 그는 내심 미소지으며 승마는 그녀가 두 번째로 좋아하는 긴장 해소 방법임을 떠올렸다.

그녀는 말 위에 훌쩍 올라타며 그를 얼핏 쳐다보았다. 그녀가 지나가자 그는 희미하게 미소했다. 크림색 말꼬리가 뒤로 나부꼈다.

그러던 중 다니가 말등에서 자세를 바꾸기 시작하는 걸 본 그의 이마가 찌푸려졌다. 그녀가 말안장 위에 팔을 양옆으로 벌리고 서자 그는 숨을 죽였다. 레이프는 아내의 대담함에 유쾌해해야 할지 그녀가 떨어져 목을 부러뜨리면 어쩔까 겁에 질려 해야 할지 확신할 수 없었다.

말과 기수는 그의 앞을 지나갔고, 그 대책 없는 빨강머리는 그에게 자신만만한 미소를 던졌다.

사랑이 뒤얽힌 파도처럼 치솟아 목구멍을 틀어막았고, 거의 미친 듯 다급한 감정이 심장 박동을 빠르게 했다. 그녀는 독특했고 자유분방하며 백조처럼 우아했다.

들판을 한 바퀴 더 돈 다음 그녀가 조심스레 다시 곁안장에 앉자 그는 그제야 안도했다. 나무 아래 앉은 그의 앞에 그녀가 말을 세웠다. 다니는 몸을 숙여 암말의 목을 토닥여 주고는 레이프에게 미소지었다. 뺨은 달아올랐고 아쿠아마린색 눈은 반짝이고 있었다.

그는 읽고 있던 보고서를 내던지고 벌떡 일어나 그녀에게로 걸어갔다. 그녀를 말안장에서 끌어내려 안아들고 나무 아래로 향했다.

암말은 어슬렁어슬렁 멀어져서 들판의 풀을 뜯기 시작했다.

"그 무엇보다 인상적인 공연이었소."

그의 말에 그녀는 웃음을 터뜨리고 모자를 벗어 쾌활하게 던져올렸다.

"그래요?"

그의 품에 안겨 허공에 매달린 그녀의 부츠 신은 발이 발랄하게 건들거렸다.

"이제 당신 아내를 어떻게 생각하세요?"

"아내에게 뒤떨어지지 않도록 내 재능을 보여줘야겠다고 생각하고 있소."

그는 그녀를 향한 만족할 줄 모르는 정열에 스스로 다시금 놀랐다.

"당신 재능이 뭔지는 이미 아는 걸요, 라파엘."

그녀는 깜찍한 미소를 지으며 속삭였다.

"어쩌면 잊었을지도 모르지."

"오늘 아침 이후로요? 제 기억력은 좋아요."

"당신에게 좋은 기억을…… 좀더 주도록 해주시오."

그는 웃자란 풀밭에 그녀를 눕히고 자신의 몸으로 덮으며, 연이은 키스로 그녀의 입을 바쁘게 하면서 깔끔하게 말아올린 적갈색 머리채를 풀어내렸다.

그가 목선 높은 승마복을 벗겨내는 동안 장갑 낀 그녀의 손가락은 그의 등을 쓸어내렸다.

"흐음, 박하사탕을 먹고 있었군요. 제가 제일 좋아하는 거예요."

그녀는 그의 입술을 할짝 핥았다.

"우리의 재능을 결합할 수도 있겠군. 나를 타시오."

그는 일어나 앉아 나무에 등을 기대고 그녀를 자기 위로 당겼다. 라파엘은 그녀에 대한 열망으로 뜨거워져 준비되어 있었다.

눈에 선명한 푸른색의 열기를 띠며 그녀가 그를 올라탔다. 밤색 치맛자락 아래에서 그는 자신을 해방시키고 얌전한 그녀의 속옷을 벌리고는, 좁은 통로 안으로 급히 미끄러져 들어갔다. 그녀는 흥분으로 벌써 촉촉해져 있었다.

그녀는 눈을 감고 환희의 소리를 내며 우아하게 그를 탔다. 그는 그녀의 허리를 잡고 함께 움직였다. 심장이 고동쳤다. 엉덩이를 리드미컬하게 들어올리며 그녀는 무릎 위에서 들썩거렸다.

다니는 달콤하고 촉촉하게 그를 감싸는 생명의 불꽃이었다. 풍요롭고 활기찬 사랑의 여신이었다.

그녀는 눈을 뜨고 그의 크러뱃 끝을 잡아당겨 어깨에 늘어지게 했다. 그리고는 조끼와 셔츠 단추를 풀어 그의 가슴을 드러냈다.

장갑 낀 손이 그를 애무했고, 그녀는 벌어진 그의 옷자락을 자그마한 양 주먹으로 꼭 쥐고는 턱을 굳히고 그의 남성 위에 깊이 내려앉아 끝까지 받아들였다. 둘 다 쾌감에 헉 숨을 들이켰고, 열기 띤 정지상태에서 결합의 감각을 만끽했다.

그녀는 그의 셔츠 안으로 손을 밀어넣어 옆구리를 쓰다듬었다.

"당신을 너무나 사랑해요, 라파엘. 난 전부 당신 거예요, 내 모든 것이."

그는 그녀의 목덜미에 손을 감아 입을 자신에게로 끌어내렸다. 눈을 질끈 감고 마침내 자신의 두려움을 정복했다. 키스를 끝내고도 그녀를 놓지 않은 채, 자신의 가장 깊은 내면에서 그 말을 끌어냈다.

"당신을 사랑해."

그녀는 나직이 신음하고 그를 더 꼭 껴안았다.

"사랑해."

그는 거듭거듭 속삭였다.

"라파엘."

갑자기 그들 위의 나뭇잎이 산들바람에 우수수 소리를 내고, 큼직한 빗방울이 그들 주위의 풀밭으로 후드득 떨어졌다.

다니는 눈을 휘둥그렇게 뜨며 그를 응시했다.

라파엘은 하늘을 올려다보고 웃음을 터뜨리며 하느님께 감사했다. 눈물이 솟구쳤다. 그녀는 기쁨에 찬 포옹으로 그를 끌어안았다. 그는 부푸는 감사의 마음속에 비의 냄새를 들이켰다. 그녀의 피부에서 빗물을 맛보았다.

　그녀의 허리에 팔을 감아 부드러운 풀 위에 눕히고, 따스한 소낙비가 그들을 적시고 그의 어깨와 머리칼에서 그녀의 도자기 같은 얼굴로 시냇물처럼 쏟아져 내리는 가운데 사랑을 나누었다. 그들 주위에선 생명의 물이 흙먼지 날리는 들판 깊이 파고들었고 메마른 땅은 목마르게 들이켰다. 멀리서 우레가 우르릉거리는 가운데 그는 그녀의 사랑에 깊이 잠겨 자궁에 새 생명을 심었다.

18

눈을 크게 뜨고 숨을 죽인 채, 다니는 거의 차이를 눈치채지 못할 정도로 아주 조금밖에 변하지 않은 팽팽한 배를 조심스레 촉진하는 나이든 왕실 전의를 쳐다보았다. 잠시 후, 그는 손을 치우고 시트를 끌어 그녀를 덮어 주었다.

"네, 추측하신 대로입니다, 마마."

그는 친절한 어조로 말하며 그녀에게로 돌아섰다.

"어센션과 마마의 결혼에 신께서 축복을 내리셨군요. 아이를 가지셨습니다."

그녀는 불현듯 숨을 쉬어야 한다는 걸 기억해 냈지만 심장은 마구 고동쳤고 얼굴에선 약간 핏기가 가셨다.

"이제 어떻게 해야 하죠?"

전의는 그녀의 겁에 질린 표정에 쿡쿡거렸다.

"먼저, 끔찍한 일들을 상상하지 마십시오. 제 환자였던 몇몇 숙녀분들이 털어놓으시길, 갓난아기를 품에 안는 순간 출산의 고통은 전부 잊혀진다고 하더군요."

그녀는 어쩔 수 없이 미소지었다.

"남자가 말하기는 쉽겠죠."

"다 잘될 겁니다. 활동을 제한해야 하실 때까지는 아직 몇 달이 남아 있습니다. 그저 머리를 쓰시고, 잘 드시고, 몸에 필요한 만큼 충분히 휴식을 취하십시오. 다만 두려워하진 마시고요. 사랑에 푹 빠진 그 부군께서 마마께 무슨 일이 벌어지도록 둘 거라 생각하십니까?"

나이든 의사는 까다로운 환자를 다루는 법을 잘 알고 있었다. 그녀의 얼굴에 커다란 미소가 번졌다. 전의는 할아버지처럼 장난스런 윙크를 하고는 하녀들의 보살핌 속에 그녀를 두고 물러갔다.

천천히 그녀는 배 위로 팔을 교차시켜 자신을 끌어안고는 마냥 신기해했다. 언제나 무모하고 말괄량이 같던 자신이 어머니가 된다니 믿겨지지 않았다.

그녀의 생각은 몇 주 전 마침내 비가 내려 가뭄을 끝내고 어센션에 희망이 되돌아온 날로 흘러갔다. 라파엘과 그녀는 엄숙한 왕실의 본보기보다는 부정한 연인들처럼 행동했지만, 그 많은 부부 관계에도 불구하고 바로 그 기적적인 날에 임신했다는 걸 그녀는 바로 알 수 있었다. 그들은 그녀의 입덧이 시작되었을 때 순회를 마치고 왕궁으로 돌아왔다. 남편에게는 여행에 지쳐서 좀 쉬어야겠다고만 말했다.

옷을 입으면서 제일 먼저 떠오른 생각은 회의중인 그를 당장 끌어내 소식을 전하는 것이었다. 그가 의기양양해하리라는 걸 알았지만, 회의가 끝날 때까지 기다리다가 얘기하기로 결심했다. 그녀 자신의 복잡한 감정을 정리할 시간이 좀 필요했다. 그들의 사랑이 결실을 맺은 것이 기쁘긴 했으나, 아직도 여덟 달 후 겪을 고난이 두려웠고 아이의 탄생과 함께 자신의 삶이 되돌이킬 수 없는 변화를 맞이한다는 생각에 동요되었다.

그에게 말하기 전에 생각을 정리하기 위해 그녀는 왕궁 정원으로 산책을 나갔다. 장미를 들여다보고 있는데 하인이 서둘러 다가와 접힌 편지를 은쟁반에 얹어 내밀었다.

"마마."

남자는 절을 하며 말했다.

궁금해하며 그녀는 편지를 받아들고 고갯짓으로 하인을 물러가게 했다. 복면 도적의 도움을 부탁하는 또 다른 청원인가? 이제 더 이상의 모험은 사양해야 할 중대한 이유가 있었다. 그녀가 해야 할 일이나 하지 말아야 할 일에 대한 의사의 태도는 몹시 태평했으나 그녀는 자신이나 태아의 건강을 어떤 위험에도 처하지 않게 할 것이다. 가끔 자신이 얼마나 무모했는지, 한밤중에 마차를 털었던 걸 생각하면 충격적이었다. 이제 그녀에겐 살아야 할 이유가 너무나 많았다.

짧은 쪽지를 펼쳐 본 그녀는 숨을 들이쉬었다.

"아, 이 바보."

짧은 두 줄의 글을 훑어보며 그녀는 중얼거렸다.

어센션에 나타나면 교수형을 당할 수 있다는 사실에도 불구하고, 마테오는 키아라몬테 저택에서 기다리고 있으며 즉시 그녀와 이야기를 해야겠다고 청해 왔다.

오전 회의를 일정보다 일찍 끝내 세 시간이 빈 레이프는 좋아하는 노래인 '우리 손을 맞잡고'를 휘파람으로 부르며 다니를 찾으러 성큼성큼 걸어갔다. 그녀가 있을 만한 장소들을 찾아봤지만 아무 데서도 보이지 않자, 하녀에게 물어 보자는 생각이 떠올랐다.

"저, 마마께서는 외출하셨습니다, 전하."

"외출?"

"네, 전하. 이십 분 전에 나가셨습니다."

"어디를 갔는데? 호위병들을 데려갔느냐?"

"네, 전하. 호위병들이 마마와 동행했습니다. 할아버님을 뵈러 당장 가야겠다는 말씀을 하셨더랬습니다."

"오, 이런."

레이프는 염려로 이마를 찌푸렸다.

"노장군께 별일 없어야 할 텐데."

"마마께선 달리 말씀이 없으셨습니다만, 제가 감히 덧붙이자면 근심스러워 보이셨습니다."

"따라잡을 수 있을지도 모르겠군."

그는 몸을 돌려 왕궁 마구간으로 발길을 서둘렀다. 그녀의 조부는 쉽게 위험한 사고를 당할 수 있는 허약한 노인이었다. 만약 그에게 무슨 일이 생긴 거라면, 레이프는 곁에서 다니를 돕고 싶었다.

곧 그는 흰 종마에 올라타 여섯 명의 경호원들과 함께 킹스 로드를 달려 내려갔다.

키아라몬테 저택은 레이프의 지시로 복원 공사중이라 비계(건축공사 때에 높은 곳에서 일할 수 있도록 설치하는 임시 가설물)에 둘러싸여 있었다. 석공과 지붕 인부들이 시끄럽게 작업중이었다. 자재가 실린 마차들이 풀이 웃자란 진입로를 따라 세워져 있었다. 그는 다니의 경호원들이 집 바깥에 배치된 것을 보고 안도했다.

"무슨 일인가?"

그는 기운 찬 흰 종마를 세우며 병사들 중의 대장에게 물었다.

"비마마께서 공작 각하를 방문하고 싶어하셨습니다, 전하."

레이프에게 경례하다가 눈부신 햇살에 눈을 가늘게 뜨며 남자가 대답했다.

"공작께서는 별일 없으시고?"

"네, 전하. 제가 아는 한에서는 그렇습니다."

레이프는 안장에서 내려 문으로 성큼성큼 걸어갔다. 안으로 들어가 현관을 둘러보았지만 아무도 없었다. 그날 밤 노인과 함께 있었던 낡아빠진 살롱을 기억해 내고, 복도를 따라 그곳으로 향했다.

"다니!"

이름을 부르며 살롱문을 연 그는 다른 남자의 품에 안겨 있는 아내를 발견했다. 벼락에 맞은 듯한 충격에, 레이프는 문간에 서서 멍하니 응시했다.

세 사람 모두 충격으로 벽에 새겨진 부조처럼 꼼짝도 하지 않고 있었다. 벽시계의 째깍거리는 소리가 침묵 속에 크게 울렸다. 그리고 레이프의 폐에서 공기가 전부 훅 빠져나가 버렸다.

다니는 마테오에게서 빠져나와 레이프를 향해 발을 내딛었다.

"내 사랑……."

그는 한 손을 들어올려 그녀를 막았다. 한 마디의 말이 힘없이 입술에서 새어나왔다.

"아냐."

그녀의 얼굴에 핏기가 가셨다. 갑자기 낯선 타인의 얼굴처럼 보였다.

"라파엘……."

그의 뇌리에 제일 먼저 떠오른 단어는 '배신'이었다.

처음으로 구체화된 생각은 그녀가 내내 이 일을 계획하고 있었다는 것이었다. 그리고 그의 내면은 싸늘하게 얼어붙었다.

그는 복도로 나가 문을 닫았다. 뻣뻣하게 몸을 돌려 걸어가는데 그녀가 쫓아나왔다. 속으로는 휘청거리면서도 몸을 곧게 세우고, 그는 그녀의 애원에 귀를 막고 근위병들을 향해 성큼성큼 나아갔다.

그는 돌아보지 않았다.

"가지 말아요, 내게 이러지 말아요, 라파엘. 설명할 수 있……."

"집안에 탈주범이 있다."

그는 병사들에게 침착하게 말했다.

"체포하라."

"라파엘!"

그녀가 그의 팔을 잡으며 소리쳤다.

"당신이 생각하는 그런 게 아니에요. 당신을 사랑해요! 절 보세요!"

그는 그녀를 거칠게 뿌리치고 걸어갔다. 격노로 목이 잠겼다. 왜 그랬는지 그녀에게 묻고 싶었지만 그럴 수가 없었다. 손은 부들부들 떨렸으며 고삐를 모아 쥐고 하얀 말에 올라타는 움직임은 딱딱했다.

눈앞을 어지럽히는 분노로 생각은커녕 제대로 볼 수도 없었다.

"라파엘!"

풀이 웃자란 진입로로 말을 모는 그의 뒤에서 그녀가 소리질렀다.

아직도 목에서 거친 고동이 느껴졌다.

도로로 접어든 그는 저 멀리 말을 달려오는 세 명의 기수를 보았다. 그들이 자신을 향해 손을 흔들어대고 있었기에 어쩔 수 없이 멈춰 섰다. 앞에 다가온 그들을 보니 왕실 사자(使者)였다.

"전하! 베렐리 자작의 명을 받고 전하를 찾고 있었습니다!"

"무슨 소식인가?"

그가 내뱉었다. 분명히 엘란만이 이 세상에 유일하게 남은 충실한 사람인 모양이었다.

"당장 주교님의 저택으로 가셔야 합니다! 레오 왕자님께서 스페인에서 돌아오셨습니다. 주교님이 법적 후견인으로서의 권리를 행사하여 왕자님을 모셔갔습니다. 주교님 말씀은—용서하십시오, 전하—전하를 믿을 수 없어 어린 왕자님을 전하의 보호 아래 둘 수 없답니다."

"대체 어떻게 동생이 혼자 어센션에 돌아왔단 말이냐?"

그는 분노해 다그치며, 이미 그들을 지나쳐 말을 몰아가고 있었다.

"그 앤 열 살이다, 맙소사! 부모님께서 그 애를 홀로 보내셨을 리가 없는데."

사자들은 그와 함께 옆에서 말을 달렸다.

"레오 왕자님께서 스페인의 다른 아이들과 몹시 싸우고 이제 지긋지긋하다고 결론내리신 듯합니다. 돌아오는 배에 밀항하셨고요. 선장이 말하길 대단한 모험을 하셨답니다."

"그 개구쟁이 녀석, 분명 그랬겠지."

레이프는 중얼거렸다.

"당장 가겠다."

"네, 전하. 주교님은 자작님이나 다른 어떤 분께도 왕자님을 내주지 않으려 드셨습니다."

"그 노인네는 내 인생의 골칫거리야."

올란도가 아직 체포되지 않은 이 상황에서 주교가 레오를 보호할 수 없음은 자명했다.

레이프는 벨포트 방향으로 전속력으로 달리며 어린 동생을 안전하게 보호하는 일에만 집중하려 애썼으나, 마음은 아직도 다니의 배신이 가한 타격으로 휘청거리고 있었다.

그는 다른 남자의 품에 안긴 그녀의 모습을 뇌리에서 몰아내고 말을 더 재촉했다.

장날이라 거리에 몰려든 군중들에 의해 그들은 지체되었다. 세상 모든 이들은 기꺼이 사고자 하는 멍청이에게 팔 게 있는 법이지, 레이프는 쓰게 생각했다. 주교의 저택은 성당에서 멀지 않은 곳에 위치하고 있었다. 근위병들은 사람들에게 길을 비키라고 고함치며 뜨거운 태양 아래 붐비는 무더운 거리를 나아갔다.

레이프는 다니를 생각할 때마다 뱃속 깊은 곳에서 역겨운 감각을 느꼈다. 마테오 가비아노는 추방되었다. 그녀가 무슨 변명을 대건 그 사실을 부정할 수는 없었다. 그가 예고 없이 방에 들어갔을 때 그 둘이 힘차게 포옹하고 있다는 사실을 부정할 수 없는 것과 마찬가지다. 만약 그가 들어가지 않았다면 무슨 일이 더 벌어졌을까?

열다섯 번째로 그는 그 생각을 몰아내고 고삐를 당겨 주교의 크고 요란스런 저택 앞에 말을 세웠다.

레이프는 병사들보다 앞서 정문 계단을 올랐다. 문을 쾅쾅 두들겼다가 그의 힘찬 노크에 문이 끼익 열리자 얼어붙었다. 그는 병사들에게 어깨 너머로 경고의 표정을 던졌다. 한 손을 문에 대고 검을 뽑은 다음 문을 밀어 열었다.

그들을 맞으러 나오는 하인은 없었다. 장난기 많은 소년의 웃음소리도 들리지 않았다.

그는 반짝이는 대리석 현관을 조심스레 지났다. 좌우를 돌아보고 광낸 계단을 올려다보았으나 아무도 보이지 않았다.

"주교님?"

그는 외쳤다. 병사들에게 고개를 끄덕이자 그들이 달려 들어와 방을 수색하러 흩어졌다.

"레오? 레이프 형이다! 여기 있냐?"

"전하!"

병사들 중 하나가 갑자기 멀리 떨어진 방에서 불렀다.

"여깁니다!"

레이프는 화려한 방들을 지나쳐 고함소리를 따라갔다.

"여깁니다, 전하!"

다른 병사가 말하며 메인 홀의 왼쪽에 있는 방을 가리켰다.

식당으로 들어가자 병사들이 방 한가운데 모여서 있었다.

"전하! 주교님입니다!"

레이프는 욕설을 내뱉었다. 공포의 찬 기운에 등골이 오싹했다. 그들의 가운데로 파고 들어가 피바다 한가운데 쓰러진 주교 옆에 무릎을 꿇었다.

"가만히 서 있지들 말고, 레오를 찾아!"

그는 고함치고 병사들 중 하나를 지목하여 명령했다.

"자네! 레알르 궁전으로 가서 지원을 요청하게. 당장!"

"네, 전하!"

레이프는 주교를 뒤집어 보고 가슴 한가운데 박힌 칼자국에 얼굴을 찡그렸다. 상처에서 피가 새어나와 목에서 맥박을 찾던 레이프의 손이 피투성이가 되었다. 아무것도 느껴지지 않자, 그는 주교의 대머리를 살며시 바닥에 내려놓았다. 대강 훑어보니 손과 팔뚝에 헛되이 자기방어를 하려다 베인 상처들이 있었다.

올란도가 저지른 거야. 레이프는 뱃속 깊이 느꼈다. 공작이 침입하여 주교를 공격하고 레오를 납치해 갔다.

살해당한 주교를 내려다보며 분노한 레이프가 일어섰을 때 귀에 선 억양의 목소리가 와닿았다.

"전하, 꼼짝 마십시오."

그는 누가 감히 이렇게 무례하게 말하나 싶어 올려다보았다.

제복 차림의 낯선 근위병들이 조심스레 방으로 들어와 천천히 그를
에워쌌다. 모두들 무기를 빼들고 있었다.

"전하, 무기를 버리시죠."

"무슨 말이냐? 이게 무슨 짓이지?"

그는 다그쳤다.

"너희들의 위치로 돌아가라."

그들을 쳐다보았지만 한 명도 얼굴을 알아볼 수가 없었다.

대장으로 보이는 자가 몇 걸음 다가와 총을 겨누었다.

"도대체 자네가 무슨 짓을 하고 있는지 알기는 한 건가?"

레이프는 검을 내리지 않고 딱딱하게 물었다.

"정확히 내가 시킨 대로지."

귀에 익은 목소리가 느릿하게 들렸고 올란도가 문으로 들어왔다.

"외양은 속임수일 수도 있는 법이거든, 그렇지?"

레이프는 그를 향해 돌진했다.

"내 동생에게 무슨 짓을 한 거냐?"

"멈춰!"

무리가 그를 에워쌌다. 올란도는 팔짱을 끼고 레이프를 향해 히죽 웃
었다.

레이프는 욕설을 내뱉고 그를 잡으려 했지만, 근위병 제복을 입은 악
당들이 그의 앞을 가로막았다. 검을 휘두르며 근위병들을 소리쳐 부르자
그들이 달려왔지만 수적으로 몹시 열세였다. 몇몇은 검을 맞고 쓰러졌
다. 사력을 다해 싸웠으나, 놈들은 다친 황소에 개떼가 덤비듯 레이프에
게 몰려들었다. 그들은 그를 무장해제시키고 한쪽 무릎을 바닥에 꿇리더
니 팔을 뒤로 꺾어 수갑을 채웠다.

올란도가 그를 내려다보며 차분히 낭독했다.

"국왕의 이름과 재상의 권한으로, 라파엘 디 피오레 왕자, 그대를 저
스티니안 바사리 주교 살인죄와 반역죄로 체포한다."

"내 동생은 어디 있느냐?"

하지만 올란도는 그저 미소지을 뿐이었고, 녹색 얼음 눈은 악의로 번들거렸다. 그가 부하들을 향해 고갯짓하자 그들은 레이프를 끌고 문을 나섰다. 대기하던 마차에 그를 밀어넣고 그의 적들이 모여 있는 의회로 데려갔다.

다니는 라파엘의 명령에 따라 마테오를 붙잡는 근위병들을 막을 힘이 없었다.

그들이 끌고 가기 전에 마테오는 목 매달릴 위험을 무릅쓰고 가져온, 올란도를 붙잡아맬 증거를 다니에게 건네주었다.

라파엘을 따라잡아 설명해야만 했다.

시내를 향해 신속히 달려가는 마차 안에서, 그녀는 자신과 마테오가 포옹하고 있는 장면을 보고 남편이 어떤 결론에 도달했을지 차마 생각할 수조차 없었다. 그녀의 설명을 듣지 않았으니, 마테오가 그녀를 껴안고 있었던 이유는 그녀가 곧 사랑하는 왕자의 아이 어머니가 될 거라고 말했기 때문임을 남편이 어찌 알겠는가? 마테오는 그저 오빠 같은 포옹으로 축하하고 있었을 뿐이었다.

라파엘의 차갑고 분노한 반응으로 미루어, 그녀는 그 광경이 그에게 내재되어 있던 사랑에 배신당하는 두려움을 일깨웠음을 깨달았다. 우연찮게 그를 아프게 했단 생각에 가슴이 무너졌고 자신을 떠밀어낸 그의 냉담한 태도에 그녀 역시 상처받았다.

그의 방어적인 태도는 그녀를 절망하게 만들기에 충분했다. 그는 나를 결코 믿지 못하는 걸까? 내가 돌이킬 수 없을 정도로 그와의 사랑에 빠져 있음을 모르나? 언제나 되야 그는 나를 믿게 될까?

이제 거의 반 시간이 지났으니, 아마 분노가 가라앉아 좀더 이성적인 상태가 되었으리라고 그녀는 초조히 바랐다. 설령 그렇지 않다 해도, 그녀가 전할 기쁜 소식이 분명 그를 누그러지게 만들 것이다.

드디어 레알르 궁전에 도착했다. 막 들어서며 장갑을 벗고 있는데, 엘란이 정문을 향해 달려나왔다.

“왕자비 마마!”

“어딜 그리 급히 가요?”

엘란은 그녀의 팔꿈치를 붙들었다. 그의 얼굴은 유령처럼 창백했다.

“뭔가 잘못되었나요?”

“경호원들과 있으십시오, 마마. 올란도가 행동에 나섰습니다.”

“내 남편은 어디 있죠?”

“재상 돈 아르투로는 지금 완전히 올란도의 손에서 놀아나고 있습니다. 그들은…… 오 맙소사, 그들은 레이프를 저스티니안 주교 살인죄로 체포했고 레오 왕자는 행방불명……. 아, 설명할 시간이 없어요! 가봐야 합니다.”

“뭐라고요? 주교가 죽었어요? 라파엘이…… 체포돼요?”

그녀는 경악한 표정으로 자작을 응시했다.

“어떻게 그런 일이 가능하죠? 그는 왕세자라구요!”

“이게 다 올란도의 음모와 재상의 해묵은 원한 때문입니다!”

“나도 같이 가겠어요! 가요!”

“아닙니다, 마마. 안전한 이곳에 있으셔야 합니다!”

“라파엘에겐 내가 필요해요. 게다가 내겐 이게 있어요!”

그녀는 접힌 서류 뭉치를 들어 보였다.

“그게 뭡니까?”

“마차에서 설명할 테니…….”

“당장 말씀 안 하시면 마마를 이 일에 끌어들였다고 레이프가 절 죽이려 들 겁니다!”

“올란도는 왕실의 디 캄비오 방계 가문의 자손이 아니에요, 엘란.”

그녀는 목소리를 낮춰 날카롭게 말했다.

“그는 단지 왕과 닮은 점을 설명하기 위해 그 신분을 빌렸을 뿐이에요! 진짜 아버지는 라자 왕이고요! 그는 왕과 피렌체 출신 남작부인 사이의 짧은 관계에서 태어났어요.”

“오, 하느님 맙소사.”

그는 눈이 휘둥그레져서 말했다.

"그 남작부인—라이몽디 남작 부인은 올란도를 남편의 아이로 속이려 했으나, 남작은 결코 믿지 않았어요. 올란도는 그와 하나도 닮지 않았으니까요. 이건 라이몽디 남작 부인의 충실한 늙은 하녀이자 올란도의 유모이기도 했던 눈치아의 증언서예요."

"하지만…… 하녀의 증언이라뇨, 마마? 거기에 무슨 무게가 있겠습니까?"

"이것과 함께하면 올란도가 거짓말쟁이임을 증명할 수 있죠."

그녀는 두 번째 서류를 들어올렸다.

"라이몽디의 이름으로 접수된 올란도의 출생 증명서예요. 돈 아르투로에게 최소한 올란도를 의심하고 질문할 이유를 주면, 그 악마의 약점을 찾을 수 있을지도 몰라요."

"알겠습니다, 하지만 그래도 레이프는 절 죽이려 들 겁니다."

그는 그녀를 단념시키려 애쓰는 데 더 이상 시간을 낭비하지 않고 중얼거렸다. 다니는 통통한 하녀에게 명령을 속삭이느라 잠시 멈춰 섰을 뿐이었다.

"당장 대령하겠습니다, 마마!"

여자는 그녀의 뒤에 대고 외쳤지만, 다니는 이미 엘란과 함께 성큼성큼 걸어가고 있었다.

그들의 마차가 국회 건물을 향해 달려가는 동안, 엘란은 다니에게 레오 왕자의 도착과 그가 주교의 보호를 받다 갑작스레 없어진 일에 대해 말했다. 그녀는 슬금슬금 밀려오는 두려움 속에 올란도가 피오레 가 남자들의 지성과 힘, 그리고 흡인력을 지니고 있으나 그들의 선한 마음씨는 하나도 없다고 생각했다.

국회에 가까워지자, 마부는 주교의 죽음과 왕자의 체포라는 충격적인 스캔들에 모여든 엄청난 군중을 뚫고 지나가기 위해 고군분투해야만 했다. 모두들 그 둘 사이의 반목에 대해 알고 있었다.

마차에서 뛰어내려 하인들과 경비병들을 밀어제치고, 다니와 엘란은 정문 계단을 뛰어올랐다. 국회 안은 거의 바깥의 광장만큼이나 붐볐지만, 왕세자비로서 다니는 남성 군중 사이를 지나가도록 허가받았고 엘란이 그녀를 바짝 따라왔다.

성난 목소리들이 의회가 있는 층에서 울려나왔다.

"이건 희극이오! 어떻게 감히 왕세자를 사슬로 묶을 수 있소?"

늘 레이프를 아끼던 해군 제독이 다그쳤다.

"그는 살인 현장에서 현행범으로 잡혔소!"

계단 꼭대기에 이르렀을 때, 다니는 눈앞에 펼쳐진 광경에 경악하여 얼어붙었다.

돈 아르투로가 의장으로 연단에 서서 벌겋게 흥분하여 라파엘을 공공연히 비난하고 있었다. 테이블에 줄지어 앉은 다른 각료들은 전부 고함치고, 입씨름하고, 손을 흔들어댔다. 몇몇은 자리에서 일어나 있었다. 늘 그렇듯 검은 옷차림의 올란도가 거기에 있었다. 그는 팔짱을 끼고 오만하게 이리저리 천천히 걸어다니며 조롱하는 미소를 담아 이복 남동생을 흘끗거렸다.

라파엘, 왕세자이며 어센션의 미래의 왕인 그는 평범한 범죄자처럼 반달 모양의 목재 단상에 세워져 있었다.

다니는 자신의 눈을 믿을 수가 없었다. 그녀의 사랑, 그녀의 왕자님이 사슬에 묶여 있다니. 그의 늘 흠잡을 데 없던 옷은 찢겨지고 입매는 음울했으며 눈에는 살기가 담겨 있었다. 짙은 금발이 풀려 헝클어져 있었기에 그는 마치 사로잡힌 삼손처럼 야만적으로 보였다.

다니는 자신이 뭘 하려는지도 알지 못한 채 앞으로 나아갔다.

"선택된 다섯 명의 숙녀들 중 하나와 결혼하지 않으면 왕위 계승권을 빼앗기고 동생 레오 왕자가 전하 대신 후계자가 되리라고 라자 왕이 경고하실 적에 내각 전원이 그 자리에 있었습니다!"

돈 아르두로는 그를 향해 고함쳤고 즉시 다니는 계단 통로를 달려 내려갔다.

"이제 결혼 문제에서 부왕의 뜻을 저버렸으니, 왕이 계승권을 빼앗지 못하도록 친동생을 제거한 것이 아닙니까? 아이의 시신은 어디에 유기했습니까?"

 그에 대한 대답으로, 라파엘은 그를 경멸을 담아 쳐다보았을 뿐 아무 말도 하지 않았다. 그 자신을 변호하기 위해 무슨 말을 하기엔 그의 자존심이 너무 강하다는 걸 다니는 깨달았다. 그의 침묵은 이 상황에 대한 경멸 섞인 반감을 어떤 말보다 더 잘 표현하고 있었다.

 가까이 다가가면서, 그녀는 비록 조금 전에 마테오의 일로 오해가 있긴 했어도 자신을 보면 그가 최소한 안도의 기색을 내비치지 않을 수 없으리라 생각했다. 하지만 그녀를 응시하는 그의 얼굴은 창백해졌고, 바로 그 순간 올란도가 서성이던 발걸음을 멈추고 그녀를 향해 사악한 미소를 천천히 떠올렸다.

 검은 옷의 올란도를 밀치고 분개하여 부들부들 떨며 연단으로 나아가는 그녀를 엘란이 막으려 했다. 너무 격분해서 말이 한 마디도 나오지 않아, 그녀는 접힌 출생 증명서와 유모의 증언서를 돈 아르투로에게 내밀었다.

 재상은 노한 판사처럼 그녀를 코 아래로 내려다보았다.

 "여자는 이 건물에 출입할 수 없습니다, 마마."

 그는 의회를 쳐다보았다.

 "이제 추저분한 타락과 악의 시대는 지나갔으니, 이 나라를 훌륭하게 만든 전통으로 돌아갑시다!"

 "지혜라는 게 있다면 이 서류를 받아서 읽어요."

 그녀는 이를 악물고 명했다.

 통렬하게 타오르는 그녀의 눈길에 담긴 무언가가 그를 망설이게 했다. 마지못해 그는 서류를 받아 하나를 펼쳐 내용을 훑어보았다.

 "다니엘라."

 그녀는 자신의 이름을 몹시도 나직하게 부르는 소리를 듣고 라파엘을 쳐다보았다. 소란 와중에서도 그녀는 그의 목소리를 들었다. 그녀는 서둘러 그에게로 다가갔고, 조금 옆에서는 엘란이 결박을 풀라고 경비병들과 격하게 입씨름하고 있었다.

그의 짙은 녹색 눈을 올려다본 그녀는 격분과 모욕감 그리고 어둠을 보았다.

"당신은 안전하지 않소. 이 건물을 나가 즉시 어센션을 떠나도록 하시오. 올란도보다 먼저 내 아버지에게 가서 그분께 경고하시오."

"아뇨, 당신을 여기 혼자 놔두고는 못 가요. 사랑해요!"

그의 뺨에 손을 가져다대는 그녀의 눈에 눈물이 샘솟았다.

"전 당신을 배신하지 않았어요, 라파엘. 절대로 그러지 않……."

그는 그녀의 손에 지그시 얼굴을 눌렀다. 금빛과 녹색이 섞인 눈 깊숙이에선 폭풍이 몰아치고 있었다.

"다니, 나를 한 번이라도 사랑했었다면 떠나시오. 돈 아르투로는 내 피에 목말라 있고, 올란도는 날 은쟁반에 올려 그에게 바칠 작정이오. 그 다음으로 당신을 해치려 들 그들을 막을 방도가 없소. 엘란에게 디 캄비오 성채로 가보라고 전하시오. 올란도는 거기에 레오를 숨겼을 거요. 동생이 살아 있다는 기분이 드오. 올란도는 레오를 자기 카드패로 이용할 수 있나 기다리고 있는 것 같소. 무슨 일이 벌어지든 간에, 아이를 구해야 한다고 엘란에게 말하시오."

"제가 엘란을 도와 찾을……."

"안 돼! 당신은 그곳에 발도 디뎌선 안 되오. 온통 덫이 깔려 있소."

"제가 복면 도적이라는 걸 잊으셨군요."

"다니…… 난 아버지가 늘 말씀하신 대로 되어버렸소."

그가 속삭였다.

"아니, 희망을 버리지 마세요, 달링. 이제 그 어느 때보다도 우리의 미래를 위해 싸워야 할 이유가 있어요."

그는 의아한 듯 그녀를 쳐다보았다.

그녀의 눈은 사랑의 눈물로 그렁그렁했으나, 울음을 터뜨리기 전에 황급히 억지로 삐딱한 어조를 냈다.

"자, 제발 그 드높은 자존심을 버리고 당신의 매끄러운 혀를 써서 자기 변호를 하도록 하세요."

"다니, 당신 아까 한 말은……."

"두 연인들께서 무슨 얘기를 하시나?"

올란도가 거드름 피우며 다가와 조롱하는 표정으로 끼어들었다.

그들은 둘 다 그를 무시하고 서로를 응시했다.

다니의 흔들림 없는 눈길은 그에 대한 사랑을 말해 주고 있었다. 그녀는 올란도가 자신들의 대화를 들으려 하는 걸 알아챘다.

"제가 당신을 배신하지 않았다는 걸 증명해 보이겠어요."

그녀가 속삭였다. 하지만 다음 이어진 말은 그뿐만이 아니라 올란도도 들으라고 한 소리였다.

"라파엘, 부두에서 가비아노 형제들에게 작별 인사를 하던 그날, 마테오에게 올란도의 뒷배경을 조사하라고 부탁했어요. 오늘 마테오가 돌아온 이유는 당신 '친척'의 정체가 본인 주장과 다르다는 증거를 전달하기 위해서였어요."

올란도의 눈매가 가늘어졌다.

"무슨 증거?"

그를 똑바로 직시하자 투지가 타올랐다.

"곧 알게 될 거예요, 공작 각하. 방금 서류를 돈 아르투로에게 넘겼으니까."

"다니엘라."

라파엘이 절대적 권위가 실린 어조로 말했다.

"나가시오, 당장."

그의 목소리에 담긴 경고에 그녀는 질문하듯 그를 쳐다보았다.

레오에게 가시오, 라파엘의 강렬한 눈빛은 그렇게 말하는 듯했다. 그의 눈에서 격한 절박함을 읽자 그녀는 따르지 않을 수 없었다. 적들의 손아귀에 그를 남겨두고 떠날 의지를 잃기 전에 서둘러 물러나, 엘란의 손목을 잡아 끌고 나갔다. 라파엘은 친구에게 굳은 얼굴을 하고 출구를 향해 고갯짓했다.

“밖에 나가 설명할게요.”

그녀는 자작에게 속삭였다.

엘란은 저항하지 않았다. 둘은 계단을 뛰어올라 달려나갔다. 자신의 상태 때문에 이제 몸조심을 해야 한다는 생각은 까맣게 잊혀졌다. 중요한 것은 라파엘을 이 무리들에게서 구해내야 한다는 것뿐이었다. 자신과 아직 태어나지 않은 아이는 하느님의 손에 맡기자고, 그녀는 건물에서 나와 마차로 달려가며 생각했다.

다니는 하녀가 지시대로 필요한 걸 모두 가져온 것을 보고 용솟음치는 희망에 크게 숨을 들이쉬었다.

마차 뒤에는 그녀의 하얀 암말이 기다리고 있었다. 다니는 하녀가 내민 깔끔히 접힌 검은 옷가지 꾸러미를 받아들고 마차에 올라 황급히 가리개를 내렸다.

채 일 분도 지나지 않아, 그녀는 검은 바지와 셔츠, 승마 부츠와 검은 가죽 장갑 차림으로 마차에서 뛰어나왔다. 얼굴을 덮은 복면은 없었고 머리는 하나로 묶어 등에 드리웠다. 그녀를 본 군중들은 환호했다. 엘란이 놀라워하며 빤히 응시하고 있는 동안 그녀는 검을 허리에 차고 말에 훌쩍 올라탔다.

“디 캄비오 성채로 가는 길을 안내해요!”

그녀는 그에게 말을 타라고 손짓하며 외쳤다.

“네, 마마!”

그는 퍼뜩 정신을 차리고 제일 가까이 있는 근위병의 말을 빌렸다.

“길 비켜라!”

그녀는 군중을 향해 고함쳤다.

사람들이 그들의 앞에서 물러나기 시작했고 몇몇 근위병들이 충실하게 말에 올라 따랐다. 그들 역시 그녀의 변신에 넋이 나간 듯했다.

광장 저편 끝에는 훨씬 덜 혼잡한 거리들이 있었다.

“이쪽입니다!”

엘란이 가리키며 외쳤다.

다니는 말의 옆구리를 한번 걷어차고 킹스 로드를 전속력으로 달렸다.

돈 아르투로와 다른 내각 각료들이 올란도를 둘러싸고 낮지만 성난 어조로 연단 뒤에서 상의하자 의회는 전보다 더욱 큰 혼란에 빠져들었다. 레이프는 뛰는 가슴을 안고 돈 아르투로가 올란도를 심문하는 것을 지켜보았다.

소란 때문에 모든 말을 분명히 들을 수는 없었으나, 재상이 다니가 가져온 서류를 올란도의 코 밑에 성난 듯 흔들어대고, 그걸 옆에 서 있던 재정부 장관에게 건네는 것을 보았다.

레이프는 그 폭로가 그들로 하여금 올란도를 의심하게 만들어, 자신의 결박을 풀고 이 희극적이지만 치명적인 위험이 도사린 재판을 끝낼 수 있기를 빌었다.

재정부 장관은 서류를 읽고 올란도를 놀라워하는 눈으로 응시하더니 다른 각료에게로 넘겼다. 돈 아르투로가 무슨 질문을 했지만 레이프의 귀엔 들리지 않았다.

"누가 내 아버지인지가 내 잘못입니까?"

올란도는 그에게도 들릴 만큼 큰 소리로 반박했다.

"하지만 왜 당신의 진정한 출생을 우리에게 숨겼소?"

"당신이 만약 원치 않은 사생아로 태어났다면 세상 모두가 그걸 알길 바랄까요?"

그는 주의 깊게 답했다.

"왕께선 당신이 아들이라는 걸 알고 계시오?"

"폐하께 여쭤 봐야 알 일이죠."

그는 냉소를 담아 대꾸했다.

"왜 나를 심문하는 겁니까? 살인 현장에서 피묻은 손을 한 채 잡힌 장본인은 바로 저기 있는데!"

그는 레이프를 가리키며 외쳤다.

"모두들 지옥으로나 꺼지시오! 내 의무를 다했을 뿐인데 이런 꼴로 모욕당하다니!"

몸을 홱 돌려 올란도는 출구를 향해 성큼성큼 걷기 시작했다.

"저자를 막아!"

레이프는 사슬을 당기고 쩔그렁거리며 고함쳤다. 곁에 섰던 경비병들이 레이프를 붙잡으려 달려들었다.

"저자를 제지하라구, 제기랄! 그는 도망치는 거다, 이 바보들! 레오의 생명을 구하고 싶거든 그를 막아!"

올란도는 어깨 너머로 차갑고 희미한 미소를 던지고 가볍게 계단을 뛰어 올라갔고, 레이프는 다니가 자신의 명령을 따르지 않았으리라는 분명한 확신이 있었기에 뱃속에서 소용돌이치는 두려움을 느꼈다. 그녀는 어센션을 떠날 준비를 하러 가지 않았으리라. 그녀가 언제 위험에 처했다고 싸움에서 도망친 적이 있기나 했던가? 아니, 그녀는 분명 엘란과 함께 레오를 찾으러 갔을 것이다. 그는 알 수 있었다. 그리고 그녀가 그렇게 무모한 용기를 내어 행동하는 이유도 알았다. 그에 대한 사랑과 절대적인 충실함 때문에.

그는 저택에서 마테오와 함께 있는 그녀를 발견했을 때의 광경을 떠올리고, 즉각 다른 관점에서 보게 되었다. 그때는 남매 같은 포옹이 아니라 부정한 간통으로만 여겼었다. 하느님 맙소사, 내가 어떻게 그녀를 의심할 수 있었을까? 죄책감이 몰려들었다. 자신을 보호하기 위해 그의 명령을 따라 어센션을 떠나는 대신, 그녀는 그를 구하기 위해 남았고, 이제 죽음이 검은 옷을 입은 이복형의 형상을 하고 독기 서린 바람처럼 그녀의 뒤를 쫓고 있다.

올란도에겐 다니를 없앨 이유가 차고도 넘쳤다. 그의 접근을 거절했고, 이제 그에게 불리한 증거를 돈 아르투로에게 넘겨주기까지 했다. 그리고 만약 레이프가 제대로 이해한 거라면 그녀는 레이프의 아이, 즉 미래의 왕을 임신하고 있으며 그렇다면 올란도가 권력을 쥐는 데 장애물이 된다.

여기서 나가야만 한다. 그녀를 지켜야 한다. 하지만 그는 꼼짝없이 묶인 신세였다.

"돈 아르투로!"

그는 소리 높여 고함쳤다.

재상은 다른 사람들과 회의를 하다 고개를 돌려 쳐다보았다.

"이리 오시오."

레이프는 이를 악물고 명령했다. 그의 눈은 불타고 있었다.

경계하며 돈 아르투로가 다가왔다.

"뭘 원하시오? 대가를 부르시지."

레이프는 으르렁거렸다. 재상은 성난 눈초리로 레이프를 노려보았다.

"뭐니까?"

"조카의 목숨값으로 내 목숨을 원하는 거요? 그러면 만족하겠소? 그럼 가져가시오. 반역, 살인, 폭행 당신이 꾸미고 싶은 어떤 죄목으로든 목매달아……."

"꾸미다니요? 아무것도 꾸민 것 없습니다. 전하는 범죄 현장에서 주교의 시체 옆에 서 있는 장면이 발각되어……."

"그가 내 아내를 죽일 거란 말이오! 가서 그녀를 구하게 해주시오. 내 부탁은 그것뿐……."

"누가?"

"올란도!"

"무슨 속임수를 쓰시려는 겁니까? 그가 누굴 죽이려 들다니."

그는 고개를 씁쓸히 내저었다.

"이번에는 빠져나가지 못할 겁니다, 라파엘 왕자. 저스티니안 주교를 살해했고 왕에게 독을 먹였으니!"

"어리석은 소리! 날 보시오! 난 살인자가 아니라구!"

"소용없습니다. 올란도가 내게 증인을 데려왔소이다. 왕궁 주방의 요리사. 다만, 음모를 폭로하기 전에 전하의 앞잡이에 의해 살해당하고 말았지만!"

"그런 거요? 내가 아바마마에게 독을 먹였다고 말한 사람이 바로 올란도인가?”

“맞습니다. 그가 당신 소행을 발견하고 내게 진실을 알렸지요.”

“하지만 돈 아르투로, 부왕이 편찮으시다는 걸 아는 사람은 당신과 나뿐이었소. 기억나지 않소? 그분은 걱정시키지 않으려고 어마마마에게조차 말씀하지 않으셨소. 그럼 올란도가 어떻게 알았겠소? 자신이 바로 독약을 투여한 장본인이었기에 부왕께서 편찮으시다는 걸 안 거요.”

돈 아르투로는 경악과 불신 사이에서 갈등하는 표정으로 그를 응시했다. 입을 연 그의 목소리에는 힘이 없었다.

“올란도는 전하가 죄를 그에게…… 덮어씌우려 들 거라고 진작에 경고했습니다.”

“제기랄, 재상, 난 결백하오! 그가 바로 주교를 죽인 자이며 당신이 날 지금 당장 놓아주지 않으면 그자가 어센션을 지배하게 될 거요. 뭘 원하는 거요?”

“내게 뇌물을 먹이시겠다는 겁니까?”

그는 고개를 설레설레 내저으며 씩씩거렸다.

“내 조카의 목숨에는 값을 매길 수 없습니다!”

“알겠소. 아직도 조르지오 문제인 거군. 좋소. 그럼 대신 내 목숨을 내주겠소. 다만 부디 레오나 다니, 그녀가 배고 있는 내 아기의 생명만은 빼앗지 말아 주시오. 내게 무슨 결점이 있든 간에 약속을 지키는 남자라는 건 아실 테지. 그녀를 따라가게 해주면 돌아와서 당신이 주장하는 어떤 죄로든 재판을 받겠소.”

돈 아르투로가 고집스레 고개를 내젓자 레이프는 억눌린 분노에 으르렁거렸다. 시간은 흐르고 올란도가 점차 다니에게 가까워지고 있을 텐데 자신은 여기 묶인 채 서 있을 뿐이다. 레이프는 천장을 올려다보고 깊이 숨을 들이쉬곤 재상을 쳐다보았다.

“그 모든 죄를 인정하는 자백서에 서명하겠소. 그녀를 구할 수 있도록 날 놓아주기만 하시오.”

원한 어린 승리의 불꽃이 돈 아르투로의 눈에서 번뜩였다.

"자백서에 서명하시겠다고요?"

"그렇소. 서류를 이리 주고 이 사슬들을 풀으시오."

"그리고 섭정 포기 각서도? 왕이 돌아오실 때까지 어센션을 내게 넘기시겠습니까?"

레이프는 창백해져서 그를 응시했다.

"당신이 올란도와 처음부터 음모를 꾸민 건 아닌지 모르겠소."

"나로선 전하께서 빨리 왕좌에 오르기 위해 부왕을 독살하려 했는지 아닌지 모르겠습니다."

"그런 일은 결코 하지 않소! 그분은 내 아버지시오!"

그는 목소리를 토해냈다.

"그리고 내 벗이기도 하시지요."

돈 아르투로는 그를 응시했다.

"그저 아내를 구하러 갈 수 있게 보내 주시오. 꼭 돌아오겠소."

레이프는 애원했다.

"날 놓아주지 않으면 그녀는 죽게 될 거요! 이렇게 빌겠소, 돈 아르투로."

레이프는 떨면서 미칠 듯한 심정으로 그를 응시했다.

"내게 빌겠다고요."

그가 중얼거렸다.

"어쩌면 이 문제에 있어선 서로를 믿어야 할지도 모르겠군요."

그리곤 고개를 치켜들어 손짓으로 보조를 초조하게 불렀다.

"잉크와 종이를 가져오너라."

돈 아르투로는 테이블로 가서 몇 분간 서류를 한 장 써서 들어올리더니 후 불어 말리고, 레이프를 향해 내밀었다.

뱃속에 딱딱한 덩어리가 자리잡은 기분으로, 레이프는 단어들을 훑어보았지만 거의 눈에 들어오지 않았다. 허나 그 내용이 자신의 왕관과 목숨을 빼앗는 것임은 알고 있었다. 상관없었다. 그는 깃털펜을 들어 잉크에 적시곤 일초도 망설이지 않고 서명했다.

돈 아르투로는 득의양양한 표정으로 손을 내밀었다.

"인장 반지."

레이프는 이를 악물고 굳은 표정으로 그 모욕에 굴복했다. 그의 신분을 말해 주는 상징인 반지를 빼어 재상의 손바닥에 올려놓았다.

돈 아르투로가 경비병들을 향해 고개를 끄덕했다.

"결박을 풀어라."

"내 검을 돌려주시오."

그를 사슬로 묶을 때 그들은 검도 빼앗아 갔다. 병사 하나가 그에게 무기를 돌려주자 돈 아르투로는 걱정스레 그를 쳐다보았다.

레이프의 오른손이 보석 박힌 칼자루를 쥐었다. 검을 쥐고 분노로 불타는 눈을 하고 그는 구타로 인한 고통과 피곤도 잊고 의회를 가로질렀다. 오직 격렬한 사랑으로 가득하여 출구를 향해 계단을 올라가는 그의 앞에서 경비병들과 관리들이 바삐 길을 비켰다.

19

다니는 우뚝 솟은 검은 성채의 이끼 낀 벽을 둘러싸고 있는 길로 하얀 암말을 재촉했다.

최초의 끔찍한 죽음 후 아직까지도 충격에서 다 벗어나지 못한 다니의 상태를 감지한 듯 암말은 불안해하고 있었다. 올란도가 숲속의 낙엽과 잔가지 밑에 숨겨둔 녹슨 곰덫에 병사 하나가 걸렸다. 상어의 입처럼 그를 덥석 문 덫은 남자를 거의 반으로 찢어놓다시피 했다. 주변의 숲에 저런 장치가 얼마나 많이 기다리고 있을지, 허물어져 가는 자신의 소굴을 감히 침범하려는 자들을 위해 올란도가 또 어떤 놀라움을 마련해 놓았을지 알 수 없었다.

성채의 벽을 훑어보며 다니는 어린 왕자를 소리쳐 불렀다. 그녀는 자신이 이 구출 작전에 참여하는 것이 과연 현명한 일이었는지 다시 한 번 생각해 보았다. 특히 지금의 연약한 몸 상태를 고려하면. 자신이 연약하게 느껴지진 않았지만, 근위병의 죽음 이후로 딱히 용감하게 느껴지지도 않았다.

삼십여 킬로미터를 달린 후, 엘란은 ·그녀와 대여섯 명의 근위병을 오래된 디 캄비오 성채로 향하는 그늘진 길로 이끌었다. 그들은 초록색 나지막한 언덕 뒤에 숨겨진 창살 구덩이를 멀리 피해 돌아서 무사히 성으로 다가갔다. 그녀를 둘러싼 병사들은 심각한 표정으로 조용히 경계하고 있었다. 중세의 성채가 가까워지자 그들은 수색망을 펼쳤다.

갑자기 다니는 희미하게 들려오는 아이의 높은 목소리를 들은 것 같았다.

"나 여기 있어어어! 살려줘요!"

"레오 왕자님!"

그녀는 이번에는 더 크게 다시 불렀다. 최대한 귀를 기울였다.

"살려줘요!"

그 목소리는 땅 속에서 들려오는 듯했다. 그녀는 목소리가 들린 주변을 왔다갔다했다.

"계속 외쳐요, 왕자님! 찾을 수 있게!"

"여기! 나 여기 있어요!"

그녀는 말에서 뛰어내려 아이의 목소리를 따라 무너진 돌벽 자리로 갔다. 엘란을 고함쳐 부르면서 황급히 무릎을 꿇고 작은 돌들을 치우기 시작했다. 엘란이 수풀을 지나 달려왔다.

"무슨 일입니까?"

"여기 지하실 어딘가에 있는 것 같아요! 아마 성의 지하 감옥에 딸린 방에!"

"살려줘요!"

"레오! 엘란입니다! 우리가 꺼내드리겠습니다!"

그는 그녀의 손에 드러나기 시작한 돌 틈에다 대고 소리치고 허둥지둥 그녀를 돕기 시작했다.

"엘란! 구해 줘요!"

소년 왕자가 땅속에서 소리쳤다.

"어디 다쳤나요, 전하?"

다니가 외쳤다.

“아뇨!”

몇 개의 돌을 더 치우자, 그들은 지름 이십 센티미터가 조금 안 되는 구멍을 통해 아이를 볼 수 있었다. 어린 왕자는 그 아래 서서 어둠 속에서 그들을 올려다보고 있었다.

다니는 얼굴을 찌푸리며 엘란에게로 고개를 돌렸다.

“이 구멍으로는 끌어낼 수 없겠어요. 안으로 들어가 저기로 향한 길을 찾아야겠군요.”

엘란이 고개를 끄덕였다.

“맞습니다. 제가 함께 가지요. 하지만 병사들을 시켜 돌을 치우도록 시키지요, 혹시 다른 방법을 찾지 못할 경우에 대비해서.”

“좋아요.”

엘란은 아이에게 그들이 어떻게 할지 설명하고 그 동안 다니는 남은 근위병들을 불러 성벽 잔해에서 돌을 치우는 임무를 맡겼다.

“왕자님, 그 아래 서 있지 말아요! 돌이 안으로 떨어질지도 모르니까!”

다니는 아이에게 외쳤다.

“네, 레이디.”

레오는 순순히 뒤로 물러섰다.

엘란은 무너져 내린 성의 입구로 걸어가며 그녀에게 곁눈질로 미소지었다.

“마마는 훌륭한 어머니가 되실 겁니다.”

그녀의 입이 떡 벌어졌다.

“어떻게 알았어요?”

그는 쿡쿡거렸다.

“얼굴에 온통 쓰여 있는 걸요. 경하드립니다.”

기쁘지만 얼굴이 뜨겁게 달아올라, 그녀는 밉지 않게 그를 노려보았다. 라파엘의 운명이 그의 남동생을 얼마나 빨리 벨포트로 데려가 주교의 죽음에 대한 진실을 밝히느냐에 달려 있음을 알기에 그들은 달리기 시작했다.

성 안은 무너진 벽 사이로 햇살이 들이비치는 곳을 제외하면 어둠에
싸여 있었다. 무너져 가는 성채의 내부는 목탄 같은 어두움과 뿌연 빛으
로 그려져 있었다. 넘어진 기둥이 한때는 화려했던 방에 널려 있었고 이
제 그 방의 유일한 휘장은 외풍에 흔들리는 두꺼운 거미줄뿐이었다. 계
단은 허공에서 끝나 어디로도 연결되지 않았다.

엘란과 그녀는 커다란 방을 가로질러 레오가 끌려간 성채 지하로 내
려갈 길을 찾았다. 오래된 성의 안쪽으로 들어갈수록 텁텁한 어둠은 더
욱 짙어만 갔다.

"그나저나 왕실에 무슨 불화가 있었기에 디 캄비오 가가 어센션을 떠
나게 된 거지요?"

다니는 정적 속에서 속삭였다.

"전설에 따르면 두 형제가 같은 여자와 사랑에 빠졌다고 합니다."

자작이 용감하게 앞서 걸어가며 대답했다.

다니는 부르르 몸을 떨었다.

돌연 으지직하고 부서지는 소리가 나더니, 갑자기 그들 아래의 바닥이
무너져 내렸다. 무법 생활에서 갈고 닦은 반사신경으로 다니는 때맞춰
펄쩍 뛰어 물러섰지만, 엘란은 디딜 곳을 잃고 허둥거렸다. 그는 잡을 것
을 찾아 손을 휘젓다가 곧장 떨어졌다.

엘란이 고함치며 떨어지자 다니는 비명을 질렀다.

그녀는 사각형의 구멍 가장자리에 무릎을 꿇었다.

"엘란! 엘란! 대답해요!"

몇 초 후, 그가 신음하며 뒤척이는 소리가 들렸다.

"괜찮습니다!"

그는 그녀를 향해 소리쳤다.

"발목이 부러진 것 같긴 합니다만."

그녀는 그가 숨죽여 내뱉는 욕설을 들었다.

"그래도 날카로운 창살 위로 떨어지지 않았으니 그나마 행운이라고
여겨야겠죠."

그는 침울하게 덧붙였다.

"밖으로 돌아가셔서 병사들과 재합류하시는 게 낫겠습니다, 마마."

"아뇨, 아이를 저 아래 두고 떠날 순 없어요. 게다가 감방이 그렇게 멀리 떨어진 것 같지 않아요."

다니는 어둠 속 그의 모습이 보일 때까지 잠시 주저했다. 그는 오 미터 아래의 지하실로 떨어진 듯했다.

"레오를 찾아 곧 돌아올게요."

"걱정 마십시오, 제가 어디 갈 것도 아닌데요."

그는 쓴웃음을 곁들여 대답했다.

"부디 조심하십시오. 만약 마마께서 다치시면 레이프가 절 죽이려 들 겁니다."

"조심할게요. 가능한 한 빨리 돌아오죠."

힘겹게 침을 꿀꺽 삼키고, 다니는 용기를 긁어모아 혼자 다음 방으로 나아갔다. 반대편 끝에 커다란 판자가 작은 문에 기대어 있었다. 판자를 치우고 안을 들여다보았다. 어둠에 눈이 익숙해지자 사다리가 보였다. 단단히 마음을 굳히고 그녀는 사다리를 타고 내려갔다.

아래층에 내려서서 주위를 둘러보니 일종의 지하 감옥이었다. 가운데의 방에 네 개의 입구가 나 있었다. 공포로 입이 바싹 말라 왔지만 그녀는 하나하나 들여다보았다. 다니는 텁텁한 공기에 서려 있는 악의 기운으로부터 자신의 자궁에서 자라나고 있는 새 생명을 보호하려는 듯이 본능적으로 배를 감쌌다.

"레오 왕자님, 어디 있나요?"

아이가 부름에 응답하자 그녀는 최대한 귀를 기울여 목소리를 따라갔고 몇 번의 실수 후 마침내 찾아냈다. 믿기 힘든 일이었지만, 커다란 감방을 막은 격자문의 열쇠는 근처의 녹슨 못에 매달려 있었다. 열쇠를 향해 손을 뻗으며, 마침내 한 가지는 해결되었다고 그녀는 생각했다.

그녀는 재빨리 문을 열고 아이에게로 갔다. 자신이 누구인지 말하고 아이를 꼭 안아 주었다. 레오는 커다란 갈색 눈과 장밋빛 뺨, 부드러운 검은 곱슬머리의 튼튼한 열 살짜리 소년이었다. 아이의 손을 잡고 다니는 감방을 나와 미로 같은 구조물을 빙글빙글 돌아 자유로 향하는 유일한 통로인 사다리가 있는 고문실로 돌아갔다.

하지만 이제 끔찍한 죽음의 방에서 도망치게 되었다고 다니가 생각했을 때, 갑자기 불어 들어오는 바람을 느끼고 올려다보자 판자가 치워지고 있었다.

놀란 숨을 미처 들이쉬기도 전에 올란도가 커다란 검은 표범처럼 민첩하게 그녀 앞으로 뛰어내렸다. 그들은 서로를 응시했다. 다니의 눈은 커다래졌고 맥박은 미친 듯이 뛰었다. 그녀는 어린 왕자의 앞으로 나서 아이를 자기 뒤에 숨겼다.

올란도의 밝은 녹색 눈은 어둠 속에서 고양이처럼 뚜렷하게 빛나는 듯했다.

그가 그녀를 향해 한 걸음 다가섰다. 그녀는 허리에 찬 검으로 손을 뻗었다. 하지만 그가 먼저 손을 뻗어 그녀의 목을 움켜쥐고 허공으로 대롱대롱 들어올렸다. 그가 부드럽게 말했다.

"아니, 안 되오. 손을 들어올려."

공기를 찾아 컥컥거리며 그녀는 복종했다. 그는 그녀의 무기를 허리에서 치우고 다시 그녀를 내려놓았다.

"내가 당신한테 뭘 할지 알고 있겠지, 응?"

그가 속삭였다.

그녀는 턱을 굳히고 그의 시선을 반항적으로 맞받았다. 그는 번뜩이는 눈을 하고 희미하게 미소지었다.

"감방으로 돌아가, 둘 다."

다니는 두려움을 숨기고 꿋꿋이 섰다.

"아이는 보내 줘요. 어린애일 뿐이잖아요. 올란도, 제발, 이 애는 당신 동생이에요."

"너무 늦었어. 당신 덕분이지, 레이디 다니엘라. 이제 모든 게 끝났어. 그 멍청한 돈 아르투로가 알아채기 시작했다구. 당신이 미래를 내던진 거야. 여기 우리 셋이 보이지? 바로 이렇게 될 수도 있었어. 레오는 왕좌에, 나는 그를 통해 어센션을 다스리고, 당신은 내 침대에."

그녀는 역겨움에 몸을 움츠리고 얼굴을 돌렸다.

"하지만 당신이 그 모든 것을 망쳤지. 이제 당신은 그 대가를 치르게 될 거야."

그는 그녀를 획 떠밀어 왔던 방향으로 비틀비틀 물러서게 했다.

"이봐요!"

어린 왕자가 소리치며 자신보다 한참 큰 남자 앞에 나섰다.

올란도는 아이를 때리려 손을 쳐들었지만, 다니가 재빨리 아이를 껴안으며 화난 대꾸를 막았다.

그녀를 노려보며 올란도는 천천히 손을 내렸다.

"이리 와요, 레오."

그녀는 아이의 어깨에 팔을 감고 감방으로 향했다. 심장이 격렬하게 뛰고 있었다. 올란도는 그들의 뒤에 있어서, 그녀가 근위병들에게 돌을 치우도록 시킨 천장 쪽에 흘끗 시선을 던지는 걸 보지 못했다.

"가서 앉아 있어."

올란도는 아이에게 명령하며 시선은 다니에게 고정하고 천천히 검은 가죽 장갑을 벗었다.

"네 형수에게 벌을 주는 동안 등을 돌리고 있는 게 나을지도 모르겠구나, 레오. 이건 보기에 좋지 않을 테니까."

레오는 공포에 질려 그녀와 올란도를 차례로 돌아보았다.

다니는 두려움으로 어질어질했다. 도망칠 방도는 없었다. 그저 근위병들이 여전히 목소리가 들릴 수 있을 만큼 가까이에 있기를 기도할 뿐이었다.

그 생각을 유일한 희망으로 품은 채, 그녀는 잿빛이 된 얼굴을 바위 사이로 뚫고 들어온 희미한 햇빛을 향해 들어올리고, 깊이 숨을 들이쉬었다가 길게 소리 높여 비명 질렀다.

"살려줘요!"

그녀의 비명은 스러지고 올란도의 낮은 웃음소리로 이어졌다.

얼음장 같은 공포로 온몸을 떨면서, 다니는 고개를 내리고 그를 쳐다보았다. 그가 한 걸음 다가오자 그녀는 물러섰다.

"이러지 말아요, 올란도. 나…… 난 당신에 대해 알고 있어요."

그녀는 그를 제지하려 애쓰며 말했다.

"당신은 나에 대해 아무것도 몰라."

그렇게 으르렁대는 그의 눈은 번뜩거렸다.

"당신이 몹시 고통받았다는 거 알아요."

그녀는 애원하는 표정을 지었다.

"당신을 조사하러 보냈던 사람이 당신의 과거에 대해 많은 이야기를 해주었어요. 그는 당신의 나이든 유모 눈치아를 찾아냈죠. 유모가 기억 나나요?"

그녀는 물어 보면서 힘겹게 침을 삼키고 계속 물러났다.

그는 돌을 대충 다듬어 만든 감방 안으로 천천히 그녀를 따라왔다.

"눈치아는 라자 왕이 왕위에 오르기 이 년 전 어떻게 당신 어머니를 만났는지 내 친구에게 얘기해 줬어요. 그는 세계를 여행하는 젊은이일 뿐이었고, 어느 날 밤 오페라에서 당신 어머니를 만났지요. 그리고 그들은 그가 다시 항해에 나서기 전 사흘간 정사를 가졌어요. 당신 어머니는 당시 잔인한 짐승 같은 남자와 결혼한 상태였고, 자신이 임신했다는 것을 깨닫자 당신을 남편의 아이로 속여넘기려 했지만 남작은 결코 그 거짓말을 믿지 않았죠. 그리고 그저 태어났다는 죄만으로 그가 당신에게 하루도 빼놓지 않고 벌을 주었다는 것도 알아요."

"닥쳐, 계집."

그의 목소리는 악마와도 같았다.

"넌 내 일에 끼어들지 말았어야 했어."

"그가 당신을 지독하게 때렸다는 거 알아요, 그리고 당신 어머니는 당신에게 진짜 아버지에 대한 비밀 이야기를 들려주었지요. 공정하고 상냥하며 잘생긴 왕. 당신은 그에게 집착하게 된 거예요. 하지만 동시에 결코 자신을 구하러 오지 않는 그를 증오했죠.”

“당신은 아주 고통스런 죽음을 맞이하게 될 거야, 다니엘라.”

그가 그녀를 향해 달려들었다. 그녀는 휙 피했다.

바로 그때, 사다리가 있는 방 쪽에서 남자들의 목소리가 들려왔다. 다니는 두 명의 근위병임을 깨닫고 멈칫했다. 조금 전에 지른 그녀의 비명을 듣고 안으로 들어오는 길을 찾아낸 것이 틀림없었다.

올란도는 그 소리에 몸을 돌렸다가 이글이글 타는 눈으로 그녀를 노려보았다.

“내가 돌아온 다음, 당신들 둘은 죽는 거야.”

그 말을 하고 그는 감방에서 나가 자물쇠를 잠갔다.

그때 그들의 위에서 갑자기 커다란 바위가 치워지고 가는 햇살이 내리비쳤다.

“마마!”

남자의 목소리가 크게 들려왔다.

햇빛에 눈을 깜박거리며 올려다본 다니는 마지막 남은 근위병을 보았다. 우람한 덩치의 남자는 꽉 박힌 돌들을 열심히 치워 마침내 구멍은 아이가 지날 수 있을 만한 크기가 되었다.

다니는 일 초도 낭비하지 않았다.

“레오 왕자님!”

그녀는 아이의 작은 어깨에 손을 올리고 심각하게 응시했다.

“이제부터 제가 전하를 들어올릴게요. 근위병의 손을 잡으면 그가 끌어올릴 거예요. 그러면 그와 함께 말을 타고 도시로 가서 돈 아르투로에게 주교님 댁에서 무슨 일이 있었는지 정확히 말해야 해요. 그럴 수 있겠어요?”

곱슬머리 소년은 두려운 듯 문 쪽을 쳐다보았다.

“올란도는 자기가 한 짓을 누구에게 말하면 날 산산조각내 주겠다고 했어요.”

“그렇게 하지 못할 거예요, 레오. 우리가 안전하게 지켜줄게요. 레이프가 올란도에게서 보호해 주겠지만, 우선 가서 레이프를 도와야 해요. 돈 아르투로에게 몽땅 말해요, 알았죠?"

아이는 용감하게 고개를 끄덕였다.

"알았어요."

"좋아요. 이제 들어올립니다."

발을 단단히 디디고, 다니엘라는 이를 악물고 아이를 어깨에 올렸다. 레오 왕자는 조심스레 그녀의 어깨 위에 서서 근위병을 향해 손을 뻗었다. 힘겨운 끙 소리와 함께 병사는 레오를 끌어올렸다.

잠시 후, 병사는 그녀를 내려다보고 밧줄을 던져주었다. 다니는 그가 커다란 돌을 굴려 치우려 애쓰는 동안 아래의 감방을 서성였다. 하지만 그의 대단한 몸무게를 전부 실어도, 그녀가 빠져나올 만큼 구멍을 넓히 진 못했다.

"다니엘라!"

그녀는 메아리치는 올란도의 목소리를 듣고 두려움에 격자문을 쳐다 보았다.

"이제 당신에게로 가지!"

그녀는 잿빛이 된 얼굴을 들어올려 공포에 질린 병사를 바라보았다.

"그가 레오를 손에 넣게 해선 안 돼요. 아이의 증언만이 라파엘을 구 할 수 있어요. 왕자를 벨포트로 데려가요, 지금. 시간이 없어요. 지금 가 도록 해요. 그 애가…… 듣지 않도록."

"하지만……."

"서둘러요!"

그녀는 괴로워하며 명령했다.

"올란도가 보지 못하게 밧줄을 끌어당겨요. 그리고…… 남편에게 사 랑한다고 전해 줘요."

근위병의 얼굴은 너무도 어두워졌다.

"제 무기를 받으십시오."

그가 권총을 던져주었다. 그녀는 공중에서 받아 쥐었고, 손안에 권총이 들어오자 희망이 부풀어올랐다. 근위병은 화약과 총탄이 든 가죽 주머니를 아래로 던져주고 엄숙하게 경례했다.

"신께서 함께 하시길, 왕자비 마마."

그리고는 일어나 레오를 데리고 가버렸다.

그녀는 그들이 올란도의 참혹한 함정을 무사히 지나길 기도하면서 떨리는 손으로 권총을 장전했다. 단 한 발밖에 쏠 수 없었다. 재장전하고 또 쏠 시간을 바랄 수는 없을 테니. 빗맞히면 어쩌지? 올란도가 부상을 입었지만 여전히 그녀를 해칠 수 있을 만큼 강할 수도 있다. 그를 즉각 무력화시킬 수단만 있다면……

두근거리는 심장을 안고 총을 장전하다가 갑자기 교묘한 계획이 떠올랐다. 그녀는 탄약 주머니와 철제문을 차례로 응시했다.

올란도를 잡을 끔찍한 함정을 만들 수 있다. 위험부담이 크긴 하지만, 올란도는 거의 비인간적이랄 만큼 강했다. 총알 하나로는 그를 막지 못할지도 모른다. 태내의 아이…… 라파엘의 아기…… 어센션의 장차 왕을 보호해야만 했다. 가망이 거의 없는 거나 마찬가지인 걸 알긴 했으나 그녀는 살아남아야 했다.

이게 유일한 희망이야.

철문으로 다가가 그녀는 한쪽 무릎을 꿇고 감옥 안으로 한 걸음쯤 떨어진 곳에 화약을 원 모양으로 뿌렸다. 올란도가 자물쇠를 열고 안으로 들어오면 이 검은 화약의 원 안으로 곧장 발을 들이게 될 것이다. 그리고 그때, 그가 아니라 화약을 향해 한 방의 총알을 쏘는 거다. 총에 맞으면 화약은 불꽃이 붙어 확 타오를 것이다. 그가 화상을 입고 놀란 데다 눈도 제대로 보이지 않는 사이 그를 지나쳐 밖으로 빠져나가서는 문을 잠그는 거다. 그럼 나중에 라파엘이나 라자 왕이 그를 어떻게 할지 결정할 수 있겠지.

총알이 제대로 불꽃을 일으키지 못하면 어쩌지?

그래야만 해.

이 한 방의 총알에 자신과 아이의 생명이 걸렸다는 생각에 땀이 뺨을 타고 흘러내렸다.

이제 감방을 향해 뚜벅뚜벅 걸어오는 그의 발소리가 들렸다. 그녀는 동굴 모양 감방의 제일 먼 구석에 있는 작은 바위 뒤에 몸을 숨겼다. 총구를 바위 위에 올려놓고 기다리는 동안 마음속에서는 기도문이 끝없이 이어졌다.

격자문 밖에 나타난 그의 눈은 불쌍한 두 근위병에 대한 승리로 반짝이고 있었다. 한순간 너무도 쾌활하고 명랑한 그의 미소에서 라파엘의 모습이 보여 그녀는 방아쇠 당기는 것이 망설여졌다.

심장은 계속해서 두근거렸다. 그녀는 그가 열쇠로 철문을 여는 모습을 지켜보았다.

그가 문을 당겨 열자 깊이 숨을 들이쉬고는 한 걸음 더 내딛기를 기다려 검은 화약의 원을 향해 총을 쏘았다.

너무 늦었어!

불꽃이 확 타올랐을 때 올란도는 이미 화약을 넘어선 상태였다. 그는 폭발이 자신을 앞으로 떠다밀자 고통과 놀라움의 고함을 질렀고, 동시에 다니는 문을 향해 돌진했다. 그러나 분노의 으르렁거림과 함께 땅에 쓰러졌던 올란도가 팔로 그녀의 발을 걸어 넘어뜨렸다. 그녀는 쓰러지며 비명을 질렀고, 그와 싸우며 매캐한 화약 연기에 콜록였다.

그는 뿌연 연기 속에 일어섰다. 그의 화강암을 조각한 듯한 얼굴은 넘어질 때 베여 피가 흐르고 있었다. 검은 머리칼과 옷이 화약에 그을렸지만, 전체적으로 보면 멀쩡했다.

그저 무시무시하게 격분해 있을 뿐이었다. 그는 그녀에게 추악한 욕설들을 퍼부었다.

짙은 화약 연기와 불길의 여운이 감방을 감쌌다. 그리고 그녀 위에는 검은 구름 사이로 오싹한 녹색 얼음 눈이 번쩍였다. 다니는 그 눈을 올려다보며, 자신이 아기의 첫 울음도 듣지 못할 테고 라파엘의 키스도 다시 맛보지 못하리라는 것을 깨달았다.

올란도는 손을 뒤로 젖혔다가 있는 힘을 다해 그녀를 내리쳤다. 다니는 바닥에 큰대자로 넘어졌다. 그는 그녀를 일으켜 세워 다시 때렸다.

마치 머릿속에서 폭발이 일어난 것만 같았다. 머리와 몸에 셋, 넷, 혹은 다섯 번의 타격이 더 가해졌다. 그녀는 겁에 질린 나머지 반응하지도, 맞서 싸우지도, 울지도 못하고 그의 광포한 손아귀에 누더기 인형처럼 축 늘어졌다.

그가 내 아기를 죽일 거야, 맞서려고 정신을 가다듬는 데 그의 주먹이 다시 배에 꽂혔다. 머리에 가해진 충격으로 사물이 둘로 보이고 시야가 흐릿했다. 그저 이 모든 것을, 고함소리, 귓속의 울림, 머릿속의 폭발을 끝내고 싶을 뿐이었다. 입에서 피맛이 느껴졌고 옆쪽 이 하나가 흔들렸다. 그가 돌바닥 위에 쓰러진 그녀에게 올라타 셔츠 목깃을 잡고 가슴까지 반쯤 찢어냈을 때 다니는 의식을 잃어가는 상태였다. 올란도는 잔인하고 증오스런 말들을 성난 듯 내뱉었다.

그리고 갑자기, 근위병이 넓혀 놓은 구멍을 통해 들어온 빛의 기둥 속에서 그녀는 천사를 보았다.

황금빛의 거대한 그는 가까이 다가와 침묵 속에 올란도의 뒤에 우뚝 서 있었다. 그녀의 정신은 안도의 한숨을 내쉬었다. 그를 보게 되어 기뻤다. 그가 자신의 영혼을 품에 안고 천국으로 데려가리라는 것을 알았다.

하지만 하얀 빛이 그의 금발에 쏟아지자 얼핏 눈에 들어온 굳은 얼굴은 자비의 천사의 부드러운 표정이 아니었다. 꿈보다도 더 아름답기는 했지만, 격노로 가득한 황록색의 눈을 한 죽음의 천사였다. 그가 들어올린 검의 보석 박힌 칼자루에 햇빛이 반짝였다.

라파엘, 막 그렇게 깨달았을 때 한 가닥 가느다란 의식의 끈이 톡 끊어지고 그녀는 새까만 침묵 속으로 흘러갔다.

고함소리와 함께 라파엘은 올란도를 돌벽에 밀어붙였다. 그들은 상대를 향해 무정하게 검의 호를 그려댔다.

"난 네 형이다, 레이프. 넌 날 죽일 수 없어."

올란도는 헐떡이며 그의 사정없는 공격을 받아냈다.

다니의 비명소리가 폐허가 된 성채를 수색하던 레이프를 끌어들였다. 그는 구덩이에서 꼼짝 못하게 된 엘란을 지나쳤고, 자작은 그를 올바른 방향으로 보냈다.

그들의 격돌이 돌벽을 울렸다. 올란도가 다니를 인간 방패로 이용하기 위해 쓰러진 그녀에게로 돌진하려 할 때마다 레이프는 그를 힘껏 밀어붙였다.

시간이 흘러가면서 올란도의 절박함이 커져가자 그의 얼굴은 더욱 악마적인 격노와 증오, 고통으로 뒤틀렸다. 라파엘은 순간적으로 몸을 휙 돌려 돌격해서는 올란도의 새까만 심장에 검을 찔러넣었다. 검끝은 이복형의 등 뒤 돌벽에까지 가닿았다.

그는 올란도가 자신의 무기에 찔려 죽는 순간에도 움찔하지 않았다.

레이프로서는, 진짜 두려움은 오싹하리만큼 미동도 없이 누워 있는 아름답고 용기 있는 어린 아내에게 향해 있었다. 올란도의 가슴에서 무기를 뽑아낸 후 그는 검을 이복형의 생명 없는 몸 위로 떨구었다.

어둑어둑하고 돌 부스러기가 깔린 감방을 가로질러 가 레이프는 다니 옆에 무릎을 꿇었다. 속에 차가운 덩어리가 뭉쳤고 심장은 부서질 것처럼 고동쳤다.

살며시 그녀의 얼굴을 만졌다. 간신히 목소리를 낼 수 있었다.

"내 사랑."

그녀는 움직이지 않았다.

단단히 각오한 다음, 그는 힘겹게 침을 삼키고 그녀의 목을 만졌다가 눈을 감았다. 약하지만 일정한 맥박이 느껴지자 그의 눈꺼풀 뒤에선 눈물이 솟아났다.

그는 조심스레 그녀를 품에 안아올려서는 절박한 키스를 그녀의 이마에 눌렀다.

정신차려, 작은 전사여. 당신은 이제 날 위해 싸워야 해. 날 떠나지 마, 다니. 날 떠나지 마.

그는 자신의 품에 축 늘어진 그녀의 가녀리고 연약한 몸을 안고 일어

섰다. 세상에서 가장 소중한 보물인 양 그녀를 안고 그곳에서 나왔다. 그
녀는 그에게 바로 그런 존재였다. 서늘하고 매끄러운 이마에 키스하며
그녀의 이름을 속삭이고 내게로 돌아오라고, 난 당신 없이는 살 수 없다
고 계속해서 말했다.

그래도 그녀는 움직이지 않았다.

20

"어마마마, 깨어난 것 같아요."

부드럽고 약간 높은 여자 목소리가 아주 가까이에서 다니의 귀에 들려왔고, 치맛자락 스치는 소리가 이어졌다.

"그녀를 괴롭히지 말아, 세라피나. 천천히 일어나게 두렴."

두 번째 여자의 목소리가 나무랐다.

첫번째 목소리는 쾌활하게 졸졸 흐르는 시냇물처럼 활기찬 기운이 있었지만, 두 번째 목소리는 좀더 무르익은 음조로 꿀단지를 통해 비쳐드는 가을 햇살 같았다.

"오, 어마마마, 사랑스럽지 않아요? 레이프가 그렇게 홀딱 반한 것도 놀랄 일이 아니네요. 꼭 작은 도자기 인형이 누워 있는 것만 같잖아요. 굉장히 자그마해요!"

아쉬운 듯한 한숨.

"전 늘 여동생이 있었으면 했어요."

"아주 어린 아가씨 같구나."

나이든 여자가 말했다. 그녀의 목소리엔 모성애적인 근심의 울림이 있었다. 다니는 이불 위에 힘없이 놓인 팔뚝에 부드러운 손길이 와닿는 것을 느꼈다.

"그녀가 일어났으면 좋겠어요."

그 손은 그녀의 팔을 살며시 쓸어주었다.

"참 끔찍한 일을 겪었지 뭐니, 불쌍하고 용감한 어린 아가씨가."

그 목소리에 담긴 넉넉한 다정함에 다니는 눈을 뜰 힘을 얻었다. 세상은 흐릿하고 찌그러져 있었지만, 자신을 내려다보는 두 개의 타원형이 점차 얼굴로 형상을 갖추기 시작했다.

처음으로 알아본 부분은 자신을 열심히 응시하는 한 쌍의 보랏빛 눈동자였다. 전에 한 번도 보지 못한 그런 색의 눈이었다. 그녀는 눈을 질끈 감고 좀 제대로 보라고 자신의 눈에게 명령했다. 다시 눈을 확 떠보니 초상화에 있던 웃음짓는 여신이 올려다보였다.

기대에 가득 찬 표정에 장밋빛으로 물든 뺨, 그리고 돌돌 말려 흘러내리는 새까만 곱슬머리의 세라피나 공주는 실물이 더욱 황홀했다. 다니가 깨어나자 활짝 피어난 미소는 봄날의 산들바람 같았다.

멍하니 응시하다가 고개를 조금 돌리니 현명한 밝은 갈색 눈과 버터색 주근깨가 잔주름진 얼굴에 약간 뿌려진 나이든 여인이 차분하게 자신을 내려다보고 있는 게 눈에 들어왔다. 오십이 좀 안 되어 보였고 밝은 황금빛 갈색머리는 느슨하게 말아올렸다.

알레그라 왕비!

번뜩 알아본 다니는 왕비와 공주가 내려다보는 외중에 늦잠꾸러기마냥 누워 있다는 사실에 경악했다.

"마마."

그녀는 목쉰 소리를 내고 일어나 앉으려 버둥거렸다. 자신이 왜 침대에 있는지, 얼마나 오랫동안 이러고 있었는지 기억할 수가 없었다. 아는 것은 왕비와 자리를 함께 할 때에는 지켜야 할 의례가 있다는 것뿐이었다. 라파엘이 보낸 전문가들이 그 모든 예법들을 그녀에게 주입시켰었다.

"가만히 누워 있어요."

왕비가 손을 다니의 어깨에 올리며 명령했다.

다니는 예절을 무시한 이 끔찍한 행동에 대한 용서를 빌듯이 그녀를 바라보았다. 하지만 머리가 끔찍하게 쾅쾅 울려대어서 할 수 없이 따랐다.

"세라피나, 가서 물 좀 가져오렴."

다시 베개에 폭 파묻혀 눈을 감고 편안한 어둠 속으로 빠져들자, 모든 기억들이 한꺼번에 밀려왔다. 폐허가 된 성채—올란도—라파엘이 그녀를 구한 일, 그리고 올란도에게 맞은 후 허벅지 사이에서 흐르던 약간의 피.

"내 아기!"

그녀는 펄쩍 일어나 앉으려 하며 외쳤다.

"아이는 잃지 않았어요."

알레그라 왕비가 분명하고 다정한 어조로 말했다.

다니는 공포로 헐떡이며 그녀를 응시했다.

"괜찮아요. 의사가 말하길 하혈이 좀 있긴 했지만, 일이 주 정도 누워 쉬고 나면 두 사람 다 괜찮을 거랬답니다."

그녀의 온몸은 그때 겪었던 일의 기억으로 떨리고 있었다.

세라피나 공주가 다니에게 줄 물 한 잔을 들고 다가왔다. 그녀는 침대 가장자리에 앉아 물을 내밀었다.

"고맙습니다, 공주마마."

그녀는 물을 받아 들며 힘없이 말하고, 자신에 대한 그들의 친절에 놀라워했다.

집안의 금지옥엽과 결혼한 유명한 범죄자로서, 그녀는 왕실 가족으로부터 냉정하고 거리감 있는 대접을 예상했었다. 사실 그들이 자신을 싫어할 거라 확신하고, 약간은 그들의 귀환을 두려워하기조차 했었다. 그들이 라파엘을 위해 골랐던 다섯 명의 공주와, 국왕 부부가 그에게 그녀와 왕위 중에 하나를 고르게 만들 거라던 오래된 위협이 떠오르자 머리가 지끈거렸다. 그들에게 사과하고 그를 거부하기가 너무 힘들었다고 설명해야 할 것 같은 기분이 들었다.

모녀는 그녀를 빤히 쳐다보고 있었다.

다니는 물을 좀 마시고 그들을 차례로 보며 헝클어진 생각을 끌어모으려 애썼다.

"용서하세요, 아직 제정신이 아니군요. 두 분을 이런 상태로 만나고 있다니 믿어지지가 않아요."

그녀는 헝클어진 머리칼을 손으로 쓸어넘겼다.

세라피나는 음악적으로 울려퍼지는 쾌활한 웃음을 터뜨렸다.

"지난 이틀간에 비하면 나은 상태인 걸요. 우리 모두 겁에 질렸었죠. 당신이 깨어나서 기뻐요. 마침내 내게도 여동생이 생긴 셈이네요. 아, 레이프를 데려와야겠군요. 거의 한시도 빼놓지 않고 여기에 있었답니다. 마침내는 그 애가 미쳐버리기 전에 어마마마가 내보내서 아바마마와 산책을 하도록 시켰답니다."

"그는 괜찮은가요?"

그녀는 불안스레 물었다.

"이제 당신이 일어났으니 좀 낫겠죠."

"자, 세라피나."

왕비가 문으로 향하며 말했다.

"그녀를 너무 피곤하게 하면 못써. 상태가 나아지면 함께 지낼 시간은 충분히 있을 게다."

한 손을 문손잡이에 올리고, 알레그라 왕비는 어깨 너머로 다니를 돌아보았다.

"당신은 좀더 자도록 해요."

"네, 마마."

다니는 순순히 베개에 도로 파묻히며 대답했다.

왕비는 잠깐 멈춰 서서 다정한 미소를 살짝 띠고 그녀를 쳐다보았다.

"날 무서워할 필요는 없어요, 다니엘라. 라파엘이 우리의 소망을 무시했다는 말을 처음 들었을 땐 화가 났던 게 사실이지만, 당신이 어떻게 레오를 구했는지 들은 순간—그리고 라파엘과 이야기해 보고 그 애가 당신을 얼마나 사랑하며 당신이 그 애를 어떻게 바꾸어 놓았는지 보고—당신이야말로 내 아들에게, 그리고 내 국민들에게 필요한 사람이란 걸 알았어요."

말이 나오지 않을 정도로 감동받아, 그녀는 당혹감에 얼굴을 붉히고 고개를 숙였다.

"감사합니다, 마마."

"날 '마마'라고 부르지 않아도 돼요, 다니엘라."

그녀는 불안한 눈길을 휙 들어올렸다.

"그…… 그럼 뭐라고 하면 좋을까요?"

방 저편에서 알레그라는 온화하게 응시했다.

"원한다면 '어머니'라고 불러도 돼요."

그녀를 응시하는 다니의 눈에 눈물이 용솟음쳤다.

"어머, 왜 그래요, 다니엘라?"

세라피나가 다니의 머리칼을 귀 뒤로 넘겨주며 상냥하게 물었다.

한동안 다니는 너무 감정이 북받쳐 거의 말을 할 수가 없었고 눈물이 그렁그렁했다.

"저는 어머니 얼굴도 몰라요."

"오, 저런."

세라피나는 나직하게 탄식하고 그녀를 안아주었다. 그리고는 왕비가 돌아와 침대 반대쪽으로 돌아가선 둘 다 안아주었다.

"이제는 어머니가 생긴 거란다, 애야."

그녀는 다니의 머리를 부드럽고 포근한 어깨에 갖다 대고 속삭였다. 다니는 눈을 감고 그들의 품안에서 기쁨과 안도감이 섞인 감정에 흐느꼈다.

"이젠 내가 네 어머니야."

레알르 궁의 정원에서 레오 왕자는 자기와 거의 나이 차이가 없는 조카들과 뛰어다니고 있었다. 아이들의 웃음소리가 왕궁 정원을 가득 채웠고 유모와 가정교사들은 좀 피곤한 듯이 보였다. 그래도 왕의 손자들은 아버지의 엄격한 눈길 아래라 지나치게 말썽을 부릴 엄두는 내지 못했다.

다리우스 산티아고 백작은 자식들에 대한 경계를 늦추지 않고 가까이에 팔짱을 끼고 서 있었다. 종종 그는 커다란 나무 아래 긴 돌의자에 앉아 있는 왕과 왕세자를 염려스런 시선으로 쳐다보았다.

불쌍한 레이프는 엉망이었다. 다리우스는 근심 없고 장난스러웠던 처남이 이렇게 침울한 상태인 것을 지금껏 보지 못했었다. 라자도 별로 나은 상태는 아니라고 그는 생각했다.

라자 왕의 건강은 극적으로 좋아져 원기왕성한 체질을 찾긴 했지만, 어센션으로 돌아와서 올란도가 자신의 아들이었단 소식에 충격을 받았다. 그는 몰랐었다.

환한 오후의 햇살에 눈을 가늘게 뜨고 다리우스는 잔디밭을 뛰어다니는 자신의 여섯 아이들을 다시 쳐다보았다. 늙은 키아라몬테 공작이 지팡이를 짚고 그들의 한가운데를 걸어다니며 아이들의 장난에 흥겨워하고 있었다.

평소 굳은 표정을 짓고 있는 다리우스의 조각 같은 매서운 얼굴은 막내인 두 살짜리 레이디 아니타가 네 살짜리 언니 레이디 엘리자베타에게서 도망쳐 그의 뒤로 숨으려 들자 완전히 부드러워졌다. 그는 미소짓지 않을 수 없었다.

아니타는 길게 소리를 내지르며 그의 다리가 돌기둥이라도 되는 듯이 매달렸다. 그리고는 프릴 달린 페티코트 차림과 비단결 같은 검은 곱슬머리의 두 꼬마 아가씨들이 아빠의 다리를 빙빙 돌고 달음질치고 하는 바람에 결국 다리우스는 아이들을 안아올리고 엄하게 나무라는 표정을 지어 보였다.

아이들이 자신을 훤히 들여다보는 마당에 엄격한 얼굴을 유지하기란 정말 힘들다고 그는 내심 패배의 한숨을 지으며 생각했다. 그의 엄한 표정에 대한 아이들의 대답은 어머니에게서 배운 바로 그것이었다—웃음과 키스.

그는 완전히 수적 열세에 몰렸다. 딸들은 그의 뺨을 끈적거리는 캐러

멜 키스로 뒤덮고, 빳빳하게 풀먹인 하얀 셔츠에 초콜릿 손자국을 내며 킥킥거렸다.

그는 얼굴을 찡그려 보였다.

"어디서 사탕이 난 거냐?"

"웨이피 삼촌이 줬어요!"

아니타가 신나서 말했다. 어제 도착한 이후로 이 두 살 꼬마는 레이프를 그림자처럼 따라다녔다. 다리우스는 레이프가 반겨 하지 않을 일임을 알고 있었으나, 크게 싫어하는 눈치는 아니었다.

"자, 이제 점심 때까진 더 먹으면 안 된다. 레이프 삼촌 괴롭히지 말고, 응? 삼촌은 다니엘라 왕자비 때문에 무척 걱정하고 있어. 삼촌 옆에선 조용히 있도록 하렴."

"네, 아빠."

네 살짜리 소녀는 고분고분하게 열성적으로 대답했지만, 다리우스는 그게 자신을 제 뜻대로 다루려는 술수임을 훤히 알고 있었다. 아이가 아름다운 어머니에게서 배운 또 하나의 수법이었다.

"요 말썽꾸러기들."

그는 딸들의 이마에 키스를 해주었다. 아이들은 그가 다시 내려놓을 때까지 꼬물거리고 발버둥치고 킥킥대다가, 오빠들을 쫓아 달려갔다.

레이프는 어린 딸들과 있는 다리우스를 지켜보며, 매형이 가장으로서 누리는 저런 충만감을 과연 자신도 알게 될 수 있을까 하고 고통 속에 생각했다.

의사는 다니엘라가 회복될 거고 그들의 아기도 무사히 살아남았다고 했지만, 그녀가 저렇게 미동도 않고 계속 의식과 무의식 사이를 오가며 침대에만 누워 있는 상황에서 그런 말을 믿기란 힘들었다.

그녀는 이틀 동안 먹지 못했고 애초부터 워낙 말랐었다. 근심이 그를 쉴새없이 갉아먹었다. 그 역시 먹지도 자지도 않았다. 지치고 피곤하고, 끊임없는 두려움에 숨이 막혔으며 견딜 수 있는 한계에 거의 다다라 있었다.

　물론 다행으로 여겨야 할 일도 몇몇 있었다. 그에게 씌워졌던 살인 혐의는 강요되어 썼던 자백서에도 불구하고 풀려졌다. 저스티니안 주교를 찔러 죽인 사람은 레이프가 아니라 올란도였다고 레오가 증언했다. 왕은 레이프에 대한 태도 문제로 의회를 호되게 질타하는 연설을 했다.

　의회 전원은 레이프에게 설설 기는 사과의 말과 변명을 보내 왔고 이제 아무도 그를 웃음거리로 여기지 않는다는 것이 분명해졌지만, 다니가 중태에서 벗어날 때까진 그들 중 누구의 말도 듣고 싶지 않았다. 그들이 그를 붙잡아 놓지만 않았어도 그녀를 더 빨리 구해 올란도의 손에 끔찍하게 구타당하지 않았을 터였다. 아내가 겪은 고통을 생각하면 그들을 금방 용서할 기분이 아니었다.

　돈 아르투로는 자신의 원한이 판단력에 영향을 미치게 했다는 것을 너무나 수치스러워하여 사임서를 제출했다.

　왕은 이제 느리게 작용하기에 아무도 발견해 내지 못했던 독약 칸타렐라를 매일 모르고 복용하는 일이 없어지자 예전의 건강을 되찾았다. 레이프는 어센션의 통치자로 일했던 짧은 기간 동안 자신을 돌아보게 되었기에 아버지의 회복을 마음 깊이 기뻐했다. 그는 더 이상 왕이 되기를 조급하게 바라지 않았다. 어센션을 제대로 이끌어 나가려면 아직 아버지에게 배워야 할 것이 많이 남아 있었다. 마침내 아버지가 알려줄 지혜를 기꺼이 받아들일 겸손함을 갖추게 된 것이다.

　다니가 레오를 구하기 위해 어떤 일을 겪었는지, 그리고 레이프와 다니가 국민들의 마음에 닿기 위해 얼마나 열심히 노력했는지 듣자, 왕과 왕비는 허락 없이 치른 그들의 결혼을 승인하지 말아야 할 이유를 찾을 수가 없었다.

　레이프는 또한 어린 남동생 레오가 무사히 도망쳐 나왔고 엘란이 부러진 발목 외엔 전혀 심각한 부상 없이 빠져나왔다는 사실에 감사했다. 마지막으로 또 하나 축하할 일은 다리우스와 세라피나가 어센션으로 영구 귀국하기로 결심했다는 것이었다. 왕과 왕비가 귀여운 손주들을 가까이 두게 된 사실에 몹시 기뻐했음은 두말할 나위가 없었다.

모든 이들의 미래가 밝아 보였다. 하지만 다니가 회복되지 못한다면, 레이프는 자신의 미래는 저주나 마찬가지임을 알고 있었다.

어떻게 다른 여자들을 아름답다고 생각했었는지 상상할 수가 없었다. 그녀는 그의 전부였다. 그녀가 저 침대에 움직이지 않고 조용히 누워 있는 시간이 길어질수록 그는 점점 더 공허하고 절망적인 기분이 되어갔다. 모두들 그가 괴로워하는 것을 알았지만, 그는 자신의 생생한 감정을 숨기려 최선을 다했다. 사랑스런 어린 조카들이 그의 기분을 약간 밝게 해 주었지만, 그들을 보면 그 자신의 아이가 무사할지에 대한 두려움으로 가슴이 무너졌다.

"아들아."

나무 아래 긴 의자에 함께 앉아 있던 아버지가 그를 바라보며 나직이 말했다.

레이프는 묻듯이 그를 쳐다보았다. 목은 바싹 타들어 갔으며 눈은 벌겋고 따끔거렸다.

"네게 할말이 있다."

"네, 아바마마?"

"그간 생각을 좀 해보았다. 올란도의 원한과 증오를 겪고 나니, 네가 알 수 있도록 말해 주는 게 중요하다는 생각이⋯⋯."

그의 목소리가 사그라들었다. 고민이 나이든 이마에 주름을 새겼고 왕은 앞을 내다보며 주저주저 말을 꺼냈다.

"내가 그간 너에게 너무 엄했을지도 모르겠단 말을 하고 싶었다. 넌 좋은 아이였고 훌륭한 남자가 되었지. 네가⋯⋯자랑스럽구나. 난⋯⋯ 정말로 널⋯⋯ 사랑한단다, 아들아. 그게 전부다."

레이프는 따끔거리는 눈으로 땅바닥을 응시했다.

아버지가 단단한 손을 그의 어깨에 얹었다.

그는 힘겹게 침을 삼키고 미간에 주름을 잡았다.

"감사합니다, 아바마마."

왕이 미간에 주름을 잡고 레이프와 똑같은 자세로 머리를 숙이자, 그는 자신들이 진실로 얼마나 닮았는지 깨닫고 놀랐다.

"그녀는 괜찮아질 게다, 레이프."

한순간 그는 완전히 무너질 것만 같았다.

"네, 아바마마."

그는 입을 옹그리고 턱을 치켜들었다.

바로 그때, 잔디 저편에서 누나가 베란다로 나와 그들을 향해 다급히 손을 흔들었다.

"레이프! 빨리 와봐!"

그는 벌떡 일어나 순수한 공포에 사로잡혀 앞을 응시했고, 심장은 즉각 질주했다.

"무슨 일이야?"

세라피나는 환한 미소를 지어 보였다.

"그녀가 깨어났어!"

그의 눈이 휘둥그레졌다.

피로는 어깨에서 망토가 벗겨지듯 날아갔고, 그는 집을 향해 달렸다. 안으로 달려들어가 계단을 한 번에 두 개씩 뛰어올랐다.

다니가 침대에 앉아 있는데 문이 벌컥 열리더니 라파엘이 문가에 나타났다. 얼굴은 달아올랐고 금발머리는 헝클어져 있었다. 그는 한순간 멍하니 그녀를 응시했다.

그의 모습에 그녀의 가슴엔 사랑이 가득 차올랐다.

돌연 몸을 움직여 그녀에게로 성큼성큼 다가온 그는 잠시 그저 침대 곁에 서서 녹색과 황금빛 눈으로 그녀를 쳐다보기만 했다. 손을 뻗어 그녀의 손을 감싸쥐었다.

천천히 그는 침대 옆에 무릎을 꿇고는 그녀의 손을 입술에 뜨겁게 가져다 댔다. 그의 속눈썹 긴 눈이 감겼다.

"라파엘."

그녀가 속삭였다.

그는 그녀의 손바닥을 뺨에 가져다 대고 금빛 끝의 속눈썹을 들어올렸다. 그 끝엔 눈물이 맺혀 있었다.

"아, 당신이 그리웠어."

떨리는 목소리였다.

그녀는 그를 향해 팔을 뻗었다. 그는 그녀의 허리를 조심조심 껴안고 황금빛 머리를 가슴에 얹었다. 그녀는 남편의 목을 안고 뺨을 그의 머리칼에 갖다 대었다. 그들은 떨리는 침묵 속에 서로를 안고 다시 함께 하게 된 감사와 기쁨에 휘말렸다.

"당신을 잃는 줄만 알았소, 다니."

그가 돌연 입을 열었다.

"그렇지 않아요."

그녀는 손길 하나하나에 사랑을 쏟아부으며 속삭였다.

"우리 둘 다 무사해요."

그의 크고 단단한 몸이 떨렸고, 그는 고개를 숙여 하얀 모슬린 잠옷 위로 그녀의 배에 입맞췄다. 그리고는 눈을 감고 그녀의 무릎에 머리를 묻었다.

그녀는 그의 뜨거운 피부에서 머리칼을 넘겨주고, 그을리고 각진 얼굴선 하나하나를 사랑스레 내려다보았다. 몇 분 후, 그는 고개를 들어 그녀를 응시했고, 그 눈 속에는 영혼이 그대로 드러나 있었다.

달콤한 혀의 바람둥이치고는, 감정이 북받쳐 소리가 나오지 않았지만 그의 눈이 모든 것을 말해 주고 있었다.

"알아요, 라파엘. 저도 당신을 사랑해요."

그녀가 속삭였다.

그는 고통스런 표정을 하며 눈을 감고는 고개를 숙인 채 그녀의 손길에 따라 머리를 움직였다.

"절대로, 절대로 날 떠나선 안 돼, 다니엘라."

팽팽하게 억눌린 목소리였다.

“당신 없이는 살 수 없어. 당신은 내 전부요.”

“절대 안 그럴 거예요. 이리로 오세요, 내 사랑.”

그녀는 그를 잡아당기며 속삭였다.

그는 침대에 올라 그녀 옆에 누워 보호하듯 품으로 끌어안았다.

그들은 서로를 쳐다보고 애무하며 그렇게 누워 있었다.

그녀는 안도감과 소중히 여겨진다는 기분에 한숨을 내쉬고 그의 품으로 파고들면서, 마침내 자신이 제자리를 찾았음을 알았다. 라파엘은 그녀의 손을 찾아 깍지꼈고, 다니는 어센션의 바닷가로 몰려드는 리드미컬한 파도소리 같은 그의 느리고 강한 심장의 노랫소리를 들었다. 환한 오후의 햇살이 그의 인장 반지의 황금빛을 붙잡아 불타오르는 수천 개의 태양처럼 빛을 발했다.

에필로그

1815 년 4 월.

아기 왕자가 세례받은 그날엔 어센션 방방곡곡에서 교회의 종이 땡그랑거리고 울려퍼졌다. 도시나 새로이 경작된 들판이나, 국토 전역에 걸쳐 아무도 일하는 이가 없었다. 라자 왕이 축제와 노래의 날로 공표했기 때문이었다.

가비아노 형제들은 환호하는 인파 속에 서서, 왕궁의 장식 발코니 위에 왕실 가족 전부가 다니와 라파엘 왕자의 뒤에 서 있는 광경을 아직도 조금은 놀란 침묵 속에 응시하고 있었다. 자부심 넘치는 새내기 부부는 환한 미소를 짓고 나란히 서서 온 세상이 자그마한 미래의 왕을 볼 수 있도록 보여주고 있었다.

왕세손 아마도르 디 피오레 왕자는 생후 2주가 약간 넘었다. 이렇게 먼 거리에서 자그마한 얼굴을 알아보기란 불가능했지만, 아기가 어머니의 물빛 눈과 아버지의 황금빛 깃털 같은 머리칼을 하고 있다고 알비가 좀전에 신문에서 읽어 주었다.

용감한 전직 노상강도들은 함께 한숨을 내쉬었다. 그들은 왕비에 의해 사면받고 환영받으며 고국으로 돌아왔다.

잘했어, 아가씨.

마테오는 그을린 얼굴에 희미한 미소를 띠고 어린 시절의 친구를 바라보며 생각했다. 아들을 안고 있는 다니는 침착하고 당당하며 아름다워 보였고, 곁에 선 크고 우아한 남자가 그녀를 지극히 사랑한다는 사실은 분명했다.

"저기 봐, 지아니가 있어!"

로코가 갑자기 말하며 그들의 주근깨투성이 막내동생이 레오 왕자와 나타난 발코니를 가리켰다. 두 아이는 씨익 미소짓고 있었고 팔은 익살스레 서로의 어깨에 걸쳐져 있었다.

다니는 짓궂은 시골 소년이 레오 왕자와 함께 교육받도록 조처하고 아이를 레오의 친구로 입궐하도록 했다. 왕자와 거지는 즉각 떼어놓을 수 없는 사이가 되었다.

마테오는 동생의 장난에 껄껄 웃다가 부드러운 엉덩이가 부딪히는 걸 느꼈다. 자신의 새신부를 내려다보자 언제나 그렇듯 그녀의 수줍은 미소와 조심스런 까만 눈에서 천천히 자라나는 신뢰에 심장이 조여드는 것을 느꼈다.

"저분들은 정말 보기만큼 행복할까요?"

카르멘이 가슴께에 팔짱을 끼며 회의적으로 물었다.

마테오는 습관적인 보호본능으로 그녀의 어깨에 팔을 두르고 살며시, 살며시 그녀를 끌어당겼다. 그녀는 몹시도 강하지만 동시에 지금껏 살아왔던 그 험한 생활을 생각하면 몹시도 연약하고 어리기도 했다. 자신이 그녀를 구할 수 있도록 운명은 그를 카르멘의 앞길에 놓은 것이다. 그는 언제나 누군가의 용감한 은빛 갑옷의 기사님이 되고 싶었다.

"그래, 내 사랑."

그녀는 사랑이 담긴 그의 미소에 발갛게 얼굴이 달아오르기 시작했다.

"하지만 우리의 절반도 안 되지."

그녀는 코웃음쳤지만 까만 눈에선 기쁨이 반짝였다. 그녀는 그의 손을 잡고 수없이 많은 수의 음식 가판대가 봄의 대기에 맛있는 음식 냄새를 피워올리고 있는 광장 쪽으로 잡아당기기 시작했다.

“가요, 난 배고파요.”

“나도.”

그의 덩치 큰 동생 로코가 말했다.

마테오는 마지막으로 발코니의 왕실 3대를 돌아보았다. 어센션의 반석, 갓난아기, 그리고 남자로서 한창 때의 왕세자. 라파엘은 자부심으로 터질 듯이 보였다. 다니는 조용한 사랑의 차분한 미소로 그를 올려다보았고 아기는 편안하게 그녀의 품에서 쉬고 있었다. 그녀가 몸을 돌리자 왕족들은 왕궁 안으로 돌아가기 시작했다.

그는 난봉꾼을 길들이는 데는 말괄량이가 필요하고, 말괄량이를 매혹시키는 데는 난봉꾼이 필요한 거라고 결론지었다.

안녕히, 단.

그의 눈은 한때 알았던 빨강머리 말괄량이에 대한 자부심으로 잠깐 뿌옇게 흐려졌다.

곧 카르멘이 초조하게 그를 광장 쪽으로 끌어당기자 그는 저들의 행복에 혼자 미소지으며 몸을 돌려 떠나갔다.

< 끝 >

　미성년자와 성인의 구분이라는 게, 의외로 참 복잡한 듯싶습니다. 사회적인 측면만 봐도 술, 담배, 영화, 선거권, 결혼 등을 보면 미성년과 성인을 가르는 제일 보편적인 나이 기준도 여러 가지고요. 그래도 일단 대부분의 경우 만 20세면 사회적인 의미에서는 성인이라고 여기는 게 보통이겠죠.

　그런데 언젠가 주워들은 심리학에서는, 22세까지를 청소년기로 분류하더군요. 그때는 단지 경제적인 이유에서만 생각하고 그것도 타당하다 여겼습니다만, 나이를 먹을수록 정말 어른과 아이를 가르는 기준이 무엇인지 다시금 생각하게 됩니다. 최근에는 어른이 되기를 거부하고 영원히 어린이로 남고 싶어 아이들의 장난감이나 팬시 제품에 열광하는 사람들이 많다는 얘기도 얼핏 신문에서 본 듯싶군요.

　이 책에 등장하는 라파엘 왕자는 정정한 아버지 때문에 나이 서른이 되도록 별다른 일 하나 맡지 못하고 환락으로 세월을 보내는 남자입니다. 그런 상태에 조급증을 느끼면서도 별다른 대안이 없으니 어쩔 수 없이 받아들이지요.

　반면에 여주인공 다니엘라는 집안과 영지의 백성들을 한몸에 책임진 여자로, 사회적인 의미에서 보면 정말 대단한 '어른'처럼 보여집니다. 그러나 여성으로서의 자신을 거부하는 그녀 역시 진정한 의미에서의 성인이라고 보기는 힘들겠지요.

자신의 책임이나 두려움을 직면하고 점차 진짜 어른이 되어가는 이들의 모습은 번역하면서 참 많은 것을 생각하게 하는 계기가 되었습니다. 조금은 부끄러운 마음도 드는 것이 사실이군요.

이제 황사 바람에 잔인했던 4월도 다 지나가고 신부의 계절 5월입니다. 지금 사랑하고 계신 분들, 결혼을 계획하고 계신 분들 모두모두 축하드립니다.

박 미 영

Be My Baby

줄리엣이 그녀의 로미오, 보를 만났을 때!

뉴올리언스 경찰 보는 10년 동안 세 여동생을 키우느라 노심초사,
제대로 청춘을 즐겨 본 적이 없었다. 이제 마지막 동생이 독립을 해나가자
독신 남성의 즐거움을 한껏 만끽하겠다고 꿈에 부풀어 있는데……
밉살스런 경찰서장이 상류사회의 거만한 숙녀 줄리엣을 보디가드하라는
명령을 내린다. 애보기는 이제 그만! 보는 줄리엣이 직접 보디가드를 바꿔
달라고 말하게 하려고 이상야릇(?)한 곳으로 데리고 다니는데…….
키스를 한 게 문제다! 가슴도 크지 않은 그녀가 세상에서
가장 섹시해 보이다니.

새침떼기 숙녀 줄리엣 로즈 로웰은 뉴올리언스에 세운 아빠의 새 호텔
개막식에 가는 데 보디가드는 필요 없었다, 특히 더할 나위 없는
마초 경찰 보 듀프리는 절대절대 사절이었다. 그는 너무 크고,
너무 뻔뻔하며, 너무 사내다운 데다…… 어쨌든 그의 전부 다가 너무 크다.
하지만 그의 굶주린 눈길이 그녀의 주의 깊게 갈고 닦은 얼음 같은 태도를
뒤흔들어 놓았다. 그녀의 마음 깊숙한 곳의 반항심을 끌어냈다!